Nagib Machfus
Zuckergäßchen

Nagib Machfus

Zuckergäßchen

Aus dem Arabischen von
Doris Kilias

Büchergilde
Gutenberg

1

Die Köpfe schoben sich über dem Kohlebecken zusammen, die Hände streckten sich über der Glut aus: Aminas mager und stark geädert, Aischas wie aus Stein gemeißelt, Umm Hanafis mit der Haut einer Schildkröte. Doch es gab auch ein strahlendweißes, schönes Händepaar – das von Naima. Die Januarkälte wollte sich schier als Eis im Salon festsetzen, jenem Raum, der mit den bunten Matten und den Kanapees sein altes Aussehen bewahrt hatte. Einzig die alte Gaslampe gab es nicht mehr, statt dessen strahlte elektrisches Licht von der Decke herab. Nicht nur die Kaffeerunde wurde wieder im ersten Stockwerk abgehalten, sondern alles Leben spielte sich nun unten ab, konnte doch damit dem Vater geholfen werden, dessen schwaches Herz es nicht mehr erlaubte, die steile Treppe hinaufzusteigen. Auch die anderen Mitglieder der Familie waren von tiefgehenden Veränderungen gezeichnet. Amina war abgemagert, ihr Haar leuchtete schlohweiß. Obwohl sie die Sechzig noch nicht erreicht hatte, sah sie wie eine Siebzigjährige aus, was aber unerklärlich war, verglich man Aminas Zustand mit dem Aischas, der von Zusammenbruch, ja, Verfall sprach. War es zum Lachen oder zum Weinen, daß sie noch immer blondes Haar und blaue Augen hatte? Denn ihr Blick wirkte wie erloschen, ließ einen kaum glauben, daß noch Leben in ihr war. Die blasse Haut – von welcher Krankheit kündete sie? Dieses Gesicht, in dem die Knochen scharf hervortraten, die Augen in tiefen Höhlen lagen und die Wangen eingefallen waren – sollte das das Gesicht einer Frau von vierunddreißig Jahren sein? Doch da war noch Umm Hanafi, und sie schien trotz aller Bejahrtheit nichts von ihrer Kraft verloren zu haben. Beleibt wie eh und je, schob sich das Fett an Nacken und Kinn zu Polstern und Wulsten zusammen. Ihr ernster Blick aber sprach davon, wie sehr sie die stille Trauer der Familie teilte. Naima wirkte in diesem Kreis wie eine frische Rose, die an einem Grab blüht. Ein schönes Mädchen von sechzehn Jahren, und mit dem blonden Haarschopf und den blauen Augen war sie hübsch wie Aischa in ihrer Jugend, vielleicht sogar noch reizvoller. Doch zart und schlank gewachsen, hatte sie etwas vom durchscheinenden Wesen eines Gespensts. Die Augen blickten sanft und träumerisch drein, sprachen von Unschuld und Naivität, als fühlte sie sich fremd in dieser Welt. Sie schmiegte sich an ihre Mutter, wollte sich keinen Moment von ihr trennen.

Umm Hanafi rieb die Hände über dem Kohlebecken und sagte: »In dieser Woche werden die Bauleute fertig, nach anderthalb Jahren.«

»Das Haus von Amm Bajumi, einem Saftverkäufer«, machte sich Naima lustig.

Aischa blickte kurz auf, ohne aber etwas zu bemerken. Seit langem war bekannt, daß das Haus, das einst Herrn Mohammed Radwan gehörte, abgerissen werden sollte und Amm Bajumi ein neues, vierstöckiges bauen wollte. Alte Erinnerungen stiegen auf – Marjam und Jasin, und wo mochte Marjam heute sein? Marjams Mutter und Amm Bajumi, der es teils durch Erbschaft, teils mit Geld geschafft hatte, als einfacher Saftverkäufer sich des Hauses zu bemächtigen. Damals – das waren noch Zeiten, die es lohnte zu leben, Tage, in denen das Herz noch sorglos schlug.

»Das Schönste, meine Herrin«, fuhr Umm Hanafi fort, »ist das neue Geschäft von Amm Bajumi, mit Säften, Eis und Süßigkeiten, und alles ist voller Spiegel und elektrischer Lampen, und das Radio spielt Tag und Nacht. O weh, die anderen, Friseur Hassanein, Bohnenverkäufer

Darwisch, Milchmann al-Fuli, Röstereibesitzer Abu Sari, sie alle stehen in ihren schäbigen Läden und starren zum Geschäft und Haus ihres alten Kameraden hinüber.«

Amina zog das Tuch straffer über die Schultern. »Dank deinem Gott, daß er dir genügend Gutes tut.«

Naima umschlang ihre Mutter mit den Armen. »Das Gebäude versperrt von einer Seite die Dachterrasse; wenn da lauter Leute wohnen, wie sollen wir dann noch oben sitzen und plaudern?«

Um Aischa zu schonen, wollte Amina die Frage der Enkelin nicht einfach überhören, und so erwiderte sie: »Was gehen dich die neuen Bewohner an? Tu einfach das, was dir gefällt.« Sie schaute verstohlen zu Aischa hinüber, um zu sehen, wie diese die wohlwollende Antwort aufnahm. Es war, als fühlte sie vor lauter Angst um Aischa schon wieder Furcht vor ihr. Aber Aischa war damit beschäftigt, in den Spiegel über der Anrichte zu schauen, die zwischen dem Zimmer des Vaters und ihrem stand. Noch immer besah sie sich gern in Spiegeln, auch wenn es sinnlos geworden war. Im Verlauf der Zeit hatte sie sich daran gewöhnt, vor dem ausgemergelten Gesicht nicht mehr zu erschrecken. Wann immer eine innere Stimme sie nach der Aischa von einst fragte, fiel als Antwort die Gegenfrage, wo denn Mohammed, Othman und Chalil geblieben seien. Wenn Amina Aischa beobachtete, verkrampfte sich ihr Herz, und es dauerte nicht lange, da spürte auch Umm Hanafi Beklemmung, gehörte sie doch so sehr zur Familie, daß deren Sorgen auch sie bedrückten.

Naima erhob sich und ging zum Radio, das zwischen Salon und Eßzimmer stand. Sie stellte es an und sagte: »Jetzt kommt Schallplattenmusik, Mama.«

Aischa zündete sich eine Zigarette an und zog heftig. Amina sah dem Rauch nach, der über dem Kohlebecken als kleines Wölkchen schwebte. Im Radio sang jemand:

»Gefährten aus schönen Zeiten, wie gern säh ich euch wieder ...«

Naima kehrte auf ihren Platz zurück, strich sich das Kleid glatt. Wie ihre Mutter, damals, in unbekümmerten Tagen, liebte auch sie den Gesang. Sie verstand, genau hinzuhören, sich die Melodie zu merken und sie mit hübscher Stimme wiederzugeben. Dieses Vergnügen wurde nicht durch die tiefe Gläubigkeit gedämpft, die ansonsten all ihr Fühlen beherrschte. Sie betete mit Eifer, hielt seit dem zehnten Lebensjahr das Fasten im Ramadan streng ein, sann verträumt über die Welt des nicht Faßbaren nach und stimmte mit übergroßer Freude zu, wenn die Großmutter sie zum Besuch der Grabstätte al-Hussains einlud. Trotzdem hätte sie nie aufs Singen verzichten wollen, und wann immer sie allein war, in ihrem Zimmer oder im Bad, tat sie es auch.

Aischa war mit allem einverstanden, was ihre Tochter, das einzige Licht der Hoffnung am dunklen Horizont, machte. Sie bewunderte ihre tiefe Gläubigkeit ebenso wie ihren Gesang, und auch in ihrer Anhänglichkeit, die grenzenlos zu sein schien, ermunterte sie sie; sie mochte es so sehr, daß sie keinerlei Bemerkung darüber ertragen konnte. Überhaupt vertrug Aischa keine Kritik, selbst wenn es dabei um Belangloses ging und in bester Absicht geäußert wurde. Dabei bot sie viel Anlaß zu Unmut, denn sie tat nichts im Haus, hockte nur herum, trank Kaffee und rauchte. Bat die Mutter sie tatsächlich einmal um Hilfe, und zwar nicht so sehr, weil sie sie brauchte, sondern um Aischa aus ihren Grübeleien herauszureißen, dann reagierte sie verärgert und sprach den schon berühmten Satz: »Uff, laß mich in Ruhe!«

Auch Naima durfte keine Hand rühren, als fürchtete Aischa bei der geringsten Bewegung um sie. Wäre es möglich gewesen, statt ihrer zu beten, hätte es Aischa, um ihr die Mühe zu sparen, getan. Wie oft hatte die Mutter darüber schon mit ihr gesprochen, auch gesagt, daß Naima eine »Braut« sei und sich deshalb mit den häuslichen Pflichten vertraut machen müsse. Aber auf so etwas erwiderte Aischa nur mit deutlichem Unwillen: »Siehst du nicht, daß sie zart wie ein Gespenst ist? Meine Tochter verträgt keine Anstrengung, also laß sie in Frieden. Sie ist mein einziger Trost in dieser Welt.«

Amina beharrte nicht auf ihrer Meinung. Mit Trauer im Herzen bangte sie um Aischa, und wenn sie sie betrachtete, sah sie in ihr die fleischgewordene Enttäuschung aller Hoffnungen. Beim Anblick dieses unglücklichen Gesichts, das nur noch von der Sinnlosigkeit des Lebens sprach, wurde ihre Seele von tiefem Kummer ergriffen. Deshalb vermied sie es, Aischa zu behelligen, wie sie sich auch daran gewöhnte, großzügig alle Grobheiten und bissigen Bemerkungen zu überhören.

Noch immer tönte die Stimme im Radio: »Gefährten aus schönen Zeiten ...« Aischa rauchte und hörte zu. Sie liebte dieses Lied von jeher. Aller Schmerz, alle Verzweiflung hatten ihr die Melodie nicht verleiden können, ja, vielleicht erfaßte sie sie erst jetzt richtig, weil unendliche Trauer, unermeßliches Leid darin mitschwangen. Daran änderte auch das Wissen nichts, daß keine Macht der Welt imstande war, die Gefährten aus guter alter Zeit zurückzubringen. Zuweilen fragte sich Aischa sogar, ob es die gute alte Zeit überhaupt gegeben hatte, ob nicht alles ein Traum, ein Wahn gewesen war. Wo war das von lustigem Treiben erfüllte Haus? Wo der gütige Gatte? Wo Othman? Wo Mohammed? Sollten wirklich nur acht Jahre vergangen sein?

Amina fand selten Gefallen an solchen Liedern. Ihrer Meinung nach bestand der Nutzen eines Radios zuallererst darin, daß ihr die Möglichkeit geboten wurde, die Koran-Rezitation und die Nachrichten zu hören. Die schwermütigen Lieder machten sie traurig, und sie bekam Angst, wenn Aischa ihnen immer wieder lauschte. Ja, eines Tages hatte Amina sogar Umm Hanafi gefragt: »Findest du nicht auch, daß das wie eine Totenklage klingt?« Da all ihre Sorge Aischa galt, kümmerte sie sich nur wenig um sich selbst, zum Beispiel um die Beschwernisse, die ihr der Blutdruck verursachte. Ihre einzige Freude bestand darin, die Grabstätte al-Hussains und anderer Heiliger aufzusuchen. Dank der Großzügigkeit des Herrn Gemahls, der ihr den Ausgang nicht mehr verbot, durfte sie ganz nach Belieben die Gotteshäuser aufsuchen. Doch sie war nicht mehr die Amina früherer Zeiten; Kummer und Unwohlsein hatten sie sehr verändert. Ihren bewunderungswürdigen Fleiß, die erstaunliche Fähigkeit, alles zu ordnen, zu pflegen und zu planen, hatte sie verloren. Außer um den Herrn Gemahl und Kamal kümmerte sie sich um nichts mehr. Die Küche und den Ofenraum hatte sie Umm Hanafi anvertraut und begnügte sich mit der Beaufsichtigung, wobei sie selbst darin nachlässig war. Sie brachte Umm Hanafi unendliches Vertrauen entgegen, war sie doch für Familie und Haus lebenslange Gefährtin in Glück und Unglück. Umm Hanafi hatte sich so sehr in die Familie eingefügt, daß sie ein Teil von ihr geworden war und von ganzem Herzen deren Freud und Leid teilte.

Für eine Weile herrschte Schweigen, als stünden noch alle unter dem Eindruck des Lieds. Schließlich brach Naima die Stille. »Ich habe heute meine Freundin Salma aus der Grundschule getroffen. Nächstes Jahr wird sie das Abitur machen.«

»Wenn dein Großvater dir erlaubt hätte, weiter zur Schule zu gehen, hättest du sie überrundet«, wehrte Aischa unwillig ab. »Aber nein, er mußte es dir ja verbieten.«

Amina hörte sehr wohl den Protest heraus, so daß sie

sich bemüßigt fühlte zu sagen: »Ihr Großvater hat seine Ansichten, und von denen geht er nicht ab. Wärst du etwa einverstanden gewesen, die Kleine weiter zur Schule zu schicken, obwohl du weißt, daß sie, zart, wie sie ist, keinerlei Anstrengung verträgt?«

Aischa schüttelte den Kopf, ohne etwas zu sagen. Aber Naima seufzte: »Ich hätte gern weitergemacht. Alle Mädchen gehen heutzutage genauso lange zur Schule wie die Jungens.«

»Doch nur, weil sie keinen Bräutigam finden«, warf Umm Hanafi verächtlich ein. »Aber wenn eine so hübsch ist wie du ...«

Amina nickte zustimmend. »Du bist gebildet, meine kleine Prinzessin, hast den Grundschulabschluß. Was willst du mehr? Du hast es nicht nötig, eine Arbeit zu finden, also bitten wir Gott, daß er dich stärkt und deine bezaubernde Schönheit in Wohlergehen, Fett und Fleisch hüllt.«

»Gesund soll sie sein, aber nicht fett«, entgegnete Aischa scharf. »Dick sein ist heute ein Makel, vor allem für Mädchen. Ihre Mutter war früher ein Bild von Frau, ohne dick zu sein.«

Amina lächelte. »Deine Mutter, Naima, war wirklich die Zierde ihrer Zeit.«

»... bevor sie abschreckend wurde«, seufzte Aischa.

»Möge dich Gott mit seiner Huld erfreuen«, murmelte Umm Hanafi.

»Amen, und Dank dem Herrn der Welten«, sagte Amina und streichelte Naima zärtlich über den Rücken.

Es trat wieder Schweigen ein, und alle lauschten auf ein anderes Lied im Radio: »Am liebsten sähe ich dich Tag für Tag ...« Plötzlich war zu hören, wie die Haustür geöffnet und wieder geschlossen wurde. »Der alte Herr«, sagte Umm Hanafi und lief eiligst hinaus, um Licht zu machen. Wenig später ertönte das vertraute Klopfen des Stocks, und als Herr Abd al-Gawwad an der Tür zum Salon erschien, standen alle höflich auf. Für einen Moment verharrte er, schaute die Frauen an, während er verschnaufte, und sagte schließlich: »Guten Abend.« Wie mit einer Stimme tönte es: »Einen glücklichen Abend auch Ihnen.«

Amina eilte voraus in sein Zimmer, und er folgte ihr mit der Würde des weißhaarigen Alters. Er setzte sich hin, um zu Atem zu kommen. Es war noch nicht einmal neun Uhr. An der früheren Eleganz mangelte es nicht – die Gubba aus feinem Tuch, der Kaftan aus Satin und die Kufija aus Seide, alles wie in alten Zeiten. Aber da – das schneeweiße Haar, der silbergraue Schnurrbart, der schlanke, entschlackte Körper, all das waren, wie auch die frühe Heimkehr, Anzeichen eines neuen Zeitalters. Darauf verwiesen zudem die Schüssel Joghurt und die Orange, die dem Herrn Gebieter als Abendmahlzeit vorbereitet worden waren. Kein Alkohol mehr, keine Appetithäppchen, kein Fleisch, keine Eier, auch wenn der Glanz der großen blauen Augen davon sprach, daß der Lebenswille noch nicht erschlafft war.

Wie gewohnt half Amina ihm beim Ablegen der Kleidung, dann streifte er den wollenen Gilbab über, hüllte sich in die Abaja ein und setzte das Käppchen auf. Er hockte sich aufs Kanapee und aß ohne alle Begeisterung das Abendessen. Amina reichte ihm ein Glas, das bis zur Hälfte mit Wasser gefüllt war, und er nahm ein Fläschchen Medizin und gab sechs Tropfen hinein. Widerwillig verzog er das Gesicht, schluckte alles hinunter und murmelte: »Lob sei Gott, dem Herrn der Welten.«

Oft genug hatte ihm der Arzt erklärt, daß er die Medizin zwar nur eine Zeitlang nehmen müsse, die Diät aber ständig einzuhalten habe. Immer wieder warnte er ihn davor, die Vorschriften nur saumselig zu beachten oder gar zu übergehen, denn der Blutdruck sei gefährlich hoch und das Herz bereits angegriffen. Die Erfahrung hatte Herrn Abd al-Gawwad gelehrt, den Anweisungen des Arztes Glauben zu schenken, denn immer, wenn er es nicht getan hatte, war es ihm schlecht bekommen. Kaum hatte er die ihm gesetzte Grenze überschritten, mußte er umgehend dafür büßen. So hatte er sich schließlich dem Ratschlag des Arztes gefügt, aß und trank nur noch das, was ihm erlaubt worden war, und kehrte am Abend um neun Uhr heim. Doch insgeheim hegte er die Hoffnung, eines Tages – durch die Hilfe eines wie immer gearteten glücklichen Umstands – wieder gesund zu werden und sich eines guten, sorglosen Lebens zu erfreuen, auch wenn das pralle Leben der Vergangenheit ein für allemal vorüber war.

Entspannt lauschte er dem Gesang, der aus dem Radio herüberscholl, während Amina, wie immer auf der Matte zu seinen Füßen sitzend, über die Kälte und den Regen am Vormittag sprach. Er hörte nicht hin, statt dessen unterbrach er sie und erklärte freudig: »Man hat mir erzählt, daß heute abend einige alte Lieder gebracht werden.«

Sie lächelte zustimmend, denn auch sie mochte diese Musik, allein schon deshalb, weil ihr Gebieter sie liebte. Für einen kurzen Moment glänzte Fröhlichkeit in seinen Augen, doch gleich darauf überkam ihn ein Schwächeanfall. Es sollte nicht sein, daß er ungestüme Freude empfand. Wann immer ihm danach war, kehrte sich das Glücksgefühl gegen ihn, und er wurde aus seinem Traum gerissen und in die Wirklichkeit zurückgestoßen. Die ließ ihn niemals und nirgendwo los, und die Vergangenheit blieb ein Traum. Was sollte ihn noch erheitern, wenn die Tage von Geselligkeit, Berauschtheit, Wohlergehen endgültig vorbei waren? Wohin hatte sich der Genuß an Essen, Trinken verflüchtigt? Was war aus seinem Gang, fest aufsetzend wie der eines Kamels, geworden, was aus seinem dröhnenden Lachen aus tiefster Tiefe? Wo gab es noch morgendliche Strahlen, die ihn, berauscht von vielfältigstem Vergnügen, beschienen? Jetzt hatte er um neun heimzukehren, damit er um zehn im Bett lag und schlief. Alles – Essen, Trinken, Gehen – stand, ärztlich verordnet, auf einem Papier. Hinzu kam, daß er dem von Schwermut erfüllten Haus Herz und Halt sein mußte. Die arme Aischa, deren Unglück sich wie ein Dorn in sein Fleisch bohrte – er konnte nicht wiedergutmachen, was ihr das Leben vergiftet hatte, und schlimmer noch, er konnte ihrer Zukunft nicht gewiß sein. Hielt nicht das Morgen leidvolle Einsamkeit für sie bereit, wenn sie allein, ohne Vater und Mutter, auskommen mußte? Er fühlte die ständige Bedrohung, daß sich sein gesundheitlicher Zustand noch verschlechtern könnte. Dann käme das, was er am meisten fürchtete – kraftlos wie ein Toter das Bett zu hüten, ohne tatsächlich, wie schon so viele seiner Freunde und Bekannten, tot zu sein. Wie Fliegen umsummten ihn die trüben Gedanken, so daß er Zuflucht zu Gott nahm und betete, ihn vor dem Übel zu bewahren. Ja, er wollte heute die alten Lieder hören, und sollte er dabei auch einnicken. »Laß das Radio spielen, selbst wenn ich einschlafe.«

Amina neigte den Kopf und lächelte.

»Das Treppensteigen fällt mir sehr schwer«, seufzte er.

»Sie sollten auf jedem Absatz verschnaufen, Herr.«

»Aber die Luft ist dort schrecklich feucht, und dann dieser verfluchte Winter …« Fragend schaute er auf sie hinunter. »Ich wette, du bist heute trotz der Kälte wieder zu al-Hussain gelaufen.«

Verschämt und auch ein wenig verlegen antwortete sie: »Besucht man Ihn, dann wird das Schwere wieder leicht, Herr.«

»Alles nur mein Fehler.«

Bemüht, den Gebieter versöhnlich zu stimmen, erklärte

Amina: »Ich wandle um das hehre Grabmal und bete für Ihre Gesundheit und Ihr Wohlergehen.«

O ja, auch er sollte aufrichtig beten. Alles Gute wendete sich von ihm ab, und selbst die kalte Dusche, mit der er sich morgens immer erfrischt hatte, wäre, wie es hieß, beim Zustand seiner Arterien gefährlich. Wenn alles Gute sich ins Schlechte verkehrt, dann gnade Gott!

Wenig später war zu hören, daß die Haustür ins Schloß fiel. Amina schaute auf und murmelte: »Kamal.«

Keine fünf Minuten, und Kamal trat ein, ohne den schwarzen Mantel abgelegt zu haben, in dem er noch länger und magerer als sonst aussah. Der sorgfältig gestutzte, dichte Schnurrbart verlieh ihm Würde und Männlichkeit. Durch die Gläser seiner goldumrandeten Brille schaute er zum Vater, dann beugte er sich zum Gruß über dessen Hand. Der forderte ihn auf, sich zu setzen, um gleich darauf lächelnd zu fragen: »Wo hast du gesteckt, Herr Professor?«

Kamal liebte diesen freundlichen, umgänglichen Ton ungemein, der ihm erst in vorangeschrittenem Alter zuteil wurde. Er setzte sich auf das Kanapee und erwiderte: »Ich war mit einigen Freunden im Café.«

Was mochten das für Freunde sein? Kamal wirkte viel zu ernst und gesetzt für sein Alter, und die meiste Zeit verbrachte er nur mit seinen Büchern. Wie sehr unterschied er sich von Jasin, auch wenn keiner von beiden ohne Fehler war. Noch immer lächelnd fragte er: »Warst du heute beim Kongreß der Wafd-Partei?«

»Ja. Mustafa an-Nahhas hat gesprochen, ein denkwürdiger Tag.«

»Man hat mir gesagt, daß es ein großartiges Ereignis sein würde, aber da ich nicht hingehen konnte, habe ich meine Einladung einem Freund gegeben. Meine Gesundheit läßt es nicht zu, daß ich mich belaste.«

Von Mitleid ergriffen, sagte Kamal leise: »Möge Gott dir wieder Kraft geben.«

»Gab's keine Vorfälle?«

»Nein, der Tag verlief friedlich. Im Unterschied zu sonst hat sich die Polizei mit der Überwachung begnügt.«

Erleichtert nickte der Vater, bevor er mit gehobener Stimme erklärte: »Sprechen wir über das alte Thema. Hältst du an deiner Meinung über Privatstunden fest?«

Noch immer fühlte sich Kamal verwirrt und unwohl, wenn er sich gezwungen sah, gegenüber dem Vater einen eigenen Standpunkt zu vertreten. Mit sanfter Stimme entgegnete er: »Wir hatten das Thema beendet.«

»Jeden Tag bitten mich Freunde, daß du ihren Kindern Privatunterricht gibst. Verachte nicht einen ehrbaren Broterwerb, Privatstunden werfen für Lehrer eine Menge ab. Die nach dir fragen, gehören zu den angesehenen Persönlichkeiten des Viertels.« Da Kamal mit keinem Wort darauf einging und sein Gesicht von höflicher Ablehnung sprach, fuhr der Vater mit Bedauern fort: »Du weigerst dich nur, weil du deine Zeit mit endlosem Lesen und brotlosem Schreiben vergeuden willst. Du bist ein kluger Mensch, ist das etwa vernünftig?«

»Du mußt«, wandte sich die Mutter an Kamal, »das Geld genauso lieben wie das Wissen.« Und mit stolzem Lächeln sagte sie zum Herrn Gemahl: »Er ist wie sein Großvater. Über seine Liebe zum Wissen geht ihm nichts.«

»Schon wieder der Großvater«, stöhnte Herr Abd al-Gawwad. »Wahrscheinlich war er gar Imam Mohammed Abduh höchstpersönlich?!«

Da die Mutter über diesen Imam nichts wußte, erwiderte sie begeistert: »Warum nicht, Herr? Alle Nachbarn berieten sich mit meinem Vater, wenn sie über religiöse Dinge und weltliche Sachen etwas wissen wollten.«

Herr Abd al-Gawwad konnte nicht verhehlen, wie sehr ihn ihr Geschwätz amüsierte. Lachend erklärte er: »Solche wie er kannst du heute im Dutzend kriegen.«

Das Gesicht der Mutter kündete von Widerspruch, aber sie hielt den Mund. Kamal lächelte verlegen, dann entschuldigte er sich und ging hinaus.

Im Salon baute sich Naima vor ihm auf. Sie wollte unbedingt ihr neues Kleid holen, um es ihm zu zeigen. Also setzte er sich neben Aischa und wartete. Wie alle in der Familie verhielt er sich wegen Aischa besonders nett zu Naima. Doch davon abgesehen, hegte er für die Schönheit des Mädchens die gleiche Bewunderung, die er einst ihrer Mutter entgegengebracht hatte. Als Naima mit dem Kleid kam, breitete er es aus, betrachtete es eingehend, ganz so, als könne er nicht genug staunen. Liebevoll sah er Naima an, betroffen von dieser einzigartigen, unschuldigen Zartheit, von der geradezu ein Leuchten ausging.

Als er den Raum verließ, war ihm das Herz schwer. Eine Familie alt werden zu sehen machte traurig. Es war quälend, den mächtigen, allgewaltigen Vater schwach und kraftlos zu erleben. Die Mutter welkte dahin, schützte bei Unwohlsein ständig ihr Alter vor. Und dann Aischa, die sich in ihrer selbstzerstörerischen Stimmung zusehends gehenließ. Es lag etwas wie eine Warnung in der Luft, eine Ahnung von Unheil und Ende.

Kamal stieg hinauf ins zweite Stockwerk, in seine Wohnung, wie er es nannte. Dort lebte er für sich allein, bewegte sich zwischen Schlaf- und Arbeitszimmer, mit dem Blick auf die Baina-l-Kasrain-Straße. Er legte den Anzug ab, zog den Gilbab an, schlüpfte in den Morgenrock und ging hinüber ins Arbeitszimmer. Vor dem Holzerker stand ein großer Schreibtisch, und an beiden Seiten befanden sich Bücherregale. Er wollte zumindest noch ein Kapitel in Bergsons »Die zwei Quellen der Moral und der Religion« lesen und ein letztes Mal seinen monatlichen Beitrag für die Zeitschrift »Der Gedanke« durchsehen, in dem er sich mit dem Pragmatismus beschäftigte. Diese wenigen Stunden bis Mitternacht, die er der Philosophie widmete, gehörten zur glücklichsten Zeit des Tages. Da fühlte er sich, so sein Ausdruck, als menschliches Wesen. Die übrige Zeit, die er als Lehrer in der Silahdar-Grundschule verbrachte oder mit den verschiedensten Erfordernissen des Alltags füllte, stellte für ihn das Quantum dar, das der Absicherung und Befriedigung der Bedürfnisse diente und nur dem Tier verpflichtet war, das jedem, wie er meinte, im Verborgenen innewohnte. Weder liebte er seine »offizielle« Arbeit, noch achtete er sie. Aber diese Unzufriedenheit behielt er für sich, sprach schon gar nicht zu Hause darüber, um niemand Anlaß zur Schadenfreude zu geben. Dennoch war er ein ausgezeichneter Lehrer. Er erfreute sich großer Achtung, was sich auch daran zeigte, daß der Direktor ihm einige besondere Aufgaben übertragen hatte. Kamal machte sich über sich selbst lustig, indem er sich als Sklaven bezeichnete. War nicht jeder ein Sklave, der seiner Arbeit korrekt nachkam, obwohl er sie nicht ausstehen konnte? In der Tat, einzig der Ehrgeiz – ihm seit der Kindheit eigen – trieb ihn dazu, sich unermüdlich anzustrengen und vor anderen auszuzeichnen. Von Beginn an war er entschlossen gewesen, bei Schülern und Lehrern eine geachtete Persönlichkeit darzustellen. Das hatte er erreicht, ja, mehr noch, er war – trotz des gewaltigen Schädels und der enormen Nase – sogar beliebt. Diesem Aussehen oder, besser gesagt, dem schmerzlichen Bewußtsein seines Aussehens verdankte er zweifelsohne die Gnade starker Entschlossenheit, die ihn zu einer respektierten Persönlichkeit machte. Im Wissen darum, daß sein Schädel und seine Nase zum Spott herausforderten, war er seit jeher entschlossen gewesen, jede körperliche Verhöhnung, die er als Angriff auf seine Person verstand, zurückzuweisen. Gewiß, in mancher Unterrichtsstunde oder Pause konnte er nicht verhindern, daß es ein Zwinkern oder eine versteckte Andeutung gab, doch solchen Übergriff wehrte er mit aller Entschiedenheit ab, um ihn gleich darauf mit der ihm eigenen Milde zu lindern. Dank seiner Fähigkeit, den Schulstoff überzeugend darzustellen und verständlich zu machen, dank der Begeisterung, die ihn hier und da ergriff, wenn er interessante, begeisternde Fragen des Nationalbewußtseins aufwarf oder Erinnerungen an die Revolution heraufbeschwor – dank dieser Fähigkeiten galt ihm die allgemeine Anerkennung der Schüler. Abgesehen von der jähen Bereitschaft, energisch durchzugreifen, stellte die Zuneigung der Schüler den besten Garant dafür dar, rebellische Verlockungen im Keim zu ersticken. Wie hatte es geschmerzt, als er das erste Zwinkern beobachten mußte, wie schmerzlich stiegen in jenem Moment Erinnerungen an längst vergessen geglaubten Kummer auf. Doch letztendlich hatte er es geschafft, sich einer hohen Wertschätzung zu erfreuen, die die Schüler mit Bewunderung, Liebe und Ehrerbietung zu ihm aufschauen ließ.

Ein anderes Problem setzte ihm zu – der monatliche Beitrag für die Zeitschrift »Der Gedanke«. Hier hatte er nicht die Schüler, wohl aber den Direktor und die Lehrer zu fürchten. Die kritische Sicht auf gültige Normen und anerkannte Traditionen, mit der er alte und neue Themen der Philosophie behandelte, konnte ihren Unwillen hervorrufen und ihm schaden. Ein solches Tun vertrug sich nicht mit der Autorität eines Lehrers. Bisher hatte er Glück gehabt, denn unter den Verantwortlichen gab es keinen, der zu den Lesern der Zeitschrift gehörte. Vielleicht lag es daran, daß sie in einer geringen Auflage erschien. Nur tausend Exemplare wurden gedruckt, und von denen ging die Hälfte in andere arabische Länder. Die mangelnde Resonanz ermutigte ihn weiterzuschreiben, und so konnte er seinen Glauben an sich und seine Berufung hochhalten. In den Nachtstunden, die ihm allein gehörten, verwandelte er sich vom Lehrer der englischen Sprache in den Wanderer, der frei und ohne Grenzen die Gefilde des Denkens durchstreifte. Er las, dachte nach, notierte Gedanken, die er später in den Artikeln verwendete. Was ihn zu unermüdlichem Eifer trieb, waren Wissensdurst, Wahrheitsliebe, Neugier auf geistige Abenteuer, aber auch Sehnsucht nach Trost und Erlösung von Wehmut und Einsamkeit, beides in seinem Innern tief verwurzelt. Aus dem Alleinsein flüchtete er sich in die Einheit des Seins bei Spinoza, über die eigene Unbedeutendheit tröstete er sich durch die Mitwisserschaft um Schopenhauers Sieg über den Willen hinweg, das Maß seines Mitleids mit Aischas Unglück besänftigte er mit einem Schluck aus der Leibnizschen Erklärung des Bösen, sein nach Liebe dürstendes Herz tränkte er mit der poetischen Sprachgewalt Bergsons. Doch so unablässig er sich auch mühte, er vermochte es nicht, der Ungewißheit die Krallen zu schneiden, die ihm Folterqualen bereiteten. Die Wahrheit erwies sich als ebenso kokette Geliebte wie eine Frau aus Fleisch und Blut. Sie zierte sich, verdrehte einem den Kopf, ließ einen zweifeln, machte eifersüchtig und gaukelte einem im gleichen Moment verführerisch Besitz und Vereinigung vor. Wie eine Geliebte war sie schillernd, launisch, wankelmütig, und nur allzuoft neigte sie zu List, Verrat, Grausamkeit, Hochmut. Kam am Ende nur Ratlosigkeit heraus, fühlte er keine Kraft mehr, dann sprach er sich Trost zu mit den Worten: »Ja, vielleicht leide ich wirklich, aber auf jeden Fall bin ich am Leben, bin ein lebender Mensch. Wer das von sich behaupten will, muß den Preis zahlen.«

2

Die Bücher durchsehen, die Rechnungen kontrollieren, die Bilanz vom vorigen Tag saldieren – das waren Aufgaben, denen Herr Achmed Abd al-Gawwad immer mit Fleiß und Genauigkeit nachgekommen war. Nun aber, da ihm Alter und Krankheit zusetzten, machte ihm diese Tätigkeit zu schaffen. Wenn er gebeugt unter der eingerahmten Basmala saß, mit der großen Nase, die den silberfarbigen Schnurrbart fast verdeckte und das magere Gesicht noch gewaltiger wirken ließ, bot er einen geradezu mitleiderheischenden Anblick. Sah man allerdings seinen Prokuristen Gamil al-Hamzawi an, der auf die Siebzig zuging, mußte man wahre Trauer empfinden. Kaum hatte er einen Kunden abgefertigt, ließ er sich schwer atmend auf einen Stuhl fallen, so daß Herr Achmed verbittert vor sich hin murmelte: »Wären wir Beamte mit Pension, müßten wir Alten uns nicht mehr dermaßen abplagen.«

Jetzt jedenfalls sah Herr Abd al-Gawwad vom Rechnungsbuch auf und erklärte: »Die Wirtschaftskrise wirkt sich noch immer auf die Geschäftslage aus.«

Al-Hamzawi verzog unwillig die blassen Lippen. »Kein Zweifel, aber immerhin ist dieses Jahr besser als das vorige, und das war wiederum besser als das davor. Auf jeden Fall muß man Gott danken.«

Das Jahr 1930 war das erste gewesen, mit dem für die Kaufleute, wie sie es nannten, die Zeit des Schreckens begann. Ismail Sidki hielt eigenmächtig das politische Leben in der Hand, und die Flaute beherrschte das wirtschaftliche Leben. Von morgens bis abends war nichts anderes zu hören als Nachrichten über neuerliche Bankrotterklärungen und Räumungsverkäufe. Man streckte die Hände gen Himmel und fragte sich, was das Morgen wohl bringen würde. Herr Abd al-Gawwad gehörte zweifelsohne zu den wenigen Glücklichen, denn der von Jahr zu Jahr bänglich erwartete Bankrott hatte sich nicht eingestellt.

»Gewiß, man muß Gott danken«, sagte Herr Abd al-Gawwad. Er merkte, daß Gamil al-Hamzawi ihn seltsam anschaute – zögerlich und verlegen zugleich. Was könnte mit ihm sein? Plötzlich stand Gamil al-Hamzawi auf, schob seinen Stuhl dichter an den Schreibtisch heran und setzte sich verwirrt lächelnd hin. Trotz strahlenden Sonnenscheins war es bitter kalt. Heftige Windstöße ließen Tür und Fenster beben, ein heulendes Sausen war zu hören. Herr Achmed setzte sich aufrecht hin und sagte: »Erzähl schon, was du hast. Ich bin mir sicher, daß gleich etwas Wichtiges kommt.«

Al-Hamzawi schlug die Augen nieder. »Ich bin nicht zu beneiden. Wie soll ich's nur sagen …?«

»Ich habe mit dir mehr Zeit verbracht als mit der Familie«, ermunterte ihn Herr Abd al-Gawwad. »Also kannst du mir alles anvertrauen, was dich bewegt.«

»Gerade das ist es, das lange Miteinander, Herr.«

Das lange Miteinander? Sollte al-Hamzawi …? Darauf wäre er nie gekommen. »Willst du etwa wirklich …?«

»Es ist Zeit, Herr«, meinte al-Hamzawi bekümmert. »Gott bürdet einem nur so viel auf, wie man tragen kann.«

Herrn Abd al-Gawwads Herz verkrampfte sich. Wenn al-Hamzawi mit der Arbeit aufhörte, zeichnete sich auch für ihn ab, in den Ruhestand zu treten. Wie sollte er, alt und krank, sich allein um das Geschäft kümmern? Ratlos sah er ihn an.

»Es tut mir sehr leid«, meinte al-Hamzawi gerührt. »Aber ich schaffe es nicht mehr. Die Zeit ist reif. Ich habe vorgesorgt, allein kann ich Sie doch nicht lassen. Meinen Platz wird jemand einnehmen, der besser ist als ich.«

Das Vertrauen, das er in al-Hamzawi setzen konnte, hatte ihm immer den Rücken freigehalten. Wie sollte er, ein Mann von dreiundsechzig Jahren, von morgens bis abends das Geschäft in Gang halten? »Wenn man aufhört zu arbeiten und nur noch zu Hause herumsitzt, geht's mit einem viel eher bergab. Hast du das nicht bei den pensionierten Beamten beobachtet?«

Al-Hamzawi lächelte. »Mit mir geht's schon jetzt bergab, schon vor dem Ruhestand.«

Herr Abd al-Gawwad lachte laut auf, als wollte er die Peinlichkeit dessen, was ihm auf der Zunge lag, überspielen. »Ach, du alter Schlaukopf, willst mich ja nur verlassen, weil dein Sohn Fuad darauf besteht.«

»Da sei Gott vor!« rief al-Hamzawi entrüstet. »Jeder sieht, wie es mir gesundheitlich geht, und das allein ist der Grund.«

Wer konnte schon wissen? Fuad war jetzt Staatsanwalt, und in dieser Stellung konnte er vielleicht nicht damit einverstanden sein, daß der Vater als einfacher Angestellter arbeitete. Da spielte es wohl keine Rolle mehr, daß es der Chef des Vaters gewesen war, der dem Sohn das Studium und demzufolge die Stellung bei der Staatsanwaltschaft ermöglicht hatte. Doch da Herr Abd al-Gawwad das Gefühl hatte, seinen gutherzigen Prokuristen schon mit der letzten Bemerkung verletzt zu haben, begnügte er sich damit, freundlich zu fragen: »Steht schon fest, wann Fuad nach Kairo versetzt wird?«

»In diesem Sommer, auf jeden Fall aber nächsten Sommer.«

Es herrschte verlegenes Schweigen, dann erklärte al-Hamzawi, bemüht, ebenso freundlich zu bleiben: »Wenn er in Kairo ist, muß man an seine Heirat denken, nicht wahr? Bei sieben Töchtern ist er der einzige Sohn, also muß man eine Frau für ihn finden. Immer, wenn ich daran denke, fällt mir das Fräulein, Ihre gut erzogene Enkelin ein …« Verstohlen blickte er Herrn Abd al-Gawwad an, dann murmelte er: »Natürlich sind wir nicht von gleichem Rang …«

Was blieb da Herrn Abd al-Gawwad weiter übrig, als zu sagen: »Behüte Gott, Gamil. Wir waren von jeher Brüder!«

Ob Fuad den Vater angestachelt hatte, mal auf den Busch zu klopfen? Ein Staatsanwalt stellte etwas Bedeutendes dar, und das Wichtigste – der junge Mann war ein guter Mensch. Aber war jetzt der Moment, über Heirat zu reden? »Sag mir erst mal, ob du wirklich entschlossen bist, mit der Arbeit aufzuhören.«

In diesem Augenblick tönte es von der Tür her: »Einen recht schönen guten Morgen!«

Herr Abd al-Gawwad lächelte höflich, auch wenn er sich ärgerte, daß das wichtige Gespräch unterbrochen wurde. »Hallo, herzlich willkommen!« Er wies auf den Stuhl, den al-Hamzawi im Nu geräumt hatte. »Bitte schön.«

Zubaida nahm Platz. Sie sah aufgedunsen aus, und das Gesicht war dick mit Schminke bedeckt. Kein Schmuck mehr, weder Ohrringe noch Ketten, noch Armbänder, und die alte Schönheit war auch geschwunden. Herr Abd al-Gawwad begrüßte Zubaida nicht weniger freundlich als die anderen Kunden, aber auch nicht herzlicher. Im Grunde verabscheute er ihren Besuch, denn wann immer sie auftauchte, bedrängte sie ihn mit Forderungen.

Auf die Frage nach der werten Gesundheit begnügte sie sich mit der nichtssagenden Antwort: »Gott sei's gedankt.« Nach kurzem Schweigen wiederholte er: »Tja, herzlich willkommen.« Trotz des dankenden Lächelns war ihr anzumerken, daß sie aus den Höflichkeitsfloskeln die laue Herzlichkeit herausgehört hatte. Noch immer lächelnd, tat sie, als spürte sie die kühle Atmosphäre nicht. Im Verlauf der Jahre hatte sie gelernt, ebenso kalt zu reagieren.

»Ich will nicht deine Zeit vergeuden, aber du bist der nobelste Mann, den ich je im Leben traf. Entweder gibst du mir noch ein Darlehen, oder du findest für mein Haus einen Käufer. Am liebsten wäre mir, wenn du es selbst kaufen würdest.«

Herr Abd al-Gawwad seufzte. »Ich? ... Wenn ich's nur könnte! Die Zeiten haben sich geändert, Sultanin. Wie oft habe ich dir nun schon gesagt, wie die Dinge stehen, aber offensichtlich glaubst du mir nicht.«

Mit einem Lachen überspielte sie die Enttäuschung. »Die Sultanin ist pleite. Was kann man da tun?«

»Letztes Mal habe ich dir gegeben, was ich konnte. Aber meine Situation läßt es nicht zu, dir nochmals zu helfen.«

»Kannst du nicht wenigstens einen Käufer für mein Haus finden?« fragte sie besorgt.

»Ich werde mich bemühen, das verspreche ich.«

»Nichts anderes habe ich von dir erwartet, du Hochherzigster aller Hochherzigen«, erklärte sie dankbar, und traurig fügte sie hinzu: »Nicht nur, daß sich die Welt gewandelt hat, die Menschen haben sich noch viel mehr verändert, Gott vergebe ihnen. Zu Zeiten des Ruhms haben sie darin gewetteifert, mir die Schuhe zu küssen, aber wenn sie mich jetzt auf der Straße sehen, wechseln sie auf die andere Seite hinüber.«

Sicher vermißt der Mensch immer etwas im Leben, manchmal sogar mehreres auf einmal – Gesundheit, Jugend, andere Menschen. Doch wo ist die herrliche Zeit geblieben, die erfüllt war von Kraft und Ansehen? Wohin haben sich die Tage verflüchtigt, da man sich an Gesang und Liebe berauschte? »Eins muß ich dir sagen, Sultanin, du hast nie für die Zukunft vorgesorgt.«

Mit einem Seufzer des Bedauerns antwortete sie: »Ja, leider. Ich bin nicht wie deine Freundin Galila, die mit der Ehre anderer Handel treibt und auf diese Weise zu Geld und Häusern kommt. Ganz abgesehen davon läßt mich Gott an einer Menge Gauner leiden, was so weit geht, daß Hassan Anbar für eine Prise Kokain, wenn es auf dem Markt schwer zu haben ist, ein Pfund bezahlt haben will.«

»Da soll doch Gottes Fluch dreinschlagen!«

»Auf Hassan Anbar? Dann gleich tausend Flüche.«

»Aber nein – aufs Kokain.«

»Bei Gott, warum das? Kokain ist barmherziger als der Mensch.«

»Unsinn! Es ist äußerst betrüblich, daß du dem Zeug verfallen bist.«

Als müßte sie sich diesem Schicksal bedingungslos fügen, meinte sie: »Die Kraft ist weg und das Geld auch. Da kann man nichts machen. Wann hast du einen Käufer für mein Haus?«

»So Gott will, bei nächster Gelegenheit.«

Im Aufstehen begriffen, erklärte sie vorwurfsvoll: »Hör mal, wenn ich das nächste Mal komme, möchte ich dich aus vollem Herzen lachen sehen. Ich kann alles ertragen, nur nicht, wenn du nicht nett bist zu mir. Ich weiß genau, daß ich dir mit meinen Forderungen auf die Nerven falle, aber Gott allein weiß, in welcher Klemme ich stecke. Für mich bist du der beste Mensch.«

»Vermute nicht mehr, als da ist«, entschuldigte er sich. »Als du hereinkamst, war ich gerade mit einer wichtigen Sache beschäftigt. Die Sorgen eines Kaufmanns nehmen kein Ende, wie du weißt.«

»Möge Gott sie dir nehmen.«

Dankend neigte er den Kopf, geleitete sie zur Tür, und beim Verabschieden erklärte er: »Du bist mir zu jeder Zeit herzlichst willkommen.« O ja, jeglicher Glanz war in ihren Augen erloschen, kummererfüllt der Blick. Da konnte man nur noch Mitleid empfinden. Bedrückt ging er an seinen Platz, drehte sich zu Gamil al-Hamzawi um und sagte: »Was für eine Welt!«

»Möge Gott Ihnen das Schlechte der Welt ersparen und nur noch Gutes spenden.« Al-Hamzawis Stimme bekam einen harten Klang, als er fortfuhr: »Eine gerechte Strafe für eine Frau, die dermaßen leichtfertig ist.«

Herr Abd al-Gawwad schüttelte heftig den Kopf, als wollte er angesichts der Härte dieser Moralpredigt stummen Protest anmelden. Gleich darauf nahm er wieder den geschäftsmäßigen Ton auf und fragte: »Bist du noch immer entschlossen, mich zu verlassen?«

»Es ist doch kein ›Verlassen‹«, meinte al-Hamzawi verlegen. »Ich gehe lediglich in den Ruhestand. Es tut mir auch zutiefst leid.«

»Mit solch liebenswürdigem Gerede habe ich vor ein paar Minuten Zubaida hinauskomplimentiert.«

»Gott bewahre, ich spreche aufrichtigen Herzens! Sehen Sie nicht, Herr, daß mich das Alter fast schon zum Greis gemacht hat?«

Ein Kunde betrat das Geschäft, und al-Hamzawi ging zu ihm.

Von der Tür her erscholl die Stimme eines alten Mannes, der lockend rief: »O welcher Jüngling, schön wie der Mond, sitzt dort hinterm Schreibtisch?«

Scheich Mitwalli Abd as-Samad erschien, bekleidet mit einem groben, abgetragenen, ausgeblichenen Gilbab und zerrissenen Schuhen. Den Kopf hatte er turbanartig mit einem Stück Kamelfell umwickelt. Er stützte sich auf seinen Stock, und im Glauben, auf Herrn Abd al-Gawwad zu schauen, blinzelte er mit geröteten Augen in Richtung der Wand, die sich seitlich von dessen Schreibtisch befand.

Trotz aller Sorgen mußte Herr Abd al-Gawwad schmunzeln. »Kommen Sie, Scheich Mitwalli, wie geht es Ihnen?«

Der riß den Mund auf, eine zahnlose Höhle, und rief: »Weg mit dir, du böser Blutdruck, und her mit dir, Gesundheit, damit es dem Edelsten aller Menschen wieder gutgeht.«

Als Herr Achmed auf ihn zuging, schien sich der Blick des Scheichs auf ihn zu richten. Doch was war das? Plötzlich wich der Scheich vor ihm zurück, als wäre er auf der Flucht. Er begann, sich um die eigene Achse zu drehen, und in alle vier Himmelsrichtungen weisend, kreischte er: »Hier hinaus die Sorgen und da hinaus die Sorgen! Und hier und da ...« Er rannte hinaus auf die Straße und rief: »Heute nicht! Vielleicht morgen oder übermorgen! Gott ist der Allwissende.« Mit weit ausholenden, energischen Schritten, die wenig zu seinem abgerissenen Eindruck paßten, machte er sich auf den Weg.

3

Der Freitag war der Tag, an dem die Vögel wieder ins Nest schwirrten und das alte Haus sich mit Kindern und Enkelkindern füllte. Von dieser schönen Gewohnheit ließ niemand ab, auch wenn Amina am Freitag nicht mehr die große Heldin war, sondern Umm Hanafi die Küche beherrschte. Dafür wurde aber Amina nicht müde, alle Welt daran zu erinnern, daß Umm Hanafi ihre Schülerin war. Je stärker Amina das Gefühl hatte, kaum noch Lob zu verdienen, desto stärker offenbarte sich die Sucht danach. Was alles noch schlimmer machte, war, daß Chadiga, obwohl sie als Gast ins Haus kam, nicht davon abließ, ihre Hilfe anzubieten.

Bevor der Hausherr ins Geschäft aufbrach, scharten sich

die Gäste um ihn: Ibrahim Schaukat mit den Söhnen Abd al-Munim und Achmed, Jasin mit Sohn Radwan und Tochter Karima, und allen war jene Scheu eigen, die aus lautem Lachen ein Lächeln, aus heftiger Rede ein Flüstern werden ließ. Der Herr Vater indes, der, je älter er wurde, um so mehr Freude an der Gegenwart von Kindern und Kindeskindern empfand, schalt Jasin aus, weil dieser nur noch am Freitag ins Haus, während der Woche aber nicht mehr ins Geschäft kam. Konnte dieser Esel nicht verstehen, daß er ihn jederzeit gern um sich hatte? Und wie gut dessen Sohn Radwan aussah – große, dicht bewimperte Augen und eine rosige Haut. Seine mannigfaltige Schönheit ließ das Bild vom jugendlichen Jasin erstehen, erinnerte aber auch bisweilen an Hanija, Jasins Mutter, oder gar an seinen Freund Mohammed Iffat, den anderen Großvater des Jungen. Radwan war ihm das liebste Enkelkind. Doch auch die kleine achtjährige Karima würde zu einem wunderbaren Geschöpf heranreifen. Das verrieten die schwarzen Augen, die sie von ihrer Mutter Zanuba hatte. Er, der Großvater, konnte ihnen immer nur mit einem verlegenen Lächeln, reich an Erinnerungen, begegnen. Was die Jungen Abd al-Munim und Achmed betraf, so erfreute es ihn nicht wenig, sie mit einer ähnlich gewaltigen Nase wie der seinigen zu sehen und mit den kleinen Augen Chadigas. Die beiden Burschen zeigten im übrigen am meisten Mut, ihn in ein Gespräch zu verwickeln. Alle Enkel lernten erfolgreich, worauf er als Großvater stolz war, auch wenn nicht zu übersehen war, daß sie mit sich beschäftigt waren und sich wenig um ihn kümmerten. Einerseits fand er es tröstlich, daß durch sie sein Lebenswerk weder jetzt noch in Zukunft beendet sein würde, andererseits machte ihm ihr Erwachsenwerden bewußt, daß er allmählich die führende Stellung verlor, die ihm zukam – ein Vorgang, den er als weniger schmerzlich empfand, als er vermutet hätte.

Das vorgerückte Alter hatte ihm nicht nur Schwäche und Krankheit eingebracht, sondern auch Weisheit, was aber noch lange nicht hieß, daß er die Flut von Erinnerungen hätte stoppen können, die sich für ihn mit dem Heranwachsen der Enkelkinder verband. Da war das Jahr 1890, als er, der junge Bursche, wenig Lust zum Lernen hatte, sich dafür um so mehr in den Vergnügungsstätten in al-Gamalija und seinen Lieblingskneipen in al-Ezbekija amüsierte, immer mit Mohammed Iffat, Ali Abd ar-Rahim und Ibrahim Alfar im Schlepptau. Sein Vater, der sich mit ganzer Seele um den Laden kümmerte, schimpfte zwar mit ihm, verwöhnte ihn, den einzigen Sohn, aber noch mehr. Das Leben schien ein zusammengerolltes Blatt Papier zu sein, das die schönsten Hoffnungen barg. Ja, und dann kam Hanija … doch halt! Wozu sollte es gut sein, sich von Erinnerungen fortreißen zu lassen.

Herr Abd al-Gawwad erhob sich, um das Nachmittagsgebet zu sprechen, woraus zu schließen war, daß er dann das Haus verlassen würde. Und tatsächlich, wenig später war er angekleidet und ging ins Geschäft. Die anderen scharten sich um das Kohlebecken der Großmutter. Die Zeit der Kaffeerunde war gekommen, und da konnte man nach Herzenslust plaudern und schwatzen. Auf dem Kanapee, das in der Mitte thronte, saßen Amina, Aischa und Naima, auf dem rechten Jasin, Zanuba und Karima und auf dem linken Ibrahim Schaukat, Chadiga und Kamal. Radwan, Abd al-Munim und Achmed machten es sich auf den Stühlen bequem, die in der Mitte des Salons, unter der Deckenlampe, standen. Ibrahim Schaukat ging aus Gewohnheit seiner Lieblingsbeschäftigung nach – er lobte die unterschiedlichen Gerichte, die ihm alle geschmeckt hatten. Allerdings war er in den letzten Jahren dazu übergegangen, sich auf die Vortrefflichkeit der Meisterin – Amina – gegenüber ihrer verdienstvollen Schülerin –

Umm Hanafi – zu beschränken. Zanuba diente ihm als Echo, ließ sie doch keine Gelegenheit aus, sich um die Gunst eines Mitglieds von Jasins Familie zu bemühen. Seit ihr die Tore geöffnet worden waren und sie mit der Familie Umgang haben durfte, arbeitete sie mit äußerster Geschicklichkeit darauf hin, ihre Beziehungen zu festigen. Daß sie im Haus verkehren durfte, bedeutete ihr die lang erhoffte Anerkennung ihrer Stellung, nachdem sie unendlich viele Jahre die Einsamkeit einer Ausgestoßenen hatte ertragen müssen. Der Tod eines Neugeborenen hatte ihr Jasins Familie, ein reiner Kondolenzbesuch, ins Haus gebracht, und da hatte man ihr zum erstenmal seit der Hochzeit die Hand gereicht. Das hatte ihr genügend Mut gemacht, das Zuckergäßchen zu besuchen, und als der Herr Vater so schwer erkrankte, war auch sie in der Baina l-Kasrain zu Besuch erschienen, wobei beide, Herr Abd al-Gawwad und Zanuba, als sie sich in seinem Zimmer begegneten, taten, als würden sie sich zum erstenmal begegnen, als hätten sie keine gemeinsame Vergangenheit. Auf diese Weise hatte sich Zanuba allmählich in die Familie eingegliedert, was schließlich dazu führte, daß sie Amina »Tantchen« nannte und Chadiga »Schwester« rief. Beispielhaft in ihrer Bescheidenheit, putzte sie sich sogar, wenn sie aus dem Haus ging, weniger heraus als die Frauen der Familie. Infolgedessen wirkte sie älter, als sie war, ein Eindruck, der vom vorzeitigen Schwinden ihrer einstigen Schönheit noch verstärkt wurde. Chadiga konnte kaum glauben, daß Zanuba erst sechsunddreißig Jahre alt sein sollte. Jedenfalls hatte sie allgemeine Achtung gewonnen, und selbst Amina bekannte eines Tages, daß Zanuba wahrscheinlich doch aus »gutem Hause« stamme und sie, selbst wenn ihre Erziehung weit zurückliege, dennoch ein anständiges Mädchen sei; immerhin habe sie es als einzige verstanden, Jasin ein Heim zu bieten.

Chadiga hatte, was Körperfülle betraf, allmählich selbst Jasin übertroffen, wobei sie nicht einmal abstritt, auf das viele Fett und Fleisch auch noch stolz zu sein. Mit Glück erfüllten sie die Söhne Abd al-Munim und Achmed, und sie genoß mit Behagen das Eheleben, auch wenn sie nie aufhörte zu jammern, wie sehr sie das Auge des Neids fürchten müsse. Ihr Umgang mit Aischa hatte sich grundlegend verändert. In all den acht Jahren war ihr kein einziges grobes Wort, keine einzige höhnische Bemerkung entschlüpft, nicht einmal aus Spaß. Äußerst behutsam war Chadiga darauf bedacht, mit Aischa nett und freundlich, ja, liebenswürdig umzugehen. Nicht nur, daß Aischas Elend sie demütig machte und die Schicksalsmächte fürchten ließ, die der Schwester das Beschiedene beschieden hatten, sie war auch besorgt darüber, daß dieses geplagte Wesen ihrer beider Geschicke vergleichen könnte. Deshalb hatte Chadiga mit einer großzügigen Geste ihrem Mann Ibrahim Schaukat auferlegt, das ihm zustehende Erbe an der Hinterlassenschaft seines verstorbenen Bruders Naima zu überschreiben, damit beide – Aischa und Naima – ungeteilt in dessen Genuß kamen. Chadiga hatte lange gehofft, daß diese gute Tat lobend erwähnt werden würde, doch Aischa war wie betäubt und nahm die Großzügigkeit der Schwester nicht zur Kenntnis. Chadiga blieb dennoch gütig und fürsorglich und kümmerte sich um Aischa, als wäre sie ihr eine zweite Mutter geworden. Nichts lag ihr mehr am Herzen, als Aischa versöhnlich und freundschaftlich zu stimmen, glaubte sie sich doch damit das Wohlgefallen auf Dauer zu sichern, das ihr Gott beschert hatte.

Ibrahim Schaukat holte eine Schachtel Zigaretten hervor, und als er Aischa davon anbot, nahm sie dankend an. Beide rauchten still vor sich hin. Oft genug gab es Bemerkungen über Aischas übermäßiges Rauchen und Kaffeetrinken, aber darauf reagierte sie gewöhnlich nur mit einem Achselzucken. Ihre Mutter beschränkte sich darauf, im Tonfall eines Gebets zu sagen: »Möge Gott sie standhaft machen.« Jasin traute sich bei seinen Ratschlägen am weitesten vor, denn er glaubte, sich durch den Verlust seines Sohns das Recht dafür erworben zu haben. Für Aischa zählte das nicht, ja, sie hielt es sogar für unangemessen, ihn in den Rang eines Leidtragenden zu erheben, da sein Sohn, im Unterschied zu Othman und Mohammed, bereits im ersten Lebensjahr verschieden war. Überhaupt schien das Gespräch über Schicksalsschläge ihre Lieblingsbeschäftigung zu sein; offenbar glaubte sie, auf diese Weise ihre Einzigartigkeit in der Welt des Unglücks zu betonen.

Kamal hatte aus ein paar Sätzen herausgehört, daß sich Radwan, Abd al-Munim und Achmed über die Zukunft unterhielten. Lächelnd horchte er hin. Radwan sagte gerade: »Wir besuchen alle nicht den naturwissenschaftlichen Zweig, also bleibt als einzig ordentliches Studium nur Jura«, worauf Abd al-Munim den großen Kopf, der ihn am ehesten von allen dreien Kamal ähneln ließ, schüttelte und mit tiefer Stimme nachdrücklich bestätigte: »Na klar, selbstverständlich, aber er will das nicht einsehen.« Bei dem »er« wies er auf seinen Bruder Achmed, der spöttisch grinste.

An dieser Stelle mischte sich der Vater, Ibrahim Schaukat, ein. »Soll er meinetwegen an der Philosophischen Fakultät studieren, aber da muß er mich vorher überzeugen, wozu das gut sein soll. Jura verstehe ich auf Anhieb, aber was er mit der Philosophischen Fakultät will, verstehe ich nicht.«

Kamal blickte niedergeschlagen zu Boden. Erinnerungen an ein weit zurückliegendes Gespräch über Jura und Lehrerstudium holten ihn ein. Er lebte noch immer in der Welt alter Hoffnungen, aber das Leben warf ihm jeden Tag Steine in den Weg. Ein Staatsanwalt mußte nirgendwo erklären, was er machte, wohl aber jemand, der für eine Zeitschrift wie »Der Gedanke« schrieb, vor allem dann, wenn er Artikel verfaßte, die ihm selbst manchmal unverständlich erschienen.

Achmed richtete die kleinen, hervorstehenden Augen auf Kamal und riß ihn aus seiner Nachdenklichkeit mit den Worten: »Ich überlasse es Onkel Kamal, euch zu antworten.«

Ibrahim Schaukat überspielte sein unangenehmes Berührtsein mit einem Lächeln, während Kamal ziemlich gleichgültig erwiderte: »Studier das, was dir liegt.«

Auf Achmeds Gesicht zeichnete sich Genugtuung ab; der schlanke Kopf drehte sich mal zum Bruder, mal zum Vater. Doch da sprach Kamal schon weiter: »Eins mußt du allerdings wissen: Das Jura-Studium eröffnet dir in der späteren Tätigkeit ausgezeichnete Perspektiven, das Studium an der Philosophischen Fakultät nicht. Wenn du etwas Schöngeistiges wählst, wirst du als Lehrer arbeiten müssen, ein schwerer und wenig geachteter Beruf.«

»Ich will ja zur Presse.«

»Journalist werden?!« rief Ibrahim Schaukat. »Er weiß nicht, was er redet.«

»In unserer Familie«, stieß Achmed scharf hervor, »hat das Denken den gleichen Wert wie das Lenken eines Karren.« Er blickte Kamal an, von dem er sich Unterstützung erhoffte.

»Bloß daß die führenden Denker unseres Landes Jura studiert haben«, bemerkte Radwan spöttisch, was Achmed hochmütig mit der Bemerkung abtat: »Was ich unter Denken verstehe, ist etwas völlig anderes.«

Abd al-Munim runzelte die Stirn. »Und zwar etwas, was einem angst macht und zerstörerisch ist. Ich weiß nur allzugut, wovon du sprichst.«

Ibrahim Schaukat schaute, auch wenn er Achmed meinte, die anderen beschwörend an. »Denke nach, bevor du etwas unternimmst. Du bist erst im vierten Jahr. Jedenfalls wird dir dein Erbe nicht mehr als hundert Pfund jährlich bringen, und etliche meiner Freunde klagen bitterlich darüber, daß ihre Söhne nach dem Studium keine Arbeit finden oder als schlechtbezahlte Angestellte tätig sind. Du kannst dich frei entscheiden.«

Jasin griff ein und schlug vor: »Laßt uns hören, was Chadiga dazu meint. Immerhin war sie Achmeds erste Lehrerin. Wer könnte besser als sie die Auswahl zwischen der Juristischen und Philosophischen Fakultät treffen?«

Alle schmunzelten, auch Amina, dic eifrig mit der Kaffeekanne beschäftigt war. Als selbst noch Aischa lächelte, fühlte sich Chadiga ermuntert. »Ich werde euch eine hübsche Geschichte erzählen«, erklärte sie. »Gestern, am späten Nachmittag, kam ich im Dunkeln, denn jetzt im Winter wird es ja schnell dunkel, von der Darb al-Achmar zum Zuckergäßchen zurück. Plötzlich hatte ich das Gefühl, daß mir ein Mann folgt, und tatsächlich – im Durchgang des Mitwalli-Tors ist er neben mir und fragt: Wohin, meine Schöne? Ich drehe mich mit einem Satz um und gebe zur Antwort: Nach Hause, werter Herr Jasin!«

Lautes Gelächter erschütterte den Raum, nur Zanuba warf Jasin einen vielsagenden Blick zu, gleichermaßen von Vorwurf wie von Verzweiflung erfüllt. Jasin hingegen fuchtelte mit der Hand, um die Lacher zum Schweigen zu bringen, und fragte verstört: »Sollte ich schon dermaßen mit Blindheit geschlagen sein?«

»Paß auf«, warnte ihn Ibrahim Schaukat.

Die kleine Karima griff nach der Hand ihres Vaters und lachte noch immer, als hätte sie, die Achtjährige, alles verstanden. Zanuba bemerkte: »Es sind immer die schlimmen Dinge, über die man lachen muß.«

Bei diesen Worten warf Jasin Chadiga einen wütenden

Blick zu. »Du hast mich ganz schön reingerissen, du kleines Sonstwas«, fuhr er sie an.

»Wenn hier jemand etwas über Lebensart lernen müßte, dann du und nicht mein Sohn Achmed, dieser Wirrkopf.«

Zanuba stimmte ihr zu, während Radwan den Vater verteidigte und meinte, er würde zu Unrecht beschuldigt werden. Achmed starrte noch immer Kamal an, als setzte er all seine Hoffnung auf ihn, während Abd al-Munim verstohlen Naima betrachtete, die, an ihre Mutter geschmiegt, wie eine weiße Rose aussah. Wann immer sie zufällig bemerkte, daß seine kleinen Augen auf sie gerichtet waren, rötete sich die blasse, zarte Haut ihres Gesichts.

Ibrahim Schaukat wollte das Gespräch wieder in andere Bahnen lenken, also wandte er sich an Achmed und sagte: »Sieh dir doch nur mal an, was dank des Jura-Studiums aus dem Sohn von al-Hamzawi geworden ist – ein angesehener Staatsanwalt.«

Kamal befiel das Gefühl, daß sich diese Kritik auf ihn bezog.

Zum erstenmal meldete sich Aischa zu Wort: »Er will um die Hand meiner Naima bitten.«

Die Nachricht wurde mit Schweigen aufgenommen, und nur Amina murmelte: »Sein Vater hat gestern mit Naimas Großvater darüber gesprochen.«

»Und hat unser Vater zugestimmt?« fragte Jasin mit ernster Miene.

»Es ist noch alles viel zu früh.«

Ibrahim Schaukat sah Aischa an und fragte behutsam: »Was meint denn Frau Aischa dazu?«

Sie starrte vor sich hin. »Ich weiß nicht …«, was Amina, die sie prüfend ansah, zu dem Hinweis veranlaßte: »Aber deine Meinung ist entscheidend.«

Kamal wollte seinem Freund etwas Gutes tun, also erklärte er: »Fuad ist wirklich ein toller Bursche.«

»Aber seine Familie kommt wohl aus einfachsten Kreisen?!« sagte Ibrahim Schaukat und ließ offen, ob das als vorsichtige Frage oder als Feststellung gemeint war.

Abd al-Munim dröhnte sofort mit kräftiger Stimme: »So ist es. Der eine Onkel mütterlicherseits ist Eseltreiber, der andere Bäcker, und der Onkel väterlicherseits ist Gerichtsschreiber.« Es folgte ein kümmerlicher Versuch, etwas von der Schärfe zu nehmen. »Das tut dem Wert eines Menschen natürlich keinen Abbruch, denn den erringt er selbst, nicht durch die Familie.«

Kamal wurde klar, daß sein Neffe durchaus glaubte, was er sagte, obwohl seine Meinung widersprüchlich war. Im gleichen Atemzug, da er von Fuads niedriger Herkunft sprach, erklärte er, daß das den Wert eines Menschen nicht mindere. Einerseits wollte er Fuad herabwürdigen, andererseits wollte er diesen ungerechten Angriff wiedergutmachen, um seiner starken religiösen Überzeugung Genüge zu tun. Seltsamerweise empfand Kamal Erleichterung, ersparte ihm Abd al-Munims Bemerkung doch die Unannehmlichkeit, offen Stellung zu nehmen. Wie sein Neffe glaubte auch er nicht an Klassenunterschiede, und wie dieser neigte er dazu, Fuad eins auswischen und ihn verächtlich machen zu wollen. Im Vergleich zu Fuads hohem gesellschaftlichen Ansehen konnte er selbst nur schlecht abschneiden.

Amina war deutlich anzumerken, daß ihr der Angriff auf Fuad nicht gefiel. Prompt erklärte sie: »Sein Vater ist ein tüchtiger Mann. Sein Leben lang hat er uns treu und redlich gedient.«

Chadiga nahm all ihren Mut zusammen. »Aber vielleicht muß Naima, wenn diese Heirat wirklich zustande kommt, mit Leuten leben, mit denen man normalerweise keinen Umgang pflegt? Die Herkunft ist alles.«

Da meldete sich Zanuba zu Wort: »Richtig, die Herkunft ist alles«, und auf diese Unterstützung war nun keiner gefaßt. Jasin blickte verwirrt drein. Er sah kurz zu Chadiga hinüber; er fragte sich im Innern, wie sie die Bemerkung seiner Frau aufnehmen und für sich kommentieren würde und was ihr nun alles über die Welt der Tänzerinnen und Musiker durch den Kopf ging. Insgeheim verfluchte er Zanubas großtuerisches Mundwerk. Er fühlte sich gezwungen, etwas zu sagen, um ihre Dummheit nicht im Raum stehenzulassen. »Denkt bitte daran, daß ihr immerhin über einen Staatsanwalt redet.«

Da Aischa schwieg, fühlte sich Chadiga ermutigt zu bemerken: »Unser Vater hat al-Hamzawis Sohn zu dem gemacht, was er ist. Er ist mit unserem Geld Staatsanwalt geworden.«

Achmeds Augen, die ein wenig hervorstanden und deshalb an den verstorbenen Chalil Schaukat erinnerten, funkelten hämisch. »Wir schulden Fuads Vater weiß Gott mehr als der uns!«

Chadiga hob mahnend den Finger. »Immer beschuldigst du uns mit solch blödsinnigem Zeug.«

»Laßt's gut sein, das letzte Wort hat ohnehin der Vater«, meinte Jasin und hoffte, damit das Thema zu beenden.

Amina machte sich daran, die Tassen zu verteilen. Hier und da sah einer der jungen Männer zu Naima hinüber, die sich noch immer an ihre Mutter drückte. Radwan dachte insgeheim: ›Sie ist ein nettes und auch schönes Mädchen. Ich würde mich gern mit ihr anfreunden und ihr Gesellschaft leisten. Wenn wir uns zusammen auf der Straße zeigten, würden die Männer verzweifelt überlegen, wer von uns beiden hübscher ist.‹

Achmeds Gedankengang unterschied sich von dem Radwans. ›Schön ist sie, aber offensichtlich wie mit Leim an ihre Mutter angeklebt. Und keine Spur Bildung.‹

Abd al-Munim sinnierte vor sich hin: ›Hübsch und äußerst gottesfürchtig, sie wird eine gute Hausfrau abgeben. Außer daß sie fürchterlich schwach ist, hat sie keinen Makel, aber selbst diese Zerbrechlichkeit hat etwas Anziehendes. Sie ist zu schade für Fuad.‹ Er gab sich einen Ruck und fragte laut: »Und du, Naima, was meinst du?«

Das blasse Gesicht rötete sich, die Stirn legte sich in Falten, dann huschte ein Lächeln über ihre Züge. Bedrängt, wie sie sich fühlte, ließ sie Lächeln und Stirnrunzeln eins werden, um sich beider Gebärden leichter entledigen zu können. Beschämt und verlegen hauchte sie: »Ich habe keine Meinung, laß mich in Ruhe.«

»Schüchternes Getue ...«, spottete Achmed.

»Getue?« unterbrach ihn Aischa scharf.

»Sicher, diese Schüchternheit ist altmodisch, Naima«, fuhr er fort. »Du mußt selbst reden, sonst zieht das Leben an dir vorbei.«

Erbittert schnitt ihm Aischa das Wort ab. »Solche Sachen wollen wir hier nicht hören.«

Ohne sich um den warnenden Blick seiner Mutter zu kümmern, erklärte Achmed: »Ich wette, daß unsere Familie mindestens vier Jahrhunderte hinter der modernen Zeit zurückliegt.«

»Warum gerade vier?« witzelte Abd al-Munim.

Unbekümmert erwiderte Achmed: »Aus reiner Nettigkeit.«

In diesem Augenblick wandte sich Chadiga an Kamal. »Und du? Wann wirst du endlich heiraten?«

Überrascht wich er aus: »Ach, das alte Thema wieder.«

»Und immer wieder neu. Wir werden es so lange nicht fallenlassen, bis Gott dich mit einem anständigen Mädchen vereint.«

Amina horchte auf, lauschte mit großem Interesse. Kamal verheiratet zu sehen war ihr innigster Wunsch. Wie oft hatte sie ihn schon gebeten, ihr die Sehnsucht zu erfüllen, sich am Anblick eines Enkels des einzigen Sohns erfreuen zu können. »Sein Vater hat ihm Bräute aus besten Familien vorgeschlagen. Aber dauernd findet er diesen oder jenen Vorwand.«

»Alles haltlose Ausreden«, lachte Ibrahim Schaukat. »Wie alt sind Sie jetzt, Si Kamal?«

»Achtundzwanzig Jahre, also zu alt für die Ehe.«

Verdutzt und ungläubig nahm Amina diese Altersangabe auf, während Chadiga heftig protestierte: »Du bist versessen darauf, dich älter zu machen, als du bist!«

Natürlich, da er der kleine Bruder war, stellte sein Alter indirekt auch ihres klar. Obwohl ihr Ehemann schon die Sechzig erreicht hatte, konnte sie es nicht ertragen, an ihre achtunddreißig Jahre erinnert zu werden. Kamal wußte nicht, was er sagen sollte. Seiner Meinung nach war das Dilemma nicht mit wenigen Worten zu erklären. Trotzdem ließ ihn das Gefühl nicht los, er müsse sich entschuldigen. »Tagsüber arbeite ich in der Schule, und nachts bin ich mit meinen Büchern beschäftigt.«

»Ein tolles Leben, Onkel«, erklärte Achmed begeistert. »Trotzdem muß man heiraten.«

Jasin, der Kamal am besten von allen kannte, hielt ihm vor: »Du meidest alle Ablenkungen, nur um nicht von der Suche nach der ›Wahrheit‹ abgelenkt zu werden. Aber die Wahrheit findet sich gerade in dem, was du für Ablenkung hältst. In deiner Bibliothek lernst du das Leben nicht kennen. Die Wahrheit erfährst du auf der Straße und im häuslichen Alltag.«

»Ich bin daran gewöhnt, mein Gehalt bis auf den letzten Millim auszugeben, ich habe nichts Erspartes. Wie soll ich da heiraten?« wich Kamal aus.

»Du mußt nur wollen, dann stellst du dich aufs Heiraten schon ein«, trieb ihn Chadiga in die Enge, und Jasin meinte lachend: »Du gibst dein Geld nur aus, damit du nicht heiraten kannst.« Jasin konnte nicht anders, als von sich auf andere zu schließen. Trotzdem, warum heiratete er nicht, wenn seine Bedingungen günstig waren und die Eltern es sich so sehr wünschten? Eine Zeitlang, als er noch Liebe fühlte, war ihm der Gedanke an Ehe töricht erschienen. Danach war an die Stelle der Liebe das Denken getreten, das alles sonstige Leben gierig aufsog. Die herrlichsten Freuden bestanden darin, ein schönes Buch in die Hände zu bekommen oder einen Artikel veröffentlicht zu sehen. Er fand, daß ein Denker weder heiraten sollte noch mußte, denn er schaute empor zu hehren Höhen. Ehe bedeutete, den Blick nach unten auf den Alltag zu richten. Schon immer hatte er es genossen, die Position des nachdenklichen Beobachters einzunehmen, der es absichtlich vermied, sich der Alltäglichkeit des Lebens unterzuordnen. Was dem Geizigen sein Geld war, bedeutete ihm die Freiheit. Hinzu kam, daß sich für ihn mit Frauen nur Lust verband, die zu befriedigen war. Jugend hieß, keine Woche ohne geistige Freuden oder körperlichen Genuß verstreichen zu lassen. Und dann – war er nicht der große Skeptiker? Zweifelte er nicht immer an jedem und allem? An die Ehe mußte man aber glauben können. Also sagte er: »Beruhigt euch, ich werde heiraten, wenn ich Lust dazu habe.«

Mit einem Lächeln, das sie wie vor zehn Jahren aussehen ließ, fragte Zanuba: »Und warum hast du jetzt keine Lust?«

»Was soll's«, erwiderte er fast schon verdrossen, »ihr macht aus der Mücke einen Elefanten.« Doch im tiefsten Innern glaubte er schon, daß die Ehe ein »Elefant« und keine »Mücke« war, denn von jeher hielt ihn das Gefühl gefangen, daß sein Schicksal, willigte er erst einmal in die Ehe ein, beschlossen war.

Achmeds Stimme rettete ihn aus der trüben Stimmung.

»Zeit für uns, nach oben in die Bibliothek zu gehen.« Kamal eilte zur Tür, froh über die Aufforderung. Mit Abd al-Munim, Achmed und Radwan stieg er die Treppe hinauf. Die Jungen wollten sich wie immer, wenn sie im alten Haus zu Besuch waren, einige Bücher ausleihen. Ein Tisch voller Bücher thronte mitten im Zimmer unter der Deckenlampe, umringt von Bücherregalen. Er nahm Platz und beobachtete die Jungen. Abd al-Munim zog ein Buch hervor – »Vorträge zur Geschichte des Islams« –, Achmed griff nach dem Werk »Grundsätze der Philosophie«. Sie traten an den Schreibtisch. Er schaute die beiden schweigend an, bis schließlich Achmed unwillig meinte: »Solange ich nicht zumindest eine Fremdsprache beherrsche, werde ich nicht lesen können, was ich möchte.«

Abd al-Munim blätterte unbeeindruckt in dem Buch und murmelte: »Niemand kennt die ganze Wahrheit des Islams«, was Achmed zu der ironischen Bemerkung veranlaßte: »Mein Bruder empfängt die Wahrheit des Islams bei einem recht ordinären Mann vom Chan al-Chalili.«

»Sei still, du Ketzer!« rief Abd al-Munim.

Kamal sah Radwan an. »Und du, willst du kein Buch?«

»Seine Zeit ist mit dem Lesen wafdistischer Zeitungen ausgefüllt«, antwortete Abd al-Munim an dessen Stelle.

Radwan zwinkerte Kamal zu. »Das habe ich mit meinem Onkel gemeinsam.«

O ja, nur daß dieser Onkel ein Wafdist war, der an nichts glaubte, daß er in Bausch und Bogen die Realität bezweifelte, ohne sich davon abhalten zu lassen, mit realen Menschen zu verkehren und sich in ihrer Wirklichkeit zu bewegen. Kamal sah Abd al-Munim und Achmed an und fragte: »Seid ihr nicht auch Wafdisten? Wie sollte es anders sein? Ist einer ein Patriot, ist er auch Wafdist. Etwa nicht?«

»Die Wafd-Partei ist noch die beste von allen, kein Zweifel«, bemerkte Abd al-Munim selbstsicher. »Auch wenn sie für sich genommen nicht mehr ganz so überzeugend wie früher ist.«

»Da stimme ich meinem Bruder zu«, meinte Achmed mit einem Lachen. »Oder anders gesagt – das ist das einzige, wo ich ihm zustimmen kann. Möglicherweise unterscheiden wir uns sogar bei dem, was die Überzeugungskraft der Wafd-Partei betrifft, aber viel wichtiger ist, sich mal genauer zu fragen, was Nationalbewußtsein bedeutet. Sicher, die Unabhängigkeit steht über allem, aber die Bedeutung dessen, was unter Nationalgefühl oder Nationalismus verstanden wird, müßte weiterentwickelt werden und einen umfassenderen, höheren Sinn erhalten. Sonst kann es passieren, daß wir uns über Opfer idiotischer Kämpfe zwischen Stämmen und Sippen verwundern, anstatt uns darauf einzustellen, schon bald fassungslos vor Märtyrern des Nationalismus zu stehen.«

Idiotische Kämpfe? Und Fahmi? Der Idiot bist du. Aber konnte man sicher sein? Trotz aller Ungewißheit erwiderte er scharf: »Jeder, der für eine große Sache stirbt, ist ein Märtyrer. Der Wert von Dingen verändert sich, aber die Haltung, die der Mensch zu bestimmten Grundsätzen einnimmt, ist ein Wert an sich, einer, der unveränderlich ist.«

Beim Hinausgehen meinte Radwan, der auf die spöttische Bemerkung von Abd al-Munim zurückkommen wollte: »Wie auch immer, Politik ist das Wichtigste in der Gesellschaft.«

Als sie wieder zur Kaffeerunde stießen, erklärte Ibrahim Schaukat: »Da erziehen wir die Kinder, geben ihnen Orientierungen und Ratschläge, und dann verschanzen sie sich in einer Bibliothek, tauchen ein in eine Welt, die unabhängig von uns existiert, wo lauter Fremde, von denen wir nichts wissen, uns den Rang ablaufen. Was kann man da noch tun?«

4

In der überfüllten Straßenbahn gab es kaum noch Platz zum Stehen. Eingezwängt zwischen den vielen Menschen, konnte Kamal seiner Größe wegen auf die anderen hinabsehen. Offensichtlich steuerten wie er alle dem Platz zu, auf dem der Nationaltag, der dreizehnte November, gefeiert wurde. Neugierig und frohgelaunt betrachtete er die Gesichter. Auch wenn er an nichts glaubte, an solchen Feierlichkeiten nahm er mit einer inneren Bewegtheit teil, die stärker als bei den überzeugtesten Patrioten ausgeprägt war. Unbekannte Menschen kamen miteinander ins Gespräch, redeten über die aktuelle Situation, und das nur, weil sie ein gemeinsames Ziel vor Augen hatten und ihre Herzen sich durch die wafdistische Gesinnung verbunden fühlten.

»In diesem Jahr«, sagte gerade jemand, »verdient der Tag des nationalen Kampfes seinen Namen voll und ganz, zumindest sollte es so sein.«

»Man muß diesem Engländer Hoare und seiner üblen Erklärung endlich eine Antwort erteilen«, erwiderte ein anderer, und kaum war dieser Name gefallen, rief ein dritter aufgeregt: »Wagt es doch dieser Hundesohn tatsächlich zu erklären, Majestät hielte es nicht angebracht, weder zur Verfassung von 1923 noch zu der von 1930 zurückzukehren. Was geht den unsere Verfassung an?«

Jemand fügte hinzu: »Nicht zu vergessen, was dieser Hoare am Anfang gesagt hat: Da wir selbstredend konsultiert wurden, halten wir es … und so weiter, und so weiter.«

»Genau, wer hat denn die konsultiert?«

»Das müssen Sie diese Regierung von Zuhältern fragen!«

»Am besten Taufik Nasim! Habt ihr den etwa vergessen? Warum schließt der Wafd mit so einem bloß Waffenstillstand?«

»Alles hat mal ein Ende! Warten wir die Rede von heute ab!«

Kamal hörte nicht nur aufmerksam zu, er beteiligte sich auch an der Diskussion, und zwar, was seltsam genug war, mit nicht weniger Eifer als die anderen. Es war das achte Mal, daß er am »Tag des Kampfes« teilnahm, und wie die anderen fühlte auch er Verbitterung über die politischen Umtriebe der vergangenen Jahre. O ja, sagte er sich, da war erst Mohammed Machmud gewesen, der die Verfassung im Namen der Erneuerung für drei Jahre außer Kraft setzte und dem Volk die Freiheit raubte, als Ersatz dafür aber versprach, Sümpfe und Teiche trockenzulegen. Dann hatte das Land unter Ismail Sidki Jahre des Terrors und der politischen Prostitution erlebt. Wie gern hätte das Volk den Regierenden vertraut, doch immer herrschten verhaßte Scharfrichter, die, beschützt von den Knüppeln und Kugeln englischer Konstabler, das Schwert über den Köpfen schwenkten. Im Handumdrehen war man dabei, dem Volk in der einen oder anderen Sprache zu erklären: Ihr seid unfähig und braucht uns als Vormund. Das Volk stürzte sich in Schlacht um Schlacht, brachte zahlreiche Kämpfe hinter sich, bis es schließlich, außer Atem geraten, in eine Passivität verfiel, die unter der Losung stand: Geduld und bitterer Spott. Die Arena war frei für den Kampf zwischen den Wafdisten und den Tyrannen, und das Volk saß auf der Zuschauertribüne, flüsterte seinen Männern Mut zu, ohne je die helfende Hand zu reichen. Trotzdem – sein Herz würde immer an diesem Volk hängen, und nie würde er aufhören, mit ihm zu fühlen, auch wenn sein Verstand sich im Nebel des Zweifels verlor.

An der Saad-Zaghlul-Straße stieg er aus, lief mit der Masse von Menschen bis zum großen Festzelt mit, das in der Nähe vom Haus der Nation errichtet war. Alle zehn Meter standen Gruppen von Soldaten mit stumpfsinnigen, harten Gesichtern herum, angeführt von einem englischen Konstabler. Kurz vor dem Zelt entdeckte Kamal Abd al-Munim, Achmed und Radwan in Begleitung eines anderen jungen Mannes, den er nicht kannte. Sie standen zusammen und diskutierten, und kaum hatten sie ihn gesehen, kamen sie, um ihn zu begrüßen und sich ein Weilchen bei ihm aufzuhalten. Seit fast einem Monat studierten Radwan und Abd al-Munim an der Juristischen Fakultät, während Achmed noch das letzte Jahr Oberschule zu absolvieren hatte. Begegnete er den Neffen auf der Straße, hielt er sie nicht mehr, wie zu Hause, für die Kinder von Schwester und Bruder, sondern durchaus für »Männer«. Was für eine blendende Erscheinung Radwan war! Und sein Freund, dieser Hilmi Izzat, wie Radwan ihn vorgestellt hatte, sah auch sehr gut aus. Es stimmte, wenn es hieß, daß sich gleich und gleich gern gesellt. Wie sehr freute es ihn, Achmed zu sehen. Immer war er darauf gefaßt, daß er eine interessante, merkwürdige Bemerkung fallenließ oder etwas Erstaunliches tat. Stand ihm Achmed geistig am nächsten, ähnelte ihm Abd al-Munim im Äußeren am stärksten, bis auf den Unterschied, daß er kleiner und fülliger war. Allein deshalb schon mochte er Abd al-Munim, auch wenn ihm dessen Selbstsicherheit und Fanatismus zuwider waren.

Er ging näher an das riesige Zelt heran, blickte auf die sich drängende Menge und freute sich, daß so viele Menschen herbeiströmten. Für einen Moment schaute er zur Tribüne hinüber, wo gleich die Stimme des Volks ertönen würde. Er setzte sich hin. Aufgehoben in der Masse, kam aus der Tiefe seines vom Gefühl der Einsamkeit beherrschten Innern ein neuer Mensch hervor, den Lebenskraft und Begeisterung erschauern ließen. Hier war es ihm möglich, den Verstand für eine Weile ruhen zu lassen und den unterdrückten Kräften der Seele freien Lauf zu geben. All sein Empfinden, alles Gefühl drängte nach außen, schöpfte Hoffnung, dürstete nach Kampf. Sein Leben schien ihm erneuert zu sein, die Urinstinkte waren erwacht, das Alleinsein überwunden. Sich mit den vielen Menschen eins fühlend, nahm er an ihrem Leben teil, wurden ihre Hoffnungen und Sorgen die seinigen. Wenn es auch nicht seinem Wesen entsprach, einen solchen Elan zum ständigen Lebensgefühl werden zu lassen, hielt er ihn dennoch von Zeit zu Zeit für unumgänglich, wollte er nicht die Beziehung zur alltäglichen Wirklichkeit, dem Leben der Menschen, verlieren. Was bedeutete schon das Problem von Geist und Materie, was die Frage nach diesseitigem und jenseitigem Sein, da es doch galt, an dem teilzuhaben, was diese Menschen liebten und haßten, worüber sie stritten, worum sie sich sorgten – Verfassung, Wirtschaftskrise, politische Situation, nationale Frage. Was sollte daran verwunderlich sein, die Nacht damit zugebracht zu haben, über die Absurdität des Lebens nachzudenken, Windeier auszubrüten, sich vom Verstand die Ruhe rauben zu lassen und jetzt trotzdem zu rufen: »Der Wafd ist die Überzeugung der Nation!« Wenn einer so leidenschaftlich nach Wahrheit, Lauterkeit und Toleranz gierte, sich immer wieder in Zweifel verstrickte, im Streit mit sich selbst lag und unter seinen Instinkten und Gefühlen litt – wer sich so mühte, der mußte sich mal ein Stündchen in die Arme der Masse flüchten, um sich das Blut aufzufrischen und Hitze und Jugendlichkeit zu fühlen. Gewiß, in seiner Bibliothek lebte er mit wunderbaren Freunden zusammen, solchen wie Darwin, Bergson, Russell. Aber in diesem Zelt war er umringt von Tausenden von Freunden, und besaßen sie auch nicht sonderlich viel Verstand, verkörperten sie alle, wie sie da saßen und standen, den Adel spontaner Bewußtheit. Letztendlich hielten diese Menschen die Ereignisse nicht weniger in Bewegung, machten sie nicht minder Geschichte als die Giganten des Geistes.

Angesichts der politischen Situation schwankte er zwischen Liebe und Haß, Einverständnis und Wut, und das, obwohl ihm doch alles sinnlos vorkam. Wann immer ihm diese Widersprüchlichkeit bewußt wurde, packte ihn Unruhe, und da sein ganzes Leben davon beherrscht war, sollte er nie zur Ruhe kommen. Um so mehr sehnte sich sein Herz danach, vollkommenes und harmonisches Glück zu erleben. Doch wo war es zu finden? Er fühlte, daß er dem vom Verstand geregelten Leben nicht entkommen würde, solange sein Kopf arbeitete, und trotzdem konnte er nicht aufhören, nach dem anderen, leidenschaftlichen Leben zu trachten, zu dem ihn unzählig viele Instinkte, unterdrückt und zur Untätigkeit verurteilt, verführen wollten. O ja, ginge er ihnen nach, böte sich vielleicht die rettende Insel inmitten reißender Fluten. Deshalb jubilierte sein Herz angesichts der Masse von Menschen, und je mehr kamen, desto stärker rissen ihn Bewunderung und Staunen hin. Endlich durfte sein Herz mit der Inbrunst und Sehnsucht, die alle anderen empfanden, das Ereignis herbeisehnen – den Auftritt der wahren Führer des Landes.

Abd al-Munim und Achmed hatten in der Nähe Platz genommen. Radwan und sein Freund Hilmi Izzat liefen noch immer im Gang auf und ab, blieben bisweilen auch kurz am Eingang stehen und wechselten ein paar Worte mit den Ordnungskräften. Kein Zweifel, sie hatten hier etwas zu sagen.

Das Stimmengewirr ging in Gelärme über, und vor allem die jungen Leute, die sich auf den Plätzen in den Ecken drängten, sorgten für Tumult, indem sie sich kreuz und quer Grüße, Fragen nach dem Befinden und anderes mehr zuriefen. Doch plötzlich dröhnte von draußen jubelndes Geschrei herein, und alle Köpfe drehten sich in Richtung des hinteren Eingangs. Die Menge sprang auf, und mit geradezu ohrenbetäubender Lautstärke erhob sich ein Sturm von Beifallsrufen. Dann war es endlich soweit – Mustafa an-Nahhas stand auf der Tribüne und grüßte, ungezwungen lächelnd, mit erhobenen Händen die Menschen.

Kamals Blick ruhte gläubig auf an-Nahhas, und erst nach einer Weile begann er, der große Zweifler, sich zu fragen, warum er diesem Mann Vertrauen schenkte. Lag der Grund darin, daß der Mann zum Symbol von Unabhängigkeit und Demokratie geworden war? Was es auch immer sein mochte – allein schon die Welle von warmer Zuneigung, die zwischen Volk und Führer wogte, war ein denkwürdiges Phänomen, ja, die enge Bindung konnte zweifelsohne für die Herausbildung des ägyptischen Nationalbewußtseins bedeutsam sein.

Die Atmosphäre war von ekstatischer Begeisterung geladen, und die Ordnungskräfte hatten Mühe, bis in den letzten Winkel hinein für Ruhe zu sorgen. Doch endlich war es soweit, daß der Rezitator einige leichtverständliche Verse aus dem Koran sprechen konnte, wobei er des öfteren die Zeile wiederholte: »O Prophet, feuere die Gläubigen zum Kampfe an.« Genau diesen Appell hatten die Menschen erwartet, und so brandete eine Woge von begeisterten Rufen und Applaus auf, bis schließlich einige gesetztere Herrschaften Protest erhoben und forderten, aus Ehrfurcht vor dem heiligen Buch Gottes still zu sein. Diese gestrengen Worte ließen in Kamal Erinnerungen an frühere Zeiten erstehen, als er sich noch zu den Gläubigen zählte. Ein verlorenes Lächeln umspielte seine Lippen. Ja, er hatte sich eine neue Welt geschaffen, doch leider war sie so stark von Widersprüchen erfüllt, daß sie vor lauter gedanklichem Widerstreit ins Nichts zu führen schien.

Der Führer setzte zu seiner Rede an. Mit klangvoller Stimme, überzeugender Beredsamkeit sprach er zwei Stunden, und als er schließlich zum Ende kam, rief er in aller Öffentlichkeit mit eindeutigen und scharfen Worten zur landesweiten Erhebung auf. Die Begeisterung erreichte ihren Höhepunkt. Die Leute sprangen auf die Stühle, schrien wie wahnsinnig, und auch er, Kamal, konnte nicht anders: Er brüllte und jubelte. Vergessen war, daß er als Lehrer Würde bewahren mußte. Er glaubte sich in die glorreiche Zeit der Revolution zurückversetzt, die er, da er noch ein Kind gewesen war, nicht hatte miterleben dürfen und nur vom Erzählen her kannte. Waren das die machtvollen Reden von damals? Hatten die Menschen so ungezügelt ihre Begeisterung gezeigt? War der Tod deshalb ohne Schrecken gewesen? Kein Zweifel, so hatte Fahmi zu glühen begonnen, und dann war er vorangestürmt – bis in den Tod, hin zur Ewigkeit ... oder Vergänglichkeit? Wie sollte aus ihm, dem großen Zweifler, je ein Märtyrer werden? Konnte es sein, daß die Liebe zur Nation der zu einer Frau glich und man sich diesem Gefühl auch ohne allen Glauben unterwerfen konnte?

Die Begeisterung tobte, die Rufe wurden hitziger und drohender, die Sitze gerieten ins Schwanken – was würde als nächstes geschehen?

Doch da, noch ehe er es begreifen konnte, war plötzlich alles zu Ende. Die Menge strömte zum Ausgang. Beim langsamen Vorankommen sah er sich nach den jungen Leuten aus seiner Familie um, ohne sie entdecken zu können. Er nahm den seitlichen Ausgang und ging zügigen Schritts in Richtung der Kasr-al-Aini-Straße, um der Menschenmenge zu entkommen. Sein Weg führte ihn am Haus der Nation vorbei. Wie immer blieb auch dieses Mal sein Blick darauf ruhen, schaute er sich erst den historischen Balkon an, betrachtete er dann den Hof, diesen

Zeugen denkwürdiger nationaler Ereignisse. O ja, das Haus übte einen gewaltigen Zauber auf ihn aus. Hier hatte Saad Zaghlul gestanden, hier hatten sich Fahmi und seine Kameraden versammelt. In dieser Straße waren die Kugeln abgefeuert worden, die die Märtyrer getroffen hatten. Doch noch immer mußte sich sein Volk erheben, um sich der Woge der Tyrannei entgegenzuwerfen, die die Wiedergeburt aufhalten wollte. Es bedurfte ständigen Kampfes, wollte man sich der despotischen Willkür erwehren, die sich wie eine bösartige Krankheit tief eingenistet hatte. Sein Wohlbefinden hatte sich schon allein dadurch gebessert, daß er am Nationaltag teilgenommen hatte. Seine Seele hatte frischen Atem geschöpft und war wie neu. Da war kein quälender Gedanke mehr, denn in diesem Augenblick war ihm nichts wichtiger, als daß Ägypten der Erklärung Hoares eine Abfuhr erteilte, die wie ein Faustschlag wirkte.

Seine schmale, hohe Gestalt straffte sich, der große Schädel reckte sich empor, sein Schritt wurde entschlossener. Er kam an der Amerikanischen Universität vorbei, träumte von großartigen Erlebnissen, bedeutenden Taten. Ja, auch ein Lehrer mußte an der nationalen Erhebung, Seite an Seite mit seinen Schülern, teilhaben. Doch plötzlich schlich sich ein eher müdes Lächeln auf seine Lippen. Was war an ihm schon Besonderes außer dem riesigen Schädel? Ein Lehrer, nichts weiter, verurteilt dazu, einzig die Grundlagen der englischen Sprache zu lehren, auch wenn sich ihm dank dieser Sprache Geheimnis über Geheimnis gelüftet hatte. Sein Körper verharrte auf der bevölkerten Erde an einem winzigen Fleck, aber sein Geist verlor sich in einem endlosen Strudel, den die Natur mit ihren Wundern am Kreisen hielt. Grübelte er am Morgen noch über ein Wort, seine Bedeutung und Schreibweise nach, so quälte ihn des Nachts die Frage seiner Existenz –

ein Rätsel, das das nächste nach sich zog. Am Morgen loderte sein Innerstes vor Zorn über die Engländer, in der Nacht dürstete sein brüderliches Mitgefühl danach, der vom unergründlichen Schicksal gepeinigten Menschheit beizustehen. Er schüttelte heftig den Kopf, wollte die Grübeleien verjagen.

Er näherte sich dem Ismailija-Platz. Stimmenlärm schallte ihm entgegen. Die Teilnehmer an der Kundgebung mußten also die Kasr-al-Aini-Straße erreicht haben. Die Versuchung, einen Kampf erleben zu dürfen, sich ins Getümmel werfen zu können, ließ ihn verharren. Vielleicht würde er tatsächlich an diesem dreizehnten November eine Revolution erleben? Viel zu lange harrte schon die Nation geduldig aus, duckte sie sich unter den Schlägen. Was heute Taufik Nasim tat, hatten gestern Ismail Sidki und vorgestern Mohammed Machmud gemacht – eine unheilvolle Kette von Tyrannen, die bis in die Urgeschichte zurückreichte. Alles nur Hundesöhne, die ihre Macht dazu verleitet hatte, das Volk als unmündig zu betrachten und sich als selbstgewählter Vormund aufzuspielen.

Der Tumult schwoll an, die Stimmung schien auf dem Siedepunkt zu sein. Doch halt – was war das? Bestürzt drehte sich Kamal um. Es hatte einen Knall gegeben, ein Geräusch, das ihm das Herz zerriß. Er lauschte hin, und wieder dröhnte es ihm in den Ohren. Das waren Schüsse gewesen! Er sah, wie die Menschen aufgeregt durcheinanderliefen, sich ineinander verknäulten, konnte aber nicht genau ausmachen, was da vor sich ging. Ein paar Gruppen lösten sich aus der Menge, und während einige zum Platz rannten, liefen andere in die Seitenstraßen. Die englischen Konstabler preschten auf Pferden voran. Schreie des Entsetzens mischten sich mit denen von Wut und Empörung. Salven von Schüssen gingen nieder. Kamals Herz bebte, und bei jedem Pochen fragte er sich besorgt, wo wohl Abd al-Munim, Achmed und Radwan wären. Beklommenheit und Wut hielten ihn gefangen. Er sah sich um. Nicht weit weg, an der Straßenecke, war ein Café. Er stürzte hin, und kaum war er durch die nur einen Spaltbreit offenstehende Tür geschlüpft, erinnerte er sich an den Süßwarenladen in al-Hussain, wo er zum erstenmal in seinem Leben Schüsse gehört hatte. Das Durcheinander draußen war entsetzlich. Ein Hagel von Salven ging nieder, ebbte allmählich ab. Glasscheiben klirrten, Pferde wieherten. Wütendes Geschrei wies darauf hin, daß die aufgeregte Menge mal hierhin, mal dorthin stürzte.

Ein alter Mann kam ins Café gelaufen, und noch bevor ihn jemand gefragt hatte, was sich draußen abspielte, sagte er: »Die Konstabler schießen nur so drauflos. Gott allein weiß, wie viele Opfer es unter den Studenten gibt.« Heftig atmend setzte er sich, und mit bebender Stimme sprach er weiter: »Hinterhältig und gemein vergehen sie sich an unschuldigen Menschen. Wenn es ihnen wirklich darum gegangen wäre, die Zusammenrottung aufzulösen, dann hätten sie in die Luft geschossen. Statt dessen täuschten sie erst vor, den Demonstrationszug zu begleiten, haben sich dabei unauffällig am Ende der Straße postiert. Und plötzlich ziehen sie die Waffen und fangen an zu schießen. Ohne alles Erbarmen. Junge Menschen, die sich in ihrem Blut wälzen. Sicher, die Engländer gleichen wilden Tieren, aber die ägyptischen Soldaten sind nicht weniger schlimm. Bei Gott, das ist ein abgekartetes Gemetzel.«

Aus der hinteren Ecke tönte eine Stimme: »Mein Herz sagte mir, daß der heutige Tag schlimm enden würde«, worauf jemand anders erwiderte: »Die letzte Zeit ließ einen nur Unheil ahnen. Seit Hoare seine Erklärung abgab, wußten die Leute, daß böse Zeiten auf sie zukommen. Der Kampf hat begonnen, und die Schlacht von heute wird nicht die letzte sein. Das kann ich euch versichern.«

»Immer sind es die Studenten, die zum Opfer fallen. Die kostbarsten Söhne der Nation werden umgebracht. Was für ein Unglück!«

»Hört nur, hat die Schießerei nicht aufgehört?«

»Der größte Teil der Demonstration hat sich beim Haus der Nation versammelt. Dort werden sie noch stundenlang weiterschießen.«

Auf dem Platz war es tatsächlich still geworden. Im Café herrschte angespanntes, nervenzerreißendes Schweigen. Es begann zu dunkeln, man machte Licht. Kein Ton drang von draußen herein. Über den Platz und die umliegenden Straßen schien der Tod zu schreiten. Jemand öffnete die Tür des Cafés – der Platz lag wie ausgestorben da. Kein Mensch war zu sehen, kein Wagen. Ein berittener Trupp, mit Stahlhelmen auf den Köpfen und angeführt von englischen Offizieren, tauchte auf. Soldaten umkreisten den Platz.

Noch immer fragte sich Kamal besorgt, wie es den Jungen ging. Als nach und nach wieder Leben auf dem Platz einkehrte, lief er hastig aus dem Café. Erst nachdem er im Zuckergäßchen und der Kasr-asch-Schauk-Straße vorbeigesehen hatte und Abd al-Munim, Achmed und Radwan unversehrt vorfand, kehrte er nach Hause zurück. Er verzog sich in die Bibliothek, mit einem Herzen, das schwer vor Trauer, Schmerz und Zorn war. Er konnte kein Wort lesen, kein einziges schreiben. Seine Gedanken weilten bei den Menschen vor dem Haus der Nation. Er dachte über Hoares Erklärung, die flammende Rede von Mustafa an-Nahhas, die Hochrufe auf die Nation, das Pfeifen der Kugeln, die Schreie der Opfer nach. Plötzlich, inmitten schmerzlicher Verzweiflung, ertappte er sich dabei, daß er nach einem Namen suchte. Wie hatte nur der

Besitzer geheißen, in dessen Laden er als Kind geflüchtet war? Sosehr er sich mühte und quälte, er konnte sich nicht erinnern.

5

Für Achmed Abd al-Gawwad bot das Haus von Mohammed Iffat in Gamalija einen vertrauten und immer wieder lieben Anblick. Da war das Tor aus Holz, das von außen wie der Zugang zu einer alten Karawanserei aussah; dort die hohe Mauer, die alles, bis auf die Wipfel der großen Bäume, verbarg. Aber das Wunderbarste war wohl der Garten, in dem die Maulbeer- und Feigenbäume reichen Schatten spendeten, Henna- und Zitronensträucher sich gefällig mit Full- und Jasminbüschen abwechselten, wobei der Wasserteich in der Mitte das Hübscheste war. Eine hölzerne Veranda erstreckte sich über die Breite des Gartens. Eingehüllt in die Abaja, die er für gewöhnlich zu Hause trug, stand Mohammed Iffat auf der Treppe und sah seinem Gast entgegen, während Ali Abd ar-Rahim und Ibrahim Alfar sitzen blieben. Achmed Abd al-Gawwad begrüßte die Freunde und nahm dann mit Mohammed Iffat auf dem Kanapee in der Mitte Platz. Alle hatten an Gewicht verloren, nur Mohammed Iffat nicht, der aufgedunsen wirkte und dessen Gesicht stark gerötet war. Ali Abd ar-Rahim hatte eine Glatze, und die drei anderen waren stark ergraut. Ein jedes Gesicht sah faltig und runzlig aus, doch Ali Abd ar-Rahim und Ibrahim Alfar schienen am stärksten vom Alter gezeichnet zu sein. Die Röte in Mohammeds Gesicht sprach von zu hohem Blutdruck, und wenn Achmed Abd al-Gawwad auch abgemagert und ergraut war, hatte er doch sein gutes Aussehen und seine männliche Schönheit bewahrt.

Mit den Freunden zusammenzusitzen und den Garten zu betrachten, der mit einer hohen Mauer an die Gamalija-Straße grenzte, liebte er ungemein. Er lehnte den Kopf ein wenig zurück, als wollte er der großen Nase die Möglichkeit bieten, den Duft von Full, Jasmin und Henna voll einzuziehen. Bisweilen schloß er die Augen, um sich ganz dem Gezwitscher der Vögel hinzugeben, die sich in den Ästen der Maulbeer- und Feigenbäume tummelten. Doch was ihm in einem solchen Augenblick am stärksten das Herz wärmte, war das Gefühl der Brüderlichkeit und Freundschaft, das er für diese Männer hegte. Als er mit großen blauen Augen auf die geliebten und vom Alter gezeichneten Gesichter schaute, wurde ihm traurig zumute, und Mitleid überfiel ihn mit ihnen und mit sich selbst. Von den Freunden war er derjenige, der am meisten an der Vergangenheit und den alten Erinnerungen hing, den alles im nachhinein noch bezauberte, was mit jugendlicher Schönheit, hitziger Leidenschaft und tollkühnen Streichen zu tun hatte.

Ibrahim Alfar stand auf und nahm das Tricktrackspiel vom Tisch. »Wer spielt mit mir?«

Achmed Abd al-Gawwad, der sich nur selten am Spiel beteiligte, schüttelte ablehnend den Kopf. »Warte noch ein wenig. Wir sollten uns nicht gleich am Anfang unseres Beieinanderseins davon ablenken lassen.«

Ibrahim Alfar stellte das Kästchen wieder an seinen Platz. Ein nubischer Diener brachte auf einem Tablett drei Gläser Tee und ein Glas Whisky mit Soda. Lächelnd griff Mohammed Iffat nach dem Whisky, den drei anderen den Tee überlassend. Diese Art der Verteilung, die sich jeden Abend wiederholte, gab oftmals Anlaß zu Gelächter; so auch jetzt, als Mohammed Iffat sein Whiskyglas in Richtung der Teegläser schwenkte und meinte: »Möge Gott den Tagen verzeihen, die euch erzogen haben.«

Achmed Abd al-Gawwad seufzte. »Uns allen hat die Zeit Benehmen beigebracht, dir sogar zuallererst, obwohl du noch immer wenig höflich bist.«

Die Männer hatten im gleichen Jahr und kurz nacheinander den dringlichen ärztlichen Hinweis erhalten, keinen Alkohol mehr zu trinken. Nur Mohammed Iffats Arzt hatte ihm ein Glas Whisky am Tag erlaubt, weshalb Achmed Abd al-Gawwad damals auf den Gedanken gekommen war, daß Iffats Arzt großzügiger als der seinige sein mußte, er sich also besser an ihn wenden sollte. Doch der hatte ihn nachdrücklich darauf hingewiesen, ja nicht zu glauben, seinen Zustand mit dem des Freunds vergleichen zu können. Als die Freunde von seinem Besuch bei Iffats Arzt erfuhren, hatte er lange Zeit als Zielscheibe ihres Spotts und ihrer Kommentare gedient.

Mit einem Lachen bemerkte Achmed Abd al-Gawwad: »Bestimmt hast du deinem Arzt ein hübsches Sümmchen zugesteckt, damit er dir dieses eine Glas erlaubt«, und Alfar, der unentwegt auf den Whisky starrte, stöhnte laut: »Bei Gott, ich habe fast vergessen, was ein Rausch ist.«

»Mit diesem Satz ist deine ganze bisherige Bekehrung dahin, du Trunkenbold«, spaßte Ali Abd ar-Rahim, was Alfar den Allmächtigen sogleich um Verzeihung bitten und ergeben stammeln ließ: »Gelobt sei Gott.«

»So weit ist es mit uns schon gekommen, daß wir wegen eines einzigen Glases neidisch sind. O ja – wo ist der Rausch von einst?!«

Achmed Abd al-Gawwad lachte. »Wenn ihr überhaupt Reue fühlt, dann sollte es dabei um Schlechtes, nicht um Gutes gehen, ihr Hundesöhne.«

»Du bist wie alle Prediger. Mit der Zunge in einer Welt, mit dem Herzen in einer anderen.«

»Meine Herren!« rief Ali Abd ar-Rahim, und die Lautstärke seiner Stimme kündigte an, daß er das Thema wechseln wollte. »Meine Freunde, was haltet ihr nun von Mustafa an-Nahhas? Von dem Mann, der sich von den Tränen des alten, kranken Königs nicht beeindrucken ließ und keine einzige Sekunde lang seine erhabene Forderung – die Verfassung von 1923 – vergessen hat?«

Mohammed Iffat ließ die Fingerknöchel knacken und sagte freudig: »Bravo! Großartig! Er ist noch hartnäckiger als Saad Zaghlul. Da sieht er den mächtigen König weinend und leidend und trotzt ihm mit einem Mut, der höchst selten anzutreffen ist. Bringt entschlossen und standhaft den Auftrag der Nation zum Ausdruck – zuerst Wiederherstellung der Verfassung von 1923. Und siehe, sie wurde wieder gültig. Wer hätte das glauben können?«

Ibrahim Alfar nickte bewundernd. »Stellt euch nur mal diesen Anblick vor: König Fuad, von Krankheit und Alter schwer gezeichnet, legt Mustafa an-Nahhas sanft und liebevoll die Hand auf die Schulter, trägt ihm auf, eine Koalitionsregierung zu bilden, und an-Nahhas ist weder vom einen noch vom anderen beeindruckt, sondern ist sich seiner Pflicht als treuer Führer bewußt, ohne auch nur einen Augenblick zu vergessen, daß die königlichen Tränen die Verfassung hinwegzuschwemmen drohen. Er bleibt stur und erklärt mutig: ›Zuerst die Verfassung von 1923, mein Gebieter!‹«

»Was soviel heißt wie …«, fügte Ali Abd ar-Rahim hinzu und ahmte Alfar nach, »zuerst an den Pfahl, mein Gebieter!«

Abd al-Gawwad lachte laut los. »Ich schwöre beim Herrn, der uns auferlegt hat, den Whisky vor uns zu haben und ihn doch nicht zu trinken, daß das eine wahrhaft großartige Haltung ist.«

Mohammed Iffat leerte sein Glas und sagte: »Wir schreiben das Jahr 1935. Acht Jahre sind seit dem Tod Saad Zaghluls vergangen. Fünfzehn Jahre seit der Revolution.

Und noch immer sind überall die Engländer, in den Kasernen, Polizeistationen, in der Armee und allen möglichen Ministerien. Die ausländischen Konzessionen, die aus jedem kleinen Hurensohn einen respektierten Herrn machen, sind immer noch wirksam. Dieser unglückselige Zustand muß endlich aufhören.«

»Nicht zu vergessen solche Henker wie Ismail Sidki, Mohammed Machmud und al-Ibraschi!«

»Wenn die Engländer erst mal gegangen sind, hat von denen keiner mehr was zu sagen. Dann ist Schluß mit der Postenschieberei.«

»Genau. Der König wird keinen mehr finden, der ihm beisteht, wenn er eigenmächtig aus der Reihe tanzt.«

»Er wird sich«, sprach Mohammed Iffat weiter, »zwischen zwei Dingen entscheiden müssen – entweder respektiert er die Verfassung, oder er sagt Lebewohl.«

»Aber werden die Engländer ihn im Stich lassen, wenn er um ihren Schutz bittet?« fragte Ibrahim Alfar skeptisch.

»Wenn sie bereit sind, sich aus dem Land zurückzuziehen, warum sollen sie ihn dann noch schützen?«

»Ja, aber sind sie dazu wirklich bereit?« beharrte Ibrahim Alfar auf seinem Zweifel.

Im stolzen Vertrauen auf seine politische Beschlagenheit erwiderte Mohammed Iffat überzeugt: »Sie haben uns mit der Erklärung Hoares konfrontiert, und das Ergebnis waren Demonstrationen und Märtyrer, möge Gott sich ihrer erbarmen. Dann kam das Angebot zur Koalitionsregierung und die Wiederherstellung der Verfassung von 1923. Ich versichere euch, daß die Engländer jetzt zu Verhandlungen bereit sind. Es ist wahr, daß keiner weiß, wie die unglückliche Situation gelöst werden kann, die Engländer zum Abzug zu bewegen sind oder wie dem Einfluß der ausländischen Herren zu begegnen ist. Aber wir haben Mustafa an-Nahhas und können ihm grenzenlos vertrauen.«

»Dreiundfünfzig Jahre Besetzung sollen mit ein bißchen Gerede am Tisch einfach aufhören?«

»Immerhin ging diesem Gerede das Vergießen unschuldigen Bluts voraus.«

»Na wennschon!«

Iffat zwinkerte den Männern zu. »Die Engländer werden sich in ihrer ohnehin schon schwierigen internationalen Lage in einer Klemme befinden.«

»Die finden doch immer jemand, der ihnen Rückendeckung gibt. Noch lebt Ismail Sidki!«

Im Tonfall eines Eingeweihten erklärte Iffat: »Ich habe mit vielen Leuten gesprochen, die sich auskennen, und alle waren optimistisch. Man sagt, die Welt werde von einem zermalmenden Krieg bedroht und Ägypten stecke genau in der Gewehrmündung. Deshalb liege es im Interesse beider Seiten, zu einer ehrenhaften Übereinkunft zu kommen.« Er strich sich über den Bauch und fuhr selbstbewußt fort: »Ich habe euch etwas Wichtiges mitzuteilen. Man hat mir versprochen, mich bei den nächsten Wahlen als Kandidaten für den Bezirk Gamalija aufzustellen. An-Nukraschi höchstpersönlich hat es mir zugesagt.«

Die Gesichter der Freunde strahlten vor Freude, aber als es dann ans Kommentieren ging, sagte Ali Abd ar-Rahim mit zur Schau getragenem Ernst: »An der Wafd-Partei gibt's nichts zu bemängeln, außer daß sie manchmal wahre Tiere als Kandidaten nimmt«, was Achmed Abd al-Gawwad angeblich empört abtat, indem er erklärte: »Was soll der Wafd denn machen? Er will, daß die ganze Nation repräsentiert wird, und die Nation besteht nun mal aus ordentlichen Leuten und aus Abschaum. Wer könnte den besser vertreten als Tiere?«

Mohammed Iffat knuffte ihn in die Seite. »Unverschämter, alter Kerl. Du und Galila – ihr seid euch wirklich ähnlich. Beide unverschämt und alt.«

»Ich würde es gut finden, wenn Galila auf die Kandidatenliste käme. Die würde bei Bedarf selbst noch den König einwickeln.«

Lächelnd meinte Ali Abd ar-Rahim: »Ich habe sie vorgestern in ihrer Gasse getroffen. Sie ist immer noch vom Umfang einer Sänfte, aber das Alter hat an ihr genagt und sie vollgepinkelt.«

»Tja, sie ist eine Meisterin geworden«, sagte Alfar. »Ihr Haus ist Tag und Nacht in Bewegung. Wenn der Bläser stirbt, können die Finger vom Spielen nicht ablassen.«

Ali Abd ar-Rahim lachte laut und lange, doch schließlich erklärte er: »Als ich einmal an ihrem Haus vorbeiging, sah ich einen Mann hineinschleichen. Er glaubte sich sicher vor neugierigen Augen, doch was denkt ihr, wer er war?« Er zwinkerte in Richtung Abd al-Gawwads, bevor er selbst die Antwort gab: »Der brave Herr Kamal Achmed, Lehrer an der Silahdar-Schule.«

Die beiden anderen brüllten vor Lachen los, während Achmed Abd al-Gawwad bestürzt die Augen aufriß und betroffen fragte: »Mein Sohn Kamal?«

»Aber ja! Er hatte seinen Mantel an, auf der Nase trug er die Goldbrille, darunter prangte der dicke Schnurrbart, und so stolzierte er würdig daher. Sein Schritt war derart gemessen und gesetzt, daß man ihn nicht für den Sohn des ›Herrn aller Possenreißer‹ gehalten hätte. Er verschwand in diesem Haus überaus ernst und respektvoll, als beträte er die heilige Moschee in Mekka. Insgeheim dachte ich: ›Nun sei mal locker, du Blödmann.‹«

Wieder lachten die anderen los, und wenn sich auch Abd al-Gawwad von seinem Schreck noch nicht erholt hatte, glaubte er sich eher fassen zu können, wenn er in die allgemeine Heiterkeit einstimmte.

Mohammed Iffat starrte ihn an und fragte in hintergründigem Ton: »Was sollte daran erstaunlich sein? Ist er nicht

Euer Sohn, verehrter Herr?« Doch Achmed Abd al-Gawwad schüttelte verwundert den Kopf. »Ich habe ihn immer nur fein, gebildet und still erlebt. Ständig sieht man ihn in seiner Bibliothek, wo er liest oder schreibt. Ich hatte sogar schon Sorge, daß er sich zu sehr absondert und um nichtiger Dinge willen aufreibt.«

»Wer weiß, vielleicht existiert in Galilas Haus eine Abteilung der Nationalbibliothek«, witzelte Ibrahim Alfar.

»Oder er zieht sich in seine Bibliothek zurück, um solch zotige Sachen wie ›Die Rückkehr des Scheichs‹ zu lesen. Was kannst du schon von einem erwarten, der sein Leben mit einem Artikel über die Abstammung des Menschen vom Affen begonnen hat?«

Da alle lachten, stimmte auch Abd al-Gawwad mit ein, wußte er doch aus Erfahrung, daß er – bliebe er in einer solchen Situation ernst – ein noch leichteres Ziel für Spott und Hohn abgeben würde. Schließlich sagte er: »Deshalb denkt dieser Verfluchte nicht ans Heiraten. Und ich mache mir Sorgen!«

»Wie alt ist der brave Junge jetzt?«

»Neunundzwanzig.«

»Du liebe Güte, du mußt ihn verheiraten! Warum wehrt er sich dagegen?«

Mohammed Iffat rülpste, strich sich über den Wanst und erklärte: »Das ist jetzt so Mode. Die Jugend will nicht heiraten. Und nicht nur das! Junge Mädchen ziehen in Scharen durch die Straßen, so daß man keiner mehr vertrauen kann. Kennt ihr nicht das Lied von Scheich Hassanein, in dem es heißt: ›Nichts Verrückteres gibt es hier als Herren und Damen beim gleichen Barbier.‹«

»Hinzu kommt angesichts der Wirtschaftskrise die Ungewißheit, vor der die Jugend steht. Ein Universitätsabsolvent fängt mit zehn Pfund an, wenn er es überhaupt schafft, eine Arbeit zu finden.«

Sichtlich beunruhigt murmelte Achmed Abd al-Gawwad: »Ich fürchte, die beiden wissen nun Bescheid: er, daß Galila meine Geliebte war, und sie, daß er mein Sohn ist.«

»Denkst du, sie verhört ihre Kunden?« fragte Ali Abd ar-Rahim belustigt, und Mohammed Iffat fügte augenzwinkernd hinzu: »Wenn die Hure wüßte, wen sie vor sich hat, hätte sie ihm schon längst alles über seinen Vater, von A bis Z, erzählt.«

Mit einem Seufzer aus tiefstem Herzen rief Achmed Abd al-Gawwad: »Das verhüte Gottes weiser Ratschluß!«

»Meinst du nicht«, fragte Ibrahim Alfar, »daß – wenn dein Sohn die Abstammung seines Urvaters vom Affen erforscht hat – er auch herausbekommen hat, daß sein Vater ein schamloser Wüstling war?«

Vor lauter Lachen mußte Mohammed Iffat husten. Einen Moment lang schwieg er, dann meinte er: »Jedenfalls täuscht Kamals Äußeres. Er sieht immer ruhig und ernst aus. Ein Lehrer in des Wortes vollster Bedeutung.«

Ali Abd ar-Rahim schlug einen versöhnlichen Tonfall an. »Möge ihn der Herrgott behüten und ihm ein langes Leben gewähren. Wer seinem Vater gleicht, tut nichts Unrechtes.« Aber Mohammed Iffat gab sich nicht zufrieden. »Wichtig zu wissen wäre, ob er bei den Frauen solch ein ›Virtuose‹ wie sein Vater ist? Ich meine, weiß er mit den Frauen nett umzugehen und sie trotzdem fest im Griff zu behalten?«

»Das glaube ich nicht«, sagte Ali Abd ar-Rahim. »Mir scheint, er wartet gesetzt und würdig ab, bis sich die Tür hinter ihm und der vom Glück erwählten Gespielin schließt, zieht sich dann mit gleicher Gesetztheit und Würde aus, wirft sich mit düsterer und strenger Miene auf sie, kleidet sich im nächsten Moment wieder an und geht mit einem Ernst von dannen, als hätte er eine ungemein wichtige Stunde gegeben.«

»Das gibt's doch nicht, daß aus den Lenden eines Meisters ein Tölpel hervorgeht!«

Insgeheim fragte sich Achmed Abd al-Gawwad fast verärgert, warum ihm die Sache mit Kamal merkwürdig vorkam. Doch dann entschied er sich, an die Geschichte nicht mehr zu denken, weshalb er auch, als Alfar das Tricktrackspiel holte, sofort zustimmte, daß es Zeit zum Spielen sei. Aber die Gedanken ließen sich nicht stoppen. Um sich zu trösten, sagte er sich, daß er Kamal die beste Erziehung hatte angedeihen lassen. Immerhin hatte dieser das Hochschuldiplom erworben, war ein geachteter Lehrer geworden und konnte tun und lassen, was er wollte. Vielleicht war er glücklich darüber, trotz des langen, dürren Körpers, des gewaltigen Schädels und der riesigen Nase gelernt zu haben, sich zu amüsieren. Ginge es gerecht zu, dann hätte Jasin nie eine Ehe schließen dürfen, Kamal hingegen müßte schon seit Jahren verheiratet sein. Doch wer wollte behaupten, solcherlei Rätsel lösen zu können?!

»Wann hast du Zubaida zum letztenmal gesehen?« fragte ihn Alfar.

Abd al-Gawwad überlegte kurz und antwortete: »Letzten Januar, also vor fast einem Jahr. Sie hatte mich im Geschäft aufgesucht, weil ich für sie das Haus verkaufen sollte.«

»Das hat dann Galila gekauft«, sagte Ibrahim Alfar. »Zubaida, diese Verrückte, hat sich in einen Kutscher verliebt, und der hat sie prompt ruiniert. Jetzt lebt sie im Haus der Tänzerin Susan, in einer Kammer oben auf dem Dach, und befindet sich in einem beklagenswerten Zustand des Verfalls.«

Achmed Abd al-Gawwad schüttelte traurig den Kopf und murmelte: »Die Sultanin in einer Dachkammer! Möge sich der Ewige erbarmen!«

»Ein trauriges Ende, aber es war nicht anders zu erwarten«, meinte Ali Abd ar-Rahim, und Mohammed Iffat ließ ein mitleidiges Lachen und den Wunsch hören: »Möge sich Gott dessen erbarmen, der der Welt vertraut.«

Alfar lud zum Spiel ein, und Mohammed Iffat fand sich bereit, ihn herauszufordern. Gleich darauf drängten sich alle um das Tricktrackbrett.

»Mal sehen«, meinte Achmed Abd al-Gawwad, »wer wie Galila Glück hat oder wie Zubaida vom Pech verfolgt ist.«

6

In einer der Nischen in Achmed Abduhs Kaffeehaus, ebenjener, die Kamal in jugendlichen Jahren mit Fuad al-Hamzawi bevorzugt hatte, saß er nun mit Ismail Latif. Trotz der Kälte des Monats Dezember war es im Café warm, denn die Eingangstür des kellerartigen Gewölbes, einzige Verbindung zur Erdoberfläche, wurde geschlossen gehalten. So angenehm es war, daß sich im Raum auf natürliche Weise die Wärme speicherte, so spürbar war die Feuchtigkeit, die in alle Winkel drang. Ismail Latif behagte der Ort wenig, dennoch ertrug er es, hier zu sitzen, weil er Kamals Nähe mochte. Er war der einzige alte Freund, zu dem die Verbindung nicht abgerissen war, obwohl Ismail seit dem Studienabschluß an der Handelshochschule seinen Lebensunterhalt als Wirtschaftsprüfer in Tanta verdiente. Wann immer er auf Urlaub nach Kairo kam, rief er Kamal in der Silahdar-Schule an und stimmte zu, sich hier, in der historisch denkwürdigen Nische, zu treffen.

Kamal betrachtete den alten Freund. Er war robust gebaut, und sein Gesicht trug harte, kantige Züge. Verwunderlich war für Kamal, wie gesetzt, höflich und vernünftig sich Ismail benahm, geradezu mustergültig für einen Ehemann und Vater, er, der doch einst ein Ausbund an Dreistigkeit, Leichtsinn und Ungeschlachtheit gewesen war.

Kamal goß erst in Ismails Glas, dann in seins grünen Tee und fragte lächelnd: »Wie es scheint, gefällt dir Achmed Abduhs Café nicht?«

Ismail, der noch immer die Gewohnheit hatte, den Kopf beim Sprechen in die Höhe zu recken, erwiderte: »Nun ja, es ist ein seltsamer Platz. Warum suchen wir uns nicht ein Café, das ganz normal zu ebener Erde liegt?«

»Auf jeden Fall ist das ein angemessener Platz für solch rechtschaffene Leute, wie du es bist.«

Ismail lachte und nickte zustimmend, als wollte er bekräftigen, daß ihm diese Eigenschaft, nach allem, was er früher einmal gewesen war, nun wirklich zukam. Kamal, der höflich sein wollte, fragte: »Wie lebt es sich in Tanta?«

»Ah, großartig. Tagsüber reißt die Arbeit im Büro nicht ab, und die Abende verbringe ich mit meiner Frau und den Kindern.«

»Wie macht sich der Nachwuchs?«

»Gott sei Dank gut. Das sorglose Leben der Kinder kostet zwar Anstrengung, aber man muß Gott danken.«

Kamal, den das Thema Familie generell neugierig machte, fragte: »Empfindest du das Leben mit Frau und Kindern tatsächlich als das Glück, das Ehe-Experten anpreisen?«

»Aber ja, meine Familie macht mich glücklich.«

»Trotz aller Sorgen, die dir die Kinder bereiten?«

»Trotz allem.«

Kamal begann den Freund noch aufmerksamer zu betrachten. Das war ein anderer Mensch als jener Ismail Latif, den er in den Jahren von 1921 bis 1927 gekannt hatte – eine in seinem Leben einzigartige Zeit, weil er damals mit voller Kraft gelebt hatte und jede Minute entweder mit überschäumender Freude oder mit abgrundtiefem Schmerz verbunden gewesen war. Es war die Ära wahrer Freundschaft, verkörpert in Hussain Schaddad, und aufrichtiger Liebe, personifiziert in Aida, gewesen. Es war die Zeit brennender Begeisterung, die sich vom Feuer der großartigen ägyptischen Revolution nährte. Es waren die Jahre grausamer Erfahrungen, in die ihn Zweifel, Zynismus und Begierde gestoßen hatten. Mit niemand anders verband sich die Erinnerung daran stärker als mit Ismail Latif, keiner war dafür ein gewichtigerer Zeuge als er. Doch was hatte der heutige Ismail noch mit dem damaligen gemein?

»Natürlich gibt es immer irgendwelche Dinge, die einem zusetzen«, meinte Ismail Latif, nun ein wenig nörgelnd. »Beispielsweise das neue Arbeitsstatut und der Beförderungs- und Steigerungsstopp. Du weißt, daß ich ans komfortable Leben, das mir mein Vater bot, gewöhnt war. Aber er hat mir bei seinem Tod nichts hinterlassen, und meine Mutter braucht ihren Unterhalt für sich allein. Deshalb habe ich Tanta akzeptiert. Hätte ich es sonst gemacht?«

Kamal lachte. »Dir war doch nie etwas gut genug.«

Ismails Lächeln verriet den Stolz, den er angesichts seiner lebensprallen und trotzdem freiwillig aufgegebenen Vergangenheit empfand.

»Bist du nicht manchmal versucht, ein bißchen Vergangenheit zurückzuwünschen?« fragte Kamal.

»O nein, davon habe ich genug. Ich kann sogar sagen, daß ich mein neues Leben genieße. Das einzige, was ich von Zeit zu Zeit machen muß, ist, mit ein wenig Geschick meiner Mutter Geld abzuluchsen, was meine Frau übrigens bei ihrem Vater auch tut. Ich bin eben immer noch auf ein üppiges Leben aus.«

Kamal konnte sich nicht mehr beherrschen, und wenn er auch lächelte, so bemerkte er doch verbittert: »Erst hast du mich verführt, die Frauen zu genießen, und dann hast du mich allein gelassen.«

Als Ismail laut loslachte, veränderte sich der gesetzte Ausdruck seines Gesichts und nahm wieder viel von der früheren Durchtriebenheit an. »Bedauerst du es etwa?« fragte er. »Bestimmt nicht. Du hängst doch an dieser Art zu leben mit merkwürdiger Ergebenheit, obwohl du ein eher gemäßigter Typ bist. In den wenigen Jahren, in denen ich mit von der Partie war, habe ich Sachen fertiggebracht, die du niemals machen würdest.« In eher ernstem Ton fuhr er fort: »Heirate, und ändere dein Leben!«

»Darüber müßte man vielleicht mal nachdenken«, erwiderte Kamal eher belustigt.

In der Zeit, die zwischen den Jahren 1924 und 1935 lag, war ein neuer Ismail Latif erschaffen worden – ein Umstand, der es wert wäre, von Leuten, die an Wunder glaubten, untersucht zu werden. Aber immerhin war er der einzige Freund, der ihm aus alten Zeiten geblieben war. Hussain Schaddad hatte ihm Frankreich geraubt, und Hassan Salim hatte sich ebenfalls im Ausland eingerichtet. Beide waren – o Jammer! – dem Herzen entrissen. Und wenn Ismail Latif ihm auch niemals ein Seelengefährte gewesen war, so blieb er doch bis auf den heutigen Tag die lebendige Erinnerung an eine märchenhafte Vergangenheit.

Deshalb stand es ihm durchaus zu, sich mit der Vergangenheit zu brüsten, und auch er, Kamal, verspürte Stolz auf Ismail, allein schon wegen dessen Anhänglichkeit. Nein, ein geistiges Vergnügen bot das Zusammensein mit ihm nicht, dafür aber lieferte er den körperlichen Beweis, daß die Vergangenheit kein Hirngespinst war; auf die Bestätigung dessen, daß es jene Zeit wirklich gegeben hatte, war er ebenso aus wie auf das Leben selbst. Was machte wohl jetzt Aida? Wo auf dieser großen, weiten Welt mochte sie stecken? Wie hat es das Herz geschafft, von der Krankheit der Liebe zu genesen? Wunder über Wunder.

»Verehrter Herr Ismail, ich bin beeindruckt. Es steht Ihnen wahrhaft zu, Glück und Erfolg zu haben.«

Ismail antwortete nicht, sah sich statt dessen um. Sein Blick wanderte zur Decke, den Lampen und den anderen Nischen, blieb an Gesichtern hängen, die im Traum versunken oder durch Spiel und Unterhaltung gefesselt waren. »Was gefällt dir an diesem Café?«

Ohne auf die Frage unmittelbar einzugehen, erwiderte Kamal traurig: »Hast du gehört? Es wird demnächst abgerissen, man will hier ein neues Gebäude bauen. Dieses Denkmal wird auf ewig verschwinden.«

»Ein tausendfaches Lebewohl! Soll dieses Grab versinken und Neues entstehen!«

Hatte Ismail vielleicht recht? Möglicherweise ja. Aber da war das Herz mit seiner Glut, und das schrie: O du liebes Kaffeehaus, du bist ein Stück von mir geworden! Hier habe ich geträumt, habe ich nachgedacht. Auf deinen Stühlen hat Jasin ganze Jahre zugebracht. Hier hat sich Fahmi mit den Revolutionären getroffen, um Pläne zu schmieden und für eine bessere Welt zu kämpfen. Ich liebe dich, weil du aus dem Stoff von Träumen gemacht bist. Aber was nützt das alles? Welchen Sinn hat es, sich nach der Vergangenheit zu sehnen? Wahrscheinlich wird die Vergangenheit immer das Opium der Gefühlsdusler sein. Aber das Schlimmste, was einem passieren kann, ist, ein rührseliges Herz und einen skeptischen Verstand zu haben. Nun denn, solange man an nichts glaubt, kann man alles sagen. »Recht hast du. Da schlage ich doch gleich vor, die Pyramiden abzureißen, falls man die Steine künftig braucht.«

»Die Pyramiden? Was haben die mit Achmed Abduhs Café zu tun?«

»Ich spreche von Denkmälern. Weg mit allem, wenn es ums Heute oder Morgen geht.«

Ismail Latif lachte. Er reckte den Hals, Zeichen dafür, daß er auf Streit aus war. »Was du schreibst, hört sich aber ganz anders an. Wie du weißt, lese ich dir zu Ehren ab und zu die Zeitschrift ›Der Gedanke‹, und ich habe dir schon früher einmal meine Meinung gesagt, daß – nun ja – deine Artikel zu schwierig sind. Die ganze Zeitschrift ist, Gott behüte, ziemlich trocken. Ich kann es mir nicht leisten, sie ständig zu kaufen, weil meine Frau nichts darin findet, was sie lesen könnte. Entschuldige, aber genau das sind ihre Worte. Ich wollte sagen, daß sich die Meinung, die du gerade jetzt geäußert hast, in deinen Artikeln nicht findet. Nun will ich nicht behaupten, alles zu verstehen, und im Vertrauen gesagt, verstehe ich ziemlich wenig. Nur, da wir gerade darüber sprechen – wäre es nicht besser, wenn du wie die Schriftsteller, die gerade in Mode sind, schreiben würdest? Dann hättest du ein riesiges Publikum und würdest eine Menge Geld verdienen.«

Es gab eine Zeit, da hatte er auf solch eine Meinung vor lauter Verachtung mit einem gewaltigen Gefühlsausbruch reagiert. Die Verachtung war geblieben, die Aufregung geschwunden. Schlimmer noch, er war sich nicht einmal sicher, ob Verachtung berechtigt war. Nicht, weil er sie generell fehl am Platz gefunden hätte, sondern weil er selbst manchmal Zweifel am Wert dessen verspürte, was er schrieb. Ja, selbst diesem Zweifel mißtraute er, denn insgeheim gestand er sich ein, daß er alles satt hatte. Das Leben schien ihm nichts anderes als ein altes Wort zu sein, dessen Bedeutung in Vergessenheit geraten war. »Du fandst es noch nie gut, daß ich ein Verstandesmensch bin.«

Ismail lachte schallend los. »Daran erinnerst du dich? Ach, was für herrliche Zeiten!«

Verschwundene Zeiten. Kein loderndes Feuer mehr, nur noch geschützte, behütete Glut, wie die Reliquie eines teuren Leichnams oder die – seit Aidas Hochzeit –

gut verwahrte Bonbonniere. »Hast du etwas von Hussain Schaddad oder Hassan Salim gehört?«

Ismail zog die dichten Augenbrauen in die Höhe. »Ach, gut, daß du mich erinnerst. Vergangenes Jahr sind ein paar schlimme Dinge passiert.« Er hob die Stimme. »Als ich nach Kairo kam, habe ich erfahren, daß es mit den Schaddads aus ist.«

Kamals Herz barst schier vor Erregung. Er mußte sich sehr beherrschen, um nicht zu zeigen, wie ihm die Neugier zusetzte. »Was meinst du?« fragte er.

»Meine Mutter hat mir erzählt, daß Schaddad Bey bankrott gegangen ist. Die Börse hat den letzten Millim seines Besitzes verschlungen. Und da er es nicht ertragen konnte, am Ende zu sein, hat er sich umgebracht.«

»Was für eine Nachricht! Wann war das?«

»Vor ein paar Monaten. Die Villa ist genauso futsch wie alles andere Hab und Gut. Kein Palast mehr, kein Garten, wo wir diese unvergeßliche Zeit erlebt haben.«

O ja – jene Zeit, jenes Schloß, jener Garten, jene Erinnerungen, jener vergessene Schmerz, jenes schmerzliche Vergessen; die vornehme Familie, dieser gewaltige Mann, der große Traum. Warum fühlte er sich dermaßen erregt? Tobte der innere Aufruhr nicht heftiger, als es der Situation angemessen war? Und dieser Krampf des Herzens – schmerzte er nicht stärker, als es vergessene Erinnerungen verursachen sollten? »Der Bey hat Selbstmord begangen, das Schloß ist verloren, und was wurde aus der Familie?«

»Hussains Mutter sind nicht mehr als fünfzehn Pfund im Monat geblieben, Einkünfte aus einer Liegenschaft. Sie ist in eine bescheidene Wohnung in Abbasija gezogen. Meine Mutter hat sie besucht, und als sie bei ihrer Heimkehr von ihr erzählte, liefen ihr die Tränen. Diese Dame, die in einem unvorstellbaren Wohlstand lebte. Erinnerst du dich noch?«

Und ob er sich erinnerte! Glaubte Ismail etwa, er hätte auch nur das Geringste vergessen? Er sah den Garten vor sich, den Pavillon, spürte die Luft, die vor Glück summte. An Freud und Leid erinnerte er sich. Trauer übermannte ihn, und Tränen stauten sich an. Was sollte er jetzt noch jammern, daß Achmed Abduhs Café vom Verschwinden bedroht war – alles geriet durcheinander. »Das ist schrecklich, und was das Ganze noch schmerzlicher macht, ist, daß wir nicht einmal unserer Pflicht nachgekommen sind, unser Beileid auszusprechen. Meinst du nicht, daß Hussain aus Frankreich zurückgekommen ist?«

»Er war nach dem Vorfall mit dem Vater in Kairo, und Hassan Salim und Aida auch. Aber jetzt sind alle wieder fort.«

»Wie konnte Hussain die Familie allein lassen? Wovon lebt er nach dem Bankrott des Vaters?«

»Ich habe gehört, daß er in Frankreich verheiratet ist. Wahrscheinlich hat er während der langen Zeit, die er dort schon lebt, eine Arbeit gefunden. Genaueres weiß ich nicht, habe ihn seit dem damaligen Abschied nicht mehr gesehen. Wie lange ist es her? Zehn Jahre, nicht wahr? Ach, wie traurig mich das macht.«

»Ach« und »ach«, aber in ihm, Kamal, staute sich seit damals ein Meer von Tränen. Nie hatte er ihnen freien Lauf gegeben, und nun, da er weinen wollte, schienen die Schleusen eingerostet zu sein. Sein Herz schmerzte vor Trübsal – hatte es nicht einst die Trauer als beherrschendes Leitmotiv gewählt? Was er von Ismail erfahren hatte, versetzte ihn in solch heftige Erschütterung, daß alle Gegenwart von ihm abfiel und er wieder der von einst war – die personifizierte Liebe und Trauer. Sollte so das Ende des alten Traums aussehen? Bankrott und Selbstmord? Als hätte das Schicksal diese Familie auserkoren, ihm den Sturz der Götter vorzuleben. Bankrott und Selbstmord! Und wenn Aida dank der Stellung ihres Mannes auch sorgenfrei leben konnte, was war aus ihrem engelhaften Stolz geworden? Hatten die Ereignisse ihre Schwester in Armut gestürzt? »Hussain hatte eine kleine Schwester, wie hieß sie doch gleich? Ab und zu fällt mir der Name ein, aber gerade jetzt weiß ich ihn nicht mehr.«

»Budur. Sie lebt mit der Mutter und teilt mit ihr die Sorgen des neuen Lebens.«

Stell dir vor – Aidas Familie, die ein einfaches und bescheidenes Leben führt, mit Sorgen wie die Menschen um uns in diesem Café. Ob Budur gestopfte Strümpfe trägt? Durch Schmutz watet? Wird sie einen kleinen Angestellten heiraten? Aber was geht dich das alles an? Täusch dich nicht selbst, du bist zutiefst erschrocken. Was dein Verstand dir auch immer über Klassen und ihre Unterschiede sagen mag – du empfindest den Sturz dieser Familie als schrecklichen Zusammenbruch. Es schmerzt dich zu hören, daß dein höchstes Ideal von Staub beschmutzt wird.

Jedenfalls kannst du dich freuen, daß von deiner großen Liebe nichts geblieben ist. Was sollte von solch alter Liebe auch bleiben? Nichts, lautet die Antwort, doch dein Herz fühlt noch immer ein seltsames Sehnen, wenn ein Lied von damals erklingt, wie abgedroschen auch immer Text und Melodie sein mögen. Warum? Nur wegen der Erinnerung an die Liebe? Je mehr man von der Liebe ausgeschlossen ist, desto stärker ist man in sie verliebt. Jetzt ist mir zumute, als müßte ich in einer Flut von Leidenschaft ertrinken. Die im Verborgenen lauernde Krankheit versprüht beim geringsten Zeichen von Schwäche ihr Gift. Was kann man tun, wenn der Zweifel, der ansonsten alle Wahrheiten in Frage stellt, vor der Liebe haltmacht, und das nicht etwa, weil die Liebe über allen Zweifel erhaben wäre, sondern aus Ehrfurcht vor der Trauer und aus der

Scheu heraus, die Wahrheit der Vergangenheit nicht anzutasten?

Ismail fuhr fort, über die Tragödie, die er mit vielen Details ausschmückte, zu sprechen. Doch schließlich schien er davon genug zu haben, denn in einem Ton, der von Überdruß kündete, sagte er: »Allein Gott ist ewig. Die Geschichte ist wirklich traurig, aber für heute haben wir genug von Unglück gehört.«

Kamal drang nicht auf ihn ein, mehr zu erzählen. Es reichte. Ihm war nach Schweigen zumute, nach Nachdenken. Still schluchzte sein Herz, vergoß Tränen, die niemand sah. Er war selbst überrascht, hatte er doch geglaubt, längst von der alten Krankheit geheilt zu sein. Erstaunt sagte er sich, daß bereits neun oder zehn Jahre vergangen waren. Eine lange Zeit, und vielleicht doch zu kurz. Wie mochte Aida jetzt wohl aussehen? Wie gern hätte er sich in ihren Anblick versenkt, um den geheimnisvollen Zauber der Vergangenheit zu ergründen – ja, um auch sich selbst begreifen zu können. Wenn ihr Bild vor seinem inneren Auge erstand, dann immer nur für einen flüchtigen Augenblick: beim Hören eines alten Lieds, beim Anblick einer Seifenreklame oder beim schreckhaften Erwachen aus dem Schlaf, wenn er flüsterte: »Ja, das ist sie«, obwohl doch die Züge dieses Gesichts eher einem Filmstern oder einer Erinnerung glichen, die sich verselbständigt hatte. Einmal hellwach geworden, überfiel ihn die rauhe Wirklichkeit.

Er hatte genug vom Herumsitzen. Seine Seele sehnte sich nach einer abenteuerlichen Reise zu verborgenen Gefilden. »Nimmst du meine Einladung an, an einem angenehmen, sicheren Ort ein Gläschen zu trinken?« fragte er Ismail.

Der kicherte los. »Meine Frau wartet auf mich. Wir wollten ihre Tante besuchen.«

Kamal nahm die Entschuldigung nicht zur Kenntnis; zu lange war er allein und sein eigener Zechkumpan gewesen. Also brachen sie auf und machten sich, über alles mögliche schwatzend, auf den Weg. Zwischendurch ertappte Kamal sich dabei, daß er noch immer grübelte. Empfinden wir Liebe, sagte er sich, macht sie uns zu schaffen, ist sie aber fort, leiden wir unendlich.

7

Ein guter Platz, auch wenn du dir nicht viel leisten kannst. Es ist warm, und man sieht, wer kommt und geht, ob nun aus Richtung der Faruk-Straße oder von Muski und Ataba. Wäre der Januar nicht bitter kalt, brauchte man sich mit seiner Sehnsucht nicht hinter den Scheiben des Cafés zu verstecken und den hübschen Platz draußen, auf der gegenüberliegenden Seite, zu meiden. Aber gemach, der Frühling kommt bestimmt. Nur, daß du dann mit Geld auch nicht flüssiger bist. Sechzehn Jahre oder noch länger hängst du schon in der siebten Leistungsstufe fest. Den Laden in Hamzawi hast du zu einem Schleuderpreis verkauft, und die Miete in der Ghurija bringt, obwohl die Wohnung groß ist, nur ein paar Pfunde. Da bietet einzig das Haus in der Kasr asch-Schauk Heim und sichere Zuflucht. Für Radwan mit seinem reichen Großvater ist gesorgt, aber Karima hat nur dich, den Familienvater und Weiberheld, der leider unbemittelt ist.

Jasins Blick fiel auf einen großen, schlanken jungen Mann mit viereckig geschnittenem Schnurrbart und Goldbrille. Es war Kamal. Bekleidet mit einem schwarzen Mantel, stolzierte er, aus Muski kommend, in Richtung Ataba weiter. Jasin lächelte und reckte den Oberkörper ein wenig, als wollte er sich erheben. Doch er blieb sitzen. Wäre

Kamal nicht in Eile, hätte er ihn an den Tisch geholt. Er war ein angenehmer Partner, wenn man sich langweilte. Eigenartig, daß er ans Heiraten nicht dachte, obwohl er auf die Dreißig zuging. Warum hatte ich nur solche Eile damit? Kaum hatte ich mich vom ersten Schlag erholt, da bin ich schon in die nächste Falle gestolpert. Aber wer beklagt sich nicht, ob nun Junggeselle oder Ehemann? Ezbekija bot früher die schönsten Vergnügungen, doch jetzt, da sich dort aller möglicher Pöbel herumtreibt, ist das Viertel ruiniert. Die einzige Unterhaltung, die dir bleibt, ist, die Kreuzung hier zu beobachten und dann auf Jagd nach etwas Preiswertem zu gehen, wobei das günstigste noch die Dienstmädchen sind, die bei ausländischen Familien arbeiten. Sie sehen adrett und sauber aus und sind, und das ist das Beste, von reizender Leichtfertigkeit. Am Azhar-Platz, auf dem Gemüsemarkt, findet man viele von ihnen.

Auch wenn Jasin den Kaffee schon getrunken hatte, blieb er am Fenster sitzen und schaute hinaus auf die Straße, um den Schönen hinterherzustarren. Der Anblick einer jeden, ob nun mit Mantel bekleidet oder in die Milaja gehüllt, prägte sich seinem Auge ein. Mit einer Ausdauer, die keine Erschöpfung kannte, verschaffte er sich erst von jeder Frau einen Gesamteindruck, bevor er zu den Einzelheiten überging. Manchmal saß er hier bis zehn Uhr abends herum. Es kam aber auch vor, daß er, kaum hatte er den Kaffee getrunken, aufsprang und wie ein Altwarenhändler die Spur einer Beute aufnahm, die erschwinglich und – wie er zu erkennen glaubte – verfügbar war. Meistens begnügte er sich damit, die Frauen zu beobachten oder, auch das kam vor, ohne alle ernste Absicht einer Hübschen zu folgen. Faßte er tatsächlich Mut, dann jagte er einem verlebt aussehenden Dienstmädchen oder einer mehr als vierzigjährigen Witwe hinterher. Aber das geschah nur gelegentlich und unter größter Vorsicht. Er war nicht mehr der Kerl von früher, was nicht nur an seinem schmalen Geldbeutel lag, sondern an dem Alter von vierzig Jahren, das sich ungebeten und ungefragt eingestellt hatte. Was für eine erschreckende Wahrheit.

Hier und da zeigt sich ein weißes Haar an der Schläfe. Wie oft mußte er schon den Friseur bitten, etwas dagegen zu tun. Der meinte lediglich, daß ein weißes Haar allein noch nicht schlimm sei, vorausgesetzt, es deute sich damit nicht an, daß über kurz oder lang der ganze Kopf ergrauen würde. Zum Teufel mit beiden – mit Friseur und grauem Haar! Er hat mir ein gutes Färbemittel empfohlen, worauf ich aber verzichten werde. Der Vater hatte mit fünfzig noch kein einziges weißes Haar. Nun ja, was bin ich, verglichen mit ihm? Das gilt nicht nur fürs graue Haar. Mit vierzig sah er wie ein junger Mann aus, selbst noch mit fünfzig. Und ich? Großer Gott, dabei habe ich nicht mehr als er über die Stränge gehauen. Laß es gut sein, streng den Kopf nicht zu sehr an. Betrachte die Frau dort, so entspannst du den Kopf und gibst dem Herzen etwas zu tun. Ob Harun ar-Raschid wirklich so gelebt hat, wie es die Erzähler beschreiben? Wo hätte Zanuba da wohl ihren Platz gehabt? Die Ehe ist der reinste Betrug, nur leider von so zwingender Machart, daß du sie ein Leben lang akzeptieren wirst. Herrschaftssysteme kommen und gehen, Epochen ändern sich – aber immer wird es Frauen geben, die ihren Weg gehen, und Männer, die ihnen lechzend hinterherlaufen. Ist die Jugend ein Fluch, dann ist das Alter ein ganzes Bündel von Flüchen. Wo findet das Herz Ruhe, wo? Das größte Elend wird sich erst zeigen, wenn man sich eines Tages bestürzt fragt, wo man eigentlich hingehört hat.

Um halb zehn verließ Jasin das Café. Er schlenderte gemächlich über den Ataba-Platz in Richtung der Mohammed-Ali-Straße, wo er in die Kneipe »Der Stern« einkehrte. Er nickte zu Chalo hinüber, der wie immer hinter der Bar stand. Mit breitem Lächeln erwiderte der den Gruß, entblößte dabei ein paar gelbe Zahnstummel und wies mit dem Kopf in Richtung des Hinterzimmers, als wollte er ihm zu verstehen geben, daß seine Freunde schon warteten. Von der Theke führte ein Flur zu drei miteinander verbundenen Räumen, in denen es hoch herging. Jasin ging bis zum letzten Zimmer. Ein vergittertes Fenster führte auf die Mawardi-Gasse. Zwei Ecktische waren frei, am dritten standen seine Freunde, die ihn, wie an jedem Abend, mit lautem Jubel begrüßten. Jasin, der sich nur allzugern über sein Alter beschwerte, war in diesem Kreis der Jüngste. Der Älteste war ein pensionierter Junggeselle, und neben ihm saßen ein Obersekretär aus dem Ministerium für religiöse Stiftungen, der Chef der Verwaltungsangestellten der Universität und ein Anwalt, der von seinem Besitz lebte. Den Gesichtern war deutlich anzusehen, daß die Männer zuviel tranken. Die Blicke waren stumpf, und hatte sich die Haut beim einen durch den Blutstau gerötet, so war sie beim nächsten von wächserner Blässe. Die Männer pflegten zwischen acht und neun in die Kneipe zu kommen und blieben bis zum Ende der Nacht. Sie gossen die übelsten Sorten Alkohol in sich hinein, solche, die am stärksten wirkten und am wenigsten kosteten. Jasin blieb zwar nur sehr selten bis in die Morgenstunden, verbrachte aber je nach Laune zwei bis drei Stunden mit ihnen.

Wie immer begrüßte ihn der alte Junggeselle mit dem Scherz: »Ein herzliches Willkommen dem verehrten Hagg Jasin.« Da eine Sure im Koran mit »Ja Sin« überschrieben war, bestand der Alte darauf, Jasins Namen mit dem Ehrentitel »Hagg« zu schmücken.

Der Anwalt, der am stärksten betrunken war, erklärte:

»Spät kommst du, du Held. Wir haben schon gedacht, daß du eine Frau erwischt hast und wir dich deshalb heute nacht vermissen müssen«, was den Alten philosophierend lallen ließ: »Nur die Frau trennt den Mann vom Mann.«

Jasin drängte sich zwischen den Alten und den Obersekretär und gab schlagfertig zurück: »Da hast du ja nichts mehr zu befürchten«, worauf der Alte das Glas hob und erklärte: »Bis auf ein paar teuflische Momente, wenn mich eine Vierzehnjährige durchaus hochbringen könnte.«

»Große Worte, kleine Taten«, witzelte der Obersekretär.

»Ich weiß nicht, was diese gemeine Bemerkung soll.«

»Ich auch nicht.«

Chalo brachte ein Glas und Lupinenkerne zum Knabbern, und als Jasin zum Trinken ansetzte, meinte er: »Seht euch nur diesen Januar an.«

»Gottes Schaffen ist unendlich. Ist der Januar auch fürchterlich kalt, so hat sich wenigstens Taufik Nasim auf Nimmerwiedersehen verabschiedet.«

»Rettet uns vor der Politik!« rief der Anwalt. »Das Thema schlägt einem beim Trinken auf den Magen. Sucht euch ein anderes.«

»Aber das ganze Leben besteht einzig und allein aus Politik«, meinte der Personalbeamte.

»Ach du! Was hast du, ein Beamter der sechsten Leistungsstufe, mit Politik zu tun?«

»Ich muß doch sehr bitten«, ereiferte sich der. »Immerhin handelt es sich um die sechste Stufe von früher, also noch aus Saad Zaghluls Zeit.«

»Ha, und ich habe die sechste aus Mustafa Kamils Zeit!« rief der Alte. »Ihm zu Ehren habe ich mich auf dieser Stufe pensionieren lassen. Aber wäre es nicht besser, sich zu betrinken und zu singen?«

Jasin, gerade im Begriff, das Glas zu leeren, erklärte: »Erst mal betrinken wir uns, mein Alter.«

Er, der nie im Leben die Wohltat einer tiefen Freundschaft kennengelernt hatte, besaß überall – in Cafés und Kneipen – Bekannte. Es dauerte nicht lange, bis er jemandem vertraute, und die anderen gewöhnten sich noch schneller an ihn. Seit er sich, bedingt durch seine finanzielle Lage, dieses Lokal als nächtliches Lieblingsdomizil ausgesucht hatte, war er in die Gruppe aufgenommen worden. So eng die Beziehungen auch beim nächtlichen Feiern waren – tagsüber begegnete man sich nicht, versuchte es auch nicht. Was diese Männer verband, waren Trunksucht und billiger Schnaps. Der Personalbeamte hielt die höchste Position inne, besaß aber auch eine große Familie. Der Anwalt wiederum hatte erfahren, daß in dieser Kneipe besonders hochprozentiger Schnaps angeboten wurde, und da die sauberen Alkoholsorten bei ihm höchst selten noch einen Rausch bewirkten, hatte er sich an das Lokal gewöhnt und kam nur noch hierher.

Jasin trank und schwatzte. Mit aller Macht überließ er sich dem tumultartigen Lärm, der den Raum überflutete und aus den Ecken widerhallte. Der alte Junggeselle war ihm der Liebste in der Runde. Jasin konnte nicht genug davon kriegen, mit ihm seine Späßchen zu treiben, vor allem solche, die recht schlüpfrig waren. Da kam es schon vor, daß der Alte ihn bisweilen zur Mäßigung mahnte und an seine Verantwortung als Familienoberhaupt erinnerte, was aber Jasin ebenso verächtlich wie stolz mit der Bemerkung abtat: »Für so etwas sind wir in unserer Familie geschaffen. Mein Vater ist so, und mein Großvater war nicht anders.«

Auch an diesem Abend wiederholte Jasin dieses Argument, und da konnte der Anwalt es sich nicht verkneifen zu fragen: »Und deine Mutter? War die auch so?«

Da alle vor Lachen johlten, stimmte Jasin ein, auch wenn ihm das Herz einen bohrenden Schmerz in der

Brust verursachte. Er trank noch mehr, aber trotz des Rauschs kam es ihm vor, als sei er tief gefallen. Das war nicht sein Platz, das war nicht seine Art zu trinken, das war nicht sein Tag … Überall macht man sich über dich lustig. Wer bist du schon, gemessen an deinem Vater? Nichts ist widerwärtiger, als alt zu werden und immer weniger Geld zu haben. Einzig der Schnaps, unermeßlich in seiner Güte, hüllt dich in zarte Freundlichkeit und spendet dir warmen Trost. Da wird das Unglück verächtlich, und fröhlich stimmst du ein in den Ruf: O Freude über Freude! Ist auch der Reichtum dahin und die Jugend vorbei, so bleibt der Schnaps der beste Gefährte. Als Jüngling hast du ihn lustvoll geschlürft, in deiner Mannesblüte erheitert er dich, und verzückt wird dein ergrautes Haupt bei seinem Anblick beben. So freue dich, mein Herz, trotz aller Müh und Not, denn ist Radwan erst einmal zum Mann gereift und wiegt sich Karima im Brautkleid, dann stoße ich hier in al-Ataba l-Chadra auf das Glück an. O ja, wie überaus groß ist meine Freude.

Die Männer stimmten ein Lied an … »Gefangener der Liebe, was muß er in Demut leiden«, und dann folgte: »O Nachbarin im Tal«. Grölend erhoben sie die Stimmen, und die Leute in den anderen Räumen stimmten mit ein. Als die Männer erschöpft schwiegen, versuchte der Personalbeamte, noch einmal auf den Rücktritt von Taufik Nasim und den Vertrag zu sprechen zu kommen, der Ägypten vor der Bedrohung durch Italien, dem jüngst in Libyen niedergelassenen Nachbarn, schützen sollte. Er schaffte es nicht, denn wie auf einen Schlag johlten die anderen los: »Laß den Vorhang herunter, damit uns der Nachbar nicht sieht«, und nur der Alte, so betrunken er auch war, regte sich über diese unverschämte Art zu antworten auf und warf den anderen vor, auf ernsthafte Dinge einzig mit Witzen reagieren zu können. Da tönte es wie aus einer Kehle: »Schmollst du wirklich mit mir, oder machst du nur Spaß …«, und da konnte der Alte nicht anders, als laut loszulachen und hemmungslos mitzusingen.

Um Mitternacht verließ Jasin das Lokal, und gegen ein Uhr kam er zu Hause in der Kasr asch-Schauk an. Wie bei jeder nächtlichen Heimkehr ging er auch jetzt durch die Räume, als müßte er alles kontrollieren. Radwan war noch wach. Er sah von einem Gesetzeswerk auf und lächelte dem Vater zu. Die beiden liebten sich sehr, und obwohl Radwan wußte, daß sein Vater um diese Zeit betrunken zurückkehrte, behandelte er ihn mit großem Respekt. Jasin wiederum bewunderte über alle Maßen, wie schön Radwan aussah und wie klug und fleißig er war. Er sah in ihm den künftigen Staatsanwalt, und diese Stellung würde sein eigenes Ansehen erhöhen, ihn mit Stolz erfüllen und über vieles hinwegtrösten.

»Was macht das Studium?« fragte Jasin und schlug sich mit der Hand auf die Brust, als meinte er: ›Stehe zu Diensten.‹ Radwan lächelte, und in seinen Blick trat der warme Glanz, der seiner Großmutter Hanija eigen gewesen war.

»Würde es dich stören, wenn ich den Phonographen anstelle?«

»Mich nicht«, antwortete Radwan, »aber die Nachbarn vielleicht, die schon schlafen.«

»Wohl bekomm's ihnen«, spottete Jasin beim Hinausgehen. Er betrat das Schlafzimmer der »Kinder«. Karima schlief fest in ihrem kleinen Bett, während das auf der anderen Seite darauf wartete, daß Radwan zu lernen aufhörte. Schon wollte Jasin Karima wecken, um mit ihr ein wenig herumzualbern, da fiel ihm ein, wie nörglerisch sie sich benahm, wenn sie aus dem Schlaf gerissen wurde. So ging er in sein Zimmer. Am schönsten war immer die Nacht vor dem Freitag, dem heiligen Feiertag. Wenn er da nach Hause kam, egal zu welcher Zeit, zögerte er nicht, Radwan in den Salon zu bitten und Karima und Zanuba zu wecken. Er stellte den Phonographen an, und dann plauderte und scherzte er mit ihnen, bis sich die Nacht ihrem Ende näherte. Er war vernarrt in seine Familie, vor allem in Radwan, auch wenn er sich aus Mangel an Zeit nicht allzusehr um die Kinder kümmerte. Die Erziehung überließ er der Fürsorge Zanubas, wobei er weitgehend der natürlichen Klugheit der Kinder selbst vertraute. Was auch immer geschah, er konnte und wollte sich keinen einzigen Moment lang ähnlich grausam aufführen, wie es sein Vater ihm gegenüber getan hatte. Aus tiefstem Herzen verabscheute er es, Radwan mit Furcht und Schrecken zu erfüllen, und selbst wenn ihm an solchem Respekt gelegen wäre, hätte er die Härte dazu nicht aufbringen können. Saß er des Nachts mit den Kindern zusammen, dann sprach er ohne alle Zurückhaltung darüber, wie sehr er sie liebte. Es war nicht nur der Alkohol, der ihn berauschte, sondern auch die Zärtlichkeit, die er für die Kinder empfand, und so spaßte und schwatzte er mit ihnen herum. Oft genug erzählte er sogar komische Erlebnisse, die ihm in der Kneipe mit Betrunkenen passiert waren; weder die versteckten Protestzeichen Zanubas noch die Wirkung auf unschuldige Seelen kümmerten ihn im geringsten. In solchen Momenten schien die Rolle des Vaters völlig vergessen, und als einziges galt, die ureigenste Fröhlichkeit unbekümmert auszuleben.

Ins Zimmer gekommen, fand er Zanuba schlafend und auch wieder nicht schlafend vor. Es war immer das gleiche mit ihr. Beim Hereinkommen hörte er noch ihr Schnarchen, aber kaum, daß er die Mitte des Zimmers erreicht hatte, sah er, wie sie sich bewegte und die Augen öffnete, und schon im nächsten Moment tönte ihr bissiges »Gott sei Dank bist du gesund und munter«. Dann stand sie auf, um ihm beim Ausziehen zu helfen und die Kleidung ordentlich zusammenzulegen. Ungeschminkt sah sie älter aus, als sie war, ja, oftmals schien sie ihm sogar gleichaltrig zu sein. Aber auf jeden Fall war sie ihm eine gute Gefährtin geworden, und ihrer beider Wurzeln waren eng miteinander verwachsen. Das hübsche Ding von einst hatte im Zusammenleben mit ihm das erreicht, was den Frauen aus gutem Hause nicht gelungen war. Sie war es, die seiner Ehe eine solide Basis verschafft hatte. Sicher, zuerst hatte es oft Streit gegeben, und sie war auch ab und zu laut geworden. Aber immer war sie äußerst bedacht darauf gewesen, das eheliche Leben aufrechtzuerhalten. Mit der Zeit war sie mehr und mehr zur Mutter geworden, doch obwohl sie sich – des Erstgeborenen beraubt – rührend um Karima kümmerte, kämpfte sie um so zäher um ihre Ehe, vor allem seit ihre Schönheit zu welken begann und sie unter dem vorzeitigen Altern litt. Die Jahre hatten sie gelehrt, sich mit Geduld und Friedfertigkeit zu schmücken und ganz und gar der Rolle der Hausfrau zu leben. Das trieb sie so weit, daß sie außerhalb des Hauses auf allen Putz verzichtete, was ihr schließlich – bis zu einem gewissen Grad – die Achtung der Familien der Baina l-Kasrain und des Zuckergäßchens eingebracht hatte. Zu ihrer Taktik gehörte es, Radwan ebenso gütig und sanft wie Karima zu behandeln, auch wenn sie ihn nie hatte lieben können; zu sehr blieb ihr bewußt, daß der Junge, den sie Jasin geschenkt hatte, ihr geraubt worden war. Bei aller altersmäßigen Veränderung achtete sie sorgsam darauf, hübsch und adrett auszusehen. Wenn sie vor dem Spiegel saß und eifrig das Haar bürstete, beobachtete Jasin sie lächelnd. Obwohl er ihrer manchmal fürchterlich überdrüssig war und sich über sie ärgerte, wußte er doch im Grunde, daß sie für sein Leben kostbar geworden war und er sie in keiner Hinsicht mehr entbehren konnte.

Mittlerweile hatte sie sich ein Schaltuch geholt, und

während sie es sich zitternd umlegte, klagte sie: »Ist das kalt! Kannst du nicht aus Mitleid mit dir selbst im Winter mit dem Feiern aufhören?«

Jasin schmunzelte. »Wie du weißt, verändert der Alkohol die Jahreszeiten. Aber warum machst du dir die Mühe und bleibst wach?«

»Die einzige Mühe bist du mit deinem Benehmen und Gerede«, fauchte sie ihn an.

In den Gilbab eingehüllt, sah Jasin wie ein Ballon aus. Er strich sich über den Bauch, während er entspannt Zanuba betrachtete. Seine schwarzen Augen blitzten, und schon lachte er und erklärte: »Du hättest mich sehen sollen, als ich die Soldaten grüßte! Die von der Nachtpatrouille sind meine besten Freunde geworden.«

Ein Seufzer, und dann murmelte Zanuba: »Da bin ich aber froh.«

8

Radwan war, als er langsam durch die Ghurija bummelte, eine Erscheinung, die die Blicke auf sich zog – siebzehn Jahre alt, mittelgroß, schwarze, dicht bewimperte Augen, mit einer leichten Neigung zur Korpulenz. Die elegante Aufmachung reichte schon fast an Putzsucht. Der helle Teint seiner Haut ließ die Zugehörigkeit zur Iffat-Familie erkennen. Ein Strahlen und Leuchten ging von ihm aus. In seinen Bewegungen lag eine gewisse Eitelkeit, die davon sprach, daß ihm seine Schönheit durchaus bewußt war.

Als er am Zuckergäßchen vorbeikam, lächelte er schwach und starrte auf das Haus. Im Nu drängte sich ihm die Erinnerung an seine Tante Chadiga und ihre beiden Söhne Abd al-Munim und Achmed auf, was mit einem lauen Gefühl verbunden war. Er hatte nie den Mut gefunden, einen der Cousins als Freund zu gewinnen. Rasch eilte er durchs Mitwalli-Tor, bog in die Darb al-Achmar ein und kam schließlich an ein altes Haus, wo er haltmachte und klopfte. Nach kurzem Warten ging die Tür auf, und heraus schaute Hilmi Izzat, sein Kindheitsfreund und jetziger Studienkamerad an der Juristischen Fakultät, aber in bezug auf Schönheit sein Rivale.

Hilmi strahlte vor Freude, als er Radwan sah. Wie immer, wenn sie sich trafen, umarmten und küßten sich die beiden. Als sie Seite an Seite die Treppe hinaufstiegen, lobte Hilmi in höchsten Tönen, wie harmonisch Radwan die Farbe seiner Krawatte mit Hemd und Strümpfen abgestimmt habe. Beide jungen Männer galten in Sachen Eleganz und guter Geschmack als vorbildlich, dennoch interessierten sie sich für Politik und Recht ebensosehr wie für Kleidung und Mode.

Sie betraten ein großes Zimmer mit hoher Decke. Bett und Schreibtisch wiesen darauf hin, daß der Raum sowohl zum Lernen als auch zum Schlafen gedacht war. Wie oft hatten die beiden schon bis spät in die Nacht über den Büchern gesessen und waren dann Seite an Seite in dem großen Bett mit den schwarzen Säulen und dem Moskitonetz eingeschlafen. Für Radwan war es normal, nachts nicht zu Hause zu sein. Von Kindheit war er daran gewöhnt, für ein paar Tage woanders zu übernachten – bei seinem Großvater Mohammed Iffat in Gamalija oder bei seiner Mutter in Munira, die trotz ihrer Ehe mit Mohammed Hassan kein weiteres Kind zur Welt gebracht hatte. Hinzu kam, daß der Vater in seinem natürlichen Hang zur Nachlässigkeit auf seine Anwesenheit nicht achtete und Zanuba sich ohnehin über jede Gelegenheit freute, die Radwan, und wäre es nur für kurze Zeit, von zu Hause fernhielt. So erfolgte von keiner Seite Einspruch dagegen, daß er während des Semesters bei seinem Freund schlief. Man hatte sich daran gewöhnt und schenkte dem keinerlei Aufmerksamkeit mehr.

Auch Hilmi Izzat war in einem ähnlichen Klima von Gleichgültigkeit aufgewachsen. Sein Vater, ein Polizeikommissar, war vor zehn Jahren gestorben, und da seine sechs Schwestern bereits geheiratet hatten, lebte er mit der alten Mutter allein. Mühte sie sich anfänglich noch ab, ihn zu beaufsichtigen, so dauerte es nicht lange, bis er dem Haushalt vorstand. Die Frau lebte von einer kleine Rente des Mannes und der Vermietung der ersten Etage des alten Hauses. Mutter und Sohn führten seit dem Tod des Vaters kein einfaches Leben, aber Hilmi hatte trotzdem den Schulbesuch fortsetzen und sich an der Juristischen Fakultät einschreiben können. In all den Jahren war er immer auf ein respektables Äußeres bedacht gewesen. Nichts bereitete Hilmi mehr Freude, als seinen Freund Radwan zu sehen. Ohne ihn machte ihm nichts Spaß, nicht das Lernen und nicht die Freizeit. Radwans Anwesenheit gab ihm Tatkraft und Energie.

Er ließ ihn auf dem Kanapee neben der Holzerkertür Platz nehmen und setzte sich zu ihm. Schon überlegte er, welches Thema er anschlagen sollte, und es gab eine Fülle von Dingen, die man mit Radwan besprechen konnte, da ließ ihn dessen niedergeschlagener Blick in seinem Eifer innehalten. Fragend sah er ihn an, und da er vermutete, was den Freund bedrückte, murmelte er: »Hast du deine Mutter besucht? Ich wette, daß du von ihr kommst.«

Radwan ärgerte sich, daß ihm der Grund für seine Verstimmung so deutlich anzumerken war. Er nickte, ohne zu sprechen.

»Wie geht's ihr?«

»Ausgezeichnet.« Er seufzte. »Aber dieser Kerl, dieser Mohammed Hassan! Du ahnst ja nicht, was es heißt, wenn die Mutter mit einem anderen Mann als dem Vater verheiratet ist.«

»Das kommt doch häufig vor«, versuchte Hilmi ihn zu trösten. »Es ist keine Schande. Stiefväter gab es von jeher.«

»Nein, nein, nein!« rief Radwan wütend. »Ständig hockt er zu Hause herum, falls er nicht gerade im Ministerium ist. Wenigstens einmal möchte ich hinkommen und sie allein vorfinden. Und dann gefällt er sich auch noch darin, die Rolle des Vaters und geistigen Vormunds zu spielen. Zum Teufel mit ihm! Bei jeder Gelegenheit erinnert er mich daran, daß er in der Archivabteilung der Vorgesetzte meines Vaters ist. Er kann es nicht lassen, seine Arbeit zu kritisieren. Natürlich nehme ich das nicht schweigend hin.« Er brach ab, um sich ein wenig zu beruhigen. »Meine Mutter«, sprach er weiter, »war wirklich dumm, der Heirat mit diesem Mann zuzustimmen. Wäre es nicht das beste gewesen, zu meinem Vater zurückzukehren?«

Hilmi, der über den Lebenswandel von Radwans Vater recht gut Bescheid wußte, summte lächelnd vor sich hin: »Ach, was mußt' ich wegen der Liebe weinen ...«

»Na wennschon!« wehrte Radwan mit einer heftigen Handbewegung ab. »Was Frauen gefällt, wird immer ein Geheimnis bleiben. Das schlimmste an meiner Mutter ist, daß sie sich offensichtlich über ihr Leben freut.«

»Kümmere dich nicht um Dinge, die dich nur belasten.«

»Eigenartig«, meinte Radwan nun traurig, »daß ein Großteil meines Lebens vom Unglück gezeichnet ist. Ich verabscheue den Mann meiner Mutter, und die Frau meines Vaters mag ich nicht. Ich lebe in einer Atmosphäre, die mit Haß aufgeladen ist. Weder mein Vater noch meine Mutter haben eine gute Wahl getroffen. Aber was soll ich machen? Die Frau meines Vaters behandelt mich durchaus nett, und trotzdem kann ich mir nicht vorstellen, daß sie mich liebt. Ach, was für ein elendes Leben.«

Eine bejahrte Dienerin brachte Tee. Radwan freute sich, denn der bitterkalte Februarwind hatte ihn unterwegs erstarren lassen.

Solange die beiden den Zucker umrührten, herrschte Schweigen. Radwan sah allmählich weniger bedrückt aus, und da Hilmi daraus schloß, daß das traurige Kapitel beendet war, sagte er entspannt: »Ich habe mich ganz und gar daran gewöhnt, mit dir zusammen zu lernen. Ich wüßte gar nicht, was ich allein tun sollte.«

Radwan zeigte mit einem Lächeln an, daß er dieses warmherzige Gefühl teilte. Dann aber fragte er: »Bist du über die Verordnung auf dem laufenden, die die Bildung der Delegation für die Verhandlungen betrifft?«

»Ja. Etliche Leute zetern schon herum, weil sie die Situation, in der die Gespräche beginnen, äußerst ungünstig finden. Wie es scheint, ist Italien, das unsere Grenzen bedroht, das schwierigste Kapitel. Die Engländer werden erst gefährlich, wenn das Abkommen scheitert.«

»Der Körper der gefallenen Märtyrer ist noch nicht kalt, da fließt schon neues Blut.«

Hilmi schüttelte den Kopf. »Das sagen viele. Aber zunächst mal schweigen die Waffen, und man hat sich aufs Reden verlegt. Oder was meinst du?«

»Auf jeden Fall stellt der Wafd in der Verhandlungsdelegation die erdrückende Mehrheit dar. Stell dir vor, als ich den Mann meiner Mutter gefragt habe, was er von der Situation hält, hat er belustigt zurückgefragt: ›Bildet ihr euch tatsächlich ein, daß die Engländer Ägypten allein lassen können?‹ Da hast du den Mann, den meine Mutter als Gatten respektiert.«

Hilmi lachte laut los und fragte: »Meinst du, daß dein Vater anderer Meinung ist?«

»Mein Vater haßt die Engländer. Das reicht.«

»Er haßt sie? So richtig aus tiefstem Herzen?«

»Weder haßt mein Vater, noch liebt er etwas ›aus tiefstem Herzen‹.«

»Ich würde gern deine Meinung hören. Bist du zuversichtlich?«

»Warum nicht? Wie lange soll das Problem noch in der Schwebe sein? Vierundfünfzig Jahre Besetzung, puh! Das finde nicht nur ich zum Verzweifeln.«

Hilmi trank das Glas aus, bevor er lächelnd meinte: »Bestimmt hast du ähnlich begeistert geredet, als er dich zum erstenmal sah.«

»Wer?«

Hilmi schmunzelte merkwürdig. »Wenn du dich ereiferst, wirst du ganz rot im Gesicht, und dann siehst du noch hübscher aus als sonst. In einem solch glücklichen Moment muß er dich gesehen haben. Das war an dem Tag, als die Delegation der Studenten zum Haus der Nation zog und die Vereinigung forderte. Erinnerst du dich nicht mehr?«

Mit unverhohlener Neugier fragte Radwan: »Sicher, aber wen meinst du?«

»Abd ar-Rahim Pascha Isa.«

Radwan überlegte, dann murmelte er: »Ich habe ihn einmal aus der Ferne gesehen.«

»Und er hat dich an dem bewußten Tag entdeckt.« Da Radwan ihn fragend ansah, fuhr er fort: »Nachdem du weggegangen bist, hat er sich nach dir erkundigt und mich gebeten, dich ihm bei der nächsten Gelegenheit vorzustellen.«

Radwan lächelte. »Erzähl mir alles.«

Hilmi streichelte ihm über die Schulter und sagte: »Er bat mich zu sich und fragte mich mit der ihm eigenen Liebenswürdigkeit – und er ist wirklich sehr nett –: ›Wer ist der Hübsche, mit dem du gerade gesprochen hast?‹ Da habe ich ihm erzählt, daß du nicht nur mein Kommilitone, sondern auch mein alter Freund bist und soundso heißt. Er fragte mich, wann ich dich ihm vorstellen könne, worauf ich völlig ahnungslos tat und meinerseits fragte: ›Und warum, verehrter Pascha?‹ Worauf er fürchterlich wütend tat – so weit geht eben sein Humor – und brüllte: ›Na, um ihm Religionsunterricht zu geben, du Hundesohn!‹ Da lachte ich so schrecklich laut, daß er mir den Mund zuhielt.«

Für einen Moment war es still im Zimmer, und man konnte den Wind draußen heulen hören. Irgendwo schlug ein Fensterladen an die Hauswand. Mitten hinein ins Schweigen fragte Radwan: »Ist er so liebenswürdig, wie man sich erzählt? Ich habe schon viel von ihm gehört.«

»Er ist noch viel netter.«

»Aber er ist alt.«

Hilmi sah aus, als unterdrückte er mühsam ein Lachen. »Das ist doch das letzte, was interessiert. Er hat eine gehobene Stellung, Einfluß und ist geistreich. Sein Alter ist möglicherweise nützlicher, als wenn er jung wäre.«

Radwan schmunzelte. »Wo wohnt er?«

»In einer ruhigen Villa in Heluan.«

»Vollgepfropft mit Bittstellern aus allen Schichten.«

»Wir werden zu seiner Gefolgschaft gehören, warum nicht? Er ist einer aus der alten Politikergarde, und wir stellen die junge Anhängerschaft dar.«

»Was ist mit seiner Frau und seinen Kindern?« erkundigte sich Radwan vorsichtig.

»Du weißt aber auch nichts! Er ist Junggeselle. Er hat nie geheiratet, weil er diese Art zu leben nicht mag. Er war der einzige Sohn seiner Eltern und lebt deshalb wie ein aus dem Nest Gefallener allein mit einem Diener. Wenn du ihn erst mal kennst, wirst du ihn niemals mehr vergessen.«

Die beiden lächelten sich wie zwei Verschwörer an und

konnten den Blick nicht voneinander lösen. Doch schließlich fragte Hilmi Izzat beunruhigt: »Kannst du mir – bitte, bitte – nicht die Frage stellen, wann wir hingehen?«

Radwan starrte auf den Bodensatz seines Teeglases. »Nun dann«, sagte er schließlich, »wann gehen wir ihn besuchen?«

9

Das Haus von Abd ar-Rahim Pascha Isa lag an der Ecke der Nagat-Straße und war ein Wunder an Schlichtheit und Eleganz. In warme Brauntöne gehüllt, ragte die eingeschossige Villa nur drei Meter in die Höhe. Ein Blumengarten umgab das Haus, dem ein Empfangspavillon vorgelagert war. Das Viertel, die Straße, die Villa – alles war in erholsame Stille getaucht.

Auf einer Bank an der Tür saßen der Pförtner, ein Nubier mit schön geschnittenen Gesichtszügen und schlankem Wuchs, und der Fahrer, ein Jüngling mit rosigen Wangen. Hilmi Izzat, der zum Pavillon hinüberschaute, flüsterte Radwan ins Ohr: »Der Pascha hat sein Versprechen gehalten. Außer uns ist heute kein Gast da.«

Da Pförtner und Fahrer Hilmi Izzat kannten, erhoben sich beide höflich zur Begrüßung, und kaum hatte er einen kleinen Scherz gemacht, lachten sie herzlich und ungekünstelt. Obwohl das Wetter trocken war, herrschte bittere Kälte. Die jungen Männer betraten die ungemein prächtige Halle, die von einem Bild Saad Zaghluls in offizieller Kleidung beherrscht wurde. Hilmi trat an einen Spiegel an der rechten Wand heran, der sich über die volle Höhe bis zur Decke erstreckte, und musterte prüfend sein Aussehen. Radwan zögerte nicht lange und tat das gleiche. Schließlich meinte Hilmi lächelnd: »Zwei junge Burschen – strahlend wie der Mond und bekleidet mit Anzug und Tarbusch. ›Wer die Schönheit des Propheten liebt, den segnet er.‹«

Sie setzten sich auf ein vergoldetes Kanapee, das mit einem herrlich blauen Stoff bezogen war. Es vergingen ein paar Minuten, ehe sie ein Geräusch von der großen Tür her vernahmen, die sich unterhalb von Saads Bild befand und mit einem Vorhang bedeckt war. Radwan drehte den Kopf in die Richtung und fühlte, wie sein Herz vor Neugierde klopfte. Es dauerte nicht lange, und der Pascha erschien, sich ankündigend mit einem Duft, der von Reinheit sprach. Schlank gewachsen und von großer Statur, trug er einen eleganten schwarzen Anzug. Das sorgfältig rasierte Gesicht war von dunkelbraunem Teint, hatte feine, markante Züge, die vom Alter gezeichnet waren, und die kleinen Augen wirkten abgespannt. Der Tarbusch war nach vorne gerutscht und berührte fast die Brauen. Würdevoll kam der Mann mit gleichmäßigen und langsamen Schritten näher, so daß er allein dadurch Radwan Vertrauen und Achtung einflößte. Er schwieg, bis er unmittelbar vor den jungen Männern stand, die sich zu seiner Begrüßung erhoben hatten. Tief und eindringlich schaute er sie an, doch dann blieb sein Blick so lange auf Radwan ruhen, daß dieser mit den Lidern zu zucken begann. Plötzlich lächelte der Pascha. Das alte Gesicht leuchtete vor heiterem Charme auf, und der Abstand zwischen ihm und den jungen Männern schmolz dahin, bis sie keinerlei Distanz mehr fühlten. Hilmi reichte ihm die Hand, und der ließ sie in seiner ruhen, schob die Lippen vor und wartete. Im Nu hatte Hilmi begriffen. Er hielt ihm die Wange hin, und der Pascha küßte ihn. Danach schaute er Radwan an und sagte sanft: »Nimm es mir nicht übel, mein Sohn, aber das ist meine Art, guten Tag zu sagen.«

Verlegen reichte Radwan ihm die Hand, und als der

Pascha sie ergriff, fragte er lachend: »Und wo bleibt die Wange?«

Als Hilmi sah, wie Radwan errötete, zeigte er auf sich und rief: »Exzellenz, das klären Sie am besten mit mir, seinem Vormund.«

Da lachte Abd ar-Rahim Pascha Isa und ließ es beim Handschlag bleiben. Er bat sie, sich wieder zu setzen, und nahm selbst in einem großen Sessel Platz, der dicht beim Kanapee stand. Schmunzelnd erklärte er: »Ihr Vormund ist ein verfluchter Gauner, Radwan. So heißen Sie doch, nicht wahr? Herzlich willkommen. Ich hatte Sie in Begleitung dieses Schlingels gesehen, und da mir Ihre höfliche Art gefiel, hatte ich den Wunsch, Sie zu treffen. Nett, wie Sie sind, haben Sie mir dieses Vergnügen nicht vorenthalten.«

»Ich bin glücklich über die Ehre, Ihre Bekanntschaft machen zu dürfen, Exzellenz.«

»Das verhüte Gott, mein Sohn«, wehrte der Pascha ab, wobei er mit dem schweren Goldring am linken Ringfinger spielte, »daß Sie hier Höflichkeitsfloskeln und Titel gebrauchen. Ich mag es nicht. Das einzige, was mich wirklich berührt, ist ein geistreiches, aufrichtiges und treues Gemüt. Was Titel wie Pascha und Bey angeht, so kann ich nur sagen, daß wir alle Kinder von Adam und Eva sind. In der Tat, Ihre feine Umgangsart gefiel mir, und da fühlte ich den Wunsch, Sie einzuladen. Also nochmals herzlich willkommen. Sie sind ein Kommilitone von Hilmi, nicht wahr?«

»Ja, mein Herr. Wir waren schon in der Chalil-Agha-Schule Klassenkameraden.«

Erstaunt hob der Pascha die ergrauten Brauen. »Ah, ihr kennt euch schon aus der Kindheit.« Er nickte. »Schön, schön. Dann kommen Sie vielleicht auch wie Hilmi aus dem Hussain-Viertel?«

»Ja, mein Herr. Ich bin im Haus meines Großvaters, Herrn Mohammed Iffat, in Gamalija geboren und wohne jetzt bei meinem Vater in der Kasr asch-Schauk.«

»Ach, die alten Viertel von Kairo! Das sind noch gute Plätze zum Leben«, schwärmte der Pascha. »Können Sie sich vorstellen, daß ich dort eine Ewigkeit mit meinem Vater gelebt habe? In Birguwan. Ich war der einzige Sohn und ein ziemlicher Teufel. Wie oft habe ich die Jungens zusammengetrommelt, und dann sind wir wie bei einer Prozession von Viertel zu Viertel gezogen und haben mit allem und jedem unseren Schabernack getrieben. Wehe, wenn uns das Schicksal einen armen Krüppel über den Weg schickte. Mein Vater war dann immer fürchterlich wütend und lief mir mit dem Stock hinterher ... So, da sind Sie also der Enkel von Mohammed Iffat?«

»Ja, mein Herr«, erwiderte Radwan stolz.

Der Pascha überlegte ein wenig, dann sagte er: »Ich erinnere mich, ihn einmal im Haus des Abgeordneten von Gamalija gesehen zu haben. Ein Mann von hohem Ansehen und ein wahrer Patriot. Er hätte sich beinahe als Kandidat für die kommende Abgeordnetenwahl aufstellen lassen, ist aber dann doch im letzten Augenblick wegen seines Freunds, des bisherigen Abgeordneten, abgesprungen. Unser neues Bündnis kann bei den Wahlen ohne Freundschaft nicht auskommen, wenn unsere Brüder, die Liberal-Konstitutionellen, einige Sitze erringen sollen. Sie studieren also zusammen mit Hilmi Jura? Sehr schön. Jura ist die vornehmste aller Disziplinen und erfordert brillante Intelligenz. Sie müssen nur fleißig sein, dann liegt die Zukunft vor Ihnen.«

Da Radwan aus dem letzten Satz nicht nur eine Ermutigung, sondern auch ein Versprechen heraushörte, packte ihn der Ehrgeiz. »Wir sind noch nie, kein einziges Mal, bei einer Prüfung durchgefallen«, erklärte er.

»Bravo. Das ist die Voraussetzung, und dann geht es weiter mit einem Amt bei der Staatsanwaltschaft, danach in der Richterschaft. Es findet sich immer jemand, der tüchtigen Menschen die Türen öffnet. Als Richter tätig zu sein ist eine großartige Sache. Man braucht dafür einen lebhaften Verstand und ein waches Gewissen. Dank Gottes Güte gehörte ich immer zu den aufrechten Richtern. Ich habe um der Politik willen diese Tätigkeit aufgegeben, denn der Patriotismus erfordert bisweilen von uns, daß wir unserer Lieblingsbeschäftigung nicht mehr nachkommen können. Aber bis heute könnt ihr Leute finden, für die die Gerechtigkeit und Ehrenhaftigkeit unserer Urteile sprichwörtlich geworden sind. Richtet euer Augenmerk auf Fleiß und Lauterkeit, dann könnt ihr in eurem Privatleben tun und lassen, was euch gefällt. Kommt eurer Pflicht nach, ansonsten könnt ihr ganz nach Belieben leben. Wenn ihr aber nachlässig seid, so wird man bei euch nur Fehler entdecken. Habt ihr nicht auch schon erlebt, daß eine Menge Schwätzer nichts lieber tut, als herumzuerzählen, daß der Minister Soundso von dieser oder jener Krankheit oder der Dichter X von diesem oder jenem Defekt befallen ist? Na bitte, aber nicht alle Minister oder Dichter sind vom Schicksal gezeichnet. Also regiert erst mal als Minister, schreibt erst mal große Werke, dann könnt ihr tun, was ihr wollt. Der Sinn dieser Lektion wird Ihrer Geistesschärfe nicht entgehen, verehrter Herr Radwan.«

Spitzbübisch bemerkte Hilmi: »Heißt es nicht, daß ›dem Mann es an Tugend gereicht, wenn seine Fehler noch zu zählen sind‹? Ist es nicht so, Eure Exzellenz?«

Der Pascha neigte den Kopf zur Seite und erwiderte: »Aber natürlich. Gepriesen sei Gott, der vollkommen ist. Der Mensch ist ein schwaches Wesen, deshalb muß er im Bereich des tätigen Lebens stark sein. Verstehen Sie, Radwan? Wenn Sie möchten, erzähle ich Ihnen über die Großen dieses Landes, und Sie werden keinen finden, der frei von einem Gebrechen ist. Wir werden lange miteinander reden, wir werden gemeinsam gute und schlechte Erfahrungen studieren, damit wir wissen, was ein reiches und glückliches Leben ist.«

Mit einem Blick auf Radwan meinte Hilmi: »Habe ich dir nicht gesagt, daß die Freundschaft des Paschas ein unerschöpflicher Schatz ist?«

Radwan konnte nicht anders – er schaute ununterbrochen den alten Herrn an.

»Ich liebe die Klugheit, ich liebe die Liebe, ich liebe die Menschen«, fuhr der fort. »Mein Wunsch ist es, einen jungen Menschen an die Hand zu nehmen, bis er groß geworden ist. Was gibt es Schöneres auf dieser Welt als die Liebe? Bietet sich uns ein juristisches Problem, so sollten wir es gemeinsam lösen, und müssen wir an die Zukunft denken, so laßt uns zusammen überlegen. Steht uns der Sinn nach Ruhe, so erholen wir uns. Ich bin voller Bewunderung für einen Mann namens Hassan Bey Imad, den, was Lebensweisheit betrifft, niemand übertrifft. Gegenwärtig ist er einer der wenigen, die im diplomatischen Dienst stehen. Unwichtig, daß er zu meinen politischen Gegnern gehört, aber was mich begeistert, ist, daß er bis zum Umfallen arbeiten kann, und wenn er vor Freude in Entzücken gerät, tanzt er nackt. Das Leben ist herrlich, aber nur dann, wenn man klug und tolerant ist. Sind Sie tolerant, Radwan?«

Hastig antwortete Hilmi an seiner Stelle: »Wenn nicht, dann bringen wir es ihm bei.«

Ein Lächeln, heiter wie das eines Kindes, huschte über das Gesicht des Paschas und verriet dessen grenzenloses Vergnügen. »Der Bursche ist wirklich ein Teufel, Radwan. Aber was kann ich tun? Er ist also seit frühester Jugend Ihr

Kamerad, wie glücklich er sein muß! Ich bin nicht der einzige, der da meint, daß sich gleich und gleich gern gesellt. Bestimmt sind Sie auch ein Teufel, Radwan. Sagen Sie mir – wer sind Sie? Ha, Sie lassen mich munter plaudern und bleiben selbst stumm, wie die Schlauköpfe in der Politik. Ist es nicht so? Erzählen Sie mir, Radwan – was mögen Sie, und was verabscheuen Sie?«

In diesem Augenblick trat der Diener mit den Getränken ein. Er war jung und ebenso bartlos wie der Portier und der Fahrer. Man trank das Wasser, das nach Orangen schmeckte, und der Pascha sagte: »Orangenblütenwasser ist im Hussain-Viertel sehr beliebt, nicht wahr?«

»O ja«, stammelte Radwan lächelnd.

Verzückt wiegte der Pascha den Kopf und rief: »O ihr Leute von al-Hussain, zu Hilfe!«

Alle lachten, und selbst der Diener schmunzelte beim Hinausgehen.

Im nächsten Moment nahm der Pascha das Gespräch wieder auf. »Also, was mögen Sie? Was hassen Sie? Sprechen Sie ohne alle Umschweife, Radwan. Vielleicht kann ich Ihnen die Antwort leichter machen – interessieren Sie sich für Politik?«

»Wir sind beide Mitglieder im Studentenkomitee«, erklärte Hilmi.

»Oh, da haben wir schon etwas, was uns einander näherbringt. Und wie sieht es mit der Literatur aus?«

Wieder sprang Hilmi für Radwan ein. »Er ist in Schauki, Hafiz und al-Manfaluti vernarrt.«

»Du bist still«, schimpfte der Pascha. »Ich möchte gern seine Stimme hören.«

Alle lachten, doch schließlich sagte Radwan: »Bei Schauki, Hafiz und al-Manfaluti könnte ich glatt sterben.«

»Glatt sterben? Was ist denn das für ein Ausdruck? So etwas bekommt man sicher nur in Gamalija zu hören. Der

Name Ihres Viertels rührt doch wohl von ›Schönheit‹ her, nicht wahr, Radwan? Da gehören Sie sicherlich zu den Bewunderern solcher Verse wie ›Silbergold‹ und ›In der Nacht, als die Liebste allein war‹ und ›Wer mag es sein‹ und ›Einen Zweig hebt er, einen Zweig senkt er‹. Großer Gott, wie schön das ist! Da haben wir noch einen Grund, uns näherzukommen, Sie ›Gamalist‹. Mögen Sie auch die Musik?«

»Er mag ...«

»Du bist still!«

Erneut setzte Lachen ein, doch dann sagte Radwan: »Ich höre gern Umm Kulthum.«

»Wunderbar. Ich bevorzuge eher die ältere Musik, aber schließlich ist aller Gesang schön. Ich liebe alles, ›sei es schwermütig oder heiter‹, wie schon al-Maarri sagte, oder – ich könnte da glatt sterben, wie Euer Ehren sich auszudrücken pflegt. Sehr schön. Was für ein wunderbarer Abend.«

Das Telefon läutete. Der Pascha stand auf, griff nach dem Hörer. »Hallo? ... O ja, seien Sie gegrüßt, Eure Exzellenz ... Was ist daran so erstaunlich? Sitzt Ismail Sidki derzeit nicht selbst als einer der Führer im Verhandlungsausschuß? ... Ich habe meine Meinung bereits deutlich gesagt und stimme darin völlig mit Mahir und an-Nukraschi überein ... Nein, tut mir leid, Exzellenz, aber das kann ich nicht. Ich werde nicht vergessen, daß es König Fuad höchstpersönlich war, der sich meiner Ernennung widersetzte. Außerdem ist König Fuad der letzte, der über Moral reden kann. Wie auch immer, ich sehe Sie ja morgen im Klub. Auf Wiedersehen, Exzellenz.«

Mit düsterer Miene legte der Pascha den Hörer auf, aber kaum war sein Blick auf Radwan gefallen, entspannte sich sein Gesicht, und er nahm das Gespräch wieder mit den Worten auf: »Ja, Herr Radwan, nun haben wir uns also kennengelernt, und das ist sehr schön. Ich habe Ihnen geraten, sich anzustrengen und nie die Pflicht und hohen Ideale zu vernachlässigen. Jetzt will ich über etwas anderes reden, nämlich über Vergnügen und Lebenslust.« Da er bemerkte, daß Radwan auf die Uhr schaute, fuhr er bekümmert fort: »O nein! Die Zeit ist der Feind aller freundschaftlichen Begegnungen.«

Verwirrt murmelte Radwan: »Es ist schon spät, Exzellenz.«

»Spät? Meinen Sie für mich, in meinem Alter? Da täuschen Sie sich, mein Sohn. Noch habe ich nicht damit aufgehört, das Feiern, die Schönheit, den Gesang nach ein Uhr nachts zu lieben. Und mit Feiern haben wir noch gar nicht angefangen, bisher haben wir nichts weiter gemacht, als uns mit Sprüchen wie ›Im Namen Gottes, des barmherzigen Erbarmers‹ zu begrüßen. Widersprechen Sie nicht. Das Auto steht bis zum Morgen zu eurer Verfügung. Ich habe gehört, daß Sie des öfteren außer Haus übernachten, weil Sie mit Hilmi lernen. Also lernen wir, warum nicht? Ein köstlicher Gedanke, zu den Anfängen des allgemeinen Rechts oder der Scharia zurückzukehren. Übrigens, wer unterrichtet das Fach Scharia? Scheich Ibrahim Nadim? Möge Gott ihm einen ruhigen Lebensabend bescheren. Er war ein großartiger Mannschaftskapitän. Seien Sie nicht überrascht, eines Tages werden wir die Geschichte aller großen Männer des Jahrhunderts zusammen schreiben. Sie müssen alles wissen und verstehen. Das hier ist unsere Nacht – die Nacht von Liebe und Freundschaft. Was meinst du, Hilmi, welches Getränk dafür das passendste ist?«

Als verstehe es sich von selbst, antwortete Hilmi: »Whisky mit Soda, dazu etwas gegrilltes Fleisch.«

Da lachte der Pascha los, und schmunzelnd fragte er: »Seit wann ist gegrilltes Fleisch ein Getränk, du Strolch?«

10

Wie an jedem Donnerstag versammelte sich nach dem Mittagessen und in nahezu unveränderter Sitzordnung Chadigas Familie im Salon. Ibrahim Schaukat saß gemütlich mit den beiden Söhnen Abd al-Munim und Achmed zusammen, während Chadiga, die nur höchst selten ohne Arbeit auskam, mit dem Sticken einer Tischdecke beschäftigt war. Nach langem und heftigem Widerstand konnte Ibrahim Schaukat sein Alter nicht mehr verbergen. Das Haar war ergraut, das Gesicht etwas aufgedunsen, aber alles in allem befand er sich dennoch in beneidenswert gutem gesundheitlichen Zustand. Ruhig und gelassen rauchte er eine Zigarette. Wie seit eh und je blickten die hervorstehenden Augen gleichgültig, ja schläfrig drein. Die beiden Jungen hingegen waren ununterbrochen am Reden; entweder unterhielten sie sich allein, oder sie wendeten sich an den Vater oder die Mutter.

Selbst wenn Chadiga am Gespräch teilnahm, schaute sie nicht von ihrer Handarbeit auf. Im Lauf der Jahre war sie zu einem gewaltigen Kloß aus Fleisch und Fett geworden. Da seit dem Tod der Schwiegermutter ihr niemand mehr die Herrschaft im Haus streitig machen konnte, vergällte kein Mißton die Ungetrübtheit ihres inneren Friedens. Mit nie nachlassendem Eifer kam sie ihren Pflichten nach, wobei sie äußerst sorgsam darauf bedacht war, sich ihre Beleibtheit – Inbegriff der Schönheit für sie – zu erhalten. Dem Zugriff ihrer Fürsorge entkam keiner, nicht der Ehemann und nicht die Söhne. Ibrahim Schaukat hatte sich in dieses Schicksal gefügt, aber Abd al-Munim und Achmed gingen ihrer Wege, wobei sie, um der Tyrannei entgegenzuwirken, ihre Mutterliebe auszunutzen verstanden. Chadiga hatte es seit einigen Jahren geschafft, den Ehemann zur Einhaltung der religiösen Pflichten zu bekehren. Er betete und fastete und hatte sich mittlerweile daran gewöhnt. Achmed hingegen, der wie sein Bruder Abd al-Munim mit den religiösen Vorschriften aufgewachsen war, hielt sie seit zwei Jahren nicht mehr ein. Wann immer seine Mutter ihn dazu verpflichten wollte, suchte er ihr zu entkommen oder entschuldigte sich aus diesem oder jenem Grund.

Ibrahim Schaukat liebte seine Söhne über alle Maßen und bewunderte sie unendlich. Sooft sich die Gelegenheit bot, lobte er ihre Erfolge, denn immerhin hatte es Abd al-Munim geschafft, an der Juristischen Fakultät aufgenommen zu werden, und Achmed stand kurz vor dem Abschluß der Oberschule.

Kam Ibrahim Schaukat auf diese Erfolge zu sprechen, verkündete Chadiga stolz: »Das ist alles einzig die Frucht meiner Bemühungen. Hätte ich dir ihre Bildung überlassen, hätte keiner von beiden etwas erreicht, wäre aus keinem etwas geworden.«

Nun hatte sich aber erst kürzlich herausgestellt, daß Chadiga, weil sie die einmal erlernten Fähigkeiten nicht gebrauchte, das Lesen und Schreiben verlernt hatte. Damit war sie zur Zielscheibe für den Spott ihres Mannes geworden; er ging sogar so weit, daß er den Söhnen vorschlug, als Dank für die frühere Leistung, deren sie sich so rühmte, das Vergessene mit ihr wieder aufzuholen. Manchmal ärgerte sich Chadiga über solche Bemerkungen, häufiger aber lachte sie darüber, und meistens faßte sie die Lage kurz und bündig in dem Satz zusammen: »Solange eine Frau keine Liebesbriefe verschicken will, braucht sie auch nicht lesen und schreiben zu können.«

Chadiga, umgeben von ihren Lieben, machte einen äußerst glücklichen und zufriedenen Eindruck. Das einzige, was ihr nicht behagte, war, daß beide Söhne zuwenig Appetit hatten. Auch jetzt, als sie sah, wie dünn sie waren, ärgerte sie sich. Ungehalten erklärte sie: »Ich habe euch schon tausendmal gesagt, daß ihr zum Frühstück Kamille trinken sollt, damit ihr Appetit bekommt. Ihr müßt mehr essen. Seht ihr nicht, wie euer Vater loslegt?«

Die Jungen schmunzelten und sahen den Vater an. Der erwiderte prompt: »Warum führst du dich nicht selbst als Beispiel an, wo du doch wie ein Mühlwerk in dich hineinschlingst?«

Chadiga lächelte. »Ich überlasse es den Jungens, das zu beurteilen und sich das richtige Vorbild auszusuchen.«

»Dein böser Blick, meine Beste, hat mich getroffen«, scherzte Ibrahim. »Der Doktor hat mir geraten, alle Zähne ziehen zu lassen.«

Da schaute sie ihn fast zärtlich an. »Sei nicht traurig. Sind die Zähne weg, gibt's keinen Schmerz, und so Gott will, mußt du nicht mehr leiden.«

An dieser Stelle mischte sich Achmed ein. »Unser Nachbar vom zweiten Stock bittet darum, die Miete erst im nächsten Monat zahlen zu dürfen. Er hat mich auf der Treppe angesprochen.«

Chadiga runzelte die Stirn. »Und was hast du geantwortet?«

»Ich habe ihm versprochen, mit Vater darüber zu reden.«

»Hast du's getan?«

»Ich sage es jetzt dir.«

»Wir leben mit ihm nicht in einer Wohnung, also brauchen wir auch unser Einkommen mit ihm nicht zu teilen. Kommen wir ihm entgegen, will der Mieter unten das gleiche. Du kennst die Menschen nicht, also misch dich nicht in Dinge, die dich nichts angehen.«

Fragend sah Achmed den Vater an. »Was meinst du?«

Der lächelte nur schwach und meinte: »Hab Erbarmen

mit mir, und mach mir keine Kopfschmerzen. Da ist doch deine Mutter.«

Achmed versuchte es erneut. »Mama, wenn wir dem armen Kerl helfen, werden wir nicht verhungern.«

»Seine Frau hat bereits mit mir gesprochen«, erwiderte Chadiga unwillig. »Ich habe ihr einen Aufschub gegeben, also laß mich in Ruhe. Aber ich habe ihr auch klargemacht, daß die Miete genauso zu den fixen Kosten gehört wie Essen und Trinken. Ist das etwa falsch? Mir wird manchmal vorgehalten, daß ich mich mit den Nachbarinnen nicht befreunde. Aber wer die Menschen kennt, der kann Gott fürs Alleinsein nur danken.«

»Sind wir«, fragte Achmed augenzwinkernd, »besser als andere?«

Chadiga sah ihn streng an. »Ja, sicher, falls du nicht über dich selbst anders denkst.«

Abd al-Munim mischte sich ein. »Oh, er hält sich für viel besser. Außer seiner Meinung existiert keine andere, und alle Weisheit rührt nur von seinem Verstand her.«

»Und dann glaubt er auch noch«, fügte Chadiga bissig hinzu, »daß sich die Leute eine Wohnung nehmen können, ohne dafür Miete zahlen zu müssen.«

»Wie er ja überhaupt davon überzeugt ist«, frotzelte Abd al-Munim mit einem Lachen, »daß niemand das Recht hat, ein Haus zu besitzen.«

Mit einem Kopfschütteln seufzte Chadiga: »Schlimm, wenn man in Habenichtse vernarrt ist.«

Wütend starrte Achmed den Bruder an, aber der zuckte nur verächtlich mit der Schulter und meinte: »Denk erst über dich nach, ehe du dich ärgerst.«

»Wir sollten besser überhaupt nicht miteinander diskutieren«, wehrte Achmed ab.

»Oder du wartest ab, bis du erwachsen geworden bist.«

»Du bist nur ein Jahr älter als ich!«

»›Nur ein Tag älter, aber ein Jahr weiser‹, heißt es.«

»Mir sagt dieses Sprichwort nichts.«

»Hör mir mal gut zu. Mich interessiert nur eins, und das ist, daß du wieder mit mir betest.«

Chadiga nickte bekümmert. »Dein Bruder hat recht. Normalerweise werden die Leute mit dem Alter vernünftiger, aber du … Gott bewahre! Selbst dein Vater betet und fastet. Wie kannst du dir das nur antun? Tag und Nacht stelle ich mir diese Frage.«

Laut und sehr selbstsicher erklärte Abd al-Munim: »Um es ganz deutlich zu sagen: In seinem Kopf müßte mal grundlegend aufgeräumt werden.«

»Aber er ist …«

»Hör mir zu, Mama. Dieser junge Mann hat einfach keinen Glauben. Davon bin ich allmählich überzeugt.«

Wütend fuchtelte Achmed mit der Hand und rief: »Woher nimmst du dir das Recht, über die Herzen anderer zu urteilen?!«

»Wie man denkt, so tut man«, und mit unterdrücktem Lächeln fügte Abd al-Munim hinzu: »… du Feind Gottes.«

Ohne sich aus der gewohnten Ruhe bringen zu lassen, erklärte Ibrahim Schaukat: »Beschuldige deinen Bruder nicht zu Unrecht«, und Chadiga mahnte mit einem Blick auf Achmed: »Sprich deinem Bruder nicht das Kostbarste ab, das der Mensch besitzt. Wie könnte er nicht gläubig sein? Wenn die Männer in seiner Familie, ich meine natürlich mütterlicherseits, Turbane getragen hätten, wären sie alle als religiöse Oberhäupter anerkannt worden. Sein Großvater gehörte zu den Treuesten der Getreuen. Wir alle sind mit Menschen aufgewachsen, die innig beteten und sich Gott treulich zuwendeten. Wir lebten wie in einer Moschee!«

»O ja, mein Onkel Jasin zum Beispiel«, warf Achmed spöttisch ein.

Ibrahim Schaukat mußte lachen, aber Chadiga, die wütender tat, als sie war, meinte: »Sprich höflich über deinen Onkel. Was ist gegen ihn zu sagen? Sein Herz ist voll des Glaubens, und unser Herrgott leitet ihn. Sieh dir deinen Großvater und deine Großmutter an.«

»Und mein Onkel Kamal?«

»Dein Onkel Kamal gehört zu den Schützlingen al-Hussains. Du weißt überhaupt nichts.«

»So ist es eben mit manchen Leuten.«

Empört fragte Abd al-Munim: »Selbst wenn alle Menschen ihren Glauben vernachlässigen würden, wäre das eine Entschuldigung für dich?«

Achmed blieb gelassen. »In einem kannst du ganz beruhigt sein – für meine Sünden mußt du einst nicht einstehen.«

»Hört auf zu streiten«, griff Ibrahim Schaukat ein. »Mir wäre es am liebsten, wenn ihr wie euer Cousin Radwan sein würdet.«

Mißbilligend sah ihn Chadiga an, als könnte sie es nicht ertragen, daß er Radwan über ihre Söhne stellte.

Ibrahim Schaukat fühlte sich bemüßigt, seine Meinung näher zu erläutern. »Er hat Beziehungen zu bedeutenden Politikern, ist intelligent und hat eine glänzende Zukunft vor sich.«

»Ich bin nicht dieser Ansicht«, fuhr ihn Chadiga wütend an. »Radwan wird immer unglücklich sein. Ihm fehlt die Fürsorge der Mutter. Die ›Dame‹ Zanuba interessiert sich für ihn nicht die Spur. Ich lasse mich von ihrer Nettigkeit ihm gegenüber nicht täuschen, denn das ist keine andere Taktik als die Politik der Engländer. Deshalb kommt der arme Junge auch nie zur Ruhe. Die meiste Zeit schläft er nicht zu Hause. Und was seine Beziehungen zu großen Leuten betrifft, so hat ihm das bisher nichts eingebracht. Er studiert wie Abd al-Munim, und zwar im gleichen Jahr.

Was bezweckst du mit solch gefährlichem Gerede? Du wählst deine Beispiele immer sehr schlecht aus.«

Der Blick, den Ibrahim Schaukat ihr zuwarf, schien soviel zu bedeuten wie ›Du kannst wohl nie meiner Meinung sein‹. Doch er fuhr fort, seinen Standpunkt zu untermauern. »Die jungen Leute von heute sind nicht wie früher. Die Politik hat alles verändert. Jeder bedeutende Mann umgibt sich mit einer Schar von Anhängern, und wer von den jungen Leuten seinen Weg im Leben machen will, der braucht einen Gönner. Die angesehene Position deines Vaters gründet sich auch nur auf enge Beziehungen mit wichtigen Leuten.«

»Umgekehrt, die Leute laufen ihm hinterher. Er bemüht sich um niemanden«, fuhr Chadiga ihn stolz an. »Was die Politik betrifft, so haben meine Söhne damit nichts zu schaffen. Hätten sie erlebt, was ihrem als Märtyrer gefallenen Onkel geschehen ist, würden sie von selbst wissen, was ich meine. Während man schreit: ›Hoch lebe Soundso‹ und ›Nieder mit dem und dem‹, da passiert's, daß die Söhne anständiger Leute umkommen. Wenn der arme Fahmi noch lebte, würde er heute zu den bedeutendsten Richtern gehören.«

»Jeder hat seine Art zu leben«, erklärte Abd al-Munim. »Wir ahmen niemanden nach. Wollten wir wie Radwan sein, dann wären wir es.«

»Richtig«, sagte Chadiga gewichtig.

Ibrahim Schaukat schmunzelte. »Du bist wie deine Mutter. Ihr beide seid einzigartig.«

Es klopfte, und herein kam die Dienerin, die die Nachbarin aus dem ersten Stock ankündigte. Chadiga schickte sich an aufzustehen. »Was kann sie wollen?« stöhnte sie. »Wenn es um den Aufschub der Mietzahlung geht, dann wird das die Polizeistation von Gamalija entscheiden müssen.«

11

In Muski herrschte fürchterliches Gedränge. Nicht nur, daß die Bewohner des Viertels, zahlreich genug, die Gassen verstopften, sondern eine Menge Menschen stieß, aus Richtung al-Ataba kommend, dazu. Es war April, und die Sonne schickte vom wolkenlosen Himmel ihre sengenden Strahlen auf die Erde. Abd al-Munim und Achmed gerieten ins Schwitzen, als sie sich mühevoll ihren Weg bahnten. Achmed, der seinen Bruder untergehakt hatte, fragte: »Wie ist dir zumute?«

Abd al-Munim dachte kurz nach, dann sagte er: »Ich weiß nicht. Der Tod ist immer schrecklich, und wenn's dann noch um einen König geht ... Die Strecke des Begräbniszugs säumten dermaßen viele Menschen, wie ich es noch nie erlebt habe. Beim Begräbnis von Saad Zaghlul war ich noch zu klein, also habe ich keine Vergleichsmöglichkeit. Aber ich hatte den Eindruck, daß die meisten Menschen wirklich ergriffen waren. Manche Frauen weinten sogar. Aber wir Ägypter sind ja ein sentimentales Volk.«

»Ich wollte wissen, was du fühlst.«

Abd al-Munim, bemüht, den anderen Fußgängern auszuweichen, nutzte die Pause, um zu überlegen. »Ich habe ihn nicht sonderlich gemocht, aber das geht uns ja allen so. Also bin ich auch nicht traurig. Was nicht heißt, daß ich froh über seinen Tod bin. Ich habe mir das Begräbnis wie jemand angesehen, der kein Herz hat, der weder etwas für noch gegen diesen Mann empfindet. Aber der Gedanke, daß in dem Sarg solch eine gewaltige Persönlichkeit liegt, der hat mich durchaus beeindruckt. Wie auch nicht? Doch allein Gott ist unser aller König, er lebt immerdar, ist der Ewige. Könnten die Menschen das nur begreifen! Wenn der König übrigens vor den politischen Veränderungen gestorben wäre, hätten viele, sehr viele vor Freude gejubelt. Aber wie ist dir zumute? Was empfindest du?«

»Für Tyrannen geht mir jedes Mitleid ab, unabhängig von der politischen Situation.«

»Völlig richtig. Aber was löst der Anblick eines Toten in dir aus?«

»Ich mag keine Gefühlsduselei.«

Unwillig fragte Abd al-Munim: »Dann hast du dich also gefreut?«

»Ich wünsche mir, lange genug zu leben, um die Welt von allen Tyrannen befreit zu sehen, egal wie sie heißen oder persönlich sein mögen.«

Erschöpft schwiegen die beiden. Schließlich fragte Achmed: »Und was geschieht jetzt?«

Mit der Selbstsicherheit, für die er bekannt war, antwortete Abd al-Munim: »Faruk ist noch ein junger Bursche. Er verfügt bisher weder über die taktische Klugheit noch den harten Biß seines Vaters. Wenn alles gut läuft, also die Verhandlungen erfolgreich sind und der Wafd an die Macht zurückkehrt, werden sich die Verhältnisse stabilisieren, und die Zeit der Verschwörungen ist vorbei. Die Zukunft sieht nicht schlecht aus, wie es scheint.«

»Und die Engländer?«

»Haben die Verhandlungen Erfolg, befreunden sie sich mit dem Wafd, was heißt, daß die Allianz von Palast und Engländer gegen das Volk zusammenbricht. Der König kommt dann nicht mehr umhin, die Verfassung zu respektieren.«

»Der Wafd ist besser als alles andere.«

»Na sicher, bloß hat er noch nicht lange genug regiert, um seine Fähigkeiten unter Beweis zu stellen. Der neuerliche Versuch wird seine wahren Talente zeigen. Ich stimme mit dir völlig darin überein, daß er besser als alles andere ist. Trotzdem stellt er nicht alles dar, wonach wir streben.«

»Natürlich nicht. Ich glaube, daß mit dem Wafd ein guter Beginn für eine umfassendere Entwicklung gesetzt wird. Mehr kann man von ihm nicht erwarten. Aber werden wir wirklich mit den Engländern zu einer Übereinkunft kommen?«

»Entweder gibt es den Vertrag, oder wir fallen in die Zeit von Sidki zurück. In unserer Nation existiert ein unerschöpflicher Vorrat an Verrätern, und deren ganzes Augenmerk gilt der Disziplinierung des Wafd, wenn der zu den Engländern nein sagen sollte. Sie liegen schon auf der Lauer, auch wenn sie sich heutzutage angeblich in den Dienst der Nation stellen. Sidki, Mohammed Machmud und all die anderen warten nur auf ihre Gelegenheit, und das ist eben die Tragödie.«

Als sie Sikkat-al-Gadida erreichten, entdeckten sie unverhofft ihren Großvater Achmed Abd al-Gawwad, der in Richtung des Sagha-Viertels unterwegs war. Sie traten zu ihm und begrüßten ihn voller Respekt. Er lächelte freundlich und fragte: »Woher und wohin des Wegs?«

»Wir haben dem Begräbniszug von König Fuad zugeschaut«, antwortete Abd al-Munim.

Noch immer lächelnd erklärte er: »Ein lobenswertes Unterfangen.« Er reichte ihnen die Hand und ging weiter.

Achmed sah ihm ein Weilchen nach und meinte: »Unser Großvater ist ein geistreicher und eleganter Mann. Sein gutes Parfüm rieche ich noch immer.«

»Mama erzählt über seine Tyrannei wahre Schauergeschichten.«

»Ich halte ihn nicht für tyrannisch. Man sollte ihr nicht glauben.«

Abd al-Munim griente. »Auch König Fuad machte in

letzter Zeit einen netten, gütigen Eindruck.« Da mußten beide lachen, und fröhlich zogen sie weiter in Richtung von Achmed Abduhs Café.

Beim Hereinkommen fiel Achmed auf Anhieb der Scheich mit dem langen Bart und stechenden Blick auf. Er saß in dem Raum, der sich gegenüber dem Springbrunnen befand. Eine Gruppe junger Leute umringte ihn und sah ihn erwartungsvoll an. Achmed blieb stehen. »Dein Freund Scheich Ali al-Manufi ... Sure 99, Vers 2: ›Und die Erde gibt heraus ihre Lasten.‹ Da verlasse ich dich dann lieber.«

»Komm mit, setz dich zu uns«, sagte Abd al-Munim. »Ich möchte, daß du hierbleibst und ihm zuhörst. Diskutier mit ihm, was du willst. Es sind viele Studenten dabei.«

Achmed machte sich von Abd al-Munims Arm los. »Nein, großer Meister. Ich bin mit ihm schon einmal fast in Streit geraten. Ich mag keine Fanatiker. Auf Wiedersehen.«

Abd al-Munim sah ihn mißbilligend an und erwiderte scharf: »Auf Wiedersehen. Möge dich unser Herrgott den rechten Weg leiten.« Dann ging er zu der Gruppe hinüber, die Scheich Ali al-Manufi, Direktor der Hussain-Grundschule, umringte. Der Scheich erhob sich, als er ihn auf sich zukommen sah, und die beiden umarmten sich. Auch die anderen waren aufgestanden. Als sich alle wieder setzten, sah ihn der Scheich prüfend an und fragte: »Wir haben dich gestern nicht gesehen.«

»Ich mußte lernen.«

»Fleiß ist eine annehmbare Entschuldigung. Warum hat dich dein Bruder verlassen und ist gegangen?«

Da Abd al-Munim nur lächelte, aber nicht antwortete, fuhr der Scheich fort: »Unser Herrgott bringt jeden auf den rechten Weg. Seid über diesen jungen Mann nicht verwundert. Unser Führer ist vielen solchen Zweiflern begegnet, und heute gehören sie zu den treusten Anhängern seiner Botschaft. Wenn Gott den Willen hat, die Menschen auf den rechten Weg zu bringen, hat Satan keine Macht mehr. Wir sind die Soldaten Gottes, wir verbreiten Sein Licht, wir bekämpfen Seine Feinde. Wir brauchen die Menschen nicht, denn unsere Seelen weihen wir nur Ihm. Was könnte euch glücklicher machen, als Soldaten Gottes zu sein.«

»Aber Satans Reich ist groß«, warf einer der Umsitzenden ein.

»Seht euch nur diesen Mann an«, erklärte Scheich al-Manufi vorwurfsvoll. »Da ist er in Gottes Nähe und fürchtet den Satan. Was haben wir ihm zu antworten? Wir sind mit Gott, und Gott ist mit uns, was sollen wir da noch fürchten? Welche Armee dieser Welt verfügt über eure Macht? Welche Waffen sind schärfer als eure? Engländer, Franzosen, Deutsche, Italiener – sie alle vertrauen der materiellen Zivilisation. Ihr aber baut auf den wahren Glauben. Der Glaube macht jedes Schwert schartig, der Glaube ist die stärkste Kraft der Welt. Laßt den Glauben in eure reinen Herzen strömen, und die Welt wird euch gehören.«

»Wir haben den Glauben«, meinte einer, »aber unsere Gemeinschaft ist noch schwach.«

Da ballte der Scheich die Faust, preßte sie zusammen und rief: »So du eine Schwäche fühlst, mangelt es dir an Glaube, magst du es selbst auch nicht wissen. Der Glaube verleiht Stärke, erweckt sie immer wieder neu. Bomben werden von Händen gefertigt, sind die Frucht körperlicher Kraft, aber nicht die eines geistigen Entwurfs. Wie sonst hätte der Prophet Arabien erobern können? Wie sonst hätten die Araber sich die Welt unterworfen?«

Begeistert stieß Abd al-Munim hervor: »Der Glaube! Allein der Glaube!«

Doch da fragte jemand: »Woher nehmen die Engländer

ihre Kraft, wenn sie doch Ungläubige sind?« Der Scheich strich sich über den Bart und lächelte. »Jede Kraft beruht auf Glaube, auch die der Engländer. Sie glauben an ihr Vaterland und den eigenen Nutzen. Doch der Glaube an Gott steht über allem, und jenen, die an Gott glauben, gebührt es, stärker zu sein als die, die an die diesseitige Welt glauben. Vor uns, den Muslims, liegt ein verborgener Schatz, den wir heben müssen. Der Islam muß seine Botschaft wieder verbreiten, wie er es ursprünglich vermochte. Wir nennen uns Muslims, aber wir müssen durch die Tat beweisen, daß wir es sind. Gott hat uns mit seinem Buch beschert, und da wir uns ihm verschlossen haben, haben wir zu Recht Erniedrigung verdient. Zurück zum Buch! Das sei unsere Devise. Zurück zum Koran! Kaum hatte unser Führer in Ismailija dazu aufgerufen, drang seine Botschaft von Stund an in die Seelen der Menschen, hat sie die Weiler und Dörfer erobert, wird sie schließlich alle Herzen erfüllen.«

»Aber wäre es nicht klüger, wenn wir die Politik aus dem Spiel ließen?«

»Die Religion ist Glaubenslehre, Gesetz und Politik. Gott ist zu barmherzig, um die Menschheit in den schwerwiegendsten Dingen ohne Orientierung und gesetzliche Regelung zu lassen. Das soll auch unsere Lektion für den heutigen Abend sein.«

Der Scheich sprach mit glühender Begeisterung. Seine Methode bestand darin, zunächst eine wie auch immer geartete Wahrheit in den Raum zu stellen, die dann – seine Anhänger fragten, er antwortete – diskutiert wurde. Größtenteils begründete er seine Beweisführung auf Zitate aus Koran und Hadith. Seine Art zu reden glich der eines Predigers, und es schien, als zielte er auf alle Gäste ab.

Achmed saß im hintersten Winkel des Cafés, und während er grünen Tee trank, umspielte ein spöttisches Lächeln seinen Mund. Betroffen machte er sich die Kluft bewußt, die sich zwischen ihm und dieser fanatischen Truppe auftat. Verachtung erfüllte ihn, mehr noch – Wut. Vom Wunsch getrieben, dem Scheich die Stirn zu bieten, kam er auf die Idee, aufzustehen und zu verlangen, er möge doch bitte leiser sprechen und die anderen Gäste, die der Ruhe bedurften, nicht stören. Da sich sein Bruder beim Scheich befand, gab er den Gedanken auf. Von Zorn gepackt, erhob er sich. Was blieb ihm anderes übrig, als das Café zu verlassen.

12

Gegen acht Uhr abends kehrte Abd al-Munim ins Zuckergäßchen zurück. Der rauhe Wind hatte sich gelegt, die Luft war mild und kündete von der Sanftheit des Frühlings. In Abd al-Munims Kopf gärten noch immer die gerade vernommenen Lehren des Scheichs, hallten in seinem Herzen nach, auch wenn ihn das angestrengte Zuhören und Nachdenken erschöpft hatten.

Er überquerte den dunklen Hof, kam an die Treppe. In diesem Moment öffnete sich im ersten Stock die Tür, und er bemerkte im schwachen Lichtschein, der aus der Wohnung drang, eine Gestalt, die hinausschlüpfte. Die Tür fiel zu. Sein Herz klopfte, und sein Blut kribbelte, als würden lauter kleine Insekten in einer Flamme verbrennen. Er konnte trotz der Dunkelheit erkennen, daß sie auf dem ersten Treppenabsatz wartete. Sie sah ihm entgegen, und er starrte sie an, konnte den Blick nicht abwenden. Er fand es verblüffend, in welchem Maß die Jugend das Alter zum Narren hielt. Dieses junge Mädchen hatte die elterliche Wohnung unter dem Vorwand verlassen, die Nachbarn zu besuchen, und das würde sie auch tun, allerdings erst nachdem sie ein gefährliches Abenteuer im dunklen Treppenhaus hinter sich gebracht hatte.

Auf einen Schlag schien sein Kopf völlig leer zu sein. In Rauch aufgelöst und weggeblasen waren all die Gedanken, die gerade noch miteinander im Wettstreit gelegen hatten. Alles konzentrierte sich nur auf einen Wunsch – die Gier zu befriedigen, die an den Nerven zerrte und die Glieder nicht zur Ruhe kommen ließ. Die tiefe, aufrichtige Gläubigkeit schien sich wütend verabschiedet oder zumindest im tiefsten Innern grollend verkrochen zu haben, denn gegen das Knistern des lodernden Feuers kam kein mahnender Laut an. War das nicht sein Mädchen? O ja, davon kündeten die versteckten Winkel im Hof und im Treppenhaus, die Ecke auf der Terrasse, die über dem Zuckergäßchen lag. Sie mußte ihm aufgelauert haben, um ihn bei der Rückkehr im richtigen Augenblick zu erwischen. So viel Schwierigkeiten nahm sie auf sich, und das einzig um seinetwillen. Hastig, aber behutsam machte er ein paar Schritte, bis er schließlich den Treppenabsatz erreicht hatte und ihr gegenüberstand. Nichts schien sie beide mehr zu trennen. Der Duft ihres Haars stieg ihm in die Nase, ihr Atem kitzelte ihn am Hals. Zärtlich streichelte er ihr über die Schulter und flüsterte: »Wir steigen höher, da sind wir sicherer.«

Ohne etwas zu sagen, ging sie voraus, und vorsichtig folgte er. Auf dem Absatz zwischen dem ersten und zweiten Stockwerk blieb sie stehen und lehnte sich an die Wand. Als er vor ihr stand, legte er die Arme um sie. Wie üblich leistete sie eine Sekunde lang Widerstand, doch dann überließ sie sich willig seiner Umarmung. »Du, meine Geliebte.«

»Ich habe am Fenster auf dich gewartet. Mama ist mit den Vorbereitungen für das Frühlingsfest beschäftigt.«

»Alles Gute für dich zum Fest. Laß mich den Frühling

von deinen Lippen atmen.« Ihre Lippen vereinigten sich bei einem langen, hungrigen Kuß. Dann fragte sie: »Wo warst du?«

Blitzschnell erinnerte er sich wieder an die Lektion über Islam und Politik. »Im Café, mit ein paar Freunden«, lautete seine Antwort.

»Im Café? Obwohl in einem Monat Prüfungen sind?« empörte sie sich.

»Ich weiß, was ich zu tun habe. Weil du so schlecht von mir denkst, bekomme ich noch einen Kuß.«

»Du bist zu laut! Hast du vergessen, wo wir sind?«

»Wir sind zu Hause, in unserem Zimmer. Der Treppenabsatz ist unser Heim.«

»Heute nachmittag, als ich zu meiner Tante ging, habe ich nach oben geschaut, weil ich dachte, ich würde dich vielleicht am Fenster sehen. Aber plötzlich stand deine Mutter da und hat hinausgeschaut. Als sich unsere Blicke trafen, habe ich vor Angst gezittert.«

»Warum?«

»Mir kam es vor, als wüßte sie, nach wem ich suche, als wäre sie hinter mein Geheimnis gekommen.«

»Du meinst unser Geheimnis. Uns beide verbindet das gleiche. Sind wir nicht eins?« Von unbändigem Verlangen ergriffen, zog er sie heftig an seine Brust. Doch gleichzeitig schien ihm, als befände er sich vor den Stimmen auf der Flucht, die, wenn auch verzweifelt und hoffnungslos, doch zum Widerstand riefen. Aber schon schlugen lodernde Flammen über ihm zusammen, und eine Gewalt nahm von ihm Besitz, in deren Macht es lag, zwei Wesen in einem Strudel zerfließen zu lassen.

Der Stille entrang sich ein Seufzer, dann war heftiger Atem zu hören. Schließlich wurde ihm wieder bewußt, daß er er war und sie sie und die Dunkelheit zwei und nicht ein Wesen umhüllte. Ihre sanfte Stimme drang an sein Ohr, verschämt flüsternd: »Treffen wir uns morgen?« Unwille stieg in ihm auf. Bemüht, dieses Gefühl so gut wie irgend möglich zu verbergen, erwiderte er: »Ja, sicher. Ich gebe dir Bescheid.«

»Sag mir jetzt, wann wir uns sehen.«

Er spürte noch mehr Verdruß. »Ich weiß nicht, wie morgen mein Tag aussieht.«

»Wieso?«

»Geh jetzt. Ich habe etwas gehört.«

»Aber nein, da ist nichts.«

»Es darf uns niemand sehen.«

Seine Hand glitt, als läge dort ein beschmutztes Tuch, flüchtig über ihre Schulter, und mit gezwungen wirkender Zärtlichkeit befreite er sich aus ihren Armen. Hastig stürzte er los, stieg nach oben.

Die Eltern saßen im Salon und hörten Radio. Die Tür zum Arbeitszimmer war geschlossen, aber es drang Licht durch die Ritzen, Zeichen dafür, daß Achmed noch lernte. Er wünschte den Eltern eine gute Nacht, ging in sein Zimmer und zog sich aus. Nachdem er gebadet und die rituelle Reinigung erledigt hatte, kehrte er ins Zimmer zurück, um zu beten. Er blieb mit gekreuzten Beinen auf dem Gebetsteppich sitzen und begann, lange und tief nachzudenken. Die Augen blickten traurig drein, Kummer preßte ihm die Brust zusammen, seine Seele wollte weinen. Er betete zu Gott, ihm mehr Kraft zu geben und zu helfen, der Verlockung zu widerstehen und Satan zu vertreiben, der sich ihm in Gestalt eines jungen Mädchens zeigte und in seinem Blut diese unbändige Gier verursachte. Der Verstand sagte nein, das Herz ja, und dieser schreckliche Konflikt, der stets in das Gefühl mündete, eine Niederlage erlitten zu haben, und mit Reue endete, ließ ihn nicht los. Jeder Tag ließ ihn diese Erfahrung erneut machen, und jede dieser Erfahrungen bedeutete die

Hölle. Wann würde die Qual nur enden? All seine geistigen Anstrengungen waren vom Scheitern bedroht. Es war, als baute er, watend im Schlamm, suchend nach festem Grund, Luftschlösser auf. Ach, könnte Reue die Zeit zurückdrehen!

13

Endlich hatte Achmed die Straße gefunden, die zum Gebäude der Zeitschrift »Der neue Mensch« in Ghamra führte. Das Haus bestand aus zwei Etagen und einem Kellergeschoß. Die Wäsche auf dem oberen Balkon ließ erkennen, daß dieses Stockwerk bewohnt war. An der Tür unten war ein Schild mit dem Namen der Zeitschrift befestigt. Durch die vergitterten Fenster des Kellers konnte Achmed Maschinen erkennen, also befand sich dort die Druckerei. Er stieg die vier Stufen zum ersten Stock hinauf und fragte den ersten, der ihm begegnete – ein Arbeiter mit Korrekturfahnen –, nach Herrn Adli Karim. Der Arbeiter wies auf eine Tür am Ende eines großen, leeren Saals, auf der sich das Schild »Chefredakteur« befand. Er schaute sich nach einem Bürodiener um, aber da er niemand entdecken konnte, klopfte er nach kurzem Zögern vorsichtig an. Von drinnen tönte eine Stimme: »Herein!«

Er machte die Tür auf und trat ein. Hinten im Raum war ein Mann, der ihn aus großen Augen und unter buschigen, weißen Brauen hervor fragend anschaute.

Achmed zog die Tür hinter sich zu und sagte leise: »Entschuldigung, dürfte ich nur eine Minute …«

»Bitte …«

Er trat an den Schreibtisch, auf dem sich Bücher und Papier häuften, und grüßte den Herrn, der sich erhoben hatte. Erst als der wieder saß und auf einen Stuhl gewiesen hatte, nahm auch Achmed Platz. Das Gefühl von Freude und Stolz überfiel ihn, als er den großen Meister anschauen durfte, dessen Zeitschrift und Bücher ihm in den letzten drei Jahren das Licht der Erkenntnis gebracht hatten. Bewundernd umfaßte sein Blick das blasse Gesicht, das, umrahmt von weißem Haar, dadurch noch bleicher wirkte. Es sah alt aus, und nur die tiefliegenden Augen, die durchdringend strahlten, hatten sich etwas Jugendliches bewahrt. Das war sein Lehrer oder, wie er ihn nannte, sein geistiger Vater, und er durfte jetzt hier, in dessen Zimmer, sitzen – dem Ort der Offenbarung, der vor lauter Bücherregalen, die bis zur Decke reichten, keine Wände zu haben schien.

Etwas zögernd sagte der Chefredakteur: »Herzlich willkommen …«

»Ich bin gekommen, um mein Abonnement zu bezahlen«, stieß Achmed hastig hervor, und da er sah, daß diese Erklärung gutwillig aufgenommen wurde, fuhr er fort: »Und dann wollte ich auch nach dem Artikel fragen, den ich vor zwei Wochen an die Zeitschrift geschickt habe.«

Adli Karim lächelte. »Wie ist denn der werte Name?«

»Achmed Ibrahim Schaukat.«

Nachdenklich legte sich die Stirn in Falten, dann kam die Antwort: »Ja, ich erinnere mich. Sie waren der erste Abonnent meiner Zeitschrift. Genau. Und Sie haben uns drei weitere Abonnements verschafft, nicht wahr? Der Name Schaukat sagt mir etwas. Hatte ich Ihnen nicht im Namen der Zeitschrift in einem Brief gedankt?«

Froh darüber, daß der große Meister mit seinem Namen etwas anzufangen wußte, erklärte Achmed dankbar: »Ja, ich habe von Ihnen einen Brief erhalten, in dem Sie mich den ersten Freund der Zeitschrift nannten.«

»Stimmt. Die Zeitschrift ›Der neue Mensch‹ ist bestimmten Prinzipien verpflichtet, und da braucht sie treue

Freunde, wenn sie auf dem Markt, der voll von Illustrierten und monopolisierten Zeitungen ist, ihren Weg machen will. Sie sind einer dieser Freunde, also herzlich willkommen. Aber sind Sie nicht schon einmal hier gewesen?«

»O nein. Ich habe doch erst diesen Monat mein Abitur bestanden.«

Adli Karim lachte. »Sie glauben wohl, daß man unsere Redaktion erst aufsuchen kann, wenn man das Abitur hat?«

Achmed lächelte verwirrt. »Nein, natürlich nicht. Ich meinte nur, daß ich noch ziemlich jung bin.«

»Bei einem Leser unserer Zeitschrift«, meinte Adli Karim, und nun war er wieder völlig ernst, »zählt das Alter nicht nach Jahren. In unserem Land gibt es Männer, die weit über sechzig sind und trotzdem auf sehr junge Weise denken. Und dann gibt es Leute, die sich im ersten Frühling befinden, aber mit ihren Gedanken vor tausend oder noch mehr Jahren leben. Das ist die Krankheit des Orients.« Seine Stimme wurde wieder weicher. »Haben Sie uns schon öfter Artikel geschickt?«

»Insgesamt vier. Drei sind wohl irgendwie liegengeblieben, aber beim letzten hatte ich sehr gehofft, daß er veröffentlicht wird.«

»Worüber haben Sie geschrieben? Entschuldigen Sie, aber ich kriege jeden Tag Dutzende von Artikeln.«

»Ich habe Le Bons Gedanken über Erziehung und Bildung vorgestellt und sie kommentiert.«

»Gehen Sie doch mal hinüber ins Sekretariat, das Zimmer nebenan, da können Sie erfahren, was aus dem Artikel geworden ist.«

Achmed wollte aufstehen, doch da bedeutete ihm Adli Karim sitzenzubleiben. »Die Redaktion macht heute ein wenig Urlaub. Also können Sie ruhig bleiben und sich mit mir unterhalten.«

Beglückt stammelte Achmed: »Sehr gerne, Effendi.«

»Sie sagten, Sie hätten dieses Jahr das Abitur abgelegt, wie alt sind Sie?«

»Sechzehn Jahre.«

»Da sind Sie noch sehr jung. Wunderbar. Wird unsere Zeitschrift an den Oberschulen gelesen?«

»Leider nicht.«

»Ich weiß. Die Mehrzahl unserer Leser sind Studenten. Lesen gehört in Ägypten noch immer zum minderwertigen Zeitvertreib. Wir werden uns erst dann entwickeln, wenn sich die Überzeugung durchgesetzt hat, daß das Lesen eine lebensnotwendige Sache ist.« Er schwieg für einen Moment. »Wie sieht's bei den Schülern aus?« Im Gefühl, daß sein Gegenüber die Frage nicht verstanden hatte, erläuterte Adli Karim: »Nun ja, ich meine den politischen Aspekt, der sich doch deutlich abzeichnen müßte.«

»Die erdrückende Mehrheit gehört zu den Wafdisten.«

»Aber wird nicht auch über neue Bewegungen geredet?«

»›Junges Ägypten‹? Die fallen nicht ins Gewicht. Die Anhänger kann man an den Fingern abzählen. Und die anderen Parteien finden nur bei den Verwandten der Funktionäre Unterstützung. Eine Minderheit interessiert sich überhaupt nicht für Parteien, und bei denen, die den Wafd vorziehen, ich gehöre auch dazu, gibt es welche, die sich Konsequenteres erhoffen.«

»Das wollte ich wissen«, erklärte Adli Karim zufrieden. »Der Wafd ist die Partei des Volks. Er stellt eine wichtige und ganz natürliche Etappe in der Entwicklung dar. Die Nationalpartei war eine türkische Partei, religiös ausgerichtet und reaktionär. Was den Wafd anbelangt, so ist er aus dem ägyptischen Nationalismus hervorgegangen und hat diesen von Schwächen und bösartigen Übertreibungen gereinigt. Der Wafd ist zur Schule von Patriotismus und Demokratiebewußtsein geworden. Das Problem ist jetzt, daß sich das Land mit dieser Art von Schule nicht begnügen kann, nicht mehr begnügen darf. Wir wollen eine neue Stufe der Entwicklung erreichen, eine andere Art des gemeinschaftlichen Zusammenlebens. Die Unabhängigkeit an sich ist nicht das Ziel, sondern sie ist das Mittel, um die verfassungsmäßigen, ökonomischen und humanistischen Rechte des Volks durchzusetzen.«

»Das haben Sie wunderbar gesagt!« rief Achmed begeistert.

»Der Ausgangspunkt dafür kann nur der Wafd sein. Was die Bewegung ›Junges Ägypten‹ angeht, so ist sie faschistisch, reaktionär, kriminell und nicht weniger gefährlich als der religiöse Konservatismus. Das ist nichts anderes als das Echo des deutschen und italienischen Militarismus, der die Gewalt verherrlicht, auf die Diktatur aufbaut, die Würde des Menschen verachtet und die humanistischen Werte mißachtet. Reaktionäres Denken ist eine Krankheit, die im Orient ähnlich stark wie Cholera und Typhus verbreitet ist und die man ähnlich radikal beseitigen muß.«

»Die Freunde von ›Der neue Mensch‹ sind davon restlos überzeugt«, pflichtete Achmed eifrig bei, was Adli Karim bekümmert den Kopf schütteln ließ und zu der Bemerkung veranlaßte: »Deshalb ist die Zeitschrift auch das beliebte Angriffsziel von Reaktionären aller Schattierungen. Man wirft uns vor, wir würden die Jugend verderben.«

»Das hielt man früher schon Sokrates vor!«

Adli Karim schmunzelte vergnügt, und dann fragte er: »Was haben Sie vor? Ich meine, an welcher Fakultät werden Sie sich einschreiben?«

»An der Literatur-Fakultät.«

Der verehrte Meister richtete sich auf. »Die Literatur ist ein wichtiges Mittel, um die Menschen zu befreien. Aber sie kann ebenso der Reaktion dienen. Also haben Sie acht!

Von der Azhar und dem Lehrerinstitut Dar al-Ulum sind geradezu krankmachende Schriften verfaßt worden, die Generationen von Ägyptern den Verstand verkleistert und den Geist getötet haben. Aber wie auch immer – und nun seien Sie nicht erstaunt, das aus dem Mund eines Mannes zu hören, der sich in der Literatur auskennt –, die Wissenschaft ist die Grundlage allen modernen Lebens. Wir müssen die Wissenschaften studieren und uns mit rationalem Denken rüsten. Wer keine Ahnung von Wissenschaft hat, gehört nicht ins zwanzigste Jahrhundert, selbst wenn er ein Genie ist. Auch die Literaten müssen mit wissenschaftlichen Methoden umgehen können, denn das geht nicht länger nur Wissenschaftler an. Sicher, sie gründen ihre Arbeit auf gründliches, vertieftes Forschen und geprüfte Ergebnisse, aber jeder kultivierte Mensch muß sich vom Licht der Wissenschaft führen lassen, muß ihre Prinzipien und Methoden übernehmen und mit dem Stil wissenschaftlichen Arbeitens vertraut sein. Die Wissenschaft muß an die Stelle von Wahrsagerei und Religion treten, die der alten Welt eigen waren.«

»Deshalb hat sich Ihre Zeitschrift die Aufgabe gestellt, die Entwicklung der Gesellschaft auf wissenschaftliche Basis zu stellen«, folgerte Achmed.

»So ist es«, bekräftigte ihn Adli Karim. »Jeder von uns muß seiner Pflicht nachkommen, selbst wenn er weit und breit allein wäre.«

Als Achmed zustimmend nickte, fuhr Adli Karim fort: »Studieren Sie Literatur, soviel Sie wollen, aber kümmern Sie sich um Ihren Verstand mehr als um altes, auswendig zu lernendes Zeug. Vergessen Sie nie die moderne Wissenschaft. Auf Ihrem Schreibtisch sollten neben Shakespeare und Schopenhauer auch immer Comte, Darwin, Freud, Marx, Engels liegen. Übernehmen Sie die Begeisterung von religiösen Eiferern, aber denken Sie immer daran, daß jedes Jahrhundert seine Propheten hat und die von heute die Wissenschaftler sind.«

Es folgte ein freundliches Lächeln, und da Achmed es als höflichen Hinweis deutete, sich zu verabschieden, stand er auf und reichte seinem Gegenüber die Hand. Beschwingt und trunken vor Glück, ging er hinaus.

Draußen im Saal fiel ihm ein, daß er noch bezahlen mußte und sich nach dem Artikel erkundigen wollte. Er klopfte an die Tür des Sekretariats und trat ein. Zwei Schreibtische waren leer, aber am dritten arbeitete ein junges Mädchen. Da er das nicht erwartet hatte, blieb er verwirrt stehen und blickte sie fragend an. Sie mußte um die Zwanzig sein, hatte dunkelbraune Haut, und Augen und Haar waren schwarz. Mit der schmalen Nase, dem spitzen Kinn, den fein geschwungenen Lippen wirkte das Gesicht energisch, ohne deshalb häßlich zu sein.

Prüfend sah sie ihn an und fragte: »Effendi? Bitte?«

»Ich möchte bezahlen.« Er legte das Geld hin, nahm die Quittung, und da er sich mittlerweile ein wenig gefaßt hatte, sagte er: »Ich hatte einen Artikel an die Zeitschrift geschickt, und Herr Adli Karim sagte mir, daß er sich hier befindet.«

Sie bat ihn, auf dem Stuhl vor dem Schreibtisch Platz zu nehmen.

»Wie lautete bitte die Überschrift?«

Auch wenn ihm die Situation, einem jungen Mädchen von Angesicht zu Angesicht gegenüberzusitzen, nicht angenehm war, erwiderte er: »Erziehung und Bildung bei Le Bon.«

Sie öffnete einen Ordner, blätterte ihn durch und holte schließlich den Artikel hervor. Als er seine Handschrift erkannte, klopfte sein Herz. Er versuchte, von seinem Platz aus die mit roter Tinte geschriebene Bemerkung zu entziffern, doch die Mühe ersparte sie ihm, indem sie sagte: »Da steht: Gekürzt in der Rubrik Leserbriefe veröffentlichen.«

Er war enttäuscht. Ohne etwas zu sagen, schaute er sie einen Moment an, dann fragte er: »In welcher Nummer?«

»In der nächsten.«

Er zögerte. »Und wer macht die Kürzung?«

»Ich.«

Er fühlte, wie Unwille in ihm aufstieg. Dennoch fragte er: »Wird mein Name darunter stehen?«

Sie lachte. »Natürlich. Gewöhnlich wird vorneweg geschrieben, daß wir einen Brief des Autors ...« – sie schaute auf die Unterschrift – »... Achmed Ibrahim Schaukat erhalten haben, und dann folgt die gekürzte, aber im Gedankengang getreue Fassung.«

Wieder zögerte er. »Ich hätte es vorgezogen, ihn vollständig veröffentlicht zu sehen.«

»Beim nächstenmal vielleicht«, meinte sie lächelnd.

Schweigend sah er sie an. »Sind Sie hier angestellt?«

»Wie Sie sehen ...«

Allzugern hätte er sie nach ihrer Qualifikation gefragt, aber dafür ging ihm im letzten Moment der Mut aus. Also beschränkte er sich darauf, wissen zu wollen: »Könnte ich bitte Ihren Namen erfahren, falls ich Sie mal anrufen muß?«

»Susan Hammad.«

»Vielen Dank.«

Er stand auf, winkte ihr kurz zu, aber bevor er hinausging, sagte er: »Ich hoffe, daß Sie es sorgfältig kürzen.«

Ohne ihn anzusehen, erwiderte sie: »Ich weiß, wie ich meine Arbeit zu machen habe.«

Er ging. Den letzten Satz bereute er.

14

Kamal saß im Arbeitszimmer, als Umm Hanafi hereinkam und sagte: »Si Fuad al-Hamzawi ist beim alten Herrn.«

Noch mit dem wallenden Gilbab bekleidet, lief er schnell hinunter. Da war Fuad also nach einem Jahr aus Kena nach Kairo zurückgekehrt. In Kamals Brust wallte warme Zuneigung auf, und doch fühlte er ein wenig Unbehagen. Seine Freundschaft mit Fuad hatte immer, und auch jetzt war es nicht anders, etwas von Kampf an sich gehabt, geboren aus dem Konflikt von Zuneigung und Widerwille, Sympathie und Eifersucht. Sosehr er sich darum bemühte, in dieser Beziehung seinen Verstand walten zu lassen, fühlte er sich instinktiv und gegen seinen Willen in die Untiefen niederer Empfindungen hinabgezogen. Er zweifelte nicht daran, daß Fuads Besuch die glücklichsten Erinnerungen heraufbeschwören würde, doch gleichzeitig ahnte er, daß längst nicht vernarbte Wunden wieder aufreißen konnten.

Als er durch den Salon eilte, wo die Mutter mit Aischa und Naima bei der Kaffeerunde saß, hörte er sie gerade noch flüstern: »Er wird um die Hand von Naima anhalten.« Als die Mutter ihn bemerkte, erklärte sie laut: »Dein Freund ist gekommen. Was ist er doch nett. Er wollte mir die Hand küssen, aber das habe ich verhindert.«

Der Vater hockte mit gekreuzten Beinen auf dem Kanapee, Fuad saß vor ihm auf einem Stuhl. Die Freunde reichten sich die Hand, und Kamal sagte: »Gott sei Dank bist du heil und sicher wiedergekehrt, herzlich willkommen. Hast du Urlaub?«

Statt seiner antwortete der Vater: »O nein, man hat ihn nach Kairo versetzt. Endlich ist er, nach langer Zeit in Oberägyptens Fremde, heimgekommen.«

Kamal setzte sich aufs Kanapee. »Herzlichen Glückwunsch. Da sehen wir dich jetzt hoffentlich des öfteren.«

»Bestimmt. Ab kommenden Monat werden wir in Abbasija wohnen, ich habe eine Wohnung in der Nähe der Polizeistation von al-Waili gemietet.«

Fuad hatte sich nicht sehr verändert, außer daß er gesünder aussah. Er war fülliger geworden, und sein Gesicht hatte eine frische Farbe. Der Glanz seiner Augen sprach noch immer von wacher Intelligenz.

»Wie geht es deinem Vater?« wollte Herr Abd al-Gawwad wissen. »Ich habe ihn seit mindestens einer Woche nicht gesehen.«

»Seine Gesundheit läßt zu wünschen übrig. Es tut ihm immer noch leid, die Arbeit im Geschäft aufgegeben zu haben. Hoffentlich kommt sein Nachfolger den Aufgaben gut nach?«

Der Vater lachte. »Ich muß jetzt höllisch aufpassen. Dein Vater, möge ihm Gott Besserung und gute Gesundheit geben, hatte sich ja um alles allein gekümmert.«

Fuad setzte sich gerade hin, schlug ein Bein über das andere – eine Bewegung, die Kamal unangenehm berührt zur Kenntnis nahm. Der Vater hingegen schien es nicht einmal zu bemerken. War es schon so weit gekommen? Selbst wenn er Staatsanwalt war, wie konnte er vergessen, wer vor ihm saß? Großer Gott, er ließ es dabei nicht bewenden, sondern holte eine Schachtel Zigaretten heraus, bot sogar dem Herrn Vater davon an, der allerdings dankend ablehnte. Offensichtlich machte ein hoher Posten vergeßlich, aber sollte sich deshalb tatsächlich das dankbare Gefühl für den Wohltäter von einst und die gewährte Gunst im Rauch der teuren Zigarette auflösen? Fuads Bewegungen hatten nichts Gekünsteltes an sich. Er benahm sich wie ein großer Herr, der seit jeher an diesen Status gewöhnt war.

»Du kannst ihm gratulieren«, wandte sich der Vater an Kamal. »Er ist vom Assistenten zum Staatsanwalt aufgestiegen.«

Lächelnd meinte Kamal: »Mein Glückwunsch. Ich hoffe, dir bald zum Richteramt gratulieren zu können.«

»Das wird die nächste Etappe sein, so Gott will«, lautete Fuads Antwort.

Schaffte er das, würde er sich wahrscheinlich erlauben, auf den Mann vor ihm zu pissen. Wer hingegen Grundschullehrer war, der blieb es auch. Er würde sich also mit dem gewaltigen Schädel, tonnenweise mit Kultur beladen, begnügen müssen.

Herr Abd al-Gawwad blickte Fuad interessiert an und fragte: »Was macht die Politik?«

»Das Wunder ist geschehen«, seufzte Fuad zufrieden. »Der Vertrag ist in London unterzeichnet worden. Als ich im Radio hörte, daß Ägyptens Unabhängigkeit und die Annullierung der vier Bedingungen verkündet wurden, habe ich meinen Ohren nicht getraut. Wer hätte das geglaubt?«

»Dann gehörst du also zu denen, die den Vertrag willkommen heißen?«

Selbstsicher schüttelte Fuad den Kopf, als hätte er ein gewichtiges Wort mitzureden. »Im großen und ganzen bin ich zufrieden. Es gibt Leute, die in gutem Glauben gegen den Vertrag sind, andere wiederum haben weniger lautere Gründe dafür.

Aber wenn wir uns die Situation ansehen und uns erinnern, wie unser Volk trotz aller Härte geduldig und ohne zu revoltieren die Zeit von Sidki ertragen hat, dann muß man den Vertrag als erfolgreichen Schritt bezeichnen. Die vier Klauseln sind aufgehoben, womit der Weg geebnet ist, um die ausländischen Privilegien abzuschaffen. Die Besetzung ist zeitlich befristet, nachdem man sich auf ein noch verbleibendes Gebiet geeinigt hat. Das ist ohne allen Zweifel ein enormer Erfolg.«

Herr Abd al-Gawwad, der über die einzelnen Regelungen nur wenig wußte, empfand über den Vertrag eine ungleich stärkere Begeisterung als Fuad, weshalb er sich von seinem Gesprächspartner einen noch größeren Enthusiasmus gewünscht hätte. Da er sich in dieser Hoffnung enttäuscht sah, unterstrich er: »Immerhin müssen wir daran denken, daß der Wafd die Verfassung zurückgebracht und die Unbhängigkeit realisiert hat, selbst wenn es damit noch ein wenig dauert.«

Kamal hörte zu und überlegte. Fuad war, was Politik betraf, schon immer »kalt« gewesen, und offensichtlich hatte er sich nicht verändert. Wenigstens schien er mit dem Wafd zu sympathisieren. Er selbst aber, der früher voller Elan vorangestürmt war, hatte einen solchen Wandel durchgemacht, daß er an nichts mehr glaubte. Nicht einmal die Politik war vor seinem gefräßigen Zweifel sicher, auch wenn das Herz, entgegen aller Verstandeskraft, noch als das eines Patrioten schlug.

Fuad lachte. »In Zeiten des Umbruchs hält sich das Rechtswesen zurück, während die Polizei das Feld behauptet. Zeiten der Umwälzungen sind Zeiten der Polizeimacht. Wenn der Wafd an die Regierung zurückkehrt, wird die Justiz wieder ihre Position einnehmen und die Polizei in ihre Grenzen verweisen. In Zeiten normaler Machtverhältnisse spricht das Gesetz das entscheidende Wort.«

»Aber können wir die Ära von Sidki vergessen?« fragte Herr Abd al-Gawwad. »Bei den Wahlen haben die Soldaten die Menschen mit dem Knüppel zusammengetrieben. Viele unserer Freunde, alles geachtete Persönlichkeiten, mußten mit zerstörten Häusern und dem Ruin dafür bezahlen, daß sie den Prinzipien des Wafd treu blieben. Und dann müssen wir mit ansehen, wie dieser Teufel bei den Verhandlungen sitzt und den nationalen Liberalen spielt.«

»Die Situation machte ein Bündnis erforderlich«, erklärte Fuad, »und ohne diesen Teufel und seine Helfershelfer hätte es nicht geklappt. Letztendlich zählt nur das Ergebnis.«

Mochte auch für Fuad der Besuch bei Herrn Abd al-Gawwad nicht sonderlich angenehm sein, er schlürfte in aller Ruhe seinen Kaffee. Kamal betrachtete ihn prüfend, und aufdringlich stach ihm der weiße, elegante Seidenanzug, mit einer roten Rose im Knopfloch, in die Augen. Die Stellung eines Staatsanwalts mußte Fuad im Gefühl, eine Persönlichkeit zu sein, außerordentlich gestärkt haben. Trotzdem, es wäre schön, wenn er um die Hand von Naima anhielte.

Doch statt auf dieses Thema zu sprechen zu kommen, schien Fuad seinen Besuch beenden zu wollen. »Sie müssen jetzt sicher ins Geschäft gehen. Ich werde noch bei Kamal bleiben, aber bevor ich nach Alexandria fahre, wo ich von Ende August bis September Urlaub machen will, würde ich Sie gern noch einmal besuchen.« Er stand auf, verabschiedete sich mit einem Händedruck und folgte Kamal beim Hinausgehen. Die beiden stiegen ins obere Stockwerk und gingen ins Arbeitszimmer. Fuad warf einen Blick auf die vielen Bücher in den Regalen und meinte lächelnd: »Könnte ich mir eins ausborgen?«

Kamal war bemüht, sich seine Mißlaunigkeit nicht anmerken zu lassen. »Aber bitte. Was liest du gern?«

»Ich habe Gedichte von Schauki, Hafiz und Mutran und ein paar Bücher von al-Djahiz und al-Maarri. Ich mag besonders das Buch ›Weltlicher und geistiger Anstand‹, und abgesehen von unseren Gegenwartsautoren mag ich einige Sachen von Dickens und Conan Doyle. Die meiste Zeit verschlingt bei mir juristische Literatur.« Er setzte seinen

Rundgang fort und las ein paar Titel. Begleitet von einem Stoßseufzer, erklärte er: »Das ist ja alles nur Philosophie. Nichts dabei, was mir gefällt. Ich lese die Zeitschrift ›Der Gedanke‹ und verfolge seit Jahren deine Artikel, wobei ich nicht behaupten will, daß ich alle gelesen habe oder noch viel davon weiß. Philosophische Artikel sind ungeheuer schwer, und als Staatsanwalt ist man ständig überlastet. Warum schreibst du nicht über Themen, die fesselnder sind?«

Wie oft hatte er sich schon Kritik an seiner Arbeit anhören müssen. Allmählich schien er sich daran zu gewöhnen, denn solche Vorwürfe stimmten ihn nicht mehr traurig. Der alles verschlingende Zweifel schluckte selbst noch diesen Kummer. Was war schon Ruhm? Was bedeutete es, »fesselnd« zu schreiben? Das einzige, was ihn freute, war, daß Fuad geistig nicht in der Lage war, seine Artikel dafür zu mißbrauchen, Freizeit totzuschlagen. »Was verstehst du unter ›fesselnd‹?« fragte er.

»Na, Literatur zum Beispiel.«

»Sicher, da gibt es ein paar hübsche Sachen, aber ich bin kein Literat.«

Fuad lachte. »Dann bleib doch allein mit deiner Philosophie. Du bist doch Philosoph, oder?«

»Sind Sie nicht Philosoph?« – eine Frage, die schwer auf ihm lastete und sein Herz vor Schreck erschauern ließ. Seit damals erging es ihm so, seit ihn diese Frage in der Sarajat-Straße aus Aidas Mund erreicht hatte. Um nicht zu zeigen, wie aufgewühlt sein Innerstes war, lachte er laut los. Eigenartig, da hatte Fuad immer um seine Freundschaft gebuhlt, war ihm wie ein Schatten gefolgt, und nun trat er ihm als bedeutender Mann entgegen, um dessen Sympathie und Wohlwollen man sich bemühen sollte. Was, fragte er sich, habe ich schon aus meinem Leben gemacht?

Fuad musterte indessen prüfend den Schnurrbart seines

Freunds. Er lachte kurz und meinte: »Was soll's …« Da Kamal ihn fragend ansah, fuhr er fort: »Wichtiger ist, daß wir beide auf die Dreißig zugehen und noch nicht verheiratet sind. Unsere Generation ist voll von Junggesellen, eine Generation der Krise. Was ist mit dir? Hast du deine Meinung über die Ehe geändert?«

»Kein Stück.«

»Ich weiß nicht, warum, aber ich bin überzeugt, daß du nie heiraten wirst.«

»Du warst immer ein weit voraussehender Mensch.«

Als wollte sich Fuad im voraus für seine Meinung entschuldigen, lächelte er und sagte: »Du bist ein Egoist. Du willst dein Leben für dich allein haben. Der Prophet, mein Freund, hat sich durch das Heiraten nicht daran hindern lassen, sich einem großartigen geistigen Leben zu widmen.« Er lachte. »Nimm es mir nicht übel, daß ich gerade dir gegenüber den Propheten als Beispiel anführe. Ich habe vergessen, daß du … Aber gemach, du bist ja nicht einmal mehr der alte Ketzer, denn selbst am Ketzertum zweifelst du bereits. Wahrscheinlich ist es der erste Schritt, um den Glauben zurückzugewinnen.«

Kamal blieb ruhig. »Lassen wir das Herumphilosophieren, du magst es ohnehin nicht. Erzähl mir lieber, warum du noch keine Familie hast, obwohl du vom Junggesellendasein nichts hältst.« Im Moment, als er das sagte, wußte er, daß er diese Frage besser nicht hätte stellen sollen, konnte doch Fuad daraus schließen, gezwungenermaßen über die Verlobung mit Naima reden zu müssen. Glücklicherweise schien Fuad auf diesen Gedanken nicht zu kommen, denn er lachte laut los, ohne allerdings die Grenzen von Würde und Gesetztheit zu überschreiten.

»Du weißt, daß ich im Unterschied zu dir erst reichlich spät mit dem lasterhaften Leben begonnen habe. Ich habe noch nicht genug davon.«

»Heiratest du, wenn du es überhast?«

Als wollte er sich der Versuchung zu lügen erwehren, hob er beschwörend die Hand und erklärte im Tonfall eines Geständigen: »Habe ich es bis heute ohne Ehe ausgehalten, kann ich mich auch noch länger gedulden. Möglicherweise warte ich damit, bis ich Richter geworden bin. Dann kann ich, falls ich will, in die Familie eines Ministers einheiraten.«

Schau dir den an! Ist der Sohn von Gamil al-Hamzawi und will eine Braut, die den Lenden eines Ministers entstammt – mutet ihr eine Schwiegermutter zu, die aus dem Kleine-Leute-Viertel Mabjada kommt. Selbst wenn Leibniz das Übel, das den Kreaturen innewohnt, rechtfertigt – jetzt muß ich ihm doch widersprechen. »Du hast eine Sicht auf die Heirat, die …«

»Immer noch besser«, unterbrach ihn Fuad grinsend, »als gar keine Meinung.«

»Aber das Glück …«

»Fang nicht wieder zu philosophieren an. Das Glück ist eine eigene Kunst. Du kannst es bei der Tochter eines Ministers finden, während du mit einem Mädchen aus deinem Milieu nur unglücklich wirst. Die Ehe ist genau solch ein Vertrag wie der, den gestern an-Nahhas unterzeichnet hat. Da gibt es alles – Abschätzen, Feilschen, List, Weitblick, Vorteil, Verlust.

Will man in unserem Land nach oben kommen, geht es nur auf diese Weise. Letzte Woche wurde ein Mann zum Rat berufen, der noch nicht einmal vierzig ist. Ohne Beziehungen könnte ich ein Leben lang fleißig und bis zur Erschöpfung der Justiz dienen, ohne je eine solche Stellung zu erreichen.«

Was soll ein Grundschullehrer dazu sagen? Er wird sein ganzes Leben in der sechsten Leistungsstufe verbringen, selbst wenn sein Kopf vor Philosophie überläuft. »Aber in deiner Stellung hast du doch solche Beziehungen nicht nötig?!«

»Wenn es die nicht gäbe, bekäme der Ministerpräsident kein Kabinett zusammen.«

Kamal stieß ein bitteres Lachen aus. »Du hättest ein bißchen Philosophie dringend nötig. Eine Prise Spinoza würde dir guttun.«

»Stopf du dich damit voll. Lassen wir das, und sag mir lieber, wo man sich amüsieren und trinken kann. In Kena mußte ich mir meine Vergnügungen in aller Heimlichkeit ergaunern. Unsere Stellung erfordert es, die Menschen zu meiden und zurückgezogen zu leben, und unser ewiger Streit mit der Polizei macht noch mehr Vorsicht erforderlich. Die Arbeit als Staatsanwalt ist gefährlich und anstrengend.«

Schon wieder das Thema, bei dem mir die Galle überlaufen könnte. Gemessen an dir und deinem Glanz, mein lieber Fuad, besteht mein Leben nur aus Unterrichten und Erziehen – die härteste Prüfung für meine Philosophie der Ratlosigkeit.

»Du kannst dir vorstellen, daß ich aufgrund meiner Stellung mit vielen angesehenen Persönlichkeiten zusammentreffe. Ich werde sogar in ihre Paläste eingeladen, aber mein Pflichtgefühl gebietet mir abzulehnen, damit ich bei der Erfüllung meiner Aufgaben nicht beeinflußt werde. Das können die feinen Leute nicht begreifen, und deshalb halten sie mich für eingebildet, obwohl ich nichts dafür kann.«

Du bist nicht nur eingebildet, sondern auch selbstgerecht und übereifrig. »Gewiß, gewiß«, stimmte Kamal laut zu.

»Aus den gleichen Gründen habe ich mich auch mit der Polizei angelegt. Ich mag ihre Winkelzüge nicht, und deshalb lauere ich ihnen auf. Hinter mir steht das Gesetz, sie aber gehen noch immer wie Wilde aus dem Mittelalter vor. Alle hassen mich, dabei ist das Recht auf meiner Seite.«

Schon immer stand das Recht auf deiner Seite, anders habe ich dich nie gekannt. Intelligenz und Redlichkeit, aber keine Liebe. Du kannst nicht lieben. Dir geht es nicht um das Recht aus Gründen der Gerechtigkeit, sondern weil du vor lauter Minderwertigkeitskomplexen arrogant und selbstherrlich bist. So sind die Menschen. Mit solchen wie dir stoße ich dauernd zusammen, selbst in niederen Stellungen. Der starke, gute Mensch ist ein Mythos. Was soll da noch Liebe? Was nützt Idealismus? Was hat überhaupt noch einen Sinn?

Das Gespräch zog sich noch eine Weile hin, und als Fuad schließlich aufbrechen wollte, beugte er sich zu Kamal hinüber und sagte leise: »Ich bin ziemlich fremd in Kairo, aber du kennst doch bestimmt eins dieser Häuser ... natürlich eins, das diskret ist.«

Kamal lächelte. »Ein Lehrer muß auf seinen guten Ruf genauso achten wie ein Staatsanwalt.«

»Großartig. Wir sehen uns bald wieder. Zur Zeit bin ich mit der Einrichtung der neuen Wohnung beschäftigt, aber danach gehen wir dann öfter zusammen aus.«

»Einverstanden.«

Sie gingen gemeinsam hinunter, und Kamal ließ es sich nicht nehmen, den Freund bis vor die Haustür zu begleiten. Als er wieder die Treppe hinaufstieg, wartete im ersten Stockwerk die Mutter auf ihn. »Hat er mit dir gesprochen?« fragte sie ungeduldig.

Kamal war sofort klar, was sie meinte. Stärker noch als zuvor, fühlte er sich unangenehm berührt. Aber er zog es vor, den Ahnungslosen zu spielen. »Worüber?« fragte er.

»Naima?!«

»Aber nein«, erwiderte er unwillig.

»Seltsam.«

Beide sahen sich einen Moment lang an, dann meinte die Mutter: »Dabei hat al-Hamzawi bereits mit dem Vater gesprochen.«

Bemüht, seinen Ärger nicht zu zeigen, entgegnete Kamal: »Vielleicht hat er ohne den Auftrag seines Sohns gehandelt.«

»Solche Dummheiten schicken sich einfach nicht«, wehrte Amina wütend ab. »Weiß er etwa nicht, wer er ist und wer Naima ist? Das hätte ihm dein Vater klarmachen müssen.«

»Fuad ist unschuldig. Wahrscheinlich hat sein Vater in bester Absicht und ohne langes Nachdenken voreilig gehandelt.«

»Aber wenn er nun mit Fuad gesprochen und der abgelehnt hat? Er ist doch nur durch uns, mit unserem Geld, zum angesehenen Beamten geworden!«

»Mama, es gibt wirklich keinen Grund, darüber zu sprechen.«

»Eine unglaubliche Geschichte. Weiß er nicht, daß es keine besondere Ehre für uns ist, mit seiner Familie verwandt zu werden?«

»Dann mußt du ja nichts bedauern.«

»Tu ich auch nicht. Mich ärgert nur dieses beleidigende Benehmen.«

»Davon kann keine Rede sein. Es ist alles ein Mißverständnis.«

Beschämt und traurig kehrte Kamal ins Zimmer zurück. Er begann zu grübeln. Sicher, sagte er sich, Naima ist eine wundervolle Blume, aber da mir nichts weiter geblieben ist als die Liebe zur Wahrheit, muß ich mich ehrlich fragen, ob sie eines Staatsanwalts würdig ist. Trotz seiner niedrigen Herkunft kann Fuad eine Frau finden, die gebildeter, aus besserer Familie, reicher und obendrein noch hübscher ist. In seiner Güte hat Fuads Vater die Sache übereilt. Den Sohn trifft keine Schuld. Trotzdem – im Gespräch mit mir war er unverschämt. Er ist überhaupt unverschämt. Bei aller Intelligenz, Redlichkeit, Befähigung besitzt er eine tüchtige Portion Unverschämtheit und Arroganz. Nur – auch das ist nicht seine Schuld. Schuld sind die Unterschiede zwischen den Menschen. Sie sind es, die einen jeden auf diese oder jene Weise krank machen.

15

Die Zeitschrift »Der Gedanke« war in der Nummer 21 der Abd-al-Aziz-Straße im Erdgeschoß untergebracht. Das vergitterte Fenster im Büro des Herausgebers Abd al-Aziz al-Asjuti ging auf die dunkle Barakat-Gasse hinaus, weshalb in dem Raum Tag und Nacht das Licht brannte. Wann immer Kamal die Redaktion aufsuchte, erinnerten ihn die dunkle Lage und die verschlissene Einrichtung an das Ansehen des »Gedankens« im Land und seine eigene Stellung in der Gesellschaft.

Herr Abd al-Aziz hieß ihn mit einem freundschaftlichen Lächeln willkommen, was nicht weiter verwunderlich war. Die beiden kannten sich bereits seit 1930, dem Jahr, da Kamal begonnen hatte, seine philosophischen Artikel zu veröffentlichen. In den sechs Jahren, die seitdem verstrichen waren, arbeiteten sie zuverlässig zusammen, ohne daß Kamal dafür ein Honorar bekommen hätte. Alle Mitarbeiter setzten sich »um Gottes Lohn willen« mit ihren Artikeln für Philosophie und Kultur ein.

Abd al-Aziz arbeitete gern mit den freischaffenden Autoren zusammen, auch solchen, die sehr eng auf ein Gebiet spezialisiert waren, zum Beispiel dem der islamischen Philosophie. Er, der von der Ausbildung her ein Azharit war, kannte sich darin bestens aus. Er hatte vier Jahre in Frankreich Studien betrieben, ohne allerdings einen Abschluß anzustreben. Da er aus einem Grundstücksbesitz monatlich fünfzig Pfund Rente bezog, war er auf das Verdienen eines Lebensunterhalts nicht angewiesen. 1923 hatte er die Zeitschrift »Der Gedanke« gegründet. Seit dieser Zeit verwandte er alle Kraft darauf, ihr kontinuierliches Erscheinen zu sichern, auch wenn ihn für die Mühe und den Aufwand kein finanzieller Gewinn entschädigte.

Kaum hatten Herr Abd al-Aziz und Kamal Platz genommen, kam ein Mann herein, der in Kamals Alter und fast so groß wie er war. Er trug einen grauen Leinenanzug und wirkte, obwohl fülliger als Kamal, sehr schlank. Ein längliches Gesicht, eine mittelhohe Stirn, volle Lippen, eine schmale Nase, ein spitzes Kinn – all das verlieh seiner Erscheinung ein markantes Aussehen. Lächelnd kam er näher und reichte Herrn Abd al-Aziz die Hand, worauf der sich an Kamal wandte, um den neuen Gast vorzustellen.

»Herr Rijad Kaldas, Übersetzer im Kultusministerium. Er ist erst neuerdings zu uns gestoßen und hat mit seiner monatlichen Betrachtung zum internationalen Theater und seinen Kurzgeschichten frisches Blut in unsere eher theoretische Zeitschrift gebracht.« Er wies auf Kamal. »Und das ist Herr Kamal Abd al-Gawwad. Vielleicht haben Sie einen seiner Artikel gelesen?«

Die beiden schüttelten sich die Hand, und Rijad Kaldas meinte bewundernd: »Ich lese seine Sachen seit Jahren. Es sind ausgesprochen wertvolle Artikel.«

Kamal dankte ihm, auch wenn er das Kompliment mit Vorsicht aufnahm. Rijad Kaldas und Kamal nahmen vor dem Schreibtisch Platz, und Herr Abd al-Aziz eröffnete das Gespräch mit den Worten: »Denken Sie nicht, Herr Rijad, daß Sie für Ihre Erzählungen ein ähnliches Lob hören werden. Herr Kamal liest keine Geschichten.«

Rijads gewinnendes Lachen ließ ebenmäßig geformte, glänzende Zähne, mit etwas auseinanderstehenden Schneidezähnen, erkennen. »Dann mögen Sie also keine Literatur? Jeder Philosoph hat sicher, was Schönheit betrifft, seine eigene Theorie, aber schafft er sich die nicht erst dadurch, daß er sich von den verschiedenen Künsten, und dazu gehört natürlich die Literatur, ein umfassendes Bild macht?«

Etwas verwirrt meinte Kamal: »Es ist nicht so, daß ich die Literatur verabscheue. Im Gegenteil, wie oft habe ich in den Gärten von Lyrik und Prosa schon Erholung gefunden. Aber es gibt zu wenig freie Zeit.«

»Das kann nur bedeuten, daß Sie, wenn es Ihnen möglich war, Erzählungen gelesen haben müssen. Die Gegenwartsliteratur beschränkt sich fast ausschließlich auf Erzählungen und Theaterstücke.«

»Ja, ich habe im Verlauf der Jahre eine Menge gelesen. Allerdings finde ich, daß …«

Abd al-Aziz al-Asjuti unterbrach ihn und erklärte mit vielsagendem Lächeln: »Von jetzt an, verehrter Herr Rijad, wird es Ihre Aufgabe sein, unseren Freund von Ihren Ideen zu überzeugen. Fürs erste muß es Ihnen genügen zu wissen, daß er Philosoph ist und seine ganze Liebe dem Denken gilt.« Er wandte sich Kamal zu und fragte: »Hast du den Artikel für diesen Monat gebracht?«

Kamal holte einen mittelgroßen Umschlag hervor und legte ihn, ohne etwas zu sagen, auf den Schreibtisch. Herr Abd al-Aziz nahm den Artikel heraus und las die Überschrift. »Es geht um Bergson? Sehr gut.«

»Ein Überblick über die Rolle, die seine Philosophie in der Geschichte des modernen Denkens spielt. Man könnte danach Artikel anschließen, die stärker ins Detail gehen.«

Rijad Kaldas, der das Gespräch aufmerksam verfolgte, lächelte wohlwollend. »Ich lese seit Jahren Ihre Artikel, seit dem Zeitpunkt, da Sie über die Philosophie der Griechen geschrieben haben. Sie beschäftigen sich mit sehr vielfältigen und bisweilen auch widersprüchlichen Themen, wenn man die einzelnen philosophischen Strömungen betrachtet. Daraus konnte ich zwar entnehmen, daß Sie historisch vorgehen, aber Ihren eigenen Standpunkt habe ich vergeblich gesucht. Welcher philosophischen Richtung gehören Sie an?«

»Was philosophische Studien betrifft, so sind wir alle Anfänger«, bemerkte Abd al-Aziz al-Asjuti. »Deshalb müssen wir mit allgemeinen Darstellungen beginnen. Vielleicht schafft es Kamal später einmal, eine ganz neue philosophische Lehre in die Welt zu setzen, und Sie, Herr Rijad, gehören dann zu den Anhängern des ›Kamalismus‹.«

Alle lachten. Kamal nahm seine Brille ab und putzte die Gläser. Er ließ sich gerne auf Gespräche ein, vor allem, wenn ihm die Partner gefielen und die Atmosphäre, wie jetzt, harmonisch und angenehm war. »Ich bewege mich in einem Museum, von dessen Stücken mir keins gehört«, erklärte er. »Ich bin einzig und allein Historiker. Ich weiß nicht, wo ich stehe.«

»Also an einer Wegscheide«, fuhr Rijad Kaldas mit wachsendem Interesse fort. »So ging es mir auch, bevor ich meine Richtung kannte. Aber ich vermute, daß Sie bereits eine bestimmte Strecke hinter sich gebracht haben, denn normalerweise folgt am Ende eines Stücks Weg der Beginn eines neuen. Haben Sie nicht verschiedene Auffassungen durchlaufen, ehe Sie am heutigen Punkt angelangt waren?«

Der Verlauf dieses Gesprächs weckte in Kamal Erinnerungen, die in seinem Herzen tief verwurzelt waren. Was für ein geistreicher Mann das war, was für eine angenehme Unterhaltung! So viele dürre Jahre, bar aller geistigen Freundschaft, hatte er hinter sich gebracht, daß er allmählich daran gewöhnt war, mit sich selbst zu sprechen, wenn er allzusehr einen Partner vermißte. Seit langer Zeit hatte es niemand vermocht, ihn zu solch geistiger Regsamkeit zu erwecken – kein Ismail Latif, kein Fuad al-Hamzawi, kein Dutzend Lehrerkollegen. Sollte der Platz, der seit Hussain Schaddads Weggehen verödet war, endlich wieder gefüllt werden?

Kamal setzte die Brille auf und lächelte. »Natürlich gab es eine lange Wegstrecke. Wie üblich hegte ich zuerst eine tiefe religiöse Überzeugung, dann folgte der Glaube an die Wahrheit ...«

»O ja, ich erinnere mich, daß Sie die materialistische Philosophie mit einer fast schon suspekten Begeisterung darstellten.«

»Die Begeisterung war echt, aber nicht lange, und mein Kopf war voller Zweifel.«

»Da waren Sie wohl beim Rationalismus angelangt?«

»Wie gesagt, ich habe an allem gezweifelt. Philosophische Systeme sind schöne, ruhige Schlösser, nur zum Wohnen taugen sie nicht.«

Abd al-Aziz schmunzelte. »Immerhin spricht da einer, der sich auskennt.«

Gleichgültig zuckte Kamal mit der Schulter, und Rijad setzte sein Verhör mit den Worten fort: »Es gibt die Naturwissenschaft. Vielleicht bietet sie Rettung vor dem Zweifel?«

»Das ist für uns, die nur die naheliegendsten Ergebnisse begreifen, eine verschlossene Welt. Außerdem habe ich festgestellt, daß selbst große Wissenschaftler sehr unterschiedlich mit der Wahrheit umgehen. Einige bezweifeln die Anwendung der wissenschaftlichen Wahrheit auf reale Sachverhalte, andere loben wiederum das Gesetz der Wahrscheinlichkeit in höchsten Tönen, und wieder andere lassen generell vom Anspruch auf die absolute Wahrheit ab. Deshalb steckt mein Kopf voller Zweifel.« Da Rijad nur lächelte und schwieg, fuhr Kamal fort: »Selbst in diese neuartigen spirituellen Unternehmungen habe ich mich gestürzt, Geister rufen und so etwas. Nichts half, der Verstand kreist unablässig in einer Ödnis, die Furcht einflößt. Was ist die Wahrheit? Was sind Werte? Was ist was? Manchmal, wenn ich etwas Richtiges tue, fühle ich Gewissensbisse, als hätte ich etwas Schlechtes gemacht.«

Abd al-Aziz lachte laut los. »Die Religion rächt sich an dir. Du hast sie um höherer Wahrheiten willen verlassen, und nun stehst du mit leeren Händen da.«

Wohl eher aus Höflichkeit meinte Rijad Kaldas: »Die Position des Zweiflers ist doch sehr angenehm. Man schaut zu, denkt nach, nimmt sich völlige Freiheit und verhält sich wie ein Tourist.«

»Du bist im Denken wie im Leben Junggeselle«, hielt Abd al-Aziz Kamal entgegen.

So flüchtig dahingesprochen diese Bemerkung auch sein mochte, sie stimmte Kamal nachdenklich. War sein Junggesellendasein das Ergebnis seiner Denkart, oder verhielt es sich umgekehrt? War vielleicht beides nicht schuld, sondern ein Wesenszug, den er gar nicht kannte?

»Als Junggeselle lebt man nur eine begrenzte Zeit, wahrscheinlich ist es mit dem Zweifel nicht anders«, sagte Rijad Kaldas.

»Wie es aussieht, wird Kamal nie ans Heiraten denken«, warf Abd al-Aziz ein.

»Warum sollten Liebe und Zweifel unvereinbar sein?« fragte Rijad erstaunt. »Was sollte einen Verliebten vom Heiraten abhalten? Beharrt man stur darauf, Junggeselle zu bleiben, hat das nichts mit Zweifel zu tun. Skepsis kennt kein Beharren.«

Kamal stellte, wenn auch selbst wenig überzeugt, die Gegenfrage: »Erfordert die Liebe nicht eine Art Glauben?«

»O nein«, wehrte Rijad lachend ab. »Die Liebe ist ein Erdbeben, das Moschee, Kirche und Bordell gleichermaßen erschüttert.«

Ein Erdbeben! Womit könnte man die Liebe besser vergleichen? Ein Erdbeben, das alles zerstört und mit dem Schweigen des Todes bedeckt. »Und Sie, Herr Kaldas, wie steht es mit Ihnen? Sie haben den Zweifel in den höchsten Tönen gelobt, gehören Sie also auch zu den Skeptikern?«

Abd al-Aziz lachte schallend los. »Da haben Sie ihn, wie er leibt und lebt!«

Es erhob sich allgemeines Gelächter, doch dann erklärte Rijad, als wolle er sich nochmals vorstellen: »Ich war eine Zeitlang ein Skeptiker, dann habe ich es gelassen. An der Religion muß ich nicht mehr zweifeln, weil ich mich von ihr abgewendet habe. Aber ich glaube an Wissenschaft und Kunst, und so Gott will, bleibt das so für alle Ewigkeit.«

»›So Gott will‹, obwohl Sie nicht an ihn glauben?« spottete Abd al-Aziz.

Rijad schmunzelte. »Die Religion ist ein Besitz aller Menschen. Von Gott weiß niemand Genaues. Wie sollte jemand sagen können, daß er an Gott glaubt oder nicht? Echte Gläubige sind nur die Propheten, denn sie sehen oder hören Gott oder bekommen Botschaften von seinen Gesandten.«

»Also, Sie glauben an Wissenschaft und Kunst?« fragte Kamal.

»So ist es.«

»Der Glaube an Wissenschaft ist akzeptabel, aber der an Kunst? Ich ziehe es vor, lieber ans Seelische statt an die Künstlichkeit einer Erzählung zu glauben.«

Ein mißbilligender Blick, dann erwiderte Rijad Kaldas ruhig: »Die Wissenschaft ist die Sprache des Verstands, die Kunst die der gesamten menschlichen Persönlichkeit.«

»Das ist doch reine Lyrik!«

Rijad begegnete Kamals Ironie mit nachsichtigem Lächeln. »Die Wissenschaft vereinigt die Menschheit durch das Licht ihrer Gedanken, die Kunst tut das durch das hehre Gefühl der Humanität. Beide tragen zur Entwicklung der Menschheit bei und spornen sie an, eine bessere Zukunft zu gestalten.«

Was für ein Narr! Schreibt jeden Monat eine Geschichte von zwei Seiten und glaubt, damit die Menschheit zu verändern. Aber bin ich weniger verblendet? Ich schreibe ein Kapitel aus der Geschichte der Philosophie von Höffding zusammen und bilde mir ein, zumindest Fuad al-Hamzawi, dem Staatsanwalt aus der Darb-al-Achmar-Gasse, ebenbürtig zu sein. Wie sonst wäre denn das Leben zu ertragen? Was sind wir – Verrückte, Weise oder einfach nur Lebewesen? Ach, lassen wir das. »Es gibt genügend Wissenschaftler, die weniger Begeisterung für ihren Beruf zeigen als Sie. Was halten Sie von denen?«

»Wenn sich Wissenschaftler bescheiden zeigen, sollten wir es nicht als Eingeständnis von Schwäche oder Verzweiflung interpretieren. Die Wissenschaft ist die Magie der Menschheit, sie ist ihr Licht, ihr Lotse und ihr Wunder. Sie ist die Religion der Zukunft.«

»Und Erzählungen?«

Zum erstenmal schien Rijad Kaldas sich zu ärgern, obwohl er bemüht war, es nicht zu zeigen.

»Ich meine Kunst, ganz allgemein«, verbesserte sich Kamal.

Rijad Kaldas fand zur alten Begeisterung zurück. »Können Sie tatsächlich mit sich allein auskommen? Brauchen Sie nicht geheime Zwiesprache, Trost, Freude, Orientierung, Licht, Reisen in alle Richtungen der Erde und der Seele? Das alles kann Kunst.«

An dieser Stelle griff Herr Abd al-Aziz ein. »Mir fällt gerade etwas ein. Sollten wir uns nicht mit ein paar Kollegen einmal im Monat treffen und unsere Gedanken austauschen? Wir könnten dann diese Gespräche unter der Rubrik ›Dialog des Monats‹ veröffentlichen.«

Mit einem freundschaftlichen Blick auf Kamal erwiderte Rijad Kaldas: »Unser Gespräch wird ohnehin nicht enden, zumindest würde ich mir das wünschen. Können wir uns als Freunde betrachten?«

»Aber gewiß doch«, bestätigte Kamal begeistert und ehrlich. »Wir müssen uns so oft wie möglich sehen.«

Beglückt über die neue Freundschaft, fühlte Kamal, daß ein ihm sehr teurer Winkel seines Herzens aus tiefem Schlummer erwachte. Stärker als je zuvor war er davon überzeugt, daß ein Freund eine sehr wichtige Rolle spielte. Wollte man nicht wie in einer Wüste verdursten und allmählich austrocknen, war Freundschaft ein lebensnotwendiges, unverzichtbares Element.

16

Die neuen Freunde verabschiedeten sich am Ataba-Platz. Es war bereits gegen acht Uhr abends, und trotzdem lag eine solche Hitze über der Stadt, daß Kamal zu ersticken glaubte. An der Gauhari-Gasse angelangt, zögerte er kurz, dann bog er ein. Vor einem Haus auf der linken Seite blieb er stehen, stieß die Tür auf und stieg in den zweiten Stock hinauf. Kaum hatte er geklingelt, öffnete sich das Türfenster, und es zeigte sich das Gesicht einer mehr als sechzig Jahre alten Frau. Als sie lächelte, blinkten Goldzähne. Sie öffnete ihm, und während er schweigend eintrat, begrüßte sie ihn überschwenglich mit den Worten: »Ein herzliches Willkommen dem Sohn meines Geliebten! Sei gegrüßt, Sohn meines Bruders!«

Er folgte ihr in den Salon, der von mehreren Räumen

umgeben war. Zwischen den zwei Kanapees stand auf einem kleinen, mit Gold- und Silberfäden bestickten Teppich ein Tisch. Der Duft von Weihrauch hing in der Luft. Die Frau war dick und vom Alter gezeichnet. Auf dem Kopf trug sie ein Tuch, das mit Pailletten verziert war. Der schwere Blick aus kuhlgeschminkten Augen verriet ein Zuviel an Kif. Das Gesicht zeigte noch Spuren von früherer Schönheit, aber das jahrzehntelange ausschweifende Leben hatte ein Netz von Falten darübergelegt. Die Frau hockte sich mit gekreuzten Beinen auf das Kanapee, vor dem die Nargileh stand, und machte Kamal ein Zeichen, sich neben sie zu setzen. Er nahm Platz und fragte lächelnd: »Wie geht es Ihnen, Frau Galila?«

»Sag Tante zu mir«, protestierte sie laut.

»Also, wie geht es, Tante?«

»Wunderbar, du Sohn Abd al-Gawwads.« Mit rauher Stimme rief sie: »Nazla! Mädchen!«

Innerhalb weniger Minuten kam die Dienerin mit zwei gefüllten Gläsern herein, die sie auf dem Tischchen abstellte.

»Trink! Ach, wie oft habe ich das einst in glücklichen Tagen deinem Vater gesagt.«

Kamal griff zu und erwiderte lachend: »Es tut mir aufrichtig leid, daß ich die damalige Zeit verpaßt habe.«

Sie versetzte ihm einen Stoß, der die goldenen Armbänder klirren ließ. »Schande über dich! Hättest du etwa dein Unwesen treiben wollen, wo dein Vater sich in Ehrfurcht zu verneigen pflegte?« Sie hielt kurz inne und fuhr dann fort: »Ach, was bist du, gemessen an deinem Vater? Als ich ihn kennenlernte, war er schon zum zweitenmal verheiratet. Er hatte sich früh in die Ehe gestürzt, wie es damals üblich war. Aber das hat ihn nicht daran gehindert, mit mir befreundet zu sein. Es war die schönste Zeit meines Lebens. Danach hat er sich Zubaida genommen, möge

Gott sie an die Hand nehmen. Außer uns hatte er noch Dutzende von Frauen, Gott verzeihe ihm. Du hingegen bist noch immer Junggeselle und besuchst mich trotzdem nur Freitag abend. Was für eine Schande! Wo ist bloß die Männlichkeit geblieben, wo?«

Der Vater, von dem sie sprach, war nicht der, den er kannte – ja, er war nicht einmal der, von dem ihm Jasin erzählt hatte. Es war ein Mann, der sich von seinen Instinkten leiten ließ, ein stürmisches Leben führte und sein Herz nicht mit schweren Gedanken belastete. In der Tat, wer war er, verglichen mit diesem Vater? Selbst wenn er Freitag abend dieses Haus besuchte, brachte er es nicht fertig, sich der »Liebe« unbeschwert hinzugeben, außer er hatte genug getrunken. Ohne Alkohol wäre ihm die Atmosphäre erdrückend und niederschmetternd vorgekommen. Die erste Nacht, in der ihn das Schicksal das Haus hatte betreten lassen, würde er niemals vergessen. Damals war ihm diese Frau zum erstenmal begegnet. Sie hatte ihn aufgefordert, sich zu ihr zu setzen, bis eins der Mädchen frei war. Als er im Verlauf des Gesprächs seinen vollständigen Namen sagte, hatte sie aufgeschrien: »Sind Sie etwa der Sohn von Herrn Achmed Abd al-Gawwad, dem Geschäftsmann aus Nahhasin?«

»O ja, kennen Sie meinen Vater?«

»Ein tausendfaches Herzlich willkommen! Ob ich Ihren Vater kenne? Besser als Sie. Mein Schweiß hat sich zur Genüge mit seinem vermischt. Ich habe auf der Hochzeit Ihrer Schwester getanzt und gesungen. Als Sie von der Welt noch nicht viel mitbekamen, da war ich so berühmt, wie Umm Kulthum es heutzutage ist. Fragen Sie, wen immer Sie wollen.«

»Es ist mir eine Ehre, meine Dame.«

»Suchen Sie sich ganz nach Belieben ein Mädchen aus, unter trefflichen Menschen wird nicht gerechnet.«

Auf diese Weise hatte er es in diesem Haus zum erstenmal auf Kosten seines Vaters getrieben.

Frau Galila hatte ihn damals in einer Weise angestarrt, daß sich ihm das Herz verkrampfte. Ihm war klar, daß sie, wäre sie nicht höflich gewesen, ihrer Verwunderung laut Ausdruck gegeben hätte. Wie konnte es sein, daß dieser seltsame Schädel und diese wunderliche Nase ein so hübsches, jugendliches Gesicht verunzierten? Aber nicht lange, und sie waren ins Plaudern gekommen, und er hatte durch sie das ihm unbekannte Wesen des Vaters kennengelernt – sein einzigartiges Naturell, sein nobles Verhalten, seine Verwegenheit, seine verborgen gehaltenen Eigenschaften. Da wurde ihm bewußt, daß er, weil er viel zu unentschlossen war, immer zwischen der stickigen Glut der Instinkte und dem kalten Hauch mystischer Befangenheit schwanken würde.

Auf die Vorwürfe von Galila eingehend, erwiderte Kamal: »Übertreiben Sie nicht, Tantchen. Ich bin Lehrer, und das verlangt Diskretion. Vergessen Sie nicht, daß ich in der Ferienzeit mehrmals die Woche komme. War ich nicht erst vorgestern hier? Ich besuche Sie immer, wenn ich …« … wenn ich allzusehr zaudere, gestand er sich insgeheim ein. Es ist die Ratlosigkeit, die mich hertreibt.

»Wenn du was, mein Sohn?«

»… wenn ich nicht zu arbeiten habe.«

»Sag, was du willst, aber behaupte nicht so etwas. Ach, was sind das für lausige Zeiten. Unser Geld war noch aus Gold, heute besteht es aus Nickel und Kupfer. Unsere Vergnügungen waren aus Fleisch und Blut, ihr amüsiert euch vor dem Radio. Unsere Männer waren aus den Lenden Adams gemacht, die heutigen Männer sind Evas Söhne. Kannst du da widersprechen, du Schulmeister für Töchter?« Sie nahm einen Zug aus der Nargileh, dann sang sie:

»Ach, Schulmeisterlein für Mädchen, bring ihnen nur bei,
die Laute zu schlagen, zu singen die Melodei.«

Da mußte Kamal lachen, und in einer Mischung aus herzlicher Zuneigung und übermütigem Spaß küßte er sie auf die Wange.

»Dein Schnurrbart sticht wie Dornen!« rief sie. »Gott stehe der armen Atija bei!«

»Oh, sie mag das.«

»Da fällt mir ein, daß uns gestern ein schnittiger Polizeioffizier besucht hat. Ich sage es nicht, um zu prahlen. Meine Kunden sind alles gehobene Leute. Oder denkst du, dein Besuch sei ein besonders kostbares Geschenk?«

»Ach, Tantchen Galila, Sie sind wirklich prachtvoll.«

»Ich mag dich, wenn du getrunken hast. Du führst dich dann nicht mehr wie ein ernster und gesetzter Lehrer auf, sondern bekommst etwas von deinem Vater. Aber nun sag mir – magst du Atija? Sie liebt dich.«

Wie sollte ein Herz, das die Roheit des Lebens hart gemacht hat, lieben können? Aber was war mit ihm? Öffnete er sein Herz denen, die lieben konnten und ihn sogar gern hatten? Entweder verliebte sich in ihn ein Mädchen wie die Tochter vom Grillstubenbesitzer, und er wies ihre Liebe zurück, oder er verliebte sich in eine wie Aida, und sie wollte nichts von ihm wissen. Im Wörterbuch seines Lebens fand sich beim Begriff Liebe nur die Bedeutung Schmerz. Jene unsägliche Qual, die die Seele verbrannte, und dort, wo sich im Schein der lodernden Flamme gerade noch wunderbare Geheimnisse des Lebens offenbart hatten, blieb schließlich nichts anderes übrig als Asche.

Um auf Galilas Frage zu antworten, meinte er scherzhaft: »Ich habe nur den einen Wunsch, nämlich Sie zufriedenzustellen.«

»Atija hat erst nach ihrer Scheidung mit dieser Arbeit begonnen.«

»Gott gebührt Dank, auch für das Schlechte, das er uns schickt.«

»Lob sei dem Herrn, was auch immer geschehen mag.«

Da Kamal anzüglich lächelte, erklärte sie empört: »Mißgönnst du mir, daß ich dem Herrn Lob und Dank sage? Das reicht, du Sohn Abd al-Gawwads. Ich habe weder Sohn noch Tochter und bin der Welt überdrüssig. Da sucht man Gottes Gunst.«

Eigenartig, wie oft in den Worten dieser Frau der Wunsch nach Weltentsagung mitschwang. Während er sein Glas austrank und sie verstohlen beobachtete, spürte er, daß sich die magische Wirkung des Alkohols andeutete. Er ertappte sich dabei, an frühere Zeiten zurückzudenken, als jedes Glas noch himmlische Heiterkeit bedeutete. So viele Freuden mußte er nun missen! Hatte er zuerst die Wollust als Rebellion und Sieg empfunden, so war auch sie im Verlauf der Jahre Teil jener Philosophie geworden, die allem Einhalt gebot. Zeit und Gewohnheit hatten das Ihrige getan und jegliche Fähigkeit, sich im Rausch zu verlieren, zerstört. Wie oft war einst die Lust von der Qual gezeichnet, sich nicht zwischen Himmel und Erde entscheiden zu können, doch erst der Zweifel hatte es geschafft, beides nicht mehr zu trennen.

Es läutete, und wenig später kam Atija herein – hellhäutig, geschmeidig, füllig. Die Schuhe knarrten, das Lachen klirrte. Sie küßte die Hand von Frau Galila, und nach einem Blick auf die beiden leeren Gläser sagte sie spitzbübisch: »Du hast mich betrogen.« Sie beugte sich zur Dame des Hauses hinunter und flüsterte ihr etwas zu. Ein Lächeln für Kamal, und sie ging ins rechte Zimmer. Frau Galila knuffte ihn in die Seite. »Nun steh schon auf, du mein Augenlicht.«

Er nahm den Tarbusch und betrat den Raum. Gleich darauf kam die Dienerin Nazla mit einer Flasche, zwei Gläsern und Knabbereien herein.

»Bring uns zwei Pfund Kebab von Agati, ich bin fürchterlich hungrig«, sagte Atija.

Er zog das Jackett aus, streckte zufrieden die Beine von sich und sah ihr zu, wie sie Schuhe und Kleid auszog. Dann stellte sie sich vor den Spiegel, zupfte sich das Unterhemd zurecht und kämmte sich. So ein Körper, hellhäutig, geschmeidig, füllig, das war es, was er liebte. Wie mochte wohl Aidas Körper sein? Oftmals kam es ihm vor, als hätte sie keinen gehabt, und selbst wenn er sich an ihre braune Haut und den schlanken, zierlichen Wuchs erinnerte, war das eine eher abstrakte Vorstellung. Was sich üblicherweise dem Gedächtnis an körperlicher Schönheit einprägte, wie Brüste, Schenkel und Hinterteil, er glaubte nicht, daß seine Sinne jemals damit in Berührung gekommen waren. Würde ihm jetzt ein Mädchen angeboten werden, dessen ganzer Reiz eine schlanke, elegante Figur und braune Haut war, hätte er keinen Rijal dafür bezahlt. Wieso hatte er dann Aida geliebt? Warum umgab sie noch immer der Schein von Erhabenheit und Verehrung, obwohl er doch sonst alles verachtete?

»Puh, ist das heiß heute.«

»Wenn wir genug Alkohol in uns haben, wissen wir nicht mehr, was heiß und was kalt ist.«

»Verschling mich nicht mit den Augen! Nimm deine Brille ab.«

Eine Geschiedene mit Kindern, die ihre düstere Schwermut im lärmenden Treiben zu ertränken suchte und sich nicht darum kümmerte, ob die unersättlichen Nächte Fraulichkeit und menschliche Würde verschlangen. Verlogene Leidenschaft mischte sich mit Haß – das übelste Bild von Sklaverei. Da bot der Alkohol, wollte man nicht leiden oder gar nachdenken, die einzige Rettung. Sie kam zu ihm, schmiegte sich an ihn, bevor sie nach der Flasche griff und eingoß. Für solch eine Flasche mußte man in diesem Haus doppelt soviel wie in einer Kneipe zahlen. Alles war hier teuer, nur nicht die Frau, nur nicht der Mensch. Aber ohne Schnaps wäre das Beisammensein nicht auszuhalten, nur so konnte man sich dem angeekelten Blick der Menschheit entziehen. Doch bot nicht auch das sogenannte normale Leben eine Menge Huren an? Agierten Minister und Literaten anders, auch wenn sie von feinerer Machart waren?

Mit dem zweiten Glas im Bauch kündeten sich die ersten Zeichen von Vergessen und Heiterkeit an.

Ich begehre diese Frau, seit wann, weiß ich nicht. Begierde ist ein tyrannischer Herrscher, Liebe nicht. Die Liebe kennt seltsame Wege, doch sie ist frei von Gier. Würden sich meine Liebe und meine Begierde an einer Frau entzünden, könnte ich endlich seßhaft werden. Es wird nicht geschehen, nie wird mein Leben etwas anderes als ein Wust von Gedanken und Gefühlen sein, die nicht in Einklang zu bringen sind. Wo ist die Ehe, die persönliches und gesellschaftliches Glück schenkt? Auch ohne zu wissen, ob das eine das andere bedingt, ist mir bewußt, daß ich ohne die Ehe immer unglücklich sein werde. Es hilft nichts, wenn hier die Wollust des Körpers, dort der Genuß des Denkens gesichert sind. Ich bin wie ein Zug. Ich brause in voller Fahrt dahin, ohne Abfahrtsort und Zielbahnhof zu kennen. Begierde ist eine süße, tyrannische Macht, doch leider kann der Ekel sie allzuschnell besiegen. Das Herz ruft verzweifelt nach beständigem Glück, vergeblich, wie ich weiß, weshalb das Klagen nicht verstummen kann. Was sonst ist das Leben als ein großer Betrug, und will man diesen Schwindel einigermaßen überstehen, muß man sich mit verborgenen Weisheiten zufriedengeben. Wir gleichen Schauspielern, die auf der Bühne von der Täuschung leben und trotzdem ihre Kunst anbeten.

Das dritte Glas trank Kamal in einem Zug aus, was Atija so komisch fand, daß sie laut loslachte. Sie war versessen darauf, betrunken zu sein, auch wenn das schreckliche Folgen für sie hatte. Gebot Kamal ihr nicht Einhalt, begann sie zu toben, zu weinen und schließlich zu erbrechen.

Nun aber, da der Alkohol ihm den Kopf verdrehte, überlief ihn ein freudiger Schauder. Er sah sie an, und sein Gesicht entspannte sich. Jetzt war sie nicht mehr ein Wesen, über das man sich den Kopf zerbrechen mußte, sondern einzig und allein eine Frau. Es war, als gäbe es kein existentielles Problem, ja, das Dasein selbst – die schwierigste Frage des Lebens – schien kein Problem mehr zu sein.

Trinke, ersäufe dich in Küssen! »Wie wunderbar du bist, wenn du ohne Grund lachst.«

»Ohne Grund? Glaube mir, das meiste ist zu schlimm, um darüber zu sprechen.«

17

Eingehüllt in den warmen Mantel, kehrte Abd al-Munim in das Zuckergäßchen zurück. Von Zeit zu Zeit zog er den Kragen fester zu, um sich vor der beißenden Kälte zu schützen. Obwohl es noch nicht einmal sechs Uhr war, herrschte schon tiefste Dunkelheit. Kaum war er ins Treppenhaus getreten, da öffnete sich im ersten Stock wieder die Tür, und die zarte Gestalt schlüpfte heraus. Sein Herz klopfte, und mit brennenden Augen durchbohrte er die Finsternis. Vorsichtig und auf Zehenspitzen schleichend, folgte er dem Mädchen nach oben. Er fühlte sich hin und her gerissen zwischen dem Wunsch, der Versuchung nachzugeben, und dem Willen, sich zu beherrschen; er wollte nicht wieder Verrat üben und einen Zusammenbruch erleiden. Erst jetzt fiel ihm ein, daß sie sich mit ihm für diese Zeit verabredet hatte. Hätte er früher daran gedacht, wäre es leicht zu bewerkstelligen gewesen, entweder früher oder aber später heimzukehren und ihr auf diese Weise nicht zu begegnen. Er hatte es vergessen, wie er überhaupt viel zu vergeßlich war. Doch jetzt war nicht die Zeit für langes Erinnern und Nachdenken, das mußte er sich für später aufheben. Wenn er allein im Zimmer säße, würde der Moment gekommen sein, sich entweder als triumphierender Sieger oder als elender Besiegter zu erleben.

Ohne einen Entschluß fassen zu können, stieg er ihr nach. Sich Hals über Kopf der Prüfung anheimstellend, gab es nichts, was ihn die Schmerzen seines ewigen Kampfes hätte vergessen lassen können. Als er den Treppenabsatz erreichte, schien sich ihre Gestalt zu einer gewaltigen Masse aufgebläht zu haben, die Ort und Zeit beherrschte.

»Guten Abend«, grüßte er, bemüht, seine Unruhe zu verbergen und – koste es, was es wolle – standhaft zu bleiben.

»Guten Abend«, hauchte sie zart. »Ich danke dir, daß du meinen Ratschlag befolgt und den Mantel angezogen hast.«

Ihre Fürsorge rührte ihn, so daß ihm das harte Wort, mit dem er ihr hatte entgegnen wollen, in der Kehle steckenblieb. Um seine Verwirrung zu überspielen, sagte er: »Ich hatte Angst, daß es am Abend regnet.«

Sie hob den Kopf, als wollte sie zum Himmel aufschauen. »Früher oder später wird es auch regnen. Es sind keine Sterne zu sehen, und als du in die Gasse eingebogen bist, hatte ich Mühe, dich zu erkennen.«

Bemüht, wieder Herr seiner im Widerstreit liegenden Gefühle zu werden, mahnte er: »Es ist kalt, vor allem hier im feuchten Treppenhaus«, worauf sie mit der Offenheit, die sie sich im Umgang mit ihm angewöhnt hatte, entgegnete: »In deiner Nähe spüre ich keine Kälte.«

Eine Hitzewelle wogte in seinem Innern empor und versengte ihm das Gesicht. Sein Zustand ließ ihn unschwer erkennen, daß er erneut und gegen seinen Willen die Sünde begehen würde. Er beschwor all seine Willenskraft, um den Schauder, der seinen Körper überlief, zu bändigen.

»Was hast du? Warum sagst du nichts?« fragte sie.

Er spürte den sanften Druck ihrer Hand an der Schulter, und da konnte er nicht anders, als sie in die Arme zu schließen und lange zu küssen. Er fiel mit einer wahren Flut von Liebkosungen über sie her, bis sie schließlich, heftig nach Atem ringend, hauchte: »Ich ertrage es nicht länger, dir fern zu sein.«

Er hielt sie fest, schmolz in der Umarmung dahin, und dicht an seinem Ohr flüsterte sie: »So müßte es bleiben, immer und ewiglich.«

Er drückte sie noch stärker an sich, und mit bebender Stimme raunte er: »Es tut mir leid.«

Sie lehnte den Kopf ein wenig zurück und fragte: »Was tut dir leid, Liebster?«

Nach kurzem Zögern erwiderte er: »Die Sünde, die wir begehen.«

»Um Gottes willen, welche Sünde?«

Behutsam machte er sich von ihr los, zog seinen Mantel aus und faltete ihn zusammen. Schon wollte er ihn auf dem Boden ausbreiten, aber da – im letzten, ungeheuren Augenblick – legte er ihn sich über den Arm. Er trat einen Schritt zurück, und mochte er noch so heftig atmen, in einem jähen Anfall von Entschlossenheit trotzte er dem Hang, seiner Lust nachzugeben. Auf einmal war alles verändert.

Als ihre Hand suchend nach seinem Hals tastete, hielt

er sie fest. Er wartete, bis er ruhiger atmen konnte, dann sagte er: »Es ist eine große Sünde.«

»Wieso? Ich verstehe nicht.«

Ein kleines Mädchen, noch nicht einmal vierzehn Jahre alt. Du spielst mit ihr, nur um deine gnadenlose Gier zu stillen. Eine Spielerei ohne jegliches Ziel, und das einzige, was es dir einbringt, ist Gottes Zorn und Abscheu. »Du mußt das verstehen. Können wir vielleicht aller Welt sagen, was wir hier tun?«

»Laut sagen?«

»Sieh nur, wie entsetzt du bist. Aber warum sollten wir nicht allen davon erzählen, wenn es keine Schande wäre?« Als er merkte, daß ihre Hand wiederum nach ihm suchte, stieg er ein paar Stufen weiter hinauf. Erst da hatte er die Gewißheit, der Gefahrenzone heil entkommen zu sein. »Gestehe dir ein, daß wir beide Sünder sind. Wir dürfen damit nicht fortfahren.«

»Seltsam, dich so sprechen zu hören.«

»Es ist keineswegs seltsam. Mein Gewissen kann dieses Vergehen nicht länger ertragen. Es quält mich und läßt mich nicht mehr aufrichtig beten.«

Sie schweigt. Habe ich sie verletzt, wird mir Gott verzeihen. Was für ein Schmerz, aber es gibt kein Zurück. Gott gebührt Dank, daß mich die Sünde nicht in größeres Übel getrieben hat. »Das Geschehene sollte uns eine Lehre sein, damit wir nie wieder ähnliches tun. Du bist noch sehr jung und hast schon gesündigt. Begib dich kein zweites Mal auf den sündhaften Pfad.«

»Ich habe nicht gesündigt«, schluchzte sie. »Willst du mich verlassen? Was hast du vor?«

Jetzt, da er sich in der Gewalt hatte, erwiderte er forsch: »Geh nach Hause. Tue nie wieder etwas, was du verheimlichen mußt, und treffe dich nie wieder mit jemandem, wenn es dunkel ist.«

»Verläßt du mich?« wisperte sie zitternd. »Hast du vergessen, was du über unsere Liebe gesagt hast?«

»Das war dummes Gerede. Du hast es falsch aufgefaßt. Laß dir das Ganze eine Lehre sein. Hüte dich vor der Finsternis, denn es könnte dein Ende bedeuten. Du bist so jung, woher nimmst du nur diese Kühnheit?«

Schluchzen drang durch die dunkle Stille, doch sein Herz ließ sich nicht erweichen. Die Süße des grausamen Siegs berauschte ihn. »Merke dir jedes Wort, und sei nicht böse. Denke daran, daß ich, wenn ich wirklich gemein wäre, dich erst dann verlassen hätte, wenn du zugrunde gerichtet wärst. Gott befohlen!«

Er sprang die Treppe hinauf. Ach, endlich war alle Pein überstanden, und keine Gewissensbisse würden mehr an ihm nagen. Doch die Worte seines Lehrmeisters Scheich Ali al-Manufi klangen ihm im Ohr: »Satan ist nicht damit zu besiegen, daß man sich den Gesetzen der Natur verschließt.« O ja, diese Mahnung sollte ihm in Erinnerung bleiben.

Im Zimmer angekommen, zog er hastig die Straßenkleidung aus, warf den Gilbab über und bat Achmed: »Ich möchte mit dem Vater im Arbeitszimmer reden. Bleib bitte einen Moment hier.«

Er ging zum Vater, bat ihn in den anderen Raum. Seine Mutter hob den Kopf. »Gibt's was Gutes?« fragte Chadiga.

»Ich werde zuerst mit Vater sprechen, dann bist du an der Reihe.«

Ibrahim Schaukat folgte schweigend. Gerade war ihm das neue Gebiß eingesetzt worden, und nun erfreute er sich wieder der gewohnten trägen Zufriedenheit. Ganze sechs Monate hatte er ohne Zähne auskommen müssen.

»Hoffentlich hast du gute Neuigkeiten«, sagte er, nachdem sich Abd al-Munim neben ihn gesetzt hatte.

Ohne langes Zögern und Herumreden erklärte der: »Ich möchte heiraten, Vater.«

Ibrahim Schaukat starrte ihn an, als hätte er nicht verstanden. Lächelnd, aber mit gerunzelter Stirn, fragte er: »Heiraten? Alles zu seiner Zeit, wozu jetzt darüber reden?«

»Weil ich jetzt heiraten will.«

»Jetzt? Du bist erst achtzehn! Willst du nicht wenigstens warten, bis du das Diplom hast?«

»Ich kann nicht.«

Die Tür ging auf, und herein kam Chadiga. »Was spielt sich hier ab? Gibt es etwa Geheimnisse, die dein Vater hören darf und ich nicht?«

Abd al-Munims Gesicht zuckte nervös, während Ibrahim Schaukat mit einer Miene, als könnte er seine Antwort selbst nicht verstehen, sagte: »Abd al-Munim will heiraten.«

Chadigas prüfender Blick deutete an, daß sie um Abd al-Munims Verstand fürchtete. »Heiraten? Was höre ich da? Willst du etwa das Studium aufgeben?«

»Ich habe lediglich gesagt, daß ich heiraten will«, fuhr er Chadiga wütend an. »Ich werde das Studium als Ehemann fortsetzen. Das ist alles.«

Während sie abwechselnd mal den Vater, mal den Sohn ansah, fragte sie: »Abd al-Munim, ist das wirklich dein Ernst?«

»Voll und ganz!« schrie er.

Chadiga schlug die Hände zusammen und rief: »Dich hat der böse Blick getroffen! Man hat dir den Verstand geraubt, mein Sohn!«

Abd al-Munim sprang zornig auf. »Warum bist du hereingekommen? Ich hatte mit dem Vater sprechen wollen, und zwar allein, aber du weißt ja nicht, was Geduld ist. Nun hört mir mal beide gut zu – ich will heiraten. Ich habe nur noch zwei Jahre zu studieren, und es fiele dir,

Papa, nicht sonderlich schwer, mich während dieser Zeit zu unterstützen. Wenn ich davon nicht überzeugt wäre, hätte ich meine Bitte erst gar nicht geäußert.«

»Großer Gott! Man hat ihm den Verstand geraubt!«

»Wer soll mir den Verstand geraubt haben?«

»Gott allein kennt solch böse Menschen, möge er sich ihrer erbarmen. Du wirst schon wissen, wer dir das angetan hat, und wir werden es auch gleich erfahren.«

Abd al-Munim wandte sich an den Vater. »Hör nicht hin. Bis jetzt weiß ich nicht einmal selbst, wen ich zur Frau nehmen soll. Sucht ihr sie aus. Ich will eine, die anständig und schicklich ist, eben eine Frau für die Ehe.«

»Soll das heißen, daß kein bestimmtes Mädchen hinter diesem Unglück steckt?« fragte Chadiga verblüfft.

»Aber nein, das mußt du mir glauben. Du hast die freie Wahl.«

»Wozu dann diese Eile? Ich werde dir schon eine aussuchen, doch laß mir ein wenig Zeit, so ein oder zwei Jahre.«

»Ich scherze nicht«, brauste Abd al-Munim auf. »Laß mich mit meinem Vater allein reden, er versteht mich besser als du.«

Ibrahim Schaukat bewahrte Ruhe und fragte: »Warum eilt die Geschichte so?«

Abd al-Munim schlug die Augen nieder. »Ich kann nicht länger unverheiratet bleiben.«

»Es gibt Tausende in deinem Alter, warum können sie es?« mischte sich Chadiga wieder ein.

Er übersah sie, blickte den Vater an. »Ich lehne es ab, mich nach anderen zu richten.«

Der Vater dachte eine Weile nach, und dann entschied er: »Für heute lassen wir das Thema, wir kommen darauf noch einmal zurück.«

Er nahm Chadiga, die erneut loslegen wollte, an die

Hand und ging mit ihr in den Salon. Die beiden überlegten hin und her. Nach allem Für und Wider neigte Ibrahim Schaukat dazu, dem Sohn zu helfen. Er versuchte, Chadiga von seiner Meinung zu überzeugen. Schließlich stimmte sie grundsätzlich zu. Einmal so weit gekommen, schlug er vor: »Wir haben Naima. Da sparen wir uns die kräftezehrende Suche nach einer Braut.«

Chadiga widersprach nicht. »Ich selbst«, erklärte sie, »habe alles darangesetzt, daß du um Aischas willen auf das Erbe deines verstorbenen Bruders verzichtest. Also gibt es für mich keinen Grund, Naima als Frau meines Sohns abzulehnen. Wie du weißt, liegt mir das Glück Aischas sehr am Herzen. Allerdings fürchte ich, daß sie ihren eigenen Kopf hat, und außerdem benimmt sie sich neuerdings sehr seltsam. Hast du ihr nicht schon etliche Male unseren Wunsch angedeutet, Naima mit Abd al-Munim zu verheiraten? Als es darum ging, daß Gamil al-Hamzawi für seinen Sohn um Naimas Hand angehalten hat, schien sie diesen Gedanken sehr zu begrüßen.«

»Das ist lange her, ein Jahr oder noch mehr. Dem Himmel sei Dank, daß dieser Plan nicht zustande kam. Für mich wäre es keine sonderliche Ehre gewesen, wenn einer wie dieser Fuad, gleichgültig, welche Position er erreicht hat, sich die Tochter meines Bruders nimmt. In meinen Augen zählt nur der Stammbaum, und da wäre uns Naima sehr willkommen.«

Chadiga seufzte. »Mehr als das. Nur, was wird mein Vater zu diesem Manöver sagen, wenn er davon erfährt?«

»Zweifelsohne wird er sich freuen«, entgegnete Ibrahim Schaukat. »Noch kommt mir alles wie ein Traum vor, aber ich denke nicht, daß wir es bereuen werden. Ich bin mir sicher, daß es ein unverzeihlicher Fehler wäre, sich über Abd al-Munims Wunsch hinwegzusetzen, solange es im Bereich des Möglichen liegt.«

18

Im alten Haus in der Baina l-Kasrain gab es selten Neues, das Aufsehen erregt hätte. Doch zu Beginn des Sommers kam ein Tag, der etwas Besonderes war. Auf diese oder jene Weise hatte sich bei den Nachbarn, darunter Friseur Hassanein, Bohnenverkäufer Darwisch, Milchmann al-Fuli, Röstereibesitzer Abu Sari, Saftverkäufer Bajumi, herumgesprochen, daß die Enkelin von Herrn Achmed Abd al-Gawwad den Sohn ihrer Tante heiraten würde.

Herr Achmed behielt auch an diesem Tag die alten Gewohnheiten bei. Nichts war anders als sonst, nur daß sich die Familie versammelt hatte. Als einziger Höhepunkt war ein großes Abendessen vorbereitet worden.

Man saß im Empfangszimmer zusammen: der Hausherr, Amina, Chadiga, Ibrahim Schaukat, Abd al-Munim, Achmed, Jasin, Zanuba, Radwan und Karima. Naima hielt sich im oberen Stockwerk auf und putzte sich mit Aischas Hilfe heraus. Da der Hausherr fühlte, daß er die Familienrunde mit seiner ernsten, gesetzten Haltung, unpassend für dieses glückliche Ereignis, belastete, ging er, nachdem er alle begrüßt hatte, in sein Zimmer. Er zog es vor, dort auf das Eintreffen des geistlichen Standesbeamten zu warten.

Um sich auf seine alten Tage mehr Ruhe zu gönnen, hatte er das Geschäft aufgelöst und den Laden verkauft. Der Grund dafür waren nicht so sehr seine fünfundsechzig Jahre, sondern der Zwang, seit der Kündigung von Gamil al-Hamzawi doppelte Anstrengung auf sich nehmen zu müssen. Es war nicht mehr zu schaffen gewesen. Im guten Gefühl, daß das Geld aus der Liquidation des Geschäfts und dem, was er zuvor bereits erspart hatte, bis an sein Lebensende reichen würde, hatte er sich entschlossen, das Arbeitsleben zu beenden. Für den Alltag der Familie bedeutete das einen wichtigen Einschnitt, so daß Kamal sich hin und wieder fragte, ob man nicht al-Hamzawis Rolle, seine Bedeutung für die Familie im allgemeinen und die für den Vater im besonderen, falsch eingeschätzt hatte.

In seinem Zimmer endlich allein, verfiel Herr Achmed Abd al-Gawwad ins Grübeln. Er wollte es schier nicht glauben, daß sein Enkel Abd al-Munim der Bräutigam war. Als Ibrahim Schaukat mit ihm zum erstenmal über die Angelegenheit gesprochen hatte, war er äußerst befremdet gewesen und über den Mann mit Vorwürfen hergefallen. Wie hatte er es dulden können, daß sein Sohn dermaßen unverblümt seine Wünsche äußerte und ihm seinen Willen diktierte? »Väter wie ihr sind geschaffen, um die künftigen Generationen zu verderben«, hatte er ihm vorgehalten. Hätten die Verhältnisse es zugelassen, dann wäre seine Antwort ein klares Nein gewesen, doch er wußte leider nur allzugut, wie schwierig die Situation war. Angesichts des Leidens von Aischa hatte er alle Halsstarrigkeit aufgegeben, konnte und wollte er – vor allem nach dem vielen Gerede, das Fuad al-Hamzawis Schweigen hervorgerufen hatte – sie nicht mehr enttäuschen. Wenn diese Heirat der Tochter das Herz ein wenig erleichterte, dann her damit und herzlich willkommen. Einzig der bedrükkenden Situation war sein Ja zuzuschreiben gewesen, nur deswegen hatte er der Jugend erlaubt, dem Alter ihren Willen aufzuzwingen und noch vor Studienabschluß zu heiraten. Nach dem ersten Gespräch mit den Eltern hatte er Abd al-Munim zu sich bestellt, um sich versprechen zu lassen, das Studium auf jeden Fall abzuschließen. Der Junge hatte in schön gewählten Worten beschwichtigend auf ihn eingeredet, schob hier und da ein Zitat aus Koran und Hadith ein, und er, der Großvater, hatte teils bewundernd, teils belustigt zugehört.

Heute würde also der kleine Student heiraten, während

Kamal noch nicht einmal an Ehe dachte. Es hatte eine Zeit gegeben, da er als Vater sich sein Recht genommen hatte, die Ankündigung – und nur darum war es gegangen – einer Verlobung abzulehnen, und zwar die seines Sohns Fahmi, der aus dem Leben geschieden war, noch ehe er die Früchte seiner zarten Jugend hatte ernten können. Die alte Welt schien aus den Fugen geraten zu sein, und eine neue, unbekannte brach sich Bahn. In der eigenen Familie war man zum Fremden geworden. Heute feierten die Studenten Hochzeit, wer weiß, was sie morgen tun würden.

Im Empfangszimmer war Chadiga schon längere Zeit am Reden. »Deshalb haben wir«, erklärte sie gerade, »die zweite Etage von Mietern frei gemacht, und wenn heute abend das Brautpaar Einzug hält, wird alles bestens sein.«

Hinterhältig bemerkte Jasin: »An Talent für eine überragende Schwiegermutter fehlt es dir nicht, nur wirst du es bei dieser Braut kaum nutzen können.«

Chadiga verstand die Anspielung, doch sie überhörte sie geflissentlich und sagte nur: »Die Braut ist ebenso meine Tochter wie die meiner Schwester.«

Um die Bosheit ihres Mannes abzuschwächen, warf Zanuba ein: »Frau Chadiga ist wahrlich eine vollkommene Dame.«

Chadiga dankte ihr. Empfand sie auch Verachtung für diese Schwägerin, wollte sie ihr um Jasins willen mit Respekt begegnen.

Die zehnjährige Karima hatte sich zu einem hübschen Mädchen entwickelt, Grund genug für ihren Vater Jasin, wieder einmal in höchsten Tönen von ihren künftigen Reizen zu schwärmen.

Abd al-Munim unterhielt sich unterdessen mit Großmutter Amina, die, da sie seine Frömmigkeit zutiefst bewunderte, seine Worte hier und da mit Segenswünschen für ihn unterbrach.

Kamal wandte sich Achmed zu und neckte ihn mit der Frage: »Dann wirst du wohl im nächsten Jahr heiraten?«

Achmed lachte. »Falls ich nicht nach Ihnen schlage, Onkel.«

Zanuba, die dem Scherz zugehört hatte, mischte sich ein. »Wenn man es mir erlaubte, würde ich Si Kamal innerhalb weniger Tage verheiraten«, was Jasin, auf sich zeigend, bemerken ließ: »Ich erlaube dir gern, dich für mich nach einer Braut umzusehen.«

Belustigt schüttelte sie den Kopf. »Du hast genug geheiratet. Du hast dir nicht nur deinen Teil an Bräuten genommen, sondern auch den, der deinem Bruder zugestanden hätte.«

Bei diesem Thema horchte Amina auf. »Wenn es gelänge, Kamal zu verheiraten, würde ich zum erstenmal in meinem Leben versuchen, Freudentriller auszustoßen.«

Als Kamal sich vorstellte, wie die Mutter sich dabei abmühen würde, mußte er lachen. Doch gleich darauf drängte sich ihm ein anderes Bild auf. Er sah sich an Abd al-Munims Stelle sitzen, wartend auf den Standesbeamten. Niedergeschlagenheit überfiel ihn. Der Gedanke ans Heiraten peitschte immer wieder in seinem Innern eine Sturzflut widersprüchlichster Gefühle auf. Es geschah mit einer Regelmäßigkeit, die der Atemnot glich, mit der der Winter über den Asthmatiker herfällt. Wann immer er zum Heiraten gedrängt wurde, weigerte er sich standhaft, dennoch kam er nicht umhin, sich in Gedanken damit zu beschäftigen. Die Leere in seinem Herzen machte ihm genauso stark zu schaffen wie einst der Überfluß an Liebe. Verspürte er das Bedürfnis zu heiraten, könnte es im Handumdrehen, heute oder morgen, geschehen. Es gab den traditionellen Weg, der mit der Brautwerberin begann und bei Familie und Kindern, dem Hineingleiten in den mechanischen Ablauf des Lebens, endete. Da würde sich dem leidenschaftlichen Denker schwerlich ein ruhiger Ort zum Meditieren bieten, was wiederum hieß, daß er die Ehe wohl immer mit der seltsamen Mischung von Sehnsucht und Ekel betrachten würde. Der Preis dafür war, den Lebensabend in Einsamkeit und Schwermut zu verbringen.

Wahrhaft glücklich war an diesem Tag Aischa. Seit neun Jahren trug sie zum erstenmal wieder ein schönes Kleid und geflochtenes Haar. Mit träumerischen Augen beobachtete sie ihre Tochter, die schön wie ein Bündel glänzender Mondenstrahlen war. Ihr kamen die Tränen, doch sie hielt das blasse, welke Gesicht vor Naima versteckt.

Als Großmutter Amina ins Zimmer trat und sie beim Weinen überraschte, blickte diese sie vorwurfsvoll an und schalt sie: »Es gehört sich nicht, Naima traurigen Herzens aus dem Haus gehen zu lassen.«

Schluchzend stieß Aischa hervor: »Siehst du nicht, wie allein – ohne Vater und Brüder – sie an diesem Tag ist?«

»Um so mehr Segen liegt auf ihrer Mutter, und Gott erhalte sie ihr. Sie hat Tante und Onkel, und bei ihnen zieht sie ein. Außerdem ist Gott bei ihr, der Schöpfer allen Hab und Guts.«

Aischa trocknete sich die Tränen und stammelte: »Seit dem frühen Morgen muß ich an meine Lieben, an meine teuren Toten denken. Ich sehe ihre Gesichter vor mir. Wenn Naima das Haus verläßt, bin ich ganz allein.«

»Ach was, das bist du nicht«, schimpfte Amina, und Naima streichelte der Mutter über die Wange und flüsterte: »Wie könnte ich dich je allein lassen, Mama?«

Ein Lächeln huschte über Aischas Gesicht, und zärtlich sagte sie: »Das Haus deines Ehemanns wird es dich lehren.«

»Du mußt mich jeden Tag besuchen«, erwiderte Naima besorgt. »Bisher hast du es immer vermieden, ins Zuckergäßchen zu gehen, aber jetzt muß das anders werden.«

»Bestimmt, oder zweifelst du daran?«

In diesem Moment trat Kamal ein und verkündete: »Haltet euch bereit, der Geistliche ist eingetroffen.« Voller Bewunderung ruhte sein Blick auf Naima. Was für eine Schönheit! Was für ein zartes, durchscheinendes Wesen! Wie sollten bei diesem sanften Geschöpf animalische Instinkte eine Rolle spielen?

Dann war es endlich soweit – der Heiratskontrakt war geschrieben. Schon tauschte man gegenseitig Glückwünsche aus, da gellte plötzlich ein Freudentriller auf und zerriß das ehrwürdige Schweigen des Hauses. Völlig überrascht drehten alle die Köpfe in eine Richtung, denn dort, am Ende des Salons, stand Umm Hanafi und trillerte.

Als es Zeit für das Abendessen war und man die Plätze einnahm, verkrampfte sich Aischas Herz beim Gedanken an den bevorstehenden Abschied. Doch da kam Umm Hanafi herein und teilte mit, daß Scheich Mitwalli Abd as-Samad im Hof auf dem Boden sitze und nach seinem Anteil vom Mahl verlange, vor allem nach ordentlich viel Fleisch. Herr Achmed Abd al-Gawwad lachte und ordnete an, ihm eine Platte hinauszubringen. Nicht lange, und von draußen drang die Stimme des Scheichs herein. Er betete für seinen lieben »Sohn des al-Gawwad« und flehte um ein langes Leben für ihn. Zwischendurch erkundigte er sich nach den Namen der Kinder und Enkel, um auch sie in die Fürbitte einzuschließen.

»Welch ein Jammer«, sagte der Hausherr lächelnd. »Da hat Scheich Mitwalli doch wirklich eure Namen vergessen. Gott verzeihe dem Alter.«

»Er muß an die hundert Jahre alt sein, nicht wahr?« fragte Ibrahim Schaukat.

Herr Abd al-Gawwad nickte zustimmend, doch da erscholl wiederum die Stimme des Scheichs. »Beim Märtyrer al-Hussain, gebt doch mehr Fleisch heraus!« rief er.

Da lachte Herr Abd al-Gawwad ausgelassen, und prustend erklärte er: »Alles Geheimnis seiner geistlichen Macht beschränkt sich heute auf Fleisch.«

Als die Stunde des Abschiednehmens gekommen war, lief Kamal voraus in den Hof, um sich den Anblick zu ersparen. Obwohl Naima nur ins Zuckergäßchen umzog, hinterließ ihr Weggehen bei Tochter und Mutter einen schlimmen Schmerz, zerriß es ihnen das Herz. Kamal sah dieser Ehe mit einem gewissen Zweifel entgegen, glaubte er doch, daß Naima dem Leben als Gattin nicht gewachsen war.

Scheich Mitwalli Abd as-Samad saß noch immer im Hof. Kamal entdeckte ihn im Schein der elektrischen Lampe, die unlängst am Haus angebracht worden war. Er trug einen vergilbten weißen Gilbab und ein weißes Käppchen, hatte die Sandalen ausgezogen und saß, die Beine weit von sich gestreckt und den Rücken an die Wand gelehnt, wie jemand da, der sich mit vollgeschlagenem Wanst bei einem Schläfchen erholen wollte. Zwischen seinen Schenkeln floß ein dünnes Rinnsal, und Kamal begriff, daß der Scheich, ohne es zu merken, urinierte. Wenn er ausatmete, hallte ein Pfeifton im Hof. Kamal betrachtete den Greis, und sein Blick war gleichermaßen von Ekel wie von Mitleid erfüllt. Auf einmal mußte er lächeln, und leise sagte er: »Kaum zu glauben, daß dieser Mann vor hundert Jahren auch nur ein verhätscheltes Kind war.«

19

Gleich am nächsten Tag stattete Aischa dem Zuckergäßchen einen Besuch ab. Abgesehen von wenigen Beileidsbesuchen in der Kasr asch-Schauk anläßlich des Todes von Jasins neugeborenem Sohn, hatte sie das alte Haus während der letzten neun Jahre nur verlassen, um auf den Friedhof zu gehen.

Vor dem Eingang zur Gasse verharrte sie ein wenig, und mit tränenverhangenen Augen nahm sie die Umgebung in sich auf. Da war das Tor, vor dem Othman und Mohammed herumgetollt und gespielt hatten; da der Hof, der einstmals so prächtig für ihre Hochzeit geschmückt gewesen war; da der Empfangsraum, in dem Chalil immer zu sitzen pflegte, seine Pfeife rauchte und Tricktrack oder Domino spielte. Der Duft der Vergangenheit hing in der Luft, getränkt von Zärtlichkeit und Liebe, beides für immer verloren. Hier war sie heiter gewesen, erfüllt von einem Glück, das als sprichwörtlich galt. Man hatte sie nur vergnügt und trällernd gekannt und ihr sogar vorgehalten, nichts anderes im Kopf zu haben, als vor dem Spiegel herumzuulken und sich vom Schminktisch nicht trennen zu können, während der Gatte ein Schwätzchen machte und die Kinder herumtobten. O ja, so war es damals gewesen.

Sie trocknete sich die Tränen, um nicht weinend vor die junge Ehefrau zu treten. Blau waren Aischas Augen immer noch, doch umsäumten sie keine dichten Wimpern mehr, und die Lider waren nicht mehr sanft und glatt.

Man hatte die Wohnung neu eingerichtet, die Wände frisch gestrichen, so daß schon die Ausstattung, für die keine Kosten gescheut worden waren, die junge Frau freundlich willkommen hieß.

Naima eilte ihr zur Begrüßung entgegen. Sie trug ein weites, weißes Gewand, und das blonde Haar wallte hinunter bis an die Kniekehlen – ein bezauberndes, zartes, reines Wesen, von dem ein betörender Duft ausging. Die beiden Frauen umarmten sich lange und innig, so daß schließlich Abd al-Munim, der einen blaugrünen Morgenrock über dem Seidengilbab trug, vor Ungeduld rief: »Jetzt reicht's. Das war doch noch keine Trennung, also genügt ein kurzes Willkommen.« Er umarmte Aischa, führte sie zu einem bequemen Sessel, und nachdem sie Platz genommen hatte, sagte er: »Wir haben gerade über Sie gesprochen, Tante Aischa, und beschlossen, Sie zu bitten, bei uns zu wohnen.«

Lächelnd erwiderte Aischa: »Oh, nur das nicht. Ich komme euch lieber jeden Tag besuchen, da bietet sich mir gleich die Gelegenheit spazierenzugehen. Ich brauche unbedingt Bewegung.«

Mit der ihm eigenen Offenheit erklärte Abd al-Munim: »Naimchen hat mir erzählt, daß Sie hier nur deshalb nicht bleiben wollen, weil Sie Angst haben, von der Erinnerung eingeholt zu werden. Aber ein gläubiger Mensch wird von traurigen Erinnerungen nicht verfolgt. Es war Gottes Gebot und ist vor langer Zeit geschehen. Wir alle sind Ihre Kinder, von Gott gesandt zu Ihrem Trost.«

Was für ein guter, aufrichtiger Junge, und doch war ihm nicht bewußt, welchen Eindruck seine Worte auf ein verwundetes Herz machten. »Natürlich, Abd al-Munim. Aber ich fühle mich wohl zu Hause. Es ist besser so.«

In diesem Moment kamen Chadiga, Ibrahim Schaukat und Achmed herein. Nachdem sie Aischa begrüßt hatten, sagte Chadiga: »Hätte ich gewußt, daß du uns aus diesem Grund besuchst, wären die beiden schon vor dem Heiratsalter ein Paar geworden.«

Aischa mußte lachen, und um Chadiga mit Ereignissen aus weit zurückliegenden Zeiten zu necken, fragte sie: »Nutzt ihr gemeinsam die Küche? Oder fordert die junge Frau ihre Unabhängigkeit von der Schwiegermutter?«

Chadiga und Ibrahim schmunzelten vergnügt, doch dann meinte Chadiga nicht ohne Anzüglichkeit: »Die junge Frau ist wie ihre Mutter, sie kümmert sich nicht um den alltäglichen Kram.«

Um den Söhnen Aischas Anspielung deutlich zu machen, erklärte Ibrahim Schaukat: »Der Kampf zwischen eurer und meiner Mutter begann mit der Küche. Meine Mutter beanspruchte die Alleinherrschaft, und eure Mutter erhob die Forderung nach küchenmäßiger Unabhängigkeit.«

»Ihr habt euch wegen der Küche gestritten?« fragte Abd al-Munim ungläubig. Aber Achmed witzelte übermütig: »Geht es bei den Streitigkeiten zwischen den Nationen um etwas anderes als um die Küche?«

»Eure Mutter ist stark wie England«, spottete Ibrahim, »während meine … möge Gott sich ihrer erbarmen.«

Nun traf auch Kamal ein. Er trug einen eleganten weißen Anzug, aber sein Gesicht bot den gewohnten Anblick: hervorspringende Stirn, riesige Nase, vergoldete Brille, buschiger Schnurrbart. Er trug ein großes Paket, das ein wertvolles Geschenk zu sein versprach. Chadiga musterte es umgehend und erklärte lächelnd: »Paß auf, lieber Bruder. Wenn du nicht bald selbst heiratest, wirst du immer Geschenke anschleppen müssen und von den schönen Sachen nie etwas zurückbekommen. In der Familie gibt es fast nur noch Leute, die kurz vor der Hochzeit stehen, nimm Achmed oder Radwan oder Karima. Entschließ dich also für den besseren Weg.«

»Haben die Schulferien schon begonnen, Onkel?« fragte Achmed.

Kamal nahm den Tarbusch ab, ohne den Blick von der jungen Ehefrau wenden zu können. »Es ist bald soweit, wir müssen nur noch die Prüfungsarbeiten kontrollieren.«

Naima ging hinaus und kam mit einem Silbertablett zurück, auf dem sich Süßigkeiten in verschiedenster Farbe und Geschmack häuften, weshalb denn auch eine Weile nur Lutschen und Schmatzen zu hören waren. Doch dann begann Ibrahim aus der Vergangenheit zu erzählen, von seiner Hochzeit, dem Sänger, der Tänzerin. Aischa hörte zwar mit lächelndem Gesicht zu, aber ihr Herz war bedrückt. Kamal lauschte begierig. Er konnte sich an manches erinnern, aber vieles war ihm inzwischen entfallen.

»Der alte Herr war damals sehr streng, schlimmer als heute. Aber meine Mutter, Gott erbarme sich ihrer, hat sehr entschieden erklärt: Soll Herr Achmed in seinem Haus verfahren, wie es ihm beliebt – wir feiern auf unsere Art. Und so geschah es. Herr Achmed erschien zur Hochzeit mit seinen Freunden – möge Gott ihnen Gutes zuteil werden lassen –, und alle nahmen, darunter Mohammed Iffat, Radwans Großvater, im Gästeraum Platz, weit weg vom lärmenden Treiben.«

»Galila, die berühmteste Tänzerin der damaligen Zeit, ist aufgetreten«, ergänzte Chadiga.

Kaum war dieser Name gefallen, lächelte Kamal verschmitzt. Er mußte an die bejahrte Matrone denken, die von seinem Vater noch immer in den höchsten Tönen schwärmte.

Mit einem verstohlenen Blick auf Aischa fuhr Ibrahim fort: »Wir hatten in der Familie unsere eigene Sängerin, mit einer Stimme, die schöner als die jeder berufsmäßigen war. Man fühlte sich immer an Munira al-Mahdija zu ihrer besten Zeit erinnert.«

Aischas Gesicht rötete sich, und leise sagte sie: »Diese Stimme ist schon so lange verstummt, daß sie das Singen verlernt hat.«

»Naima singt auch sehr schön. Habt ihr sie hier schon gehört?« fragte Kamal.

»Geredet wurde davon«, entgegnete Ibrahim Schaukat, »aber gehört habe ich sie noch nicht. In der Tat, wir erleben sie eher als fromme Beterin denn als Sängerin. Erst gestern sagte ich zu ihr: Dein Gatte ist zwar der Scheich aller Gläubigen, aber Gebet und Andacht wirst du nun wohl ab und zu unterbrechen müssen.«

Es erhob sich allgemeines Gelächter, und Achmed, an den Bruder gewandt, spottete: »Deiner Frau fehlt zu ihrem Glück nur noch, daß du sie zur Mannschaft von Scheich Ali al-Manufi mitnimmst.«

»Unser Scheich hat mir als erster zur Ehe geraten«, meinte Abd al-Munim verärgert.

»Vielleicht gehört für die Muslimbrüder die Ehe zum Bestandteil ihres politischen Programms?« frotzelte Achmed weiter.

»Was Sie betrifft, Si Kamal«, lenkte Ibrahim Schaukat geschickt ab, »so waren Sie, als ich heiratete, noch ziemlich klein. Ihr Kopf war voller Haare, nicht so wie heute. Sie haben mich beschuldigt, Ihre Schwester gestohlen zu haben, und das haben Sie uns nie verziehen.«

O ja, damals war ich unbeschwert, die Kämpfe lagen noch vor mir. Da schwärmen sie laut vom Glück der Ehe, aber die Frauen sollten nur mal hören, wie manche Männer sich untereinander ausklagen. Naima ist zu schade dafür, daß sich jemand mit ihr langweilt. Gibt es noch etwas in diesem Leben, was sich nicht als Betrug herausstellt?

»Zuerst dachten wir«, ergänzte Chadiga, »daß du aus Liebe zu uns Schwestern so reagierst, aber im Lauf der Zeit hat sich gezeigt, daß du eben von klein auf Widerwillen gegen die Ehe gehegt hast.«

Kamal lachte, und die anderen stimmten ein. Er hatte Chadiga sehr gern, und da er wußte, wie groß ihre Liebe zu ihm war, mochte er sie noch viel mehr. Was ihre Söhne betraf, so störte ihn zwar der religiöse Fanatismus des jungen Ehemanns sehr, aber dafür war er Achmed um so liebevoller zugetan, ja, war stolz auf ihn. Daß Chadiga bei jeder Gelegenheit auf seinen Abscheu vor der Ehe zu sprechen kam, regte ihn nicht sonderlich auf. Jetzt aber, da er von zwei verheirateten Paaren umgeben war, fühlte er sich im tiefsten Innern bewegt, rührte es ihm Herz und Sinne. Er spürte ein Verlangen, und kannte es auch kein Ziel, ließ es ihn wieder einmal fragen, was ihn daran hinderte zu heiraten. War es das geistige Leben, wie er früher behauptet hatte? Galt dieser Grund noch, da er doch nun selbst am Denken Zweifel hegte? Hatte er Angst? Wollte er sich rächen? Suchte er das Leiden? Oder war es nichts anderes als die Reaktion auf die alte Liebe?

»Wissen Sie, warum ich es bedaure, daß Sie Junggeselle sind, Si Kamal?« hörte er Ibrahim Schaukat fragen.

»Warum?«

»Weil ich überzeugt bin, daß Sie ein idealer Ehemann wären. Sie sind von Natur aus ein Mann fürs Zuhause, sind ordentlich, rechtschaffen, ein geachteter Beamter. Bestimmt gibt es ein Mädchen, das Sie verdient und dem Sie das Glück vorenthalten.«

Selbst Esel brachten manchmal etwas Kluges heraus. Sicher, irgendwo auf der Welt gab es dieses Mädchen, aber wo? Und was seine Rechtschaffenheit betraf, so war das nichts weiter als eine Vermutung, denn in Wirklichkeit war er ein gottloser, liederlicher, versoffener Heuchler. Wo sollte er ein Mädchen finden? Bestimmt nicht in Galilas Haus in der Gauhari-Gasse. Woher kam der Schmerz, der heftig im Herz tobte? Was hatte es mit der Unschlüssigkeit auf sich, der er nur durch Alkohol und Wollust entkam? Es hieß, daß man sich, wenn man heiratete und Kinder bekam, verewigte. Nach nichts verlangte es ihn mehr als nach Unsterblichkeit, wie immer die auch geartet sein mochte. Sollte er aus lauter Verzweiflung auf dieses biologische, banale Mittel zurückgreifen? Da blieb nur die Hoffnung, daß der Tod käme und kein Leiden die ewige Ruhe störte. Hatte er bisher den Tod immer als furchterregend und sinnlos empfunden, schien er nun, da das Sein aller Bedeutung verlustig gegangen war, das einzig

Köstliche im Leben zu sein. Bewunderungswürdig die Menschen, die in ihren Laboratorien wie besessen forschten. Erstaunlich die Politiker, die sich wegen einer Verfassung ins Unglück stürzten. Doch für die, die ratlos und quälend sich nur mit sich selbst beschäftigten – für sie blieb einzig Gottes Barmherzigkeit.

Mit einer Mischung von Stolz und Freude schaute er mal auf Achmed, mal auf Abd al-Munim. Die junge Generation würde sich ihren Weg bahnen, auch wenn der schwierig war. Sie würde ohne Zaudern und Zögern ihr Ziel erreichen. Worin lag das Geheimnis der verheerenden Krankheit, an der er furchtbar litt?

»Für kommenden Donnerstag möchte ich die Jungvermählten, meine Eltern und Tante Aischa ins Rihani-Theater einladen«, verkündete Achmed.

»Ins Rihani-Theater?« wiederholte Chadiga erstaunt.

»Ja, zu Kischkisch Bey«, erklärte ihr Ibrahim.

Chadiga lachte laut los. »Kischkisch Bey! Wegen dem wäre Jasin fast aus dem Haus geworfen worden, und das nur, weil er seine Frau, Radwans Mutter, dahin mitgenommen hat.«

»Die Zeiten sind längst vorbei«, stieß Achmed verächtlich hervor. »Jetzt würde mein Großvater nicht einmal seiner Frau verbieten, zu Kischkisch zu gehen.«

»Nimm das junge Paar und deinen Vater mit«, sagte Chadiga. »Was mich betrifft, mir reicht das Radio.«

»Und mir genügt es, euch zu besuchen«, schloß sich ihr Aischa an.

Chadiga begann die Geschichte von Jasin und Kischkisch Bey zu erzählen. Als Kamal zufällig auf die Uhr sah, fiel ihm ein, daß er sich mit Rijad Kaldas verabredet hatte. Er stand auf, entschuldigte sich für den plötzlichen Aufbruch und verließ die Runde.

20

»Wie soll man die Natur genießen, wenn in ein paar Tagen Prüfungen sind?« fragte laut einer der Studenten, die im Halbkreis auf einem grasigen Hügel lagerten. Auf der Anhöhe befand sich ein hölzerner Pavillon; auch dort hatte sich eine Gruppe Studenten niedergelassen. Palmen ragten empor, die grüppchenweise beieinanderstanden, und zwischen Blumenbeeten führten Gehwege, die mit Mosaiken ausgelegt waren.

»Wieso?« fragte jemand zurück. »Abd al-Munim Schaukat genießt trotz der Prüfung sogar das Eheleben.«

Abd al-Munim, der mit Achmed nicht weit weg saß, erwiderte: »Im Unterschied zu dem, was ihr denkt, bietet die Ehe einem Studenten die besten Voraussetzungen zum Erfolg.«

»Aber nur, wenn der Ehemann bei den Muslim-Brüdern ist«, bemerkte Hilmi Izzat, der an Radwan gelehnt auf der anderen Seite des Halbkreises saß.

Obwohl sich Radwan von dieser Art Gespräch unangenehm berührt fühlte, lachte er laut auf und zeigte dabei eine Reihe perlenglänzender Zähne.

Das Thema Ehe beunruhigte ihn. Noch war er sich nicht im klaren darüber, ob er sich eines Tages in dieses Abenteuer stürzen würde. Es stellte sich ihm als unumgänglich dar, und das, obwohl ihm die Ehe angst machte, ja, seinem Wesen und seinem Körper völlig fremd zu sein schien.

»Wer ist das – die Muslim-Brüder?« fragte ein Student.

»Eine religiöse Gruppierung, die theoretisch und praktisch auf die Wiederbelebung des Islams abzielt«, antwortete Hilmi Izzat. »Hast du noch nicht von den Zirkeln gehört, die sie in den Vierteln aufbauen?«

»Ist das etwas anderes als die Vereinigung der Jung-Muslims?«

»Ja.«

»Wo ist der Unterschied?«

»Frag doch den Bruder dort«, erwiderte Hilmi Izzat und wies auf Abd al-Munim.

»Wir sind keine Organisation, die nur bildet und erzieht«, erklärte Abd al-Munim selbstsicher, »sondern wir versuchen den Islam zu verstehen, wie Gott ihn geschaffen hat, also als Religion, Lebensweise, Rechtsgrundlage und Regierungssystem.«

»Paßt das ins zwanzigste Jahrhundert?«

»Ins hundertzwanzigste sogar«, tönte er überzeugt.

»Du liebe Güte, wir haben schon Mühe, mit Begriffen wie Demokratie, Faschismus, Kommunismus umzugehen, und nun kommt noch ein neues Schlagwort dazu!«

»Aber immerhin ein göttliches«, meinte Achmed belustigt.

Es brach ein allgemeines Gelächter aus, nur Abd al-Munim starrte ihn wütend an. Auch Radwan schien nicht einverstanden zu sein. »Schlagwort ist wohl nicht der passende Ausdruck«, bemängelte er.

»Und wenn die Leute nicht eurer Meinung sind, steinigt ihr sie dann?« fragte der neugierige Student.

»Die jungen Menschen sind bedroht von der Abkehr vom Glauben und vom Verfall der Sitten. Die Steinigung wäre nicht das Schlimmste, was sie verdienten. Aber wir steinigen nicht, sondern leiten und erziehen durch Predigt und gutes Vorbild. Den Beweis für Unmoral habe ich in der eigenen Familie, nämlich meinen Bruder, der zu denen gehört, die gesteinigt werden müßten. Vor euren Augen macht er sich lustig, erfrecht er sich gegenüber seinem Schöpfer, dem Preis und Dank gebührt.«

Achmed lachte los, und Hilmi Izzat meinte: »Wenn du

dich von deinem Bruder bedroht fühlst, kannst du bei mir in der Darb al-Achmar wohnen.«

»Und du bist nicht wie er?«

»Aber nein! Wir von den Wafdisten sind tolerante Menschen. Der erste Berater unseres Führers ist Kopte. So sind wir.«

Der neugierige Student gab keine Ruhe. »Wie könnt ihr euch«, fragte er Abd al-Munim, »in dem Monat, in dem die ausländischen Privilegien abgeschafft wurden, mit solchem Geschwätz beschäftigen?«

»Sollen wir wegen der Ausländer unsere Religion vernachlässigen?« fragte der zurück.

Als kehrte Radwan von einem anderen Stern zurück, meinte er versonnen: »Hauptsache, die Privilegien sind abgeschafft, also laßt die Kritiker des Abkommens reden, was sie wollen.«

»Nicht mal ehrlich sind sie«, pflichtete ihm Hilmi Izzat bei. »Sie sind neidisch und voller Haß. Die volle, wahre Unabhängigkeit wird nur durch Krieg zu erreichen sein. Wie kann man erwarten, durch Reden mehr als jetzt zu erreichen?«

»Laßt uns lieber über die Zukunft nachdenken«, warf jemand unwillig ein.

»Aber nicht im Mai, wenn die Prüfungen gerade bevorstehen. Laßt uns in Ruhe damit. Ab heute komme ich nicht mehr in die Fakultät, ich brauche Zeit fürs Lernen.«

»Nur nichts überstürzen, es gibt ohnehin keine Posten, die auf uns warten. Was bietet einem die Zukunft schon Großartiges, wenn man Jura oder Literatur studiert hat? Entweder lungert man herum, oder man sitzt in irgendeiner Schreibstube. Da könnt ihr über Zukunft reden, soviel ihr wollt.«

»Aber wenn die Privilegien abgeschafft sind, stehen uns doch alle Tore offen?«

»Alle Tore? Es gibt mehr Leute, die Arbeit suchen, als Tore.«

»Hört mal her! An-Nahhas hat es damals zuwege gebracht, daß sich die Universität auch für solche Studenten öffnete, die weniger gut benotet waren. Sollte er da nicht in der Lage sein, uns Arbeitsmöglichkeiten zu verschaffen?«

Am äußersten Ende des Parks tauchte ein Schwarm Mädchen auf. Plötzlich verstummten alle und starrten in diese Richtung. Es waren vier, und sie gingen, aus der Universität kommend, in Richtung Gizeh. Noch konnte man sie nicht unterscheiden, aber da sie sich, wenn auch langsam, näherten, bestand die Hoffnung, sie aus der Nähe zu erspähen. Ihr Weg, der nach links abbog, würde sie an der Gruppe der jungen Männer vorbeikommen lassen. Kaum waren sie ins Blickfeld geraten, gingen ihre Namen und die Fächer, die sie gewählt hatten, von Mund zu Mund. Eine studierte Jura, die anderen drei waren an der Philosophischen Fakultät eingeschrieben. Achmed hielt den Blick nur auf eine gerichtet, und nur diesen einen Namen, der ihn in seinen Bann zog, flüsterte er vor sich hin: Alawija Sabri. Sie hatte etwas von der Schönheit einer ägyptisierten Türkin, war mittelgroß und schlank. Ihre helle Haut stand im Kontrast zum pechschwarzen Haar, und über den großen schwarzen Augen, von schmalen Lidern bedeckt, schwangen sich einander berührende Brauen. Sie bewegte sich mit aristokratischer Grazie, vornehmen Gesten. Was Achmed am meisten freute, war, daß sie wie er das Vorbereitungskolleg besuchte und – soviel hatte er schon herausbekommen, denn wer sucht, der findet – sich wie er für die Studienrichtung Soziologie eingetragen hatte. Obwohl sie vom ersten Augenblick an seine Aufmerksamkeit erregte, hatte sich noch nie die Gelegenheit geboten, ein einziges Wort mit ihr zu wechseln. Wie oft hatte sein Blick voller Bewunderung auf Naima geruht, doch sein Inneres war dadurch nicht erschüttert worden. Was aber dieses Mädchen betraf, so hatte sie das gewisse Etwas, das einen beglückt eine geistige Freundschaft – vielleicht auch eine des Herzens? – erhoffen ließ.

Kaum war die Mädchenschar außer Sicht, erklärte Hilmi Izzat: »Wenn es so weitergeht, wird die Philosophische Fakultät bald eine Mädchenabteilung sein.«

Radwan schaute sich schmunzelnd im Kreis um und sagte, zu den Studenten gewandt, die Literatur studierten: »Glaubt ja nicht, daß die Jurastudenten, wenn sie in den Pausen häufig zu euch kommen, eure Freundschaft suchen. Da steckt eine ziemlich schändliche Absicht dahinter.« Er lachte lauthals, auch wenn ihm nicht ganz wohl dabei war. Das Gespräch über die Mädchen machte ihn verstört und traurig.

»Warum interessieren sich Mädchen fast nur für die Philosophische Fakultät, vor allem für Literatur?«

»Weil ihnen der Lehrerberuf noch die meisten Möglichkeiten zum Arbeiten bietet.«

»Das mag der eine Grund sein, aber als zweiter kommt hinzu, daß das Literaturstudium etwas Weibisches an sich hat. Rouge, Maniküre, Kuhl, Lyrik, Erzählungen – das gehört alles in einen Topf.«

Obwohl ihnen eher nach Protest zumute war, stimmten auch die Literaturstudenten in das laute Gelächter ein. Gleich darauf erklärte Achmed: »Solch ein ungerechtes Urteil könnte man auch für die Medizin fällen. Krankenpflege ist schon seit langem ein Bereich der Frauen. Aber eine Sache hat sich in euren Köpfen noch nicht festgesetzt, nämlich der Glaube daran, daß Mann und Frau gleichberechtigt sind.«

Abd al-Munim grinste. »Ich bin mir nicht sicher, ob es ein Lob oder eine Abfälligkeit wäre, wenn wir den Frauen sagten, daß sie wie wir sind.«

»Was Rechte und Pflichten betrifft, wäre es ein Lob.«

»Der Islam«, dozierte Abd al-Munim, »hat Frau und Mann bis auf die Ausnahme der erblichen Regelungen gleichgestellt.«

»Sogar beim Sklavenhandel!« bemerkte Achmed bissig.

»Ihr kennt eben eure Religion nicht«, brauste Abd al-Munim auf, »das ist die Tragödie.«

Schmunzelnd drehte sich Hilmi Izzat zu Radwan um. »Was weißt du über den Islam?« Und ebenso spöttisch fragte der zurück: »Und du? Was weißt du?«

Abd al-Munim drang auf seinen Bruder ein. »Was kannst du schon wissen, wenn du solch dummes Zeug redest?!«

Achmed blieb ruhig. »Ich weiß, daß der Islam eine Religion ist, und das reicht mir. Ich glaube nicht an Religionen.«

»Hast du einen Beweis dafür, daß Religionen falsch sind?« fragte Abd al-Munim verächtlich.

»Hast du einen Beweis dafür, daß sie richtig sind?«

»Ja, den habe ich, und jeder Gläubige hat ihn, und dich würde ich gern fragen, wie du eigentlich lebst?!« Abd al-Munim war mittlerweile so laut geworden, daß der Student, der zwischen den beiden Brüdern saß, erschrocken von einem zum anderen schaute.

»Mit meinem Glauben, meinem persönlichen. Ich glaube an die Wissenschaft, an den Humanismus, an das Morgen. Die Pflichten, die damit verbunden sind, zielen letzten Endes darauf ab, für ein neues Gebäude den Boden zu bereiten.«

»Und dafür zerstörst du alles, was den Mensch zum Menschen macht.«

»Du solltest zugeben, daß die mehr als tausendjährige Existenz eines Dogmas kein Beweis für seine Kraft ist, sondern für die Erniedrigung eines Teils der Menschheit.

Das aber widerspricht jeglicher Idee der Erneuerung des Lebens. Was für mich als Kind richtig war, muß noch lange nicht taugen, wenn ich ein Mann bin. Immer war ein Teil der Menschheit der Sklave von Natur und Mensch. Die Versklavung durch die Natur bekämpfen die Menschen jetzt mittels Wissenschaft und Technik, die des Menschen durch den Menschen mittels fortschrittlicher Theorien. Ein Mensch, der sich dem nicht anschließt, bremst den freien Lauf des Rads der Geschichte.«

In diesem Augenblick haßte Abd al-Munim den Gedanken, daß dieser Achmed sein Bruder war. Aufgebracht stieß er hervor: »Ein Atheist macht es sich einfach. Atheismus ist eine leichte Lösung, eine Flucht. Der Atheist flieht vor den Pflichten, die ein Gläubiger gegenüber seinem Herrn, gegenüber sich und den Menschen zu erfüllen hat. Noch hat sich der Atheismus nicht stärker unter Beweis gestellt als der Glaube, und wir entscheiden uns für dieses oder für jenes nicht mit dem Verstand, sondern aufgrund unserer natürlichen Veranlagung.«

»Streitet euch nicht!« mischte sich Radwan ein. »Für euch als Brüder wäre es das beste, wenn ihr zu einer Partei gehören würdet.« Doch da packte Hilmi Izzat einer seiner gelegentlich auftauchenden, unerklärlichen Wutanfälle, und er rief: »Glaube, Menschheit, Morgen! Sinnloses Gerede! Ein System muß sich einzig und allein auf die Wissenschaft stützen, und glauben müssen wir nur an eins, nämlich an die Ausrottung der menschlichen Schwäche in all ihren Spielarten, gleichgültig wie grausam auch immer die wissenschaftlichen Verfahren sein mögen. Das Ziel ist, die Menschheit ans Ideal heranzuführen – der starke und saubere Mensch.«

»Sind das nach dem Abkommen die neuen Prinzipien des Wafd?« fragte jemand, und da Hilmi Izzat lachen mußte, beruhigte er sich wieder.

»Hilmi ist an sich durch und durch Wafdist«, verteidigte ihn Radwan. »Aber manchmal überfallen ihn plötzlich seltsame Ideen, was so weit geht, daß er zu einem allgemeinen Gemetzel aufruft. Meistens zeugt das nur davon, daß er nachts nicht gut geschlafen hat.«

Auf den heftigen Wortwechsel folgte tiefes Schweigen. Radwan war froh darüber. Er ließ den Blick schweifen, sah einem Schwarm von Milanen zu, die am Himmel kreisten, betrachtete die Palmen. Jeder sprach offen und frei über seine Meinung, selbst wenn sie gegen den Schöpfer gerichtet war. Nur er konnte nicht anders, als schweigend zu verbergen, was ihm auf der Seele brannte. Er würde immer ein furchtbares Geheimnis mit sich herumtragen, das ihn bedrohte. Es kam ihm vor, als wäre er ausgestoßen oder – fremd. Wer teilte die Menschen in normale und nicht normale ein? Wie konnte man gleichzeitig Kläger und Richter sein? Warum verspotten wir so oft Unglückselige?

Er wandte sich an Abd al-Munim und sagte: »Ärgere dich nicht. Die Religion hat einen Gott, der sie beschützt, und du wirst in höchstens neun Monaten Vater sein.«

Achmed, der seinen Bruder besänftigen wollte, meinte spaßhaft: »Ich habe weniger Sorge, Gottes Zorn herauszufordern als deinen.«

Ob er nun wütend ist oder nicht, sagte sich Achmed, wenn er ins Zuckergäßchen zurückkehrt, findet er ein zärtliches Wesen vor. Ist es denkbar, daß ich eines Tages nach Hause komme und Alawija Sabri wartet auf mich in unserer Wohnung im ersten Stock?

Unwillkürlich mußte er lachen. Niemand ahnte, warum.

21

Im Haus von Abd ar-Rahim Pascha Isa herrschte ungewöhnliche Betriebsamkeit. Mehrere Grüppchen standen im Garten, viele Gäste saßen auf der Veranda. Der Fluß von Kommenden und Gehenden riß nicht ab. Kurz vor dem Haus gab Hilmi Izzat Radwan einen Klaps auf den Arm und sagte zufrieden: »Wir stehen also doch nicht allein da, wie es die Zeitungen unserer Gegner immer behaupten.«

Als sie sich den Weg ins Haus bahnten und einige junge Leute rufen hörten: »Es lebe die Solidarität!«, rötete sich vor lauter Erregung Radwans Gesicht. Er fühlte eine ähnlich starke Begeisterung wie die anderen, aber gleichzeitig fragte er sich beunruhigt, ob nicht jemand auch andere als politische Gründe hinter seinen Besuchen in diesem Haus vermutete. Als er einmal Hilmi Izzat seine Befürchtungen anvertraut hatte, da lautete dessen Antwort: »Nur wer Angst hat, zieht Verdacht auf sich. Geh erhobenen Haupts und festen Schritts. Wer sich ins öffentliche Leben stürzen will, darf sich um die Meinung anderer nicht mehr als unbedingt notwendig kümmern.«

In der Empfangshalle war fast jeder Platz besetzt. Es waren Studenten da, Arbeiter, Mitglieder der Wafd-Organisation. An der Stirnseite der Halle saß Abd ar-Rahim Pascha Isa und blickte, entgegen seiner sonstigen Art, mürrisch drein, sogar hart und gestreng, umgeben von der Aura des bedeutenden Politikers.

Die jungen Männer traten an ihn heran, und gelassenen Ernstes erhob er sich, um sie zu begrüßen. Er bedeutete ihnen, Platz zu nehmen. Einer der Umsitzenden, der wegen des Eintreffens der beiden Freunde eine Redepause eingelegt hatte, fuhr nun fort: »Die öffentliche Meinung war außerordentlich überrascht, als die Liste der neuen

Minister vorlag. Der Name von an-Nukraschi ließ sich nicht finden!«

»Wir hatten uns ja schon beim Rücktritt auf etwas gefaßt gemacht, vor allem seitdem die Meinungsverschiedenheiten nach außen gedrungen waren und man bereits in den Cafés darüber sprach. Aber an-Nukraschi ist kein gewöhnliches Mitglied im Wafd. Die Partei hat sich von etlichen Leuten getrennt, die danach so gut wie erledigt waren. Mit an-Nukraschi verhält sich die Sache anders, und außerdem darf man nicht vergessen, daß sein Name auch Achmed Mahir bedeutet. Beide stellen den Wafd dar, nämlich den, der Widerstand geleistet, gekämpft und Krieg geführt hat. Fragt die Galgen, Gefängnisse, Bomben. Dieses Mal geht es bei der Kontroverse nicht um den guten Ruf von solchen, die ausgeschlossen werden, sondern um das Ansehen der Regierungspolitik, ihren Einsatz von Gewalt. Wenn das Befürchtete eintritt und der Wafd sich spaltet, dann ist vielleicht die Partei verschwunden, nicht aber an-Nukraschi und auch nicht Mahir.«

»Makram Ubaid hat endlich sein wahres Gesicht enthüllt.«

Für Radwans Ohren hörte sich dieser Satz sehr seltsam an, denn es fiel ihm schwer zu glauben, daß in dieser durch und durch wafdistischen Atmosphäre eine führende Persönlichkeit der Partei dermaßen scharf angegriffen wurde. Nun verstieg sich jemand auch noch zu dem Urteil: »Makram Ubaid ist die Ursache allen Übels, Exzellenz«, worauf Abd ar-Rahim Pascha lediglich erwiderte: »Die anderen sind auch nicht unschuldig.«

»Aber er verträgt keinen Rivalen. Er will an-Nahhas ganz allein beherrschen. Wenn Mahir und an-Nukraschi aus dem Feld geräumt sind, steht ihm niemand mehr im Weg.«

»Er würde auch an-Nahhas beseitigen, wenn er könnte.«

Ein Scheich, der in der Runde saß, ergriff das Wort. »Ich bitte Sie, übertreiben Sie nicht. Bisher hat noch kein Fluß sein Bett verlassen.«

»Aber wenn doch das Kabinett ohne an-Nukraschi gebildet wurde?«

»Tja, möglich ist alles.«

»Zur Zeit Saad Zaghluls hätte man das noch hingenommen, aber an-Nahhas ist ein hartnäckiger Mensch, und wenn er sich etwas in den Kopf setzt …«

In diesem Augenblick stürmte ein Mann in die Halle, und der Pascha eilte ihm entgegen. Die beiden umarmten sich herzlich. »Wann bist du zurückgekommen?« rief der Pascha. »Wie sieht es in Alexandria aus?«

»Wunderbar, wunderbar. An-Nukraschi wurde auf der Sidi-Gabir-Station ein unvergleichlicher, großartiger Empfang bereitet. Die Intellektuellen jubelten ihm zu. Alle waren wütend, forderten eine saubere, anständige Regierungspolitik. Man rief: Lang lebe der unbescholtene an-Nukraschi! Es lebe an-Nukraschi, der Sohn Saads! Und etliche brachten auch den Ruf aus: Ein Hoch für an-Nukraschi, den Führer der Nation!«

Da der Mann sehr laut sprach und etliche Gäste die Hochrufe aufgriffen, sah sich Abd ar-Rahim Pascha gezwungen, den Leuten mit einem Wink zu bedeuten, Ruhe zu bewahren.

»Die öffentliche Meinung«, fuhr der andere fort, »ist über die Zusammensetzung des Kabinetts empört. Am meisten ist man darüber wütend, daß an-Nukraschi daraus entfernt wurde. An-Nahhas hat einen Schaden angerichtet, der nicht wiedergutzumachen ist. Er war's zufrieden, im Kampf gegen den reinen Engel den Teufel zu unterstützen.«

»Wir haben jetzt August«, sagte Abd ar-Rahim Pascha. »Im Oktober beginnt das neue Semester an der Universität. Laßt uns dann die entscheidende Schlacht schlagen! Wir müssen umgehend Demonstrationen vorbereiten, denn entweder kommt an-Nahhas wieder zur Vernunft, oder er erlebt den Sturz in den Abgrund.«

Da erklärte Hilmi Izzat: »Ich kann versichern, daß von überall her Studenten zum Haus von an-Nukraschi strömen werden.«

»Das muß organisiert werden«, entgegnete Abd ar-Rahim Pascha. »Setzt euch mit unseren Anhängern unter den Studenten zusammen, und trefft die Vorbereitungen. Abgesehen davon besagen meine Informationen, daß eine stattliche Anzahl von Abgeordneten und Senatoren sich uns anschließen wird.«

»An-Nukraschi war es, der die Wafd-Komitees gegründet hat, vergeßt das nicht! Vom frühen Morgen bis zum späten Abend treffen in seinem Büro Telegramme mit Loyalitätsbekundungen ein.«

Was war mit der Welt los? fragte sich Radwan besorgt. Würde sich der Wafd ein zweites Mal spalten? War die Verantwortung dafür tatsächlich Makram Ubaid anzulasten? Würde es nicht dem Interesse der Nation abträglich sein, wenn die Partei zerfiel, die achtzehn Jahre lang ihr Hoffnungsträger gewesen war?

Die Diskussion, mit allem Für und Wider, zog sich in die Länge. Man prüfte die unterschiedlichsten Vorschläge, vor allem solche, die das öffentliche Auftreten und die Planung von Demonstrationen betrafen. Aber allmählich begann der große Aufbruch, so daß schließlich nur noch Hilmi Izzat und Radwan mit dem Pascha in der Halle saßen. Er bat sie zur Veranda hinüber, und sie folgten der Einladung. Kaum daß man Platz genommen hatte und Limonade gereicht worden war, trat ein etwa vierzigjähriger Mann an den Tisch. Radwan kannte ihn bereits von zurückliegenden Besuchen. Er hieß Ali Mahran und war beim Pascha als Sekretär tätig. Schon vom Auftreten her war zu erkennen, daß er Sinn für Humor und Gefallen an lockeren Späßen hatte. Er kam in Begleitung eines jungen Mannes, der, etwa zwanzig Jahre alt und gutaussehend, mit seiner wilden Mähne, den langen Koteletten und der breiten Krawatte ganz wie ein Künstler aussah. Ali Mahran trat lächelnd näher, küßte dem Pascha die Hand und begrüßte Hilmi und Radwan. Dann stellte er den jungen Mann mit den Worten vor: »Herr Atija Godat, ein noch junger, aber vielversprechender Sänger. Ich hatte Ihnen bereits von ihm erzählt, Exzellenz.«

Der Pascha nahm die Brille ab, legte sie auf den Tisch. Eingehend musterte er den jungen Mann, dann sagte er lächelnd: »Herzlich willkommen, Herr Atija. Mir wurde schon viel über Sie erzählt, aber vielleicht können wir Sie jetzt selbst hören?«

Der junge Mann setzte sich, während Ali Mahran sich zum Pascha hinunterbeugte und fragte: »Wie geht's, mein Lieber?« Fielen alle Höflichkeitszwänge weg, pflegte er den Pascha so zu nennen.

Schmunzelnd kam die Antwort: »Tausendmal besser als dir.«

Ali Mahran schaute ihn ungewöhnlich ernst an. »In der Anglo-Bar geht das Gerücht um, daß unter Vorsitz von an-Nukraschi demnächst ein nationales Kabinett gebildet werden würde?«

Der Pascha verzog den Mund zu einem nichtssagenden Lächeln und murmelte: »Wir sind bei der Nominierung nicht dabei.«

»Auf welcher Grundlage sollte ein solches nationales Kabinett sich bilden?« fragte Radwan beunruhigt. »Ich kann mir nicht vorstellen, daß an-Nukraschi einen politischen Umsturz plant, in der Art von Mohammed Machmud oder Ismail Sidki.«

»Einen Umsturz? Keinesfalls«, meinte Ali Mahran. »Im Augenblick beschränkt sich das Problem darauf, die überwiegende Mehrheit von Senatoren und Abgeordneten für uns zu gewinnen. Vergessen Sie nicht, daß der König auf unserer Seite steht und Ali Mahir sehr geschickt und bedacht vorgeht.«

Bedrückt fragte Radwan: »Wir würden also zu den Palast-Anhängern gehören?«

»Ein reines Schlagwort, nichts anderes«, entgegnete der Pascha. »Die Situation hat sich geändert, denn Faruk ist nicht Fuad. Die Verhältnisse sind völlig verschieden. Der König ist ein begeisterter junger Patriot. Er ist das Opfer von an-Nahhas ungerechten Angriffen.«

»Dann werden wir wohl bald den Pascha als Minister beglückwünschen können?« fragte Ali Mahran und rieb sich vor Freude die Hände. »Wenn ich mich jetzt schon um Ihre Angelegenheiten kümmere, machen Sie mich dann zum Staatssekretär?«

Der Pascha brach in Lachen aus. »Nein, zum Generaldirektor des Strafvollzugs. Deiner Natur nach gehörst du ins Gefängnis.«

»Ins Gefängnis? Das ist doch nur etwas für harte Typen!«

»Für andere auch, beruhige dich.«

Als hätte den Pascha plötzlicher Unwille gepackt, rief er: »Schluß mit der Politik! Eine andere Stimmung, bitte.« Er wandte sich Atija Godat zu und fragte: »Was lassen Sie uns hören?«

Noch bevor der antworten konnte, sagte Ali Mahran: »Der Pascha ist ein Kenner und Musikliebhaber. Wenn du ihm gefällst, stehen dir die Tore zum Rundfunk offen.«

»Ich habe unlängst einen Text vertont, den Herr Mahran geschrieben hat«, erklärte Atija Godat zart. »Der Titel lautet ›Sie haben mich an ihn gefesselt‹.«

Der Pascha blickte seinen Sekretär an. »Seit wann dichtest du Liedtexte?«

»Habe ich nicht sieben Jahre an der Azhar zugebracht und bin in lauter Metren – Ma-fa-il, Fa-a-la-tun – fast ertrunken?«

»Was hat die Azhar mit deinen verkommenen Liedtexten zu tun? ›Sie haben mich an ihn gefesselt‹! An wen, verehrter Herr Seminarist?«

»Das wissen Sie, verehrte Exzellenz, am besten.«

»Alter Hurensohn.«

Ali Mahran rief den Diener.

»Was willst du von ihm?« fragte der Pascha.

»Er soll alles für einen hübschen Abend vorbereiten.«

Der Pascha stand auf. »Warte damit, bis ich das Abendgebet gesprochen habe.«

Ali Mahran grinste. »Sind Sie nicht unrein, weil Sie uns die Hand gegeben haben?«

22

Gemächlichen Schritts und schwer auf den Stock gestützt, verließ Herr Abd al-Gawwad das Haus. Nichts war heute mehr wie gestern. Seit er das Geschäft aufgegeben hatte, begab er sich nur noch einmal am Tag nach draußen. Er wollte sich, soweit es irgend ging, das Treppensteigen ersparen, weil es sein Herz zu stark belastete. Obwohl es noch September war, trug er wollene Kleidung. Der magere Leib fand an der frischen Luft nicht den Gefallen, den einst der dicke, starke Körper empfunden hatte. Der Stock, den er seit der Jugend als Zeichen von Männlichkeit und Eleganz bei sich trug, war zur notwendigen Stütze geworden, aber selbst das langsame Gehen vermochte sein Herz nur mühevoll zu überstehen. Doch etwas war

Herrn Abd al-Gawwad geblieben – Eleganz und Schick. Wie eh und je legte er größte Sorgfalt auf die Wahl seiner Kleidung und verzichtete nicht auf den Duft wohlriechender Essenzen, beides ein kleiner Anreiz, der Gesetztheit des Alters etwas abgewinnen zu können.

Als er sich dem Geschäft näherte, blieb sein Blick unwillkürlich darauf ruhen. Das Schild mit seinem Namen und dem des Vaters, das Jahr um Jahr dort befestigt gewesen war, gab es nicht mehr. Der äußere Anblick und das Angebot waren verändert. Hier konnte man nun Tarbusche kaufen und aufarbeiten lassen. Im vorderen Teil waren ein Dämpfapparat und Kupferformen zu sehen. Ihm kam es vor, als erblickte er ein für andere Augen unsichtbares Schild, auf dem geschrieben stand, daß seine Zeit ein für allemal vergangen war – eine Zeit von Anstrengung, harter Arbeit und großen Freuden. Nun aber, da er sich aufs Altenteil zurückgezogen hatte, mußte er der Welt des Hoffens entsagen und sich in Greisentum, Krankheit, Ausharren schicken. Das Herz, das so lange vor Liebe zum Leben und seinen Freuden erschauert war – und ach, noch immer erschauerte –, schlug vor lauter Wehmut nur noch sachte. O ja, selbst den Glauben an Gott hatte er einzig für eins der zahlreichen Vergnügen gehalten, das das Leben zu bieten hatte, galt ihm doch Gläubigkeit immer als Ansporn, sich von der Welt umarmen zu lassen. Nie hatte er asketisches Frömmeln gekannt, das der Welt Lebewohl sagt und nur nach dem Jenseits trachtet. Nein, dieser Laden war nicht mehr sein Geschäft, doch wie konnte er die Erinnerung daran auslöschen – an dieses Zentrum seines Schaffens, den Anziehungspunkt für jedweden Blick, den Treffpunkt von Bekannten und geliebten Freunden, die Quelle von Ehrgefühl und Ansehen. Doch halt, es gibt auch reichlich Trost. Sage dir, daß du die Töchter verheiratet, die Söhne großgezogen hast und dir Enkel geboren wurden. Du hast zur Genüge Geld, um bis zum Tod gut zu leben. Über viele Jahre hinweg – waren es wirklich Jahre? – hast du die Süße der Welt ausgekostet, nun ist es Zeit, Dank zu sagen. Gott gebührt Dank, auf immer und ewig. Aber ach, da ist noch Sehnen und Verlangen. Möge Gott der Zeit vergeben, die allein durch ihr ununterbrochenes Sein zum Trugbild wird, zum Verrat am Menschen. Könnten diese Steine hier sprechen – ich würde sie nach der Vergangenheit fragen. Hatte dieser Körper einstmals wirklich Berge erschüttert? Hatte dieses kranke Herz es vermocht, heftig zu klopfen? Hatte dieser Mund nie aufgehört zu lachen? Hatte alles Fühlen nie Schmerz gekannt? Hatte es dieses Bild von mir gegeben, verankert in jedermanns Herz? Noch einmal will ich es sagen – Gott vergebe der Zeit.

Als Abd al-Gawwads beschwerlicher Weg ihn endlich zur Hussain-Moschee geführt hatte, zog er die Schuhe aus und sprach beim Eintreten die Fatiha. Dann schritt er zur Kanzel hinüber, wo ihn seine Freunde Mohammed Iffat und Ibrahim Alfar bereits erwarteten. Gemeinsam sprach man das Gebet zum Sonnenuntergang. Die drei Männer verließen die Moschee und lenkten ihre Schritte in Richtung Tambakschija, um Ali Abd ar-Rahim einen Besuch abzustatten. Hatten auch alle drei die Arbeit aufgegeben, um sich ganz den jeweiligen Krankheiten zu widmen, so ging es ihnen immer noch besser als Ali Abd ar-Rahim. Er konnte das Bett nicht mehr verlassen.

Von einem Seufzer begleitet, sagte Herr Achmed Abd al-Gawwad: »Mir scheint, daß ich schon bald nicht mehr zu Fuß zur Moschee kommen kann, sondern mir eine Kutsche nehmen muß.«

»Das geht dir nicht allein so.«

»Nichts fürchte ich mehr«, fuhr er besorgt fort, »als wie Ali Abd ar-Rahim ans Bett gefesselt zu sein. Ich bete zu

Gott, daß er mir, bevor ich mich nicht mehr bewegen kann, die Gnade des Todes erweist.«

»Möge unser Herr dir und uns alles Übel ersparen.«

Doch Herr Achmed sinnierte, nun schon fast ängstlich, laut weiter: »Ghanim Hamidu lag fast ein Jahr gelähmt im Bett, und Sadik al-Mawardi hat diese Qual über Monate hinweg erduldet. Möge Gott uns ein schnelles Ende bescheren, wenn unser Geschick besiegelt ist.«

Mohammed Iffat lachte. »Wenn dich düstere Gedanken beherrschen, bist du wie ein Weib. Bekenne dich zu Gottes Einheit, mein Bruder.«

Sie waren am Ziel angelangt. Als sie Ali Abd ar-Rahims Zimmer betraten, erklärte er ungeduldig: »Ihr habt euch verspätet, möge Gott euch verzeihen.«

Die Verärgerung war dem kranken Mann deutlich anzusehen. Die einzige Zeit, in der er sich freuen und lächeln konnte, war die, wenn die Freunde bei ihm weilten.

»Den ganzen Tag über kann ich nichts anderes tun als Radio hören«, begann er sich auszuklagen. »Was hätte ich bloß gemacht, wenn dieses Ding in Ägypten noch nicht eingeführt wäre? Ich höre mir alles an, sogar die Vorträge, obwohl ich fast nichts verstehe. Trotz allem aber finde ich, daß wir nicht alt genug sind, um solche Qual erleiden zu müssen. Unsere Großväter haben in unserem Alter noch geheiratet!«

Abd al-Gawwad packte die Lust zu spaßen. »Eine gute Idee! Was meint ihr, sollten wir nicht wieder heiraten? Vielleicht bringt uns das jugendliche Frische und vertreibt all unsere Krankheiten?«

Ali Abd ar-Rahim lächelte zaghaft, denn aus Angst, einen Hustenanfall zu bekommen und damit seinem Herzen zu schaden, vermied er heftige Erschütterungen. »Ich bin dabei!« erklärte er. »Sucht mir eine Braut aus, aber macht ihr gleich klar, daß sich der Bräutigam nicht bewegen kann. Alles übrige ist ihre Sache.« Als fiele ihm plötzlich etwas Wichtiges ein, sagte Ibrahim Alfar: »Achmed Abd al-Gawwad wird noch vor dir seinen Urenkel sehen. Möge ihm Gott ein langes Leben bescheren.«

»Herzlichen Glückwunsch im voraus, verehrter Herr!«

Statt sich zu freuen, sah Achmed Abd al-Gawwad bedrückt aus. »Es stimmt, daß Naima schwanger ist. Aber ich mache mir Sorgen. Ich erinnere mich nur allzugut daran, was am Tag ihrer Geburt über ihr Herz gesagt wurde. Sosehr ich mich bemühe, es gelingt mir nicht, es zu vergessen.«

»Was bist du doch für ein ungläubiger Mensch! Seit wann vertraust du den Voraussagen von Ärzten?«

Herr Achmed mußte lachen. »Seit ich, wann immer ich etwas esse, was sie mir verboten haben, mich bis zum Morgengrauen schlaflos im Bett wälze.«

»Aber was ist mit Gottes Barmherzigkeit?« fragte Abd ar-Rahim.

»Gelobt sei Gott, der Herr der Welten«, erwiderte Abd al-Gawwad, um gleich darauf fortzufahren: »Ich vertraue durchaus auf Gottes Barmherzigkeit. Aber hat man einmal Angst, fürchtet man sich immer und überall. Um ganz ehrlich zu sein, bin ich weniger um Naima als um Aischa besorgt. Dieses arme, unglückliche Wesen ist es, die im Mittelpunkt all meiner Befürchtungen steht. Wenn ich die Welt verlasse, steht sie ganz allein da.«

»Unser Herrgott ist allgegenwärtig, er ist der oberste Hirte.« Für einen Moment herrschte Schweigen.

»Also werde ich erst nach dir das Kind meiner Enkelin sehen«, sagte schließlich Ali Abd ar-Rahim, und Abd al-Gawwad entgegnete lachend: »Gott vergebe den Töchtern! Sie machen einen nur vorzeitig alt.«

Da rief Mohammed Iffat: »Gib endlich dein Alter zu, du Mummelgreis, und hör auf, so eitel zu sein!«

»Schrei nicht herum! Sonst hört dich mein Herz und stellt sich quer. Mein Herz benimmt sich wie ein verwöhntes Balg.«

Kopfschüttelnd seufzte Ali Abd ar-Rahim: »Was war das für ein schreckliches Jahr. Es hat uns hart zugesetzt. Keiner ist heil geblieben, als ob wir uns verabredet hätten.«

»Wie es bei Abd al-Wahhab heißt: Gemeinsam gelebt, gemeinsam gestorben.«

Alle lachten, aber plötzlich fragte Ali Abd ar-Rahim mit großem Ernst: »Stimmt das, was an-Nukraschi gemacht hat?«

Abd al-Gawwads Miene verdüsterte sich. »Wir hatten so sehr gehofft, daß der Fluß wieder zurück ins Bett findet. Möge Gott, der Allmächtige, uns verzeihen.«

»Die Brüderlichkeit langer Kämpfe und eines ganzen Lebens löst sich in Luft auf.«

»Nichts hat mich jemals so traurig gestimmt wie an-Nukraschis Austritt aus dem Wafd. So weit hätte der Streit niemals gehen dürfen«, erklärte Abd al-Gawwad.

»Was meinst du, was ihn erwartet?«

»Das unabänderliche Ende. Wo gibt es noch alte Rebellen wie Basil und Schamsi? Dieser großartige Kämpfer hat sich selbst erledigt und Achmed Mahir mit sich gezogen.«

Nervös geworden, rief Mohammed Iffat: »Genug davon! Ich habe allmählich von der Politik die Nase voll.«

Alfar war etwas eingefallen. Lächelnd fragte er: »Falls wir alle wie Herr Ali ans Bett gefesselt sind, was Gott verhüten möge, wie kommen wir dann zusammen, um miteinander zu reden?«

»Nicht du richtest die Dinge, sondern Gott«, murmelte Mohammed Iffat, aber Achmed Abd al-Gawwad lachte nur und sagte: »Sollte das Schlimmste eintreten, sprechen wir im Radio miteinander, so wie ›Papa Dingsbums‹ zu den Kindern.«

Da lachten alle los. Als schließlich Mohammed Iffat die Uhr aus der Tasche holte und nach der Zeit sah, bat Ali Abd ar-Rahim besorgt: »Bleibt doch, bis der Arzt kommt, dann könnt ihr hören, was er sagt. Verflucht sei der Vater, der ihn gezeugt hat.«

23

In der Ghurija-Gasse wurden die Läden geschlossen, nur noch einzelne Fußgänger hasteten voran. Es war Mitte Dezember und bitter kalt. Der Winter hatte in diesem Jahr frühzeitig Einzug gehalten. Kamal war es nicht schwergefallen, Rijad Kaldas davon zu überzeugen, mit ihm ins Hussain-Viertel zu gehen. Auch wenn Rijad dort fremd war, gefiel es ihm, durch die Gassen zu schlendern und in die Cafés einzukehren. Vor anderthalb Jahren hatten sich die beiden Männer in der Redaktion der Zeitschrift »Der Gedanke« kennengelernt, und nun verging keine Woche, ohne daß sie sich einmal oder zweimal sahen. Eine Ausnahme machte nur die Urlaubszeit: Da trafen sie sich fast jeden Abend in der Redaktion oder bei Kamal in der Bain-a l-Kasrain oder bei Rijad, der in Manschijat al-Bakri wohnte. Bisweilen verabredeten sie sich in einem Café in der Imad-ad-Din-Straße oder im Großen Café im Hussain-Viertel, in das sich Kamal nun häufiger flüchtete, weil sich über Achmed Abduhs historisches Café die Spitzhakken hergemacht hatten und es für immer verschwunden war.

Beide waren über ihre Freundschaft glücklich, insbesondere Kamal. Den Platz, der über Jahre hinweg durch den Verlust von Hussain Schaddad leer geblieben war, füllte nun Rijad Kaldas aus. Steckte Kamal mit Rijad zusammen, war sein Verstand hellwach. Er fühlte sich von einer Woge der Zuneigung getragen, die beim zähen Ringen gemeinsamen Nachdenkens zum Rausch wurde. Das war um so erstaunlicher, als jeder für sich eine ausgereifte Persönlichkeit war und sie keineswegs nur zusammen ein Ganzes bildeten. Ihre freundschaftliche Verbundenheit blieb unausgesprochen, keiner betonte sie auf diese oder jene Weise. Nie hatte einer gesagt: »Du bist mein Freund« oder »Ohne dich kann ich mir das Leben nicht mehr vorstellen«, doch genau das war der Fall.

Trotz der Kälte verspürten sie den Wunsch zu laufen. Also wurde beschlossen, bis zum Café in der Imad-ad-Din-Straße zu Fuß zu gehen.

Rijad war verbittert. Erregt stieß er hervor: »Die Verfassungskrise hat mit der Niederlage des Volks geendet. Die Ablösung von an-Nahhas heißt einzig und allein, daß das Volk in seinem historischen Kampf gegen den Palast gescheitert ist.«

Kamal nickte bekümmert. »Es hat sich gezeigt, daß Faruk nicht anders als sein Vater ist.«

»Faruk ist nicht der einzig Verantwortliche. Die Niederlage haben die traditionellen Feinde des Volks zuwege gebracht, sie ist das Werk von Ali Mahir und Mohammed Machmud. Es ist zum Heulen, daß ausgerechnet zwei, die aus dem Volk kommen, nämlich Mahir und an-Nukraschi, sich den Feinden angeschlossen haben. Gäbe es in diesem Land nicht solchen Verrat, hätte der König keine Unterstützung für die Vergewaltigung der Rechte des Volks bekommen.« Er schwieg einen Moment, dann fuhr er fort: »Es sind nicht mehr die Engländer, gegen die man kämpfen muß. Heute stehen sich Volk und König gegenüber. Die Unabhängigkeit ist nicht alles. Das Volk hat das geheiligte Recht, seine Souveränität und Rechte zu genießen. Man muß als Mensch leben können und nicht als Diener.«

Im Unterschied zu Rijad war Kamal nicht so sehr auf

Politik erpicht. Dennoch hatte der Zweifel nicht alles zerstört, mit dem Gefühl reagierte er noch recht lebendig. An die Rechte des Volks glaubte er mit dem Herzen, obwohl der Verstand nicht genau wußte, was es damit auf sich hatte. Beschwor er bisweilen auch die »Menschenrechte« herauf, bestand er häufiger noch auf der Behauptung: »Nur der Tüchtigste setzt sich durch. Die Masse ist eine dumpfe Herde.« Manchmal stellte er sich die Frage, ob der Kommunismus nicht eine Erfahrung sei, die es verdiente, erprobt zu werden. Letztendlich blieb es dabei – einzig sein Herz hegte eine Verbundenheit mit dem Volk; denn nicht nur, daß er mit diesem Gefühl aufgewachsen war, es verband sich damit auch die Erinnerung an Fahmi.

Für Rijad hingegen stellte Politik die Quelle aller geistiger Regsamkeit dar. Auch jetzt ließ er von seinem Lieblingsthema nicht ab. »Sollten wir tatsächlich vergessen haben, welche Erniedrigung Makram Ubaid am Abidin-Platz erlebt hat? Und nun noch dieser verbrecherische Rausschmiß von an-Nahhas! Ist das nicht eine Beleidigung, eine Schmach, mit der man der Nation mitten ins Gesicht spuckt? Blinder Haß ist es, der einige Leute jubeln läßt. Was für ein Jammer!«

»Du bist wohl wegen Makram Ubaid so wütend?« versuchte Kamal zu scherzen.

Die Antwort kam prompt. »Alle Kopten sind Wafdisten, und zwar deshalb, weil das eine durch und durch patriotische Partei ist, nicht so wie die türkische religiöse Nationalpartei. Der Wafd ist die Partei wahrer nationaler Interessen, weil nur er Ägypten zum freien Vaterland aller Ägypter, unabhängig von ihrer ethnischen und religiösen Zugehörigkeit, machen will. Das wissen die Feinde des Volks ganz genau. Deshalb waren die Kopten während der gesamten Sidki-Ära das Ziel offener Verfolgungen, und von jetzt an werden sie genau das wieder erleben.«

Kamal war froh über diese Offenheit, bestätigte sie ihm doch erneut die festen Bande ihrer Freundschaft. Aber er hatte auch Lust, Rijad ein wenig zu hänseln. »Komisch, daß ausgerechnet du dich für die Kopten ereiferst! Warst du es nicht, der einzig an Wissenschaft und Kunst glaubt?«

Rijad flüchtete ins Schweigen. Mittlerweile waren sie in der Azhar-Straße angelangt, durch die ein eisiger Wind fegte. Ihr Weg führte sie an einem Zuckerbäcker vorbei, und Kamal lud Rijad ein, etwas zu kaufen. Wenig später kamen beide mit einer Portion aus dem Laden heraus, traten in einen stillen Winkel zurück und begannen zu essen.

»Ich empfinde mich als freier Mensch und zugleich als Kopte«, erklärte Rijad. »Ich würde sagen, daß ich zwar nicht religiös, aber trotzdem Kopte bin. Ich habe oft das Gefühl, daß das Christentum, auch wenn es nicht meine Religion ist, mir Heimat bedeutet. Würde ich allerdings dieses Gefühl mit dem Verstand überprüfen, geriete ich in ziemliche Verlegenheit. Aber wäre es andererseits nicht feige, die eigene Gemeinschaft zu vergessen? Nur eine Aufgabe kann es rechtfertigen, diesen Konflikt außer acht zu lassen – die völlige Aufopferung für den wahren ägyptischen Patriotismus, wie ihn Saad Zaghlul verstand. An-Nahhas ist von der Religion her ein Muslim, aber gleichzeitig ist er im vollsten Sinne des Wortes ein Patriot, und deshalb schafft er es auch, daß wir uns als Ägypter und nicht als Muslims oder Kopten fühlen. Sicher, ich könnte durchaus glücklich und ohne viel Kopfzerbrechen leben, aber ein Leben in Würde bedeutet, Verantwortung zu übernehmen.«

Kamal kaute vor sich hin, während in seinem Kopf ein Gedanke den anderen jagte und in seiner Brust die Gefühle tobten. Einerseits sah Rijad so sehr ägyptisch aus, daß er einen an die alten pharaonischen Bilder erinnerte. Andererseits litt Rijad genauso wie er unter der Zerrissenheit der Persönlichkeit, und seine Argumente waren zu stichhaltig, um sie leugnen zu können. Wie sollte man es ertragen, als eine Minderheit zu leben, die von der Mehrheit unterdrückt wurde? Das Verdienst himmlischer Botschaften wurde gewöhnlich daran gemessen, was sie für das Glück der Menschheit taten, und das zeigte sich wiederum am besten daran, inwieweit sie den Unterdrückten zu Hilfe kamen.

»Entschuldige«, sagte er, »aber bis jetzt hatte ich noch nie etwas mit Rassismus zu tun. Von frühester Kindheit an hat mir meine Mutter beigebracht, alle Menschen zu lieben. Ich bin während der Revolution aufgewachsen, die frei von allem Rassenwahn war. Ich habe also das Problem nie kennengelernt.«

Als sie sich wieder aufmachten, sagte Rijad: »Am besten wäre es, wenn es den Konflikt erst gar nicht gäbe. Es tut mir leid, aber die Wahrheit ist, daß wir alle in Familien aufgewachsen sind, die ihre schwarzen Erinnerungen mit sich herumtragen. Ich bin kein Fanatiker, aber wer immer die Rechte eines einzigen Menschen mißachtet, und mag das noch so weit weg sein, also nicht nur im eigenen Haus, der tritt die Rechte der gesamten Menschheit mit Füßen.«

»Schön gesagt. Kein Wunder, daß die wahren humanistischen Botschaften oftmals aus Kreisen von Minderheiten kommen oder von Männern, deren Gewissen mit den Problemen von Minderheiten belastet ist. Aber Fanatiker wird es immer geben.«

»Immer und an allen Orten. Der Mensch ist neu, nur das Tier ist alt. Eure muslimischen Fanatiker halten uns für verdammungswürdige Ungläubige, und unsere koptischen Fanatiker betrachten euch als usurpatorische Ungläubige. Unsere Leute empfinden sich als Nachfolger der Könige von Ägypten, die ihre Religion durch die Zahlung der Kopfsteuer bewahren konnten.«

Kamal lachte laut los. »Die einen sagen dies, die anderen das. Was meinst du? Liegt der Grund für den Streit in der Religion oder in der Wesensart der Menschheit, die immer auf Zwistigkeiten aus ist? Die Muslims sind sich nicht einig und die Christen auch nicht. Es wird immer den Konflikt zwischen schiitischen und sunnitischen Muslims geben, zwischen dem Mann aus Hedschas und dem aus Irak, zwischen dem Wafdisten und dem Konstitutionellen, zwischen dem Studenten der Literatur und dem der Naturwissenschaften, zwischen dem Anhänger der Ahli- Fußballmannschaft und dem der Arsenal-Mannschaft. Nichtsdestotrotz regen wir uns über nichts mehr auf als über eine Meldung in der Zeitung, die von einem Erdbeben in Japan berichtet. Sag mal, warum schreibst du nicht über so etwas in deinen Erzählungen?«

»Über Kopten und Muslims?« Rijad schwieg eine Weile. »Ich habe Angst, mißverstanden zu werden.« Wieder setzte eine Pause ein, bevor er fortfuhr: »Und dann vergiß bitte nicht, daß wir, trotz aller Entwicklung, wieder einmal im berühmt-berüchtigten goldenen Zeitalter sind. Scheich Abd al-Aziz Gawisch hat bereits früher vorgeschlagen, daß die Muslims aus unserer Haut Schuhe machen sollten.«

»Wie also können wir das Problem an der Wurzel pakken und ausrotten?«

»Zum Glück ist es Teil eines umfassenderen Problems geworden. Die Frage der Kopten ist eine Frage des Volks, denn wenn das Volk unterdrückt wird, sind wir unterdrückt, und wenn das Volk frei ist, sind wir frei.«

Glück und Frieden – ein immerwährender Traum. Mein Herz lebt für die Liebe, aber wann wird mein Verstand wissen, was er will? Wann werde ich je mit der

Sicherheit meines Neffen Abd al-Munim ja und nochmals ja sagen können? Durch die Freundschaft mit Rijad habe ich begriffen, wie seine Erzählungen zu lesen sind. Aber woher soll ich den Glauben an die Kunst nehmen, wenn mir selbst die Wissenschaft als unbewohnbares Schloß vorkommt?

Rijad, der Kamal verstohlen beobachtete, fragte plötzlich: »Woran denkst du? Sag mir die Wahrheit.«

Kamal begriff, was sich hinter Rijads Frage verbarg, also erwiderte er ohne Umschweife: »Ich habe an deine Erzählungen gedacht.«

»Hat dich meine Offenheit verletzt?«

»Gott bewahre!«

Rijad lachte, als müßte er sich entschuldigen. »Hast du meine letzte Erzählung gelesen?«

»Ja, sie ist hübsch. Aber mir kommt es vor, als sei Kunst ein reichlich unernstes Betätigungsfeld, wobei ich hinzufügen muß, daß ich nicht genau weiß, was für das Leben der Menschen wichtiger ist – der Ernst oder die Unterhaltung. Du hast eine große wissenschaftliche Bildung und gehörst vielleicht zu denen, die – abgesehen von den Wissenschaftlern – noch am meisten von Wissenschaft verstehen. Aber du verschwendest deine Energie aufs Schreiben von Geschichten, und da frage ich mich bisweilen schon, was dir die ganze andere Bildung nützt.«

»Ich habe«, erklärte Rijad begeistert, »von der Wissenschaft für die Kunst maßgebliche Dinge übernommen, nämlich der Wahrheit zu dienen, ihr treu zu bleiben und mich ihr mutig zu stellen, wie bitter sie auch immer sein mag. Ich habe von der Wissenschaft gelernt, im Urteil ehrlich und gegenüber allen Kreaturen tolerant zu sein.«

Große Worte, aber was haben sie mit vergnüglichen Geschichtchen zu tun?

Rijad schaute Kamal an, und da er seinem Gesicht den

Zweifel ansah, lachte er laut und sagte: »Du kannst dich von deiner schlechten Meinung über Kunst nicht lösen. Mein einziger Trost ist, daß nichts auf der Welt vor deinem Zweifel sicher ist. Wir nehmen die Dinge mit unserem Verstand wahr, aber wir erleben sie auch mit dem Herzen. Du zum Beispiel, der große Zweifler, liebst, hast Umgang mit anderen und nimmst in gewissem Umfang am politischen Leben deines Landes teil. Ob nun bewußt oder unbewußt, hinter jedem dieser Aspekte verbirgt sich ein Prinzip, das nicht weniger stark als der Glaube ist. Die Kunst verleiht dem menschlichen Universum Ausdruck. Darüber hinaus gibt es Schriftsteller, die mit ihrer Kunst am internationalen Wettstreit der Ideen teilnehmen, was nichts anderes heißt, als daß ihr Werk in der weltweiten Auseinandersetzung zu einer Waffe wird. Es kann also nicht sein, daß Kunst eine unernste Angelegenheit ist.«

Ein Plädoyer für die Kunst oder für den Wert des Künstlers? Hätte der Mann auf der Straße, der Nüsse und Kerne verkauft, die Gabe zu disputieren, würde er nachweisen, daß er im Leben der Menschheit eine bedeutende Rolle spielt. Schon denkbar, daß es nichts gibt, was nicht einen ihm innewohnenden Wert hat, aber ebenso kann man auch das Gegenteil behaupten, nämlich daß nichts einen Wert hat. Wieviel Millionen Menschen hauchen in diesem Moment ihr Leben aus? Zur gleichen Zeit weint ein Kind, weil es sein Spielzeug verloren hat, schreit ein Verliebter seinen Kummer in die Nacht hinaus, vertraut er seine Wehmut dem Universum an. Was soll ich – lachen oder weinen? »Da du gerade von der weltweiten Schlacht der Ideen gesprochen hast – das spielt sich in verkleinerter Form in unserer Familie ab. Einer meiner Neffen ist Muslim-Bruder, ein anderer Kommunist.«

»Über kurz oder lang wird es in jedem Haus so aussehen. Wir leben nicht mehr in einer verstöpselten Flasche. Was ist mit dir? Hast du über diese Alternativen noch nie nachgedacht?«

»Über den Kommunismus habe ich gelesen, als ich mich mit der materialistischen Philosophie beschäftigte, und über den Faschismus und Nazismus habe ich in Büchern nachgeschlagen.«

»Du liest, du nimmst zur Kenntnis. Ein Historiker ohne Geschichte. Ich hoffe, daß du den Tag, an dem du diese Haltung aufgibst, als deinen wahren Geburtstag feierst.«

Kamal fühlte sich verletzt. Einerseits empfand er diese Bemerkung als beißende Kritik, andererseits war sie nicht ganz unangebracht. Um nicht weiter darauf eingehen zu müssen, sagte er: »Das Beispiel in unserer Familie zeigt, daß weder der Kommunist noch der Muslim-Bruder über das, was sie glauben, gesichertes Wissen haben.«

»Glauben ist eine Sache des Willens, nicht des Wissens. Der dümmste Christ weiß heutzutage hundertmal mehr über das Christentum als die ersten Märtyrer. Bei euch im Islam ist es genauso.«

»Und du? Glaubst du an eine von diesen Ideologien?«

Rijad überlegte kurz, dann sagte er: »Ohne jeden Zweifel verachte ich Faschismus und Nazismus wie überhaupt jegliches diktatorische System. Was aber den Kommunismus betrifft, so ist er durchaus fähig, eine Welt zu schaffen, die frei von rassistischen, religiösen und klassenbedingten Konflikten ist. Aber mein Hauptinteresse gilt der Kunst.«

Nicht ohne Spott erwiderte Kamal: »Deine Vision von der Welt hat vor mehr als tausend Jahren bereits der Islam begründet.«

»Aber das ist eine Religion. Der Kommunismus ist eine Wissenschaft, während Religion immer eine Legende sein wird.« Lächelnd fügte er hinzu: »Wir leben mit Muslims zusammen, nicht mit dem Islam.«

Trotz der Kälte herrschte in der Fuad-Straße Gedränge. Rijad blieb plötzlich stehen. »Was meinst du, wenn wir zu Abend Makkaroni essen und einen guten Wein trinken?«

»Ich trinke nicht in Gaststätten, wo viele Leute sitzen. Wenn du willst, können wir zu Okaschas Café gehen.«

Rijad lachte. »Wie kannst du es nur ertragen, dich so gesetzt zu geben? Brille, Schnurrbart, ordentliches Benehmen. Geistig hast du dich von allen Fesseln befreit, aber dein Körper besteht aus nichts anderem als Vorschriften. Du bist wirklich dafür geschaffen, Lehrer zu sein. Zumindest macht dein Äußeres diesen Eindruck.«

Rijads Bemerkung über sein Aussehen ließ in Kamal die schmerzliche Erinnerung an die Geburtstagsfeier eines Kollegen aufkommen. Als alle ziemlich betrunken waren, hatte einer der Anwesenden höhnische Bemerkungen über seinen Schädel und seine Nase gemacht und damit alle zum Lachen gebracht. Wie immer, wenn er gezwungen wurde, sich sein Aussehen zu vergegenwärtigen, mußte er an Aida denken, an das Mädchen, das als erste sich über seinen großen Kopf und seine Nase lustig gemacht hatte. Seltsam, daß Liebe sich in nichts auflösen konnte und nur noch schmerzliche Erinnerungen blieben.

»Na los«, erklärte Rijad und zog ihn am Arm. »Wir trinken ein Glas Wein und unterhalten uns über die Kunst, Geschichten zu schreiben. Danach gehen wir in die Gauhari-Gasse, zu Frau Galila, und wenn du sie wieder Tantchen nennst, mache ich es dir nach.«

24

Im Zuckergäßchen, genauer gesagt, in der Wohnung von Abd al-Munim Schaukat, herrschte aufgeregtes Treiben. Im Schlafzimmer drängten sich um Naimas Bett Amina,

Chadiga, Aischa, Zanuba und die Ärztin, und im Empfangszimmer saßen bei Abd al-Munim sein Vater, Achmed, Jasin und Kamal.

»Die nächste Entbindung«, spaßte Jasin, »mußt du so planen, daß sie nicht gerade wieder in die Prüfungszeit fällt.«

Es war Ende April, und Abd al-Munim sah ebenso erschöpft wie glücklich aus, vor allem wirkte er aber sehr aufgeregt. Durch die geschlossene Tür drangen Schreie, die alle Schattierungen von heftigem Schmerz in sich bargen.

»Die Schwangerschaft hat sie sehr mitgenommen«, sagte Abd al-Munim, »sie ist unglaublich geschwächt. Ihr Gesicht sah zuletzt aus, als würde kein Tröpfchen Blut mehr in ihr fließen.«

Begleitet von erleichterndem Rülpsen, erklärte Jasin: »Das ist normal, allen Frauen geht es so.«

»Ich kann mich noch an Naimas Geburt erinnern«, meinte lächelnd Kamal. »Es war eine schwere Entbindung, und Aischa hat fürchterlich gelitten. Ich stand genau hier, neben dem seligen Chalil, und fühlte ihren Schmerz mit.«

»Soll das heißen, daß schwierige Entbindungen vererbt werden?« fragte Abd al-Munim.

»Nur Er macht die Dinge leicht«, erklärte Jasin und wies mit dem Finger gen Himmel.

»Wir haben eine Ärztin geholt, die im Viertel sehr bekannt ist. Meine Mutter wollte die Hebamme haben, die uns schon auf die Welt geholt hat. Aber ich habe auf der Ärztin bestanden, weil sie ohne allen Zweifel sauberer und geschickter ist.«

»Natürlich«, versicherte ihm Jasin, »auch wenn jede Geburt in Gottes Hand und Seiner Obhut liegt.«

Der künftige Großvater Ibrahim Schaukat zündete sich eine Zigarette an, bevor er sagte: »Die Wehen setzten früh am Morgen ein, jetzt ist es fast fünf. Die Ärmste, sie ist so zart. Möge Gott ihr beistehen!« Ein Blick aus schläfrigen Augen, der auf beiden Söhnen, Abd al-Munim und Achmed, ruhen blieb. »Ach«, seufzte er, »könntet ihr euch nur an die Schmerzen erinnern, die eine Mutter euretwegen erleidet.«

»Aber Papa«, warf Achmed lachend ein, »wie kannst du von einem Fötus verlangen, sich zu erinnern?«

»Hat man den Willen, sich dankbar zu erweisen, braucht man nicht unbedingt die eigene Erinnerung«, schalt ihn der Vater.

Plötzlich war kein Schrei mehr zu hören. Stille senkte sich herab. Die Männer blickten gebannt auf die geschlossene Tür. Nicht lange, und Abd al-Munim war mit seiner Geduld am Ende. Er stand auf und klopfte. Die Tür ging einen Spaltbreit auf, gerade ausreichend, um Chadigas fülliges Gesicht erblicken zu können. Fragend blickte Abd al-Munim die Mutter an, wollte den Kopf ins Zimmer hineinschieben, da drängte sie ihn mit beiden Händen zurück. »Noch hat Gott den glücklichen Ausgang nicht beschieden.«

»Aber es dauert so lange. Vielleicht stimmt mit den Wehen etwas nicht?«

»Das weiß die Ärztin besser als wir. Beruhige dich, und bete zu Gott, daß wir uns freuen können.« Sie schloß die Tür, und der junge Mann ging auf seinen Platz zurück.

»Ihr müßt ihn entschuldigen, er erlebt zum erstenmal so etwas«, entschuldigte Ibrahim Schaukat die Unruhe seines Sohns.

Kamal wollte sich ablenken, und so holte er aus der Tasche die Zeitung »Al-Balagh« und begann darin zu blättern.

»Im Radio wurden die letzten Ergebnisse der Wahlschlacht bekanntgegeben«, sagte Achmed, und mit einem spöttischen Lächeln fügte er hinzu: »Wirklich lächerliche Ergebnisse.«

Zerstreut fragte sein Vater: »Wieviel Wafdisten haben insgesamt gewonnen?«

»Dreizehn, wenn ich mich recht erinnere.« Achmed sah seinen Onkel Jasin an. »Da teilen Sie jetzt bestimmt Radwans Freude, nicht wahr?«

Jasin zuckte verächtlich mit den Schultern. »Er ist weder Minister noch Abgeordneter geworden, was habe ich also damit zu tun?«

»Dabei hatten die Wafdisten gedacht, daß die Zeit der gefälschten Wahlen vorbei sei«, spottete Ibrahim Schaukat. »Aber ein von Gott Erleuchteter ist natürlich schlitzohriger als sein Bruder.«

»Offensichtlich ist in Ägypten die Ausnahme zur Regel geworden«, knurrte Achmed verärgert.

»Selbst an-Nahhas und Makram Ubaid haben die Wahl nicht geschafft, ist das nicht ein Witz?«

»Aber niemand wird abstreiten«, und nun nahm Ibrahim Schaukats Tonfall eine gewisse Schärfe an, »daß sie es gegenüber dem König an Anstand haben fehlen lassen. Könige haben ihren Rang, und da kann man nicht in dieser Weise mit ihnen umgehen.«

»Unser Land braucht eine tüchtige Dosis Unhöflichkeit, damit es endlich aus der langen Ohnmacht erwacht«, hielt Achmed dagegen, und aufgebracht fügte Kamal hinzu: »Diese Hunde werden es schaffen, hinterm Vorhang eines angeblichen Parlaments wieder ein absolutes Regime zu errichten. Am Ende kommt heraus, daß Faruk genauso mächtig und despotisch wie Fuad regiert, wenn nicht noch schlimmer. Das alles kann nur geschehen, weil ein paar Vaterlandsverräter ihre Hände im Spiel haben.«

Jasin lachte. Offensichtlich fühlte er sich bemüßigt, seine belustigte Reaktion zu erklären. »Kamal hat zwar in der

Kindheit die Engländer genauso geliebt wie Schahin, Adli, Tharwat und Haidar, aber das hat ihn nicht gehindert, hinterher ein Wafdist zu werden.«

Kamal blieb ernst und sagte, vor allem an Achmed gewandt: »Alle Ergebnisse – erstunken und erlogen. Jeder im Land weiß, daß die Wahl gefälscht ist. Trotzdem wird sie offiziell anerkannt und als Grundlage für die neue Regierung genommen. Im tiefsten Innern weiß das Volk genau, daß seine Abgeordneten Diebe sind und sich ihre Sessel zusammengestohlen haben, demnach also auch die Minister Halunken sind, weil sie sich ihre Pöstchen ergaunert haben, und somit die gesamte Regierung nur Lug und Trug ist. Diebstahl, Täuschung, Fälschung werden damit offiziell legitimiert. Kann man es da dem einfachen Mann von der Straße übelnehmen, wenn er alle Prinzipien und moralischen Werte leugnet und statt dessen an Betrug und Bestechung glaubt?«

»Laß sie doch, sollen sie doch regieren!« rief Achmed hitzig. »Alles Schlechte hat auch sein Gutes. Für unser Volk ist es besser, erniedrigt zu werden, als von einer Regierung, die seine Liebe und sein Vertrauen hat, im Dämmerzustand gehalten zu werden und seine wahren Hoffnungen nie erfüllt zu sehen. Ich habe lange nachgedacht und bin schließlich zu der Meinung gekommen, die Macht von Tyrannen wie Mohammed Machmud und Ismail Sidki willkommen zu heißen.«

Kamal fiel auf, daß sich Abd al-Munim entgegen seiner sonstigen Art am Gespräch nicht beteiligte. Da er ihn einbeziehen wollte, fragte er: »Wie ist deine Sicht der Dinge?«

Abd al-Munim lächelte nichtssagend und erwiderte: »Laßt mich heute mal zuhören.«

»O nein«, erklärte Jasin lachend. »Du mußt schon unterhaltsam sein, sonst will das Neugeborene, wenn du so finster dasitzt, wieder dahin zurück, woher es kam.« Er rutschte unruhig auf dem Stuhl herum, und Kamal begriff, daß er sich gleich unter einem Vorwand entschuldigen und aufbrechen würde. Natürlich, die Zeit für den Besuch im Café war gekommen, und nichts konnte und sollte den vergnüglichen Abend verderben. An sich, so überlegte Kamal, könnte er mit ihm gehen, gab es doch keinen zwingenden Grund, hier noch länger zu bleiben. Bereit, im nächsten Moment aufzustehen, beobachtete er Jasin.

Doch da gellte ein Schrei durch die Luft, ein Schrei aus Naimas Zimmer, grausam und erschütternd und alle Tiefen menschlichen Leids in sich bergend. Von nun an folgte ein Schrei dem anderen, so daß alle Männer gebannt auf die Tür starrten und Schweigen herrschte. Schließlich flüsterte Ibrahim Schaukat: »Vielleicht war das mit Gottes Hilfe die letzte Wehe.«

Ob es stimmte? O nein, es ging weiter, und beklommen schwiegen die Männer vor sich hin. Abd al-Munim war kreidebleich. Stille setzte ein, aber nicht für lange. Wieder ein Schrei, nur klang er diesmal hohl, als käme er aus heiserer Kehle und zerrissener Brust, als ginge es um Leben und Tod.

Da Jasin fühlte, daß Abd al-Munim Worte der Ermutigung brauchte, sagte er: »Bei einer schwierigen Entbindung ist das normal.«

»Schwierig, schwierig! Warum ist sie schwierig?« stieß Abd al-Munim mit bebender Stimme hervor.

Die Tür öffnete sich, und Zanuba kam heraus. Sie zog sie hinter sich zu, und als die Männer sie anstarrten, ging sie auf Jasin zu und sagte: »Es ist alles in Ordnung, nur möchte die Ärztin, daß ihr zur Vorsicht Doktor Sajjid Mohammed holt.«

Abd al-Munim sprang auf. »O ja, bestimmt ist das notwendig. Aber was ist mit ihr?«

»Es läuft alles seinen Gang, aber wenn Sie uns mehr Gewißheit verschaffen wollen, dann beeilen Sie sich, und holen Sie den Arzt.«

Abd al-Munim verlor keine Zeit. Er hastete in sein Zimmer, um sich etwas überzuziehen, und gemeinsam mit Achmed, der ihm nachgelaufen war, verließ er das Haus. Erst jetzt fragte Jasin: »Was geht da vor sich?«

Zum erstenmal zeigte sich auf Zanubas Gesicht Angst. »Die Ärmste ist furchtbar erschöpft, möge Gott ihr beistehen.«

»Und die Ärztin? Was sagt sie?«

»Sie hat gesagt, daß sie den Doktor dabeihaben will.«

Als Zanuba ins Zimmer zurückgegangen war, ließ sie die Männer in beklemmender Angst zurück.

»Wohnt der Doktor weit weg?« fragte Jasin.

»In Ataba, in dem Haus mit deinem Lieblingscafé«, antwortete Ibrahim Schaukat.

Ein Schrei zerriß die Luft, lähmte die Zungen. Schon wieder eine quälende Wehe? Wann würde endlich der Doktor kommen? Noch ein Schrei, die Anspannung zerrte an den Nerven. Doch auf einmal rief Jasin entsetzt: »Das ist Aischas Stimme gewesen!«

Alle lauschten. Ja, es war Aischa, die schrie. Ibrahim stand auf, ging zur Tür und klopfte. Zanuba öffnete, ihr Gesicht war bleich. Ungestüm fragte Ibrahim: »Was geht da vor? Was ist mit Aischa? Wäre es nicht besser, wenn sie den Raum verläßt?«

Zanuba schluckte heftig. »O nein, der Zustand ist ernst, Herr Ibrahim.«

»Was ist geschehen?«

»Plötzlich … auf einmal ist sie … sehen Sie nur selbst.«

Mit einem Satz rannten Jasin und Kamal zur Tür, und die drei Männer starrten ins Zimmer. Naima lag im Bett, zugedeckt bis zur Brust. Chadiga, Amina und die Ärztin umringten das Bett, während Aischa mitten im Raum stand und von weitem, als hätte sie das Bewußtsein verloren, mit flackerndem Blick die Tochter beobachtete. Naima hielt die Augen geschlossen. Die Brust hob und senkte sich, und da nur dieser Teil sich bewegte, schien es, als hätte sich die Brust vom Rest des starren Körpers getrennt. Das Gesicht war leichenblaß.

»Der Doktor!« schrie die Ärztin.

»O Herr!« rief Amina.

Und Chadiga flehte ein ums andere Mal: »Naima, antworte mir!«

Einzig Aischa blieb stumm, als ginge sie alles nichts an.

Was geschieht hier, fragte sich Kamal, doch als er seinem Bruder verstört die Frage stellte, gab der keine Antwort. Sieht das noch nach einer schwierigen Entbindung aus? Kamal schaute auf Aischa, dann auf Ibrahim und Jasin, und das Herz verkrampfte sich ihm in der Brust. Es konnte nur noch eins bedeuten.

Die Männer traten ins Zimmer, was sie nie gewagt hätten, wenn es noch um eine Entbindung gegangen wäre. Aischa war am Ende ihrer Kräfte. Keiner sprach sie an.

Naima öffnete die Augen. Ein dunkler Glanz hielt sie bedeckt. Eine Bewegung schien anzudeuten, daß sie sich aufsetzen wollte. Großmutter Amina stützte sie, hielt sie in den Armen fest. Die junge Frau seufzte, und dann entrang sich ihr ein tiefes Stöhnen. Plötzlich, als flehte sie um Hilfe, rief sie: »Mama! Ich gehe! Ich gehe fort!« Und dann fiel ihr Kopf auf die Brust der Großmutter.

Lautes Klagen erfüllte das Zimmer. Chadiga schlug auf Naimas Wangen ein, Amina sprach das Glaubensbekenntnis. Doch Aischa starrte verlorenen Blicks aus dem Fenster, das aufs Zuckergäßchen ging. Dann war ihre Stimme zu vernehmen, die eher nach Röcheln als nach Sprechen klang. »Was geschieht hier, Herr? Was tust du? Warum?

Weshalb? Ich will es verstehen!« Ibrahim Schaukat trat an sie heran, streckte seine Hand aus. Sie stieß sie brüsk zurück. »Rührt mich nicht an! Niemand! Laßt mich, laßt mich …« Sie blickte einen nach dem anderen an und sagte: »Geht bitte. Sagt nichts. Kennt ihr Worte, die helfen? Reden nützt nichts. Naima ist tot, ihr seht es. Sie war alles, was mir geblieben war. Nun habe ich nichts mehr. Geht bitte, geht.«

Es herrschte tiefste Finsternis, als sich Jasin und Kamal auf dem Weg zur Baina l-Kasrain befanden.

»Das Schwerste ist, unserem Vater die Nachricht zu überbringen«, sagte Jasin.

»Ja«, stöhnte Kamal und wischte sich die Augen.

»Hör auf zu weinen, ich halte das nicht mehr aus.«

»Ich hatte sie sehr lieb und bin furchtbar traurig, Bruder. Die arme Aischa«, stöhnte er.

»Das ist in Wahrheit das größte Unglück. Wir werden diesen Tag wieder vergessen – Aischa nicht.«

Vergessen? Mein Leben lang wird mich Naimas Gesicht begleiten. Ich weiß, daß Vergessen eine große Wohltat sein kann. Doch wie lange dauert es, bis die Linderung einsetzt?

»Ich war besorgt, als Naima heiratete. Weißt du, warum? Als sie geboren wurde, hat der Doktor gesagt, daß sie ein schwaches Herz hat und wahrscheinlich nicht älter als zwanzig Jahre werden wird. Unser Vater erinnert sich bestimmt noch daran.«

»Das war mir nicht bekannt. Wußte Aischa Bescheid?«

»Aber nein, auf keinen Fall. So viel Zeit ist seitdem vergangen, aber Gottes Ratschluß entgeht niemand.«

»Arme Aischa, wie sehr mußt du leiden.«

»O ja, mit wieviel Unglück ist die Ärmste geschlagen.«

25

Achmed saß im Lesesaal der Universitätsbibliothek, vertieft in die Lektüre eines Buchs. Bis zur Prüfung blieb noch eine Woche, aber er war jetzt schon völlig erschöpft. In dem Gefühl, daß sich jemand hinter ihn setzte, drehte er sich neugierig um. Alawija Sabri war es und niemand anders. Wartete sie auf ein Buch, das sie ausleihen wollte? Beim Umdrehen hatte er einen Blick aus ihren großen, schwarzen Augen erhascht, und als er sich wieder dem aufgeschlagenen Buch zuwandte, waren sein Herz und seine Sinne wie berauscht. Bestimmt kannte sie ihn vom Sehen, und sicherlich wußte sie auch, daß er in sie verliebt war. Solche Dinge ließen sich nicht verheimlichen, denn wann immer sie sich mal umdrehte, während der Vorlesungen oder beim Sitzen im Urman-Garten, hatte sie ihn gewiß dabei ertappt, wie er sie verstohlen beobachtete. Ihre Anwesenheit hinderte ihn zwar am Weiterlesen, aber dafür war seine Freude kaum noch zu ertragen. Seit er wußte, daß sie wie er Soziologie gewählt hatte, hoffte er, mit ihr im Verlauf des kommenden Studienjahrs bekannt zu werden. Wegen der Überbelegung des Vorbereitungskurses hatte sich bisher keine Gelegenheit geboten. So dicht wie jetzt und unbeobachtet hatte sie noch nie bei ihm gesessen, und deshalb versuchte ihm seine Seele auch einzuflüstern, zum Regal mit den Nachschlagewerken zu gehen und sie unterwegs zu grüßen. Er sah sich um. Hier und da saßen vereinzelt Studenten. Ohne langes Zögern stand er auf, schritt durch den Gang zwischen den Stühlen, und als er an ihr vorbeikam und sich ihre Blicke begegneten, neigte er höflich den Kopf. Sie sah überrascht aus, dennoch deutete sie mit einem leichten Nicken einen Gruß an, bevor sie gleich wieder hinunterschaute. Hatte er vielleicht etwas falsch gemacht? Nein, auf keinen Fall. Seit einem geschlagenen Jahr war sie seine Kommilitonin, und da gehörte es sich zu grüßen, wenn man sich in einem fast leeren Saal begegnete. Er ging weiter, bis er an den Schrank mit der Enzyklopädie kam, nahm einen Band in die Hand und begann zu blättern. Kein einziges Wort nahm er wahr. Die Freude darüber, daß sie reagiert hatte, war so mächtig, daß alle Müdigkeit verflog und sein Körper vor neuer Tatkraft bebte. Wie schön sie war! Hingerissen vor Bewunderung und betört von ihrem Charme, konnte er nur noch an sie denken. Alles an ihr verriet, daß sie aus einer »Familie« kam, wie man so sagte. Am meisten hatte er davor Angst, daß sich hinter ihrem guten Benehmen der Stolz ihrer Klasse verbarg. Nun ja, er konnte ihr, falls notwendig, zu verstehen geben, auch aus einer »Familie« zu kommen. Entsprach es nicht der Wahrheit? Standen die Schaukats etwa nicht in hohem Ansehen? Gewiß, und Besitz hatten sie auch. Eines Tages würde er neben dem Gehalt auch über Einkünfte aus Liegenschaften verfügen. Ein spöttisches Lächeln huschte über seine Lippen. Gehalt, Renten, »Familie« ... Wo blieben da seine Grundsätze? Er wurde ein wenig verlegen. Nein, sagte er sich, die verborgenen Neigungen des Herzens kennen keine Prinzipien. Wenn die Menschen lieben und heiraten, übertreten sie die von ihnen gesteckten Grenzen und kümmern sich nicht mehr darum. Wie der Fremde in einem anderen Land die neue Sprache lernen muß, um erfolgreich zu sein, bringen die Liebenden ihre guten Eigenschaften ein und machen aus sich ein neues Wesen. Klasse und Besitz sind gegebene Tatsachen, für die weder sein Vater noch Großvater etwas können, und schon gar nicht er. Mit Wissen und durch Kampf überwindet man dumme Klassenschranken. Wahrscheinlich gelingt das, aber wie geht einer wie er, der aus einer reichen Familie kommt, mit dem um, was ihm die Vergangenheit hinterlassen hat? Unsinn, die Liebe zum Volk steht in keinem Widerspruch zur Liebe zu einer Aristokratin. Selbst ein Karl Marx hat die Enkelin des Herzogs von Braunschweig geheiratet. »Bezaubernde Prinzessin«, »Ballkönigin« hat man Jenny von Westphalen genannt, und solch eine Prinzessin sitzt nun hier, und würde sie tanzen, feierte man auch sie als Ballkönigin.

Er stellte den Band ins Regal. Als er wieder an seinen Platz zurückkehrte, sog er alles mit dem Blick auf, was er von ihr mit dem Blick erhaschen konnte – die zarte Haut des Nackens, das geflochtene Haar. Wie wunderschön sie war! Behutsam ging er vorbei und setzte sich hin. Wenige Minuten später hörte er das Geräusch von Schritten, und da er glaubte, sie würde weggehen, sah er sich voller Bedauern um. Aber nein, sie kam auf ihn zu, und tatsächlich, schon stand sie – reichlich verlegen – vor ihm. Er traute seinen Augen nicht.

»Entschuldigen Sie bitte, aber könnte ich von Ihnen vielleicht die Geschichtsvorlesung bekommen?«

Er sprang wie ein Soldat auf und sagte hastig: »Aber ja, gewiß.«

Als wollte sie sich entschuldigen, erklärte sie: »Ich konnte dem englischen Professor nicht ganz folgen, deshalb habe ich wichtige Punkte nicht mitgeschrieben. Ich könnte es in den Quellen nachschlagen, aber das tu ich nur in den Fächern, auf die ich mich später spezialisieren will. Die Zeit reicht nicht aus, um alles gründlich aufzuarbeiten.«

»Selbstverständlich, ist doch klar.«

»Ich habe gehört, daß Ihre Aufzeichnungen vollständig sind und Sie sie schon vielen ausgeliehen haben.«

»Gewiß, morgen steht Ihnen alles zur Verfügung.«

»Vielen Dank.« Sie lächelte. »Denken Sie nicht, daß ich faul bin. Mein Englisch ist einfach zu mittelmäßig.«

»Das macht doch nichts, mein Französisch liegt noch unter Mittelmaß. Vielleicht bietet sich die Gelegenheit, sich einander zu helfen. Ach, Entschuldigung, setzen Sie sich doch bitte. Dieses Buch könnte Sie interessieren – ›Einführung in die Soziologie‹ von Hankins.«

»Danke, aber das habe ich mir schon öfter angesehen. Sie sagten, daß sie im Französischen mittelmäßig sind, vielleicht könnten Sie dann Notizen von der Psychologie-Vorlesung gebrauchen?«

Ohne zu zögern, erwiderte er: »Wenn es ginge, wäre ich Ihnen sehr dankbar.«

»Dann tauschen wir also morgen unsere Aufzeichnungen aus?«

»Gerne. Entschuldigen Sie, wenn ich das sage, aber die meisten Lehrfächer in Soziologie werden in Englisch gehalten.«

Sie unterdrückte den Anflug eines Lächelns. »Ach, Sie wissen, daß ich Soziologie gewählt habe?«

Nun war es an ihm, seine Verlegenheit – wenn nicht gar Scham, weil er ertappt worden war – hinter einem Lächeln zu verbergen. Schlicht und einfach antwortete er: »Ja.«

»Aus Zufall?«

Er faßte Mut. »Ich habe mich erkundigt.«

Sie preßte die karmesinroten Lippen zusammen. Als hätte sie seine Antwort nicht gehört, sagte sie: »Also tauschen wir morgen die Aufzeichnungen aus.«

»Morgen früh?«

»Auf Wiedersehen, und danke.«

Hastig erwiderte er: »Auf Wiedersehen. Ich freue mich, Ihre Bekanntschaft gemacht zu haben.«

Er blieb stehen, und erst als sie hinter der Tür verschwunden war, setzte er sich hin. Einige Leute sahen ihn neugierig an, doch er war viel zu sehr vom Glück berauscht, um sich davon stören zu lassen. Hatte sie ihn angesprochen, weil sie seine Bewunderung fühlte, oder brauchte sie die Aufzeichnungen wirklich? Noch nie hatte sich die Gelegenheit geboten, sich kennenzulernen, denn wann immer sie erschien, war sie von Freundinnen umgeben. Heute war es endlich geschehen. Er hatte erreicht, was er sich schon lange wünschte. Es kam einem Wunder gleich. Ein Wort, gesprochen von Lippen, die wir lieben, und alles andere wird unwichtig.

26

Obwohl Jasin dagegen ankämpfte, hielt ihn Unruhe gefangen. Lange Zeit hatte er nicht nur den Kollegen, sondern auch sich selbst gegenüber getan, als kümmerte ihn nichts – weder Beamtenstufe und Gehalt noch gar die jeweilige Regierung. Doch jetzt, da die Beförderung in die sechste Leistungsstufe möglich schien, jagte ein besorgter Gedanke den anderen. Die sechste Stufe würde bedeuten, daß sein Gehalt um zwei Pfund stieg. Gemessen an seinen Ausgaben, war das nichts. Außerdem vermuteten alle, daß mit der Beförderung die Leitung der Abteilung verbunden war, und wann hatte er sich je für Leitungsgeschäfte interessiert? Doch es half nichts, aufgeregt sah er der Entscheidung entgegen. Seine Besorgnis hatte vor allem in dem Moment ihren Höhepunkt erreicht, als der Direktor Mohammed Effendi Hassan, der zweite Mann von Radwans Mutter, zu einem Gespräch mit dem Unterstaatssekretär gerufen worden war. Bei den Kollegen des Archivs ging das Gerücht um, daß der Unterstaatssekretär eine letztmalige Einschätzung der Mitarbeiter hören wollte, bevor er die Liste der Beförderungen unterzeichnete. Ausgerechnet Mohammed Hassan sollte die Empfehlungen geben!

Sein verhaßter Nachfolger bei Zainab, der, gäbe es nicht Herrn Mohammed Iffat, schon vor langer Zeit über ihn hergefallen wäre. Wie sollte dieser Mann ihm ein gutes Zeugnis ausstellen?

Da das Büro des Direktors gerade frei war, wollte Jasin die Gelegenheit nutzen und telefonieren. Schon zum drittenmal versuchte er heute, Radwan in der Juristischen Fakultät zu erreichen. »Hallo! Radwan? Ich bin es, dein Vater.«

»Ah, guten Tag! Es steht alles bestens.«

Radwans Stimme hörte sich zuversichtlich an. So weit war es gekommen, der Sohn diente dem Vater als Vermittler. »Hängt noch immer alles von der Unterzeichnung der Liste ab?«

»Sei unbesorgt, der Minister höchstpersönlich hat dich empfohlen. Einige Abgeordnete und Senatoren haben mit ihm gesprochen, und er hat versprochen, daß alles in Ordnung geht.«

»Ist vielleicht noch eine Empfehlung nötig?«

»Auf keinen Fall. Der Pascha hat mir heute früh bereits gratuliert, aber das habe ich dir ja schon gesagt. Du kannst völlig beruhigt sein.«

»Ich danke dir, mein Sohn. Auf Wiedersehen.«

»Auf Wiedersehen, Papa, und herzlichen Glückwunsch im voraus.«

Jasin legte den Hörer auf. Als er das Büro verließ, kam ihm, bepackt mit Akten, Ibrahim Effendi Fathallah entgegen, sein Konkurrent beim Gerangel um die sechste Beförderungsstufe. Man grüßte sich zurückhaltend, doch Jasin blieb stehen und sagte: »Nehmen wir die Sache als sportlichen Wettkampf, Ibrahim Effendi, und wie auch immer das Ergebnis ausfallen mag, wir akzeptieren es mit Anstand.«

»Unter der Bedingung, daß alles ehrlich zugeht.«

»Wie meinen Sie das?«

»Na, daß aufgrund der Leistung und nicht mit Hilfe von Empfehlungen gewählt wird.«

»Ein seltsamer Standpunkt. Ist auf dieser Welt irgend etwas ohne Fürsprache zu erreichen? Machen Sie das Ihrige, und ich mache, was ich kann. Befördert wird der, dem das Schicksal wohlgesinnt ist.«

»Ich bin älter als Sie.«

»Wir sind beide seit langem Beamte, da kommt es auf ein Jahr mehr oder weniger nicht an.«

»In einem Jahr kann viel geschehen. Menschen werden geboren, Menschen sterben.«

»Na und? Es hat eben jeder sein Schicksal zu tragen.«

»Und was ist mit dem Befähigungsnachweis?«

»Befähigungsnachweis? Wir bauen doch keine Brücken oder elektrische Anlagen«, erwiderte Jasin aufgebracht. »Nachweis! Was für einen Nachweis braucht man bei unserem Papierkram? Wir haben beide den Grundschulabschluß, und darüber hinaus bin ich ein gebildeter Mensch.«

Ibrahim Effendi stieß ein höhnisches Lachen aus. »Gebildet? Habe die Ehre, Herr Gebildeter. Beziehen Sie das etwa auf die paar Gedichte, die Sie auswendig können? Oder vielleicht auf den Stil Ihrer Amtsschreiben, bei denen Sie sich abmühen, als machten Sie die Grundschulprüfung? Ich für meinen Teil stelle meine Sache Gott anheim.«

Die beiden Männer trennten sich in denkbar schlechtester Stimmung. Jasin kehrte in sein Büro zurück. Es war ein großer Raum mit etlichen Schreibtischen. Die Wände waren mit Regalen bestückt, in denen sich Aktenordner türmten. Einige Kollegen waren eifrig mit Unterlagen beschäftigt, andere schwatzten und rauchten. Etliche Bürboten, die Aktenordner auf den Armen schleppten, sorgten für ständiges Kommen und Gehen.

»Meine Tochter macht dieses Jahr Abitur«, sagte Jasins

Nachbar. »Ich werde sie auf das Lehrerinstitut schicken, und dann habe ich Ruhe. Das kostet nichts, und wenn sie den Abschluß hat, muß man sich nicht damit herumschlagen, eine Stellung zu finden.«

»Das machen Sie richtig«, erwiderte er.

»Und Sie?« fragte der Mann ein wenig spitz. »Was haben Sie für Ihre Karima geplant? Wie alt ist sie jetzt?«

Jasin war zwar noch immer gereizt, aber beim Gedanken an die Kleine huschte ein Lächeln über sein Gesicht. »Sie ist elf. So Gott will, schließt sie im kommenden Sommer die Grundschule ab.« Er zählte an den Fingern. »Jetzt haben wir November, also ist sie in sieben Monaten mit allem Drum und Dran fertig.«

»Hat sie das erst erreicht, schafft sie auch die Oberschule. Heutzutage ist auf die Mädchen mehr Verlaß als auf die Jungens.«

Oberschule? Zanuba redete immer davon, aber das kam nicht in Frage. Er könnte es nicht ertragen, seine Tochter mit auf und ab hüpfenden Brüsten auf der Straße laufen zu sehen. Und dann die Kosten! »In unserer Familie schickt man die Mädchen nicht zur Oberschule. Wozu auch? Arbeiten werden sie ohnehin nicht.«

»Paßt eine solche Ansicht noch ins Jahr 1938?« fragte ein Kollege.

»Für unsere Familie durchaus, selbst wenn wir schon 2038 hätten.«

Nun mischte sich ein weiterer Kollege ein. »Geben Sie doch ruhig zu, daß es eine Frage des Geldes ist. Wenn Sie die Ausbildung Ihrer Tochter bezahlen, reicht es nicht mehr für Sie. Das Café in Ataba, die Bar in der Mohammed-Ali-Straße und – ›Ach, die jungfräulichen Mädchen, sie haben mir alles genommen‹. So verhält es sich doch in Wahrheit.«

Jasin lachte laut los. »Möge Gott den Schleier darüber

legen. Aber wie gesagt, mehr als die Grundschule kommt bei uns für die Mädchen nicht in Frage.«

Vom anderen Ende des Raums drang ein Husten herüber. Jasin sah sich um. Plötzlich stand er auf, war ihm doch etwas Wichtiges eingefallen. Er ging zu dem Schreibtisch des Kollegen hinüber. Der sah zwar von den Akten auf, doch Jasin beugte sich trotzdem hinunter. Leise sagte er: »Sie haben mir das Rezept versprochen.«

»Was?« fragte der Mann zurück und streckte ihm das Ohr entgegen.

Jasin ärgerte sich über dessen Schwerhörigkeit, wagte es aber nicht, lauter zu sprechen.

Da tönte von der Mitte des Raums her eine Stimme: »Ich wette, daß er Sie gerade nach dem Rezept von diesem blöden Zeug fragt, das uns noch alle ins Grab bringen wird.«

Verstimmt ging Jasin auf seinen Platz zurück. Der Schreihals kümmerte sich nicht darum, sondern grölte in voller Lautstärke: »Ich kann Ihnen sagen, was Sie machen müssen. Nehmen Sie Mangoschalen, kochen Sie diese kräftig so lange durch, bis das Ganze klebrig wie Honig ist, und dann schlucken Sie davon einen Löffel vor dem Frühstück.«

Alle brüllten vor Lachen los, einzig Ibrahim Fathallah rief voller Häme: »Grämen Sie sich nicht! Wenn Sie die sechste Beamtenstufe erreichen, wird's auch um Ihre Manneskraft besser bestellt sein.«

Jasin grinste. »Was hat die Beförderung damit zu tun?«, und schmunzelnd fügte sein Kollege am Nachbartisch hinzu: »Wenn diese Theorie stimmt, müßte unser Bürodiener Amm Hassanein Minister sein.«

Ibrahim Fathallah schlug die Hände zusammen. »Liebe Kollegen, dieser Mann da«, er wies auf Jasin, »ist sicher witzig und nett, aber ist seine Arbeit auch nur einen Millim wert? Ich vertraue ganz und gar Ihrem gewissenhaften Urteil.«

»Ich schaffe in einer Minute das, wofür Sie einen Tag brauchen«, höhnte Jasin.

»Wenn der Direktor Ihnen nicht freundlich gesinnt sein müßte und Sie sich in diesen lausigen Zeiten nicht auf Ihren Sohn verlassen könnten, sähe die Sache anders aus.«

»Seien Sie unbesorgt, ich habe immer jemanden, der mir hilft«, belustigte sich Jasin, um seinen Rivalen noch wütender zu machen. »Jetzt nutze ich meinen Sohn aus, und wenn der Wafd wieder regiert, habe ich meinen Neffen und meinen Vater. Bloß, wen haben Sie?«

»Der Herrgott steht mir bei!« rief der Kollege und sah zur Zimmerdecke auf.

»Gelobt sei Er, denn den habe ich auch. Ist er nicht unser aller Herr?«

»Über Leute, die sich in der Mohammed-Ali-Straße vollaufen lassen, ist er bestimmt nicht glücklich!«

»Und was ist mit den Opium- und Manzulsüchtigen?«

»Nichts ist abstoßender als Betrunkene!«

»Wieso? Minister und Botschafter trinken doch ständig. Wenn Sie die Zeitung aufschlagen, können Sie sie immer mit einem Glas in der Hand sehen. Aber haben Sie jemals das Bild eines Politikers entdeckt, der zum Abschluß eines Vertrags Opium verteilt?«

»Pst! Hört auf!« rief Jasins Nachbar, mühsam gegen das Lachen ankämpfend. »Sonst verbringt ihr den Rest eurer Dienstzeit im Gefängnis.«

»Der würde mir …«, und Jasin wies auf seinen Widersacher, »selbst noch im Gefängnis mit seinem ständigen ›Ich bin älter als Sie!‹ auf die Nerven gehen.«

In diesem Augenblick kam Mohammed Effendi Hassan von seinem Treffen mit dem Unterstaatssekretär zurück. Sofort setzte Schweigen ein, und alle blickten erwartungsvoll zu ihm. Unbeeindruckt ging der Direktor in sein Büro. Die Kollegen sahen sich fragend an. Möglicherweise war einer der beiden Gegner jetzt schon der Abteilungsleiter, nur, wer war der Glückliche?

Die Tür ging auf, und Mohammed Hassans Glatze erschien. Barsch rief er: »Jasin Effendi!«

Jasin brachte den massigen Körper in Bewegung und ging mit klopfendem Herzen ins Büro des Direktors.

Der musterte ihn mit merkwürdigem Blick und erklärte: »Sie sind in die Sechste befördert worden.«

»Danke, Effendi!« stieß Jasin erleichtert hervor.

»Der Gerechtigkeit halber muß ich Ihnen offen sagen, daß ein anderer die Beförderung mehr als Sie verdient hätte. Aber wenn man Beziehungen hat ...«

Wie so oft fühlte Jasin auch jetzt mächtige Wut auf diesen Mann. »Na und? Was ist an Beziehungen so schlimm? Hat sich irgend etwas schon mal bewegt, ob nun im Großen oder im Kleinen, wo Beziehungen keine Rolle spielten? Wird in dieser Verwaltung, in diesem Ministerium auch nur einer, und dazu gehören auch Sie, verehrter Herr, befördert, ohne daß er Beziehungen spielen läßt?«

Nur mit Mühe konnte der Direktor den aufsteigenden Zorn unterdrücken. »Nichts als Kopfschmerzen hat man von Ihnen! Da werden Sie völlig ungerechtfertigt befördert und regen sich über jede noch so kleine, leider zutreffende Bemerkung auf. Was bleibt da einem zu sagen? Na dann, herzlichen Glückwünsch. Gratulation, mein Herr. Ich hoffe, Sie reißen sich zusammen. Immerhin sind Sie jetzt Abteilungsleiter.«

Ermutigt vom Rückzug des Direktors, erklärte Jasin mit schneidender Schärfe:

»Ich bin jetzt zweiundvierzig Jahre alt, und seit mehr als zwanzig Jahren bin ich Beamter. Finden Sie da etwa, daß die sechste Stufe zuviel für mich ist? Die jungen Lümmel fangen, nur weil sie von der Universität kommen, gleich damit an.«

»Das wichtigste ist, daß Sie Ihre Arbeit ordentlich machen. Ich hoffe, mich auf Sie genauso verlassen zu können wie auf Ihre Kollegen. Damals, als Sie noch an der Nahhasin-Schule tätig waren, galten Sie durchaus als vorbildlicher Beamter. Aber dann gab es ja diesen bedauerlichen Vorfall…«

»Das liegt lange zurück, und es gibt keinen Grund, darauf zurückzukommen. Jeder macht Fehler.«

»Sie stehen im reifen Mannesalter. Wenn Sie Ihre Lebensweise nicht ändern, wird es schwer für Sie sein, den Aufgaben nachzukommen. Jede Nacht durchfeiern – wie soll da der Verstand morgens arbeiten? Ich will, daß Sie sich voll für die Verwaltung einsetzen, nicht mehr und nicht weniger.«

Es ärgerte Jasin ungemein, daß sein Gegenüber auf seine Lebensweise anspielte. »Ich lasse es mir von keinem gefallen, daß er auch nur ein Wort über mein Privatleben verliert. Außerhalb des Ministeriums bin ich frei und kann tun und lassen, was ich will.«

»Und innerhalb des Ministeriums?«

»Da werde ich meinen Pflichten als Abteilungsleiter nachkommen, wie es sich gehört. Ich habe in meinem Leben so viel gearbeitet, daß es für den Rest reicht.«

Jasin ging hinaus, und wenn er auch im Innern vor Wut kochte, zeigte er nach außen hin ein Lächeln. Die Neuigkeit hatte sich bereits herumgesprochen, und dankend nahm er die Glückwünsche entgegen.

Voller Haß beugte sich Ibrahim Fathallah zu seinem Nachbarn hinüber und flüsterte: »Das war sein Sohn! Mehr nicht. Der kennt Abd ar-Rahim Pascha Isa, verstehen Sie? Ein Schande ist das!«

27

Herr Abd al-Gawwad saß in einem bequemen Sessel im Holzerker. Mal schaute er hinunter auf die Gasse, mal warf er einen Blick in die Zeitung »Al-Ahram«, die ausgebreitet auf seinem Schoß lag. Durch die Gitteröffnungen drang Licht herein, das sich als helle Flecke auf seinem weit fallenden Gilbab und dem Käppchen widerspiegelte. Die Tür hatte er offenstehen lassen, damit er das Radio im Salon hören konnte. Nicht nur, daß er schmal und ausgemergelt aussah, es lag in seinen Augen auch ein schwermütiger Blick, der von trauriger Schicksalsergebenheit sprach. Ihm kam es vor, als entdeckte er die Gasse völlig neu, denn in seinem früheren Leben, als er fast nur zum Schlafen nach Hause kam, hatte er diesen Winkel nie vom Holzerker aus beobachtet. Abgesehen vom Radio, war das Hinausschauen nach links und nach rechts sein einziges Vergnügen geworden. Wie lebhaft es hier zuging, und welch angenehme Unterhaltung die Gasse bot. Sie hatte einen eigenen Charakter und unterschied sich sehr von der Nahhasin-Straße, an deren Anblick er wegen seines früheren Geschäfts fast ein halbes Jahrhundert gewöhnt gewesen war. Die Läden vom Friseur Hassanein, Bohnenverkäufer Darwisch, Milchmann al-Fuli, Safthändler Bajumi und Röstereibesitzer Abu Sari waren helle Tupfer, die dem Gesicht der Straße seine Züge verliehen und es unverwechselbar machten. Welche Vertrautheit hier herrschte, welch enge Nachbarschaft! Wie alt mochten die Händler sein? Der Friseur Hassanein war ein robuster Kerl, einer von der Art Männer, denen die Zeit wenig ausmacht. Bis auf das Haar sah er kaum verändert aus, obwohl auch er bestimmt die Fünfzig überschritten hatte. Gott zeigte sich gegenüber diesen Leuten sehr gütig, schenkte er ihnen doch viel Gesundheit. Und Darwisch? Glatzköpfig war er schon immer gewesen. Er hat die Sechzig erreicht, doch wie kräftig er war! Mit sechzig war ich das auch, aber ist man erst siebenundsechzig – ja, da kann man wahrlich von Alter sprechen. Die Kleidung mußte ich mir abändern lassen, damit sie für das, was vom Körper geblieben ist, paßt. Sehe ich mir mein Foto im Schlafzimmer an, erkenne ich mich selbst nicht mehr. Al-Fuli ist jünger als Darwisch, aber dafür hat er so schlechte Augen, daß er sich ohne seinen Burschen nicht mehr zurechtfindet. Einzig Abu Sari ist wirklich alt. Na und? Noch arbeitet er. Überhaupt hat keiner dieser Männer seinen Laden aufgegeben. Es gibt nichts Schlimmeres, als Tag und Nacht an einem Platz zu hocken. Ach, könnte ich doch nur für eine Stunde aus dem Haus gehen. Aber es kommt ja der Freitag, und dann wird der Stock genommen, und Kamal bringt mich zur Moschee – gelobt sei Gott, der Herr der Welten. Bajumi ist von den Männern nicht nur der jüngste, sondern auch der glücklichste. Sein guter Stern ist mit Umm Marjam aufgegangen, als meine Geschichte mit ihr zu Ende war. Heute gehört ihm das modernste Gebäude im ganzen Viertel. Wo einst das Haus von Herrn Radwan stand, hat er das elektrisch beleuchtete Geschäft mit Erfrischungsgetränken gebaut. Das Glück eines Mannes beginnt mit dem Betrug einer Frau, gelobt sei der große Geber, der Herr erhabener Weisheit. Alles sieht neu aus. Die Straße ist asphaltiert, Lampen spenden helles Licht. Erinnerst du dich, wie finster es war, wenn du spätnachts nach Hause kamst? Ach, wie lang ist es her, daß du solche Nächte genossen hast! In jedem Laden gibt es jetzt elektrisches Licht und ein Radio. Alles ist neu, nur ich bin es nicht. Ein Greis von siebenundsechzig Jahren, der nur noch einmal die Woche das Haus verlassen kann und dann auch noch keucht. Es ist das Herz. Alles rührt von ihm her, und dabei hat es einst geliebt, gelacht, frohlockt, gesungen. Jetzt ist Verzicht verordnet, und nichts ist dagegen zu tun. Was hat der Arzt gesagt? »Nehmen Sie die Medizin, bleiben Sie zu Haus, und befolgen Sie die Diät.« Na gut, aber macht mich das wieder stark? Zumindest ein wenig? »Uns reicht«, so die Antwort des Arztes, »wenn wir Komplikationen verhindern. Jede Anstrengung, jede Bewegung könnte gefährlich sein.« Der Kerl hat gelacht und gefragt: »Wozu wollen Sie überhaupt wieder stark werden?« Tja, wozu? Eine lächerliche und zugleich traurige Geschichte. »Ich will kommen und gehen, wie es mir beliebt«, so meine Antwort, und was erklärt der? »Jeder Situation ist etwas Vergnügliches abzugewinnen. Sie sitzen gemütlich, haben Ruhe, lesen Zeitung, hören Radio, erfreuen sich an der Familie, und am Freitag fahren Sie in die Hussain-Moschee. Das muß Ihnen genügen.« Alles liegt in Gottes Hand. Scheich Mitwalli Abd as-Samad tappt immer noch durch die Gassen, und da erklärt mir dieser Arzt, ich solle mich an der Familie erfreuen! Wie denn? Amina ist kaum noch zu Hause. Was für eine verkehrte Welt! Ich sitze im Holzerker, und Amina zieht kreuz und quer durch Kairo, von einer Moschee zur anderen. Kamal schaut mal schnell bei mir herein, benimmt sich wie ein Besucher. Und Aischa? Ach du, meine Kleine, gehörst du noch zu den Lebenden, oder weilst du schon bei den Toten? Und da wollen sie, daß sich mein Herz erholt und wohl fühlt.

»Herr?!«

Er drehte sich um. Es war Umm Hanafi, die ein Tablett trug – eine Flasche Medizin, eine leere Kaffeetasse und ein Glas Wasser, nur zur Hälfte gefüllt.

»Die Medizin, Herr.«

Ihr schwarzes Kleid verströmte Küchengeruch. Wie vertraut diese Frau ihm war; nach all den Jahren gehörte sie zur Familie. Er nahm das Glas, füllte die Tasse zur

Hälfte mit Wasser, zog den Stöpsel aus der Flasche und gab vier Tropfen hinein. Da er wußte, was ihn erwartete, verzog er, noch bevor er trank, das Gesicht. Er setzte an und schluckte.

»Möge es Sie gesunden lassen, Herr.«

»Danke. Wo ist Aischa?«

»In ihrem Zimmer. Gott schenke ihrem Herzen Kraft.«

»Ruf sie, Umm Hanafi.«

Entweder hockte sie in ihrem Zimmer oder oben auf dem Dach, wo sonst? Das Radio sendete Lieder, und es schien, als wollte es sich über die traurige Stimmung im stillen Haus lustig machen. Seit zwei Monaten mußte er das Haus hüten, und sechzehn Monate waren seit Naimas Tod vergangen. Als er, um wenigstens ein Vergnügen zu haben, Aischa bat, das Radio zu bekommen, da meinte sie gleichgültig: »Aber natürlich, Papa. Möge Gott Ihnen das Daheimbleiben so angenehm wie möglich machen.«

Er hörte etwas rascheln, drehte sich um. Da stand sie – im schwarzen Kleid, und Kopf und Gesicht waren trotz der Hitze schwarz verschleiert. Ihre weiße Haut schimmerte merkwürdig bläulich. Das macht das Unglück, mein Kind.

»Nimm dir einen Stuhl, und setz dich ein wenig zu mir«, sagte er sanft.

»Es ist gut so, Papa«, erwiderte sie und rührte sich nicht von der Stelle.

Die letzten Monate hatten ihn gelehrt, nicht zu versuchen, sie von ihrer Meinung abzubringen. »Was hast du gemacht?«

Mit unbewegtem Gesicht sagte Aischa: »Nichts, Papa.«

»Warum begleitest du nicht deine Mutter zu den heiligen Stätten? Wäre das nicht besser, als immer allein zu bleiben?«

»Warum sollte ich Grabstätten besuchen?«

Obwohl ihre Antwort ihn überraschte, blieb er ruhig. »Du könntest Gott um Standhaftigkeit bitten.«

»Gott ist auch in diesem Haus.«

»Natürlich, Aischa, aber ich möchte, daß du dich nicht länger verkriechst. Besuch deine Schwester, geh zu den Nachbarn, lenk dich ab.«

»Das Zuckergäßchen ist mir unerträglich, Bekannte habe ich nicht, jedenfalls nicht mehr. Ich will niemanden sehen.«

Er wandte das Gesicht von ihr ab. »Ich möchte, daß du dich in Geduld faßt ... daß du auf deine Gesundheit achtest.«

»Meine Gesundheit?!«

Das klang erstaunt, und deshalb betonte er nachdrücklich: »Ja, deine Gesundheit. Was nützt alles Trauern, Aischa.«

»Was nützt das Leben, Papa?« fragte sie höflich, wie sie es von jeher im Umgang mit dem Vater gewöhnt war, zurück.

»Sag nicht so etwas, mein Kind. Gott wird dich großzügig belohnen.«

Aischa senkte den Kopf, um ihre Tränen zu verbergen. »Ich würde gern zu ihm gehen und diesen Lohn erhalten. Hier werde ich ihn nicht bekommen, Papa.« Sie trat behutsam zurück, doch bevor sie den Raum verließ, zögerte sie, als wäre ihr etwas Wichtiges eingefallen. »Wie geht es Ihnen heute?«

Er lächelte. »Gott sei Dank gut. Aber deine Gesundheit ist wichtiger, Aischa.«

Sie ging hinaus.

Wie sollte er in diesem Haus je Ruhe finden? Er schaute wieder hinunter, ließ den Blick schweifen, bis er plötzlich Amina entdeckte, die von ihrem täglichen Spaziergang heimkehrte. Sie trug einen Mantel, das Gesicht war mit einem Schleier verhüllt. Sie ging bedächtig, kam nur langsam voran. Wie alt sie geworden war! Auch wenn er sich keine Sorgen um ihre Gesundheit machte – ihre Mutter war hochbetagt gestorben –, so sah sie mindestens wie zweiundsiebzig, nicht aber wie zweiundsechzig aus. Es verging geraume Zeit, bis sie ins Zimmer trat.

»Wie geht es, mein Gebieter?«

Betont laut, um ja die erforderliche Schärfe im Tonfall mitschwingen zu lassen, erwiderte er: »Und wie geht's selbst? Um Gottes willen, seit dem frühen Morgen bist du unterwegs gewesen!«

Amina lächelte. »Ich habe Sajjida Zainab und al-Hussain besucht und für Sie und die anderen gebetet.«

Das Wissen, daß sie anwesend war, gab ihm innere Ruhe und das Gefühl von Geborgenheit. Nun konnte er ohne alle Hemmungen seine Wünsche äußern. »Wie kannst du mich so lange allein lassen? Ist das etwa in Ordnung?«

»Sie haben es mir doch selbst erlaubt, Herr. Ich war nicht länger als notwendig außer Haus, denn die Gebete brauchen Zeit, und wir haben sie dringend nötig. Ich flehte zu Gott, Sie wieder gesundzumachen, damit Sie ganz nach Belieben gehen und kommen können. Ich habe auch für Aischa und die anderen gebetet.«

Sie holte sich einen Stuhl und setzte sich. Dann fragte sie: »Haben Sie die Medizin genommen, Herr? Ich habe Umm Hanafi darauf hingewiesen, daß sie …«

»Hättest du ihr lieber etwas Angenehmeres aufgetragen!«

»Aber Sie sollen doch gesund werden, Herr. Ich habe in der Moschee eine schöne Predigt von Scheich Abd ar-Rahman gehört. Er sprach über das Büßen der Sünden und wie man sich von Missetaten reinhält. Eine sehr schöne Rede war das, Herr. Ach, könnte ich mir doch alles nur so gut wie früher merken.«

»Vom vielen Laufen siehst du ganz blaß aus. Es ist eine

Frage von wenigen Tagen, bis du ständig beim Doktor sitzt.«

»Da sei Gott vor! Ich gehe nur aus dem Haus, um die heilige Familie zu besuchen. Wie könnte mir da ein Unheil geschehen?« Nach kurzem Besinnen fuhr sie fort: »Ach ja, Herr, beinahe hätte ich es vergessen. Überall erzählt man sich, daß es Krieg gibt. Man sagt, daß Hitler angegriffen hat.«

Er horchte auf. »Bist du dir da sicher?«

»Ich habe es nicht nur einmal, sondern hundertmal gehört. Immer wieder kam: Hitler hat angegriffen, Hitler hat angegriffen.«

Um ihr zu verstehen zu geben, daß er auf ihre Nachrichten nicht angewiesen war, erklärte er: »Das war jeden Augenblick zu erwarten gewesen.«

»So Gott will, bleibt der Krieg weit weg, nicht wahr, Herr?«

»Haben die Leute nur von Hitler gesprochen? Nicht auch von Mussolini? Hast du diesen Namen nicht auch gehört?«

»Nein, nur Hitler.«

Wer kann schon wissen, ob dieser Krieg uns wirklich fernbleibt, überlegte er, und laut sagte er: »Möge Gott sich unser gütig erweisen. Wenn du hörst, daß ›Al-Balagh‹ oder ›Al-Mukattam‹ eine Sonderbeilage herausbringen, dann laß sie mir kaufen.«

»Es ist wie damals, nicht wahr? Als es diesen Wilhelm und den Zeppelin gab. Erinnern Sie sich, Herr? Lob und Preis sei Gott, dem ewigen Herrn.«

28

Bedeutsam und denkwürdig – so sollte Chadiga im nachhinein diesen Besuch nennen. Als sie zur Tür eilte, stand Jasin in voller Größe mit einem weißen Anzug aus Mahalla-Leinen vor ihr. Am Revers steckte eine rote Rose, in der Hand ruhte ein elfenbeinerner Fliegenwedel. Der massige Körper schien die Luft geradezu vor sich herzuschieben. Hinter ihm erschien sein Sohn Radwan in einem seidenen Anzug, ein wahres Wunder an Eleganz und Schönheit. Dann tauchte Zanuba in einem grauen Kleid auf, das ihre Bescheidenheit, ihren Anstand unterstrich – beides Eigenschaften, die ihr offenbar zur zweiten Natur geworden waren. Und schließlich zeigte sich Karima, in einem wunderbaren, blauen Kleid, das Halsansatz und Arme frei ließ, was ihre früh entwickelte Weiblichkeit – sie war erst dreizehn Jahre alt – unterstrich und sie außerordentlich anziehend machte.

Kaum daß alle – denn auch Ibrahim, Abd al-Munim und Achmed waren dazugekommen – im Empfangszimmer Platz genommen hatten, rief Jasin: »Habt ihr so etwas schon einmal gehört? Mein Sohn ist Sekretär bei dem Minister, in dessen Archiv ich nur der Leiter der Schreibstube bin. Die Erde bebt, wenn mein Sohn den Fuß aufsetzt, aber von mir nimmt so gut wie niemand Notiz!«

Das sollte empört klingen, aber keinem im Raum konnte entgehen, wie stolz er auf Radwan war. In der Tat war dieser, kaum daß er im Mai das Diplom gemacht hatte, bereits im Juni als Sekretär des Ministers eingestellt worden, und zwar gleich mit der sechsten anstatt der für Absolventen üblichen achten Beamtenstufe. Im selben Monat hatte auch Abd al-Munim das Studium abgeschlossen, nur war bei ihm noch unklar, was die Zukunft bringen würde.

Chadiga, die durchaus Eifersucht empfand, meinte lächelnd: »Radwan hat eben mächtige Freunde, trotzdem heißt es: Das Auge wird nie über der Braue stehen.«

Sosehr sich Jasin auch mühte, er konnte seine Freude nicht verhehlen. Aufgeregt fragte er: »Habt ihr gestern in der ›Al-Ahram‹ sein Foto mit dem Minister gesehen? Man weiß ja nicht mehr, wie man mit ihm reden soll!«

»Dafür sind meine beiden um so enttäuschender«, meinte Ibrahim Schaukat und wies auf seine Söhne. »Sie verbringen ihre Zeit mit erbitterten und völlig sinnlosen Diskussionen. Der eine kennt an wichtigen Leuten nur Scheich Ali al-Manufi, den Direktor der Hussain-Grundschule, und der andere nur diese Dreckschleuder Adli Karim, der die Zeitschrift ›Das Licht‹ oder ›Der Ruß‹, was weiß ich, herausgibt.«

Obwohl Achmed sich gelassen gab, ärgerte er sich furchtbar, und zwar sowohl über die Prahlerei seines Onkels als auch über den abfälligen Kommentar seines Vaters. Was Abd al-Munim betraf, so verhinderten die Erwartungen, die er mit diesem Besuch verknüpfte, einen Wutanfall. Verstohlen musterte er Radwans Gesicht, als wollte er erkunden, was in ihm vorging. Abd al-Munim sah in dem Besuch ein glückverheißendes Zeichen, denn bestimmt wäre Jasins Familie nicht erschienen, wenn es keine gute Botschaft zu verkünden gäbe.

Jasin ergriff wieder das Wort. »Wenn du mich nach meiner Meinung fragst«, wandte er sich an seinen Schwager Ibrahim, »dann kann ich nur sagen, daß deine beiden Jungens in Ordnung sind. Gibt es nicht ein Sprichwort, das besagt: ›Sultan ist der, der nicht vor des Sultans Tür lauert‹?«

O nein, es gelang ihm genausowenig, seine Freude zu verbergen, wie irgend jemand davon zu überzeugen, daß er das, was er sagte, auch meinte.

»Möge unser Herr ihm nur Gutes von den hohen Herren zuteil werden lassen und alles Übel von ihm fernhalten«, erklärte Chadiga in Richtung Radwan.

Endlich sprach Radwan unmittelbar Abd al-Munim an. »Ich hoffe, dir schon bald gratulieren zu können.« Der wurde vor freudigem Schreck rot im Gesicht und sah ihn fragend an. »Ja«, fuhr Radwan fort, »der Minister hat mir versprochen, dich für die Ermittlungsabteilung zu benennen.«

Auf diese Mitteilung hatte Chadigas Familie mit größter Ungeduld gewartet, und so richteten sich denn auch alle Augen auf Radwan, um noch mehr Gewißheit zu erhalten. Und tatsächlich – Radwan fügte hinzu: »Wahrscheinlich klappt es schon Anfang kommenden Monats.«

Jasin schien sich bemüßigt zu fühlen, noch etwas hinterherzuschicken. »Jedenfalls ist es eine Anstellung als Jurist. Wir haben im Archiv auch zwei junge Absolventen eingestellt, mit der achten Stufe, was heißt, daß sie im Monat acht Pfund bekommen.«

Da Chadiga Jasin gebeten hatte, mit Radwan wegen Abd al-Munim zu sprechen, fühlte sie sich veranlaßt zu sagen: »Gedankt sei Gott und dir, mein Bruder. Natürlich versteht es sich von selbst, daß wir«, sie drehte sich zu Radwan um, »deine gute Tat nicht hoch genug schätzen können.«

»Gewiß, gewiß«, pflichtete Ibrahim ihr bei. »Radwan hat wie ein Bruder gehandelt, und zwar wie ein besonders trefflicher Bruder.«

»Da braucht man nicht länger zu reden«, mischte sich Zanuba lächelnd ein. »Radwan ist Abd al-Munims Bruder, und Abd al-Munim ist Radwans Bruder.«

Zum erstenmal empfand Abd al-Munim gegenüber Radwan etwas wie Verlegenheit. Dennoch entschloß er sich zu fragen: »Hat er das wirklich ernst gemeint?«

»Das Wort eines Ministers! Und ich werde die Sache auch im Auge behalten«, tönte es von Jasin.

»Was ich noch für dich tun kann, ist«, sagte Radwan, »in der Personalabteilung etwaige Schwierigkeiten zu beseitigen. Ich habe da viele Freunde, obwohl normalerweise niemand mit diesen Beamten befreundet sein möchte.«

»Dem Himmel sei's gedankt«, seufzte Ibrahim Schaukat, »daß unsereins dank Gottes Gnade von Arbeit und Beamten verschont blieb.«

»Du lebst wie ein König, du Busenfreund Gottes«, meinte Jasin, was Chadiga zu der bissigen Bemerkung veranlaßte: »Bloß hat unser Herrgott nie jemanden dazu bestimmt, ständig zu Hause herumzusitzen.«

»O ja, das kann ein Fluch sein, außer wenn einer reich ist und wie ein Sultan lebt«, erklärte Zanuba, wie üblich bemüht, sich besonders liebenswürdig zu zeigen.

Achmeds Augen glitzerten boshaft. »Mein Onkel Jasin hat Besitz und ist obendrein Beamter!«

Der lachte schallend los. »Nur Beamter, bitte schön«, wieherte er, »denn was den Besitz betrifft – das war einmal. Wie soll man sich den auch erhalten, wenn man eine Familie wie meine hat?«

»Was hat deine Familie damit zu tun?« rief Zanuba betroffen.

Radwan, dem das Thema nicht gefiel, wandte sich an Achmed und sagte: »So Gott will, werden wir auch dir im nächsten Jahr, wenn du das Diplom hast, helfen können.«

»Vielen Dank, aber ich will kein Beamter werden.«

»Wie das?«

»Leute wie ich gehen dabei zugrunde. Meine Zukunft wird der freie Arbeitsmarkt sein.«

Schon wollte Chadiga protestieren, doch dann hielt sie es für besser, den Streit darüber zur gegebenen Zeit zu führen.

Radwan lächelte. »Wenn du deine Meinung geändert hast, kannst du auf mich zählen.« Als Zeichen des Danks hob Achmed die Hand an den Kopf.

Die Dienerin kam mit eisgekühltem Zitronensaft herein. Während man schweigend trank, glitt Chadigas Blick zufällig zu Karima hinüber. Jetzt, da das Problem mit Abd al-Munim gelöst war, schien sie sie zum erstenmal wahrzunehmen. Freundlich fragte sie: »Wie geht es dir, Karima?«

Mit sanfter Stimme erwiderte das Mädchen: »Danke, gut.«

Fast hätte Chadiga begonnen, sich über ihre Schönheit auszulassen, doch im letzten Moment riet ihr eine innere Stimme, lieber vorsichtig zu sein. Seit das Mädchen die Grundschule abgeschlossen hatte und zu Hause bleiben mußte, geschah es nicht zum erstenmal, daß Zanuba mit Karima zu Besuch erschien. Da liegt etwas in der Luft, man kann es förmlich riechen, sagte sich Chadiga. Karima war nicht nur Zanubas Tochter, sondern auch Jasins; und genau da lag das Problem, konnte man doch dem eigenen Bruder schwer etwas abschlagen. Noch schenkte Abd al-Munim der Kleinen nicht sonderlich viel Aufmerksamkeit, weil er mit sich selbst zu stark beschäftigt war, aber natürlich kannte er Karima sehr gut, war sie ihm seit langem vertraut. Mit Achmed verhielt es sich anders, dessen Herz schien beschäftigt zu sein.

»Karima ist immer noch traurig, weil sie nicht zur Oberschule darf«, sagte Jasin.

»Ich bedaure es noch viel mehr«, warf Zanuba stirnrunzelnd ein.

»Ich wäre in Sorge um ein Mädchen«, erklärte Ibrahim Schaukat, »das sich beim Lernen abmühen muß. Letzten Endes ist jedes Mädchen fürs Haus da, also wird auch Karima in ein oder zwei Jahren dem glücklichen Auserwählten zugeführt werden.«

Dir sollte man die Zunge abschneiden, erboste sich Chadiga im Innern. Redest über heikle Dinge, ohne sich darum zu kümmern, was dabei herauskommt. Eine abscheuliche Situation. Nicht nur, daß Jasin der Vater ist; das Mädchen hat auch noch Radwan als Bruder, auf den man angewiesen ist. Aber vielleicht mache ich mir zu Unrecht Sorgen und bilde mir alles nur ein. Trotzdem – warum kommt Zanuba neuerdings so häufig zu Besuch, und immer mit Karima an der Hand? Jasin hat viel zuwenig Zeit, um sich etwas auszudenken und Pläne zu schmieden. Da ist diese Lautenspielerin schon von anderem Format.

Zanuba hielt am Thema fest. »Früher hat man in dieser Weise über Mädchen gedacht, heutzutage gehen sie alle zur Schule.«

»In unserem Viertel gibt es nur zwei Mädchen, die eine höhere Schule besuchen, aber die sehen – ach, du lieber Gott – auch danach aus«, griff Chadiga ein.

»In deiner Fakultät studieren doch Mädchen, sind da hübsche dabei?« fragte Jasin Achmed.

Im Nu wurde vor Achmeds Augen das Bild lebendig, das in seinem Herzen schlummerte. Innerlich bebend erwiderte er: »Die Liebe zur Wissenschaft ist nicht auf Häßliche beschränkt«, woraufhin Karima lächelte und in Richtung des Vaters erklärte: »Es hängt eben alles von den Vätern ab.«

»Bravo, mein Kind. So hat eine gute Tochter über den Vater zu reden, anders hat es deine Tante mit dem Großvater auch nicht gemacht.«

»Das kommt jeweils auf den Vater an«, spottete Chadiga.

»Das Mädchen trifft keine Schuld«, versicherte Zanuba hastig. »Wenn Sie nur hören könnten, wie er im Beisein der Kinder redet!«

»Ich weiß bestens Bescheid.«

»Ich bin ein Mann, der, was Erziehung betrifft, seine eigenen Ansichten hat«, ereiferte sich Jasin. »Ich will den Kindern ein Freund sein. Sie sollen in meiner Gegenwart nicht vor Angst zittern. Mir geht es noch heute so, daß ich, wenn ich mit meinem Vater spreche, völlig durcheinander bin.«

»Möge Gott ihm Kraft und Ausdauer schenken, jetzt, da er ständig das Haus hüten muß. Herr Achmed stellt eine Epoche dar. Von seiner Art wird man keinen zweiten finden«, mischte sich Ibrahim Schaukat ein.

»Sag ihm das, nicht uns!« murrte Chadiga.

»O ja, unser Vater ist einmalig«, bekräftigte Jasin. »Ein Jammer, daß er und seine Freunde nun ans Haus gefesselt sind, sie, für die die Welt nicht groß genug war.«

Radwan zog es vor, Achmed in ein anderes Gespräch zu verwickeln. »Mit Italiens Eintritt in den Krieg«, sagte er, »ist die Situation für Ägypten sehr gefährlich geworden.«

»Möglicherweise schlagen die Scheingefechte in richtige Angriffe um.«

»Ob die Engländer stark genug sind, um einen Vormarsch der Italiener zurückzuschlagen? Zweifellos wird Hitler die Eroberung des Suezkanals Mussolini überlassen.«

»Und was ist mit Amerika? Wird es nur zuschauen?« mischte sich Abd al-Munim ein.

»Die Schlüsselrolle spielt Rußland«, gab Achmed zu bedenken.

»Aber Rußland hat sich doch mit Hitler verbündet?«

»Der Kommunismus ist der Feind des Nazismus. Der Welt droht hundertmal mehr Unheil durch einen Sieg der Deutschen als durch einen Sieg der Demokratien.«

Da rief Chadiga: »Finsternis haben sie über die Welt gebracht! Möge Gott auch ihr Leben düster machen. Wir müssen uns mit Sachen beschäftigen, von denen wir nie zuvor gehört haben … Alarmsirenen, Flugabwehrgeschütze, Scheinwerfer. Da muß man ja vorzeitig graue Haare bekommen!«

»In unserer Familie ist so etwas noch keinem passiert«, meinte Ibrahim verschmitzt.

»Von dir magst du das behaupten können!«

Nun war Ibrahim zwar schon fünfundsechzig Jahre alt, aber im Vergleich zu Herrn Abd al-Gawwad, der nur drei Jahre älter war, sah er zig Jahre jünger aus.

Der Besuch neigte sich dem Ende zu. Radwan lud Abd al-Munim ein, im Ministerium vorbeizuschauen, und dann schloß sich hinter den Gästen die Tür.

»Paß ja auf, daß du anklopfst, bevor du sein Zimmer betrittst«, witzelte Achmed. »Beim Sekretär des Ministers einen Besuch zu machen muß gelernt sein.«

Ohne einen Blick, ohne jede Antwort ließ Abd al-Munim ihn stehen.

29

Achmed hatte zwar ohne große Mühe in al-Maadi die Villa von Mister Forster, Professor für Soziologie, gefunden, doch als er das Haus betrat, wurde ihm klar, daß er dennoch zu spät kam. Die meisten Studenten waren bereits eingetroffen. Der Professor hatte anläßlich der Rückkehr nach England zu einer häuslichen Feier eingeladen. Mister Forster begrüßte Achmed und stellte ihn seiner Frau als einen seiner besten Studenten vor. Achmed ging zur Veranda hinüber, wo die anderen schon saßen. Es waren alle Semester vertreten, doch er gehörte zur kleinen Gruppe des letzten Studienjahrs, weshalb er sich überlegen und privilegiert fühlte. Die Mädchen fehlten noch, aber er war sicher, daß sie kommen würden – vor allem seine

Freundin, die in al-Maadi wohnte. Er schaute zum Garten hinüber. Ein langer Tisch stand auf der Rasenfläche, die auf beiden Seiten von Weiden und Palmen gesäumt war. Der Tisch war mit Teekannen, Milchkännchen und Schalen mit Gebäck gedeckt.

»Halten wir uns ans feine englische Benehmen, oder stürzen wir wie die Geier an den Tisch?« fragte einer.

»Wenn bloß nicht Lady Forster anwesend wäre!« seufzte ein anderer bedauernd.

Es war bereits später Nachmittag. Die Schwüle des Junitages hatte sich gelegt, und die Temperatur war angenehm.

Nicht lange, und Achmed konnte am Eingang der Villa den erwarteten Schwarm erblicken. Als hätten sie sich verabredet, erschienen die vier Mädchen des Instituts, mehr gab es nicht, gemeinsam. Alawija Sabri schwebte in einem schmal geschnittenen, strahlendweißen Kleid heran, das aus diesem liebenswerten Geschöpf eine Harmonie in Weiß gemacht hätte, wenn da nicht die tiefschwarzen Haare gewesen wären.

Achmed spürte, wie jemand an seinen Fuß stupste. Als wäre es nötig, ihn aufmerksam zu machen! Seit langem hatte sich sein Geheimnis herumgesprochen. Er verfolgte die kleine Gruppe mit dem Blick, bis die Mädchen schließlich in einer ihnen vorbehaltenen Ecke der Veranda Platz genommen hatten. Mister Forster und seine Gattin traten zu den Studenten. Lady Forster wies auf die Mädchen und fragte: »Darf ich Sie miteinander bekannt machen?«

Es erhob sich schallendes Gelächter. Der Professor, der trotz seiner fast fünfzig Jahre von unglaublicher Lebendigkeit war, erklärte: »Eher wäre es angebracht, mich den Herren Studenten vorzustellen.«

Wieder setzte lautes Lachen ein, bis schließlich Mister Forster sagte: »Wir reisen zwar immer im Juni nach England, um dort den Urlaub zu verbringen, aber diesmal wissen wir nicht, ob wir Ägypten je wiedersehen werden.«

»Wir wissen ja nicht einmal, ob wir England wiedersehen«, unterbrach ihn seine Frau.

Allen war klar, daß sie auf die Gefahr anspielte, die von den U-Booten ausging. Aus mehr als einer Kehle scholl ihr entgegen: »Viel Glück und alles Gute für Sie, Lady Forster.«

»Ich werde«, fuhr der Professor fort, »viele schöne Erinnerungen an die gemeinsame Zeit in der Fakultät mitnehmen, an das gute, ruhige Leben in al-Maadi und vor allem an euch. Ich bin stolz auf euch, selbst wenn ihr manchmal Unsinn gemacht habt.«

»Wir werden Sie immer in Erinnerung behalten«, erwiderte Achmed höflich. »Je klüger wir werden, um so mehr werden wir an Sie denken.«

»Danke.« Der Professor lächelte und sagte zu seiner Frau: »Achmed ist ein Student, wie man ihn sich wünscht, auch wenn er ein paar Meinungen hat, die ihm wahrscheinlich Probleme bereiten werden.«

»Das soll heißen«, erläuterte einer der anderen, »daß er Kommunist ist.«

Die Frau des Professors hob lächelnd die Brauen, doch ihr Mann erklärte mit Nachdruck in der Stimme: »Das habe ich nicht gesagt.« Er erhob sich. »Es ist Zeit für den Tee. Verlieren wir keine Zeit. Danach bietet sich noch reichlich Gelegenheit zum Unterhalten.«

Die Kellner vom Groppi-Café hatten alles vorbereitet und warteten auf die Gäste. An der einen Seite des Tischs saßen die Mädchen, und in ihrer Mitte hatte Lady Forster Platz genommen, während ihr Gatte auf der anderen Seite zwischen den Herren Studenten seinen Platz gewählt hatte. »Wir hätten ja gern«, so der Professor, »eine gemischte Sitzordnung vorgezogen, hielten es dann aber doch für besser, die orientalischen Sitten einzuhalten. Ist es nicht so?«

Einer der Studenten erwiderte ohne langes Zögern: »Das haben wir leider auch schon bemerkt, Herr Professor.«

Die Kellner schenkten ein, und man begann, den Tee zu genießen. Verstohlen beobachtete Achmed Alawija, und ihm fiel auf, daß sie sich von den anderen Mädchen durch ihre selbstverständliche Art, sich zu benehmen, abhob und am wenigsten verschüchtert wirkte. Sie schien an gesellschaftlichen Umgang gewöhnt zu sein, bewegte sie sich doch so natürlich, als wäre sie hier zu Hause. Ihr zuzusehen war köstlicher als alles angebotene Gebäck. O ja, sie war ihm eine liebe, teure Freundin geworden, die seine freundschaftlichen, herzlichen Gefühle teilte, ohne ihn aber je zu ermutigen, die Grenze der Kameradschaft zu überschreiten. Nutze ich heute nicht die Gelegenheit, dachte er, dann gute Nacht.

»Ich hoffe«, so Lady Forster, »Sie lassen sich durch die trüben Gedanken wegen des Kriegs nicht von den Plätzchen ablenken.«

»Ein Glück, daß wenigstens Teetrinken noch nicht kontrolliert wird«, witzelte ein Student.

Mister Forster, der links von Achmed saß, beugte sich zu ihm hinüber und fragte: »Was werden Sie in den Ferien tun? Ich meine, was wollen Sie lesen?«

»Viel über Ökonomie und wenig über Politik. Ich habe vor, ein paar Artikel für Zeitschriften zu schreiben.«

»Ich würde Ihnen raten, nach dem Diplom den Magister zu machen.«

Achmed schluckte schnell den Bissen hinunter, bevor er erwiderte: »Vielleicht später einmal. Ich werde bei der Presse arbeiten, das ist schon seit langem mein Ziel.«

»Gut!«

Die teure Freundin unterhielt sich angeregt mit Lady Forster. Wie schnell sie im Englischen perfekt geworden ist. Blüten prangen in den schönsten Farben, Rosen leuchten in Rot, das Herz quillt vor Liebe über. In einer freien Welt erblüht die Liebe wie eine Blume, und am aufrichtigsten und natürlichsten wird sie sich in einem kommunistischen Land entfalten.

»Es ist bedauerlich«, griff Mister Forster das Gespräch wieder auf, »daß ich meine Kenntnisse im Arabischen nicht vorangetrieben habe. Allzugern hätte ich, ohne mir von jemandem helfen lassen zu müssen, ›Madjnun Laila‹ gelesen.«

»Schade, daß Sie die Lektüre nicht zu Ende führen werden.«

»Möglicherweise erlauben es die Umstände zu einem späteren Zeitpunkt.«

Vielleicht sieht er sich, überlegte Achmed, eines Tages sogar gezwungen, Deutsch zu lernen. Ist es nicht eine geradezu komische Idee, sich vorzustellen, daß es in London Demonstrationen geben könnte und Massen von Menschen den Rückzug der deutschen Besatzer forderten? Das Naturell eines Engländers hat, wie man an diesem Mann sieht, durchaus einen gewissen Charme. Doch was ist das schon im Vergleich zum Zauber, den die teure Freundin ausstrahlt! Gleich wird die Sonne untergehen, und zum erstenmal wird uns die Dunkelheit am gleichen Ort umfangen. Nutzt du heute nicht die Gelegenheit, dann gute Nacht.

»Was werden Sie nach Ihrer Rückkehr in London tun?« fragte er den Herrn Professor.

»Man hat mir angeboten, im Rundfunk zu arbeiten.«

»Oh, dann werden wir Ihre Stimme nicht vermissen müssen.«

Eine höfliche, aber verzeihbare Schmeichelei bei einem

Treffen, das die teure Freundin mit ihrer Anwesenheit verschönt. Hier hört man nur deutsche Sender. Unser Volk liebt die Deutschen, allein schon aus Haß auf die Engländer und den Kolonialismus, der Bestandteil des höchsten Stadiums des Kapitalismus ist. Hier jetzt zu sitzen ist eine Situation, die nachdenklich stimmt. Wissenschaftlich betrachtet, ist das Zusammensein mit einem englischen Spezialisten zu entschuldigen, trotzdem bleibt der Konflikt – zwischen der Zuneigung zum Professor und dem Haß auf seine Nationalität. Am besten, der Krieg rottet beides auf einen Schlag aus – Nazismus und Kolonialismus. Ist das geschafft, lebe ich nur für die Liebe.

Die Veranda war nun erleuchtet, und man nahm dort wieder Platz. Lady Forster schlug vor, Klavier zu spielen.

»O bitte, tun Sie es doch!« bat ein Student.

Mit einer eleganten Bewegung, die angesichts ihres Alters kaum zu erwarten gewesen war, setzte sie sich ans Klavier, schlug ein Notenbuch auf und begann zu spielen. Wenn auch niemand mit westlicher Musik vertraut war oder sie zu genießen verstand, hörten die Studenten, allein schon aus Höflichkeit, aufmerksam zu. Achmed versuchte, aus seiner Liebe genügend magische Kraft zu gewinnen, um sich diese Musik zu erschließen. Doch als er verstohlen das Gesicht seines Mädchens betrachtete, vergaß er alle Musik. Zufällig trafen sich ihre Blicke, und trotz der vielen Beobachter lächelten sie sich zu. Ein Freudenrausch überkam ihn. O ja, nutzte er heute nicht die Gelegenheit, dann gute Nacht.

Lady Forster hatte das Stück beendet, und ein Student spielte nun etwas Orientalisches. Danach unterhielt man sich noch geraume Zeit, und gegen acht Uhr verabschiedeten sich die Studenten und brachen auf. Umhüllt von einer Nacht, die Schönheit und Sehnsucht in sich barg, schlenderte Achmed in einer Biegung der Straße und unter dem grünen Dach hoch aufragender Bäume auf und ab. Endlich sah er sie kommen – allein. Er trat vor, versperrte ihr den Weg. Überrascht blieb sie stehen und fragte: »Sind Sie nicht zusammen mit den anderen weggegangen?«

Heftig atmete er aus, als versuchte er mit diesem Stoßseufzer, weniger aufgeregt zu sein. »Ich habe die Karawane ziehen lassen, um Sie zu treffen.«

»Aber was werden die anderen von Ihnen denken?«

»Das ist ihr Problem«, stieß er verächtlich hervor.

Sie ging langsam weiter, er lief neben ihr her. Plötzlich war es mit der Geduld unendlich vieler Tage vorbei. »Ich möchte Ihnen«, sprudelte es aus ihm heraus, »eine Frage stellen, bevor ich mich auf den Heimweg mache. Würden Sie mir erlauben, um Ihre Hand anzuhalten?«

Vor Verblüffung hob sie mit einem Ruck den schönen Kopf. Kein Laut war zu hören. Die Straße lag menschenleer vor ihnen, die Laternen, blau überstrichen wegen möglicher Luftangriffe, gaben nur schwaches Licht ab.

»Würden Sie es mir erlauben?« wiederholte er.

Sehr leise, doch nicht ohne Vorwurf erwiderte sie: »Sie haben eine sonderbare Art zu reden, sehr sonderbar sogar! Sie haben mich wirklich sehr erschreckt.«

Er lachte vorsichtig. »Dafür entschuldige ich mich, auch wenn ich angesichts unserer langen Freundschaft dachte, daß mein Antrag nicht so überraschend kommt.«

»Meinen Sie damit unsere Freundschaft, die sich auf die Zusammenarbeit beim Studium beschränkt?«

Das gefiel ihm ganz und gar nicht. »Ich meine damit mein nicht zu übersehendes Empfinden für Sie, das sich in Form von geistiger Freundschaft und Zusammenarbeit zeigt, wie Sie es nennen.«

Nicht nur verstört, sondern auch ein wenig belustigt fragte sie: »Was für ein ›nicht zu übersehendes Empfinden‹?«

»Ich spreche von meiner Liebe«, beharrte er treuherzig. »Liebe läßt sich nicht verheimlichen, und wenn man überhaupt darüber redet, dann nicht, weil der andere erst von dieser Liebe erfahren muß, sondern weil es einen glücklich macht, darüber zu sprechen.«

»Das kommt alles so überraschend für mich«, wiederholte sie, um Zeit zu gewinnen und sich in den Griff zu bekommen.

»Es tut mir leid, das zu hören.«

»Warum sollte es Ihnen leid tun? Ich weiß bloß nicht, was ich sagen soll.«

Er lachte. »Sagen Sie einfach ja, und den Rest überlassen Sie mir.«

»Aber ..., sehen Sie ... Ich weiß überhaupt nichts. Entschuldigen Sie, wenn ich das so sage. Sicher sind wir befreundet, aber Sie haben mir nie erzählt von ... nun ja, die Umstände haben es nie erlaubt, daß Sie über sich selbst gesprochen haben.«

»Sie kennen mich doch?«

»Sicher, aber es gibt ja etliches anderes, was man wissen müßte.«

Meinte sie etwa den üblichen Kram? All diese blöden Fragen, die man stellt, wenn man nicht liebt? Ärger stieg in ihm auf, und der ließ ihn noch halsstarriger werden. »Alles zu seiner Zeit.«

Sie hatte ihre Selbstbeherrschung zurückgewonnen. »Ist es nicht jetzt Zeit dafür?«

Er lächelte müde. »Sie haben sicher recht. Sie fragen nach der Zukunft, nicht wahr?«

»Natürlich!«

Dieses »Natürlich« machte ihn geradezu wütend. Da hatte er gehofft, eine zärtliche Melodie zu hören, statt dessen mußte er einen langweiligen Vortrag über sich ergehen lassen. Aber wie auch immer, sein Selbstvertrauen durfte ihn nicht im Stich lassen. Die kühle Schöne konnte nicht wissen, wie sehr sein Glück mit dem ihren verbunden war. »Ich werde nach dem Studium arbeiten«, und nach kurzem Schweigen fügte er hinzu: »Außerdem werde ich eines Tages über nicht unbeträchtliche Nebeneinkünfte verfügen.«

»Klingt reichlich verschwommen«, murmelte sie peinlich berührt.

Um nicht zu zeigen, wie sehr er litt, sagte er betont ruhig: »Das Gehalt wird sich in den üblichen Grenzen bewegen, aber die Nebeneinkünfte werden an die zehn Pfund im Monat betragen.«

Schweigen setzte ein. Wahrscheinlich wägte sie jetzt alles ab und dachte nach. So sah also die materielle Seite der Liebe aus. Wo blieb da noch Raum für seinen Traum von süßem Wahnsinn? Dieses Land war wirklich seltsam. Da ließ es sich in der Politik vom Gefühl hinreißen, aber wenn es um die Liebe ging, rechnete man mit der Genauigkeit eines Buchhalters.

Endlich setzte die zarte Stimme wieder zu sprechen an. »Lassen wir die privaten Einkünfte beiseite. Es ist nicht besonders nett, die Zukunft darauf aufzubauen, daß einige Ihrer Lieben aus dem Leben scheiden.«

»Ich wollte damit nur sagen, daß mein Vater vermögend ist.«

Sie zögerte, und als wollte sie sich entschuldigen, erklärte sie forsch: »Wir sollten Realisten sein.«

»Wie ich schon sagte, ich werde arbeiten, und Sie werden Ihrerseits bestimmt auch eine Arbeit finden.«

Sie lachte befremdlich. »O nein, ich werde nicht arbeiten. Ich bin nicht wie die anderen Mädchen wegen einer Anstellung zur Universität gegangen.«

»Arbeit ist keine Schande.«

»Natürlich nicht, aber mein Vater oder, genauer gesagt,

wir alle sind uns darin einig, daß ich keinen Beruf ausüben werde.«

Die Hitze des Gefühls ließ nach, die Nachdenklichkeit gewann Oberhand. »Auch gut, dann werde ich eben allein arbeiten.«

Als wollte sie besonders behutsam mit ihm umgehen, erklärte sie weich: »Herr Achmed, lassen Sie uns das Gespräch auf später verschieben. Geben Sie mir Zeit zum Überlegen.«

Mit müdem Lächeln erwiderte er: »Da wir die Sache bereits von allen Seiten betrachtet haben, vermute ich, daß Sie nur Zeit für eine geschickte Ablehnung brauchen.«

»Ich muß mit meinem Vater reden«, sagte sie verschämt.

»Das versteht sich von selbst, aber könnten wir beide uns nicht vorher auf eine Meinung einigen?«

»Ein bißchen Zeit, nicht viel.«

»Es ist Juni, und Sie werden in die Sommerfrische fahren. Wir werden uns erst wieder im Oktober in der Fakultät sehen, oder nicht?«

»Trotzdem, ich muß überlegen und mich mit anderen beraten«, beharrte sie.

»Sie wollen sich bloß nicht äußern.«

Abrupt blieb sie stehen, und mit schneidender Stimme und sehr entschlossen erklärte sie: »Werter Herr Achmed, wenn Sie unbedingt darauf bestehen, daß ich rede, dann nehmen Sie bitte folgendes in aller Nachsicht zur Kenntnis. Ich habe schon oft über das Thema Heirat nachgedacht, nicht Ihretwegen, sondern ganz allgemein. Ich bin zu der Auffassung gekommen, und mein Vater stimmt darin mit mir überein, daß ich mein Leben nicht ordentlich einrichten und meinen gewohnten Stil beibehalten kann, wenn mir nicht wenigstens fünfzig Pfund im Monat zur Verfügung stehen.«

Er schluckte die Enttäuschung hinunter. Selbst wenn er

auf das Schlimmste gefaßt gewesen wäre, hätte er sich sein Scheitern nicht dermaßen bitter vorstellen können. »Welcher Beamte im heiratsfähigen Alter verdient eine solch gewaltige Summe?« fragte er. Da sie keinen Laut von sich gab, hakte er nach. »Sie wollen also einen reichen Ehemann?«

»Tut mir leid, aber Sie haben mich gezwungen, freiheraus meine Meinung zu sagen.«

»Ist auch besser so«, erwiderte er barsch.

»Tut mir leid«, murmelte sie.

Zorn packte ihn, und war er auch aufrichtig bemüht, die Grenzen der Höflichkeit nicht zu überschreiten, überkam ihn der unwiderstehliche Wunsch, ihr offen die Meinung zu sagen. »Wollen Sie hören, was ich davon halte?«

»Nein danke«, kam prompt ihre Antwort. »Ich kenne Ihre Ansichten zur Genüge, hoffe aber, daß wir nach wie vor Freunde bleiben.«

Trotz aller Wut fühlte er Bedauern. Dieses Mädchen lebte mit nüchternen, nackten Fakten, weil sie keine zärtliche Liebe kannte. Eine Frau, die es auf sich nahm, gegen alle Normen zu verstoßen, weil sie, verliebt in einen Diener, mit diesem floh – eine solche Frau hielte er für ein völlig normales Geschöpf. Aber in einer gestörten Gesellschaft hielt man das Gesunde für krank und das Kranke für gesund.

Ja, er fühlte Wut, aber noch stärker drückte ihn Traurigkeit nieder. Auf jeden Fall ahnte sie, was er von ihr hielt, und das war immerhin ein Trost.

Sie reichte ihm die Hand, um sich zu verabschieden. Er hielt sie fest, bis er die Kraft fand zu sagen: »Sie studieren also nicht, um später einmal zu arbeiten. Gut und schön, doch wozu dann die Universität?«

Fragend sah sie ihn an. Unbeeindruckt und nicht frei von bitterem Spott, fuhr er fort: »Entschuldigen Sie meine

Dummheit, aber wahrscheinlich besteht das Problem darin, daß Sie noch nie geliebt haben. Leben Sie wohl.«

Er drehte sich um und ging hastig davon.

30

»Wahrscheinlich habe ich einen Fehler gemacht«, sagte Ismail Latif, »als ich meine Frau wegen der Entbindung nach Kairo brachte. Jede Nacht gibt es Alarm, während wir in Tanta so gut wie nichts von den Schrecken des Kriegs gemerkt haben.«

»Bisher sind das alles symbolische Angriffe«, widersprach Kamal. »Wenn sie uns wirklich schaden wollten, könnte sie niemand daran hindern.«

Rijad Kaldas lachte. »Sie haben einen Mann vor sich«, sagte er, zu Ismail Latif gewandt, »der die Verantwortung des Ehemanns nicht nachempfinden kann.« Die beiden Männer, die sich vor einem Jahr kennengelernt hatten, begegneten sich jetzt erst zum zweitenmal.

»Und Sie? Können Sie sie nachempfinden?« fragte Ismail spöttisch.

»Gewiß. Ich bin zwar wie Kamal Junggeselle, aber kein Feind der Ehe.«

Es war früher Abend, und sie gingen die Fuad-Straße entlang. Nur die schwache Beleuchtung an den Eingängen der großen Geschäftshäuser machte die Dunkelheit etwas erträglicher. Trotzdem flutete durch die Straße ein Strom von Frauen und Männern, unter denen sich auch britische Soldaten verschiedenster Herkunft befanden. Der Herbst brachte feuchtkalte Luft mit sich, doch die meisten Menschen trugen noch Sommerkleidung.

Rijad Kaldas' Blick blieb an einer Gruppe indischer Soldaten hängen. »Ich finde es traurig«, sagte er, »wenn sich ein Mensch fern der Heimat befindet, um im Auftrag anderer zu töten.«

»Wie sie dabei noch lachen können?« wunderte sich Ismail.

»Wir lachen doch auch, obwohl es in der Welt merkwürdig zugeht«, warf Kamal unwillig ein. »Alkohol, Drogen und Verzweiflung bringen einen dazu.«

Rijad Kaldas schmunzelte. »Du steckst durch und durch in der Krise. Dein gesamtes Sein ist bis auf die Grundfesten erschüttert. Ein welkes Blatt im Wind. Da ringst du unter Schmerzen um die Geheimnisse des Lebens und der Seele, und was kommt heraus? Langeweile und Unwohlsein. Du tust mir richtig leid.«

»Heirate!« empfahl schlicht und einfach Ismail Latif. »Bevor ich geheiratet habe, fand ich auch alles langweilig.«

»Genau, sagen Sie es ihm nur!« unterstützte ihn Rijad.

»Die Ehe bedeutet die letzte Kapitulation in der verlorenen Schlacht mit dem Leben«, sagte Kamal leise vor sich hin, als hätte er nur für sich gesprochen.

Ismail irrt sich schon deshalb, weil er es wagt, sich mit mir zu vergleichen. Er ist ein dressiertes Tier, ich aber bin ... Gemach, gemach, vielleicht bildest du dir zuviel ein. Woher nimmst du diesen Dünkel, wenn du auf einem Berg von enttäuschten Hoffnungen und gescheiterten Versuchen hockst? Ismail mag nichts von der Welt des Denkens wissen, aber dafür kennt er das Glück, das man aus Arbeit, Ehe und Kindern gewinnt. Hat solches Glück nicht das Recht, sich über die Verächtlichkeit, die du ihm entgegenbringst, lustig zu machen?

»Wenn ich eines Tages einen Roman schreibe«, überlegte Rijad laut, »dann ist Kamal eine der Hauptfiguren.«

Neugierig wie ein kleiner Junge fragte Kamal hastig: »Was für eine Figur machst du aus mir?«

»Ich weiß noch nicht. Aber du mußt dir von vornherein vornehmen, dich nicht zu ärgern. Viele von denen, die sich in meinen Erzählungen wiederzufinden glauben, sind wütend.«

»Warum?«

»Wahrscheinlich deshalb, weil sich jeder Mensch ein bestimmtes Bild von sich macht. Wenn ein Erzähler ihm das durcheinanderbringt, akzeptiert er es nicht und wird ärgerlich.«

»Denkst du über mich vielleicht anders, als du laut sagst?« fragte Kamal beunruhigt.

»Aber nein«, versicherte ihm Rijad hastig. »Wenn man schreibt, geht man zwar von einer bestimmten Person aus, aber dann vergißt man sie völlig, und plötzlich hat man ein ganz neues Wesen vor sich. Zwischen der ursprünglichen Figur und der neu geschaffenen gibt es als einzig Gemeinsames nur, daß die eine die andere angeregt hat. Du zum Beispiel inspirierst mich zur Gestaltung eines arabischen Mannes, der zwischen Orient und Okzident hin und her gerissen ist und so sehr um sich selbst kreist, daß ihn Schwindel erfaßt.«

Wie kommt er darauf, von Orient und Okzident zu sprechen? Könnte er etwas von Aida wissen? Unsinn, das Unglück hat viele Gesichter.

»Dein Leben lang schaffst du dir selbst Probleme«, erklärte Ismail einfältig wie zuvor. »Meiner Meinung nach liegt darin die Ursache, daß du unglücklich bist. Warum probierst du nicht, normal zu leben?«

Sie waren an der Ecke angekommen, wo die Imad-ad-Din-Straße abbog. Gleich am Anfang der Straße stießen sie auf eine große Gruppe Engländer, die sie vorsichtig umgingen.

»Zur Hölle mit ihnen!« schimpfte Ismail. »Was macht sie so sicher? Ob sie wirklich überzeugt sind von dem, was sie hier tun?«

»Mir kommt es vor«, erwiderte Kamal, »als ob der Ausgang des Kriegs bereits feststeht. Im Frühjahr ist alles vorbei.«

»Der Nazismus ist eine reaktionäre, unmenschliche Bewegung«, erklärte Rijad fast zornig. »Mit eisernen Stiefeln trampelt er über die Erde und hinterläßt doppelt und dreifach Elend.«

»Soll sein, was will, aber dafür erleben die Engländer endlich mal das, was sie den Schwachen dieser Erde angetan haben.«

»Die Deutschen sind auch nicht besser als die Engländer.«

»Nur daß wir bei den Engländern Boden unter den Füßen bekommen haben. Der britische Kolonialismus steckt tief im Greisenalter, da kommt es schon vor, daß er sich von ein paar humanen Prinzipien rühren läßt. Möglicherweise werden wir es aber künftig mit einem Kolonialismus zu tun haben, der jung, arrogant, gierig, reich, kriegslüstern ist. Was tun?«

Kamal lachte, und es klang, als wollte er einen neuen Ton ins Gespräch bringen. »Kommt, laßt uns ein oder zwei Gläser trinken und davon träumen, daß es nur eine, allen gemeinsame Welt mit einer für alle Menschen gerechten Regierung gibt.«

»Dafür brauchen wir mehr als zwei Gläser.«

Sie standen vor einer Bar, die noch keiner kannte. Wahrscheinlich war das eine dieser neuen, teuflischen Kneipen, die während des Kriegs von einem Tag auf den anderen aus dem Boden gestampft wurden.

Kamal warf einen Blick hinein. Eine Frau, hellhäutig, aber von orientalischer Korpulenz, thronte als Chefin hinter der Kasse. Plötzlich erstarrte Kamal, blieb wie festgenagelt stehen, oder, genauer gesagt, er schien wie gelähmt zu sein, so daß die beiden anderen ins Stocken gerieten und in seine Blickrichtung sahen. Marjam! Marjam und niemand anders! Jasins zweite Ehefrau! Das Nachbarsmädchen! Sie hier, in dieser Kneipe, nachdem sie wie vom Erdboden verschluckt gewesen war. Marjam, von der er geglaubt hatte, sie sei längst ihrer seligen Mutter gefolgt.

»Willst du hinein? Na los, es sitzen nur vier Soldaten drin.« Kamal zögerte eine Weile, doch dann reichte sein Mut nicht aus. Noch immer benommen, erklärte er dennoch entschieden: »Nein, auf keinen Fall.«

Beim Schließen der Tür warf er einen letzten Blick auf Marjam. Sie erinnerte ihn an ihre Mutter, bevor sie starb. Wann hatte er Marjam zum letztenmal gesehen? Dreizehn oder vierzehn Jahre mußte es mindestens hersein. Sie gehörte zu den unvergeßlichen Wahrzeichen früherer Zeiten – seiner Vergangenheit, seiner Geschichte, seines Wesens –, und bei aller Vielfalt bildeten sie eine Einheit. Kurz bevor Jasin sie verstieß, hatte sie ihn ein letztes Mal in der Kasr asch-Schauk als Gast begrüßt. Er konnte sich noch gut daran erinnern, wie sie sich bei ihm ausgeklagt hatte, daß sein Bruder sich wieder als schamloser Wüstling herumtrieb und Seitensprünge machte. Das Ende dieser Klagen war damals nicht absehbar gewesen, erst jetzt zeigte es sich. Sie, die behütete Tochter des Herrn Mohammed Radwan, die Freundin, sprudelnde Quelle aller kindlicher Träume, war in einer dieser teuflischen Kneipen gelandet. Damals, ja, da hatte das alte Haus noch eitel Freude und Sonnenschein erlebt, und Marjam und Aischa waren erblühende Rosen gewesen. Doch die Zeit sollte sich als zäher Feind aller Rosen erweisen. Wenn Marjam in einer solchen Kneipe saß, hätte er ihr ebenso zufällig in einem dieser übel beleumdeten Häuser begegnen können. Das wäre peinlich geworden, und zwar sehr! So sah es also mit Marjam aus – sie hatte ihr Leben mit einem Engländer begonnen und ließ es mit Engländern enden.

»Hast du diese Frau gekannt?«

»Ja.«

»Woher?«

»Ach, eins dieser Weiber. Wahrscheinlich hat sie mich längst vergessen.«

»Die Kneipen sind voll von solchen Frauen – alte Nutten, aufsässige Dienstmädchen und was es sonst noch so gibt.«

»Ja.«

»Warum sind wir nicht hineingegangen? Bestimmt hätte sie uns dir zu Ehren einen herzlichen Empfang bereitet.«

»Sie ist nicht mehr jung genug. Wir sind woanders besser aufgehoben.«

Auch er war alt geworden. Fünfunddreißig Jahre trug er mit sich herum, und wie es schien, hatte er seinen Teil vom Glück schon hinter sich. Wenn er vergleichen sollte, wann er unglücklicher gewesen war, damals oder jetzt, dann fiele ihm die Entscheidung schwer. Aber was bedeutet schon das Alter, wenn man das Leben überhat. O ja, der Tod ist die Wonne des Lebens ... Halt, was war das für Lärm?

»Ein Luftangriff!«

»Wo gehen wir hin?«

»In den Keller des Café Rex.«

Es war voll, sie mußten stehen. Effendis, Ausländer, Frauen, Kinder. Ein Gemisch von Sprachen und Dialekten. Draußen schrien die Männer vom Zivildienst: »Licht aus!«

Rijad sah blaß aus. Er konnte das Geräusch der Flakgeschütze nicht ausstehen.

»Möglicherweise kommst du nun nicht mehr dazu, dich in deinem Roman über mich lustig zu machen«, ulkte Kamal.

Rijad lachte verkrampft. Er wies auf die Menge und

sagte: »Hier hast du alles beisammen, was man unter Menschheit versteht.«

»Wie schön wäre es, wenn sie sich wegen einer guten Tat zusammengefunden hätten und nicht aus Angst«, spottete Kamal.

»Meine arme Frau! Sie muß jetzt allein die dunkle Treppe hinunter!« rief Ismail nervös. »Ich überlege ernsthaft, ob ich nicht morgen nach Tanta zurückfahre.«

»Falls wir überleben!«

»Den Menschen in London geht es jetzt ständig so, sie können einem wirklich leid tun.«

»Sie haben doch Schuld an allem.«

Rijad sah immer blasser aus. Um über seine Angst hinwegzutäuschen, flüchtete er sich ins Gespräch. »Du hast einmal gefragt«, sagte er zu Kamal, »wo die Station Tod sei, damit du endlich aus dem Zug des langweiligen Lebens steigen kannst. Würde es dir wirklich nichts ausmachen, wenn uns jetzt eine Bombe in die Luft sprengt?«

Kamal lächelte. Mit wachsender Unruhe erwartete er von einem Augenblick zum anderen, das dumpfe Donnern der Flakgeschütze zu vernehmen. Angestrengt lauschte er hinaus. Dann aber erwiderte er: »Nein ...«, und zögerlich fügte er hinzu: »Höchstens aus Angst vor Schmerzen.«

»Hängst du nicht doch mit irgendeiner Faser, einer dunklen Hoffnung, am Leben?«

Wenn nicht, warum brachte er sich dann nicht um? Warum schützte er nach außen hin vor, ein von Kraft und Glauben erfülltes Leben zu führen? Lange Zeit hatte er zwischen zwei Extremen geschwankt – sich entweder ganz in das Vergnügen fleischlicher Wollust zu stürzen oder sich in die Einsamkeit sufischer Mystik zu verkriechen. Aber schließlich war ihm klargeworden, daß er weder die Absolutheit des wilden Treibens noch die der inneren Einkehr ertragen hätte, wie er auch eine tiefe Abneigung gegen den Gedanken verspürte, alles Leben zu verneinen und sich durch Flucht zu entziehen. Wahrscheinlich lag eben darin der Grund, bisher nicht Hand an sich gelegt zu haben. So verwickelt der Lebensfaden auch sein mochte, er hielt ihn zäh mit beiden Händen fest, obwohl ein solches Verhalten wiederum in heftigem Widerspruch zu der zweifelnden Haltung stand, die ihn mit ihrer ständigen Gegenwart fast zum Selbstmord trieb. Zwei Wörter reichten, um seine Situation zu benennen: Unentschlossenheit. Leiden.

Plötzlich donnerten Geschütze los, ununterbrochen prasselten Schüsse. Stockender Atem, umherirrende Blicke, gelähmte Zungen. In Zeit gemessen – nicht länger als zwei Minuten. Noch bangten die Menschen entsetzt, daß der Lärm weiterginge, noch waren alle Seelen von Schrecken beherrscht, da senkte sich schwere Stille hernieder.

»Ich stelle mir vor, wie sich meine Frau jetzt fühlt«, flüsterte Ismail. »Wann wird der Angriff vorbei sein?«

»Wann wird der Krieg vorbei sein?« fragte Rijad zurück.

Wenig später ertönte die Sirene mit dem Zeichen für Entwarnung, und wie aus einem Mund seufzten die Menschen im Keller tief auf.

»Ein kleiner Scherz der Italiener«, meinte Kamal.

Wie Fledermäuse zogen sie in die Finsternis hinaus, und aus dem Dunkel der Eingänge lösten sich die Silhouetten menschlicher Gestalten. Nach und nach drang aus den Fenstern schwaches Licht, und in den Straßen kam wieder Lärm auf. Es schien, als hätte das Leben in wenigen, flüchtigen Minuten daran erinnern wollen, daß niemand sich sorglos über seine einzigartige Kostbarkeit hinwegsetzen sollte.

31

Im Lauf der Zeit hatte der Alltag im alten Haus Änderungen erfahren, die von Zersetzung und Verfall sprachen. Der geregelte Ablauf der Tagesordnung war durcheinandergeraten, das gemeinsame Sitzen beim Kaffee – die »Kafferunde« – löste sich zusehends auf, obwohl doch gerade das eine wie das andere die Seele des Ganzen ausgemacht hatte. In der ersten Hälfte des Tages leerte sich das Haus: Kamal verschwand in die Schule, Amina begab sich auf ihren geistlichen Spaziergang zwischen der Hussain- und Sajjida-Zainab-Moschee, Umm Hanafi war im Ofenraum auf dem Hof beschäftigt. Nur der Hausherr und Aischa waren zugegen, und während Herr Abd al-Gawwad sich auf dem Kanapee in seinem Zimmer ausstreckte oder im Holzerker Platz genommen hatte, streifte Aischa ziellos zwischen dem Dach und ihrem Zimmer umher. Im Salon spielte das Radio für sich allein; erst am späten Nachmittag setzten sich Amina und Umm Hanafi dort hin. Aischa schaute höchstens einmal kurz herein, um gleich wieder zu verschwinden. Der Hausherr zeigte sich nicht, und wenn Kamal ausnahmsweise früher nach Hause kam, dann nur, um in seinem Studierstübchen im oberen Stockwerk allein zu sein. Sicher, zunächst war für Herrn Abd al-Gawwad das Gefühl, eingesperrt zu sein, bedrückend gewesen, doch allmählich gewöhnte er sich ans häusliche Leben, und auch den anderen wurde seine Anwesenheit vertraut. Ähnlich verhielt es sich mit Aischas Trauer, denn nicht nur für sie gehörte der Schmerz mit der Zeit zum Leben; auch die anderen bezogen ihn nach und nach in den Alltag ein.

Amina stand morgens noch immer als erste auf. Nachdem sie Umm Hanafi geweckt hatte, vollzog sie die rituelle Reinigung und verrichtete das Gebet. Umm Hanafi hingegen, die von allen noch die gesündeste war, stieg geradewegs zum Ofenraum hinunter.

Kaum daß Aischa die Augen mit Mühe geöffnet hatte, verbrachte sie die Zeit bis zum Frühstück damit, etliche Tassen Kaffee zu trinken und sich eine Zigarette nach der anderen anzuzünden. Wurde sie dann zu Tisch gerufen, brachte sie nur ein paar Happen hinunter. Bis auf die Knochen abgemagert, sah sie eher nach einem Skelett aus, das mit dünner, blasser Haut überzogen war. Sie litt unter Haarausfall, und um nicht völlig glatzköpfig zu werden, hatte sie sich gezwungen gesehen, einen Arzt aufzusuchen. Sie war für alle Krankheiten anfällig, so daß man ihr geraten hatte, sich die Zähne ziehen zu lassen. Kurzum, von der früheren Aischa war nur noch der Name geblieben. Hatte sie die Gewohnheit von einst, sich im Spiegel zu betrachten, auch beibehalten, so geschah das nicht mehr, um sich zurechtzumachen. Einerseits erfolgte der Blick in den Spiegel rein mechanisch, andererseits bot sich dabei die Gelegenheit, sich in den Anblick ihrer Trauer zu versenken. Bisweilen schien sie sich willfährig in ihr Schicksal zu fügen, und dann kam es vor, daß sie länger bei der Mutter sitzen blieb und an der Unterhaltung teilnahm. Ja, die welken Lippen verzogen sich sogar manchmal zu einem Lächeln, oder sie suchte den Vater auf und erkundigte sich nach seiner Gesundheit, oder sie ging im Gärtchen auf dem Dach auf und ab und warf den Hühnern ein paar Körner hin. In einem solchen Fall pflegte Amina hoffnungsvoll zu sagen: »Ach, Aischa, wie glücklich könntest du mein Herz machen, wenn ich dich immer so sähe.« Und Umm Hanafi wischte sich die Augen trocken und erklärte: »Schnell hinunter in den Ofenraum, bereiten wir etwas Schönes zu.«

Doch selbst in solch guten Zeiten geschah es, daß Amina um Mitternacht von dem lauten Schluchzen, das aus

Aischas Zimmer herüberdrang, geweckt wurde. Vorsichtig, um ja den schlafenden Gatten nicht zu wecken, hastete sie hinüber. Aischa saß im Bett, weinte im Dunkeln. Spürte sie die Mutter bei sich, klammerte sie sich an sie und klagte: »Wenn mir von ihr wenigstens das Kind geblieben wäre, wenigstens ein Schatten von ihr! Aber meine Hände sind leer, nichts gibt es mehr auf der Welt.«

Da nahm die Mutter sie in die Arme und sagte: »Ich weiß besser als sonstjemand, wie sehr du leidest. Solch eine Trauer übersteigt jeden Trost. Ach, hätte ich doch anstelle deiner Lieben gehen können, aber Gottes Ratschluß ist erhaben und weise. Was nützt schon alles Trauern, mein armes Kind!«

»Wenn ich schlafe, erscheinen sie mir im Traum, oder ich träume vom Leben, wie es früher war.«

»Bete und bekenne Gottes Einheit! Ich habe lange den Schmerz ausgekostet, den du fühlst. Hast du Fahmi vergessen? Doch ein gläubiger Mensch, der vom Unglück heimgesucht wird, muß standhaft bleiben und Geduld zeigen. Wo ist dein Glaube geblieben?«

»Pah, mein Glaube!« rief Aischa verächtlich.

»O ja«, beharrte Amina, »gedenke deines Glaubens und bitte deinen Herrgott, er möge dir Erbarmen senden, möglicherweise aus einer Richtung, von wo du es nie erwarten würdest.«

»Erbarmen! Was für ein Erbarmen, wo ist es?«

»Gottes Erbarmen vermag alles. Stimme mir zu, und komme mit zu al-Hussain. Leg die Hand auf sein Grabmal, sprich die Fatiha, und aus brennendem Schmerz wird lindernde Kühle und Frieden, wie es unserm Herrn Abraham geschah.«

Was den körperlichen Zustand betraf, so verhielt sich Aischa sehr sprunghaft. Bisweilen suchte sie regelmäßig und eifrig die Ärzte auf, so daß sie die anderen glauben machte, sie hinge am Leben. Dann aber vernachlässigte sie sich wieder völlig und ging mit allen Ratschlägen verächtlich um, was fast schon an Selbstmord grenzte. Einzig der Gang zum Friedhof wurde ihr zu einer Gewohnheit, von der sie nicht abließ. Großzügig und bereitwillig gab sie für die Grabstätte alles aus, was ihr vom Erbe ihres Mannes und ihrer Tochter geblieben war. So war allmählich ein Garten entstanden, voll der schönsten Blumen und duftenden Pflanzen. Als damals Ibrahim Schaukat gekommen war, um die Erbschaftsangelegenheiten mit ihr zu regeln, war sie wie eine Verrückte in Lachen ausgebrochen und hatte gekreischt: »Gratuliert mir, ich habe meine Tochter beerbt!«

Wann immer bei ihr auf ein gewisses Maß an innerer Ruhe zu hoffen war, suchte Kamal sie auf. Er ließ sich eine Weile nieder, verhielt sich besonders freundlich und zuvorkommend. Wenn er sie schweigend betrachtete, sah er traurig das frühere Bild vor sich, wie es Gott vollendet gestaltet hatte, um gleich darauf musternd zu prüfen, was daraus geworden war.

Sie war nicht nur mager, sie sah nicht nur krank aus – nein, sie bot in des Wortes vollster Bedeutung das Bild unendlicher Trübsal. Ihm fiel die Ähnlichkeit ihrer beider Schicksale auf. Sie hatte all ihre Sprößlinge verloren, er seine Hoffnungen. Sie war beim Punkt Null angekommen, er auch. Nur – ihre Kinder waren aus Fleisch und Blut gewesen, während seine Hoffnungen aus Lüge und Einbildung bestanden hatten.

Eines Tages hatte er der Mutter und Aischa geraten, bei Alarm den Luftschutzkeller aufzusuchen. Aischas Antwort lautete: »Ich rühre mich nicht aus meinem Zimmer.«

Die Mutter meinte: »Das sind ungefährliche Angriffe, und die Geschütze klingen wie Knallkörper«, und der Vater ließ verlauten: »Wenn ich genug Kraft hätte, um den Luftschutzkeller aufzusuchen, würde ich statt dessen lieber in die Moschee oder zu Mohammed Iffat gehen.«

An einem Nachmittag kam Aischa hastig vom Dach heruntergelaufen und stieß keuchend hervor: »Ein Wunder ist geschehen!« Als die Mutter sie neugierig, auch ein wenig hoffnungsvoll ansah, sprach Aischa eilends weiter: »Ich beobachtete gerade den Sonnenuntergang und fühlte mich dabei furchtbar verzweifelt, schlimmer als je zuvor. Plötzlich riß der Himmel auf, und ein gleißender Strahl fiel herab, und da habe ich, so laut ich konnte, geschrien: ›O Herr!‹«

Mit weit aufgerissenen Augen sah die Mutter sie fragend an. Sollte das die lang ersehnte Gnade sein oder nur ein neuerlicher Abgrund, der sich der Trauer auftat? Stammelnd brachte sie hervor: »Vielleicht hat sich dir Gottes Erbarmen gezeigt, Töchterchen.«

Aischa strahlte über das ganze Gesicht und erklärte: »Aber ja! Als ich ›O Herr‹ rief, war die ganze Welt von Licht erfüllt.«

Alle im Haus gerieten ins Grübeln und verfolgten die Angelegenheit mit äußerster Besorgnis. Aischa verbrachte nun Stunden auf dem Dach und wartete darauf, daß sich ihr das gleißende Licht noch einmal zeigte. Sie trieb es so weit, daß Kamal sich insgeheim fragte, ob dies das Ende war, angesichts dessen der Tod geradezu erlösend erschien. Man empfand es als Glück, daß Aischa im Verlauf der Zeit den Vorfall vergaß und nicht mehr darauf zu sprechen kam. Sie vergrub sich noch mehr in die Welt, die sie sich selbst geschaffen hatte und in der sie für sich allein lebte, wobei es keine Rolle spielte, ob sie sich in ihrem Zimmer aufhielt oder mit den anderen zusammensaß. Gelegentlich gab es Momente, in denen sie die anderen durchaus wahrnahm – eine Reisende, die gleich nach der Ankunft wieder aufbrach. Sie hatte sich angewöhnt, Selbstgespräche zu führen, vor allem, wenn sie sich in ihre Einsamkeit zurückzog. In der Familie war man sehr besorgt darüber. Aischa sprach auch mit den Toten, wobei ihr aber offenbar bewußt blieb, daß diese Menschen nicht mehr lebten. Sie stellte sie sich nicht als Phantome oder Gespenster vor, und zumindest darin lag für ihre Mitmenschen ein gewisser Trost.

32

Was für ein kalter Winter! Es hatte schon einmal einen ähnlich strengen Winter gegeben; für die Menschen blieb damals eine ganze Generation mit seinem Datum verbunden. Wann war das gewesen? Mein Gott, warum kann er sich nicht erinnern? Das alte Herz verlangt danach, denn die Erinnerung ist ein Teil der Vergangenheit, an die man immer wieder gern und zu Tränen gerührt zurückdenkt. Mit einer Aureole von Glück versehen, lebt die Vergangenheit in den Erinnerungen fort. Er sah sich, wie er früh am Morgen aufstand, bei jedem Wind und Wetter kalt duschte, ausgiebig frühstückte und in die Welt der Menschen hinausstürmte, in die Welt von körperlicher Beweglichkeit und geistiger Freiheit.

Über das Leben von heute wußte er nur, was man ihm gütigerweise erzählte; es schien vom anderen Ende des Erdballs zu stammen. O ja, er hatte zunächst noch die Kraft und die Freiheit gehabt zu wählen – zwischen dem Sitzen auf dem Kanapee im Zimmer oder auf dem Sessel im Holzerker. Trotzdem war es ein Hausarrest gewesen, und er hatte darunter gelitten. Doch wann immer er ein Bedürfnis verspürte, hatte er ohne fremde Hilfe ins Bad gehen können, hatte sich allein angezogen und entkleidet. Er hatte das Herumsitzen verflucht, obwohl er immerhin an einem Tag in der Woche das Haus verlassen durfte. Gestützt auf den Stock, ging er zu Fuß, oder er fuhr in einer Kutsche, um al-Hussain oder einen der Freunde zu besuchen. Dennoch hatte er ein ums andere Mal zu Gott gefleht, ihn aus dem häuslichen Gefängnis zu erretten.

Und jetzt? Jetzt konnte er nicht einmal mehr das Bett verlassen. Die Grenzen seiner Welt reichten bis an die Kanten der Matratze. Selbst ins Bad konnte er nicht gehen – es kam zu ihm. Mit einer solchen Unsauberkeit hatte er nie im Leben gerechnet. Kein Wunder, daß er vor lauter Groll mit verkniffenen Lippen und bitterem Geschmack im Mund dalag. Auf dieser Matratze ruhte er am Tag, hier schlief er in der Nacht, hier nahm er das Essen ein, hier verrichtete er sein Bedürfnis. Und das widerfuhr ihm, dessen Eleganz sprichwörtlich gewesen war, der eine Wolke von wohlriechenden Düften vor sich hergetragen hatte. Hier, in diesem Haus, wo ihm sein Leben lang alle unwidersprochen gehorcht hatten, empfing er mitleidige Blicke, und äußerte er einen Wunsch, schalt man ihn wie ein kleines Kind.

In kurzen Abständen, als hätten sie sich verabredet, waren die ihm liebsten Freunde verstorben. Sie waren ohne ihn gegangen, hatten ihn allein gelassen. Gott erbarme sich deiner, Mohammed Iffat. Zum letztenmal hatte er ihn in einer der Ramadannächte gesehen, als sie gemeinsam im Gästeraum, der auf den Garten hinausging, feierten. Beim Abschied hallte Mohammed Iffats dröhnendes Lachen ihm bis an die Tür nach. Aber dann, kaum daß er sein Zimmer betreten hatte, war heftiges Klopfen zu hören gewesen, und herein stürzte Radwan und rief: »Mein Großvater ist gestorben, Großvater.« Großer Gott! Wann? Wie? Hat er nicht noch vor ein paar Minuten mit uns gelacht? Auf dem Weg ins Bett war er vornübergestürzt. So war der lebenslange Freund verschieden. Dann folgte Ali Abd ar-Rahim, der drei lange Tage im Todeskampf lag und von einem so stechenden, trockenen Husten geplagt wurde, daß alle zu Gott flehten, ihm ein angenehmeres und weniger schmerzhaftes Ende zu bereiten. Nachdem er diese beiden Freunde hatte verabschieden müssen, war ihm nur noch Ibrahim Alfar geblieben. Doch schon hatte sich sein eigener Zustand verschlechtert, so daß er selbst das Bett hüten mußte und dem Freund keinen Besuch abstatten konnte. Ibrahim Alfars Diener hatte ihm die Nachricht von dessen Tod überbracht. Nein, auch zum Begräbnis hatte er nicht gehen können; Jasin und Kamal waren für ihn eingesprungen. Gottes Gnade mit dir, du liebenswertester aller Menschen. Schon vorher waren Dutzende von Bekannten und Freunden gestorben, darunter auch Hamidu und al-Hamzawi. Von allen verlassen, kam es ihm vor, als hätte er nie jemanden gekannt. Niemand besuchte ihn, niemand ließ sich blicken. Kein Freund würde an seinem Grab stehen.

So weit war es mit ihm gekommen, daß er nicht einmal mehr das Gebet verrichten konnte. Wie denn auch, da er nur für ein paar Stunden nach dem Baden die notwendige rituelle Reinheit genießen konnte und ihm diese Gunst nur einmal im Monat gewährt wurde? Die, die sich selbst zu seiner Vormundschaft ernannt hatten, sperrten ihn vom Gebet aus, obwohl er doch gerade jetzt, umgeben von entsetzlicher Einsamkeit, das dringende Bedürfnis verspürte, mit dem barmherzigen Erbarmer vertraulich zu sprechen.

Ein Tag nach dem anderen verging. Nun ja, das Radio redete, aber da konnte er nur zuhören. Amina huschte herein, Amina huschte hinaus. Schwach war sie geworden, doch Klagen hatte noch nie zu ihrem Wesen gehört. Sie sorgte für ihn wie eine Krankenschwester, und da sie sich nicht schonte, fürchtete er, daß sie selbst schon bald Pflege brauchte. Amina war alles, was er noch hatte. Jasin und Kamal – ja, die schauten mal auf ein Stündchen herein, um wenig später gleich wieder zu verschwinden. Wie sehr sehnte er sich danach, daß sie blieben. Aber das war ein Wunsch, den er nicht auszusprechen wagte und den sie, die Söhne, ihm nicht erfüllen konnten. Amina war die einzige, die sich mit ihm nicht langweilte, und ließ sie ihn dennoch allein, dann nur, um al-Hussain aufzusuchen und für ihn zu beten. Alles in allem – eine leere, öde Welt.

Einzig der Tag, an dem Chadiga zu Besuch kam, verdiente es, sehnsüchtig erwartet zu werden. Sie brachte Ibrahim Schaukat und die Söhne mit, und auf einmal füllte sich das Zimmer mit Leben, und alle Einsamkeit war verflogen. Sprach er selbst auch selten, so redeten sie um so mehr. Da kam es schon vor, daß Ibrahim Schaukat mahnte: »Verschont den Hausherrn mit eurem Geschwätz.« Doch er verteidigte Tochter und Enkelsöhne und sagte: »Laß sie doch sprechen! Ich höre ihnen gern zu.« Er bat Gott, Chadiga und ihrem Mann und den Söhnen Gesundheit und ein langes Leben zu schenken. O ja, Chadiga hätte gerne an seinem Bett die Nacht durchwacht. Das sah er ihren Augen an, die über alle Maße zärtlich glänzten.

Als er eines Tages Jasin gefragt hatte, wo er jetzt des Nachts zu feiern pflegte, da hatte der, ein wenig verschämt, geantwortet: »Überall sitzen Engländer herum, wie in früheren Zeiten.«

Ach, die früheren Zeiten! Tage von Stärke und Mut; Tage des Lachens, das die Mauern erschütterte; Tage mit nächtelangen Feiern in der Ghurija und al-Gamalija; Tage mit Menschen, von denen nur noch der Name geblieben ist – Zubaida, Galila … Hanija. Deine Mutter, Jasin, erinnerst du dich noch an sie? Ach ja, Zanuba sitzt an deiner Seite, auch deine Tochter Karima. Gnade und Vergebung – jetzt und immerdar.

»Wer ist noch von den alten Bekannten im Ministerium, Jasin?«

»Sie sind alle in Pension gegangen. Ansonsten weiß ich nichts von ihnen.«

Und sie wissen nichts über uns. Wozu sich nach Bekannten erkundigen, wenn doch die innigsten Freunde gestorben sind. Schau dir lieber Karima an, wie hübsch sie geworden ist! Schöner, als ihre Mutter es je war. Dabei ist sie erst vierzehn. Naima war auch ein solcher Ausbund an Schönheit gewesen.

»Jasin, wenn du Aischa davon überzeugen könntest, euch zu besuchen, dann tu es. Reißt sie aus ihrem Alleinsein heraus, ich habe Angst, daß es ihr schadet.«

»Wir haben sie schon so oft in die Kasr asch-Schauk eingeladen«, erklärte Zanuba. »Aber sie ... nun ja, möge Gott ihr beistehen.«

Ein Blick aus düsteren Augen, dann wandte er sich wieder Jasin zu. »Läuft dir manchmal Scheich Mitwalli Abd as-Samad über den Weg?«

Jasin lächelte. »O ja, bloß erkennt er kaum noch jemanden. Aber er hält sich wacker auf den Beinen.«

Was für ein Mann! Könnte er nicht einmal den Wunsch verspüren, mich zu besuchen? Oder hat er, nachdem er erst nichts mehr von meinen Kindern wußte, nun auch mich vergessen?

Nachdem die Freunde verschieden waren, hatte er sich Kamal freundschaftlich zugewandt, ein Vorgang, der diesen wahrscheinlich sehr überraschte. Er wollte sich nicht länger als gestrenger Vater verhalten, sondern den Sohn als Freund ins Vertrauen ziehen, darauf hoffend, daß der es erwiderte. Kam jemand auf Kamal zu sprechen, dann pflegte er immer bedauernd zu sagen: »Mit vierunddreißig Jahren noch Junggeselle! Den größten Teil des Lebens verbringt er mit seinen Büchern. Ach, möge Gott ihm beistehen!« Er fühlte sich nicht länger für Kamal verantwortlich, denn der hatte von Beginn an entschieden, seinen Weg allein zu gehen. Und was war aus ihm geworden? Ein Lehrer und Junggeselle, der sich freiwillig zum Stubenhocker machte. Sorgsam vermied er es, Kamal mit Themen wie Heirat oder Privatstunden zu belästigen. Um so mehr betete er zu Gott, er möge ihm bis zum letzten Atemzug sein Erspartes bewahren, damit er dem Sohn nicht eines Tages zur Last fiele.

»Gefällt dir diese Zeit?« fragte er einmal Kamal, und da der verlegen lächelte und zögerte, fuhr er fort: »Die beste Zeit war unsere! Da ging's noch heiter und sorglos zu, und man war gesund und munter. Wir haben Saad Zaghlul gesehen und Meister Abduh bei seiner Kunst gelauscht. Was erlebt ihr heute schon?«

Kamal, der sich durch solch ein Thema stets herausfordern ließ, erwiderte: »Jede Zeit hat Gutes und Schlechtes.«

Da schüttelte er den Kopf und sagte: »Nichts weiter als Gerede.« Für einen Moment schwieg er, und dann hörte er sich plötzlich sagen: »Daß ich nicht beten kann, zerreißt mir das Herz. Gott zu dienen wäre der einzige Trost in der Einsamkeit. Trotzdem erlebe ich merkwürdige Augenblicke. Ich vergesse alle schönen Dinge, die mir verwehrt sind, wie bestimmte Gerichte und Getränke, Freiheit, Gesundheit, und auf einmal überkommt mich eine solch wunderbare Heiterkeit, daß ich glaube, dem Himmel nah zu sein. Ich sehe ein unbekanntes Glück, angesichts dessen das Leben mit allem Drum und Dran nichts bedeutet.«

»Möge Ihnen unser Herrgott ein langes Leben schenken und Sie wieder gesundmachen«, stammelte Kamal.

Sich ins Schicksal ergebend, nickte er. »Zur Zeit geht es mir gut. Kein Schmerz in der Brust, keine Atemnot, die Schwellung am Bein nimmt ab, und gleich kommt im Radio die Sendung mit den Hörerfragen.«

Die Tür ging auf, und Amina fragte: »Geht's meinem Herrn gut?«

»Gottlob ja.«

»Soll ich das Abendessen bringen?«

»Abendessen? Nennst du das noch immer Abendessen? Was soll's, her mit der Milchschüssel!«

33

Am späten Nachmittag kam Kamal ins Zuckergäßchen und fand Chadigas Familie vollständig versammelt vor. Er reichte allen die Hand, und als er vor Achmed stand, sagte er: »Herzlichen Glückwunsch zum Diplom.«

Anstelle von Achmed dankte ihm Chadiga, doch sah sie nicht gerade glücklich aus. »Setz dich hin, und hör dir die neuste Nachricht an: Der Herr möchte keine Anstellung haben.«

»Dabei ist Radwan bereit, ihm eine Stelle zu verschaffen. Er müßte nur zustimmen, aber nein, er besteht auf seiner Weigerung«, erklärte Ibrahim Schaukat. »Reden Sie mit ihm, vielleicht hört er auf Sie.«

Kamal setzte den Tarbusch ab, und da es heiß war, zog er auch gleich noch das weiße Jackett aus und hängte es über die Stuhllehne. Obwohl innerlich schon auf eine harte Auseinandersetzung eingestellt, meinte er lächelnd: »Ich hatte geglaubt, heute wird gratuliert und gefeiert, aber offensichtlich kommt dieses Haus nicht ohne Streitereien aus.«

»Das ist mein Schicksal«, klagte Chadiga. »Wir sind eine besondere Gattung Mensch.«

Endlich meldete sich Achmed zu Wort. »Die Sache ist ganz einfach. Zur Zeit könnte ich nur eine Anstellung als Sekretär bekommen, und zwar, wie mir Radwan sagte, im

Archiv, wo Onkel Jasin arbeitet. Dann schlug er mir vor, die drei Monate bis zum Schulbeginn zu warten, weil sich dann vielleicht die Möglichkeit ergibt, als Lehrer für Französisch zu arbeiten. Aber ich will weder das eine noch das andere, ich will überhaupt keine Anstellung.«

»Was willst du dann?« schrie Chadiga.

Die Antwort fiel kurz und knapp aus: »Bei der Presse arbeiten.«

Sein Vater schnaubte empört. »Journalist! Davon hat er zwar ständig geredet, aber wir haben es für einen Witz gehalten. Er lehnt es strikt ab, Lehrer zu werden, weil er nichts anderes im Kopf hat als diesen Journalismus. Dabei sind Sie, Si Kamal, doch auch Lehrer.«

»Das Unglück, Lehrer zu sein, möge Gott ihm besser ersparen«, spottete Kamal.

»Ach, dir würde es wohl gefallen, wenn er Journalist wird?« ärgerte sich Chadiga.

Bemüht, die Stimmung ein wenig zu besänftigen, erklärte Abd al-Munim: »Als Beamter im Büro zu sitzen gilt nicht gerade als höchstes Glück.«

»Aber du, werter Herr, du machst es!« fuhr Chadiga ihn scharf an.

»Sicher, aber in einer privilegierten Abteilung. Mit einem Sekretärsposten für Achmed bin ich nicht einverstanden, und was den Lehrerberuf betrifft, da habt ihr ja gerade Onkel Kamal gehört.«

»Bei welcher Art Presse möchtest du arbeiten?« fragte Kamal.

»Herr Adli Karim ist bereit, mich auf Probe einzustellen. Zuerst als Übersetzer, dann als Redakteur.«

»Aber die Zeitschrift ›Der neue Mensch‹ ist auf Kultur ausgerichtet, und abgesehen von der geringen Breitenwirkung verfügt sie nur über wenig Mittel.«

»Es wäre ein erster Schritt, um Übung zu bekommen

und mich auf bedeutendere Arbeiten vorzubereiten. Auf jeden Fall werde ich nicht verhungern.«

Kamal sah Chadiga an. »Laß ihn tun, was er will. Er ist volljährig, gebildet und weiß am besten, was er macht.«

Chadiga war nicht bereit, die Niederlage so leicht einzustecken. Erneut begann sie, den Sohn überzeugen zu wollen, worauf der sich heftig wehrte, und dann wurden beide immer lauter und wütender. Schließlich griff Kamal ein, um sie zu trennen. Aber die Stimmung blieb getrübt, man starrte schweigend vor sich hin.

Kamal lachte plötzlich los. »Da dachte ich, daß ich etwas zu trinken bekomme, aber statt dessen muß ich Zank und Streit über mich ergehen lassen.« Als er sah, daß Achmed sich bereit gemacht hatte, aus dem Haus zu gehen, entschuldigte er sich und brach gemeinsam mit ihm auf. Während sie die Azhar-Straße entlanggingen, vertraute Achmed seinem Onkel an, daß er auf dem Weg zur Redaktion sei, um wie versprochen mit der Arbeit zu beginnen.

»Mach, was du willst«, sagte Kamal, »aber vermeide, deine Eltern zu verletzen.«

Achmed lachte. »Ich liebe und verehre sie zwar, aber ...«

»Was ›aber‹?«

»Aber man sollte keine Eltern haben.«

»Wie kannst du leichten Herzens so etwas sagen?«

»Es geht mir nicht eigentlich um Eltern, sondern darum, daß sich mit ihnen die Traditionen der Vergangenheit verbinden. Die Vaterschaft zum Beispiel soll dem Mann Fesseln anlegen, aber wozu brauchen wir Ägypter Fesseln, wenn wir ohnehin mit Ketten an den Füßen laufen?« Er schwieg nachdenklich, bevor er weitersprach. »Einer wie ich wird nie erfahren, was harter Kampf ist, solange er ein Elternhaus und einen vermögenden Vater hat. Ich leugne keineswegs, daß es mich beruhigt, aber gleichzeitig schäme ich mich auch deswegen.«

»Was denkst du, ab wann du Gehalt bekommst?«

»Herr Adli Karim hat nichts Genaues gesagt.«

In Ataba l-Chadra trennten sie sich. Als Achmed in der Redaktion ankam, begrüßte ihn Herr Adli Karim mit einem aufmunternden Wort und ging mit ihm ins Sekretariat. »Hier ist euer neuer Kollege, Herr Achmed Ibrahim Schaukat«, stellte er ihn den Anwesenden vor. Dann machte er ihn mit den anderen bekannt. »Fräulein Susan Hammad, Herr Ibrahim Rizk, Herr Jussuf al-Gamil.«

Man begrüßte ihn mit einem herzlichen Händedruck, und Herr Ibrahim Rizk sagte höflich: »Ihr Name ist ja in unserer Zeitschrift schon bekannt.«

Herr Adli Karim lächelte. »Er war unter den Abonnenten der Erstgeborene.« Er wies auf einen Schreibtisch. »Hier werden Sie arbeiten, denn Herr Jussuf al-Gamil, dessen Platz das ist, hat meistens auswärts zu tun.« Mit diesen Worten ging er aus dem Raum.

Jussuf al-Gamil bedeutete Achmed, sich auf den Stuhl neben dem Schreibtisch zu setzen, und sagte: »Fräulein Susan wird Sie in Ihre Arbeit einweisen. Aber jetzt müssen Sie erst einmal eine Tasse Kaffee trinken.« Er drückte auf den Klingelknopf, während Achmed sich umsah. Ibrahim Rizk wirkte verhärmt, und obwohl er bestimmt erst in den Vierzigern war, sah er wie fünfzig aus. Jussuf al-Gamil konnte man noch als jungen Mann bezeichnen. Er machte einen geschickten und klugen Eindruck. Achmeds Blick glitt zu Susan Hammad hinüber. Ob sie sich noch an ihn erinnerte? Seit der ersten Begegnung, das war 1936 gewesen, hatte er sie nicht mehr gesehen. Sie schaute auf, und da er nicht länger schweigen wollte, lächelte er und sagte: »Ich habe Sie vor fünf Jahren hier schon einmal getroffen.« Ihren Augen war anzusehen, daß sie wußte, wovon er sprach, und so fuhr er fort: »Ich hatte mich damals nach einem Artikel erkundigt, der nicht erschien.«

»O ja, ich glaube, daß ich mich erinnern kann«, erwiderte sie lächelnd. »Wie auch immer, seit damals haben wir von Ihnen viele Artikel veröffentlicht.«

»Artikel, die von einer sehr fortschrittlichen Gesinnung zeugen«, ergänzte Jussuf al-Gamil.

»Das Bewußtsein der Menschen hat sich verändert«, meinte Ibrahim Rizk. »Überall in den Straßen steht an den Wänden geschrieben: ›Brot und Freiheit‹. Das ist die neue Losung des Volks.«

»Und eine schöne obendrein«, bestätigte Susan Hammad begeistert. »Vor allem jetzt, da so viel Düsternis die Welt beherrscht.«

Achmed begriff, worauf sie anspielte. Daß er an einem solchen Gespräch teilhaben, in einer solchen Umgebung arbeiten durfte, begeisterte ihn und machte ihn froh. »Sicher, es liegt viel Düsternis über der Welt, aber solange Hitler England nicht angegriffen hat, gibt es noch Hoffnung auf Rettung.«

»Ich sehe die Sache anders«, meinte Susan Hammad. »Wenn Hitler England überfällt, könnte es doch sein, daß beide Staaten untergehen und Rußland zum Machtzentrum wird?«

»Und wenn das Gegenteil geschieht? Wenn nun Hitler die britische Insel vernichtet und totale Macht erhält?«

»Bereits Napoleon wollte Europa erobern, aber Rußland wurde zum Friedhof seiner Armee«, gab Jussuf al-Gamil zu bedenken.

So beflügelt, so voller Tatkraft hatte sich Achmed noch nie gefühlt. Die Atmosphäre war angenehm, die Gesinnung der Kollegen liberal, und dann gab es noch diese hübsche, gebildete, aufgeklärte Mitarbeiterin. Ohne genau zu wissen, warum, mußte er plötzlich an Alawija Sabri denken. Ein langes Jahr hatte er unter Qualen gegen die Enttäuschung in der Liebe gekämpft. Jeden Morgen, jeden Abend hatte er aus tiefstem Herzen die Liebe verflucht, bis sie schließlich entflohen war. Doch unauslöschliche Spuren von Verbitterung und Empörung waren geblieben. Bestimmt saß die Dame jetzt in ihrem Haus in al-Maadi und wartete auf den Mann mit den fünfzig Pfund im Monat. Und Susan Hammad, die sich offensichtlich Rußlands Sieg wünschte, worauf wartete sie?

In diesem Moment wedelte sie mit einem Stapel Papier und rief ihm freundlich zu: »Könnten Sie das übernehmen?«

Achmed stand auf und trat lächelnd an ihren Schreibtisch. Die Arbeit konnte beginnen.

34

Jussuf al-Gamil kam nur ein- oder zweimal in der Woche in die Redaktion; er kümmerte sich in der Stadt um die Werbung und neue Abonnenten. Ibrahim Rizk hielt sich lediglich für eine Stunde im Sekretariat auf, da er noch für andere Zeitschriften arbeitete. So waren Susan und Achmed die meiste Zeit allein.

Eines Mittags, als der Leiter der Druckerei Korrekturbögen abholte, hörte Achmed zu seiner Überraschung, wie Susan ihn mit »Hallo, Vater« begrüßte. Obendrein erfuhr er, daß dieser Mann mit Herrn Adli Karim verwandt war. Achmed war verblüfft. Aber abgesehen von Susans verwandtschaftlichen Beziehungen, erstaunte ihn ihre Energie. Sie war die Seele der Redaktion, der Dreh- und Angelpunkt aller Vorgänge. Sie las und schrieb und war immer bereit, mehr zu tun, als von ihr gefordert war. Von Natur aus ernst, entschlossen und äußerst intelligent, hatte Achmed vom ersten Augenblick an gespürt, daß er einer starken Persönlichkeit gegenüberstand. Ja, wären da nicht die hübschen schwarzen Augen und die anziehende weibliche Figur gewesen, hätte er manchmal fast geglaubt, einen Mann mit besonders starker Willenskraft und Zielstrebigkeit vor sich zu haben. Angesteckt von ihrer Arbeitswut, erledigte er seine Aufgaben voller Eifer, kannte er weder Müdigkeit noch Langeweile. Er hatte die Auswertung von ausländischen Kulturzeitschriften übernommen und übersetzte Auszüge, bisweilen auch, wenn sie wichtig waren, vollständige Artikel.

Eines Tages brachte er das Thema Zensurbehörde zur Sprache. Er habe, sagte er, das Gefühl, daß die Zeitschrift beobachtet werde. Susan reagierte wütend. »Sie ahnen nicht, wie weit das geht. Bei den hohen Herren gilt unsere Zeitschrift als äußerst verdächtig, aber das kann ja«, spottete sie, »durchaus als Ehre gelten.«

»Erinnern Sie sich noch an die bissigen Leitartikel, die Adli Karim vor Ausbruch des Kriegs geschrieben hat?« meinte Achmed schmunzelnd.

»Als Ali Mahir an der Macht war, hat man die Zeitschrift für einige Zeit sogar verboten. Der Grund war ein Artikel, in dem Adli Karim an den Urabi-Aufstand erinnerte und den Khediven Taufik des Verrats bezichtigte.«

Ein andermal, als kurz etwas zu bereden war, fragte sie unvermittelt: »Warum wollten Sie unbedingt bei der Presse arbeiten?«

Er überlegte. Inwieweit sollte er sich diesem Mädchen anvertrauen, auch wenn sie, verglichen mit anderen, etwas Besonderes war? »Ich habe nie studiert, um Beamter zu werden. Was mich reizt, ist, meine Gedanken auszudrükken und sie möglichst vielen Menschen mitzuteilen, und dafür ist die Presse das geeignetste Mittel.«

Sie hörte gespannt zu, und kaum hatte er zu Ende

gesprochen, sagte sie: »Was mich betrifft, so bin ich nicht zur Universität gegangen, genauer gesagt, es war mir nicht möglich.« Daß sie aufmerksam zuhören konnte und in solcher Offenheit mit ihm sprach, machte ihn froh, bestätigte ihm doch beides, wie sehr sie sich von anderen Mädchen unterschied.

»Ich bin«, sprach sie weiter, »bei Adli Karim in die Schule gegangen, was wahrscheinlich keine schlechtere Ausbildung ist als die Universität. Gleich nach dem Abitur habe ich hier zu arbeiten begonnen. Es gefällt mir, was Sie über die Arbeit bei der Presse sagten. Noch drücken Sie Ihre Gedanken nicht selbst aus, sondern tun es mit Hilfe von Übersetzungen. Haben Sie sich schon einmal überlegt, welche literarische Form Ihnen am meisten liegt?«

Er schwieg verblüfft, und da er nicht wußte, worauf sie abzielte, fragte er zurück: »Was meinen Sie damit?«

»Na, entweder der Essay oder Lyrik, Prosa, Drama.«

»Weiß ich nicht. Aber am ehesten würde ich an den Essay denken.«

»Sicher, aber unter den heutigen politischen Bedingungen ist das nicht so einfach. Liberale Autoren sind gezwungen, ihre Gedanken geheim zu publizieren. Beim Essay geht man offen und direkt vor, von daher ist diese Form gefährlich, vor allem, wenn man wie wir ohnehin schon unter Beobachtung steht. Prosa verfügt jedoch über verschiedene Ausdrucksmittel, ist sozusagen eine listige Kunstform. Außerdem ist sie ziemlich verbreitet und wird schon bald auf dem Gebiet der Literatur den Vorrang haben. Kennen Sie nur einen großen Schriftsteller, der sich nicht wenigstens mit einem Werk als Prosaautor bestätigt sehen will?«

»Stimmt, und das meiste habe ich gelesen. Kennen Sie Rijad Kaldas, der für die Zeitschrift ›Der Gedanke‹ schreibt?«

»Er ist einer von vielen und nicht der beste.«

»Schon möglich. Mein Onkel Kamal Achmed Abd al-Gawwad, der ebenfalls für diese Zeitschrift schreibt, hat mich auf ihn aufmerksam gemacht.«

»Ach, das ist Ihr Onkel? Ich habe öfter etwas gelesen, aber …«

»Ja?«

»Entschuldigen Sie, aber er gehört zu denen, die sich ohne jeden Sinn und Zweck allzugern im Labyrinth der Metaphysik verlieren.«

»Er gefällt Ihnen also nicht?« fragte er fast ängstlich.

»Darum geht es nicht. Er schreibt häufig über alte Dinge … der Geist, das Absolute, die Erkenntnistheorie. Gut und schön, aber abgesehen vom ideellen Genuß und gedanklichen Spaß bringt das nichts. Schreiben sollte ein Mittel sein, das zu einem genau abgesteckten Ziel führt, und letztendlich muß es dabei immer um die Entwicklung dieser Welt und um mehr Fortschritt und Freiheit für den Menschen gehen. Die Menschheit befindet sich in einem ständigen Kampf, und ein Autor, der sich dieser Bezeichnung würdig zeigen will, muß an der Spitze der Kämpfer stehen. Was den sogenannten ›Lebensdrang‹ angeht, den können wir getrost Bergson überlassen.«

»Hat sich Karl Marx als junger Philosoph nicht auch mit der Metaphysik beschäftigt!?«

»Bloß hat er zum Schluß die Gesellschaftslehre wissenschaftlich begründet. Also brauchen wir nicht von vorn zu beginnen, sondern müssen dort ansetzen, wo er endete.«

Achmed gefiel es nicht, daß sein Onkel auf diese Weise kritisiert wurde. Er wollte ihn auf jeden Fall verteidigen, und deshalb sagte er: »Es ist immer richtig, auf der Suche nach der Wahrheit zu sein, wobei es nicht wichtig ist, welcher Art diese Wahrheit ist und wie sie durch andere beurteilt wird.«

»Aber das steht völlig im Widerspruch zu dem, was Sie schreiben«, rief Susan aufgeregt. »Ich könnte wetten, daß Sie das nur sagen, weil Sie sich Ihrem Onkel verpflichtet fühlen. Wenn der Mensch leidet, wird er seine ganze Aufmerksamkeit darauf konzentrieren, die Ursache herauszufinden. Unsere Gesellschaft leidet ungemein, also müssen wir uns zuallererst darum kümmern. Danach können wir uns dann amüsieren und herumphilosophieren. Können Sie sich einen Menschen vorstellen, der eine offene Wunde hat und, statt sich um die zu kümmern, fröhlich vor sich hin philosophiert? Was würden Sie über einen solchen Typ sagen?«

War sein Onkel solch ein Mensch? Wie auch immer, er mußte sich eingestehen, daß sie nur laut und deutlich sagte, was er selbst manchmal insgeheim dachte. Außerdem hatte sie aber wunderschöne Augen und war trotz aller Fremdartigkeit, trotz allen Ernstes, anziehend, sogar sehr. »Tatsache ist, daß mein Onkel nichts für sonderlich schwerwiegend hält. Wenn ich mit ihm rede, habe ich schon oft gemerkt, daß er sich mit dem Nazismus genauso beschäftigt wie mit der Demokratie und dem Kommunismus. Er ist weder eiskalt noch heißblütig, so daß es einem schwerfällt, seinen Standpunkt herauszufinden.«

Sie lächelte. »Er hat keinen! Ein guter Autor kann seinen Standpunkt nicht verstecken. Ihr Onkel ist einer dieser bourgeoisen Intellektuellen, die es an sich genießen, unablässig zu lesen und kluge Fragen zu stellen. Da steht er erschrocken vor dem ›Absoluten‹, und vielleicht tut der Schreck sogar richtig weh, aber das hindert ihn nicht, an den wirklich Leidenden achtlos vorbeizugehen.«

»Aber nein! So ist mein Onkel nicht«, hielt er lachend dagegen.

»Sie kennen ihn besser. Was die Erzählungen von Rijad Kaldas betrifft, so sind sie auch nicht gerade das, was man sich wünscht. Sie sind realistisch, beschreibend, analytisch, aber darüber hinaus bringen sie nichts. Da ist keine Orientierung, keine Botschaft.«

Achmed überlegte kurz, dann sagte er: »Aber er schildert ziemlich häufig die Situation von Arbeitern und Bauern. Das heißt, daß er der werktätigen Klasse viel Platz einräumt.«

»Auch das bleibt aufs Beschreiben und Analysieren beschränkt. Gemessen am wirklichen Kampf, ist das viel zu passiv.«

Wie kann ein Mädchen nur so auf Streit aussein! Offenbar ist sie fürchterlich ernst veranlagt. Wo ist da noch Platz für das Weibliche? »Wie hätten Sie es denn gerne, daß er schreibt?«

»Kennen Sie einige Werke der modernen sowjetischen Prosa? Haben Sie Maxim Gorki gelesen?«

Er schmunzelte gelassen. Warum sollte er verlegen sein? Er hatte Soziologie studiert, nicht Literatur. Außerdem war sie älter als er. Wie alt mochte sie sein? Vielleicht schon vierundzwanzig? Oder noch mehr?

»Das ist Literatur, die Sie kennen müssen«, erklärte sie. »Wenn Sie wollen, borge ich Ihnen einige Bücher.«

»O ja, gern.«

Sie lächelte. »Ein ›freier‹ Mensch sollte mehr tun als lesen und schreiben. Prinzipien hängen vom Willen ab, also ist der eigene Wille wichtiger als alles andere.«

Ihrem Gesicht war keinerlei Schminke anzusehen, trotzdem sah sie gepflegt aus. Vom Äußeren her wirkte sie nicht weniger gediegen als andere Mädchen, und hübsche Brüste hatte sie auch, verführerisch wie all die anderen. Aber halt, sollte nicht wenigstens er – bei seinen Prinzipien! – sich von anderen Männern unterscheiden? Männer sind eine seltsame Kategorie Mensch. Sie bringen es nicht fertig, lehnen es sogar ab, eine Frau unter einem anderen

Aspekt als dem des Weiblichen zu sehen. »Ich freue mich, Sie kennengelernt zu haben. Wie ich meine, bieten sich uns verschiedene Möglichkeiten, Hand in Hand zu arbeiten.«

Mit einem überaus weiblichen Lächeln erwiderte sie: »Sehr freundlich.«

»Ich bin froh, Sie zu kennen.« O ja, das war er. Aber er sollte sich davor hüten, die innere Unruhe falsch zu deuten. Möglicherweise war es bei einem Jüngling wie ihm völlig normal, daß er erregt war. Er mußte vorsichtig sein. Nicht noch einmal wollte er in eine ähnliche Verzweiflung geraten wie damals in al-Maadi. Noch war die Trauer des Herzens nicht gänzlich gewichen.

35

»Guten Abend, Tantchen«, sagte Kamal und geleitete Frau Galila zu ihrem Lieblingsplatz im Salon, dem Kanapee. Kaum hatten sich beide gesetzt, rief Galila nach der Dienerin, die gleich darauf mit Getränken hereinkam. Galila beobachtete sie beim Abstellen der Gläser und Flaschen, und als die Dienerin gegangen war, wandte sie sich wieder Kamal zu und erklärte: »Ich schwöre dir, mein lieber Junge, daß ich nur noch mit dir am Freitag abend trinke. Es ist wie früher, als ich deinem Vater, und natürlich manch anderem, beim Trinken Gesellschaft leistete.«

Was wäre das Leben ohne Trinken, nach nichts verlangt es mich mehr, dachte Kamal im stillen. »Leider ist kein Whisky mehr zu bekommen, Tantchen, und die klaren Schnäpse sind auch verschwunden. Es heißt, daß beim letzten deutschen Luftangriff auf Schottland ein international berühmtes Lager getroffen wurde und Ströme von bestem Whisky sich übers Land ergossen.«

»Meine Seele gäbe ich dafür hin, solch einen Angriff mitzuerleben. Bevor du aber betrunken bist, erzähl mir – wie geht es Herrn Achmed Abd al-Gawwad?«

»Nicht besser und nicht schlechter. Es tut weh, Frau Galila, ihn ans Bett gefesselt zu sehen. Möge Gott sich seiner gütig erweisen.«

»Wie sehr wünsche ich mir, ihn besuchen zu können! Hast du nicht zumindest soviel Mut, ihm Grüße von mir auszurichten?«

»Ach, du liebe Güte! Da schlägt ihm ja gleich sein letztes Stündchen!«

Die alte Galila kicherte los. »Hältst du es tatsächlich für möglich, daß ein Mann wie Herr Achmed jemand anders für unschuldig und rein hält, vor allem, wenn es sich um seinen eigenen Sprößling handelt?«

»Wenn nicht, macht's auch nichts. Auf Ihre Gesundheit, Sie Zierde aller Frauen!«

»Auf die Gesundheit! Übrigens ist Atijas Sohn krank, deshalb kommt sie vielleicht ein wenig später.«

»Aber letztes Mal war doch noch alles in Ordnung?« fragte Kamal besorgt.

»Ja, der Junge liegt erst seit Sonnabend im Bett. Er ist ihr ein und alles, und wenn ihm etwas fehlt, verliert die Ärmste völlig den Kopf.«

»Sie ist ein gutherziges Wesen, doch leider hat sie Pech gehabt. Ich hatte oftmals den Eindruck, daß die Umstände sie zu diesem Leben gezwungen haben.«

»Du regst dich immer über deinen Beruf auf, obwohl der ungemein ehrenhaft ist – was soll sie erst über den ihrigen sagen?« meinte Galila, und obwohl sie dabei freundlich lächelte, war Kamal sich nicht sicher, ob sie sich nicht lustig machte.

Die Dienerin kam mit dem Kohlebecken herein, das den lieblichen Duft von Weihrauch verströmte. Die feuchte Herbstluft schlug sich am Fenster nieder. Der Schnaps schmeckte bitter, aber seine Wirkung war kräftig. Galilas Worte über den Beruf erinnerten Kamal daran, daß er beinahe etwas Wichtiges vergessen hätte. »Stellen Sie sich vor, Tantchen, fast wäre ich aus Kairo versetzt worden! Wäre das Unglück wahr geworden, müßte ich jetzt die Koffer für Assiut packen.«

Galila schlug sich vor Schreck auf die Brust. »Assiut, dieses Datteldorf! Das wünscht man höchstens dem schlimmsten Feind! Was ist passiert?«

»Gott sei Dank ist alles wieder in Ordnung.«

»Weil in den Ämtern die Bekannten deines Vaters wie Ameisen herumwimmeln.«

Er nickte zustimmend, gab aber keinen Kommentar. Für Frau Galila umschwebte das Haupt des Vaters noch immer der Glorienschein früheren Ruhms. Sie konnte nicht ahnen, daß der Vater, als er ihm von der Versetzung erzählte, traurig und bedrückt gestöhnt hatte: »Man kennt uns nicht mehr. Ach, wo sind unsere Freunde, wo?«

Bevor er mit dem Vater über die Sache gesprochen hatte, war er zu seinem alten Freund Fuad Gamil al-Hamzawi gegangen. Vielleicht kannte der jemand, der im Bildungsministerium etwas zu sagen hatte. Aber dieser bedeutende Richter hatte erklärt: »Lieber Kamal, es tut mir sehr leid, aber ich in meiner Stellung – ich kann doch niemanden um einen Gefallen bitten!« Schließlich hatte er sich, wenn auch vor Verlegenheit fast stotternd, zu seinem Neffen Radwan geflüchtet, und tatsächlich, noch am gleichen Tag wurde die Versetzung rückgängig gemacht. Donnerwetter, der junge Mann hatte Einfluß! Da gehörten sie beide zum gleichen Ministerium, hatten beide die gleiche Beamtenstufe erreicht, nur mit dem Unterschied, daß er, Kamal, schon fünfunddreißig Jahre alt war, dieser Jüngling aber erst zweiundzwanzig. Was konnte ein Grundschullehrer besseres erwarten? Die Philosophie war auch kein Trost mehr; er hatte es sich abgewöhnt, sie als sein Eigentum zu beanspruchen. Man war kein Philosoph, wenn man den anderen wie ein Papagei nachplapperte. Jeder beliebige Absolvent der Geisteswissenschaftlichen Fakultät konnte heutzutage wie er schreiben oder besser. Eine Zeitlang hatte er noch die Hoffnung gehegt, daß ein Verleger bereit wäre, seine Artikel in Buchform herauszubringen. Aber belehrende Aufsätze wie seine stießen auf kein nennenswertes Interesse. Gerade jetzt gab es Bücher in Hülle und Fülle, und in der Flut von Neuerscheinungen wäre sein Name nichts Besonderes gewesen. Er empfand einen solchen Überdruß, daß er vor Langeweile zu ersticken glaubte. Wann endlich würde sein Zug die Station Tod erreichen?

Sein Blick fiel auf das Glas in Galilas Hand, dann auf ihr Gesicht. Das hohe Alter war ihr deutlich anzusehen. Er kam nicht umhin, diese Frau zu bewundern. »Sie trinken gern, nicht wahr, Tantchen?«

Sie ließ die goldenen Zähne blitzen und fragte zurück: »Nennst du das trinken? Früher, ja, da habe ich getrunken. Aber jetzt schmeckt es nicht mehr richtig, man spürt auch keine Wirkung. Es ist alles wie Kaffee, nicht mehr und nicht weniger. Gleich zu Anfang meiner Laufbahn habe ich mich einmal bei einer Hochzeit in Birguwan dermaßen betrunken, daß mich die anderen zum Wagen tragen mußten. Möge dich Gott vor solch einem Zustand bewahren!«

Immer noch besser als alles andere, dachte Kamal. »Da haben Sie also erlebt, wie herrlich ein Rausch ist. Früher brauchte ich nur zwei Gläser, heute schon acht, und mal sehen, wieviel es morgen sein werden. Ich brauche das, Tantchen. Wenn ich einen Rausch habe, tanzt das Herz endlich wieder vor Freude.«

»Dein Herz, mein lieber Junge, schlägt auch ohne Alkohol munter und fröhlich.«

Ach ja? Und warum läßt ihn die Traurigkeit nicht mehr los? Was ist mit dem Berg von Asche, dem Rest verbrannter Hoffnungen? Wer solche Langeweile verspürt, kann sich nur noch vollaufen lassen, entweder hier im Salon oder dort im Zimmer, wenn Atija endlich kommt. Sie und er – sie hatten es beide gleich weit gebracht. Sie beide führten ein Leben, das nicht mehr lebenswert war. »Ich fürchte, Atija kommt nicht.«

»Aber sicher kommt sie. Bei Krankheit braucht man noch dringender Geld.«

Was für eine schreckliche Antwort! Doch bevor er sich entrüsten konnte, drehte sie sich zu ihm um und sah ihn lange an. Mit gedämpfter Stimme sagte sie schließlich: »Es bleiben nur noch wenige Tage.«

Kamal, der nicht verstand, worauf sie hinauswollte, murmelte geflissentlich: »Möge Ihnen der Herr ein hohes Alter schenken und mich Ihrer nicht berauben.«

Lächelnd erwiderte sie: »Ich werde diese Art zu leben aufgeben.«

Erschrocken richtete er sich steil auf und rief: »Was haben Sie gesagt?«

Sie lachte. »Keine Sorge«, spottete sie. »Atija wird dich in ein Haus führen, das genauso sicher wie das hier ist.«

Er verstand nichts. »Was ist geschehen?«

»Ich bin alt geworden, mein Sohn. Gott hat mich reicher beschenkt, als ich wollte. Gestern hat die Polizei ganz in der Nähe ein Haus geschlossen und die Besitzerin auf die Wache gebracht. Ich habe genug von allem. Ich will Buße üben. Ich darf meinem Herrgott nicht in diesem Zustand gegenübertreten.«

Er leerte das Glas und füllte nach. Noch traute er seinen Ohren nicht, trotzdem vermutete er laut: »Und da glauben

Sie, daß Ihnen als einzige Möglichkeit bleibt, das Schiff nach Mekka zu besteigen.«

»Möge Gott mir die Kraft geben, das Richtige zu tun.«

Noch immer verwirrt, fragte er: »Ist der Entschluß ganz plötzlich gekommen?«

»O nein, aber ich rede erst über etwas, wenn es ernst gemeint ist. Ich habe schon lange daran gedacht.«

»Ist das wahr?«

»Voll und ganz. Möge der Herrgott uns beistehen.«

»Ich weiß nicht, was ich sagen soll. Möge Gott Ihnen Kraft geben.«

»Amen.« Sie schmunzelte. »Sei unbesorgt. Ich werde das Haus erst schließen, wenn ich weiß, was aus dir wird.«

Nun mußte er laut lachen. »Nirgendwo werde ich mich so wohl fühlen wie hier!«

»Selbst wenn ich bereits in Mekka wäre, könntest du dich darauf verlassen, daß ich es schaffen würde, dich der neuen Patronin ans Herz zu legen.«

Wo alles ins Lächerliche abrutscht, weist der Schnaps dem Schwermütigen Weg und Ziel. Wo verkehrte Verhältnisse herrschen – Fuad Gamil al-Hamzawi kommt nach oben, Kamal Achmed Abd al-Gawwad fällt ins Nichts –, läßt der Schnaps den Trübsinnigen lächeln. Wo der kleine Radwan von einst, mit dem man herumgetollt hat, den großen Kamal an die Hand nehmen und ihm aufhelfen muß, da ist der Schnaps dem Niedergeschlagenen einzige Rettung. Wo eine Frau Galila an Reue denkt, du aber auf der Suche nach einem neuen Bordell bist, da bleibt der Schnaps die letzte Zuflucht. Wo der Kranke vor Langeweile die Langeweile langweilig findet, da ist der Schnaps der Schlüssel zur Freude.

»Es würde mich glücklich machen zu hören, daß es Ihnen gutgeht.«

»Möge Gott dich leiten und dir Glück schenken.«

»Stört Sie meine Anwesenheit?«

Sie verschloß ihm mit dem Finger den Mund. »Gott behüte! Solange ich hier wohne, ist das dein Haus. Wo immer ich leben mag, bist auch du daheim, mein Junge.«

Gab es vielleicht einen alten, ihm bisher nicht offenbarten Fluch, der ihn jetzt traf? Wie konnte er der Unentschlossenheit entkommen, die sein Leben verdüsterte? Selbst Galila machte sich in vollem Ernst daran, ihr Leben zu ändern. Warum tat er es ihr nicht nach? Kämpft man gegen die Flut und sieht nicht den rettenden Fels, muß man ertrinken. Hat das Leben keinen Sinn, warum schafft man sich keinen? »Es ist falsch, in dieser Welt nach einem Sinn zu suchen. Wahrscheinlich besteht unsere oberste Pflicht darin, sich einen Sinn zurechtzuzimmern.«

Als er merkte, daß Galila ihn befremdet ansah, wurde ihm bewußt, daß er unwillkürlich laut gedacht hatte.

»Wirst du so schnell betrunken?« fragte sie und lachte.

Um seine Verlegenheit zu überspielen, brach er in schallendes Gelächter aus. »Kriegsschnaps ist das reinste Gift. Entschuldigen Sie, aber wann kommt nun Atija?«

36

Erst morgens um halb drei verließ Kamal Galilas Haus. Noch lag die Welt in Finsternis gehüllt, und das Dunkel war von Stille gesättigt. Langsam schlenderte er in Richtung Sikkat-al-Gadida und bog dann nach al-Hussain ab. Wie lange würde er noch in diesem Viertel wohnen, mit dem sich für ihn, auch wenn es als heilig galt, nichts verband? Er lächelte matt. Der Kopf war schwer vom Alkohol, aber die hitzige Wollust war gedämpft. Träge und erschöpft setzte er einen Fuß nach dem anderen auf. Wenn er sich im Zustand der Befriedigung befand, rief in seinem

Innern eine Stimme zwar nicht gerade nach Buße, aber doch nach Reinigung, und geradezu flehentlich bat sie ihn, sich auf immer und ewig aus den Klauen der körperlichen Begierde zu befreien. Die Flut der Lust zog sich zurück, und hervor tauchte der verborgene Felsen asketischer Einsamkeit.

Er hob den Kopf, schaute zum Himmel auf, als wollte er mit den Sternen vertrauliche Zwiesprache halten. Plötzlich begann die Alarmsirene aufzuheulen, sie zerriß die Stille. Das Herz klopfte heftig, die müden Augen weiteten sich vor Schreck. Instinktiv sprang er zur nächstgelegenen Mauer und hielt sich beim Weitergehen eng in ihrem Schutz. Als er nochmals aufschaute, sah er, wie die Strahlen der Scheinwerfer hastig den Himmel abtasteten. Trafen sie manchmal aufeinander, strebten sie im nächsten Moment mit närrischer Aufgeregtheit voneinander weg. Er beschleunigte den Schritt, strich weiter an der Mauer entlang. Auf einmal überfiel ihn das Gefühl, ein wildes Tier und einsam und allein zu sein. Ein heiseres Pfeifen war zu hören, ein Geräusch, wie nie zuvor vernommen, und gleich darauf folgte eine schwere Detonation, die den Boden unter den Füßen zum Beben brachte. War es in der Nähe, war es weit weg gewesen? Es blieb ihm keine Zeit, seine Kenntnisse über Luftangriffe und Treffer nutzen zu wollen, denn die Detonationen erfolgten so rasch aufeinander, daß es einem den Atem verschlug. Die Geschütze der Flak prasselten los, und die Luft war mit Lichtern besät, die Blitzen ähnelten. Er hätte nicht sagen können, woher sie kamen und welcher Art sie waren. Die Erde schien zu bersten. Er lief los, ohne länger etwas wahrzunehmen. Er rannte zur Karmaz-Gasse, um in dem alten Tunnel Schutz zu suchen. Flakgeschütze bullerten wie verrückt, Bomben schlugen ein, und der Boden bebte. Sekunden des Entsetzens – dann war der Tunnel erreicht.

Eine Fülle von Menschen drängte sich zusammen, machte das übliche Dunkel noch undurchdringlicher. Keuchend zwängte er sich hinein. Die Atmosphäre war von Furcht beherrscht, ängstliches Geächze und Gestöhne tönten durch die Finsternis. Nur die beiden Tunnelenden waren von Zeit zu Zeit vom Widerschein der am Himmel gleißenden Strahlen erhellt.

Wie es schien, hörte der Bombenhagel auf. Aber das Gedröhn der Flakgeschütze wurde nicht schwächer, und dieses Geräusch war für die Frauen, Kinder und Männer im Tunnel nicht weniger schrecklich als das der Bomben. In Schreie mischte sich Weinen, es wurde gescholten und geschimpft.

»Ein neuer Angriff, aber der ist anders.«

»Kann das alte Viertel das noch aushalten?«

»Schluß mit dem Geschwätz, bekennt euch besser zu eurem Herrgott!«

»Das tun wir schon die ganze Zeit!«

»Ruhe! Seid still! Möge Gott sich eurer erbarmen.«

Kamal beobachtete das Licht am Ausgang des Tunnels. Wieder traf eine neue Gruppe ein. Plötzlich glaubte er die Gestalt seines Vaters zu erkennen. Sein Herz klopfte. Sollte es wirklich der Vater sein? Wie hatte er den weiten Weg schaffen können? Wie war er überhaupt aus dem Bett gekommen?

Als Kamal sich mühsam durch die aufgeregte Menschenmasse bis ans Ende des Tunnels gekämpft hatte, erkannte er im schwachen Widerschein des Lichts seine Familie – Vater, Mutter, Aischa, Umm Hanafi. Er ging auf sie zu und flüsterte: »Ich bin es, Kamal. Seid ihr alle wohlauf?«

Der Vater, der zwischen der Mutter und Aischa stand und sich erschöpft an die Wand lehnte, gab keine Antwort. Aber die Mutter rief: »Kamal? Gott sei Dank. Es ist schrecklich, mein Sohn. Dieses Mal war der Angriff besonders schlimm. Wir dachten, das Haus stürzt über unseren Köpfen zusammen. Der Herrgott hat deinem Vater die Kraft verliehen, aufzustehen und mitzukommen. Wie er das geschafft hat, wie wir hierhergelaufen sind – ich weiß es nicht.«

»Bei Gott liegt alles Erbarmen«, murmelte Umm Hanafi. »Wie entsetzlich das alles ist! Möge Gott sich unserer gütig erweisen.«

Aischa schrie: »Wann sind endlich die Geschütze still?«

Da Kamal ihrer Stimme anhörte, daß ihre Nerven am Zerreißen waren, ging er auf sie zu und nahm ihre Hand. Daß er gebraucht wurde, um anderen Mut zuzusprechen, gab ihm ein gut Teil Selbstsicherheit zurück. Noch immer donnerten die Geschütze, doch die Heftigkeit nahm, wenn auch kaum spürbar, allmählich ab. Kamal beugte sich zum Vater hinüber. »Wie geht's?«

Vor Mattigkeit flüsternd, fragte der Vater zurück: »Wo warst du, Kamal? Wo hast du gesteckt, als der Angriff begann?«

»In der Nähe des Tunnels«, beruhigte er ihn. »Wie geht es?«

Mühsam und immer wieder stockend, sagte der Vater: »Gott allein weiß, wie ich aus dem Bett kam, auf die Straße eilte ... Gott ist der Allwissende. Ich habe nichts gemerkt. Wann wird wieder Ruhe einkehren?«

»Ich ziehe mein Jackett aus, und dann setzt du dich hin.«

»Aber nein, ich kann stehen. Wann herrscht endlich Ruhe?«

»Offenbar ist der Luftangriff vorbei. Mach dir keine Sorgen, daß du zu plötzlich aufgestanden bist. Solche plötzlichen Vorfälle haben schon bei manchem Kranken Wunder bewirkt.«

Er hatte den Satz noch nicht zu Ende gesprochen, da ließen drei unmittelbar aufeinanderfolgende Detonationen den Boden erzittern. Im gleichen Moment setzte die Flak wie in einem Anfall von Wut wieder mit voller Stärke ein. Die Menschen schrien verzweifelt los.

»Es ist genau über uns!«

»Bekennt euch zum einzigen Gott!«

»Bringt doch das Unheil zum Schweigen!«

Kamal ließ von Aischa ab und umschloß beide Hände des Vaters. Es war das erste Mal in seinem Leben, daß er das tat. Die Hände des Vaters zitterten, seine auch. Umm Hanafi lag auf dem Boden und heulte laut vor sich hin. Jemand kreischte aufgebracht: »Hört auf zu schreien! Ich bringe jeden um, der noch schreit!«

Daraufhin wurde das Gebrüll noch lauter, und da die Flakgeschütze ununterbrochen feuerten, waren in Erwartung neuer Detonationen die Nerven bis aufs äußerste angespannt. Doch nur die Geschütze dröhnten weiter. Vor lauter bangem Horchen verschlug es Kamal schier den Atem.

»Sie bombardieren nicht mehr.«

»Bestimmt kommen sie wieder.«

»Der Angriff war weit weg, sonst wären die Häuser nicht unversehrt.«

»Die Bomben sind in Nahhasin heruntergekommen!«

»Ach was, das kommt Ihnen nur so vor. Vielleicht sind sie aufs Waffendepot gefallen.«

»Ruhe, hört doch mal hin, schießt die Flak nicht weniger?«

Tatsächlich, die Salven wurden kürzer, kamen aus weiterer Entfernung, fielen nicht mehr regelmäßig, pausierten, und schließlich lag zwischen einem Schuß und dem nächsten sogar eine ganze Minute. Stille trat ein, lastete schwer auf den Menschen, hielt an, dauerte, lähmte die Zungen.

Erst nach und nach kam Flüstern auf, weinerliche Hoffnung. Manch einer begann sich wieder an dieses und jenes zu erinnern, übte aufs neue das Leben, atmete – wenn auch noch furchtsam – erleichtert auf. Nun, da der Feuerschein fehlte und es stockfinster war, mühte sich Kamal vergeblich ab, das Gesicht des Vaters zu erkennen.

»Gleich ist es ruhig, Vater.«

Keine Antwort, aber seine Hände bewegten sich, als wollte er Kamal versichern, daß er noch lebte.

»Geht es dir gut?«

Wieder zuckten die Hände. Kamal überfiel verzweifelte Trauer, und fast wäre er in Tränen ausgebrochen.

Die Sirene heulte – Entwarnung.

Jubel setzte ein. In allen Winkeln jauchzte es, als hätten Böllerschüsse ein Fest angekündigt. Die Menge kam in Bewegung, und Geräusche wie Türklappern und Fensteröffnen zeigten an, daß sich auch außerhalb des Tunnels wieder geschäftiges Treiben regte. Plötzlich redeten alle aufeinander ein, und nach und nach löste sich die Masse der im Tunnel Zusammengepferchten auf.

»Nun dann, gehen wir heim«, sagte Kamal und seufzte auf.

Der Vater legte einen Arm auf Kamals Schulter, den anderen auf die der Mutter, und setzte sich Schritt für Schritt in Bewegung. Besorgt fragten sich beide, ob er noch genügend Kraft hatte, um das gefährliche Unternehmen zu überstehen. Da hielt er inne, blieb stehen und sagte mit schwacher Stimme: »Ich glaube, ich muß mich setzen.«

»Ich trage dich«, schlug Kamal vor.

»Das schaffst du nicht«, wehrte der Vater entkräftet ab. Doch schon schob Kamal einen Arm unter den Rücken, den anderen unter die Beine und hob ihn auf. Die Last war nicht leicht, auch wenn vom einst gewaltigen Körper des Vaters nicht mehr viel übriggeblieben war. Kamal kam nur langsam voran, und von Besorgnis erfüllt, folgten ihm die anderen. Plötzlich schluchzte Aischa laut los.

»Mach kein Aufsehen, es gibt keinen Grund«, mahnte der Vater ermattet.

Sie hielt sich den Mund zu.

Zu Hause angekommen, faßte Umm Hanafi mit an. Langsam und vorsichtig trugen sie den Hausherrn die Treppe hinauf. Sich in sein Schicksal ergebend, murmelte er ständig ein »Möge Gott mir verzeihen« und »Vergelt's Gott«, Zeichen genug für die anderen, wie unangenehm ihm die Situation war und wie niedergeschlagen er sich fühlte. Kamal und Umm Hanafi legten ihn behutsam auf das Bett. Das Licht ging an. Herr Abd al-Gawwad war dermaßen blaß, daß man glauben konnte, die Anstrengung hätte ihm alles Blut aus den Wangen getrieben. Seine Brust hob und senkte sich heftig, er schloß vor Erschöpfung die Augen, begann zu stöhnen und zu ächzen. Dann aber schien er den Schmerz unterdrücken zu können; er verfiel in Schweigen. Die anderen standen vor seinem Bett und schauten besorgt und mitleidsvoll auf ihn herab. Schließlich fragte Amina mit zitternder Stimme: »Geht's meinem Herrn gut?«

Er schlug die Augen auf, sah einen nach dem anderen lange an. Für einen Moment schien es, als würde er sie nicht erkennen. Er seufzte und sagte leise und kaum hörbar: »Lob und Dank sei Gott.«

»Schlafen Sie, Herr. Ruhen Sie sich aus.«

Es läutete an der Haustür. Umm Hanafi ging, um zu öffnen. Kamal sah Mutter und Schwester an und sagte: »Vielleicht ist jemand aus dem Zuckergäßchen oder aus der Kasr asch-Schauk gekommen, um zu erfahren, wie es uns geht.«

Seine Vermutung war richtig gewesen, denn kaum hatten Abd al-Munim und Achmed das Zimmer betreten, kamen auch Jasin und Radwan herein. Sie traten ans Bett, und während sie die Anwesenden begrüßten, schaute Herr Abd al-Gawwad mit kraftlosem Blick zu. Als fehlte ihm die Kraft zu sprechen, begnügte er sich damit, die magere Hand leicht zu heben. In aller Kürze berichtete Kamal, was der Vater hatte erleiden müssen.

»O ja, es war eine entsetzliche Nacht«, flüsterte Amina. »Möge der Herrgott uns ähnliches nie wieder erleben lassen«, und Umm Hanafi fügte hinzu: »Die Bewegung hat den Herrn sehr angestrengt, aber nach ein wenig Ruhe wird es ihm wieder gutgehen.«

Jasin beugte sich über den Vater. »Du mußt schlafen. Wie geht es jetzt?«

Ein Blick aus glanzlosen Augen, und dann murmelte Herr Abd al-Gawwad: »Lob und Dank sei Gott. Links tut es mir weh.«

»Soll ich einen Arzt holen?« fragte Jasin.

Unwillig winkte er ab und flüsterte: »Aber nein. Es ist besser für mich, wenn ich schlafe.«

Mit einem Zeichen deutete Jasin den anderen an, daß sie hinausgehen sollten. Der Vater hob nochmals schwach die Hand, als einer nach dem anderen das Zimmer verließ. Nur Amina blieb bei ihm.

Kaum hatten sich alle im Salon versammelt, fragte Abd al-Munim Kamal: »Was habt ihr gemacht? Wir sind nach unten, in den Empfangsraum im Hof, gestürzt«, und Jasin berichtete seinerseits: »Wir sind in den ersten Stock zu unserem Nachbarn gelaufen.«

»Die Anstrengung hat Papas Kräfte aufgerieben«, sorgte sich Kamal.

»Wenn er schläft, erholt er sich bestimmt«, versuchte Jasin, ihn zu beruhigen.

»Was machen wir mit ihm, wenn der nächste Luftangriff

kommt?« Auf diese Frage wußte keiner eine Antwort. Drückende Stille breitete sich im Raum aus.

»Die Häuser in der Umgebung sind alt. Sie halten die Angriffe nicht länger aus«, überlegte Achmed laut.

Kamal, der die niedergeschlagene Stimmung nicht mehr ertragen konnte, rang sich ein Lächeln ab. »Und wennschon«, witzelte er, »es wird unseren Häusern eine Ehre sein, von der neusten Technik moderner Wissenschaft zerstört zu werden.«

37

Es war schon spät, als Kamal die Besucher an der Haustür verabschiedete. Wieder im Treppenhaus angelangt, ließ ihn ein seltsamer Lärm aufhorchen. Ohnehin nervlich angespannt, packte ihn plötzlich Angst. Er sprang die Treppe hinauf. Der Salon war leer, die Tür zum Zimmer des Vaters geschlossen. Stimmengewirr drang an sein Ohr. Mit einem Satz war er an der Tür und stieß sie auf. Er trat ins Zimmer, obwohl er, Böses ahnend, lieber nicht erfahren hätte, was vor sich ging.

»Mein Gebieter, mein Herr!« rief die Mutter heiser, und Aischas rauhe Stimme schrie: »Papa!« Umm Hanafi stand wie erstarrt am Kopfende des Betts und murmelte Unverständliches vor sich hin. Entsetzen, Verzweiflung, bedrükkende Hilflosigkeit ergriffen Kamal. Der Vater lehnte sich an die Mutter, die hinter ihm auf dem Bett hockte. Wenn sich sein Brustkorb hob und senkte, gab er ein merkwürdiges Röcheln von sich. In den weit aufgerissenen Augen stand ein starrer, dunkler Blick, der nichts zu sehen, nichts zu erfassen schien, aber auch nichts von dem Aufruhr verriet, der im Innern vor sich ging.

Die Zunge gelähmt, die Augen versteinert, blieb Kamal

wie festgenagelt am Fußende des Betts stehen. Was sollte er tun? Was konnte er sagen? Die geradezu zwanghafte Vorstellung, elend, unfähig, dumm, nutzlos zu sein, versetzte ihn in einen Zustand, der an Bewußtlosigkeit reichte … wenn nicht, ja, wenn er nicht hätte wahrnehmen müssen, daß sein Vater im Begriff war, sich aus dem Leben zu verabschieden.

Aischa, deren verstörter Blick zwischen dem Vater und Kamal hin und her huschte, rief: »Vater, das ist Kamal! Er möchte mit dir sprechen!«

Umm Hanafi brach ihr Gemurmel ab und sagte mit brüchiger Stimme: »Holt den Arzt.«

Wütend fuhr die Mutter sie an: »Was für einen Arzt, du Närrin?«

Da machte der Vater eine Bewegung. Es schien, als wollte er sich aufrichten. Das Auf und Ab des Brustkorbs wurde krampfartiger, hektischer. Auf einmal streckte er erst den rechten Zeigefinger, dann den linken aus, und kaum hatte Amina dieses Zeichen wahrgenommen, da verzerrte sich ihr Gesicht vor Schmerz. Sie schob sich dicht an sein Ohr heran und sprach das Glaubensbekenntnis – einmal und noch einmal, so lange, bis die Finger wieder ruhig lagen.

Erst jetzt begriff Kamal, daß der Vater nicht mehr reden konnte und die Mutter gebeten hatte, an seiner Stelle das Gebet zu sprechen. Was in einer solchen letzten Stunde geschah, würde immer ein Geheimnis sein. Schmerz, Schrecken, Bewußtlosigkeit – all das mußte Vermutung bleiben. Nur eins war klar, nämlich daß sich dieser letzte Augenblick nicht allzulang hinauszögern würde, war er doch zu ernst und zu erhaben, um zu Alltäglichem herabgewürdigt zu werden. Kamal fühlte, wie seine Nerven zu zerreißen drohten. Das Gefühl, sich schändlich zu verhalten, setzte ihm zu, weil er für einen Moment der Versuchung nachgegeben hatte, die Situation analysieren zu wollen. Der Vater schied dahin, und er überlegte und rang um neue Erkenntnisse. Scham erfüllte ihn, machte Trauer und Schmerz noch größer.

Die Brust des Vaters hob und senkte sich schneller, das Röcheln wurde lauter. Was war das? Wollte er aufstehen? Versuchte er zu sprechen? Redete er mit jemand Unbekanntem? War es der Schmerz? Die Angst?

»Ah …«

Ein tiefer Seufzer, dann fiel sein Kopf auf die Brust.

»Vater! … Naima! Othman! Mohammed!« schrie Aischa los, und Umm Hanafi stürzte zu ihr, drängte sie sachte vor sich her, bis sie mit ihr aus dem Zimmer war.

Die Mutter hob das bleiche Gesicht, machte Kamal ein Zeichen. Er rührte sich nicht von der Stelle. Voller Verzweiflung flüsterte sie: »Laß mich für deinen Vater die letzte Pflicht tun.«

Er ging hinaus. Aischa hatte sich im Salon auf eins der Kanapees geworfen und schluchzte laut. Er setzte sich auf das gegenüberstehende Kanapee. Umm Hanafi war ins Zimmer zurückgekehrt, um der Mutter zu helfen. Die Tür hatte sie hinter sich geschlossen. Da er Aischas lautes Klagen nur schwer ertragen konnte, begann er, ohne sie anzusprechen, auf und ab zu gehen. Von Zeit zu Zeit warf er, die Lippen fest zusammengepreßt, einen Blick auf die geschlossene Tür. Warum, so überlegte er, kommt uns der Tod fremd vor?

Er versuchte sich zu konzentrieren, aber vor lauter Erregung gerieten die Gedanken durcheinander. Der Vater war der Mittelpunkt gewesen, er hatte das Leben der Familie, selbst als er bettlägerig gewesen war, mit seiner Persönlichkeit ausgefüllt. Kehrst du morgen heim, sagte sich Kamal, darfst du dich nicht wundern, daß du im Haus auf nichts Gewohntes mehr stößt, daß das Leben nichts Vertrautes mehr bietet. Mehr noch, du wirst von nun an eine neue Rolle übernehmen müssen.

Aischas Heulen störte ihn, und fast war er versucht, sie zum Schweigen zu bringen. Er ließ es sein. Seltsam, daß sie, die immer reglos und abwesend wirkte, auf einmal so viel Gefühl offenbarte. Ach, wie sollte es vorstellbar sein, dem Vater in diesem Leben nie mehr zu begegnen? Trauer zerriß ihm das Herz, als er sich das Bild des Vaters heraufbeschwor – das aus den letzten Leidenstagen und jenes aus früherer Zeit. Was für ein Vater, strotzend vor Schönheit und Kraft! Mitleid überkam ihn, tiefes Erbarmen mit allen Kreaturen. Aischa heulte und klagte, wann würde sie endlich aufhören? Konnte sie nicht wie er ohne Tränen weinen?

Die Tür ging auf, Umm Hanafi trat heraus. Für einen kurzen Moment, solange die Tür offenstand, drang das Schluchzen der Mutter herüber. Offenbar hatte sie das Notwendige getan und überließ sich nun ihrer Trauer.

Umm Hanafi trat an Aischa heran und sagte grob: »Genug geweint, Herrin.« Sie drehte sich zu ihm um. »Es dämmert, Herr. Versuchen Sie, wenigstens ein bißchen zu schlafen. Sie haben einen anstrengenden Tag vor sich.« Sie brach in Tränen aus und schluchzte: »Ich werde ins Zukkergäßchen und in die Kasr asch-Schauk gehen, um die furchtbare Nachricht zu überbringen.«

Wenig später, Jasin war in Begleitung von Radwan und Zanuba schon eingetroffen, drang durch die Stille der Straße lautes Klagegeschrei. Chadiga kam, und kaum hatte sie das Haus betreten, breitete sich wie eine Feuersbrunst eine Woge von Heulen, Jammern, Wimmern aus. Den Männern wurde es unerträglich, in der unteren Etage zu bleiben. Sie gingen nach oben, in Kamals Studierzimmer. Bedrückt nahmen sie Platz. Schweigen lag über dem Raum, bis schließlich Ibrahim Schaukat erklärte: »Es gibt keine

Macht noch Stärke als bei Gott. Der Luftangriff hat ihn umgebracht. Möge Gott ihm ewiges Erbarmen zuteil werden lassen, denn das war ein Mann, wie man ihn kein zweites Mal findet.«

Jasin konnte nicht anders, er mußte weinen, und auch Kamal brach in Tränen aus.

Da sagte Ibrahim Schaukat: »Bekennt euch zu Gott, dem Einzigen. Er hat euch als Männer zurückgelassen.«

Radwan, Abd al-Munim und Achmed starrten niedergeschlagen, auch etwas verblüfft auf die weinenden Männer. Die beiden trockneten sich die Tränen ab und schwiegen dumpf vor sich hin.

Wieder war es Ibrahim Schaukat, der das Wort ergriff. »Es ist gleich Morgen. Also laßt uns überlegen, was zu tun ist.«

»Ist alles nicht neu, haben wir schon mehrmals hinter uns gebracht«, stieß Jasin barsch hervor.

»Nun ja, nur muß das Begräbnis seiner Stellung angemessen sein«, entgegnete Ibrahim Schaukat.

»Das ist das mindeste, was wir tun können«, meinte Jasin.

»Die Gasse ist nicht breit genug für ein großes Trauerzelt«, gab Radwan zu bedenken. »Wir könnten es am Bait-al-Kadi-Platz errichten lassen.«

»Aber es ist üblich, die Zeremonie vor dem Haus des Verstorbenen durchzuführen«, wandte Ibrahim Schaukat ein.

»In diesem Fall ist das ist nicht wichtig, vor allem deshalb nicht, weil Minister, Senatoren und Abgeordnete kommen werden.«

Allen war klar, daß Radwan auf seine persönlichen Bekannten anspielte. Gleichgültig erwiderte Jasin: »Na gut, bauen wir es dort auf.«

Achmed, der überlegt hatte, wie er helfen konnte, erklärte: »In die Zeitungen am Morgen bekommen wir die Traueranzeige nicht mehr hinein.«

»Die Abendzeitungen erscheinen gegen drei Uhr. Wir könnten das Begräbnis für fünf Uhr ansetzen«, schlug Kamal vor.

»Das geht. Der Friedhof liegt ja nahe.«

Befremdet verfolgte Kamal das Gespräch. Gestern hatte der Vater um fünf noch Radio gehört, und heute würde er zur gleichen Stunde an der Seite Fahmis und Jasins kleinem Sohn ruhen. Was mochte von Fahmi noch übrig sein? So alt war er geworden, aber den Wunsch, einen Blick in Fahmis Grab zu werfen, den verspürte er immer noch. Hatte der Vater noch etwas sagen wollen? Wenn ja, was?

»Warst du dabei, als er starb?« fragte Jasin.

»Ja. Es war, gleich nachdem du mit den letzten Besuchern gegangen warst.«

»Hat er gelitten?«

»Wer kann das wissen? Aber es hat nicht länger als fünf Minuten gedauert.«

Jasin seufzte. »Hat er noch etwas gesagt?«

»Nein. Wahrscheinlich konnte er nicht mehr reden.«

»Hat er nicht einmal das Glaubensbekenntnis gesprochen?«

Kamal schlug die Augen nieder. Er wollte sich nicht anmerken lassen, wie gerührt er war. »Mutter hat es für ihn getan.«

»Möge Gott sich seiner erbarmen.«

»Amen.«

Für eine Weile trat Schweigen ein. Schließlich sagte Radwan: »Das Zelt muß groß sein, sonst passen nicht alle Gäste hinein.«

»Na sicher, wir haben viele Freunde«, erwiderte Jasin, und nach einem Blick auf Abd al-Munim fügte er hinzu:

»Und obendrein noch die Gruppe der Muslim-Brüder.« Er seufzte. »Wenn Vaters Freunde noch lebten, würden sie den Sarg auf ihren Schultern tragen.«

Das Begräbnis nahm wie geplant seinen Lauf. Konnte Abd al-Munim die größte Anzahl von Freunden aufweisen, so waren Radwans Freunde um so bedeutender. Etliche erregten Neugier, weil die Leute sie aus Zeitungen und Zeitschriften kannten.

Radwan empfand großen Stolz, und beinahe übertönte dieses Gefühl seine Trauer. Die Menschen aus dem Viertel, auch die, die den Toten nicht persönlich gekannt hatten, strömten herbei, um einem langjährigen Nachbarn das letzte Geleit zu geben. Es fehlte niemand, bis auf die Freunde des Verstorbenen, die vor ihm den Weg ins Jenseits gegangen waren. Am Nasr-Tor tauchte schlurfend ein alter Mann auf – Scheich Mitwalli Abd as-Samad. Er reckte den Kopf in die Höhe, blinzelte mit zusammengekniffenen Augen in Richtung des Sargs und fragte: »Wer ist das?«

»Der verstorbene Herr Achmed Abd al-Gawwad«, antwortete jemand.

Über das Gesicht des Alten lief ein Zucken, Mund und Wangen zitterten. Er sah verdutzt aus. Plötzlich fragte er: »Von wo war er?«

»Von hier, aus dem Viertel! Sie kennen ihn!« antwortete der andere und schüttelte traurig den Kopf. »Erinnern Sie sich etwa nicht mehr an Herrn Achmed Abd al-Gawwad?«

Offenbar hatte der Scheich alles vergessen. Ein letzter Blick hinüber zum Sarg, dann zog er weiter.

38

Mein Herr ist gegangen, mein Heim, vertraut aus mehr als fünfzig Jahren, wird fremd. Wohin ich sehe – Tränen. Chadiga weicht nicht von mir – sie, die mir wie das eigene trauerzermürbte, erinnerungsschwere Herz ist, sie, das Herz aller Herzen, sie, die mir Tochter, Schwester und bisweilen Mutter bedeutet. Bin ich allein, weine ich. Bin ich mit den anderen, mache ich ihnen Mut. Sie müssen lernen zu vergessen. Es schmerzt, sie bekümmert zu sehen, und Furcht ergreift mich, es könnte ihnen, was Gott verhüte, vor lauter Trauer ein Leid geschehen. Bin ich allein, finde ich Trost im Weinen, und ich weine und weine, bis ich keine Tränen mehr habe. Ertappt mich Umm Hanafi, wenn ich allein bin und schluchze, und sage ich: »Geh und laß mich, möge sich Gott deiner erbarmen«, antwortet sie: »Wie könnte ich Sie in diesem Zustand allein lassen? Ich weiß, wie Ihnen zumute ist. Aber Sie, eine gläubige Frau, ja, die Gläubigste aller Frauen, Sie müssen uns zeigen, wo Trost zu finden ist und wie man sich in Gottes Ratschluß schickt.« Schöne Worte, Umm Hanafi, doch wie soll das betrübte Herz sie verstehen? Ich habe mit der Welt nichts mehr zu schaffen, für mich gibt es nichts mehr zu tun. Jede Stunde des Tages ist erfüllt vom Erinnern an meinen Gebieter. Mein Leben hat um ihn gekreist, wie soll ich es nun, da kein Schatten von ihm blieb, wie soll ich es da ertragen? O ja, ich war es, die den Vorschlag machte, das mir liebste Zimmer zu verändern. Was anderes blieb mir übrig, wenn meine Lieben, kaum daß sie eintraten und das leere Bett sahen, zu weinen begannen? Gewiß, mein Herr verdient die Tränen, die um seinetwillen vergossen werden, doch ich mag sie nicht sehen, zu sehr fürchte ich um die zarten Kinderherzen. Ich tröste sie mit den Worten, mit denen Umm Hanafi mir immer Mut zuspricht, und bitte sie, auf Gott zu vertrauen und sich in seinen Ratschluß zu schicken. Die alten Möbel wurden fortgeschafft, ich bin in Aischas Zimmer hinübergewechselt. Doch weil das geliebte Zimmer nicht verwaisen soll, ließ ich die Möbel aus dem Salon hineinstellen. Nun findet dort die Kaffeerunde statt. Da sitzen wir dann beisammen, geschart um das Kohlebecken, und erzählen von diesem und jenem, auch wenn mal hier und da ein Schluchzen aufkommt. Nichts beschäftigt uns mehr als der Besuch auf dem Friedhof. Um die Zubereitung der Speise für die Armen kümmere ich mich selbst. Es ist die einzige Aufgabe, die mich noch angeht, denn alles andere habe ich Umm Hanafi überlassen, ihr, der lieben, treuen Frau, die wir mit Fug und Recht als Teil der Familie betrachten. Gemeinsam bereiten wir die Armenspeise vor, gemeinsam weinen wir, gemeinsam erinnern wir uns der schönen Tage, und immer steht Umm Hanafi mir bei mit ihrem warmen Gemüt und ihrem treuen Gedächtnis. Erst gestern, als wir auf die Nächte im Ramadan zu sprechen kamen, hat sie zu erzählen begonnen, und alles wußte sie noch vom Tun und Lassen meines Gebieters, angefangen mit dem Erwachen am Vormittag bis hin zur Heimkehr vor Sonnenaufgang, wegen des gemeinsamen Mahls mit der Familie. Ach, wie vieles fiel mir da ein. Wie ich des Nachts in den Holzerker eilte, wie ich nach der Kutsche Ausschau hielt, wie ich auf das Gelächter der Freunde lauschte – alle dahingegangen in Gottes Erbarmen wie die schönen Tage, die Jugend, die Gesundheit, das Wohlergehen. O Gott, mögest du die Kinder ein langes, freudenvolles Leben genießen lassen. Heute früh hat es mir das Herz betrübt. Ich sah, wie die Katze unter dem Bett herumschnüffelte, dort, wo sie ihre Jungen, bevor wir sie den Nachbarn gaben, gesäugt hatte. Ach, wie verstört sie war, wie traurig. Es schnitt mir ins Herz, und aus tiefster Seele rief ich: »O du meine arme Aischa, möge dir Gott Geduld schenken.« Meine unglückselige Aischa, für die der Tod des Vaters alle Trauer neu geweckt hat, mehr noch – nun hat sie neben Tochter, Söhnen und Ehemann auch noch den Vater zu beweinen. Ach, was könnte heißer als Tränen sein. Schwer hatte ich einst an der Bitterkeit zu würgen, die der Verlust meines Sohns mir brachte, und glaubte ich alles Herzblut daran vergossen zu haben, hat mich der Tod wieder heimgesucht, mir den Gebieter entrissen. Durch ihn war mein Leben erfüllt, nun ist es leer. Als einzige Pflicht blieb, die Armenspeise für den Besuch auf dem Friedhof zu bereiten oder sie im Zuckergäßchen und in der Kasr asch-Schauk abzuholen. O ja, mehr ist nicht geblieben. Nun dann, mein lieber Kamal, such dir in der nächsten Zeit andere Gesellschaft als unsere traurige Runde, laß dich nicht anstecken von der Trübsal im Haus. Warum bist du niedergeschlagen, warum stumm? Trauer ist nichts für Männer. Ein Mann hat an den Lasten des Lebens zu tragen, da sind die Leiden, die es bringt, zuviel. Geh in dein Zimmer, vergnüge dich mit Schreiben und Lesen, zieh hinaus mit deinen Freunden, habe Spaß mit ihnen. Von Anbeginn der Schöpfung war es nicht anders, als daß liebe Menschen aus der Welt schieden, und wenn alle nur immer getrauert hätten, würde die Erde kein Leben mehr kennen. Du denkst, daß ich vor Trauer verzweifle. Doch für einen gläubigen Menschen schickt sich das nicht. Wir werden, so Gott will, weiterleben und vergessen, und erst wenn Er es wünscht, werden wir den geliebten Menschen wiederbegegnen ... Ja, das habe ich Kamal gesagt, standhaft und gefaßt, als wäre mir so und nicht anders zumute. Ich hätte ihn überzeugt, wenn – ja, wenn Chadiga, das lebende Herz unseres Heims, nicht gekommen und in Tränen ausgebrochen wäre. Da war es vorbei mit aller Beherrschung, und ich weinte und weinte. Aischa hat ihren Vater im Traum erblickt. Die eine Hand ruhte auf Naimas Arm, die andere auf Mohammeds, und auf den Schultern trug er Othman. Es ginge ihm gut, habe er gesagt, auch den anderen. Da hat sie ihn gefragt, was die helle Luke zu bedeuten habe, die sie einmal und nie wieder am Himmel gesehen hat. Einzig ein vorwurfsvoller Blick sei die Antwort gewesen, kein Wort habe der Vater gesprochen. Sie hat mich gefragt, was der Traum zu bedeuten habe. O liebste Aischa, in welche Verwirrung hast du mich damit gestürzt. Nun ja, sagte ich, der teure Tote ist besorgt um dich und hat dich deshalb im Traum besucht. Er hat die Kinder aus dem Paradies geholt, damit du dich freust und nicht länger trauerst, verderben doch deine Tränen ihnen die Heiterkeit. Oh, könnte die Aischa von einst, und wäre es nur für eine Stunde, zurückkehren! Könnten die Menschen, die mich umgeben, von ihrer Trübsal lassen! Erst dann würde mich nichts mehr von meiner Pflicht ablenken, inständig und tief zu trauern. Ich habe Jasin und Kamal gefragt: »Was machen wir mit den Hinterlassenschaften, die uns ans Herz gewachsen sind?« Da sagte Jasin: »Ich nehme den Ring, weil er paßt, und du, Kamal, nimmst die Uhr. Was die Gebetskette angeht, so solltest du sie tragen, Mütterchen. Aber was wird mit den Gubbas und Kaftans?« Mir fiel auf der Stelle Scheich Mitwalli Abd as-Samad ein, der einzig noch lebende Zeuge aus der Zeit des geliebten Verstorbenen. Doch Jasin erklärte: »Mit dem ist es aus. Er hat seine Sinne nicht mehr beisammen und irrt irgendwo herum.« Kamal fügte mit gerunzelter Stirn hinzu: »Er hat nicht einmal mehr gewußt, wer unser Vater war. Er hat seinen Namen vergessen und ist beim Begräbnis einfach weitergegangen.« Da sagte ich bestürzt: »Seltsam! Wie kann so etwas sein?« Selbst in seinen letzten Tagen hat sich mein Herr nach dem Scheich erkundigt. Er hat ihn sehr geliebt. Aber leider hat uns Scheich Mitwalli nach Naimas Hochzeit nur ein- oder zweimal besucht. O Gott, wie lange ist das her. Wo ist Naima, wo die Zeit von damals? Jasin schlug vor, daß wir die Kleidung an die Boten in seinem Büro und Kamals Schule geben; niemand hätte mehr Recht darauf als solche Armen, und sie würden bestimmt für den teuren Verstorbenen beten, damit er in seiner letzten Heimstatt Barmherzigkeit findet. Die geliebte Gebetskette trage ich immer, und solange ich lebe, gebe ich sie nicht aus der Hand. Ach, wie herrlich es ist, das Grab zu besuchen, auch wenn alle Trauer neu gespeist wird. Seit mein lieber Sohn als Märtyrer dort ruht, habe ich es nie unterlassen, den Friedhof aufzusuchen. Für mich ist die Grabstätte ein Zimmer des Hauses geworden, obwohl es am anderen Ende des Viertels liegt. Das Grab bringt uns zusammen wie einst die Kaffeerunde. Chadiga schluchzt, bis sie am Ende ihrer Kräfte ist. Man bedeutet uns zu schweigen, um ehrerbietig dem Koran zu lauschen. Aber wenn sich dann die Lieben unterhalten, freue ich mich, daß sie von ihrem Leid ein wenig abgelenkt sind. Es kommt sogar vor, daß sich, wenn Radwan, Abd al-Munim und Achmed länger streiten, auch Karima daran beteiligt, und das verführt wiederum Kamal dazu, sich einzumischen und die Schwermut des Ortes ein wenig zu lindern. Abd al-Munim fragt manchmal nach seinem Onkel, dem Märtyrer, und erzählt dann Jasin Geschichten von ihm. So erstehen die alten Tage wieder auf, und der Abwesende kehrt mit der Erinnerung zurück. Dann klopft mein Herz wie wild, und ich weiß nicht, wie ich die Tränen länger zurückhalten soll. Allzuoft erlebe ich Kamal niedergeschlagen, und frage ich ihn, was mit ihm ist, erwidert er, daß er den Vater immer vor Augen hat, vor allem in jenem Moment, als er starb. »Ach, wäre sein Ende doch leichter gewesen!«

stöhnt er oft, und ich versuche ihm behutsam zu erklären, daß er vergessen müsse. »Wie denn? Wie könnte ich vergessen?« fragt er, und meine Antwort lautet: »Durch den Glauben.« Da lächelt er dann nur traurig. Er sagt auch: »Wie sehr habe ich ihn, als ich jung war, gefürchtet, doch in der letzten Zeit hat er sich mir als ein anderer Mensch, ja, als ein lieber Freund erwiesen. Niemand war geistreicher, freundlicher, gütiger als er. Da ist kein zweiter, der an ihn heranreicht.« Wo Kamal seine Trauer hinter stummer Schwermut verbirgt, weint Jasin los, wann immer ihn die Erinnerung an den Vater überfällt. Der große, starke Jasin weint wie ein Kind. »Er war der einzige Mann, den ich je geliebt habe.« O ja, er war für ihn Vater und Mutter, denn erst unter seinen Fittichen hat Jasin Zuneigung, Wärme und Fürsorge kennengelernt. Selbst in seiner Strenge kannte mein Gebieter Erbarmen, und nie werde ich den Tag vergessen, an dem er mir vergab und mich in sein Haus zurückholen ließ. Meine Mutter, Gott erbarme sich ihrer, hatte mit ihrem Scharfsinn recht, war sie es doch gewesen, die darauf bestand, daß mein Herr und Gebieter nicht der Mann sei, der eine Mutter auf Dauer von den Kindern trennt. O ja, hatte uns früher die Liebe zu ihm vereinigt, so versammeln wir uns heute im Gedenken an ihn. An Besuchern mangelt es nicht, doch mein Herz kommt erst dann zur Ruhe, wenn ich Chadiga und Jasin mit ihren Lieben um mich habe. Wie aufrichtig trauert selbst Zanuba! Und wie hübsch ihre kleine Karima ist. Erst unlängst bat die Kleine: »Großmutter, kommen Sie doch während der Festtage zu uns. An al-Hussains Geburtstag singen und tanzen die Sufis vor unserem Haus, und ich weiß, wie sehr Sie das mögen.« Ich küßte sie zum Dank und erwiderte: »Töchterchen, deine Großmutter ist es nicht gewöhnt, außer Haus zu übernachten.« Nun ja, sie weiß nichts über die Sitten, mit denen ihr Großvater das

Haus regierte. Wie schön ist es, sich daran zu erinnern. Der Holzerker war die äußerste Grenze meiner Welt. Dort stand ich und wartete auf die Rückkehr meines Herrn in später Nacht. Stieg er aus der Kutsche, schien die Erde unter seinen kräftigen Schritten zu beben, und stand er im Zimmer, füllte er es mit seiner gewaltigen Statur aus. Wohligkeit verströmte sein Gesicht. Nun kommt er nicht mehr, nie mehr wird er kommen. Erst wurde er matt, dann sonderte er sich ab, und als er schließlich im Bett lag, war sein Körper so zart und sein Gewicht so leicht geworden, daß man glaubte, ihn mit einer Hand tragen zu können. O du meine Trauer, die du nie vergehen wirst! Aischa war unlängst zornig geworden. Wie sie meinte, hätten die Enkelkinder nicht genügend getrauert, würden es auch jetzt nicht tun. »O nein«, sagte ich ihr, »sie haben getrauert, aber sie sind jung, und da läßt Gottes Gnade sie nicht im Schmerz ertrinken.« Wütend rief sie: »Schau dir Abd al-Munim an, der unaufhörlich diskutiert! Genausowenig hat er um meine Tochter getrauert. Im Handumdrehen war sie für ihn vergessen, als ob es sie nie gegeben hätte.« Da widersprach ich ihr. »Er hat sie lange betrauert und viel geweint. Die Trauer der Männer ist nicht die der Frauen, und das Herz einer Mutter ist anders als andere Herzen. Und dann, liebe Aischa, wer vergißt nicht schon mal seine Trauer? Amüsiert nicht auch uns manchmal die Unterhaltung, schleicht sich nicht bisweilen sogar ein Lächeln auf unsere Lippen? Es kommt der Tag, an dem keine Träne mehr fließt. Denk nur an Fahmi – wo ist er, wo?« Umm Hanafi kam und fragte mich, warum ich mich weigere, al-Hussain zu besuchen. Ich sagte ihr: »Was ich früher liebte, ist mir gleichgültig geworden. Ich werde den verehrten al-Hussain erst wieder aufsuchen, wenn die Wunde geheilt ist.« Aber Umm Hanafi gab nicht auf. »Aber wird die Wunde nicht erst dann heilen, wenn Sie zum verehrten al-Hussain gehen?« Ja, so paßt Umm Hanafi auf mich auf. Sie ist die Meisterin im Haus, und wenn es sie nicht gäbe, hätten wir kein Heim mehr. Du, mein Gott, bist Herr über alles und jeden, du bist der Richter, und deinem Urteil kann sich keiner widersetzen. An dich richte ich mein Gebet. Wie sehr hätte ich mir gewünscht, meinen Gebieter bis an sein Ende mit all seiner Kraft zu erleben. Nichts schmerzte mich mehr, als ihn bettlägerig zu sehen. Dieser Mann, für den die Welt immer zu eng war! Selbst das Gebet hat er nicht mehr sprechen können. Wie schmerzlich hat ihm das schwache Herz zugesetzt, und wie schrecklich war es gewesen, als Kamal ihn nach dem Luftangriff wie ein Kind auf den Armen heimtragen mußte. Da fließen dann wieder meine Tränen, und meine Trauer erstickt mich mit ihrer schweren Last.

39

»Ich werde, im Vertrauen auf Gott, um die Hand von Karima, der Tochter meines Onkels, anhalten«, erklärte Abd al-Munim.

Ibrahim Schaukat schaute überrascht auf, während Achmed den Kopf senkte und mit einem Lächeln andeutete, daß ihn die Nachricht nicht völlig unerwartet traf. Chadiga hingegen ließ den Schal aus den Händen fallen, an dem sie stickte, und starrte erst ungläubig Abd al-Munim an, dann verdutzt zu ihrem Mann hinüber. »Was hat er gesagt?«

»In Gottvertrauen will ich mich mit der Tochter deines Bruders verloben.«

Um das Maß ihrer Verstörtheit verständlich zu machen, streckte Chadiga die Hände aus. »Hat die Welt allen guten Geschmack verloren? Ist das die Zeit, um über eine Verlobung zu sprechen? Von der Betreffenden selbst mal ganz abgesehen.«

Abd al-Munim lächelte. »Fürs Verloben ist immer die richtige Zeit.«

Nun schüttelte Chadiga verwirrt den Kopf. »Und der Tod deines Großvaters?« Ihr Blick ging zwischen Achmed und ihrem Mann hin und her, als sie fragte: »Habt ihr so etwas schon einmal gehört?«

»Es handelt sich um eine Verlobung, nicht um eine Heirat mit großer Feier«, entgegnete Abd al-Munim in etwas schärferem Tonfall. »Seit dem Tod meines Großvaters sind volle vier Monate verstrichen.«

»Karima ist noch reichlich jung«, meinte Ibrahim Schaukat und zündete sich eine Zigarette an. »Meiner Ansicht nach sieht sie älter aus, als sie ist.«

»Sie ist fünfzehn Jahre alt«, erklärte Abd al-Munim, »und der Heiratskontrakt wird ohnehin erst in einem Jahr unterzeichnet.«

Mit bissigem Spott fragte Chadiga: »Hat dir Frau Zanuba die Geburtsurkunde gezeigt?«

Ibrahim Schaukat und Achmed mußten lachen, nur Abd al-Munim blieb ernst. »In einem Jahr, und vorher passiert ohnehin nichts, liegt der Tod von Großvater fast anderthalb Jahre zurück, und Karima wird im heiratsfähigen Alter sein.«

»Warum bereitest du uns also jetzt schon Kopfschmerzen?«

»Weil nichts dagegen spricht, die Verlobung zum jetzigen Zeitpunkt zu verkünden.«

»Wieso? Wird sie sauer, wenn sie ein Jahr aufgeschoben wird?« machte sich Chadiga lustig.

»Bitte ... ich muß dich bitten, keine Witze zu reißen.«

Da brüllte Chadiga los: »Es würde einen Skandal geben!«

Abd al-Munim, der bemüht war, ruhig zu bleiben, antwortete: »Laß mich nur mit Großmutter reden, sie wird mich besser verstehen als du. Sie ist sowohl meine als auch Karimas Großmutter.«

»Karimas nicht«, erwiderte Chadiga barsch, worauf Abd al-Munims Gesicht sich verdüsterte. Er schwieg. Sein Vater meinte hastig: »Ist alles eine Frage der Zeit. Es wäre besser, wir warten ein wenig.«

Da fuhr Chadiga ihn wütend an: »Ach! Du hättest also außer dem Zeitpunkt sonst nichts dagegen einzuwenden!«

»Was sollte dagegen sprechen?« fragte Abd al-Munim, den Ahnungslosen spielend.

Chadiga gab keine Antwort und begann statt dessen wieder zu sticken. Aber Abd al-Munim ließ nicht locker. »Karima ist doch wohl die Tochter von Jasin, deinem Bruder. Oder nicht?«

Chadiga ließ den Schal sinken. Bitter stieß sie hervor: »Sicher ist sie die Tochter meines Bruders, aber du solltest daran denken, wer ihre Mutter ist.«

Ein besorgter Blick, doch dann entgegnete Abd al-Munim scharf: »Ihre Mutter ist keine andere als die Frau deines Bruders!«

»Das ist mir bekannt«, erklärte Chadiga mit gehobener Stimme, »und ich finde es bedauerlich.«

»Das ist alles Vergangenheit und längst vergessen! Wer denkt heute noch daran? Jetzt ist sie eine ebenso geachtete Dame wie du!«

»Sie ist nicht wie ich, und sie wird es auch nie sein«, fuhr sie ihn grob an.

»Was kann man ihr vorwerfen? Wir kennen sie von klein an als geachtete Frau, und zwar in des Wortes vollster Bedeutung. Wenn der Mensch bereut und den rechten Weg geht, dann ist sein vorheriges Tun getilgt, und keiner redet mehr darüber außer ...« Er hielt inne.

»Ja? Ich höre«, sagte Chadiga und schüttelte bedauernd den Kopf. »Sag nur, was ich bin. Beschimpf deine Mutter um dieser Frau willen, die genau weiß, wie man dich um den Verstand bringt. Oft genug habe ich mich gefragt, was hinter diesen ständigen Einladungen zu irgendwelchen Festessen in der Kasr asch-Schauk steckt. Na bitte, nun bist du wie ein nasser Sack umgefallen.«

Wütend blickte Abd al-Munim auf Vater und Bruder, und dann fragte er: »Müssen wir uns das gefallen lassen? Was ist eure Meinung?«

Ibrahim Schaukat gähnte. »Was soll das lange Gerede? Abd al-Munim wird wieder heiraten, ob nun heute oder morgen, und das willst du ja auch, meine Teure. Karima ist uns eine Tochter, und sie ist hübsch und nett. Es gibt also keinen Grund, weiter herumzuzetern.«

»Du, Mama, bist doch die erste, die sich freut, wenn Onkel Jasin zufrieden ist«, meinte Achmed.

»Wie üblich seid ihr alle gegen mich«, empörte sich Chadiga. »Dabei habt ihr kein anderes Argument als ›Onkel Jasin‹. Natürlich ist er mein Bruder, doch er hat den großen Fehler gemacht, nicht zu wissen, wen man heiratet. Und diese eigenartige Veranlagung hat sein Neffe offensichtlich von ihm geerbt.«

»Aber ist nicht die Frau meines Onkels deine Freundin?« fragte Abd al-Munim erstaunt. »Wenn man sieht, wie vertraut ihr miteinander plaudert, könnte man euch für Schwestern halten.«

»Was kann ich gegenüber einer Frau ausrichten, die nicht weniger geschickt taktiert als Allenby? Wenn es nach mir ginge oder, anders gesagt, wenn ich nicht auf Jasin Rücksicht nehmen müßte, hätte ich sie nie über die Schwelle dieses Hauses treten lassen. Und was ist das Ergebnis? Mit ihren Festessen hat sie dich zielgerichtet um den Verstand gebracht. Na dann, Gott befohlen.«

Achmed griff ein. »Verlobe dich, gleichgültig zu welchem Zeitpunkt. Mama redet zwar viel, aber ihr Herz ist gut.«

Chadiga lachte gereizt. »Bravo, mein Sohn! Ihr beide unterscheidet euch in allem, im Glauben, im Denken, in der Politik. Nur wenn es gegen mich geht, da seid ihr euch einig.«

»Onkel Jasin ist dir doch der liebste Mensch auf der Welt«, erklärte Achmed in ausgelassenem Ton. »Du wirst seine Karima mit offenen Armen empfangen. Das Problem ist nur, daß du lieber eine Fremde ins Haus bekämst, damit du sie als Schwiegermutter ordentlich unterdrücken könntest. Nun gut, ich werde dir diese Hoffnung erfüllen. Ich bringe dir eine Braut aus einer fremden Familie, an der du dann dein Gelüst befriedigen kannst.«

»Ich würde mich nicht wundern, wenn du eine Tänzerin anschleppst. Was gibt's da zu lachen? Wenn schon dieser Islam-Scheich sich mit einer Sängerin verschwägern will, was soll ich da von dir, du verdächtiger Gläubiger, um Gottes willen erwarten?«

»Tatsächlich, eine Tänzerin brauchten wir in der Familie«, spaßte Achmed.

Chadiga war etwas Wichtiges eingefallen. »O Gott, was wird Aischa von uns sagen?«

»Was soll sie schon sagen?« empörte sich Abd al-Munim. »Meine erste Frau ist vor vier Jahren gestorben. Soll ich für den Rest meines Lebens Witwer bleiben?«

»Macht doch aus einer Mücke keinen Elefanten«, griff Ibrahim Schaukat ungehalten ein. »Die Sache ist ganz einfach. Karima ist Jasins Tochter, und er ist Chadigas und Aischas Bruder. Das ist es, nicht mehr und nicht weniger. Uff! Ihr streitet über alles, selbst über Hochzeiten.«

Achmed ertappte seine Mutter dabei, daß ihre Augen amüsiert glitzerten. Er beobachtete sie. Angeblich noch immer wütend, stand sie auf und ging aus dem Salon. Diese bürgerliche Klasse, dachte er, ist ein einziges Problem. Sie braucht einen tüchtigen Psychologen, um sie von all ihren Schwächen zu befreien, einen Analytiker, der mit der Macht der Geschichte umgehen kann. Wenn mir das Glück hold gewesen wäre, hätte ich noch vor meinem Bruder geheiratet. Aber was soll man machen, wenn diese bürgerliche Dame das Mindestgehalt von fünfzig Pfund zur Bedingung macht.

O ja, Herzen werden durch Dinge verletzt, die nichts mit dem Herzen zu tun haben. Was würde wohl Susan Hammad sagen, wenn sie von meinem mißlungenen Abenteuer erfahren würde?

40

Es war kalt, und das feuchte Wetter machte den winterlichen Chan al-Chalili nicht angenehm. Aber Rijad Kaldas hatte Kamal und Ismail Latif vorgeschlagen, an diesem Abend ins Café Chan al-Chalili zu gehen, das genau an der Stelle aufgebaut worden war, wo einst das Café von Achmed Abduh gestanden hatte. »Schließlich und endlich«, so Rijads Worte, »hat mir Kamal beigebracht, urige Plätze zu lieben.«

Das Café war klein. Die Tür ging auf das Hussain-Viertel hinaus. Der Raum erstreckte sich lang wie ein Flur, auf beiden Seiten von Tischen gesäumt. Am Ende gab es einen hölzernen Balkon, von dem aus man auf den neuen Teil des Chan al-Chalili schaute. Die drei Freunde setzten sich auf die rechte Seite des Balkons. Sie schlürften Tee und rauchten abwechselnd eine Nargileh.

»Ich habe Urlaub genommen, um die Reise in Ruhe vorzubereiten«, erklärte Ismail Latif.

»Wirst du wirklich drei Jahre fort sein?« fragte Kamal bedauernd.

»Ja. Man muß das Abenteuer wagen. Das Gehalt ist hoch genug, und ich glaube nicht, daß ich eines Tages hier einmal so viel verdienen werde. Außerdem ist der Irak ein arabisches Land und unterscheidet sich nicht sonderlich von Ägypten.«

Er wird mir fehlen, dachte Kamal. Auch wenn er mir kein geistiger Partner ist, so ist er doch immerhin seit vielen Jahren mein Freund.

»Braucht der Irak nicht vielleicht Übersetzer?« spaßte Rijad Kaldas.

»Was denn? Würdest du etwa auch wegfahren, wenn sich dir die Gelegenheit böte?«

»Wenn es früher geschehen wäre, hätte ich nicht gezögert, aber heutzutage würde ich es nicht mehr tun.«

»Was ist der Unterschied zwischen früher und heute?«

»Für dich gibt es vielleicht keinen, für mich durchaus. Wie es scheint, werde ich wohl bald der Gemeinschaft der Ehemänner angehören.«

Die Nachricht überraschte Kamal, traf sie ihn doch völlig unvorbereitet. Unruhe erfaßte ihn, auch wenn er sie sich nicht erklären konnte. »Ach, wirklich? Das hast du mir gegenüber noch nie angedeutet.«

»Stimmt, weil es ganz plötzlich kam. Bei unserem vorletzten Treffen wäre noch keiner von uns auf diese Idee gekommen.«

Ismail Latif lachte triumphierend, während Kamal krampfhaft zu lächeln bemüht war.

»Wie das?« fragte er.

»Na, wie schon! Wie es jeden Tag passiert. Eine Lehrerin kommt ins Übersetzungsbüro, um ihren Bruder zu besuchen, und sie gefällt mir. Da habe ich auf den Puls gefühlt und bin auf Entgegenkommen gestoßen.«

»Wann wird der wohl mal jemandem auf den Puls fühlen?« fragte Ismail Latif und wies auf Kamal.

Typisch Ismail, nie ließ er eine Gelegenheit verstreichen, um immer und immer wieder auf das gleiche Thema zu kommen. Aber es gab Schlimmeres als das. Alle Freunde, die verheiratet waren, sprachen von der Ehe als Gefängnis. Wenn Rijad heiratete, war es also wahrscheinlich, daß er ihn nur noch selten zu Gesicht bekommen würde. Vielleicht veränderte er sich sogar, wurde ein ganz anderer Mensch und beschied sich auf die Rolle eines Brieffreunds. Der freundliche, sanfte Rijad war leicht in den Griff zu kriegen. Aber wie sollte er, Kamal, ohne ihn leben? Wenn die Ehe, wie es bei Ismail Latif der Fall war, auch aus ihm einen anderen Menschen machte – dann gute Nacht, ihr Freuden des Lebens!

»Wann wirst du heiraten?«

»Spätestens kommenden Winter.«

Als wäre er dazu verurteilt, ständig seine engsten Freunde zu verlieren.

»Dann wirst du ein anderer Rijad Kaldas sein.«

»Wieso? Du spinnst dir immer viel zuviel aus.«

»Ich spinne mir etwas aus?« fragte Kamal und war bemüht, seine Angst hinter einem Lächeln zu verbergen. »Der Rijad von jetzt kann seinem Verstand nicht genug zu futtern geben, und er ist es zufrieden, wenn seine Taschen leer bleiben. Der verheiratete Rijad wird seine Taschen nie voll genug kriegen und keine Zeit mehr haben, geistige Anstrengungen zu genießen.«

»Eine reichlich verletzende Beschreibung dessen, was ein Ehemann ist. Ich bin nicht deiner Meinung.«

»Nimm Ismail, der ist sogar gezwungen, in den Irak zu gehen. Ich mache mich keineswegs lustig. Heiraten ist zwar normal, möglicherweise sogar bewunderungswürdig, aber gleichzeitig ist es auch widerlich. Stell dir nur vor –

du steckst bis über die Haare in Alltagssorgen, denkst nur noch über das tägliche Brot nach, verbringst die Zeit mit dem Zählen von Piaster und Millims, hältst alle Poesie des Lebens für Zeitverschwendung.«

»Hirngespinste, geboren aus lauter Angst«, erklärte Rijad verächtlich, während Ismail zu schwärmen begann: »Ach, würdest du nur Ehe und Vaterschaft kennenlernen! Bis zum heutigen Tag ist dir entgangen, was Leben bedeutet.«

Durchaus möglich, daß er recht hatte. Falls ja, brachte er sein Leben als albernes Trauerspiel zu. Nur – was bedeutete ihm Glück, was genau wünschte er sich? Im Moment bedrückte ihn nichts so sehr, als wieder einmal von Einsamkeit bedroht zu sein, von der Sorge, leiden zu müssen, wie damals, als Hussain Schaddad aus seinem Leben verschwand. Vielleicht wäre es möglich, eine Frau zu finden, die den Körper von Atija und die Seele von Rijad hat? Ja, das wünschte er sich – Atijas Leibhaftigkeit und Rijads Seele, vereinigt in einer Person, und wenn er sie heiraten würde, wäre er nie mehr, bis zum Tod nicht, einsam. Das war's, mehr wollte er nicht.

»Lassen wir das Thema Heirat«, meinte Rijad unwillig. »Für mich ist die Sache erledigt, nun bist du dran. Wir sollten uns für die politischen Tagesereignisse interessieren.«

Auch wenn Kamal ihm recht gab, er konnte sich nicht so schnell von der Überraschung erholen und nahm entsprechend matt den Vorschlag auf. Er blieb stumm, doch Ismail sagte lachend: »An-Nahhas hat es verstanden, sich für die Absetzung im Dezember 1937 zu rächen. Ist er doch tatsächlich, mit britischen Panzern im Rücken, in den Abidin-Palast eingezogen.«

Rijad zögerte, als wollte er Kamal die Gelegenheit lassen zu antworten. Da der aber keine Lust zu haben schien, erwiderte er mürrisch: »Wieso hat sich an-Nahhas gerächt?

Deine Phantasie geht mit dir durch, die Wirklichkeit sieht anders aus.«

»Wieso?«

Rijad sah Kamal an, als wollte er ihn zum Reden bringen. Doch der rührte sich nicht, und so fuhr er fort: »An-Nahhas ist nicht der Mann, der sich mit den Engländern verschwört, nur um wieder an die Macht zu kommen. Achmed Mahir ist verrückt. Er hat das Volk verraten und sich dem König angeschlossen. Dann wollte er seine schwache Haltung hinter einer dummen Erklärung, die er der Presse gab, verstecken.« Wieder blickte er Kamal an, wollte dessen Meinung hören. Die Politik hatte es zwar geschafft, daß Kamal sich für das Gespräch zu interessieren begann, aber gleichzeitig fühlte er den Wunsch, Rijad zumindest teilweise zu widersprechen.

»Bestimmt hat an-Nahhas die Situation gerettet«, sagte er, »und ich habe auch keinerlei Zweifel an seinem Patriotismus. Ein Mensch in diesem Alter wird nicht zum Verräter, nur um wieder ein Amt auszuüben, das er vorher schon fünf- oder sechsmal innehatte. Dennoch stellt sich mir die Frage, ob er sich ideal verhalten hat.«

»Du bist und bleibst ein unverbesserlicher Zweifler. Was soll das sein – ideal verhalten?«

»Er hätte die Übernahme der Regierung ablehnen und auf diese Weise das britische Ultimatum unterlaufen sollen, egal, was geschehen wäre.«

»Und wenn sie den König abgesetzt und einen britischen Militärchef zum Landesverweser gemacht hätten?«

»Und wennschon!«

Rijad schnaubte wütend. »Wir haben gut reden beim gemütlichen Sitzen mit Nargileh und Tee. Aber so ein Politiker trägt eine schwere Verantwortung. Wie hätte an-Nahhas angesichts der schwierigen Kriegsbedingungen es hinnehmen sollen, daß der König entthront wird und ein englischer Offizier das Land regiert? Falls die Alliierten siegen, was wir immerhin in Betracht ziehen müssen, würden wir zur Front der besiegten Feinde gehören. Die Politik gründet sich nicht auf poetischen Idealismus, sondern auf klugen Realismus.«

»Ich vertraue an-Nahhas durchaus, aber möglicherweise hat er einen Fehler gemacht. Womit ich nicht sagen will, daß er ein Verschwörer oder Verräter ist.«

»Die Verantwortung werden die Schurken tragen müssen, die hinter dem Rücken der Engländer die faschistische Achse unterstützt haben. Als ob die Faschisten unsere Unabhängigkeit respektieren würden! Haben wir nicht einen Vertrag mit den Engländern? Erlegt die Ehre uns nicht die Pflicht auf, unser Wort zu halten? Und außerdem – sind wir nicht Demokraten, die auf den Sieg über den Nazismus setzen? Diesem System, das uns auf der niedrigsten Stufe der Völker und Rassen ansetzt und zum Haß zwischen den Nationen, Rassen und Religionen aufruft.«

»Da stimme ich dir voll zu. Trotzdem hat die Unterstützung des britischen Ultimatums aus unserer Unabhängigkeit eine Illusion gemacht.«

»Pah! Er hätte also nur zu protestieren brauchen, und die Engländer wären seiner Meinung gefolgt?«

Ismail lachte laut los. »Oh, wie wundervoll – ein anglo-ägyptischer Protest!« Doch schon im nächsten Moment war er wieder ernst. »Ich finde richtig, was an-Nahhas gemacht hat. Ich hätte an seiner Stelle auch nicht anders gehandelt. Trotz seiner Mehrheit war er abgesetzt und erniedrigt worden, und da hat er sich jetzt gerächt. Tatsache ist, daß es keine Unabhängigkeit gibt. Ist doch alles nur leeres Gerede. Ein Vorwand reicht, und der König wird entmachtet, und ein englischer Militärchef regiert.«

Rijads Gesicht verdüsterte sich immer mehr. Kamal aber lächelte und sagte merkwürdig ruhig: »Die anderen haben

Fehler gemacht, und an-Nahhas muß nun die Folgen tragen. Kein Zweifel, daß er die Situation, also Thron und Land, gerettet hat. Was zählt, ist der glückliche Ausgang, und wenn die Engländer nach dem Krieg sein vorbildliches Handeln würdigen, spricht kein Mensch mehr vom Ultimatum am vierten Februar.«

Ismail klatschte, damit der Kellner neue Glutstückchen für die Nargileh brachte. »Die Engländer und an-Nahhas würdigen, pah!« spottete er. »Ich sage dir hier und jetzt, daß sie ihn, lange bevor der Krieg beendet ist, aus dem Amt drängen werden.«

»Der Mann war bereit, unter den schwierigsten Umständen Verantwortung zu tragen«, beharrte Rijad überzeugt, was Kamal witzeln ließ: »Wie du, du wirst ja nun auch die größte Verantwortung deines Lebens tragen.«

Rijad lachte, und mit einem kurzen »Entschuldigt!« stand er auf und ging zur Toilette. Ismail beugte sich schnell zu Kamal hinüber und sagte schmunzelnd: »Vergangene Woche habe ich mit meiner Mutter und meiner Frau ein paar Leute besucht, an die du dich bestimmt noch erinnerst.«

Kamal sah ihn neugierig an. »Wen?«

»Aidas Familie.«

Der Name dröhnte eigenartig in den Ohren. Der Hall übertönte alle Erregung, die dieses »Aida« mit sich brachte. Für einen Moment schien es, als wäre der Name aus der Tiefe seiner selbst, nicht aber aus dem Mund seines Freunds gekommen. Alles hätte er erwartet, nur nicht das. Augenblicke vergingen, in denen nichts von Bedeutung war. Wer war Aida? Welche Aida? Wie lange das alles zurücklag! Wieviel Jahre waren vergangen, ohne diesen Namen gehört zu haben? 1926, 1927 ... sechzehn Jahre, Zeit genug, um einen Mann heranreifen, sich verlieben und eine Enttäuschung erleben zu lassen. O ja, er war alt geworden. Aida … was löste die Erinnerung in ihm aus? Nichts. Höchstens ein gewisses sentimentales Interesse, in das sich ein wenig Aufregung mischte, so, als berührte die Hand eine lang verheilte Narbe, als erinnerte man sich der ernsten und gefährlichen Situation, die längst vorbei und überstanden war.

»Aida?« murmelte er.

»Ja, Aida Schaddad, erinnerst du dich nicht mehr? Die Schwester von Hussain Schaddad.«

Ismails drängender Blick war ihm unangenehm. Ausweichend sagte er: »Richtig, Hussain. Was ist aus ihm geworden?«

»Wer weiß …«

Wie dumm er sich benahm. Aber was sollte er tun, da er trotz aller Februarkälte spürte, wie sein Gesicht immer heißer wurde? Liebe war etwas wie – ein sicherlich merkwürdiger Vergleich –, wie Nahrung. Es verlangte einen heftig danach, wenn sie auf dem Tisch stand. Dann nahm sie über den Magen den Weg in die Gedärme, dann kam sie ins Blut, verwandelte sich schließlich zu Zellen, die sich nach und nach erneuerten, so daß nichts mehr vom Alten übrigblieb. Aber vielleicht wurde doch etwas bewahrt – ein Echo im Innern, das man mit dem Wort »Vergessen« zu umschreiben pflegte. Manchmal passierte es, daß ein vertrauter Ton das Vergessen in die Nähe des Bewußtseins drängte, und ein Echo hallte ans Ohr. Wenn es sich nicht so verhielt – woher rührte dann seine Verwirrung? War es die Sehnsucht? Nicht nach der Aida, die er einst als Geliebte gesehen hatte, denn das war unwiederbringlich vergangen. Aber vielleicht nach der Aida, die ihm als Symbol für entgangene, schmerzlich vermißte Liebe galt? Ja, ein Symbol, nicht mehr und nicht weniger. Eine verlassene Ruine, die die erhabensten historischen Erinnerungen heraufbeschwor.

Ismail nahm das Gespräch wieder auf. »Wir haben uns lange unterhalten. Aida hat uns geschildert, wie sie und ihr Mann zusammen mit anderen Diplomaten vor den deutschen Truppen geflohen sind und schließlich in Spanien Zuflucht fanden. Von dort aus haben sie es dann geschafft, in den Iran zu kommen. Wir sind auch auf die alten Zeiten zu sprechen gekommen und haben viel gelacht.«

Wie tot die Liebe auch sein mochte, das Herz verströmte rauschartige Sehnsucht, und die brüchigen Saiten im Innern begannen ungemein zart und traurig zu erklingen. »Wie sieht sie aus?«

»Sie muß an die Vierzig sein. Ach nein, ich bin zwei Jahre älter als sie, also ist sie siebenunddreißig. Sie ist ein wenig fülliger geworden, aber trotzdem immer noch schlank. Im Gesicht sieht sie noch genauso aus, außer daß sie ernster und gesetzter dreinblickt. Sie hat zwei Kinder, der Junge ist vierzehn und das Mädchen zehn.«

Aida – es gab sie also. Weder war sie ein Traum, noch war die Geschichte mit ihr ein Hirngespinst gewesen. Noch ein paar Minuten, und du denkst, daß es die schlimme Vergangenheit nicht gegeben hat. Aida als Mutter und Ehefrau, und sie erinnert sich ans Vergangene und lacht. Welches Bild ist das wahre? Inwieweit stimmen Wirklichkeit und Erinnerung überein? Nichts ist der Veränderung mehr unterworfen als Bilder, die im Gedächtnis aufgehoben sind. Wie gern würdest du dieses Geschöpf zu sehen bekommen, es in Ruhe betrachten. Vielleicht kämst du dann hinter das Geheimnis der Triebkräfte des Lebens, die aus dir das gemacht haben, was du bist.

Rijad kehrte zurück. Kamals Angst, daß Ismail nun nicht weiterreden würde, bewahrheitete sich nicht, denn er fuhr fort: »Sie hat nach dir gefragt.«

Rijad schaute von einem zum andern, und da er merkte, daß das Gespräch nur die beiden anging, wandte er sich ab und kümmerte sich um die Nargileh. Kamal hatte indes das Gefühl, daß der Satz »Sie hat nach dir gefragt« mit der Wucht eines unbezwinglichen Virus seinen Widerstand zerstörte. Dennoch fragte er, unter Aufbietung aller Kraft, um möglichst unbeteiligt zu wirken: »Wie das?«

»Sie hat nach den verschiedenen Freunden von früher gefragt, und da warst du auch dabei. Ich habe erzählt, daß du Lehrer an der Silahdar-Schule bist, obendrein aber ein großer Philosoph, der in der von mir nicht gelesenen Zeitschrift ›Der Gedanke‹ mir unverständlich bleibende Artikel veröffentlicht. Da haben alle gelacht, und sie hat gefragt, ob du verheiratet bist. Was ich verneint habe.«

»Und was sagte sie dazu?« hörte sich Kamal fragen.

»Wir sind vom Thema abgekommen, warum, weiß ich nicht.«

Die im verborgenen schlummernde Krankheit drohte auszubrechen. Wer einmal Tuberkulose hatte, muß sich vor der kleinsten Erkältung hüten. Der Satz »Sie hat nach dir gefragt« glich in seiner Einfachheit und der starken Wirkung aufs Gemüt einem Kinderlied. Unversehens und völlig unvorbereitet sah man sich in einen Gefühlszustand versetzt, der, obwohl scheinbar längst überwunden, einen mit voller Macht traf, durcheinanderwirbelte und nur allmählich wieder abebbte. Ein Regenguß, der überraschend einsetzte. Für einen flüchtigen Moment glaubte er, wieder der Liebende von einst zu sein, von der Liebe beherrscht, mit all ihren Gesängen – freudigen und traurigen. Doch halt, ernsthaft bedroht sah er sich nicht. Eher glich er einem Schlafenden, den ein Traum verängstigte und der dennoch nicht das beruhigende Gefühl verlor, nur einen Traum, nicht aber die Wirklichkeit zu erleben. Trotzdem wünschte er sich in diesem Moment, der Himmel ließe ein Wunder geschehen, und er begegnete ihr, nur für wenige Minuten, und hörte sie eingestehen, einst für einen

Tag, wenigstens für einen Vormittag oder einen Nachmittag, seine Liebe erwidert zu haben ... einzig der Altersunterschied oder ähnliches hätte sie beide getrennt. Wenn dieses Wunder geschehen könnte, fühlte er sich über allen Kummer, alten und neuen, hinweggetröstet, erlebte er sich als glückliches Geschöpf, das das Leben nicht als sinnlos verbracht empfinden müßte. Aber ach, wer sich etwas vormachte, war so gut wie tot. Da war es schon besser, sich mit dem Vergessen zu begnügen. Das allein sollte er als Sieg nehmen, auch wenn die Niederlage nicht zu übersehen war. Mochte er sich mit dem Gedanken trösten, nicht der einzige Mensch zu sein, den das Leben enttäuschte.

»Wann fährt sie mit ihrem Mann in den Iran zurück?«

»Sie sind bereits abgereist, gestern. Jedenfalls hatte Aida das angekündigt.«

»Wie hat sie das Unglück ihrer Familie überstanden?«

»Ich habe das Thema natürlich vermieden, und sie kam auch nicht darauf zu sprechen.«

Plötzlich rief Rijad: »Schaut mal!« Er wies hinüber auf die linke Seite des Balkons. Sie erblickten eine Frau, die sehr seltsam aussah – ungefähr siebzigjährig, dünn, barfuß, mit einem Gilbab bekleidet, wie ihn Männer trugen. Der Kopf war mit einem Baumwollmützchen bedeckt, aber da kein einziges Härchen hervorlugte, war sie entweder grindig oder kahl. Das Gesicht war mit einer so dicken Schicht von Schminke überzogen, daß es abstoßend und lächerlich zugleich wirkte. Sie schaute sich in alle Richtungen um und lächelte fröhlich aus zahnlosem Mund, als suchte sie jemandes Gunst zu gewinnen.

»Eine Bettlerin?« fragte Rijad neugierig.

»Wahrscheinlich eine Verrückte«, meinte Ismail.

Die Frau musterte die leeren Stühle und setzte sich schließlich hin. Erst da wurde sie auf die neugierigen

Blicke aufmerksam. Ein breites Lächeln huschte über ihr Gesicht, und mit einem »Guten Abend, ihr Männer« grüßte sie zu ihnen hinüber.

»Guten Abend, ehrwürdige Pilgerin«, erwiderte Rijad freundlich.

Sie kicherte. Ismail flüsterte, daß er sich an die Lusthäuser Ezbekijas in ihrer Glanzzeit erinnert fühlte.

»Ehrwürdige Pilgerin?« fragte die Alte schelmisch. »O ja, falls Sie die Wallfahrt zu einem Sündentempel meinen.« Ermutigt durch das Lachen der drei Männer, bettelte sie kokett: »Bestellen Sie mir einen Tee und eine Nargileh, und Gott wird es Ihnen lohnen.«

Rijad klatschte sofort begeistert in die Hände, um den Kellner aufmerksam zu machen. Er beugte sich zu Kamal hinüber und flüsterte ihm ins Ohr: »Das könnte der Anfang einer Erzählung sein.«

Die Frau lachte übermütig. »Die Großzügigkeit früherer Zeiten! Kriegsgewinnler, was?«

Kamal schmunzelte. »Wohl eher Kriegsverarmte. Wir sind Beamte, gute Frau.«

»Wie ist der werte Name?« fragte Rijad die Alte.

Mit einer lächerlich eitlen Bewegung reckte sie den Kopf in die Höhe. »Sultanin Zubaida höchstpersönlich.«

»Sultanin?«

»Aber ja.« Sie lachte. »Nur leider sind meine Untertanen gestorben.«

»Möge Gott sich ihrer erbarmen.«

»Möge sich Gott lieber um die Lebenden kümmern. Den Toten muß genügen, daß sie bei ihm sind. Erzählt mir, wer ihr seid.«

Der Kellner brachte die Nargileh und den Tee und stellte lächelnd beides ab. Dann kam er zu den Männern und fragte: »Wissen Sie, wer das ist?«

»Wer?«

»Zubaida, die berühmteste Sängerin zu ihrer Zeit. Alter und Kokain haben sie zu dem gemacht, was sie jetzt ist.«

Kamal glaubte den Namen nicht zum erstenmal zu hören. Rijads Neugier erreichte ihren Höhepunkt, und so gab er den beiden anderen ein Zeichen, sich wie gewünscht ihr vorzustellen. Kaum hatte Ismail Latif damit begonnen, kicherte sie. »Ach! Latif, der Hübsche! Es leben die Namen, auch wenn sie manchmal nicht passen.«

Noch während die Männer lachten, schlürfte sie hastig den Tee, bevor er abkühlte. Leise, um nicht gehört zu werden, verfluchte Ismail Latif die Alte.

»Rijad Kaldas.«

»Ein Ungläubiger? Einer von euch Kopten war mal mein Liebhaber. Ein Kaufmann aus Muski, namens Jussuf Ghattas. Ein toller Kerl. Bis zum Morgengrauen habe ich ihn auf dem Bett gekreuzigt.« Sie stimmte ins Gelächter ein, und ihrem Gesicht war anzusehen, wie glücklich sie war. Sie schaute Kamal an.

»Kamal Achmed Abd al-Gawwad.«

Gerade hatte sie das Glas Tee an die Lippen setzen wollen, da hielt sie plötzlich, hellwach geworden, in der Bewegung inne und starrte ihn an. »Was haben Sie gesagt?«

Rijad griff ein. »Das ist Kamal Achmed Abd al-Gawwad.«

Sie nahm einen tiefen Zug aus der Nargileh, und als spräche sie mit sich selbst, sagte sie: »Achmed Abd al-Gawwad! Namen gibt's viele, mehr als in alten Zeiten Piaster.« Sie wandte sich ihm zu. »Der Kaufmann in Nahhasin?«

»Ja«, erwiderte Kamal überrascht.

Da stand sie auf, kam auf die Männer zu, und als sie vor ihnen stand, brüllte sie vor Lachen los, und zwar mit einer Lautstärke, die man diesem klapprigen Körper nie zugetraut hätte. »Etwa der Sohn von Achmed Abd al-Gawwad?!« rief sie. »Der Sohn meines teuren Gefährten? Du ähnelst ihm überhaupt nicht, nur die Nase hast du von ihm. Dein Vater ist schön wie der Vollmond in strahlender Nacht. Nimm's mir nicht krumm. Laß im Gespräch mit ihm mal einen Hinweis auf die Sultanin Zubaida fallen, und er wird dir mehr als genug über mich erzählen.«

Rijad und Ismail ertranken in Gelächter, während Kamal, heftig gegen seine Verwirrtheit kämpfend, nur lächeln konnte. Erst jetzt fiel ihm ein, daß Jasin vor etlicher Zeit auf die Beziehungen des Vaters zu einer Sängerin Zubaida zu sprechen gekommen war.

»Wie geht's unserem Herrn?« fragte sie. »Ich war schon lange nicht mehr in eurem Viertel, es hat mich verstoßen. Ich wohne jetzt in der Totenstadt, aber da ich nach al-Hussain Sehnsucht habe, komme ich, wann immer es geht, zu Besuch. Ich war krank, und zwar viel zu lange für die lieben Nachbarn, die die Nase voll davon hatten, sich um mich zu kümmern. Wäre es nicht unschicklich, hätten sie mich am liebsten lebend ins Grab geworfen. Also, wie geht's dem Herrn?«

Bedrückt stieß Kamal hervor: »Er ist vor vier Monaten verstorben.«

Sie runzelte die Stirn. »Gott erbarme sich seiner. Wie schade, er war ein Mann, wie es ihn sonst kaum gibt.« Sie ging auf ihren Platz zurück. Aber plötzlich lachte sie wieder aus vollem Hals los, so laut, daß der Besitzer des Cafés kam und sie mahnte: »Genug gelacht, Ruhe! Wie sagt das Sprichwort? Bietest du einem ein Heim, holt er den Esel mit rein. Die Herren haben Ihnen genug Gutes erwiesen, und wenn's noch solches Geschrei gibt, dann bitte – dort ist die Tür.«

Die alte Zubaida schwieg, bis er verschwunden war. Dann lächelte sie und fragte Kamal: »Und du? Bist du wie er?«

Es folgte eine reichlich unanständige Geste, und die Freunde brüllten vor Lachen los.

»Er ist noch nicht verheiratet«, erklärte Ismail.

Mit gespieltem Argwohn schäkerte sie: »Ach, solch ein Schlitzohr bist du?!«

Wieder gab es Gelächter. Rijad stand auf, ging zu ihr und setzte sich neben sie. »Es ist uns eine Ehre, Sultanin, aber nun möchte ich gerne, daß Sie uns über die Zeit Ihrer Regentschaft erzählen.«

41

Zwanzig Minuten vor Beginn des Vortrags war der Ewart-Saal schon fast bis auf den letzten Platz gefüllt. Mister Roger war, wie Rijad Kaldas meinte, ein bedeutender Forscher und vor allem dann bemerkenswert, wenn er über Shakespeare sprach. Sicher, am Schluß würde es auf diese oder jene Weise nicht an politischer Propaganda fehlen, aber was machte das schon, wenn der Mann auf dem Podium Mister Roger war und das Thema William Shakespeare lautete. Rijad fühlte sich trotzdem nicht wohl, und hätte er nicht Kamal auf diesen Vortrag aufmerksam gemacht, wäre er nicht hergekommen. Sichtlich erregt rutschte er näher an Kamal heran und flüsterte: »Stell dir vor! Makram Ubaid ist aus dem Wafd ausgeschlossen worden! Wie kann etwas so Ungeheures geschehen!?«

Kamal, der die schreckliche Nachricht erst kurz zuvor vernommen und sich selbst davon noch nicht erholt hatte, schüttelte ohne ein Wort betroffen den Kopf.

»Das ist eine nationale Katastrophe, Kamal. Nein, so weit hätte es nicht kommen dürfen!«

»Sicher, aber wer kann schon etwas dafür?«

»An-Nahhas natürlich! Makram Ubaid ist möglicherweise überempfindlich, aber die Korruption der Regierung ist eine Tatsache, über die man nicht einfach mit Schweigen hinweggehen kann.«

Kamal lächelte. »Lassen wir das mit der Korruption. Makram Ubaid geht es bei seiner Revolte weniger darum, als nicht noch mehr an Einfluß zu verlieren.«

»Aber wie kann ein Kämpfer wie Ubaid sich von einer solchen Sentimentalität hinreißen lassen?« fragte Rijad verunsichert.

Kamal konnte nicht anders, er mußte lachen. »Du läßt dich doch auch von Sentimentalitäten leiten.«

»Nein, antworte mir ernsthaft.«

»Makram Ubaid ist empfindlich wie ein Dichter oder Sänger. Er will alles oder nichts. Als er festgestellt hat, daß sein Einfluß schwindet, ist er wütend geworden und gegen seine Parteifreunde im Ministerrat aufgestanden und hat öffentlich die privilegierenden Ausnahmeregelungen kritisiert. Das macht sowohl das Verständnis füreinander als auch die weitere Zusammenarbeit schier unmöglich. Ein bedauerlicher Vorfall.«

»Und was nun?«

»Kein Zweifel, daß der Palast den neuerlichen Bruch im Wafd begrüßt, und er wird Makram Ubaid zum passenden Zeitpunkt genauso in die Arme schließen, wie er es zuvor schon mit anderen gemacht hat. Von nun an werden wir Makram Ubaid in einer neuen Rolle erleben – nämlich als Fürsprecher politischer Minderheiten und als Mitläufer des Palasts. Entweder nutzt er diese Chance, oder er ist völlig isoliert. Vielleicht hassen ihn die Leute im Palast genauso wie an-Nahhas, vielleicht sogar noch mehr, und es gibt dort welche, die den Wafd überhaupt nur wegen Ubaid hassen. Aber man wird ihn dennoch in die Arme schließen, einfach weil man den Wafd kaputtmachen will. Wie es dann weitergehen soll, weiß niemand.«

Rijad runzelte die Stirn. »Eine widerwärtige Vorstellung. Beide haben einen Fehler gemacht, sowohl an-Nahhas als auch Makram Ubaid. Ich sehe schwarz für die Zukunft.« Er senkte die Stimme. »Die Kopten werden jetzt ohne Schutz sein, oder sie flüchten in die Arme ihres Erzfeindes, in die des ›Königs‹. Lange bietet das keine Sicherheit. Wenn der Wafd uns Kopten jetzt genauso unterdrückt wie die anderen Parteien, was soll dann werden?«

Kamal, der Rijad nicht folgen konnte, fragte: »Warum mißt du der Sache einen solchen Wert bei? Ubaid ist nicht ›die Kopten‹, und die Kopten sind nicht Ubaid. Ein Mann ist weg, aber deshalb bleibt doch die nationale Orientierung des Wafd bestehen?!«

Rijad schüttelte den Kopf und lächelte spöttisch. »So wird's in den Zeitungen stehen, aber was in Wirklichkeit geschieht, habe ich gerade gesagt. Die Kopten haben das Gefühl, daß sie aus dem Wafd vertrieben werden und Schutz brauchen. Wie ich befürchte, werden sie keinen finden. Das heißt, erst hat mir die Religion Probleme gemacht, jetzt ist es die Politik. Die Religion habe ich mir aus dem Kopf geschlagen, auch wenn ich mit dem Herzen noch an ihr hänge, weil ich sie als ethnisches Bindeglied empfinde. Jetzt muß ich den Wafd aus meinem Herzen verdrängen und kann ihn nur noch verstandesmäßig akzeptieren. Wenn ich sage: ›Ich bin ein Wafdist‹, dann verrate ich mein Herz, und wenn ich behaupte: ›Ich bin ein Feind des Wafd‹, dann betrüge ich meinen Verstand. Es ist eine Katastrophe, es ist schlimmer gekommen, als ich je gedacht hätte. Offensichtlich ist es das Schicksal von Kopten, als gespaltene Persönlichkeit leben zu müssen. Wäre es anders, würde uns der Wahnsinn packen.«

Kamal empfand nicht nur Ärger, sondern fühlte sich auch peinlich berührt. Es kam ihm vor, als führten die unterschiedlichen Interessengruppen eine Farce mit tragischem Ende auf. Wenig überzeugt erklärte er: »Wahrscheinlich ist alles nur Einbildung. Das Problem hört auf zu existieren, wenn ihr in Makram Ubaid nur einen von vielen Politikern, nicht aber gleich die gesamte koptische Gemeinschaft seht.«

»Ach ja? Sehen ihn so die Muslims?«

»Ich tue es.«

Trotz aller Betroffenheit mußte Rijad lächeln. »Ich habe nach den Muslims gefragt. Was hast du damit zu tun?«

»Stecken wir, du und ich, nicht in der gleichen Situation?«

»Gewiß, nur mit dem kleinen Unterschied, daß du keiner Minderheit angehörst.« Wieder lächelte er. »Hätte ich im Zeitalter der islamischen Eroberungen gelebt und in die Zukunft sehen können, dann hätte ich alle Kopten aufgefordert, zu Allahs Religion überzutreten.« Plötzlich protestierte er: »Du hörst mir überhaupt nicht zu!«

Das stimmte. Kamals Blick war wie gebannt auf den Eingang des Saals gerichtet, und als Rijad dorthin schaute, sah er an der Tür ein junges Mädchen in einem einfachen, grauen Kleid stehen, offensichtlich eine Studentin. Sie ging zu den vorderen Stuhlreihen, die den Frauen vorbehalten waren, und setzte sich hin.

»Kennst du sie?«

»Ich weiß nicht.«

Sie mußten aufhören zu reden. Mister Roger hatte das Podium betreten, und der Saal war von brausendem Beifall erfüllt. Doch schließlich wurde es so still, daß selbst ein Husten als unliebsame Störung empfunden worden wäre. Der Rektor der Amerikanischen Universität stellte den Gast kurz vor, und dann begann Mister Roger mit seinem Vortrag.

Die meiste Zeit starrte Kamal neugierig in die Richtung, wo das Mädchen saß. Als er sie zufällig am Eingang erblickt hatte, war er völlig durcheinandergeraten und konnte sich kaum noch konzentrieren. Er fühlte sich zwanzig Jahre zurückversetzt. In die Gegenwart zurückgeholt, rang er nach Atem. Zuerst hatte er geglaubt, Aida zu sehen. Aber das konnte nicht sein, denn dieses Mädchen war nicht älter als zwanzig. Er hatte nicht genug Zeit gehabt, um sich in ihre Gesichtszüge zu vertiefen, aber das gesamte Erscheinungsbild sprach für sich: die Form des Gesichts, der Ausdruck, die Figur, der klare Blick ... Nur bei Aida hatte er solch wunderschöne Augen gesehen. Sein erster Gedanke war, daß es ihre Schwester sein mußte. Natürlich, Budur! Er wußte also noch ihren Namen, und gleich darauf fiel ihm auch ein, welch innige Freundschaft das kleine Mädchen ihm damals entgegengebracht hatte. Wenn sie es wirklich war, ob sie sich an ihn erinnerte? Bestimmt nicht. Was machte das schon, wichtig war allein, daß sein Herz klopfte und er, wenn auch nur kurz, sich in das pralle, stürmische Leben von damals zurückversetzt glaubte. Verwirrt hörte er dem Redner für ein paar Minuten zu, um gleich darauf wieder den Blick auf dem Mädchen ruhen zu lassen. Ein Meer von Erinnerungen tat sich ihm auf, das ihn all die erschütternden Gefühle, die aus seinem Seelenleben ein Schlachtfeld gemacht hatten, genüßlich auskosten ließ. Ja, so sein Beschluß, er würde ihr nach der Veranstaltung folgen, um herauszubekommen, wer sie war. Nicht, daß er damit eine besondere Absicht verfolgte, sondern einfach aus der Sehnsucht heraus, die dicke Rostschicht, die sich auf seiner Seele häufte, abzubauen. Außerdem war es immer gut, bei Langeweile zu laufen.

Kamal wartete ungeduldig darauf, daß es endlich soweit wäre. Ob der Vortrag sehr lange dauerte? Wer konnte das wissen. Kaum waren die letzten Worte gefallen, erzählte er Rijad von seiner Absicht, verabschiedete sich und folgte dem Mädchen. Sorgfältig beobachtete er, wie die zarte, schlanke Gestalt die Füße aufsetzte. Er war sich nicht mehr sicher, wie Aida gelaufen war, also konnte er keinen Vergleich ziehen. Was die Figur betraf, so hätte es durchaus Aida sein können. Nur die Frisur unterschied sich. Aidas Haar war damals »à la garçonne« geschnitten, während das Mädchen lange Locken trug. Was übereinstimmte, war zweifelsohne die schwarze Farbe.

Er hatte gehofft, sich beim Warten auf die Straßenbahn ihr Gesicht genauer ansehen zu können. Doch da sich an der Haltestelle die Schar der Zuhörer drängte, war es nicht möglich. Sie stieg in die Bahn Nummer 15 ein, die nach Ataba fuhr, und drängte sich in das den Frauen vorbehaltene Abteil. Er schaffte es, in den gleichen Wagen hineinzukommen. Ob sie umsteigen würde, um nach Abbasija zu gelangen? Oder war seine Vermutung nichts weiter als ein wirrer Traum? Aida hatte nie eine Straßenbahn bestiegen. Zwei Autos standen zu ihrer Verfügung. Die Kleine war schlimm dran, ach, die Ärmste ... Ihm wurde traurig zumute, so wie damals, als er vom Bankrott des Herrn Schaddad Bey und seinem Selbstmord hörte.

Die meisten Fahrgäste stiegen in Ataba aus, das Mädchen auch. Er stellte sich nicht weit weg von ihr hin. Da sie den Kopf in die Richtung reckte, aus der die andere Bahn kommen mußte, konnte er ihren langen, schlanken Hals sehen. Ja, der war damals auch so gewesen. Allerdings fehlte der Haut die Bräune, sie war heller als die Farbe des Weizens. Zum erstenmal fühlte er sich schuldig, schien er dem jungen Mädchen doch nur zu folgen, um die Angebetete von damals auferstehen zu lassen.

Die Straßenbahn, die nach Abbasija fuhr, kam. Das Mädchen drängte sich an den Einstieg, und da im Frauenabteil kein Platz mehr war, stieg sie in den Wagen zweiter Klasse. Ohne zu zögern, tat es Kamal ihr nach, setzte sich neben sie. Nicht lange, und die Sitzplätze waren belegt, und selbst im Gang stand eine Menge Menschen. Daß es ihm gelungen war, den Platz neben ihr zu erwischen, stimmte ihn überaus zufrieden. Die Kleine in der drängelnden Masse der zweiten Klasse sitzen zu sehen machte ihn wiederum traurig, vielleicht wegen der Verschiedenheit der Bilder: dem damaligen, verewigten einerseits und dem jetzigen, das an seiner Seite saß, andererseits. Wann immer die Straßenbahn einen plötzlichen Ruck machte, ob beim Halten oder Abfahren, streifte seine Schulter leicht die ihrige. Wann immer er sie unauffällig beobachten konnte, tat er es. Wann immer er einen Blick auf ihr Gesicht werfen konnte, musterte er es eingehend. Oh, diese teakholzschwarzen Augen, diese ineinander übergehenden Brauen, diese hübsche, gerade Nase, das mondenschöne Rund des Gesichts. O ja, er schaute auf Aida. Aber nein! Da war der andersfarbige Teint, da gab es hier und da einen kleinen Unterschied, und er war sich nicht einmal sicher, ob das dem jungen Mädchen zum Nachteil oder Vorteil gereichte. So geringfügig die Unähnlichkeit auch sein mochte, Kamal nahm sie mit einer Schärfe wahr, als handelte es sich um den einen Grad Temperatur, der den Kranken vom Gesunden trennte. Doch andererseits war er noch nie einem Mädchen begegnet, das Aida dermaßen ähnlich sah, so daß ihm schien, er könne sich ihrer, im Glanz dieses wunderbaren Gesichts, klarer als je zuvor erinnern. Bestimmt glich auch der Körper des Mädchens dem von Aida, was bedeutete, daß er die Augen über jenen Leib wandern lassen durfte, der einst unzählige Fragen in ihm geweckt hatte. Schlank war sie und zart, und der Busen nicht mehr als eine verschämte Andeutung. O nein, dieser Körper glich nicht dem rundlichen, weichen von Frau Atija, den er lustvoll begehrte. Sollte sein Geschmack verdorben sein? War die Liebe damals, in jungen Jahren, ein Aufbegehren gegen verborgene Lüste gewesen? Wie auch immer, sein Herz konnte beim Erinnern frohlocken, machte ihn zu einer glücklichen Kreatur, zu einer berauschten gar, wenn ihm eine flüchtige Berührung des Mädchens möglich war. Nie hatte er Aida berührt, immer war sie unantastbar gewesen. Bei der Kleinen konnte er es tun, die lief auf Märkten umher, zwängte sich in die zweite Klasse … ach, wie traurig! Der Unterschied zur Angebeteten stimmte ihn bitter, enttäuschte seine Hoffnung, verurteilte seine einstige Liebe dazu, auf immer und ewig ein Rätsel zu bleiben.

Der Schaffner kam. »Fahrscheine! Monatskarten!«

Sie öffnete die Handtasche und holte eine Monatskarte heraus. Während sie auf den Schaffner wartete, warf er verstohlen einen Blick darauf. Da stand der Name: »Budur Abd al-Hamid Schaddad« und: »Studentin der Philosophischen Fakultät«.

O ja, aller Zweifel ist geschwunden! Still, mein Herz, klopf nicht so laut. Könnte ich diese Karte entreißen! Ein Bild, das Aida so ähnlich sieht, wird mir nie wieder so nah sein. Ach, wenn es nur möglich wäre! »Sechsunddreißigjähriger Lehrer bestiehlt Studentin der Philosophischen Fakultät« – eine bessere Überschrift könnten sich die Zeitungen nicht wünschen. »Gescheiterter Philosoph, fast vierzigjährig, stiehlt!« Wie alt mag Budur jetzt sein? 1926 war sie fünf gewesen, dann muß sie jetzt im einundzwanzigsten glücklichen Lenz stehen. Glücklich? Ohne Palast, ohne Auto, ohne Diener? Als das Unglück die Familie traf, war sie bereits vierzehn, also alt genug, um das Ausmaß der Katastrophe zu erfassen und den Schmerz auszukosten. Die arme Kleine, wie entsetzlich muß sie gelitten haben, wie erschrocken muß sie gewesen sein! Schon in jungen Jahren hat sie das Leid erfahren, das ich nur allzugut kenne. Hat uns der Schmerz auch zu unterschiedlichen Zeiten gequält, so verbindet er uns ebenso stark wie die alte, vergessene Freundschaft.

Der Schaffner kam, sie reichte ihm die Karte. Er hörte sie sagen: »Bitte!« Ihm war, als würde er nach langem Vergessen eine alte, vertraute Weise vernehmen, die Süße verströmen, schönste Erinnerungen erblühen und eine himmlische Zeit anbrechen ließ. Er lauschte hinein ins Reich göttlicher Freude, hoffend darauf, die Träume von einst zurückzuholen. Ja, das war er – der warme, liebliche, vom Zauber des Entzückens erfüllte Klang. O laß mich ihre, deine Stimme hören, du meine vom Unglück verfolgte Freundin! Wie gut, daß die wahre Herrin der Stimme, vom Leid der Familie nicht eingeholt, sich der Annehmlichkeiten des Lebens erfreut. Du aber bist zu uns herabgestiegen, zu uns, der Masse zweiter Klasse. Erinnerst du dich nicht an deinen Freund, den du umarmt und geküßt hast? Wie lebst du heute, meine Kleine? Wirst du wie ich als Lehrer in einer Grundschule landen?

Die Straßenbahn fuhr an der Stelle vorbei, wo einst das Schloß, nun aber ein gewaltiger Neubau stand. Einige wenige Male war er seit damals hier vorbeigekommen, wenn er Fuad Gamil al-Hamzawi besuchte.

Nicht nur euer Haus, meine Kleine, ist von Veränderung betroffen, sondern ganz Abbasija. Verschwunden sind die Paläste und Gärten, Zeugen meiner Liebe und meiner Trauer. An ihrer Stelle ragen riesige Bauten auf, vollgestopft mit Menschen, Bars, Cafés, Kinos. Soll Achmed, der auf Klassenkampf versessen ist, sich darüber freuen, ich kann es nicht.

Wie sollte ich Schadenfreude über das Leid der reichen Familie empfinden, wenn mein Herz in den Trümmern jenes Palasts begraben liegt? Wie könnte ich jenes wundervolle Geschöpf, das nie die Mühsal des Lebens und das Gedrängel der Masse kennenlernte, verachten, wenn mein

Herz, kaum daß dieses Zauberwesen einhergeschritten kam, sich anbetend niederwarf?

Als die Straßenbahn nach der Station al-Waili wieder hielt, stieg sie aus. Kamal folgte ihr, blieb auf dem Bürgersteig stehen und behielt sie im Auge. Sie überquerte die Fahrbahn und ging in die Ibn-Zaidun-Straße hinein, die gegenüber der Haltestelle begann. Es war eine enge Straße, die auf beiden Seiten mit alten Häusern, gedacht für die Mittelklasse, bebaut war. Der Asphalt war mit Sand, Kies, Steinchen, verstreutem Papier bedeckt. Sie betrat das dritte Haus links. Neben der schmalen Eingangstür befand sich ein Bügelladen. Kamal blieb stehen, betrachtete niedergeschlagen die Straße und das Haus. Hier also wohnte nun eine Dame wie Frau Sanija, die Gattin von Schaddad Bey. Eine Wohnung, bei der die Miete nicht mehr als drei Pfund betragen konnte. Er wünschte sich, Frau Sanija würde auf den Balkon treten. Gewiß hatte sie sich sehr verändert. Er erinnerte sich gut daran, wie sie in eleganter Aufmachung aus der Villa trat, sich bei ihrem Mann unterhakte und zum Wagen ging, der schon wartete. Sie war bewunderungswürdig gewesen, wenn sie in dem weichen Mantel einherstolziert kam und sich souverän und selbstsicher umschaute. Der schlimmste Feind des Menschen war die Zeit. In dieser Wohnung also hatte Aida während ihres Aufenthalts in Kairo gelebt. Vielleicht hatte sie am Nachmittag auf diesem schäbigen Balkon gesessen, vielleicht sogar mit Mutter und Schwester das Bett geteilt, denn bestimmt gab es nur eins in der Wohnung. Ach, hätte ich nur rechtzeitig erfahren, daß sie da ist! Sie zu sehen – nach so langer Zeit! Jetzt, da ich von ihrer Tyrannei befreit bin, hätte ich endlich erfahren können, was für ein Mensch sie in Wirklichkeit ist. Ich hätte mich selbst besser kennengelernt. Was soll's, entschwunden, verloren ist die wertvolle Chance.

42

Kamal saß inmitten der Studenten und Studentinnen des Fachbereichs Anglistik und hörte gespannt der Vorlesung des englischen Professors zu. Er war nicht zum erstenmal hier, und wie ihm schien, auch nicht das letztemal. Es war nicht schwer gewesen, die Erlaubnis zu erhalten, an drei Abenden in der Woche an der Lehrveranstaltung teilzunehmen. Im Gegenteil, der Professor hatte ihn herzlich willkommen geheißen, als er hörte, daß Kamal Englisch unterrichtete. Natürlich war es ein wenig seltsam, erst zu Ende des Semesters zu erscheinen, aber Kamal hatte als Entschuldigung vorgebracht, eine Studie erarbeiten zu müssen, wofür auch die wenigen, noch verbleibenden Vorlesungen nützlich seien. Budur nahm an diesem Kurs teil. Das hatte ihm Rijad Kaldas, der mit dem Sekretär der Fakultät befreundet war, erzählt.

Da saß er nun – groß und schlank, eleganter Anzug, Goldbrille, große Nase, buschiger Schnauzbart, graue Haarschläfen am gewaltigen Schädel, all das Äußerlichkeiten, die, in dieser zahlenmäßig kleinen Runde sehr junger Menschen, dazu beitrugen, daß sich die Blicke auf ihn richteten. Die Neugier, mit der sie ihn hier und da anstarrten, empfand er bisweilen als lästig. Er wußte, was in den Köpfen vor sich ging, und nur allzugut konnte er sich die bissigen Kommentare vorstellen. Er selbst war über seinen unerhörten Einfall erstaunt gewesen, trotzdem hatte er ihn in die Tat umgesetzt, ohne sich um die zu erwartenden Unannehmlichkeiten zu kümmern. Was er sich davon erhoffte, wußte er nicht genau. Aber er konnte nicht anders, denn kaum hatte der schwache Lichtschein die Finsternis seines Lebens durchdrungen, stürmte er unbekümmert los, getrieben von aufgestauter Verzweiflung,

Sehnsucht, Hoffnung. Weder zerbrach er sich darüber den Kopf, welche Steine Gesetztheit und Anstand auf seinem Weg bedeuteten, noch grübelte er darüber nach, wie die Hürde, die der Spott der jungen Leute ihm errichtete, zu nehmen war. Er, der in Überdruß und Langeweile schier ertrank, konnte nicht anders, als sich gierig in dieses Abenteuer zu stürzen, das ihm ohne jeden Zweifel Vergnügen – und was für welches! – bereiten würde, das ihm Leben – und wieviel Leben! – schenkte. Ihm genügte, daß ihn Zeit wieder anging, daß er auf Hoffnung aus war und Heiterkeit suchte. Mehr noch, sein Herz, das tot in der Brust geruht hatte, klopfte wieder.

Er war sich bewußt, daß die Zeit drängte. Das Semester näherte sich dem Ende. Dennoch war das Wichtigste bereits gelungen: Budur hatte ihn bemerkt. Vielleicht tat sie es den anderen sogar nach und tuschelte über ihn. Ihre Blicke waren sich schon mehr als einmal begegnet, und wer konnte wissen, ob sie nicht schon wahrgenommen hatte, wie seine Augen vor Interesse und Bewunderung glänzten. Das beste war, daß sie beide nicht nur in der Vorlesung saßen, sondern beim Heimweg auch die gleiche Straßenbahn benutzten, erst die nach Gizeh, dann die nach Abbasija. Es kam öfters vor, daß sie ins gleiche Abteil einstiegen. Allmählich mußte ihr seine Gegenwart vertraut sein, was für einen Mann, der mit ihrem Viertel nichts zu tun hatte, ohne jeden Zweifel ein Erfolg war; vor allem deshalb, weil auch er, wegen der Stellung als Lehrer, auf sein Benehmen zu achten hatte und Anstand und Würde wahren mußte. Welches Ziel ihm vor Augen stand, darüber zerbrach er sich nicht den Kopf. Wichtig allein war, daß, nachdem alles Gefühl abgestorben gewesen war, nun wieder Leben in ihm floß, in das er sich mit voller Lust hineinstürzen wollte. Seine gemarterte Seele sehnte sich danach, wieder ein Mensch zu sein, dessen Inneres von

Gefühlen aufgewühlt wurde, dessen Verstand vor Einfällen nur so sprühte, dem sich Visionen offenbarten. Der Zauber sollte ihm helfen, Verdruß, Lustlosigkeit, Unentschlossenheit zu vergessen. Ihm war, als berauschte er sich an einem herrlichen Wein, der keinerlei üble Wirkung hatte.

In der vergangenen Woche war etwas geschehen, was ihn zutiefst beeindruckt hatte. Wegen einer Sportveranstaltung in der Silahdar-Schule war er zu spät zur Vorlesung erschienen. Als er, um Lärm zu vermeiden, auf Zehenspitzen den Raum betrat, hatten sich ihre Augen für einen, wenn auch nur flüchtigen, so doch um so zauberhafteren Moment getroffen. Schon im nächsten Augenblick hatte sie, fast ein wenig verschämt, den Blick gesenkt, woraus er schloß, daß es sich nicht um eine rein zufällige, achtlose Begegnung zweier Augenpaare gehandelt haben konnte. Nein, es war sichtbar gewesen, daß sie sich geniert hatte, und wäre das der Fall, wenn sein Blick ins Leere gegangen wäre? Wenn also die Kleine sich wegen seines Blicks zu schämen begann, dann hatte sie offenbar begriffen, daß er sie nicht aus lauter Zufall und völlig unschuldig ansah. Kaum machte er sich das bewußt, drangen eine Menge Erinnerungen auf ihn ein, sah er die verschiedensten Bilder vor sich. Wieder einmal stellte er sich Aida vor, drehte sich alles um sie, auch wenn es keinen Zusammenhang zwischen ihr und diesem Vorfall gab. Aida hätte, wenn er erschien, niemals den Blick gesenkt. Doch vielleicht hatte anderes seine Erinnerung heraufbeschworen – eine Geste, ein Blick oder das, was man gemeinhin unter Seelenverwandtschaft verstand.

Vorgestern ist wieder etwas Unerhörtes geschehen. Sieh an, wie du das Leben zurückgewonnen hast! Früher ist nie Wichtiges vorgekommen, zumindest hast du nichts als bedeutsam empfunden, abgesehen von faden Rätseln wie Schopenhauers Wille, Hegels Absolutes, Bergsons Lebensdrang. Das Leben war taub, unwichtig, und nun sieh dir dein Heute an – ein Blick, eine Geste, ein Lächeln, und die Erde erbebt.

Es war gegen fünf Uhr nachmittags gewesen, und er befand sich gerade auf dem Weg zur Fakultät. Als er den Urman-Garten durchquerte, erspähte er plötzlich Budur. Sie saß mit drei anderen Mädchen auf einer Bank, und offensichtlich beobachteten sie ihn. Wieder, wie im Unterrichtsraum, begegneten sich ihre Blicke, und dieses Mal waren sie tief und lang. Nur allzugern hätte er beim Näherkommen gegrüßt, aber der zufällig eingeschlagene Weg führte ihn ins Abseits, als wollte er jegliche romantische Verschwörung verhindern. Nach ein paar Metern drehte er sich um. Die Mädchen kicherten und flüsterten Budur etwas ins Ohr, während sie den Kopf in den Händen barg, als müßte sie das Gesicht verstecken. Ein erstaunlicher Anblick, was konnte er bedeuten? Rijad wäre bestimmt nicht um eine Erklärung, einen überzeugenden Kommentar verlegen gewesen. Aber hatte er Rijad nötig? Es war klar, daß das Getuschel der Mädchen sie dazu gebracht hatte, verschämt das Gesicht zu verbergen. Was konnte sonst dahinterstecken? Vielleicht hatten seine Augen wie in Umm Kulthums Lied »flammende Liebe enthüllt«? War er zu weit gegangen? Hatte er sich unwillkürlich ins Gerede gebracht? Wie stünde er da, wenn aus Getuschel anzügliche Anspielungen wurden, die dem Teufelspack von Studenten zur Belustigung dienten? Er überlegte ernsthaft, ob er die Teilnahme an der Vorlesung nicht besser abbrechen sollte. Doch noch am gleichen Tag kam er beim Heimweg in der Straßenbahn neben ihr zu sitzen. Wieder, wie damals am ersten Tag, als er ihr gefolgt war, fuhr die Bahn nach Abbasija. Er wartete darauf, daß sie sich umdrehte, weil er sie dann, komme, was wolle, gegrüßt hätte. Doch nichts geschah. Es fiel ihm zu schwer, länger zu warten, also wandte er sich um, tat völlig überrascht und grüßte leise und höflich: »Guten Abend.«

Sie sah auf, spielte die Erstaunte, wiederum etwas, was Aida, soweit er sich erinnerte, nie getan hätte. Weibliche Verstellungskunst jedweder Art war ihr verhaßt gewesen.

»Guten Abend«, hauchte sie.

Zwei Studienkollegen, die sich grüßten, nun, daran war nichts auszusetzen. Nie hätte er gegenüber Aida diesen Mut aufgebracht, aber da verhielt es sich auch anders – sie war die Große, er der kleine Dumme.

»Sie sind aus Abbasija, wie mir scheint?«

»Ja.«

Ah, sie will das Gespräch nicht zum Sprudeln bringen. »Schade, daß ich die Vorlesungen erst jetzt besuche.«

»Ja.«

»Ich hoffe, später das Verpaßte nachholen zu können.«

Ein schwaches Lächeln, aber kein Wort. Oh, laß mich deine Stimme hören, das einzige, was aus der Vergangenheit, unberührt von der Zeit, herüberschallt. »Was wollen Sie nach dem Abschluß machen? Am Lehrerinstitut weiterstudieren?«

»Das muß ich nicht.« Zum erstenmal zeigte sie sich ein wenig interessiert. »Das Bildungsministerium braucht wegen des Kriegs und der begonnenen Erweiterung des Schulsystems Lehrerinnen und Lehrer.«

Ah, da hatte er nur auf einen Vers gehofft, und nun wurde ihm ein ganzes Lied geschenkt. »Da werden Sie also als Lehrerin arbeiten?«

»Ja, warum nicht?«

»Ein schwerer Beruf. Wenn Sie mehr wissen wollen, fragen Sie mich.«

»Wie ich hörte, sind Sie Lehrer?«

»Ja. Oh, ich vergaß, mich vorzustellen. Kamal Achmed Abd al-Gawwad.«

»Angenehm.«

Er lächelte. »Was ich noch nicht sagen kann …«

»Oh – Budur Abd al-Hamid Schaddad.«

»Sehr angenehm, verehrtes Fräulein«, und als fiele ihm plötzlich etwas Merkwürdiges auf, fragte er weiter: »Abd al-Hamid Schaddad? Und aus Abbasija? Sind Sie etwa die Schwester von Hussain Schaddad?«

Ihre Augen leuchteten auf. »Ja!«

Da lachte Kamal los, als könnte er sich über diesen seltsamen Zufall nicht genug wundern. »Ist ja unglaublich! Hussain war mein engster Freund! Wir haben eine wunderschöne Zeit miteinander verbracht. O Gott, sind Sie da etwa die kleine Schwester, die immer im Garten gespielt hat?«

Sie musterte ihn mit forschendem Blick. Natürlich erinnerte sie sich nicht mehr an ihn. Dabei war sie damals genauso vernarrt in ihn wie er in ihre Schwester gewesen.

»Ich kann mich nicht erinnern.«

»Ist doch klar. Das war in der Zeit von 1923 bis 1926, dann reiste Hussain nach Europa. Was macht er jetzt?«

»Er ist in Südfrankreich, wo sich die Regierung nach der deutschen Okkupation eingerichtet hat.«

»Wie geht es ihm? Seit langem habe ich weder etwas von ihm gehört noch Briefe bekommen.«

»Es geht ihm gut.«

Ihrer Stimme war anzumerken, daß sie nicht gewillt war, mehr zu sagen. Die Straßenbahn fuhr an der alten Villa vorbei, und Kamal fragte sich, ob es nicht ein Fehler gewesen war, ihr von der Freundschaft mit ihrem Bruder erzählt zu haben. Schränkte er damit nicht den Freiraum ein, der notwendig war, um an sein Ziel zu gelangen? Als die Haltestelle al-Waili hinter ihnen lag, erhob sie sich, grüßte und stieg aus. Versonnen blieb er sitzen. Wann immer sich während der Fahrt die Gelegenheit geboten hatte, war er bemüht gewesen, ihre Erscheinung zu erforschen. Er hoffte darauf, hinter das Geheimnis zu kommen, das ihn einst in Bann gehalten hatte. Es war ihm noch immer nicht gelungen, auch wenn er öfters das Gefühl hatte, der Lösung nahe zu sein. Sie schien freundlich und sanft, ja zugänglich zu sein. Trotzdem fühlte er eine dumpfe Enttäuschung und eine Traurigkeit, für die es keinen einsichtigen Grund gab. Wenn er das junge Mädchen heiraten wollte, würde es kein ernsthaftes Hindernis geben. Sie schien willig zu sein und einer solchen Idee aufgeschlossen gegenüberzustehen. Trotz des sichtlichen Altersunterschieds? Vielleicht gerade deshalb. Aus Erfahrung wußte er, daß sein Äußeres für keine Frau ein Hinderungsgrund gewesen wäre, ihn zu heiraten. Es hatte an ihm gelegen, an seinem fehlenden Willen. Wäre er mit Budur verheiratet, würde er wie durch ein Wunder zu Aidas Familie gehören. Na und, was hätte er von dieser fixen Idee? Was bedeutete ihm Aida noch? In Wahrheit ging es ihm nicht um Aida, sondern um das Geheimnis, das sich mit ihrer Person verband. Wahrscheinlich konnte er nicht davon ablassen, es ergründen zu wollen, weil er sich überzeugen wollte, daß die schönste Zeit seines Lebens kein Selbstbetrug gewesen war. Wie so oft in den vergangenen Jahren überfiel ihn auch jetzt der Wunsch, in seinem Notizbuch nachzulesen und die Bonbonniere zu betrachten, die er am Hochzeitsabend von Aida geschenkt bekam. Sein Herz war plötzlich von Sehnsucht erfüllt, und wieder einmal stellte er sich die Frage, wie es sein konnte, daß ein Mensch, der mit den biologischen, sozialen und psychologischen Aspekten der Liebe bestens vertraut war, ihr verfiel. Aber ach, starben nicht auch Chemiker an Gift, obwohl sie sich damit auskannten? Was ließ sein Herz derart in Wallung geraten? Trotz aller Enttäuschungen, trotz aller verfehlten Hoffnung, trotz allen Unterschieds zwischen einst und jetzt, trotz aller Ungewißheit, wohin er gehörte, zur Vergangenheit oder Gegenwart – trotz allem tobte es in der Brust, klopfte das Herz.

43

Der Teegarten, mit dem Himmel aus Ästen und grünen Zweigen. Ein kleiner smaragdfarbener See, begrenzt von einer Grotte, auf dem gemächlich eine Ente schwamm. Für die Mitarbeiter der Zeitschrift »Der neue Mensch« war es der freie Tag, und nun saß Achmed hier mit Susan Hammad, mit der er schon ein Jahr zusammenarbeitete. Sie sah wunderbar aus in dem hellblauen Kleid, das den Blick auf die braune Haut der Arme freigab, und – sie hatte sich, wenn auch nur wenig und sehr dezent, geschminkt. Sie saßen einander gegenüber, lächelten sich vertraut zu. Auf dem Tisch standen eine Karaffe Wasser und zwei Gläser mit einem Rest rosiger Erdbeermilch, denn das Eis hatten sie schon gegessen.

Sie ist das Teuerste auf Erden, alle Freuden der Welt verdanke ich ihr. Auf sie richtet sich mein ganzes Hoffen. Wir sind treue Gefährten, und gesteht sie mir ihre Liebe auch nicht ein, zweifle ich nicht daran, daß sie mich sehr mag. Wir halten zusammen, wie es schöner nicht sein könnte. Wir sind Kameraden, die Hand in Hand für die Freiheit kämpfen, auch wenn jedem von uns das Gefängnis droht.

Gelegentlich, wenn ich laut von ihrer Schönheit schwärme, schaut sie mich wütend an, runzelt die Stirn und schimpft mich aus. Gehört sich etwa die Liebe nicht für uns? Ich schmunzle dann nur und arbeite weiter. Eines Tages habe ich gesagt: Ich liebe dich. Ich liebe dich. Sieh zu, was du damit anfängst. Was aber antwortet sie? »Das

Leben ist eine sehr ernste Angelegenheit, und du schwatzt herum.« Da habe ich erklärt: Ich weiß wie du, daß der Kapitalismus in den letzten Zügen liegt, weil alle seine Ziele verwirkt sind, und daß die Arbeiterklasse ihrem Wollen freien Lauf lassen muß, um die Maschine des Fortschritts in Gang zu setzen, weil die Früchte des Erfolgs einem nicht in den Schoß fallen – daß es also an uns ist, das entsprechende Bewußtsein zu fördern. Aber als Wichtigstes kommt gleich danach, oder vielleicht noch vorher, daß ich dich liebe. Wieder runzelte sie die Stirn, wenn auch diesmal etwas gekünstelt, und ihre einzige Antwort lautete: »Du kannst es nicht lassen, Dinge zu sagen, die ich nicht hören will.« Da beugte ich mich, weil gerade niemand im Sekretariat war, über sie und küßte sie auf die Wange, worauf sie mich streng ansah und sich gleich wieder ans achte Kapitel von »Das Wesen der Familie in der Sowjetunion« machte, das wir gemeinsam übersetzten.

»Wenn der Juni schon so heiß ist, was soll dann erst im Juli und August werden, meine Liebe?«

»Für Leute wie uns existiert Alexandria nicht.«

Er lachte. »Alexandria ist längst kein Ferienort mehr. Das war es vor dem Krieg, aber jetzt ist es durch die Angriffe zur Ruine geworden.«

»Adli Karim hat gesagt, daß die meisten Einwohner geflüchtet sind und in den Straßen nur noch Katzen herumstreunen.«

»So ist es, und nicht mehr lange, und Rommel trifft mit seinen Truppen ein.« Für einen Moment schwieg Achmed. »In Suez wird er sich mit den japanischen Truppen treffen, die durch Asien marschieren, und dann beginnt das Zeitalter des Faschismus, der Rückfall ins Steinzeitalter.«

»Rußland wird nicht besiegt werden«, meinte Susan erregt. »Die Hoffnungen der Menschheit sind vom Ural geschützt.«

»Sicher, aber die Deutschen stehen vor den Toren Alexandrias.«

Sie schnaubte empört. »Warum lieben die Ägypter bloß die Deutschen?«

»Aus Haß auf die Engländer. Aber nicht lange, und sie verachten auch die Deutschen. Noch scheint der König ein Gefangener zu sein, aber er wird rennen, um Rommel zu begrüßen und mit ihm auf das Wohl unserer gerade erst geborenen und gleich wieder begrabenen Demokratie zu trinken. Geradezu lächerlich, daß die Bauern denken, Rommel kommt und verteilt den Boden an sie.«

»Wir haben viele Feinde. Die Deutschen draußen, die Muslim-Brüder und Reaktionäre drinnen, wobei die beiden letzteren sich aufs Haar gleichen.«

»Wenn dich mein Bruder Abd al-Munim hören würde, wäre er sehr empört. Er hält die Muslim-Brüder für etwas Fortschrittliches, das hoch über dem materialistischen Sozialismus steht.«

»Möglicherweise enthält der Islam sogar sozialistische Elemente, aber die sind genauso utopisch wie bei Thomas More, Louis Blanc und Saint-Simon. Man sucht im Gewissen des Menschen nach einer Lösung, um die soziale Ungerechtigkeit zu beseitigen, obwohl es nur mit der Entwicklung der Gesellschaft zu schaffen ist. Für diese Leute existieren keine Klassen, sondern nur Individuen. Und natürlich hat das Ganze nichts mit wissenschaftlichem Sozialismus zu tun. Die Lehren des Islams gründen sich auf eine mystische Metaphysik, bei der sogar Engel eine maßgebliche Rolle spielen.

Nein, wir brauchen die Lösung für die Probleme der Gegenwart nicht in der Vergangenheit zu suchen. Das kannst du deinem Bruder sagen.«

Achmed lachte ausgelassen. »Dabei ist mein Bruder ein gebildeter junger Mann und obendrein noch ein intelligenter Jurist. Es wundert mich immer wieder, wie jemand wie er sich den Muslim-Brüdern anschließen kann.«

»Sie betreiben einen unerhörten Schwindel«, stieß Susan verächtlich hervor. »Gegenüber Intellektuellen stellen sie den Islam in modernem Gewand dar, und gegenüber den einfachen Leuten reden sie von Paradies und Hölle, und das Ganze geschieht im Namen von Sozialismus, Patriotismus und Demokratie.«

O ja, so ist meine Liebste. Nie wird sie überdrüssig, über Prinzipielles zu reden. Habe ich »meine Liebste« gesagt? Ja, denn seit dem ersten Kuß, den ich ihr gestohlen habe, gehe ich nicht davon ab, sie so zu nennen. Sie hat zwar am Anfang manchmal mit Worten, manchmal mit Bewegungen protestiert, aber dann ist sie geflissentlich darüber hinweggegangen, als hätte sie es aufgegeben, mich ändern zu wollen. Wie war das mit dem ersten Kuß? Ich sagte ihr, daß ich mich danach sehne, aus ihrem mit Sozialismus beschäftigten Mund einmal ein Wort über Liebe zu hören, worauf sie mir voller Verachtung entgegenschleuderte: »Das ist es – die alte bürgerliche Einstellung zur Frau. Etwa nicht?« Ich habe betroffen erwidert: Ich bringe dir unendlich große Achtung entgegen, und ich erkenne durch und durch an, daß ich in den mir kostbarsten Dingen meines Lebens dein Schüler bin. Aber es besteht kein Zweifel daran, daß ich dich liebe. Ihr Zorn war verflogen, das fühlte ich, auch wenn sie nach außen hin noch wütend tat. Und da geschah es. Ich näherte mich ihr, wollte sie küssen, aber weil sie es ahnte, stieß sie mich vor die Brust und schob mich weg. Trotzdem haben meine Lippen ihre Wange berührt. Das Unglück war geschehen, obwohl sie es, wenn es ihr damit ernst gewesen wäre, hätte verhindern können. Daraus zog ich den Schluß, daß sie es zufrieden gewesen war. Sie ist ein wunderbares Geschöpf, an Verstand und Körper gleichermaßen schön, auch wenn sie versessen ist auf Politik. Als ich ihr diesen Spaziergang im Teegarten vorschlug, erklärte sie: »Nur unter der Bedingung, daß wir das Buch mitnehmen und an der Übersetzung weiterarbeiten.« O nein, erwiderte ich, wir wollen uns entspannen und plaudern, oder ich schwöre dem ganzen Sozialismus ab. Was mich bisweilen an mir selbst ärgert, ist, daß ich noch voll von den Traditionen des Zuckergäßchens bin und die Frau mit bürgerlichen Augen sehe. Manchmal, wenn ich mich nicht zusammennehme und schwach werde, kommt es mir vor, als gehörte für die fortschrittliche Frau der Sozialismus genauso zur Kunst der Verführung wie für andere das Klavierspiel und die Schminke. Trotzdem hat mich das Jahr, das ich mit Susan bei gemeinsamer Arbeit verbracht habe, sehr verändert. Es hat mich in lobenswerter Weise von der bürgerlichen Haltung, die ich gründlich verinnerlicht hatte, gereinigt.

»Schrecklich, daß unsere Kameraden massenweise eingesperrt werden.«

»So ist es, meine Liebe. Aber in Zeiten des Kriegs sind Verhaftungen genauso Mode wie in Tagen des Terrors. Dabei sieht das Gesetz nichts Strafbares darin, sich für eine Ideologie einzusetzen, solange sie nicht mit dem Aufruf zur Gewalt verknüpft ist.« Achmed lachte. »Über kurz oder lang droht uns auch das Gefängnis, außer wenn wir …« Da sie ihn fragend ansah, fuhr er fort: »… außer wenn uns die Heirat ein wenig zügelt.«

Sie zuckte verächtlich mit den Schultern. »Woher willst du wissen, ob ich bereit bin, einen Schlawiner wie dich zu heiraten?«

»Schlawiner?«

Sie überlegte einen Moment, und als sie weitersprach, klang ihre Stimme sehr ernst. »Du kommst nicht wie ich aus der Arbeiterklasse. Wir kämpfen zwar beide gegen den gleichen Feind, aber du hast ihn nicht wie ich erlebt. Ich habe lange zu spüren bekommen, was Armut ist. Ich habe die Spuren des Elends in meiner Familie erfahren. Eine Schwester von mir hat gegen die Not unendlich angekämpft und wurde schließlich doch besiegt. Sie starb. Wie gesagt, du bist nicht aus der Arbeiterklasse.«

»Engels war es auch nicht«, entgegnete er ruhig.

Sie lachte kurz auf, und das machte sie wieder weiblicher. »Welchen Namen soll ich dir geben? Prinz Achmedow? Ich leugne nicht, daß du deine Prinzipien hast. Aber man merkt dir noch immer Reste deiner bürgerlichen Herkunft an. Manchmal kommt es mir sogar vor, als wärst du froh, einer von den Schaukats zu sein.«

Nicht ohne Schärfe hielt er ihr entgegen: »Du irrst dich und bist ziemlich ungerecht. Du kannst mir nicht anlasten, was ich ererbt habe. So wie du nichts für die Armut kannst, kann ich nichts für den Reichtum. Ich meine damit die geringe Rente, die es meiner Familie erlaubt, dem Müßiggang zu frönen. Es ist kein Fehler, als Bürgerlicher geboren worden zu sein. Schlimm ist nur, wenn man gleichgültig und dumpf vor sich hin lebt und hinter dem Geist der Zeit zurückbleibt.«

»Ärgere dich nicht«, meinte Susan lächelnd. »Jeder von uns ist das Ergebnis seiner natürlichen Herkunft und bildungsmäßigen Entwicklung. Wir sollten nicht danach fragen, was wir vorgefunden haben, sondern uns verantwortlich für unsere Überzeugung und unser Handeln fühlen. Verzeihung, mein kleiner Engels. Sag mir, bist du – unabhängig von den Folgen – noch immer bereit, bei den Arbeitern Vorträge zu halten?«

»Bis gestern«, erwiderte er stolz, »bin ich fünfmal aufgetreten. Ich habe zwei wichtige Rundschreiben verfaßt und Dutzende von Flugblättern verteilt. Ich schulde der Regierung mindestens zwei Jahre Gefängnis.«

»Und ich steh bei ihr noch höher in der Kreide.«

Unwillkürlich schnellte seine Hand vor, und erfüllt von Bewunderung und Zärtlichkeit, legte er sie auf ihre zarte, braunhäutige Hand. Ja, er liebte sie, aber das war nicht der Grund, warum er sich in den Kampf stürzte. Warum zweifelte sie manchmal an seiner Ernsthaftigkeit? Spielte sie nur mit ihm, oder empfand sie ihm gegenüber wegen seiner Bürgerlichkeit, die sie bei ihm im Verborgenen vermutete, Furcht? Für ihn stand es fest, daß er von seinen Überzeugungen ebenso stark erfüllt war wie von der Liebe zu ihr. Auf keins von beiden konnte er verzichten.

Was für ein Glück, wenn sich Menschen begegnen, die sich vollkommen verstehen und wo keinerlei Arglist die Beziehung stört. Ach, ich bete sie an, wenn sie sagt: »Ich habe lange zu spüren bekommen, was Armut ist.« Diese Offenheit erhebt sie über alle anderen Mädchen, macht sie zu einem Teil meiner selbst. Unbekümmerte Liebende sind wir, und doch lauert auf uns das Gefängnis. Wir könnten wie die anderen heiraten, allen Schwierigkeiten aus dem Weg gehen und uns mit Wohlstand und Glück zufriedengeben. Aber das wäre ein Leben ohne Sinn. Wie stark belastet mich manchmal der Gedanke, daß unsere Überzeugung ein Fluch ist, vom Schicksal verhängt. Trotzdem – das ist mein Blut, mein Odem, und mir scheint, daß ich allein für die Menschheit verantwortlich bin. »Ich liebe dich.«

»Wo ist da der Zusammenhang?«

»Mit oder ohne Zusammenhang – ich liebe dich.«

»Du redest von Kampf, aber mit dem Herzen jubilierst du.«

»Kampf und Herz zu trennen ist genauso so dumm, wie uns zwei nicht als eins zu sehen.«

»Aber bedeutet Liebe nicht, daß man sich mit seinem Glück zufriedengibt, sich in seinem Heim festsetzt und einen Widerwillen gegen das Gefängnis hat?«

»Weißt du nicht, daß der Prophet, der Tag und Nacht kämpfte, sich nicht abhalten ließ, neunmal zu heiraten?«

Verärgert knackste sie mit den Fingerknöcheln und rief: »Das ist dein Bruder, der aus dir spricht. Was für ein Prophet soll das sein?«

Er lachte. »Der Prophet der Muslims.«

»Laß mich lieber über Karl Marx reden, der unermüdlich am ›Kapital‹ saß und Frau und Kinder Hunger und Schimpf aussetzte.«

»Jedenfalls war er verheiratet.«

Das Wasser des kleinen Teichs schimmerte smaragdfarben. Ein frischer Lufthauch, der den heißen Juni überlistet zu haben schien, wehte vorbei. Die Ente schwamm gemächlich dahin, pickte hier und da ein paar Krumen Brot auf.

Du bist sehr glücklich. Anstrengend ist deine Liebste zwar, aber dafür entzückender als alle Natur. Mir scheint, sie ist ein wenig rot geworden. Vielleicht hat sie die Politik vergessen und beginnt jetzt nachzusinnen über ... »Ich hatte gehofft, liebe Genossin, daß wir in diesem Garten über angenehme Dinge reden.«

»Noch angenehmere als die, die wir schon hatten?«

»Ich meine unsere Liebe.«

»Unsere Liebe?«

»Ja, und du weißt es genau.«

Schweigen setzte ein. Nach einem Weilchen fragte sie, den Blick gesenkt: »Was willst du?«

»Sag mir, daß wir uns das gleiche wünschen.«

Als wollte sie ihn besänftigen, stieß sie ein »Ja« hervor, doch schon im nächsten Moment fragte sie: »Und was soll das sein?«

»Genug Gerede und Ausflüchte.«

Sie sah nachdenklich aus. Ob es nun lange oder kurz dauerte, das Warten war ungemein bitter.

Plötzlich sagte sie: »Wenn alles klar ist, warum quälst du mich dann?«

Begleitet von einem tiefen Seufzer der Erleichterung, rief er: »Wie glücklich ich bin!«

Erneut setzte Schweigen ein, aber nun glich es eher dem Pausieren zwischen zwei Gesängen.

»Eine Sache ist mir sehr wichtig«, nahm sie das Gespräch wieder auf.

»Und das ist?«

»Meine Würde.«

»Deine Würde ist auch meine Würde«, antwortete er unangenehm berührt.

»Du kennst die Sitten in deiner Familie. Du wirst dir eine Menge über Rang und Stand anhören müssen.«

»Dummes Gerede. Hältst du mich für ein Kind?«

Sie zögerte. »Es gibt nur eins, was uns gefährlich werden kann – deine bürgerliche Veranlagung.«

Mit einem Eifer, der ihn in diesem Moment seinem Bruder Abd al-Munim sehr ähnlich machte, rief er: »Ich habe nichts, aber auch rein nichts davon!«

»Bist du dir im klaren, wie wichtig das eben Gesagte ist? Du sprichst über Dinge, die sowohl die persönlichen als auch die gesellschaftlichen Grundlagen der Beziehung zwischen Mann und Frau berühren.«

»Na sicher.«

»Du wirst ein neues Wörterbuch brauchen, um die Bedeutung von solch festgelegten Begriffen wie Liebe, Ehe, Eifersucht, Treue, Vergangenheit herauszufinden.«

»Aber ja!«

Möglicherweise bedeutete das nichts, möglicherweise aber auch alles. Er hatte selbst schon über das Zusammenleben nachgedacht. Sicher, die Ehe mit Susan war eine Herausforderung, die großen Mut voraussetzte. Sie würde eine Prüfung seiner Denkweise werden – der überkommenen und der erworbenen, was einem durchaus angst machen konnte. Er ahnte, was sie meinte. Vielleicht wollte sie ihn nur auf die Probe stellen, doch wie auch immer, er würde nicht zurückweichen. Er hatte erfahren, wie leicht man sich verletzt fühlen konnte, und er wußte auch, wieviel Eifersucht sich in seinem Innern verbarg. Trotzdem – es gab kein Zurückweichen. »Ich stimme dir in allem zu, aber laß mich offen heraus erklären, daß ich eigentlich auf ein romantisches Mädchen gehofft hatte, nicht aber auf eins mit dem Verstand eines pingeligen Buchhalters.«

Die Augen starr auf die Ente gerichtet, fragte sie: »Eine, die dir sagt, daß sie dich liebt und heiraten will?«

»Ja!«

Sie lachte. »Und du meinst, ich würde mit dir über Einzelheiten sprechen, wenn ich im Prinzip nicht zugestimmt hätte?«

Zärtlich drückte er ihre Hand.

»Obwohl du alles weißt, wolltest du es nur laut hören.«

»Es wird mir nie langweilig werden, dich von Liebe reden zu hören.«

44

»Es geht um den Ruf der Familie. Er ist auch euer Sohn und Bruder, und ihr solltet ihm offen die Meinung sagen.« Chadiga hielt in ihrer Predigt inne, und ihr Blick huschte beunruhigt von Gesicht zu Gesicht – von dem ihres Gatten Ibrahim, der rechts von ihr saß, zu dem ihres Sohns Achmed auf der anderen Seite des Salons, vorübergleitend an Jasin, Kamal und Abd al-Munim.

Belustigt ahmte Achmed den Tonfall seiner Mutter nach: »Hört, hört! Es geht um den Ruf der Familie! Und ich bin euer aller Sohn und Bruder!«

»Was tust du uns nur für ein Unglück an, mein Junge?« klagte Chadiga, und ihre Stimme klang bitter. »Du hörst auf niemanden, nicht einmal auf deinen Vater. Du nimmst von keinem einen Rat an, obwohl es uns um dein Bestes geht. Nur du hast angeblich recht, die anderen irren sich alle. Als du nicht mehr gebetet hast, sagten wir: Möge ihn der Herrgott den rechten Weg leiten. Du hast dich geweigert, wie dein Bruder Jura zu studieren, und wir sagten: Die Zukunft liegt in Gottes Hand. Du hast erklärt, Journalist werden zu wollen, und wir sagten: Unseretwillen auch Kutscher.«

»Ja, und jetzt will ich heiraten«, unterbrach Achmed sie schmunzelnd.

»Na bitte, das würde uns freuen. Nur gibt es für jede Heirat bestimmte Bedingungen.«

»Wieso? Wer macht die?«

»Der gesunde Menschenverstand.«

»Und mein Verstand sagt mir ...«

»Hat dich das Leben nicht gelehrt, dich nicht allein auf den Verstand zu verlassen?«

»Keineswegs. Ratschläge sind immer gut, nur nicht beim Heiraten. Es ist wie beim Essen, man muß selbst wählen.«

»Wie beim Essen! Du heiratest nicht nur ein Mädchen, sondern eine ganze Familie, und wir, deine Angehörigen, heiraten folglich genauso wie du.«

Nun lachte Achmed laut los. »Ihr und heiraten? Das ist kaum zu fassen. Mein Onkel Kamal will nicht heiraten, und mein Onkel Jasin würde meine Braut bestimmt gerne haben, aber für sich allein.«

Alle lachten, nur nicht Chadiga. Jasin, der sich kaum beruhigen konnte, stieß glucksend hervor: »Wenn das Problem damit gelöst werden kann, bin ich bereit, mich zu opfern.«

»Lacht nur, lacht!« rief Chadiga. »Ermutigt ihn nur! Besser wäre es, ihr sagt ihm offen eure Meinung. Was haltet ihr von einem, der das ›kostbare‹ Töchterchen eines Druckereiarbeiters heiraten will? Es ist für uns schon schlimm genug, daß er bei einer Zeitschrift als ›Journalist‹ arbeitet, aber nun sich auch noch mit den Arbeitern verschwägern zu wollen! Hast du nichts zu sagen, Si Ibrahim?«

Ibrahim Schaukat zog die Brauen in die Höhe, als setzte er zum Sprechen an. Doch er blieb stumm.

»Wenn es«, fuhr Chadiga fort, »zu diesem Unglück kommen sollte, wird das Haus am Hochzeitsabend voll mit Arbeitern aus Druckereien, Lagerhallen, Fuhrbetrieben und Gott weiß was sonst noch sein.«

Erregt erklärte Achmed: »Sprich nicht so von meiner Familie!«

»Herr der Himmel, willst du etwa leugnen, daß sie aus diesen Kreisen kommt?«

»Ich heirate sie, sie ganz allein.«

»Natürlich heiratest du nicht nur sie«, griff Ibrahim Schaukat ein. »Möge dich Gott ähnlich schlimm plagen wie du uns.«

Ermutigt vom Einwand ihres Gatten, hob Chadiga erneut zu sprechen an. »Wie es der Brauch verlangt, habe ich die Familie besucht. Sieh dir doch mal die Auserwählte an, sagte ich mir. Und was fand ich vor? Sie wohnen im Keller, in einer Straße, die auf beiden Seiten voll von Juden ist. Die Mutter unterscheidet sich in nichts von einer Dienstmagd, und die Braut ist mindestens dreißig. Bei Gott, es ist, wie ich sage. Wenn sie wenigstens ein klein wenig hübsch wäre, könnte ich ihn noch entschuldigen. Warum will er sie nur heiraten? Er muß verhext sein, sie hat ihn mit irgend etwas verhext. Sie arbeitet ja auch bei dieser unglückseligen Zeitschrift, und da hat sie ihn wahrscheinlich abgelenkt und ihm etwas in den Kaffee oder ins Glas Wasser getan. Geht hin, seht sie euch an, und dann urteilt. Ich war völlig erledigt. Vor lauter Kummer und Verzweiflung habe ich fast nicht mehr heimgefunden.«

»Jetzt reicht's, mach mich nicht wütend! Ich erlaube es dir nicht, solche Reden zu führen.«

»Oh, Verzeihung. Verzeihung, du Gebieter der Schönheit. Das ist alles mein Fehler. Mein ganzes Leben lang habe ich an anderen herumgemäkelt, und nun hat mich unser Herrgott mit Söhnen gestraft, die alle nur denkbaren Fehler haben. Gott der Allmächtige möge mir vergeben.«

»Was du auch immer über diese Leute sagen magst, wenigstens findet sich bei ihnen niemand, der wie du andere zu Unrecht beschuldigt.«

»Eines Tages wirst du meine Worte verstehen, eines Tages wirst du auf mich hören. Möge dir Gott verzeihen, mich zu beleidigen.«

»Du bist es doch, die mich mehr als genug beleidigt.«

»Sie ist bloß hinter deinem Geld her! Wäre sie nicht auf einen Versager wie dich gestoßen, hätte sie höchstens einen Zeitungsverkäufer abgekriegt.«

»Sie arbeitet als Redakteurin bei der Zeitschrift, und ihr Gehalt ist doppelt so hoch wie meins.«

»Journalistin! Sie auch? Na, großartig. Welches Mädchen läßt sich schon anstellen, außer wenn sie eine alte Jungfer oder liederlich oder ein Mannweib ist.«

»Vergib dir Gott.«

»Möge er lieber dir vergeben, für alles, was du uns antust.«

Jasin, der das Gespräch aufmerksam verfolgte und dabei unentwegt seinen Schnurrbart zwirbelte, griff an dieser Stelle ein.

»Hör mir mal zu, Schwester. Es gibt keinen Grund, sich

zu zanken. Wir sagen Achmed, was zu sagen ist, aber es ist sinnlos zu streiten.«

Wütend, wie er war, stand Achmed auf und sagte: »Entschuldigt, aber ich ziehe mich an und gehe arbeiten.«

Als er den Salon verlassen hatte, setzte sich Jasin zu Chadiga.

Er beugte sich zu ihr hinunter und erklärte: »Es nützt nichts, wenn du herumstreitest. Wir können unseren Kindern nichts befehlen. Sie halten sich für klüger und geschickter. Wenn er unbedingt heiraten will, soll er's tun. Entweder wird er glücklich mit ihr oder nicht. Er allein ist für sich verantwortlich. Ich habe auch erst mit Zanuba ein wirkliches Heim gefunden, wie ihr wißt. Vielleicht hat er eine gute Wahl getroffen. Von Reden wird man nicht klug, nur durch Erfahrung.« Er lachte. »Auch wenn bei mir keins von beidem geholfen hat, weder Reden noch Erfahrung.«

»Jasin hat recht«, unterstützte ihn Kamal.

Vorwurfsvoll blickte Chadiga ihn an. »Ist das alles, was du zu sagen hast? Achmed hat dich sehr gern, und wenn du mit ihm allein reden würdest ...«

»Ich werde mit ihm zusammen weggehen und mit ihm sprechen. Aber gestritten wurde jetzt genug. Er ist ein freier Mann und kann heiraten, wen er will. Glaubst du wirklich, ihn daran hindern zu können? Oder bist du auf einen endgültigen Bruch aus?«

Jasin schmunzelte. »Die Sache ist ganz einfach, Schwester. Heute heiratet er, und morgen ist er geschieden. Wir sind Muslims und keine Katholiken.«

Chadigas ohnehin kleine Augen wurden zu Schlitzen. Die Lippen zusammengekniffen, stieß sie hervor: »Natürlich, wer könnte ihn besser verteidigen als du? Es heißt zu Recht: Wie der Onkel, so der Neffe.«

Jasin lachte laut los, dröhnend wie immer. »Vergib dir

Gott! Würde man die Frauen sich allein überlassen, wäre keine einzige verheiratet.«

Chadiga wies auf ihren Mann. »Seine Mutter, Gott hab sie selig, hat mich höchstpersönlich für ihn ausgesucht.«

Schmunzelnd seufzte Ibrahim Schaukat: »Und ich mußte dafür bezahlen. Gott erbarme sich ihrer und verzeihe ihr.«

Chadiga überhörte die Bemerkung. »Wenn die Frau wenigstens hübsch wäre! Er muß blind sein.«

»Wie sein Vater«, erklärte Ibrahim Schaukat lachend.

Wütend drehte sie sich zu ihm um. »Du bist undankbar wie alle Männer.«

»Dafür sind wir geduldig, und das bringt uns ins Paradies«, erwiderte Ibrahim Schaukat gelassen.

Da brüllte sie ihn an: »Solltest du jemals das Paradies betreten, dann kannst du es mir verdanken! Schließlich war ich es, die dir deine Religion beigebracht hat!«

Kamal und Achmed verließen gemeinsam das Zuckergäßchen. Kamal stand Achmeds Absicht skeptisch gegenüber. Sicher, er hielt nicht auf alberne Traditionen, war nicht konservativ, und schon gar nicht blieb er gleichgültig, wenn es um Prinzipien wie Gleichberechtigung und menschliche Würde ging. Aber so abstoßend es in der Gesellschaft auch zugehen mochte, die soziale Wirklichkeit war eine Tatsache, um die keiner herumkam. In frühester Jugend war er in Kamar, die Tochter des Röstereibesitzers Abu Sari, vernarrt gewesen, aber bei allem hübschen Aussehen hatte ihn ihr unangenehmer Arme-Leute-Geruch abgestoßen. Andererseits bewunderte er seinen Neffen. Er beneidete ihn geradezu um seinen Mut, seine Willenskraft und viele andere Eigenschaften, über die er selbst nicht verfügte – die feste Überzeugung, der Spaß an der Arbeit, die Bereitschaft zu heiraten. Achmed schien der Familie geschenkt worden zu sein, um seine eigene Trägheit und

Teilnahmslosigkeit wiedergutzumachen. Warum maß er selbst der Heirat solch übermäßige Bedeutung bei, wenn alle anderen sie mit einem »Gehabt euch wohl« hinter sich brachten?

»Wohin gehst du, mein Junge?«

»In die Redaktion, Onkel. Und Sie?«

»Zur Zeitschrift, um Rijad Kaldas zu treffen. Willst du nicht noch mal überlegen, bevor du diesen Schritt tust?«

»Welchen Schritt? Ich habe bereits geheiratet.«

»Was? Tatsächlich?«

»So ist es, und ich werde in unser Haus, in die untere Etage einziehen, allein schon wegen der Wohnungskrise.«

»Das ist eine offene Provokation!«

»Sicher. Aber meine Frau wird ohnehin nur zu Hause sein, wenn Mutter schläft.«

Kamal brauchte einen Moment, um sich von der Nachricht zu erholen. Schließlich schmunzelte er und fragte: »Und hast du nach Gottes und des Propheten Tradition geheiratet?«

Nun mußte auch Achmed lachen. »Natürlich. Geheiratet und beerdigt wird gemäß den Sitten der alten Religion, aber gelebt wird nach denen von Marx.« Er reichte Kamal die Hand, um sich zu verabschieden. »Sie wird dir sehr gefallen. Sieh sie dir an, und urteile selbst. Sie ist, in des Wortes vollster Bedeutung, eine herausragende Persönlichkeit.«

45

Was für entsetzliche Unschlüssigkeit! Ein Zustand wie eine chronische Krankheit. Heiraten oder nicht – für jede Entscheidung gab es gleich gute Argumente, und entsprechend schwer fiel die Wahl. Der metaphysische Aspekt des

Problems war nicht geringer zu schätzen als der banale, der erst im Alltag des Lebens zur Wirkung käme. Unsicherheit und Zögerlichkeit blockierten jede Entscheidung. Sollte er heiraten – ja oder nein? Er mußte sich entschließen. Doch was tat er? Er drehte sich um sich selbst, Schwindel erfaßte ihn, er verlor die Balance zwischen Seele, Verstand und Sinnen, und tauchte er aus dem Strudel wieder empor, war die Situation unverändert und die Frage ohne Antwort geblieben. Sollte er heiraten, sollte er nicht? Die Möglichkeit, sich frei entscheiden zu können, belastete ihn, so daß er sich seiner Einsamkeit noch bewußter wurde, woraus wiederum folgte, daß ihn dieses neuerliche Empfinden schwer bedrängte, bedrückend auf ihm lastete und ihm die Qual zusätzlicher, zermürbender Hirngespinste einbrachte. Ach, wie sehnte er sich nach einem vertrauten Wesen! Wie laut stöhnten die gefangengehaltenen Instinkte, durch Familie und Liebe befreit zu werden! O ja, und das war der Moment, in dem er sich das Leben als Ehemann vorzustellen begann. Sicher, von der ständigen Beschäftigung mit sich selbst wäre er befreit, die Wahnvorstellungen würden sich zerstreuen, aber dafür verbrauchte er seine Kraft beim Großziehen von Kindern und bei der Sorge ums tägliche Brot. Anstelle von Hirngespinsten – Mühen des Alltags. An diesem Punkt angelangt, beschloß er sofort, an seiner Ungebundenheit, ungeachtet aller Qualen der Einsamkeit, festzuhalten. Aber ach, die Freude währte nicht lange, und Grübelei und bohrende Selbstbefragung begannen erneut. Wo nur, wo lag die Lösung? Zweifellos war Budur ein wunderbares Mädchen. Daß sie mit der Straßenbahn fuhr, tat ihrem Ansehen keinen Abbruch, denn geboren und aufgewachsen war sie im Paradies jenes Engels, den sein Herz einst leidenschaftlich liebte. Budur glich einem Meteor, der vom Himmel auf die Erde gefallen war. Was Schönheit, Wesensart, Bildung betraf, stand sie hoch über anderen, und trotzdem war sie erreichbar. Würde er sich entschließen, gäbe er seinen Willen kund, könnte er die verheißungsvollste Ehefrau sein eigen nennen. Nur einen Schritt mußte er tun, mehr nicht. Warum nicht? Sie hielt sein Denken gefangen, und er war unfähig, sich von ihr frei zu machen. Er sah sie vor sich, wenn er sich vor dem Schlaf vom Leben verabschiedete, ihr Antlitz galt ihm als Gruß des Lebens beim Aufstehen, und tagsüber gab es kaum einen Moment, in dem ihr Bild ihn nicht begleitete. War es den Augen tatsächlich vergönnt, sich an ihrem Anblick zu erfreuen, begann sein Herz heftig zu klopfen, ließen die verrosteten Saiten seiner Seele ergreifende Weisen ertönen. All sein Sein, geprägt von Verwirrung, Leid und Einsamkeit, war im Nu gewandelt. Ein frischer Wind ließ Atem holen, das Wasser des Lebens plätscherte munter. Was anders konnte das sein als Liebe?

In den letzten zwei Monaten war er an jedem Spätnachmittag in die Ibn-Zaidun-Straße geeilt, um dort gemächlich auf und ab zu gehen. Die Augen fest auf den Balkon gerichtet, geschah es bisweilen, daß sich ihre Blikke begegneten. Man lächelte sich zu, wie bei Kameraden üblich. Handelte es sich zuerst um eine eher zufällige Begegnung der Augen, steckte dann, je öfter sich der Zufall wiederholte, Absicht dahinter. Kaum daß er in der Straße auftauchte, saß sie bereits, beschäftigt mit einem Buch oder den Blick schweifen lassend, auf dem Balkon. Es wurde ihm zur Gewißheit, daß sie auf ihn wartete. Hätte sie ihm diesen Gedanken aus dem Kopf treiben wollen, brauchte sie nur für ein paar Minuten den Balkon zu verlassen. Aber – wie wichtig war ihr sein Vorbeikommen, sein Lächeln, sein Gruß? Gemach, gemach. Instinkte trügen nicht. Ein jeder von ihnen wünschte sich offensichtlich, dem anderen zu begegnen. Allein dieser Gedanke versetzte ihn in einen Freudenrausch, riß ihn vor Entzükken hin. Niemals zuvor hatte er so stark empfunden, daß das Leben ein Geschenk war. Aber es war kein reines Glück, das er empfand, denn viel zu stark war es durchsetzt von Besorgnis. Wie auch nicht? Noch hatte er keinen Entschluß gefaßt, noch zeigte sich ihm kein Weg. Ein Strom riß ihn mit sich, und er, ohne zu wissen, wohin er führte und wo er endete, ließ sich willentlich treiben. O ja, es brauchte nur ein wenig kühlen Verstand, um sich zu fangen, aber das wußte die Lebensfreude mitfühlend zu verhindern. So berauschte er sich an selbstgemachter Fröhlichkeit, die allerdings nie frei von Ängstlichkeit war. »Nur Mut, das ist deine Gelegenheit«, hatte Rijad Kaldas gesagt, der, seit er den Verlobungsring am Finger trug, über die Ehe redete, als wäre sie das höchste und einzige Ziel eines jeden Menschen. Mit Stolz hatte er verkündet, daß er sich furchtlos in das einzigartige Abenteuer stürzen wolle, eröffne sich damit doch eine neue Sicht auf das Leben, die den Strom von Erzählungen über Ehegefährten und Kinder nicht abreißen ließe. »Setzt nicht erst dann das wahre Leben ein, du über den Wolken schwebender Philosoph?« Seine Antwort, ein wenig ausweichend, hatte gelautet, daß der Freund, zum Abtrünnigen geworden, der letzte sei, auf dessen Rat er hören könne. »Einst warst du«, hatte er ihm gesagt, »ein aufrichtiger Ratgeber, doch den werde ich künftig vermissen müssen.«

Da war noch eine andere Sicht auf die Liebe. Sie kam ihm reichlich diktatorisch vor. Hatte ihn aber nicht Ägyptens politisches Leben gelehrt, jegliche Diktatur abgrundtief zu hassen? Im Haus von Frau Galila war es möglich, sich Eigenständigkeit zu bewahren. Lieferte er sich dort Atija auch mit Haut und Haaren aus, nahm er danach wieder, als wäre nichts geschehen, seinen Körper in Besitz. Aber wie würde es mit dem jungen Mädchen sein? Nach außen hin sittsam und schamhaft, würde sie in Wirklichkeit erst dann zufrieden sein, wenn sie alles – seinen Geist, seinen Körper – vollständig vereinnahmt hätte. War das der Fall, gäbe es kein anderes Lebensmotto mehr als den Kampf ums tägliche Brot und das Rackern für Frau und Kinder. Ein seltsames Schicksal würde es sein, das einst von hehren Gedanken erfüllte Leben einzig auf den Sinn auszurichten, der »Eintreibung« von Nahrung zu dienen. Jeder indische Fakir, so albern oder verrückt er einem auch vorkam, verhielt sich tausendmal weiser als der, der wegen des täglichen Brots bis zu den Ohren in Sorgen steckte. Ein seltsames Glück mußte es sein, die lang herbeigesehnte, schmerzlich vermißte Liebe gefunden zu haben, die, kaum erblüht, schon einen Packen Sorgen auf dich ablädt.

»Wo bleibt die Vernunft? Du liebst sie, du könntest sie heiraten, und was machst du? Du lehnst es ab.« So die Worte Rijads, und seine Antwort hatte gelautet: »Ich liebe das Mädchen, aber nicht die Ehe.«

»Aber es ist die Liebe, derentwegen wir uns in die Ehe fügen, und solange du sie nicht magst, wie du sagst, liebst du auch nicht das Mädchen«, hatte Rijad widersprochen.

»Ich liebe das Mädchen, und ich hasse die Ehe«, beharrte er.

Den Vorwurf, daß er Verantwortung scheue, wies er heftig ab. »Ich trage zu Hause und bei meiner Arbeit dutzendfach mehr Verantwortung als du.«

»Vielleicht bist du egoistischer, als ich gedacht habe.«

»Würde je jemand heiraten, wenn ihn nicht versteckter oder offener Egoismus dazu triebe?« spottete er.

»Wahrscheinlich bist du krank. Geh zum Psychiater, er kann dich auseinandernehmen.«

»Komisch, aber mein nächster Artikel hat die Überschrift: ›Wie man sich selbst analysiert‹.«

»Ich gebe zu, daß du mich ratlos machst.«

»Ich bin der ewige Ratlose.«

Eines Tages, als er wieder einmal durch die Ibn-Zaidun-Straße ging, kreuzte Budurs Mutter seinen Weg. Er erkannte sie auf Anhieb, obwohl er sie mindestens siebzehn Jahre nicht mehr gesehen hatte. O nein, sie war nicht mehr die »Dame« von einst. Sie sah so verhärmt aus, daß es einen dauern konnte. Kummer und Gram hatten ihr mehr als das Alter zugesetzt. Niemand hätte vermuten können, daß diese magere, vorbeihuschende Frau einst durch den Garten ihres Schlosses stolziert und an Schönheit, Eleganz, Vollkommenheit kaum zu übertreffen war. Trotzdem, die Art, wie sie den Kopf hielt, erinnerte ihn an Aida. Ein tiefer Schmerz schnitt ihm ins Herz. Glücklicherweise hatte er Budur schon zugelächelt, jetzt wäre es ihm nicht mehr möglich gewesen. Plötzlich und ohne es zu wollen, mußte er daran denken, was für ein Wirrwarr es an diesem Morgen zu Hause gegeben hatte. Aischa fand ihr Gebiß nicht.

Vorgestern hatte Budur, im Unterschied zu sonst, nicht auf dem Balkon gesessen, sondern gestanden. Sie machte den Eindruck, als wollte sie gleich ausgehen. Würde sie allein das Haus verlassen? Sobald sie vom Balkon verschwunden war, setzte er seinen Weg langsam und nachdenklich fort. Wenn sie allein herauskäme, konnte das nur seinetwegen geschehen. Das wäre ein berauschender Triumph, der ihn von der Erniedrigung, die er viele Jahre zuvor erlitten hatte, reinwaschen würde. Aber hätte Aida so etwas jemals getan? Selbst wenn der Mond auf die Erde gefallen wäre? Auf halbem Weg drehte er sich um. Sie kam! Allein! Ihm schien, daß die anderen Passanten sein Herzklopfen hören mußten. Auf einmal wurde ihm klar, was für eine gefährliche Situation auf ihn zukam. Sein Gefühl sagte ihm, auf der Stelle umzukehren und zu fliehen. Sich anzulächeln war ein romantisches, unschuldiges Vergnügen, aber einander gegenüberzutreten würde ein Vorgang sein, dem Bedeutung zukam. Nun hieß es, sich im Bewußtsein der Verantwortung ernsthaft zu entscheiden. Würde er sang- und klanglos verschwinden, könnte er Zeit zum Nachdenken haben. Aber er floh nicht. Er ging langsam und wie betäubt weiter, bis sie ihn an der Kreuzung Galal-Straße eingeholt hatte. Als er sich umdrehte, sahen sie sich lächelnd an.

»Guten Abend«, sagte Kamal.

»Guten Abend«, antwortete Budur.

Zusehends beunruhigt, fragte er: »Wohin des Wegs?«

»Zu einer Freundin, dort entlang …« Sie wies in Richtung der Königin-Nazili-Straße.

»Ich laufe in die gleiche Richtung. Erlauben Sie, daß wir zusammen gehen?« Er gab sich lässig.

Sie unterdrückte ein Lächeln. »Bitte sehr.«

Seite an Seite gingen sie weiter. Bestimmt hatte sie dieses wunderschöne Kleid nicht wegen der Freundin angezogen. Es war für ihn geschehen. Oh, mit welcher Leidenschaft, welchem Sehnen sein Herz sie begrüßte. Aber wie sollte er sich verhalten? Vielleicht hatte sie seine Unentschlossenheit satt und es deshalb selbst übernommen, ihm eine günstige Gelegenheit zum Reden zu bieten. Entweder ergriff er die jetzt, um Budur nicht zu beschämen, oder er ließ sie verstreichen, und dann hatte er Budur für immer und ewig verloren. Ein Wort, und die Unannehmlichkeiten würden beginnen – ein Leben lang und in Hülle und Fülle. Kein Wort, und es herrschte Reue – bis ans Ende des Lebens. Ohne sich darüber im klaren zu sein, hatte er sich in eine ausweglose Situation gebracht. Noch lag ein Stück Wegs vor ihnen, und bestimmt wartete sie darauf, daß Entscheidendes geschah. O ja, sie war willfährig und erreichbar, also anders, als man es von einem Mitglied der Schaddad-Familie hätte erwarten können.

Nein, sie war keine Schaddad. Es war aus mit den Schaddads, ihre Zeit war vorbei. Die an seiner Seite ging, war ein vom Glück nicht sonderlich begünstigtes Mädchen.

Lächelnd sah sie ihn an.

»Schön, Sie zu treffen«, sagte er weich.

»Danke.«

Und jetzt? Sie schien einen weiteren Schritt zu erwarten. Schon näherte sich die Straße dem Ende. Er mußte sich entscheiden, mußte sich entweder auf die Geschichte einlassen oder sich verabschieden. Bestimmt stellte sie sich nicht vor, daß man sich einfach trennte, hoffte zumindest auf ein verheißungsvolles Wort. Noch ein paar Schritte, und die Straße teilte sich. Geradezu schmerzlich empfand er die Wucht ihrer Enttäuschung, dennoch – die Zunge weigerte sich zu sprechen. Sollte er reden, ungeachtet aller Folgen?

Sie blieb stehen. Ihr verlegenes Lächeln schien ihm sagen zu wollen, daß es Zeit wäre, sich zu trennen. Vor lauter Verwirrung wußte er nicht ein und aus. Sie reichte ihm die Hand, er nahm sie, und für eine Ewigkeit setzte ein furchtbares Schweigen ein. Dann murmelte er: »Auf Wiedersehen.«

Sie zog die Hand zurück. Gleich darauf bog sie in die Seitenstraße ein. Er war dicht daran, sie zu rufen. Sie enttäuscht und beschämt davonstolpern zu sehen war ein unerträglicher Alptraum. O ja, er wußte, wie man sich in solch elender Situation fühlte. Trotzdem – die Zunge blieb gelähmt.

Warum hast du sie in den letzten Monaten verfolgt? Gehört es sich, sie, die auf dich zukam, zurückzustoßen? Ist es barmherzig gedacht, ihr wiederzugeben, was einst ihre Schwester dir angetan hat? Wie konntest du behaupten, sie zu lieben, wenn du ihr die Nacht von damals zumutest – den schwelenden Brand, dessen Glühen noch jetzt das

Dunkel der Vergangenheit mit gleißendem Schmerz erfüllt?

Er ging weiter. Was war mit ihm los? Wollte er Junggeselle bleiben, um weiter zu philosophieren, oder bot ihm die Philosophie den Vorwand, um Junggeselle zu bleiben?

»Eine unglaubliche Geschichte, du wirst es bereuen«, erklärte Rijad Kaldas.

Unglaublich war es – aber reute es ihn?

»Wie kannst du sie zurückstoßen, obwohl du sie als Frau deiner Träume geschildert hast?«

Die Frau seiner Träume – sie wäre niemals angelaufen gekommen.

»Du bist sechsunddreißig, bald ist es zu spät für die Ehe.«

Ein Urteil, das ihn ärgerte, ja, schwermütig machte.

46

Karima, im Brautkleid, fuhr in Begleitung von Eltern und Bruder mit dem Wagen im Zuckergäßchen vor. Zu ihrem Empfang hatten sich alle versammelt: Ibrahim Schaukat, Chadiga, Achmed, seine Frau Susan, Kamal. Außer dem Blumengebinde, das den Salon schmückte, wies nichts darauf hin, daß hier eine Hochzeit gefeiert wurde. Im Empfangsraum drängte sich eine Menge junger bärtiger Männer um Scheich Ali al-Manufi. Obwohl bereits anderthalb Jahre seit dem Tod von Herrn Abd al-Gawwad verstrichen waren, nahm Frau Amina nicht an der Festlichkeit teil. Sie würde, so hatte sie versprochen, später gratulieren kommen. Aischa hatte die Einladung zur, wie Chadiga das Fest nannte, lautlosen Hochzeit abgelehnt. Sie hatte heftig mit dem Kopf geschüttelt und erregt bemerkt:

»Ich gehe nur noch zu Beerdigungen.« Auch wenn Chadiga deshalb Betroffenheit fühlte, im Umgang mit Aischa hatte sie sich allmählich daran gewöhnt, nachsichtig zu sein.

Zum zweitenmal war die Wohnung im oberen Stockwerk für ein junges Ehepaar eingerichtet worden. Jasin hatte für seine Tochter alles nach Wunsch herrichten lassen, was nur durch den Verkauf des noch verbliebenen Grundbesitzes möglich gewesen war. Jetzt gehörte ihm bloß noch das Haus in der Kasr asch-Schauk.

Karima war ein Wunder an Schönheit. Sie glich, vor allem mit dem warmen Glanz der Augen, sehr ihrer Mutter in der Blüte ihrer Jahre. Erst in der letzten Oktoberwoche hatte die junge Braut das Heiratsalter erreicht.

Chadiga war bemüht, als Mutter des Bräutigams glücklich auszusehen. Als sich ihr die Gelegenheit bot, mit Kamal allein zu sein, beugte sie sich schnell zu ihm hinüber und flüsterte ihm zu: »Immerhin ist sie wenigstens Jasins Tochter, und was auch immer sein mag, sie ist tausendmal besser als eine aus dem Arbeitermilieu.«

Im Eßzimmer war ein kleines Buffet für die Frauen der Familie angerichtet, während die Männer und Abd al-Munims bärtige Gäste im Hof bewirtet wurden. Seit auch er sich einen Bart hatte wachsen lassen, unterschied er sich kaum noch von ihnen. Chadiga hatte das zu der Bemerkung veranlaßt: »Religion ist ja sehr schön, aber was hat der Bart damit zu tun? Du siehst aus wie Mohammed al-Agami, der Kuskusverkäufer.«

Bis auf Abd al-Munim, der sich bei seinen Gästen aufhielt, hatte sich die Familie im Salon versammelt. Achmed, der eine Zeitlang beim Begrüßen der Gäste seinem Bruder zur Seite gestanden hatte, stürmte in den Salon herein und rief: »Im Empfangsraum sieht es aus wie vor tausend Jahren!«

»Worüber reden sie?« wollte Kamal wissen.

»Über die Schlacht bei al-Alamain. Die Wände beben vor lauter Geschrei.«

»Und was halten sie vom Sieg der Engländer?«

»Selbstverständlich sind sie wütend. Sie stehen allen feindlich gegenüber – den Engländern, Deutschen und Russen. Nicht mal in der Hochzeitsnacht verschonen sie den Bräutigam mit ihrem Gerede.«

Jasin, der neben Zanuba saß, wirkte in seiner eleganten Aufmachung zehn Jahre jünger als sie. »Sollen sie sich gegenseitig auffressen, wenn sie es nur weit weg von uns tun. Wir können unserem Herrgott danken, daß er nicht ganz Ägypten zum Schlachtfeld hat werden lassen.«

»Du willst doch bloß Frieden, weil du wieder deinen Launen frönen willst«, spottete Chadiga. Verschmitzt sah sie zu Zanuba hinüber, und alle lachten. Es hatte sich in den letzten Tagen herumgesprochen, daß Jasin mit einer neuen Mieterin seines Hauses herumgeschäkert und Zanuba ihn dabei auf frischer Tat, oder fast frischer Tat, ertappt hatte. Sie ließ von der Frau so lange nicht ab, bis die sich gezwungen sah auszuziehen.

Bemüht, seine Verlegenheit zu überspielen, konterte Jasin: »Wie soll ich meinen Launen frönen, wenn bei mir zu Hause das Kriegsrecht herrscht?«

»Schämst du dich nicht, zumindest vor deiner Tochter?« knurrte Zanuba unwillig.

»Ich bin unschuldig«, verkündete Jasin mit Flehen in der Stimme, »und die arme Nachbarin wurde auch zu Unrecht beschuldigt.«

»Ach, und ich bin die Schuldige? Dann wurde ich vielleicht erwischt, als ich nachts an ihre Tür klopfte und mich damit entschuldigte, mich im Dunkeln verirrt zu haben? Vierzig Jahre wohnst du im Haus und weißt nicht, wo sich deine Wohnung befindet?«

Gelächter kam auf, und Chadiga stichelte: »Er verirrt sich oft im Dunkeln.«

»Bei Licht auch.«

An dieser Stelle wandte sich Ibrahim Schaukat an Radwan und fragte: »Wie geht es Mohammed Effendi Hassan?«

»Mohammed Effendi Drecksack«, korrigierte Jasin.

Wütend stieß Radwan hervor: »Er erfreut sich jetzt des Vermögens von Großvater, das meiner Mutter gehört.«

»Es ist nicht gerade unbeträchtlich!« empörte sich Jasin. »Aber wann immer Radwan zu ihr geht und sie um etwas Geld bittet, weil er sich amüsieren will oder es für sonst etwas braucht, pflanzt sich dieser Dreckskerl vor ihm auf und fängt einen Streit über seine Ausgaben an.«

Chadiga griff ein. »Du bist ihr einziger Sohn. Es wäre besser, wenn sie dir noch zu Lebzeiten von ihrem Geld abgeben würde.« Sie machte eine Pause, bevor sie fortfuhr: »Es wäre an der Zeit, daß du heiratest. Ist es nicht so?«

Radwan lachte gequält. »Erst, wenn Onkel Kamal heiratet.«

»An deinem Onkel Kamal bin ich verzweifelt. Der sollte kein Beispiel für dich sein.«

Ungehalten verfolgte Kamal das Gespräch, auch wenn er sich von seinem Ärger nichts anmerken ließ. Sie war an ihm verzweifelt? Er an sich auch. Er hatte aufgehört, in die Ibn-Zaidun-Straße zu gehen, ein offenkundiges Eingeständnis seines Schuldgefühls. Aber dafür stellte er sich in der Nähe der Haltestelle hin, von wo aus er, ohne gesehen zu werden, sie auf dem Balkon beobachtete. Denn diesem Wunsch konnte er nicht widerstehen, wie er es auch nicht schaffte, seine Liebe zu ihr zu leugnen oder aber seine Abneigung und Scheu vor der Ehe zu überwinden. Rijad hatte gesagt, er sei krank und lehne es trotzdem ab, sich heilen zu lassen.

»Würde Mohammed Hassan mit dir auch über Geld diskutieren, wenn Saads Leute noch an der Macht wären?« fragte Achmed mit einem gewissen Nachdruck in der Stimme.

Mit grimmigem Lachen erwiderte Radwan: »Er ist nicht der einzige heutzutage, der von mir Rechenschaft fordert. Aber Geduld, in wenigen Tagen oder Wochen wird sich alles zeigen.«

»Glaubst du, daß die Tage des Wafd – wie seine Gegner behaupten – gezählt sind?« fragte Susan.

»Wie lange er es noch macht, hängt von den Engländern ab. Jedenfalls wird der Krieg nicht ewig dauern. Und dann kommt der Zeitpunkt, wo abgerechnet wird.«

»Hauptverantwortlich für die Tragödie sind die Leute«, meinte Susan mit großem Ernst, »die den Faschisten geholfen haben, den Engländern einen Dolch in den Rücken zu stoßen.«

Während sie sprach, blickte Chadiga, die sich über deren »Mannsgetue« nicht genug wundern konnte, sie belustigt und mißbilligend zugleich an. Schließlich konnte sie sich nicht mehr beherrschen und erklärte: »Ich hatte angenommen, daß wir hier bei einer Hochzeit sind. Ihr solltet über passendere Dinge reden.«

Um keinen Krach hervorzurufen, flüchtete sich Susan in Schweigen, während Achmed und Kamal sich verschmitzt anlächelten. Nur Ibrahim Schaukat wagte zu sagen: »Zu ihrer Entschuldigung muß man feststellen, daß unsere Hochzeitsfeiern nicht gerade das sind, was man erwartet. Möge sich Gott des seligen Herrn Achmed gnädig erweisen und ihm in den Weiten seines Paradieses einen schönen Platz geben.«

»Dreimal habe ich geheiratet, aber einen richtigen Hochzeitsfestzug durfte ich nie machen«, meinte Jasin bedauernd.

Bissig fragte Chadiga: »Wieso redest du immer von dir und vergißt deine Tochter?«

»Bei der vierten Ehe machen wir hoffentlich einen Festzug«, rief Jasin ausgelassen.

»Den kannst du bei Radwans Hochzeit haben«, bemerkte Zanuba spöttisch.

Radwan blieb ruhig, auch wenn er sich ärgerte. Gottes Fluch über euch alle, dachte er, und über die Ehe auch. Ihr habt wohl noch immer nicht verstanden, daß ich nie heiraten werde? Daß ich am liebsten jeden umbringen würde, der mir mit diesem verdammten Thema kommt?

Für eine Weile herrschte Schweigen, dann plauderte Jasin wieder munter los: »Ach, könnte ich nur bei den Damen essen, dann bliebe mir der Anblick dieser Bärtigen, die mir angst machen, erspart.«

»Wüßten sie etwas über deine Lebensweise, würden sie dich steinigen«, frotzelte Zanuba, und Achmed fügte spöttisch hinzu: »Ihre Bärte werden bis in die Schüsseln reichen. Es wird eine Schlacht am Buffet geben.« Er sah Kamal an. »Mögen Sie die Brüder, Onkel?«

»Ich mag zumindest einen von ihnen«, erwiderte der schmunzelnd.

Susan drehte sich zur Braut um, die schweigend dasaß. Freundlich fragte sie: »Wie findet denn Karima den Bart ihres Gatten?«

Statt zu antworten, senkte Karima den mit einer Krone verzierten Kopf, um ihr Lächeln zu verbergen.

»Es gibt nur wenige junge Männer, die so gläubig wie Abd al-Munim sind«, antwortete ihre Mutter für sie.

»Mir gefällt seine Frömmigkeit. Die Veranlagung dafür liegt unserer Familie im Blut«, verkündete Chadiga. »Was mir nicht paßt, ist der Bart.«

»Ich gebe gerne zu«, erklärte Ibrahim Schaukat kichernd, »daß meine beiden Söhne, sowohl der Gläubige als auch der Ketzer, Verrückte sind.« Jasin lachte schallend los. »Und die Verrücktheit steckt unserer Familie auch im Blut.« Da er von Chadiga einen empörten Blick auffing, hielt er es für besser, sie zu beschwichtigen, bevor sie etwas sagen konnte. »Ich meinte, daß ich verrückt bin, und Kamal ist es meiner Ansicht nach auch. Aber wenn du willst, bin nur ich verrückt.«

»So ist es, und du hast nicht einmal übertrieben.«

»Trotzdem muß man sich fragen, ob es etwas mit gesundem Menschenverstand zu tun hat, wenn ein Mann sich zwingt, Junggeselle zu bleiben, nur um das Leben mit Lesen und Schreiben zu verbringen?«

»Über kurz oder lang wird auch er heiraten. Und er wird mehr Verstand dabei zeigen als sonstjemand.«

Nun mischte sich Radwan ein. »Warum heiraten Sie nicht, Onkel Kamal? Ich wüßte gern den Grund dafür, weil ich dann für mich selbst, falls notwendig, ein Argument hätte.«

»Wieso? Willst du etwa der Ehe abschwören?« fragte Jasin. »Solange ich lebe, werde ich das nicht gestatten. Aber meinetwegen kannst du warten, bis deine Leute an der Macht sind, und dann feierst du eine aufsehenerregende politische Heirat.«

Nachdenklich meinte Kamal: »Wenn es keinen besonderen Hinderungsgrund gibt, dann heirate auf der Stelle.«

Wie schön der Junge ist! Obendrein hat er noch Geld und genießt hohes Ansehen. Hätte Aida ihn damals kennengelernt, sie wäre sofort verliebt in ihn gewesen, und wenn er Budur mit einem flüchtigen Blick bedenken würde, geriete sie außer Rand und Band. Während alle Welt den Schritt wagt, drehst du dich im Kreis und stellst dir immer die gleiche Frage. Leben bedeutet Chaos, und deshalb gibt es keine klare Grenze, an der sich Glück und Unglück scheiden. Die Liebe ist ohnehin ein schwierig

Ding, weil Kummer und Gram unabdingbar zu ihr gehören. Ach, erst wenn Budur heiratet, werden Unentschlossenheit und Leiden ein Ende haben.

In diesem Moment kam, vorneweg der Bart, Abd al-Munim herein. »Ans Buffet!« rief er. »Soll wenigstens der Bauch heute feiern!«

47

Kamal schlenderte durch die Fuad-Straße. Es war Freitag morgen gegen zehn, und die Straße war voller Menschen. Männer und Frauen hasteten vorbei oder betrachteten die Auslagen in den Schaufenstern. Wie schon in den letzten Novembertagen herrschte freundliches Wetter, was zum Spazierengehen verführte. Kamal hatte sich angewöhnt, am Feiertag seiner Herzenseinsamkeit dadurch zu entfliehen, daß er sich unter die Menschen mischte. Ohne jedes Ziel bummelte er herum und vergnügte sich damit, Passanten und Schaufenster zu betrachen. Des öfteren begegneten ihm Schüler, und wenn sie zum Gruß die Hand an den Kopf legten, grüßte er freundlich lächelnd zurück. Wieviel Schüler er bereits erlebt hatte! Einige arbeiteten schon, andere besuchten die Universität, aber die meisten, die ihm jetzt über den Weg liefen, lernten noch in der Grund- oder Oberschule. Vierzehn Jahre stand er nun schon im Dienst von Bildung und Erziehung – keine geringe Zeit. Sein Aussehen hatte sich während der Jahre kaum geändert. Der Anzug war immer elegant, die Schuhe glänzten, der Tarbusch stand aufrecht, und auch die Goldbrille und der dichte Schnurrbart fehlten nicht. Wie seit eh und je gehörte er der sechsten Beamtenstufe an, trotz aller Gerüchte, daß der Wafd solchen Ungerechtigkeiten begegnen wollte. Eine einzige Sache hatte sich verändert – sein

Schläfenhaar war ergraut. Es machte ihn glücklich, daß so viele Schüler ihn grüßten. O ja, sie liebten und verehrten ihn, und etwas Ähnliches konnten nicht viele Lehrer von sich behaupten. Er hatte es trotz allem geschafft – trotz des gewaltigen Schädels, der riesigen Nase, sogar trotz aller Durchtriebenheit und Aufsässigkeit der Schüler.

Er kam an die Kreuzung Imad-ad-Din-Straße, und plötzlich, ohne zu wissen, wie ihm geschah, stand er Budur gegenüber. Sein Herz machte einen Satz, als wollte es ein Alarmzeichen geben. Für einen Moment erstarrte sein Blick, dann mühte er sich, ein Lächeln auf die Lippen zu zaubern, um die beklemmende Situation in den Griff zu bekommen. Doch sie sah weg, tat, als hätte sie ihn nicht bemerkt, und lief, ohne daß sich ihre Gesichtszüge aufhellten, an ihm vorbei. Erst da bemerkte er, daß sie sich bei einem jungen Mann untergehakt hatte. Er blieb stehen, folgte den beiden mit den Augen. Ja, das war Budur gewesen, in einem eleganten schwarzen Mantel, und der junge Mann, knapp dreißigjährig, sah ebenso schick aus. Bemüht, die Überraschung zu verkraften, fragte er sich, wer der Bursche war. Ein Bruder konnte es nicht sein, aber ein Liebster auch nicht, denn Liebende zeigten sich nicht öffentlich in der Fuad-Straße, schon gar nicht am Freitag vormittag. Sein Herz pochte, und ohne länger zu zögern, setzte er sich in Gang. Er ließ die Augen nicht von dem Paar und folgte den beiden. Vor lauter Konzentration spürte er, wie seine Temperatur zunahm, sein Blutdruck anstieg, und ihm war, als kündete das stürmische Schlagen des Herzens den Tod an. Sie blieben vor einem Taschengeschäft stehen. Er ging langsam näher. Sein Blick fiel auf Budurs rechte Hand, und da entdeckte er plötzlich den goldenen Ring. Eine Hitze züngelte in ihm auf, die ihm fast körperlichen Schmerz verursachte. Vier Monate waren seit der Begegnung in der Ibn-Zaidun-Straße vergangen. Sollte dieser junge Bursche schon gelauert haben, um seinen Platz einzunehmen? Was sollte daran überraschend sein? Vier Monate waren eine lange Zeit, in der sich das Unterste der Welt zuoberst kehren konnte. Er schaute sich die Auslage eines Spielwarengeschäfts an, beobachtete aber die beiden weiter. Budur schien ihm schöner als je zuvor zu sein – wie eine Braut. Was hatte es zu bedeuten, daß sie in Schwarz ging? Ein schwarzer Mantel war normal, sogar schick, aber weshalb trug sie noch ein schwarzes Kleid? War das Mode? Oder Trauerkleidung? Sollte ihre Mutter verstorben sein? Er las keine Todesanzeigen in der Zeitung. Was ging es ihn noch an? Allein wichtig war, daß die Seite Budur im Buch seines Lebens umgeblättert war. Mit Budur war es aus. Die besorgte Frage, ob sie heiratet oder nicht, hatte ihre unvermeidliche Antwort gefunden. Nach Unschlüssigkeit und Leid konnte er endlich zur Gelassenheit zurückkehren. Wie sehr hatte er sich immer gewünscht, daß sie heiratete. Nun stand sie kurz davor, und er war befreit von Kummer und Wahn. So mußte es sein, wenn man das Messer an der Kehle spürte. Das Tor des Lebens wurde einem vor der Nase zugeschlagen, man wurde ausgesperrt. Die beiden setzten sich wieder in Bewegung, kamen auf ihn zu, gingen in aller Ruhe an ihm vorbei. Er folgte ihnen mit den Augen, wollte ihnen auf der Spur bleiben, aber dann überlegte er es sich anders und starrte auf die Spielsachen, ohne etwas zu erkennen. Noch einmal drehte er sich um – ein letzter Blick zum Abschied. Sie rückte fort in weite Ferne, tauchte unter im Menschenstrom, ragte wieder hervor, und mal sah er sie von dieser Seite, mal von jener. Jede Faser seines Herzens murmelte ein Lebewohl, und Schmerz durchbohrte ihn, begleitet von vertrauter Trauer. Ja, so war es ihm schon einmal ergangen. Wieder wälzte sich der zähe Strom von Erinnerungen auf ihn zu, und es erklang eine dumpfe Melodie, vom Schmerz singend, doch auch nicht frei von einem Hauch unerklärlicher Lust. Es war nur ein Gefühl, das ihn beherrschte, und doch mischte sich beides darin – Leid und Wonne. Wenn der Morgen dämmerte, berührte da nicht der Saum der Nacht den Zipfel des Tages?

Er sah sie nicht mehr. Wie ihre Schwester war sie auf immer und ewig dem Blick entschwunden. Wer mochte wohl dieser Verlobte sein? Er hatte sein Gesicht – leider! – nicht gründlich betrachten können. Falls er Beamter war, sollte er wenigstens unter dem Rang eines Lehrers stehen. Ach, was für kindische Gedanken! Ein wirklich beschämender Wunsch. Was den Schmerz betraf, so sollte er, erfahren, wie er war, sich mit dem Gedanken trösten, daß auch dieses Gefühl – wie alles auf der Welt – dem Untergang geweiht war.

Erst jetzt nahm er bewußt wahr, was vor ihm im Schaufenster lag. Spielsachen waren es, und sie waren so schön, daß sie einem Wunder gleichkamen. Nichts fehlte, worauf Kinder versessen waren: Züge, Autos, Schaukeln, Musikinstrumente, Puppenhäuser mit Gärten. Wie gebannt starrte er hin. Aus der Tiefe seiner gequälten Seele tauchte eine verzaubernde Gewalt hervor, die ihn die Augen nicht abwenden ließ. Nie hatte er sich als Kind an einem solchen Paradies ergötzen können. Mit ungestillten Sehnsüchten war er herangewachsen und alt geworden, und nun war es zu spät, sie zu stillen. Wer wußte schon, wovon er sprach, wenn er das Wort von der glücklichen Kindheit im Munde führte? Wer konnte von sich behaupten, ein glückliches Kind gewesen zu sein? Es war lächerlich, sich vom unglückseligen Wunsch überwältigen zu lassen, wieder zum Kind zu werden, zu einem kleinen Ding wie das dort aus Holz, das in einem schönen Phantasiegarten spielte. Ein närrischer Wunsch, der traurig machte. Im Grunde waren Kinder unerträgliche Wesen, und wahrscheinlich hatte ihn nur sein Beruf gelehrt, mit ihnen auszukommen und sie zu lenken. Wie wäre es, wenn er wieder zum Kind würde, ohne jedoch auf den Verstand und das Gedächtnis des Erwachsenen verzichten zu müssen? Er würde auf dem Dachgarten herumtollen und das Herz voll mit Erinnerungen an Aida haben. Er würde im Jahr 1914 nach Abbasija fahren, im Garten Aida spielen sehen und wissen, was ihm zehn Jahre später ihretwegen widerfährt. Er würde, noch lispelnd, mit seinem Vater sprechen und verkünden, daß es 1939 Krieg gibt und er, der Vater, an den Folgen eines Luftangriffs stirbt. Was für alberne Gedanken, aber immer noch besser, sich das auszumalen, als an die neuerliche Enttäuschung zu denken, die ihm in der Fuad-Straße einen Schock versetzt hatte. Nein, er wollte nicht mehr an Budur, ihren Verlobten und sein eigenes Verhalten denken. Vielleicht mußte er, ohne den Grund dafür zu kennen, für ein Vergehen in der Vergangenheit büßen. Aber wann und wie sollte er es begangen haben? Eine versehentliche Handlung, ein falsches Wort, eine durch ihn provozierte Situation? Ob nun dieses oder jenes – es mußte eine Ursache für die Qualen geben, die er durchlitt. Er mußte seiner Seele auf den Grund gehen, um sie von ihren Leiden zu befreien. Noch war der Kampf nicht überstanden, noch war die Stunde der Kapitulation nicht gekommen. Nein, er würde sich nicht ergeben. Vielleicht war eine alte Schuld der Grund für dieses verfluchte Zögern, das ihn an den Nägeln hatte kauen lassen, als Budur untergehakt mit ihrem Verlobten vorbeiging. Dennoch lohnte es sich, über das mit Wollust durchsetzte Gefühl des Leidens zweimal nachzudenken. Hatte er es nicht schon einmal verspürt, damals, in der Wüste von Abbasija, als er das Licht beobachtete, das aus Aidas Hochzeitszimmer drang? War sein Zögern gegenüber Budur nicht nur ein Mittel, um sich in eine Situation zu bringen, in der er die alten Gefühle nochmals durchleben und sich wieder an Leid und Lust berauschen konnte? Bevor sich die Hand in Bewegung setzte, um über Gott, Geist und Materie zu schreiben, sollte er erst sich selbst besser kennenlernen, seine individuelle Veranlagung, die von Kamal Effendi Achmed, oder eher Kamal Achmed, oder gar nur Kamal. Erst dann würde die Erleuchtung kommen, und er konnte sich selbst neu erschaffen. Noch heute abend würde er sich daranmachen, sein Tagebuch durchzublättern und die Vergangenheit gründlich zu erforschen. Was machte es schon, wenn er nicht zum Schlafen käme? Es wäre nicht die erste Nacht, die er schlaflos verbrachte. Die vielen ruhelosen Nächte könnte er in einem Buch beschreiben, unter der Überschrift »Schlaflose Nächte«. Nein, er brauchte nicht zu behaupten, daß sein Leben sinnlos gewesen war. Immerhin würden mindestens Knochen bleiben, ein Spielzeug möglicherweise für kommende Generationen. Budur war aus seinem Leben endgültig verschwunden. Das war betrüblich, aber wahr. Es klang wie ein Begräbnislied. Keine einzige Zärtlichkeit, die sich mit ihr verband, keine Umarmung, kein Kuß. Nicht einmal eine Berührung oder ein liebes Wort. Er fürchtete sich nicht mehr davor, schlaflos die Nacht zu verbringen. Früher hatte er sich einsam gefühlt, jetzt war er von einem Geäst umgeben, in dem sich Gedanken und Empfindungen miteinander verrankten. Wie, wenn er jetzt zu Atija ginge, in das neue Haus in der Mohammed-Ali-Straße? Sie würden plaudern und schwatzen. Letztes Mal, er war schon reichlich betrunken gewesen, hatte er erklärt: »Wir passen wunderbar zusammen«, worauf sie ein wenig belustigt erwiderte: »Du bist lieb, wenn du einen Rausch hast.«

»Was für ein glückliches Paar wären wir, wenn wir heirateten«, schwärmte er weiter, worauf sie stirnrunzelnd mahnte: »Treib keinen Spott mit mir! Ich war einst durchaus eine ehrbare Frau.«

»O ja, natürlich, natürlich. Aber jetzt bist du süßer als jede reife Frucht.«

Da hatte sie ihn aus Spaß gekniffen und gesagt: »Die Worte höre ich wohl, aber wenn es darum ginge, mir einen Taler mehr zu geben, würdest du verschwinden.«

»Was uns verbindet, ist wertvoller als alle Bezahlung.«

Empört hatte sie ihn angesehen. »Aber ich habe zwei Kinder, und ihnen ist Geld wichtiger als das, was zwischen uns ist.«

Allmählich war er volltrunken gewesen, aber auch seine Traurigkeit hatte ihren Höhepunkt erreicht. »Ich überlege, ob ich nicht wie Frau Galila Reue bekennen soll. Wenn mich erst mal die Sufi-Mönche in ihren Kreis aufgenommen haben, überlasse ich dir all mein Geld.«

Da hatte sie gekichert und erklärt: »Sollte dich die Reue packen, ist es aus und vorbei mit uns.«

»O nein«, hatte er unter schallendem Gelächter gestöhnt, »keine Reue, wenn sie dir und deinesgleichen schadet!«

Fürchtete er sich nicht doch vor der schlaflosen Nacht? Schluß jetzt, er hatte lang genug vor den Spielsachen gestanden. Er drehte sich um und ging fort.

48

Besorgt fragte Chalo, der Besitzer der »Stern«-Taverne in der Mohammed-Ali-Straße: »Ist es wahr, Jasin, daß sie die Kneipen schließen wollen?«

Im Brustton der Überzeugung antwortete Jasin: »Das verhüte Gott, Chalo. Es ist normal, daß die Abgeordneten bei der Haushaltsdiskussion ins Schwatzen geraten und die

Regierung ihnen verspricht, die Realisierung ihrer Wünsche ›umgehend‹ zu prüfen. Aber ebenso üblich ist es, daß dieses ›Umgehend‹ nie eintritt.«

Ein jeder aus der Gruppe, die sich um Jasin scharte, war eilends bemüht, seinen Kommentar dazuzugeben. Der Direktor der Verwaltungsangestellten meinte: »Diese Abgeordneten sind ein Leben lang damit beschäftigt, die Engländer aus dem Land zu bekommen, eine neue Universität zu eröffnen und die Al-Chalig-Straße zu erweitern. Ist irgend etwas davon geschehen, Chalo?«

»Vielleicht hat der Abgeordnete, der den Vorschlag gemacht hat, einen dieser mörderischen Weine, die im Krieg verkauft werden, getrunken und will sich nun rächen?« überlegte der Direktor für Pensionäre laut.

»Wie auch immer«, warf der Anwalt ein, »den Kneipen, die die Europäer aufsuchen, passiert bestimmt nichts. Schlimmstenfalls beteiligst du dich, Chalo, an einer dieser Tavernen. Wie ein Haus das andere stützt, hilft ein Kneipier dem anderen.«

»Glaubst du, daß die Engländer«, so der Obersekretär vom Ministerium für religiöse Stiftungen, »wenn sie schon bei einem so nichtigen Problem wie der Amtseinsetzung von an-Nahhas mit Panzern vorrücken, daß sie sich zurückhalten, wenn die Kneipen geschlossen werden?«

Außer Jasin und seinen Freunden befand sich im Lokal noch eine Gruppe von Händlern aus der Gegend. Trotzdem schlug der Obersekretär vor, sich den Rausch mit Singen zu versüßen. »Los, laßt uns das Lied ›Gefangener der Liebe‹ singen.«

Chalo trollte sich flugs hinter seinen Zahltisch, und die Freunde stimmten das Lied an. »Gefangener der Liebe, was muß er in Demut leiden …« Am stärksten klang bei den Stimmen das Maß der Trunkenheit hervor, so daß die Händler hämisch grinsten. Lange hielten die Freunde den

Gesang nicht durch. Jasin gab als erster auf, dann ließ einer nach dem anderen davon ab, und schließlich sang nur noch der Obersekretär die erste Strophe zu Ende. Es setzte Schweigen ein, das nur hier und da von einem Schlürfen, Schmatzen oder Klatschen, mit dem man ein neues Glas oder frische Knabbereien bestellte, unterbrochen wurde.

Plötzlich fragte Jasin: »Weiß keiner ein Mittel, um garantiert schwanger zu werden?«

»Immer die gleiche Frage. Sie hören nicht auf damit. Fassen Sie sich in Geduld, und vertrauen Sie auf Gott, Bruder«, entgegnete der Pensionärschef unwillig.

»Es besteht kein Grund zur Besorgnis, Jasin Effendi«, beruhigte ihn der Obersekretär. »Ihre Tochter wird schon noch schwanger.«

Jasin lächelte dümmlich vor sich hin. »Sie ist wie eine Rose, die Zierde des Zuckergäßchens. Aber sie ist in unserer Familie die erste junge Frau, die nach einem Jahr Ehe noch nicht schwanger ist. Ihre Mutter macht sich deshalb große Sorgen.«

»Der Vater auch, wie es scheint.«

Jasin kicherte. »Ist die Frau bekümmert, wird der Mann nicht froh.«

»Würde man sich erinnern, wie lästig Kinder sind, würde man jede Schwangerschaft hassen.«

»Trotzdem, die Leute heiraten normalerweise nur wegen der Nachkommenschaft.«

»Und recht haben sie! Ohne Kinder wäre die Ehe nicht zu ertragen.«

Jasin nahm einen tüchtigen Schluck, bevor er laut überlegte: »Ich fürchte, daß mein Schwiegersohn der gleichen Meinung ist.«

»Mancher Mann setzt nur deshalb Kinder in die Welt, damit die Frau beschäftigt ist und er selbst ein Stück der verlorenen Freiheit zurückgewinnt.«

»Weit gefehlt! Während sie das eine Kind säugt, das andere wiegt, behält sie den Mann im Auge. Wo warst du, warum kommst du so spät? Was soll's! Selbst die klügsten Männer haben es nicht geschafft, diese universale Ordnung zu verändern.«

»Wer hindert sie daran?«

»Die Frauen. Sie lassen den Männern keine Gelegenheit, darüber nachzudenken.«

»Seien Sie unbesorgt, Jasin Effendi. Ihr Schwiegersohn wird nicht vergessen, daß er dank Ihres Sohns seine Stellung bekommen hat.«

»Alles wird vergessen.« Weil der Schnaps ihn im Kopf kitzelte, lachte er. »Außerdem ist mein begnadeter Sohn weg vom Fenster.«

»Richtig, und wie es scheint, wird der Wafd dieses Mal länger überleben.«

»Wenn sich in Ägypten«, setzte der Anwalt mit Pathos an, »die Verhältnisse normal entwickeln, bleibt der Wafd für immer an der Macht.«

Wieder mußte Jasin lachen. »Was an sich großartig wäre, wenn mein Sohn nicht zu den Abtrünnigen gehörte.«

»Vergeßt nicht den Autounfall in al-Kassassin! Wäre der König dabei umgekommen, hätten sich die Feinde des Wafd auf immer verabschieden können.«

»Der König hat's überstanden!«

»Prinz Mohammed Ali hat die Ehrenuniform bereits herausgelegt. Er war dem Wafd schon immer wohlgesinnt.«

»Wie immer der auch heißen mag, der auf dem Thron sitzt – er ist allein schon deshalb ein Feind des Wafd. Thron und Wafd passen genausowenig zusammen wie Whisky und Süßigkeiten.«

Jasin, dessen Lachen betrunken dröhnte, rief: »Wahrscheinlich habt ihr recht! Aber wie heißt es so schön? Nur ein Tag älter, aber ein Jahr weiser. Ein paar von euch sind bereits altersschwach, andere stehen kurz davor.«

»Gott mit Ihnen, Sie Siebenundvierzigjähriger!«

»Jedenfalls bin ich der Jüngste hier.« Er ließ die Fingerknöchel knacken, und vor Trunkenheit und Stolz schwankend, fuhr er fort: »Das wahre Alter wird nicht nach Jahren gezählt, sondern nach der Häufigkeit des Rauschs. Ist auch der Schnaps während des Kriegs schlecht geworden, besoffen macht er noch immer. Man hat am Morgen zwar mächtige Kopfschmerzen, kriegt die Augen nur mit einer Zange auf und rülpst den ganzen Alkohol noch mal hoch, aber für einen richtigen Rausch nimmt man alles hin. So mancher Bruder fragt einen: ›Und die Gesundheit?‹ Na sicher, die ist nicht mehr das, was sie mal war. Ein Siebenundvierzigjähriger von heute ist was anderes als der von früher. Im Krieg ist alles teurer geworden, nur nicht das Alter. Weil es keinen Preis hat. Früher, da hat ein Sechzigjähriger noch mal geheiratet, aber heutzutage, in einer Zeit voller Lug und Trug, fragt schon ein Vierzigjähriger die Kenner nach einem Stärkungsmittel. Heutzutage steckt doch so ein Bräutigam während der Flitterwochen schon in der Klemme, wenn er nur Wasser trinkt.«

»Früher, früher! Alle Welt sehnt sich nach der guten alten Zeit.«

»Ach, die gute alte Zeit!« sinnierte Jasin mit schwerer Zunge vor sich hin. »Gott erbarme sich meines Vaters. Was hat er mich geprügelt, weil er nicht wollte, daß ich bei der blutigen Revolution mitmache. Aber wen die Kugeln der Engländer nicht schrecken, der läßt sich auch nicht von Verboten einschüchtern. O ja, ständig saßen wir im Café von Achmed Abduh zusammen und haben Demonstrationen und Granatenangriffe geplant.«

»Wieder die alte Platte! Sagen Sie, Jasin Effendi, haben Sie damals schon soviel gewogen?«

»Noch viel mehr. Aber wenn's losging, war ich flink wie eine Biene. Am Tag der großen Schlacht sind mein Bruder und ich die ersten Märtyrer der nationalen Bewegung gewesen. Ich hab die Kugel pfeifen gehört, als sie an meinem Ohr vorbeizischte, und dann hat sie meinen Bruder erwischt. Ach, was für eine erhebende Erinnerung. Wenn er heute noch lebte, würde er zu den Ministern der ersten Stunde gehören.«

»Aber Sie – Sie leben doch noch?!«

»Sicher, aber ich habe nur das Grundschulzeugnis, und da konnte ich nicht Minister werden. Außerdem haben wir Kämpfer uns auf den Tod verschworen, nicht auf Ämter. Na ja, manche müssen ihr Leben hingeben, andere bekommen Ämter. Als mein Bruder beerdigt wurde, ist Saad Zaghlul gekommen, und der Führer der Studentenbewegung hat mich ihm vorgestellt. Auch das gehört zu meinen großartigsten Erinnerungen.«

»Wie haben Sie bei all dem Kampf noch Zeit für Krawalle und Liebschaften gefunden?«

»Hört euch das an! Sind nicht die Soldaten, die hier in den Straßen die Frauen beschlafen, die gleichen, die Rommel dahin getrieben haben, woher er gekommen ist? Nein, hehrer Kampf verabscheut nicht den Spaß, und der Schnaps, falls ihr das nicht wißt, ist der Geist allen Heldentums. Merkt euch eins, ihr Klugscheißer, der Kämpfer und der Besoffene – sie sind Brüder.«

»Und hat Saad Zaghlul beim Begräbnis nichts zu Ihnen gesagt?«

»Er hat gesagt«, antwortete der Anwalt anstelle von Jasin, »ach, wärst doch du als Märtyrer gefallen!«

Alle lachten los, auch wenn keiner genau wußte, warum. Selbst Jasin grölte großherzig mit, um gleich darauf fortzufahren: »Das hat er natürlich nicht gesagt. Er war, Gott erbarme sich seiner, ein sehr höflicher Mensch und nicht wie Sie. Er hatte eine glückliche Hand und war deshalb in vielen Dingen bewandert. Er kannte sich als Politiker aus, als Kämpfer, Literat, Philosoph, Jurist. Ein Wort von ihm entschied über Leben und Tod.«

»Gott sei ihm gnädig.«

»Möge er allen gnädig sein, denn jeder Tote hat Gottes Barmherzigkeit verdient. Ist er doch genug damit gestraft, daß er nicht mehr lebt. Selbst jede Hure, jeder Zuhälter und jede Mutter, die sich ihren Bettgenossen vom Sohn holen läßt, verdient Gnade.«

»Wieso? Gibt es solche Mütter?«

»Vorstellbar oder nicht – es gibt alles auf der Welt.«

»Hat so eine Mutter niemand anders als den Sohn zum Holen?«

»Wer kümmert sich mehr um sie als der Sohn? Ach was, ihr seid auch nur Früchte des Beischlafs!«

»Aber legale!«

»Alles nur Formsache, das Ergebnis ist das gleiche. Ich habe unglückselige Nutten kennengelernt, die eine Woche lang oder mehr keinen Mann im Bett hatten. Soll mir einer von euch eine Mutter zeigen, die es so lange aushält!«

»Ich kenne außer den Ägyptern kein anderes Volk, das mit ähnlich großer Lust die Ehre der Mütter verunglimpft.«

»Wir sind zu wenig erzogen.«

Jasin grölte los: »Zu wenig? Zu viel! Wenn etwas übertrieben wird, kehrt es sich in sein Gegenteil. Deshalb sind wir schlecht erzogen. Trotzdem überwiegt bei uns die Gutherzigkeit, und letzten Endes bereuen wir immer alles.«

»Da bin ich nun schon Pensionär, aber bereut habe ich noch nie etwas.«

»Beamte haben mit Reue nichts zu tun. Außerdem haben Sie nichts Schlechtes gemacht. Daß Sie sich abends für ein paar Stunden betrinken, daran ist nichts auszusetzen. Eines Tages wird Sie eine Krankheit oder ein Arzt, was auf dasselbe hinausläuft, daran hindern. Wir sind von Natur aus schwach. Sonst würden wir nicht den Schnaps lieben, sonst würden wir nicht das eheliche Leben auf uns nehmen. Mit der Zeit werden wir immer schwächer, aber unsere Sehnsüchte bleiben die gleichen. Was soll man machen? Weil wir leiden, müssen wir uns betrinken. Unser Haar wird grau, verborgene Mängel kommen ans Tageslicht, und dann pflanzt sich so ein Flegel vor dir auf und erklärt, daß es eine Schande sei, in dem Alter noch einer Frau hinterherzulaufen. Gütiger Gott, was geht es dich an, ob ich jung oder alt bin, ob ich einer Frau oder einer Eselin nachrenne? Manchmal kommt es einem vor, als ob sich die Leute mit der eigenen Frau gegen einen verschworen haben. Damit nicht genug, muß man bei den Weibern noch ständig Süßholz raspeln und weiß immer den Knüppel eines Polizisten in der Nähe. Selbst die Dienstmädchen auf dem Gemüsemarkt sind jetzt schon auf zärtliches Getue aus. Da stehst du dann da, in dieser boshaften Welt, und hast keinen anderen Freund als das Glas. Schließlich kommt die Zeit, in der du die Ärzte ernähren mußt, und die erklären dir schlicht und einfach: kein Schnaps mehr.«

»Trotzdem, wollen Sie leugnen, daß wir das Leben von ganzem Herzen lieben?«

»So ist es, von ganzem Herzen! Denn das Schlechte hat ja auch sein Gutes. Selbst die Engländer haben ihre guten Seiten. Ich habe sie früher mal näher kennengelernt, hatte während der Revolution sogar Freunde unter ihnen.«

»Aber Sie haben doch gegen sie gekämpft?« rief der Anwalt. »Haben Sie das vergessen?«

»O ja, ja ... natürlich habe ich gekämpft, aber alles zu seiner Zeit. Einmal hat man mich für einen Spion gehalten, aber im rechten Moment ist der Führer der Studentenbewegung gekommen und hat den Leuten gesagt, wer ich bin. Da haben sie mir laut zugejubelt. Das war in der Hussain-Moschee.«

»›Es lebe Jasin! Lang lebe Jasin!‹ Was haben Sie in der Hussain-Moschee gemacht?«

»Ja, erzählen Sie, das ist ein sehr wichtiger Punkt.«

»Wegen des Freitagsgebets. Mein Vater hat uns immer mitgenommen. Das glaubt ihr nicht? Fragt doch die Leute vom Hussain-Viertel.«

»Sie sind sicher nur mitgegangen, um sich bei Ihrem Vater einzuschmeicheln!«

»Bei Gott, ihr solltet nicht so schlecht denken. Wir sind eine gläubige Familie. Sicher, wir sind Säufer und Hurenböcke, aber letzten Endes wartet immer die Reue auf uns.«

An dieser Stelle stöhnte der Anwalt: »Wollen wir nicht lieber singen?«

Doch Jasin war nicht zu bremsen. »Hat sich doch gestern, als ich singend aus der Kneipe kam, ein Polizist vor mir aufgepflanzt und gebrüllt: ›Effendi!‹ Ich frage auf der Stelle, ob ich nicht das Recht habe zu singen, worauf er mir erklärt, daß es verboten sei, nach zwölf Uhr herumzuschreien. Darauf ich, empört: ›Aber ich singe!‹ Und er fährt mich an: ›Dem Gesetz nach ist alles Geschrei.‹ Also frage ich: ›Und die Bomben, die nach zwölf explodieren?‹ Er, drohend: ›Sie wollen wohl auf dem Revier übernachten?‹ Ich bin weitergegangen, allerdings nicht ohne zu sagen: ›O nein, ich schlafe lieber zu Hause.‹ Wie können wir eine zivilisierte Nation sein, wenn uns Polizisten regieren? Zu Hause lauert die Frau auf einen, und im Büro hat man den Chef. Nicht mal im Grab hat man Ruhe, da warten zwei Engel mit Knüppeln.«

»Laßt uns den Gesang genießen«, schlug der Anwalt vor.

Der Pensionärsdirektor räusperte sich, bevor er anstimmte:

»Die zweite Frau holte mein Mann an den Tisch,
und das Henna an den Händen war noch frisch.
Am Tag, ihr Leute, als er sie brachte,
das Feuer sich in mir entfachte.«

Im Nu griffen alle begeistert den Refrain auf, und Jasin lachte und lachte, bis ihm die Tränen kamen.

49

Chadiga fühlte sich oft einsam. Seit ihr Gatte auf die Siebzig zuging, hielt er sich zwar, vor allem während der kalten Wintertage, meistens zu Hause auf, dennoch konnte er ihr nicht das Gefühl nehmen, allein zu sein. Die häuslichen Pflichten erfüllte sie voller Eifer, aber sie forderten nicht mehr das ganze Maß ihrer Kraft und Tüchtigkeit heraus. Obwohl sie nun schon sechsundvierzig Jahre alt war, besaß sie noch immer reichlich Tatkraft. Sie war noch dicker geworden. Was besonders schwer auf ihr lastete, war, daß sie als Mutter nicht mehr gebraucht wurde, ein Umstand, der doppelt wiegte, da sie sich auch als Schwiegermutter nicht aufspielen konnte. Die eine Schwiegertochter war ihre Nichte, die andere eine Angestellte, der sie selten begegnete. Nur im Gespräch mit dem Ehemann konnte sie ihrem bedrückten Herzen Luft machen, und der saß, in seine Abaja eingemummelt, wortkarg herum.

»Mehr als ein Jahr ist seit der Heirat der beiden Jungens vergangen, und wir konnten noch immer keine Kerze zu Ehren eines Neugeborenen anzünden.« Da Ibrahim Schaukat nur gleichgültig mit den Schultern zuckte, fuhr sie fort: »Vielleicht halten sie das Zeugen von Nachkommen für ebenso altmodisch wie den Gehorsam gegenüber den Eltern.«

Unwillig knurrte er: »Gib Ruhe, Frau. Unsere Söhne sind glücklich, und das muß uns reichen.«

»Aber wenn eine junge Frau nicht schwanger wird und kein Kind auf die Welt bringt – wozu ist sie dann nutze?« fragte Chadiga scharf.

»Deine Söhne sind vielleicht anderer Meinung.«

»Sie sind immer anderer Meinung. All mein Mühen, all mein Hoffen ist umsonst.«

»Bist wohl traurig, keine Großmutter zu sein?«

Ihre Stimme schwoll an. »Ihretwegen bin ich traurig, nicht wegen mir!«

»Abd al-Munim war mit Karima beim Arzt, und der hat ihnen Hoffnung gemacht.«

»Der arme Junge hat deshalb schon viel Geld ausgegeben und wird noch mehr bezahlen müssen. Heutzutage sind die jungen Frauen teurer als Fleisch und Tomaten.« Da Ibrahim Schaukat sich mit einem Lachen begnügte, sprach sie weiter: »Was die andere betrifft, kann ich nur den Heiligen vom Mutawalli-Tor um Hilfe bitten.«

»Aber du mußt zugeben, daß ihre Worte süß wie Honig sind.«

»Alles List und Tücke! Was kannst du von einer Arbeitertochter erwarten?«

»Fürchte Gott, Frau, und hüte deine Zunge.«

»Wann endlich wird dieser ›Professor‹ mit ihr zum Arzt gehen?«

»Sie wollen das nicht, lehnen es ab.«

»Natürlich, weil sie Angestellte ist. Wie soll sie Zeit für Schwangerschaft und Entbindung finden?«

»Sie sind glücklich miteinander, da gibt es keinen Zweifel.«

»Eine Angestellte kann keine gute Ehefrau sein. Er wird's schon merken, aber dann ist es zu spät.«

»Achmed ist ein erwachsener Mann und wird keinen Schaden nehmen.«

»Im ganzen Viertel gibt es keine jungen Männer, die ein solches Unglück wie meine Söhne sind.«

Abd al-Munim hatte sich in seiner Wesensart und seinen Neigungen gefestigt. Er erwies sich als tüchtiger Beamter und aktiver Muslim-Bruder. Nicht nur, daß ihm die Gamalija-Zelle überantwortet worden war, er betätigte sich auch als Rechtsberater für die Organisation, arbeitete bei der Herausgabe der Zeitschrift mit und predigte bisweilen in kleineren Moscheen. Er hatte seine Wohnung als Versammlungsort zur Verfügung gestellt, und jeden Abend kamen seine Brüder hier zusammen, allen voran Scheich Ali al-Manufi. Abd al-Munims Begeisterung für die heilige Sache ging so weit, daß er bereit war, alles, was er besaß – Kraft, Verstand, Geld –, in den Dienst der Botschaft zu stellen. Von ganzem Herzen glaubte er, daß sie, wie es der Führer programmatisch in Worte gefaßt hatte, alles auf einmal darstellte: reformistische Bewegung, sunnitisches Glaubenssystem, mystische Wahrheit, politische Körperschaft, Sportverband, wissenschaftliche und kulturelle Vereinigung, wirtschaftlicher Zusammenschluß, Soziallehre.

Wieder einmal saßen die Brüder zusammen, und Scheich Ali al-Manufi hatte das Wort ergriffen. »Grundsätze und Lehre des Islams umfassen als System alle Bereiche der Menschen im Diesseits und im Jenseits. Diejenigen, die meinen, hier ginge es nur um eine geistige oder religiöse Bewegung, täuschen sich. Der Islam ist Bekenntnis und Gottesverehrung, Heimat und Nationalität, Religion und Staat, geistliche Haltung, Heiliges Buch, Schwert.«

Ein junger Mann sagte: »Ja, das ist unsere Religion.

Aber wir sind noch zu untätig. Wir tun nichts gegen die Gottlosigkeit, die uns in Form von Gesetzen, Sitten und Machthabern regiert.«

»Zweifellos müssen wir unsere Lehre stärker verkünden und verbreiten, und wir brauchen ausgebildete Gruppen kampffähiger Mitstreiter«, entgegnete Scheich Ali. »Ist das geschafft, gehen wir zur praktischen Durchsetzung unseres Programms über.«

»Wie lange sollen wir noch warten?«

»Bis der Krieg zu Ende ist. Das Feld ist vorbereitet für unsere Botschaft, die Menschen haben das Vertrauen in die Parteien verloren. Wenn der Führer im rechten Moment ruft, stürmen die Brüder los, ein jeglicher gewappnet mit Koran und Waffe.«

Mit kräftiger, tiefer Stimme tönte Abd al-Munim: »Bereiten wir uns auf einen langen heiligen Krieg vor, denn unsere Botschaft richtet sich nicht nur an die Menschen Ägyptens, sondern an alle Muslims der Welt. Unser Ziel ist erst dann erreicht, wenn sich Ägypten auf der Grundlage der koranischen Prinzipien mit den islamischen Nationen vereinigt. Erst wenn der Koran die Verfassung aller Muslims ist, werden wir das Schwert ablegen.«

»Wahrlich, ich verkünde euch«, fuhr Scheich Ali fort, »daß sich unsere Botschaft mit Gottes Gnade überall verbreiten wird. Schon heute hat jedes Dorf sein Zentrum. Die Botschaft Gottes ist auf dem Vormarsch, und Gott läßt keinen im Stich, der sich zu seinem Wort bekennt.«

Zur gleichen Zeit war auch im unteren Stockwerk der Kampf entbrannt. Die Gruppe, die hier zusammenkam, war kleiner, denn Achmed und Susan luden nur eine beschränkte Zahl von Freunden ein. Gehörten die Gäste auch unterschiedlichen Glaubensbekenntnissen und Nationalitäten an, so vereinte sie die Arbeit bei der Presse. An diesem Abend hatte sich auch Herr Adli Karim eingefunden. Da er wußte, daß sich die jungen Leute zumeist in theoretischen Diskussionen verloren, mahnte er: »Es ist gut, daß ihr den Marxismus studiert, aber denkt immer daran, daß der Marxismus, auch wenn er eine historische Notwendigkeit ist, sich nicht mit der Unabänderlichkeit astronomischer Erscheinungen durchsetzt. Sein Sieg hängt vom Willen und Kampf der Menschen ab. Also besteht unsere Hauptaufgabe nicht darin herumzuphilosophieren, sondern der werktätigen Klasse die historische Rolle bewußtzumachen, die sie zu ihrem Wohl und dem der ganzen Welt übernehmen muß.«

»Wir wissen sehr wohl«, verteidigte Achmed sich und seine Freunde, »daß wir an zwei Fronten kämpfen müssen. Deshalb übersetzen wir für die geistige Elite nicht nur die Hauptwerke des Marxismus, sondern halten auch zündende Vorträge für die kampfbewußten Arbeiter.«

»Die faulende Gesellschaft kann nur durch Arbeiterhand geändert werden«, hielt Herr Adli dagegen. »Erst wenn der neue Glaube ins Bewußtsein der Arbeiterklasse gedrungen ist und das Volk von einem Willen getragen wird, werden uns weder barbarische Gesetze noch Kanonengeschütze aufhalten können.«

»Das denken wir auch, aber das intellektuelle Potential zu gewinnen heißt, daß man diejenige Schicht beherrscht, aus der die Führungskräfte und Machthaber kommen«, meinte einer der Freunde.

»Verehrter Herr Adli«, meldete sich Achmed zu Wort, »es gibt etwas, über das ich gern einmal offen reden würde. Ich weiß aus Erfahrung, daß Intellektuelle leicht von der Rolle der Religion als Aberglauben zu überzeugen sind und sie auch unschwer den Zugriff aufs Übernatürliche als Irreführung und Betäubungsmittel erkennen. Aber man setzt sich einer gewissen Gefahr aus, wenn man dem Volk solche Ansichten vermitteln will. Das schwerste Geschütz, das unsere Feinde gegen uns einsetzen, ist, daß sie unserer Bewegung Ketzertum und Gotteslästerung vorwerfen.«

»Die erste und wichtigste Aufgabe besteht im Kampf gegen Genügsamkeit, Trägheit und blinden Gehorsam. Was die Religion betrifft, so kann sie erst in einem freiheitlichen System, herbeigeführt durch einen Umsturz, ausgerottet werden. Im allgemeinen wiegt für das Volk die Armut schwerer als der Glaube, und man wird immer klug beraten sein, wenn man den Menschen das sagt, was ihr Verstand verkraftet.«

Sein Blick glitt zu Susan hinüber. Lächelnd fragte er: »Du warst doch immer so voller Tatkraft, reicht es dir jetzt, als behütete Ehefrau zu diskutieren?«

Susan war klar, daß Herr Adli einen Spaß machte und nicht wirklich meinte, was er sagte. Trotzdem antwortete sie mit großem Ernst: »Mein Mann spricht in den entlegensten und verfallensten Gegenden, und ich werde nicht müde, währenddessen Flugblätter zu verteilen.«

Achmed seufzte bedrückt. »Es schadet unserer Bewegung, daß sich viele Leute einschleichen, die auf ihren Nutzen aus sind und es nicht ehrlich meinen. Manche arbeiten nur wegen des Geldes, andere wollen sich profilieren.«

Herr Adli schüttelte abfällig den Kopf. »Das ist mir durchaus bewußt. Aber ich weiß auch, daß die Omaijaden den Islam, ohne daran zu glauben, vererbt bekamen und trotzdem diejenigen waren, die ihn in weiten Gebieten der alten Welt, bis nach Spanien hin, verbreitet haben. Es ist unser gutes Recht, solche Leute für unsere Sache zu nutzen, auch wenn wir vor ihnen auf der Hut sein müssen. Vergeßt nicht, daß die Zeit, wenn wir alles an Kraft und Opferbereitschaft aufbieten, für uns arbeitet.«

»Aber was ist mit den Muslim-Brüdern, Herr Adli? Wir

haben allmählich das Gefühl, daß sie zu einer echten Gefahr werden.«

»Das will ich nicht leugnen. Trotzdem – sie sind nicht so gefährlich, wie du glaubst. Wenden sie sich nicht mit unseren Worten an den Verstand der Menschen? Reden sie nicht vom Sozialismus des Islams? Selbst Reaktionäre kommen also nicht umhin, unsere Begriffe zu nutzen. Sollten sie früher als wir einen Umsturz herbeiführen, werden sie einige unserer Prinzipien, zumindest teilweise, verwirklichen.

Aber den Lauf der Zeit, der uns unabänderlich zum Ziel führt, den können sie nicht aufhalten. Die Verbreitung von Wissen wird sie vertreiben wie das Licht die Fledermäuse.«

Chadiga beobachtete die Unruhe im Haus mit einer Mischung von Betroffenheit, Unwillen und Empörung. Eines Tages hielt sie es nicht mehr aus und sagte zu ihrem Mann: »So etwas habe ich noch nicht erlebt. Offensichtlich haben Abd al-Munim und Achmed aus ihren Wohnungen Kaffeehäuser gemacht, und ich weiß es bloß nicht. Kein Abend vergeht, ohne daß sich auf der Straße eine Menge Besucher ansammelt, entweder Bärtige oder Nichtmuslims. Über kein Nachbarhaus ist mir ähnliches zu Ohren gekommen.«

Ibrahim Schaukat schüttelte den Kopf. »Dann kommt es dir jetzt zu Ohren.«

»Ihr Gehalt kann für den vielen Kaffee jedenfalls nicht reichen!« erwiderte sie scharf.

»Haben sie je über Geldmangel geklagt?«

»Und die Leute? Was werden sie sagen, wenn Scharen von Menschen ständig ein und aus gehen?«

»Jeder ist zu Hause frei zu tun, was ihm beliebt.«

Sie schnaufte empört. »Sie führen endlose Diskussionen

und schreien so laut, daß es manchmal im ganzen Viertel zu hören ist.«

»Na und? Soll's im Viertel, soll's bis in den Himmel zu hören sein.«

Da stöhnte Chadiga aus tiefstem Herzen und schlug entrüstet in die Hände.

50

In der Villa von Abd ar-Rahim Pascha Isa in Heluan verabschiedete sich die letzte Schar von Besuchern. Sie waren gekommen, um dem Hausherrn Lebewohl zu sagen, bevor er in den Hedschas aufbrach.

»Die Pilgerfahrt ist ein alter Wunsch von mir. Möge Gott die Politik verfluchen, weil sie mich Jahr für Jahr davon abgehalten hat. Aber jetzt, in meinem Alter, muß man Vorkehrungen treffen, um auf die bevorstehende Begegnung mit dem Herrn vorbereitet zu sein.«

»O ja, verfluchte Politik!« bekräftigte sein Sekretär Ali Mahran.

Der Pascha ließ den matten Blick nachdenklich auf Radwan und Hilmi ruhen. »Sagt, was ihr wollt, aber die Politik hat mir auch Vergnügen bereitet. Sie hat mich über meine Einsamkeit hinweggetröstet. Ein alter Junggeselle wie ich würde noch selbst in der Hölle Gesellschaft suchen.«

Ali Mahran zuckte mit den Augenbrauen. »Und was ist mit uns, verehrter Pascha? Sind wir etwa nicht unserer Pflicht nachgekommen, Sie zu unterhalten?«

»Sicher, aber der Tag eines Junggesellen ist lang wie eine Nacht im Winter. Der Mensch braucht Gefährten, und deshalb gebe ich auch gerne zu, daß eine Frau notwendig und wichtig ist. Wie oft habe ich in den letzten

Tagen an meine Mutter gedacht. Man braucht eine Frau, selbst wenn man sie nicht begehrt.«

Radwan, der in Gedanken weit weg gewesen war, hörte sich fragen: »Wenn an-Nahhas plötzlich hinweggefegt werden würde, geben Sie dann die Reise auf?«

Unwillig winkte der Pascha ab. »Soll er sein Unglück ertragen, bis ich von der Reise zurück bin.« Er schüttelte den Kopf. »Wir alle sind Sünder, und die Pilgerfahrt wäscht die Sünde ab.«

Hilmi Izzat lachte los. »Sie sind tatsächlich gläubig, Pascha, auch wenn Ihre Art von Glauben einen verwirrt.«

»Warum? Der Glaube ist nachsichtig, und nur ein Heuchler kann von sich behaupten, völlig unschuldig zu sein. Ebenso töricht ist es anzunehmen, daß man nur dann Sünden begeht, wenn der Glaube tot ist. Wobei unsere Sünden ja eher unschuldigen Kindereien gleichen.«

Erleichtert atmete Ali Mahran auf. »Das haben Sie schön gesagt. Lassen Sie mich offen erklären, daß ich sehr bekümmert war, als ich von Ihrem Entschluß, die Pilgerfahrt anzutreten, gehört habe. Ich fragte mich besorgt, ob das etwas mit Reue zu tun hat. Sollten die Freuden des Lebens nun aus und vorbei sein?«

Der Pascha brach in solch schallendes Gelächter aus, daß sein Bauch wackelte. »Du bist eine wahre Teufelsbrut! Wärt ihr wirklich traurig gewesen, wenn es sich um Reue gehandelt hätte?«

»Verzweifelt wie eine Mutter, der ihr Neugeborenes noch im Schoß niedergemetzelt wird«, erklärte seufzend Hilmi.

Erneut lachte der Pascha los. »Ach ihr, ihr seid mir schon welche! Wenn einer wie ich wirklich bereute, müßte er zunächst einmal auf jeden Fall schöne Augen und rosige Wangen meiden und sich nur noch am Grab des Propheten, Frieden und Segen über ihn, aufhalten.«

»Sie wollen also in den Hedschas. Wissen Sie denn überhaupt, was da los ist?« frohlockte Ali Mahran hämisch. »Mir haben Leute, die sich auskennen, erzählt, daß man vor lauter glühendheißem Sand am liebsten ins Feuer springen würde.«

»Alles Übertreibungen, wie sie die Engländer gern erzählen«, widersprach Hilmi. »Viel schlimmer ist, daß man sich fragen muß, ob es im ganzen Hedschas ein Gesicht wie das von Radwan gibt?«

»Das findest du nicht einmal im Paradies!« rief der Pascha, doch dann wurde er wieder ernst. »Zurück zum Thema, ihr Hundesöhne. Wir sprechen immer noch über Reue.«

»Moment mal, Pascha. Sie hatten mir über einen Sufi-Mönch erzählt, der siebzigmal Reue übte. Bedeutet das nicht, daß er siebzigmal sündigte?«

»Oder hundertmal«, meinte Radwan schmunzelnd.

»Mir reichen die Siebzig«, beharrte Ali Mahran.

Das Gesicht des Paschas leuchtete vor diebischer Freude auf. »Bleibt mir dafür noch Zeit?«

»Möge Gott Ihnen ein langes Leben schenken, verehrter Pascha. Beruhigen Sie uns, und sagen Sie uns, daß Sie zum erstenmal Reue spüren.«

»Und zum letztenmal!«

»Aufschneider! Wenn Sie mich noch länger ärgern, werde ich Sie nach Ihrer Rückkehr von der Pilgerfahrt mit einem Prachtexemplar von Mann, schön wie der Mond, beglücken. Dann werden wir sehen, wie Sie sich verhalten.«

Der Pascha lächelte. »Nicht anders, als wenn ich dich zu Gesicht bekomme, du Schandmaul. Du bist ein Teufel, Mahran, aber ohne den kommt der Mensch ja leider nicht aus.«

»Da kann ich Gott nur danken.«

»... und wir auch«, tönten Radwan und Hilmi wie aus einem Mund.

Über das Gesicht des Paschas huschte ein freudiges, stolzes Lächeln. »Ihr seid mir die Liebsten. Was wäre das Leben ohne Zuneigung und Freundschaft? Das Leben ist schön, Schönheit ist schön, das Schwelgen in Freude ist schön, Vergeben ist schön. Ihr seid noch jung und seht die Welt mit euren Augen. Das Alter wird euch vieles lehren. Ich liebe euch, ich liebe die Welt. Mein Besuch in Gottes Heimstatt geschieht, um Dank zu sagen, um mich für meine Fehler zu entschuldigen und zu bitten, den rechten Weg zu finden.«

»Wie schön Sie aussehen«, staunte Radwan lächelnd. »Sie verströmen eine wunderbare Lauterkeit.«

Ali Mahran schmunzelte listig. »Aber bei der geringsten Berührung verströmt er ganz andere Sachen. Wirklich, Pascha, Sie sind der Lehrmeister der neuen Generation.«

»Und du bist der Satan höchstpersönlich, du alter Hurensohn. Bei Gott, sollte ich einst vor dem Jüngsten Gericht stehen, brauche ich nur auf dich zu zeigen.«

»Auf mich? Bei Gott, das ist ungerecht. Ich bin lediglich ein gehorsamer Diener.«

»Ein Teufel bist du.«

»Ohne den man nicht auskommt?«

Der Pascha lachte. »Ja, du Dreckskerl.«

»In Ihrem bevölkerten Leben war ich für Sie immer eine entzückende Melodie, habe ich Ihnen, mit meinem lieblichen Gesicht, unentwegt neues Glück gebracht. Schließlich dürfen Sie nicht vergessen, daß ich Ihnen meine Jugend geopfert habe, verehrte treulose Exzellenz.«

»Ach, wie die Zeit vergeht«, seufzte der Pascha. »Es ist schon schlimm. Warum werden wir nur alt, meine Kinder? Erhaben und unergründlich ist deine Weisheit, Herr der Himmel. Wie sagt der Dichter?

Kein Zwinkern hätte den Stoß meiner Lanze je erweicht,
so nicht unendlich oft der Morgen gegraut,
die Dämmerung des Abends gekommen wäre.«

Ali Mahran zuckte belustigt mit den Brauen. »Kein Zwinkern? Aber vielleicht Ali Mahran?«

»Du Hundesohn, verdirb nicht die Stimmung durch dein Geschwätz. Wenn man sich schöner Zeiten erinnert, macht man keine Späße. Tränen sind manchmal reizender als ein Lächeln, sie zeugen von einer wunderbaren Menschlichkeit und Dankbarkeit. Hört zu, wie findet ihr das?

Sie wollte nichts von mir wissen,
Ereignisse hielten sie ab
wie kahles Haupt und graues Haar.

Was haltet ihr von einem Ausdruck wie ›Ereignisse‹?«

Ali Mahran grölte wie ein Zeitungsverkäufer: »Ereignisse des Tages! Al-Ahram! Al-Misri!«

Als würde er an Ali verzweifeln, stieß der Pascha hervor: »Du kannst nichts dafür, aber ...«

»Aber Sie!«

»Ich? Ich bin, was dich betrifft, völlig unschuldig. Als ich dich kennenlernte, warst du in einer moralischen Verfassung, um die dich selbst der Teufel beneidet hätte. Trotzdem, ich werde es nicht zulassen, daß du mich aus meiner lyrischen Stimmung reißt. Hier, hört euch das noch an:

Wie eine saftige Gerte vom Grün entblättert,
verlor ich, noch zart im Fleisch, die Jugend.«

»Wie eine Gerte?« fragte Ali Mahran und setzte eine verstörte Miene auf.

Während der Pascha abwechselnd auf Radwan und Hilmi schaute, die beide in Lachen schier ersticken wollten, erklärte er: »Das Gespür eures Freundes für Poesie gleicht dem einer Leiche. Aber nicht lange, und auch er erreicht das Alter, da man Wehmut empfindet und alles Schöne mit ›Es war‹ beginnt.« Er wandte sich wieder Ali Mahran zu. »Was ist mit den Freunden von einst? Hast du sie vergessen, du Hurensohn?«

»O nein! Möge Gott ihnen Gutes bescheren, denn ein jeder von ihnen war unvergleichlich schön und kokett.«

»Weißt du, was aus Schakir Sulaiman geworden ist?«

»Er war stellvertretender Innenminister, dann eine zahme Henne im Stall der Engländer und hat sich schließlich vorzeitig, während der zweiten Regierungszeit – oder war's die dritte? –, von an-Nahhas pensionieren lassen. Jetzt, glaube ich, hockt er auf seinem Landgut in Kom Hamada.«

»Ach ja, was waren das damals für herrliche Zeiten mit ihm! Und Hamid an-Nagdi?«

»Der ist von allen Freunden am schlimmsten dran. Er hat Haus und Hof verloren, steht nackt da und verbringt seine Nächte in öffentlichen Toiletten.«

»Dabei war er immer so sympathisch. Aber ein Spieler und Radaubruder war er auch. Was ist mit Ali Rafat?«

»Der hat es mit unermüdlichem Streben geschafft, Mitglied im Verwaltungsrat verschiedener Gesellschaften zu werden. Wie es heißt, hat ihn sein schlechter Ruf einen Posten im Ministerium gekostet.«

»Man sollte nicht alles glauben, was geredet wird. Es sind Leute ins Ministerium gekommen, deren traurige Berühmtheit weit über die Grenzen unseres Königreichs hinausging. Aber das ist es, was ich euch gegenüber schon oft genug betont habe. Wir müssen uns in der Öffentlichkeit stärker an gültige Normen halten als alle anderen. Wenn ihr das schafft, kann euch niemand tadeln. Über

Generationen hinweg haben die Mamelucken Ägypten regiert, und noch heute genießen ihre Nachkommen Ansehen und Reichtum. Wer oder was bitte war oder ist schon ein Mameluck? Aber so ist es eben. Ich werde euch eine Geschichte erzählen, aus der ihr viel lernen könnt.« Der Pascha hielt inne, als wollte er sich gedanklich konzentrieren. »Als ich Gerichtspräsident war, legte man mir einen strittigen Erbschaftsfall vor. Zuvor hatte man mir einen hübschen jungen Mann vorgestellt mit einem Gesicht wie das von Radwan, einer Figur wie die von Hilmi und …«, er wies auf Ali Mahran, »mit der Eleganz dieses Hundes zu seiner besten Zeit. Wir waren eine Weile befreundet, ohne daß ich viel über ihn wußte. Plötzlich, als die Verhandlung angesetzt war, sehe ich ihn vor mir – als Vertreter einer der beiden gegnerischen Parteien. Was denkt ihr, was ich gemacht habe?«

»Eine schreckliche Situation«, stammelte Radwan.

»Ich habe den Fall, ohne auch nur im geringsten zu zögern, sofort abgegeben.«

Radwan und Hilmi starrten den Pascha bewundernd an, während Ali Mahran fast schon empört rief: »Sie haben ihn verlieren lassen?«

Ohne sich um Alis Vorwurf zu kümmern, fuhr der Pascha fort: »Ich habe den Fall nicht nur abgegeben, sondern auf der Stelle auch mit dem jungen Mann gebrochen – aus Verachtung angesichts seines schlechten Charakters. Ein unmoralischer Mensch hat keinen Wert. Die Engländer sind nicht sonderlich intelligent, die Franzosen und Italiener sind weitaus gescheiter. Aber die Engländer sind, was Moral betrifft, führend, und deshalb beherrschen sie die Welt. Aus diesem Grund lehne ich jegliche oberflächliche, nichtssagende Schönheit ab.«

Ali Mahran lachte. »Soll das heißen, daß ich, da Sie mich in Ihrer Nähe behalten, ein wertvoller Mensch bin?«

Der Pascha blieb ernst. »Moralisches Verhalten ist sehr vielseitig. Von einem Richter wird Unparteilichkeit und Gerechtigkeit erwartet, von einem Minister Pflichtbewußtsein und Verantwortlichkeit für das allgemeine Wohl. Bei einem Freund muß man auf Aufrichtigkeit und Treue zählen können. Du, mein lieber Ali, besitzt zweifelsohne eine tüchtige Portion Frechheit und bist bisweilen ein rechter Schurke. Aber – du bist zuverlässig und treu.«

»Hoffentlich bin ich jetzt rot geworden.«

»Gott mutet niemandem mehr zu, als er verkraften kann. In Wahrheit bin ich mit dem, was du an Gutem hast, zufrieden. Außerdem bist du Ehemann und Vater, und das sind auch Tugenden. Das Glück, das man daraus zieht, kann nur der schätzen, der unter der Stille des eigenen Heims leidet. Das Schweigen, das einen umgibt, ist eine der schlimmsten Qualen des Alters.«

»Ich dachte immer«, meinte Radwan ungläubig, »daß alte Leute die Ruhe lieben.«

»Junge Menschen irren sich, was das Alter betrifft, und alte Menschen verklären die Jugend. Aber sag mir, Radwan, was hältst du vom Heiraten?«

Radwans Gesicht verkrampfte sich. »Da habe ich noch die gleiche Meinung wie früher, Pascha.«

»Besteht keine Hoffnung, davon abzukommen?«

»Ich denke nicht.«

»Und warum?«

Radwan zögerte ein wenig. »Es ist merkwürdig, aber ich weiß es nicht genau. Mir kommen Frauen abstoßend vor.«

In die müden Augen des Paschas kam ein trauriger Glanz. »Das ist schade. Schau dir Ali Mahran an – ist er nicht Ehemann und Vater? Und dein Freund Hilmi ist der Ehe auch nicht abgeneigt. Ich beklage dich zweifach, weil ich mich in dir wiederfinde und dich bedauern muß. Wie oft hat mich das, was ich über die Schönheit von Frauen las und hörte, verwirrt, und bin doch vor Verehrung für meine Mutter bei meiner Meinung geblieben. Ich habe sie unendlich geliebt. Als sie in meinen Armen starb, benetzten ihr meine Tränen Stirn und Wangen. Ich wünsche dir von ganzem Herzen, Radwan, daß du deine Schwierigkeiten überwinden kannst.«

Radwan sah ratlos und bekümmert aus. »Man kann auch ohne Frau leben«, sagte er. »Warum sollte es ein Problem sein?«

»Natürlich geht das, aber es ist trotzdem ein Problem. Vielleicht ist dir die Fragerei der Leute gleichgültig, aber was machst du mit den eigenen Fragen? Sicher, du kannst dir sagen, daß du Frauen abstoßend findest. Aber warum empfinden die anderen nicht das gleiche? Dein Gefühl wird dir wie eine Krankheit vorkommen, doch du kennst keine Medizin. Dein Gefühl läßt dich von der Welt absondern, wird zum schlimmsten Gefährten deiner Einsamkeit. Selbst wenn du es einmal bereuen solltest, Frauen zu verachten, wirst du nicht mehr anders können und Abneigung empfinden.«

An dieser Stelle seufzte Ali Mahran laut und vernehmlich. »Ich hatte gehofft«, klagte er, »eine fröhliche Abschiedsfeier zu erleben.«

Der Pascha lachte amüsiert los. »Mein lieber Ali, hier geht es um die Verabschiedung zur Pilgerfahrt! Wie stellst du dir das vor?«

»Beim Lebewohl gibt's fromme Segenswünsche, aber bei der Heimkehr wird die Wange zum Kuß gereicht. Dann werden wir sehen, was Sie machen.«

Belustigt klatschte der Pascha in die Hände. »Da bleibt nur eins – Vertrauen auf Gott, den Erhabenen.«

51

An der Kreuzung der Scharif- und Kasr-an-Nil-Straße, vor dem Café Ritz, sah Kamal plötzlich Hussain Schaddad vor sich. Beide blieben auf Anhieb stehen, jeder starrte den anderen an.

»Hussain!« rief Kamal.

»Kamal!« schrie Hussain.

Sie schüttelten sich aufgeregt die Hand, lachten vor Freude.

»Was für ein glücklicher Zufall nach so langer Zeit.«

»Ja wirklich, was für ein glücklicher Zufall. Du siehst sehr verändert aus, Kamal, aber Moment, vielleicht ist es übertrieben. Die Figur ist die gleiche, die Haltung auch, aber was soll der würdige Schnurrbart? Und dann diese geradezu klassische Brille und der Spazierstock? Trägst du tatsächlich noch einen Tarbusch? Das tut niemand mehr.«

»Du hast dich dafür sehr verändert. Ich hätte nie geglaubt, daß du so dick werden kannst. Ist das Pariser Mode? Wo ist der Hussain von früher geblieben!«

»Ach, wo ist Paris, wo Hitler, wo Mussolini? Was kümmert's uns noch! Ich wollte ins Ritz, Tee trinken, hast du ein bißchen Zeit?«

»Natürlich, gern.«

Sie gingen ins Café, setzten sich an einen der Fenstertische. Hussain bestellte Tee, Kamal Kaffee, und dann schauten sie sich wieder lächelnd an. Hussain hatte gewaltig zugenommen. Was mochte er wohl in all den Jahren getrieben haben? Hatte er Himmel und Erde bereist, wie es immer sein Wunsch gewesen war? Obwohl er lächelte, lag in seinen Augen ein harter Blick, als wäre die fröhliche Jugend dem Ernst des Lebens gewichen. Ein Jahr war vergangen, seit er, Kamal, in der Fuad-Straße Budur getroffen hatte. Er fühlte sich geheilt von dem Schlag, den ihm der Rückfall in die Liebe versetzt hatte, und die Schaddad-Familie war tief ins Vergessen gerückt. Jetzt aber, da Hussain ihm gegenübersaß, erwachte die Seele aus dem Schlummer. Sich räkelnd und streckend, schien die Vergangenheit ihn wieder einholen zu wollen.

»Seit wann bist du aus dem Ausland zurück?«

»Seit ungefähr einem Jahr.«

Er hatte nichts unternommen, um ihn zu sehen! Aber wie konnte er Hussain Vorwürfe machen, wenn er selbst ihn und die alte Freundschaft seit einer Ewigkeit vergessen hatte. »Hätte ich gewußt, daß du zurückgekehrt bist – ich wäre gerannt, um dich zu treffen.«

Hussain, ohne im geringsten verlegen zu sein, erwiderte: »Bei meiner Heimkehr fand ich eine Menge Probleme vor. Hast du nicht gehört, was meiner Familie zugestoßen ist?«

Kamals Gesicht verdüsterte sich. Kurz und knapp stieß er hervor: »Gewiß. Unser alter Freund Ismail Latif hat es mir erzählt.«

»Ach ja, er ist vor zwei Jahren in den Irak gegangen. Meine Mutter hat es mir geschrieben. Wie ich schon sagte, fand ich bei meiner Rückkehr eine schwere Situation vor. Ich mußte arbeiten, und zwar Tag und Nacht.«

Hussain Schaddad, im Jahr 1944. Der, der Arbeit immer als unmenschliches Verbrechen empfand. Hat es die Vergangenheit überhaupt gegeben? Vielleicht war das Klopfen seines Herzens der einzige Beweis, daß sie einst wirklich existierte? »Erinnerst du dich an unsere letzte Begegnung?«

»Ach ja …«

Da der Kellner die Getränke brachte, konnte Hussain nicht weitersprechen. Er schien ohnehin nicht begeistert zu sein, sich an die alte Zeit zu erinnern.

»Laß mich überlegen. Das muß 1926 gewesen sein.«

»Erstaunlich, dein Gedächtnis«, und gedankenverloren sprach Hussain vor sich hin: »Siebzehn Jahre Europa.«

»Erzähl mir über dein Leben dort.«

Hussain, dessen Haar nur an den Schläfen leicht ergraut war, schüttelte den Kopf. »Ein andermal, fürs erste mußt du dich mit ein paar Schlagzeilen begnügen. Traumhafte Jahre voller Reisen, Liebe und Heirat mit einer Pariserin aus gutem Haus, Krieg und Flucht in den Süden, Bankrott meines Vaters, Arbeit im Geschäft meines Schwiegervaters, Rückkehr nach Ägypten ohne Ehefrau, um für sie ein gesichertes Leben vorzubereiten. Reicht dir das?«

»Habt ihr Kinder?«

»Nein.«

Offenbar wollte Hussain nicht mehr erzählen. Aber was war von der alten Freundschaft geblieben, um wegen Hussains Wortkargheit bekümmert zu sein? Trotzdem, der Wunsch, an die Tore der Vergangenheit zu klopfen, war übermächtig. »Was ist aus deiner Lebensphilosophie geworden?«

Hussain überlegte eine Weile, dann lachte er bitter. »Jahr um Jahr nichts als Arbeit. Aus mir ist ein Arbeitstier geworden.«

Wo war der Hussain, der es immer verstanden hat, sich in den schützenden Schatten geistigen Glücks zu flüchten? Der frühere Hussain war noch am ehesten mit Rijad Kaldas vergleichbar, mit dem Koloß hier hatte er nichts zu tun. Er kannte den Mann nicht. Sicher, es verband sie die gemeinsame Vergangenheit, aber selbst das Gedenken daran entzweite sie. Sein Gegenüber wollte von der früheren Zeit nichts hören, während er sie als lebendiges Bild und nicht als kalte Fotografie bewahrt wissen wollte. »Wo arbeitest du?«

»Ein Freund meines Vaters hat mir eine Stellung bei der Zensurbehörde verschafft. Ich fange um Mitternacht an und arbeite bis früh am Morgen. Außerdem mache ich noch Übersetzungen für ausländische Zeitschriften.«

»Was tust du in der freien Zeit?«

»Die gibt es nur selten. Mein einziger Trost besteht darin, daß meine Frau kommt, wenn ich ihr ein geordnetes Leben bieten kann. Sie stammt aus einer sehr guten Familie, und als ich sie heiratete, zählte ich noch zu den Reichen.« Er lachte, als machte er sich über sich selbst lustig.

Kamal lächelte, um ihm Mut zu machen. Was für ein Glück, dachte er, daß er Hussain seit langem aus dem Gedächtnis gestrichen hatte. Wäre es nicht geschehen, müßte er ihn jetzt aus der Tiefe des Herzens beweinen.

»Und du, Kamal, was machst du? Soweit ich mich erinnern kann, warst du immer von Kultur und Bildung besessen.«

Immerhin fiel ihm noch etwas ein, dafür gebührte ihm Dank. Aber das konnte nicht darüber hinwegtäuschen, daß er für Hussain genauso gestorben war wie der für ihn. An jedem Tag erfährt man Tod und Leben aufs neue. »Ich bin Lehrer, unterrichte Englisch.«

»Lehrer?! O ja, jetzt fällt mir wieder manches ein. Wolltest du nicht immer Schriftsteller werden?«

»Ich schreibe Artikel für die Zeitschrift ›Der Gedanke‹. Vielleicht gebe ich demnächst einen Sammelband heraus.«

Hussain lächelte schwermütig. »Du mußt glücklich sein, du hast die Träume deiner Jugend verwirklicht. Ich aber …« Er lachte.

Für Kamal klang der Satz »Du mußt glücklich sein« sonderbar, wobei ihn am meisten verwunderte, im Unterton Neid herauszuhören. Er sollte so glücklich sein, daß man ihn beneidete? Und wer – wer tat es? Das Oberhaupt der Schaddad-Familie? Um höflich zu sein, antwortete er: »Ein Arbeitsleben wie deins ist enorm.«

Hussain lächelte. »Ich habe keine andere Wahl. Meine einzige Hoffnung besteht darin, den früheren Lebensstandard wenigstens teilweise zurückzuerobern.«

Eine Zeitlang herrschte Schweigen. Kamal musterte prüfend Hussains Gesicht. Bei längerem Hinsehen lebte die Vergangenheit doch ein wenig auf. Plötzlich hörte er sich fragen: »Wie geht's deiner Familie?«

»Gut.«

Kamal zögerte ein wenig. »Du hattest doch eine kleine Schwester, ich habe ihren Namen vergessen. Was macht sie jetzt?«

»Ah, du meinst Budur. Sie hat letztes Jahr geheiratet.«

»Großer Gott, die Kinder heiraten!«

»Bist du nicht verheiratet?«

Sollte Hussain alles vergessen haben? »Nein.«

»Du mußt dich beeilen, sonst ist der Zug abgefahren.«

Er lachte. »Der ist schon lange weg.«

»Paß auf, eines Tages bist du verheiratet, ohne zu wissen, wie dir geschieht. Glaub mir, ich wollte nie Ehemann sein, und nun bin ich es schon seit mehr als zehn Jahren.«

Gleichgültig zuckte Kamal mit den Schultern. »Erzähl mir lieber, wie du das Leben hier findest, nachdem du so lange in Frankreich warst.«

»Nach der Okkupation war das Leben dort nicht gerade erfreulich. Im Vergleich damit lebt man hier angenehm. Aber Paris ...« Seine Stimme bekam einen schmelzenden Klang. »Ach ja, wo ist Paris?«

»Warum bist du nicht in Frankreich geblieben?«

»Um auf Kosten meines Schwiegervaters zu leben? Nein danke. Als es während des Kriegs unmöglich war zu reisen, hatte ich noch eine Entschuldigung. Aber dann wollte ich auf jeden Fall weg.«

Sollte sich Hussain einen Rest alten Stolzes bewahrt haben? Auf einmal überwältigte ihn der Wunsch, sich auf ein ebenso gefährliches wie lustvolles Abenteuer einzulassen. »Was gibt es Neues von unserem Freund Hassan Salim?«

Hussain starrte ihn einen Moment lang argwöhnisch an, dann sagte er kalt: »Keine Ahnung.«

»Wieso?«

Hussain sah hinaus auf die Straße. »Seit ungefähr zwei Jahren haben wir mit ihm nichts mehr zu schaffen.«

Kamal konnte nicht verbergen, wie überrascht er war. »Soll das heißen … ?« Er sprach den Satz nicht zu Ende. Er war zu verblüfft. War Aida wieder nach Abbasija zurückgekehrt? Als geschiedene Frau? Verschieben wir es auf später, dachte er, darüber nachzudenken. Bemüht ruhig sagte er: »Als letztes hatte ich von Ismail Latif gehört, daß Hassan Salim in den Iran gereist war.«

»Meine Schwester blieb nur einen Monat«, antwortete Hussain niedergeschlagen. »Sie kam allein zurück.« Leise fügte er hinzu: »Gott hab sie selig.«

»Was???« entfuhr es Kamal, und seine Stimme drang bis zum Nachbartisch hinüber.

Ungläubig starrte Hussain ihn an. »Hast du es nicht gewußt? Sie ist vor einem Jahr gestorben.«

»Aida?!«

Hussain nickte. Kaum hatte Kamal den Namen ausgesprochen, ergriff ihn Scham, den erhabenen Namen laut und ohne jede Höflichkeitsform ausgesprochen zu haben. Es dauerte nicht länger als eine Schreckenssekunde, denn was konnten Worte noch bedeuten? Ein Strudel riß ihn fort, ließ sein Ich schwinden. Betäubung und Entsetzen beherrschten ihn, nicht Trauer und Schmerz. Als er endlich wieder sprechen konnte, stammelte er: »Was für eine schreckliche Nachricht! Herzliches Beileid.«

»Sie kam allein aus dem Iran zurück und wohnte einen Monat bei meiner Mutter. Dann hat sie Anwar Bey Zaki, Oberinspektor für den Englischunterricht, geheiratet. Nach zwei Monaten ist sie krank geworden. Sie ist im Koptischen Krankenhaus gestorben.«

Wie sollte sein Kopf das Geschehene, das in wahnsinniger Geschwindigkeit auf ihn einstürzte, verarbeiten? Hatte Hussain Anwar Bey Zaki gesagt? Den Namen seines obersten Dienstherrn? Da war er dem Mann begegnet, ohne zu wissen, daß er Aidas Gatte vor sich hatte. O Gott! Auf einmal fiel ihm ein, daß er vor ungefähr einem Jahr zum Begräbnis der Frau des Oberinspektors gegangen war. Aida war das gewesen? Weshalb hatte er Hussain nicht getroffen? »Warst du bei der Beerdigung dabei?«

»Nein. Sie starb vor meiner Rückkehr.«

Kamal schüttelte verstört den Kopf. »Ich bin ihrem Sarg gefolgt – ohne zu wissen, daß es deine Schwester war.«

»Wie das?«

»Ich hatte in der Schule gehört, daß die Frau des Oberinspektors verstorben war und noch am gleichen Tag zu Grabe getragen werden sollte. Der Geleitzug begann am Ismailija-Platz, und ich nahm mit meinen Kollegen daran teil. Die Traueranzeige hatte ich nicht gelesen. Wir sind bis zur Djarkas-Moschee mitgegangen. Das war vor einem Jahr.«

»Habt Dank«, sagte Hussain und lächelte traurig.

Wäre das im Jahr 1926 geschehen, hätte er sich, wahnsinnig geworden, umgebracht. Jetzt klang die Nachricht wie eine von vielen. Seltsam, daß er hinter ihrem Sarg hergegangen war, ohne zu fühlen, daß es der ihre war. Vor einem Jahr hatte er noch bitter wegen Budurs Verlobung gelitten. Vielleicht war er Aidas Sarg gefolgt und hatte in Erinnerungen an sie geschwelgt, heraufbeschworen durch Budur und ihre Familie? Er konnte sich an den Tag noch gut erinnern. Er hatte Anwar Bey Zaki kondoliert und sich zu den Trauergästen gesetzt. Als es hieß: »Erhebt euch!«, hatte er zur Bahre hinübergeschaut. Schön war der

Leichnam der Frau gewesen, mit weißer Seide drapiert. Einige Kollegen hatten einander zugeflüstert, daß die Tote vor kurzem noch eine Braut gewesen war, weil der Oberinspektor sie als zweite Frau genommen hatte. Eine Lungenentzündung raffte sie dahin. O ja, er hatte an der Bahre gestanden, ohne zu wissen, daß es galt, Abschied von der Vergangenheit zu nehmen. Wie war es möglich gewesen, daß sie sich mit einem solchen Gatten zufriedengab? Ein Mann, der die Fünfzig überschritten hatte, der bereits verheiratet und Vater war? Wie tief hat sich der Engel von einst herabgelassen? Da hast du geglaubt, daß die Angebetete über niedere Dinge erhaben wäre, doch weit gefehlt. Nicht nur, daß sie die Demütigung einer Scheidung hatte hinnehmen müssen, nein – sie mußte auch noch das Schicksal einer zweiten Frau ertragen. Du wirst lange brauchen, um den tosenden Sturm in der Brust zu besänftigen.

Nicht Trauer und Schmerz wüten in dir, sondern Bestürzung und Entsetzen. Die Welt ist leer – vorbei der Glücksrausch beim Träumen, verloren auf ewig das Geheimnis magischer Vergangenheit. Solltest du je Trauer empfinden, dann aus dem einzigen Grund, ihretwegen nicht genügend gelitten zu haben. »Was war an Hassan Salim anders geworden?«

Hussain schüttelte verächtlich den Kopf. »Der Schuft hat sich im Iran in eine Angestellte der belgischen Gesandtschaft verliebt. Meine Schwester fühlte sich dermaßen in ihrer Würde verletzt, daß sie in ihrer Wut die Scheidung verlangte.«

In einem solchen Moment ist der einzige Trost, daß selbst Euklids Grundwahrheiten nur relative Gültigkeit haben. »Und ihre Kinder?«

»Sind bei der Schwiegermutter.«

Aber sie, wo war sie? Was hatte ihr das eine Jahr Jenseits gebracht? Ob sie Fahmi, dem Herrn Vater, der Nichte Naima begegnet war?

Hussain erhob sich plötzlich. »Es ist Zeit für mich, ich muß gehen. Laß mich dich wiedersehen. Gewöhnlich esse ich hier zu Abend.«

Kamal stand auf, reichte ihm die Hand und murmelte: »O ja, so Gott will.« Im sicheren Gefühl, daß Hussain ihn ebensowenig wiedersehen wollte wie er ihn, sie sich also nie wieder begegnen würden, trat er auf die Straße hinaus. Ach, Aida, es macht mir das Herz schwer, nicht angemessen um dich getrauert zu haben.

52

Durch die Stille der späten Nacht drang der Lärm ungestümer Schläge an die Haustür der Schaukat-Familie. Das Klopfen riß nicht ab, schreckte die Schlafenden auf. Kaum hatte die Dienerin die Tür geöffnet, polterten schwere Schritte über den Hof, dröhnten im Treppenhaus, bis sie schließlich in allen Wohnungen zu hören waren.

Vom Alter gebeugt, von Schlaf trunken, betrat Ibrahim Schaukat die Diele. Vor ihm stand ein hoher Offizier, umringt von einer Schar Soldaten und Zivilbeamten. Überrascht zuckte Ibrahim Schaukat zusammen. »Was gibt's?« fragte er beunruhigt. »Möge Gott alles Schlechte abwenden.«

»Sind Sie der Vater von Achmed Ibrahim und Abd al-Munim Ibrahim, beide hier wohnhaft?«

Ibrahim Schaukat wurde bleich. »So ist es.«

»Wir haben einen Durchsuchungsbefehl.«

»Aber weshalb, Herr Offizier?«

Ohne zu antworten, drehte sich der Offizier um und befahl: »Durchsucht alles.«

Die Männer stürmten in die Zimmer.

»Warum durchsuchen Sie mein Haus?« fragte Ibrahim Schaukat nochmals, doch wieder nahm ihn der Offizier nicht zur Kenntnis.

In diesem Moment stürzte Chadiga herein, da die Zivilbeamten ins Schlafzimmer eingedrungen waren. Eingehüllt in ein schwarzes Tuch, schrie sie wütend: »Gibt es keinen Respekt mehr vor Frauen? Sind wir etwa Diebe, Herr Offizier?« Zornig starrte sie ihn an, und plötzlich wurde ihr bewußt, daß sie das Gesicht kannte. Genauer gesagt, sie erahnte in dem alten Gesicht die Züge eines jungen Mannes, den sie schon einmal gesehen hatte. Wann und wo war das gewesen? Gott im Himmel, ja – das war er! Er hatte sich kaum verändert! Wie hieß er gleich noch? Ohne länger zu zögern, erklärte sie: »Euer Ehren waren vor zwanzig Jahren Offizier im Gamalija-Viertel. Es können auch dreißig Jahre sein, so genau kann ich mich nicht mehr erinnern.«

Der Offizier sah sie befremdet an, und nun war es an Ibrahim Schaukat, fragend von einem zum anderen zu schauen.

»Sie heißen Hassan Ibrahim, ist es nicht so?«

»Sie kennen mich?«

Mit Flehen in der Stimme erwiderte Chadiga: »Ich bin die Tochter von Herrn Achmed Abd al-Gawwad, die Schwester von Fahmi Achmed, den die Engländer während der Revolution ermordet haben. Erinnern Sie sich nicht?«

Die Augen des Offiziers glänzten überrascht auf. »Möge sich Gott seiner großzügig erbarmen«, stammelte er, zum erstenmal in höflichem Tonfall.

»Ich bin seine Schwester«, drängte sie noch flehentlicher auf ihn ein, »wie können Sie da meinem Haus eine solche Beleidigung zufügen?«

Der Offizier wandte den Blick von ihr ab. Es klang fast wie eine Entschuldigung, als er sagte: »Wir führen nur unseren Befehl aus, meine Dame.«

»Aber wieso? Wir sind rechtschaffene Leute!«

»Gewiß«, antwortete er leise. »Nur mit Ihren Söhnen scheint es anders zu sein.«

Verstört rief Chadiga: »Es sind die Neffen Ihres früheren Freunds!«

Der Offizier vermied es, die beiden anzusehen. »Wir haben einen Befehl vom Innenministerium.«

»Sie haben nichts Schlechtes getan! Es sind gute Jungens, darauf lege ich einen Schwur ab.«

Die Soldaten und Zivilbeamten kamen herein, offensichtlich hatten sie nichts gefunden. Der Offizier gab den Befehl abzurücken, bevor er sich wieder an Chadiga und Ibrahim Schaukat wandte. »Wir haben Informationen über verdächtige Versammlungen, die in ihren Wohnungen stattfinden.«

»Das ist eine Lüge, Herr Offizier.«

»Ich hoffe es. Trotzdem muß ich die beiden verhaften. Bis zur Untersuchung bleiben sie in Arrest. Möglicherweise geht alles gut aus.«

Mit weinerlicher, sich überstürzender Stimme rief Chadiga: »Sie wollen sie mitnehmen? Das ist … das kann ich nicht glauben! Beim Leben Ihrer Kinder, lassen Sie sie hier!«

»Das kann ich nicht. Ich habe den Befehl, sie zu verhaften. Guten Abend.« Er ging hinaus.

Kaum war der Offizier verschwunden, rannte Chadiga, gefolgt von ihrem bejahrten Gatten, die Treppe hinunter. Karima stand vor der Wohnungstür, vor Entsetzen völlig außer Fassung geraten. »Sie haben ihn mitgenommen! Sie sperren ihn ins Gefängnis, Tante!« schrie sie ein ums andere Mal.

Mit versteinertem Blick schaute Chadiga in die Wohnung hinein, dann stürzte sie ins unterste Stockwerk. Auch Susan stand vor der Tür, starrte mit fahlem, finsterem Gesicht in den Hof. Chadiga folgte ihrem Blick, und da sah sie es: Umzingelt von der Truppe, verließen Abd al-Munim und Achmed den Hof. Unfähig, sich länger zu beherrschen, schrie sie verzweifelt los, war schon im Begriff hinterherzurennen, wenn Susan nicht ihre Hand gepackt und sie festgehalten hätte. Wütend wandte sie sich um, aber da sagte Susan leise: »Beruhigen Sie sich. Man hat nichts Verdächtiges gefunden. Sie können nichts beweisen. Laufen Sie nicht hinterher, schon um Abd al-Munims und Achmeds Würde willen.«

»Deine Ruhe ist beneidenswert!« schrie Chadiga.

Susan hielt geduldig stand. »Sie werden beide wohlbehalten nach Hause kommen. Seien Sie unbesorgt.«

»Woher willst du das wissen?« fuhr Chadiga sie scharf an.

»Ich bin fest davon überzeugt.«

Ohne etwas zu erwidern, drehte sich Chadiga zu ihrem Mann um. Sie schlug die Hände zusammen und sagte: »Es gibt kein Gewissen mehr. Ich erkläre ihm, daß die beiden Jungen Fahmis Neffen sind, und was sagt er? ›Ich habe einen Befehl.‹ O mein Gott, warum nehmen sie anständiger Leute Kinder mit und lassen die Strolche laufen?!«

Susan sah Ibrahim Schaukat an. »Sie werden das Haus in der Kasr asch-Schauk durchsuchen. Einer der Zivilbeamten hat zum Offizier gesagt, daß er weiß, wo das Haus des Großvaters ist. Er hat vorgeschlagen, eine Hausdurchsuchung zu machen, um ganz sicherzugehen, daß die Flugblätter nicht dort versteckt sind.«

Chadiga schrie los: »Auf der Stelle gehe ich zu meiner Mutter! Vielleicht kann Kamal helfen. O mein Gott, ich stehe in Flammen!« Sie holte ihren Mantel und lief mit trippelnden, aufgeregten Schritten los. Es war kalt und stockdunkel, doch schon krähten sich die Hähne einander zu. Chadiga hastete die Ghurija entlang, durchquerte Sagha, kam nach Nahhasin. Vor der Haustür stand ein Zivilbeamter, im Hof wartete der nächste. Keuchend stieg sie die Treppe hinauf.

Aufgeschreckt durch das nächtliche Läuten, war die Familie aus dem Schlaf gerissen worden. Als Umm Hanafi mit der Nachricht »Polizei!« angestürzt kam, war Kamal aufgeregt in den Hof hinuntergeeilt, wo er auf den Offizier stieß.

»Was tun Sie hier?«

»Sind Ihnen Abd al-Munim Ibrahim und Achmed Ibrahim bekannt?«

»Ich bin ihr Onkel.«

»Ihr Beruf?«

»Lehrer in der Silahdar-Schule.«

»Wir haben einen Durchsuchungsbefehl.«

»Aber warum? Aufgrund welchen Verdachts?«

»Wir suchen Flugblätter, die die zwei jungen Männer möglicherweise hier versteckt haben.«

»Ich versichere Ihnen, daß hier nichts ist. Aber bitte, suchen Sie, soviel Sie wollen.«

Kamal beobachtete, wie der Offizier die Soldaten auf Treppe und Dach verteilte und schließlich allein die Wohnräume betrat. Anstatt alles durchzuwühlen, begnügte er sich damit, sich in den einzelnen Zimmern kurz umzusehen und einen flüchtigen Blick auf Kamals Schreibtisch und Bücherregale zu werfen. Kamal, wieder ein wenig zu sich gekommen, stellte sich allmählich auf die Situation ein. »Haben Sie das Haus durchsucht, in dem die Neffen wohnen?«

»Natürlich.« Nach kurzem Schweigen fügte er hinzu: »Die beiden sind verhaftet.«

»Liegen Beweise gegen sie vor?« fragte Kamal beunruhigt.

Mit einem Wohlwollen, das man von seinesgleichen nicht erwartet hätte, antwortete der Offizier: »Ich hoffe, daß es dazu nicht kommt. Aber die Untersuchung ist Sache der Staatsanwaltschaft.«

»Ich danke Ihnen für Ihr Mitgefühl.«

Der Offizier lächelte. »Und vergessen Sie nicht, daß ich das Haus nicht zuschanden gemacht habe.«

»Gewiß, mein Herr. Ich weiß nicht, wie ich Ihnen danken soll.«

Plötzlich drehte sich der Offizier zu Kamal um und fragte: »Sind Sie der Bruder des verstorbenen Fahmi?«

Kamal sah ihn mit großen Augen an. »Ja. Haben Sie ihn gekannt?«

»Wir waren Freunde. Gott erbarme sich seiner.«

Von neuer Hoffnung erfüllt, streckte Kamal die Hand aus. »Was für ein glücklicher Zufall. Kamal Achmed Abd al-Gawwad.«

Der Offizier schüttelte ihm die Hand. »Hassan Ibrahim, Chef des Reviers Gamalija. Ich habe dort als Leutnant angefangen und bin als leitender Offizier zurückgekehrt.« Kopfschüttelnd fügte er hinzu: »Die Befehle waren eindeutig. Ich hoffe, daß sich der Verdacht gegenüber den beiden nicht bestätigt.«

In diesem Moment drang Chadigas Stimme herein, die unter Weinen der Mutter und Aischa erzählte, was passiert war.

»Ach, die Mutter ist eingetroffen«, sagte der Offizier. »Sie verfügt über ein erstaunliches Gedächtnis. Sie hat mich erkannt und an den verstorbenen Fahmi erinnert. Aber da hatten wir das Haus schon gründlich durchsucht. Versuchen Sie, sie, so gut Sie können, zu beruhigen.«

Seite an Seite gingen sie hinunter. Als sie das zweite

Stockwerk erreicht hatten, schoß Aischa, von blankem Zorn gepackt, aus der Tür heraus. Mit eisigem Blick starrte sie ihn an und schrie: »Warum verhaften Sie ohne jeden Grund anderer Leute Kinder? Hören Sie nicht, wie die Mutter weint?«

Vor Schreck sah der Offizier ihr direkt ins Gesicht, doch gleich darauf senkte er wieder höflich die Augen. »So Gott will, werden die beiden bald wieder frei sein.«

Kaum daß sie die Tür hinter sich gelassen hatten, fragte der Offizier: »Ihre Mutter?«

Mit einem traurigen Lächeln antwortete Kamal: »O nein, meine Schwester. Sie ist erst vierundvierzig, aber sie hat so viel Leid erfahren, daß sie völlig zerstört ist.«

Überrascht sah der Offizier Kamal an. Offenbar wollte er ihn etwas fragen, doch nach kurzem Zögern schien er es sich anders überlegt zu haben. Im Hof angekommen, reichten sie sich die Hand. Noch bevor der Offizier sich in Bewegung setzte, fragte Kamal: »Kann ich die beiden im Gefängnis besuchen?«

»Ja.«

»Danke.«

Kamal kehrte in die Diele zurück, wo seine Mutter und die Schwestern warteten. »Ich werde die Jungens morgen besuchen. Es gibt keinen Grund zur Sorge. Nach der Untersuchung wird man sie auf freien Fuß setzen.«

Da Chadiga nicht zu weinen aufhörte, schrie Aischa: »Heul nicht herum! Genug der Tränen! Sie werden zurückkommen, hast du nicht gehört?«

Aber Chadiga klagte unentwegt weiter: »Wer weiß, wer weiß! Was haben meine Jungen im Gefängnis zu suchen!?«

Amina schwieg, als hätte die Trauer sie mit Stummheit geschlagen.

Beschwichtigend meinte Kamal: »Der Offizier kennt uns. Er war ein Freund Fahmis. Er hat sich bei der Durchsuchung unglaublich freundlich verhalten, und bestimmt wird er die beiden gut behandeln.«

Amina sah fragend auf, und noch immer wütend erklärte Chadiga: »Das war Hassan Ibrahim! Erinnerst du dich nicht? Als ich ihm sagte, daß ich die Schwester von Fahmi sei, lautete seine ganze Antwort: ›Wir führen nur unseren Befehl aus, meine Dame.‹ Zum Teufel mit seinem Befehl!«

Amina schaute zu Aischa hinüber, fand aber kein Anzeichen, daß sie sich an den Offizier erinnerte. Dann nahm sie Kamal zur Seite und fragte verstört: »Ich habe rein gar nichts verstanden, mein Sohn. Warum hat man sie verhaftet?«

Kamal überlegte, was er ihr antworten sollte. Schließlich sagte er: »Fälschlicherweise denkt die Regierung, daß die beiden gegen sie arbeiten.«

Verwirrt schüttelte sie den Kopf. »Deine Schwester sagt, daß man Abd al-Munim verhaftet hat, weil er zu den Muslim-Brüdern gehört. Warum verhaften sie Muslims?«

»Weil die Regierung findet, daß die gegen sie sind.«

»Und Achmed? Sie hat gesagt, daß er ein ... ach, ich weiß das Wort nicht mehr.«

»Kommunist? Die Kommunisten sind für die Regierung genauso verdächtig wie die Muslim-Brüder.«

»Kommunisten? Welche Kommune? Die von unserem verehrten heiligen Ali?«

Kamal unterdrückte ein Lächeln. »Kommunisten haben nichts mit einer Kommune, nichts mit der Schia Alis zu tun. Das ist eine politische Partei, die sich gegen die Regierung und die Engländer auflehnt.«

Die Mutter seufzte. »Wann wird man sie freilassen? Sieh dir deine arme Schwester an. Haben Regierung und Engländer nichts anderes zu tun, als unser leidgeplagtes Haus heimzusuchen?«

53

Der Ruf zum Gebet drang durch die morgendliche Stille, als der Offizier Abd al-Munim und Achmed in seinen Dienstraum kommen ließ. Begleitet von einem bewaffneten Soldaten, stellten sie sich vor dem Schreibtisch auf. Der schickte den Soldaten hinaus, sah interessiert von einem zum andern und fragte schließlich Abd al-Munim: »Name? Alter? Beruf?«

Mit fester, ruhiger Stimme antwortete er: »Abd al-Munim Ibrahim Schaukat, fünfundzwanzig Jahre, Jurist in der Rechtsabteilung des Bildungsministeriums.«

»Wie können Sie Gesetze verletzen, wenn Sie Jurist sind?«

»Das habe ich nicht getan. Wir arbeiten öffentlich, schreiben in Zeitungen, predigen in Moscheen. Die, die Gottes Wort verbreiten, haben nichts zu verstecken.«

»Haben in Ihrer Wohnung nicht verdächtige Versammlungen stattgefunden?«

»Keineswegs, es handelt sich dabei um Begegnungen unter Freunden, bei denen man Meinungen austauscht, sich beratschlagt und mit der Religion beschäftigt.«

»Ging es bei diesen Zusammenkünften nicht auch darum, zur Feindschaft gegen verbündete Staaten aufzuwiegeln?«

»Meinen Sie Britannien? Diesen verräterischen Feind? Ein Staat, der unsere Würde mit Panzerwagen niederwalzt, kann kein Verbündeter sein.«

»Als gebildeter Mensch müßten Sie wissen, daß der Krieg seine eigenen Gesetze hat.«

»Ich weiß nur, daß Britannien auf dieser Welt unser Hauptfeind ist.«

Der Offizier wandte sich Achmed zu. »Und Sie?«

Mit einem leichten Lächeln auf den Lippen antwortete er: »Achmed Ibrahim Schaukat, vierundzwanzig Jahre, Redakteur der Zeitschrift ›Der neue Mensch‹.«

»Es liegen alarmierende Berichte über Ihre radikalen Artikel vor. Abgesehen davon hat diese Zeitschrift an sich einen schlechten Ruf.«

»Meine Artikel zielen nur auf die Verteidigung der Prinzipien sozialer Gerechtigkeit ab.«

»Sie sind Kommunist?«

»Ich bin Sozialist. Es gibt etliche Abgeordnete, die den Sozialismus fordern. Außerdem macht das Gesetz keinem Kommunisten seine Meinung zum Vorwurf, solange er nicht zu gewalttätigen Methoden greift.«

»Sollten wir abwarten, bis von den Versammlungen, die jeden Abend in Ihrer Wohnung stattfinden, Gewalt ausgeht?«

Auch wenn Achmed insgeheim die Frage beunruhigte, ob die Polizei über die Flugblattaktionen und nächtlichen Vorträge informiert war, blieb er nach außen hin gelassen. »Ich komme zu Hause nur mit meinen engsten Freunden zusammen. Mehr als vier bis fünf Gäste habe ich nicht. Gewalt liegt uns völlig fern.«

Wieder blickte der Offizier von einem zum andern, und nach kurzem Zögern sagte er: »Ihr seid gebildet und gut erzogen, und verheiratet seid ihr auch. Oder? Na bitte. Wäre es da nicht besser, ihr würdet euch um eure Privatsachen kümmern, anstatt euch Gefahren auszusetzen?«

Mit dröhnender Stimme antwortete Abd al-Munim: »Vielen Dank für Ihren Rat, ich werde ihn trotzdem nicht befolgen.«

Das knappe Lachen des Offiziers hörte sich an, als wäre es ihm gegen seinen Willen herausgerutscht. »Während der Hausdurchsuchung habe ich erfahren, daß ihr die Enkel von Herrn Achmed Abd al-Gawwad seid. Euer Onkel

Fahmi war ein sehr enger Freund von mir. Bestimmt ist euch bewußt, daß er im Lenz seiner Jahre das Leben verlor, während seine Kameraden es sich bewahrten und heute die höchsten Posten bekleiden.«

Jetzt begriff Achmed, warum der Offizier so freundlich war. Die ganze Zeit über hatte ihn das beschäftigt. »Lassen Sie mich fragen, Herr Offizier, was aus Ägypten geworden wäre, wenn sich mein Onkel und andere nicht geopfert hätten?«

Kopfschüttelnd erklärte der Offizier: »Überdenkt in Ruhe und mit Verstand meinen Ratschlag, und hört auf mit diesem gefährlichen Herumphilosophieren.« Er stand auf. »Bis zur Untersuchung werdet ihr Gäste in unserem Gefängnis bleiben. Ich wünsche euch Glück.«

Sie verließen den Raum. Im Flur nahmen sie ein Korporal und zwei bewaffnete Soldaten in Empfang und brachten sie ins Erdgeschoß. Sie bogen ab in eine dunkle, feuchte Halle, wo sie nach ein paar Schritten auf einen Wärter stießen. Er leuchtete mit einer Taschenlampe auf die Zellentür und schloß sie auf. Sie traten ein. Der Schein der Lampe wies ihnen den Weg zu ein paar Matten. Der Raum war von mittlerer Größe, hatte eine hohe Decke. Oben in der Mauer war ein kleines, vergittertes Fenster eingelassen. Es gab bereits zahlreiche »Gäste« – zwei Jugendliche, die nach Studenten aussahen, drei Männer, barfuß, grobschlächtig, mißgestaltet. Als die Tür zufiel, war es stockfinster. Das Licht und das Eintreten der Neuankömmlinge hatten einige Insassen geweckt. Achmed flüsterte seinem Bruder zu: »Es ist besser, sich nicht hinzusetzen, die Feuchtigkeit bringt einen ja um. Bleiben wir bis zum Morgen stehen.«

»Über kurz oder lang werden wir uns setzen. Woher willst du wissen, wann wir hier rauskommen?«

Plötzlich sagte jemand, und den beiden war auf Anhieb

klar, daß es einer der jungen Leute sein mußte: »Ihr werdet euch auf jeden Fall hinsetzen müssen. Das ist zwar nicht angenehm, aber immer noch besser, als tagelang zu stehen.«

»Seid ihr schon lange hier?«

»Seit drei Tagen.«

Für einen Moment war es still, dann fragte der Unbekannte: »Warum hat man euch verhaftet?«

»Aus politischen Gründen, wie es scheint«, antwortete Abd al-Munim kurz und knapp.

Der andere lachte. »Na, da haben wir Politischen ja endlich die Mehrheit. Bevor ihr uns beehrt habt, sind wir in der Minderheit gewesen.«

»Was wirft man euch vor?« fragte Achmed.

»Erst seid ihr dran. Ihr seid die Neuen. Obwohl man nicht viel fragen muß, weil einer von euch einen Bart wie ein Muslim-Bruder hat.«

Achmed grinste. »Und ihr?«

»Wir sind Jura-Studenten. Man verdächtigt uns, subversive Flugblätter – wie sie es nennen – verteilt zu haben.«

Erregt flüsterte Achmed: »Haben sie euch auf frischer Tat ertappt?«

»Ja.«

»Und was stand in den Flugblättern?«

»Ein Aufruf zur Neuverteilung der Agrarproduktion Ägyptens.«

»Aber das steht doch auch in den Zeitungen, sogar jetzt, unter Kriegsbedingungen?«

»Na ja, es gab noch ein paar feurige Aufrufe.«

Wieder mußte Achmed lächeln, und zum erstenmal fühlte er sich weniger einsam.

»Vor dem Gesetz hatten wir nicht so sehr Angst, dafür um so mehr vor dem Gefängnis«, erklärte der andere.

»Wie es scheint, verändern sich die Dinge zum Guten.«

»Gleichgültig, wer regiert, uns hat jeder im Visier.«

Plötzlich rief jemand barsch: »Hört auf zu quatschen, laßt uns schlafen!«

Vom Lärm aufgeschreckt, fragte jemand: »Was ist los? Ist schon Morgen?«

»Unsinn«, antwortete der erstere. »Aber unsere Freunde tun, als wären sie in einer Opiumhöhle.«

Abd al-Munim seufzte, und flüsternd, so daß nur Achmed ihn hören konnte, empörte er sich: »Haben die mich tatsächlich aus dem einzigen Grund ins Gefängnis gesteckt, weil ich Gott diene?«

»Was soll ich erst sagen?« fragte Achmed wispernd zurück und schmunzelte im Dunkeln. »Bei mir gibt es nicht einmal diesen Grund.«

Niemand wagte mehr, laut zu sprechen. Achmed überlegte, weshalb wohl die drei reichlich finster aussehenden Männer im Gefängnis saßen. Diebstahl, Prügeleien, Trunkenheit, Krawall? Da hatte er so oft über das Volk geschrieben, aber immer hatte er sich in einen warmen Mantel hüllen können und in einem schönen Arbeitszimmer gesessen. Jetzt erlebte er das Volk – fluchend und schnarchend, mit düsteren, elenden Gesichtern. Das kurze Aufflammen des Lichts hatte genügt, um sich von ihnen ein Bild zu machen. Einer hatte sich ständig am Kopf und unter den Achseln gekratzt. Vielleicht hatte er Läuse, und jetzt krochen sie unaufhaltsam auf Abd al-Munim und ihn zu.

Da hast du das Volk, für das du lebst. Warum läßt dich der Gedanke, mit ihm in Berührung zu kommen, erschaudern? Hör dir diese Kerle, von denen die Befreiung der Menschheit abhängt, an. Sie schnarchen laut vor sich hin, anstatt sich – ihrer historischen Rolle bewußt werdend – zu erheben, um die Welt zu retten. Sosehr wir uns in Lebensart und Handeln unterscheiden mögen, die gesellschaftliche Situation hat uns an diesem dunklen, feuchten Ort zusammengeführt – den Muslim-Bruder und den Trinker, den Kommunisten und den Dieb. Wir sind alle eins, trotz unterschiedlichen Widerstandswillens, trotz verschiedenartigen Glücks. Warum tust du nicht das, was der Offizier geraten hat? Warum kümmerst du dich nicht um Heim und Familie? Du bist verheiratet, liebst deine Frau und hast ein gutes Auskommen. O ja, trotz des Glücks, eine Ehe zu führen, Vater oder Sohn zu sein, eine Stellung zu haben, ist der Mensch, eben weil er ein Mensch ist, bereit, Schwierigkeiten – ja, den Tod! – auf sich zu laden. Ob du verurteilt wirst oder freikommst, das schwere, gewaltige Gefängnistor wirst du ein Leben lang vor Augen haben. Was treibt dich anderes dazu, diesen gefährlichen Weg zu gehen, als das tief in dir verankerte Bewußtsein, ein Mensch zu sein, ein Wesen, das sich seines Ichs, seiner historischen, universellen Aufgabe gewahr ist. Im Unterschied zu den sonstigen Lebewesen kann der Mensch freiwillig und im Einverständnis mit sich selbst den Tod auf sich nehmen.

Er spürte, wie die Feuchtigkeit an den Beinen hinaufkroch, fühlte Erschöpfung. In regelmäßigen Abständen hallte das Schnarchen von den Wänden wider. Dann endlich war es soweit – ein zarter, schwacher Lichtschein drang durch die Gitterstäbe des kleinen Fensters.

54

Der Arzt ging hinaus, Kamal folgte schweigend. In der Diele sah er ihn fragend an. »Es tut mir leid, Ihnen zu sagen, daß es sich um eine vollständige Lähmung handelt.«

Kamals Herz verkrampfte sich. »Ist ihr Zustand gefährlich?«

»Auf jeden Fall, vor allem, weil die Lungenentzündung dazugekommen ist. Die Spritze wird Ihrer Mutter Erleichterung schaffen.«

»Gibt es Hoffnung auf Heilung?«

Für einen Moment schwieg der Arzt, dann sagte er: »Alles Leben liegt in Gottes Hand. Als Arzt kann ich nur sagen, daß ich ihr höchstens drei Tage gebe.«

Standhaft nahm Kamal die Prophezeiung vom Tod auf. Er geleitete den Doktor zur Tür und kehrte ins Zimmer zurück. Die Mutter schlief, vielleicht sah es auch nur so aus. Unter der schweren Bettdecke lugte das blasse Gesicht hervor. Der geschlossene Mund hing etwas schief hinunter. Aischa eilte mit verängstigtem Blick auf Kamal zu. »Was ist mit ihr? Was hat der Arzt gesagt?«

»Sie spricht nicht mehr, Herr. Sie hat kein einziges Wort gesagt«, sorgte sich Umm Hanafi, die am Kopfende des Betts stand.

Sie wird es nie wieder tun, dachte Kamal. An Aischa gewandt, erklärte er: »Der Blutdruck stimmt nicht, und sie hat eine leichte Erkältung. Die Spritze wird ihr guttun.«

»Ich habe Angst. Wie soll das Leben im Haus weitergehen, wenn sie lange im Bett liegt?« Es schien, als würde Aischa einzig und allein sich selbst diese Frage stellen.

Kamal wandte sich an Umm Hanafi. »Hast du die Familie benachrichtigt?«

»Ja, Herr. Sitt Chadiga und Si Jasin werden auf der Stelle kommen. Was ist mit ihr, Herr? Am Morgen war sie noch frisch und wohlauf.«

Ja, das war sie, und er konnte es bezeugen. Wie jeden Morgen hatte er auch an diesem Tag, bevor er in die Silahdar-Schule ging, in den Salon hineingeschaut und einen Kaffee, von ihr gereicht, getrunken. Er warnte sie hinauszugehen, weil es draußen sehr kalt war. Mit dem ihr eigenen lieben Lächeln hatte sie geantwortet: »Wie kann ich einen guten Tag haben, wenn ich nicht unseren Herrn al-Hussain besuche?«

»Tu, was du willst, Mutter«, empörte er sich. »Du bist schrecklich stur.«

»Gott bewahre!«

Beim Hinausgehen wünschte er ihr: »Möge dir unser Herrgott viele glückliche Tage bescheren.«

Es war das letzte Mal gewesen, daß er sie bei Bewußtsein erlebt hatte. Am Nachmittag hatte man ihm in der Schule die Nachricht überbracht, daß es der Mutter nicht gutginge, worauf er, in Begleitung ebendieses Arztes, der ihm vor wenigen Minuten ihren Tod vorausgesagt hatte, nach Hause gelaufen war. Nur drei Tage sollten ihr bleiben? Wieviel Zeit blieb ihm? Er trat zu Aischa und fragte: »Wann ist es geschehen? Und wie?«

Umm Hanafi antwortete an Aischas Stelle. »Wir haben im Salon gesessen. Dann stand sie auf, um den Mantel zu holen, und beim Hinausgehen sagte sie, daß sie nach dem Besuch bei al-Hussain noch zu Chadiga gehen will. Kaum war sie in ihrem Zimmer, hörten wir ein Geräusch, als ob etwas gefallen wäre. Ich stürzte nach oben, und da lag sie auf dem Boden, zwischen Bett und Schrank. Ich bin zu ihr gelaufen, habe gleich nach Sitt Aischa gerufen.«

»Als ich ins Zimmer kam«, berichtete Aischa, »lag sie noch auf dem Boden. Wir haben sie ins Bett getragen. Ich habe sie gefragt, was ihr fehlt, aber sie gab keine Antwort. Sie hat überhaupt nichts mehr gesagt. Wann wird sie wieder sprechen, Bruder?«

»Wenn Gott es will«, erwiderte er beklommen. Er ging zum Kanapee, setzte sich hin. Von Trauer erfüllt, betrachtete er das blasse, unbelebte Gesicht der Mutter. O ja, er wollte sie sich lange anschauen, denn bald würde er keine Gelegenheit mehr dazu haben. Das Zimmer wird sich verändern, das Leben im Haus wird nicht mehr sein, was es war. Niemand würde mehr »Mutter!« rufen. Nie hätte er gedacht, daß ihr Sterben seinem Herzen solchen Schmerz verursachte. Stand er mit dem Tod nicht auf vertrautem Fuß? Gewiß, sein Leben lang hatte er reichlich Erfahrung gesammelt, um gegen Angst und Trauer gewappnet zu sein. Dennoch verursachte der Gedanke, auf ewig Abschied nehmen zu müssen, einen brennenden Schmerz. Wenn er seinem Herzen einen Vorwurf machen konnte, dann den, trotz allen bisherigen Leids sich noch immer wie das eines Kindes zu quälen. Wie sehr hatte ihn die Mutter geliebt! Wie sehr liebte sie jeden von ihnen! Wie liebte sie alles Leben! Aber so ist es – erst beim Abschied macht man sich bewußt, welch unermeßliche Güte man erfahren hat. Erst in einem solchen unheilvollen Augenblick stürmen Erinnerungen an Orte, Vorfälle, Erlebnisse auf einen ein, die das Innerste erschüttern. Ein Licht erstrahlt, durchdringt die Finsternis, das Blau des Morgens ergießt sich über der Mutter Garten, wirft leuchtenden Glanz auf das Kohlebecken der von Legenden durchwebten Kaffeestunde, läßt das Gurren der Tauben zu prächtigen Gesängen werden. O du kleingläubiges Herz – wie wunderbar war diese Liebe. Und wenn du morgen verkünden mußt, daß der Tod dir das Liebste nahm, dann ist es die Wahrheit. Wahrscheinlich wirst du Tränen vergießen, bis du ein Greis bist. Aber ist es nicht kindisch und sentimental, das Leben als Tragödie zu sehen? Die Würde verlangt, sich dem Leben mutig zu stellen. Bejahe es, nimm es als Drama mit glücklichem Ausgang – dem Tod. Prüfe, ob du es nicht sinnlos vertust. Da liegt deine Mutter, und sie hinterläßt ein großartiges Werk. Und du? Was hast du vollbracht?

Hastige Schritte schreckten Kamal auf. Erfüllt von Entsetzen, stürzte Chadiga ins Zimmer, lief zum Bett, rief: »Mutter! Mutter!«, und gleichzeitig drang sie mit Fragen auf die anderen ein. Kamals Schmerz wuchs ins Unermeßliche, so daß er befürchtete, die Kräfte könnten ihn verlassen. Er ging hinaus, ließ sich im Salon nieder. Wenig später kam Jasin mit Zanuba und Radwan herbeigeeilt, und kaum hatten sie ihn begrüßt, unterrichtete er sie in aller Kürze über den Zustand der Mutter. Sie gingen zu ihr. Nicht lange, und Jasin kam zurück und fragte: »Was hat der Arzt gesagt?«

»Eine Lähmung und Lungenentzündung«, erwiderte er düster. »In drei Tagen kommt das Ende.«

Jasin preßte die Lippen zusammen. »Es gibt keine Macht noch Stärke außer bei Gott.« Er setzte sich hin. »Die Ärmste! Es kommt so überraschend. Hat sie über Müdigkeit in den letzten Tagen geklagt?«

»Nein, aber wie du weißt, hat sie noch nie geklagt. Obwohl – manchmal machte sie einen müden Eindruck.«

»Hättest du nicht mit ihr zum Arzt gehen sollen?«

»Nichts war ihr verhaßter, als zum Doktor zu laufen.«

Radwan kam herein. »Ich glaube, daß sie ins Krankenhaus muß.«

Niedergeschlagen schüttelte Kamal den Kopf. »Das ist nicht nötig. Der Apotheker schickt eine Krankenschwester, die ihr eine Spritze geben wird.«

Beklommen saßen sie da, ohne etwas zu sagen. Kamal fiel ein, daß er trotz allem nicht unhöflich sein durfte. »Wie geht es Karima?«

»Sie wird in dieser Woche entbinden. Jedenfalls meint das die Ärztin.«

»Möge der Herrgott ihr beistehen«, murmelte Kamal.

»Das Kind kommt zur Welt, und der Vater sitzt im Gefangenenlager.«

Es läutete. Wenig später trat Rijad Kaldas ein. Kamal ging ihm entgegen, um sich mit ihm ins Arbeitszimmer zurückzuziehen.

»Ich habe in der Schule nach dir gefragt«, sagte Rijad, »und da erzählte mir der Sekretär, was passiert ist. Wie geht es ihr?«

»Sie ist gelähmt, und wie der Arzt meinte, hat sie nur noch drei Tage zu leben.«

»Gibt es nichts, was sie retten kann?«

Verzweifelt schüttelte Kamal den Kopf. »Vielleicht ist es ein Glück, daß sie nicht bei Bewußtsein ist. Wenigstens weiß sie nicht, was sie erwartet.« Er lachte bitter. »Wer von uns tut das schon?«

Sie setzten sich hin. Da Rijad nichts sagte, fuhr Kamal fort: »Die meisten denken, daß man angesichts eines Sterbenden über den Tod nachdenken sollte. Viel klüger ist es, sich über das Leben Gedanken zu machen.«

Rijad lächelte. »Das wäre besser, denke ich. Also laß uns von nun an im Angesicht des Todes immer fragen, was wir aus unserem Leben gemacht haben.«

»Ich kenne die Antwort – nichts. Ich habe nichts aus meinem Leben gemacht. Genau darüber habe ich gerade nachgedacht.«

»Aber es liegt erst die Hälfte des Wegs hinter dir.«

Möglicherweise ja, vielleicht auch nicht. Man sollte in sich hineinhorchen, auf seine Träume achten. Mystizismus ist eine Flucht, der Glaube an Wissenschaft auch. Es gilt die Tat, doch auch dafür ist Glaube nötig. Bleibt also die Frage, woher man den Glauben nimmt, der für das Leben geeignet ist? »Sicher meinst du, daß meine Pflicht gegenüber dem Leben darin besteht, sowohl als Lehrer wie auch als Autor philosophischer Artikel ehrlich und aufrichtig zu sein.«

»Damit würdest du zweifelsohne eine große Aufgabe erfüllen«, erwiderte Rijad sichtlich berührt.

»Ich habe immer ein schlechtes Gewissen, fühle mich wie ein Verräter.«

»Verräter?«

Kamal seufzte. »Weißt du, was mein Neffe Achmed sagte, als ich ihn vor seiner Deportation ins Gefangenenlager besuchte?«

»Ach ja, was gibt es Neues von den beiden?«

»Sie wurden mit vielen anderen ins Sinai-Lager gebracht.«

Rijad mußte lächeln. »Der Gottgläubige und der Ketzer?«

»Diene willig der Regierung, nur dann kannst du unbesorgt leben.«

»Jedenfalls ist das Haftlager besser, als vor Gericht gestellt zu werden.«

»Möglich. Nur, wann sind die quälenden Ungerechtigkeiten vorbei? Wann hört der Ausnahmezustand auf? Wann kehrt das Regime zum Normalen, zu Gesetz und Verfassung zurück? Wann endlich werden die Ägypter wieder wie Menschen behandelt?«

Rijad spielte mit dem Ehering und wiederholte bedrückt: »Ja, wann? Ach, lassen wir das. Also, was hat Achmed gesagt?«

»Richtig. Er meinte, daß das Leben nicht nur aus Arbeit und Ehe, sondern auch aus der Verpflichtung zum Menschsein besteht. Wenn es in der Haft auch nicht der rechte Zeitpunkt sei, um über Arbeit und Ehe zu sprechen, bleibe noch immer die Pflicht, sich menschlich zu verhalten. Das allein stelle eine ständige Herausforderung dar. Gefordert sei unermüdliches Streben, um das höchste Ideal zur Vollendung zu bringen.«

Rijad überlegte eine Weile. »Hört sich gut an, nur läßt eine solche Einstellung alle nur denkbaren, auch widersprüchlichen Handlungsentscheidungen zu.«

»Genau. Sogar sein Bruder und Gegner Abd al-Munim konnte ihm zustimmen, woraus ich meinerseits nun wieder den Schluß ziehen mußte, daß es einzig und allein darum geht, einen wie auch immer gearteten Glauben zu besitzen. Mein Elend ließe sich also daraus erklären, daß ich das schlechte Gewissen eines Verräters habe. Es ist leicht, abgekapselt in seinem Egoismus zu leben, aber bist du ein wahrhaft guter Mensch, ist es sehr viel schwerer, wahrhaft glücklich zu werden.«

Trotz aller niedergedrückten Stimmung huschte ein Leuchten über Rijads Gesicht. »Sollte sich da etwas so Ungeheures wie eine veränderte Lebenseinstellung ankündigen?«

»Mach dich nicht lustig über mich«, warnte Kamal. »Die Frage des Glaubens ist für mich nicht gelöst. Mein einziger Trost ist, daß der Kampf tobt. Selbst wenn ich – wie meine Mutter – nur noch drei Tage zu leben hätte, würde ich davon nicht ablassen.« Er seufzte. »Weißt du, was Achmed gesagt hat? ›Ich glaube an das Leben und die Menschen. Ich werde mich den höchsten Idealen der Menschheit so lange verpflichtet fühlen, wie ich von ihrer Richtigkeit überzeugt bin. Alles andere ist Feigheit und Flucht. Halte ich diese Ideale für falsch, werde ich gegen sie kämpfen. Alles andere wäre Verrat. Das meine ich, wenn ich von ständiger Revolution spreche.‹«

Rijad, der aufmerksam zugehört hatte, nickte bejahend. Doch da Kamal erschöpft aussah, sagte er: »Ich muß gehen. Was hältst du davon, bis zur Haltestelle mitzukommen? Vielleicht tut es dir gut, ein wenig zu laufen.«

Sie standen auf und gingen hinaus. Im untersten Stockwerk stießen sie auf Jasin. Als Kamal ihn einlud, sich ihnen anzuschließen, stimmte er zu. Kamal bat die Männer, einige Minuten zu warten, weil er nach der Mutter sehen wollte.

Ihr Zustand war unverändert. Chadiga saß am Fußende des Betts. Die Augen waren vom Weinen gerötet. Neuer

Schmerz gesellte sich zu dem Gram, der ihr Gesicht bedeckte, seit die Regierung Hand an ihre Söhne gelegt hatte. Zanuba, Aischa und Umm Hanafi saßen schweigend auf dem Kanapee. Verängstigt zog Aischa an der Zigarette, und ihr flackernder Blick hastete verstört im Raum umher.

»Wie geht es ihr?« fragte Kamal.

Laut und fast zornig empörte sich Aischa: »Sie will nicht aufwachen!«

Er drehte sich zu Chadiga um. Sie sahen sich lange an, und der Blick verriet, daß sie beide verstanden hatten, worum es ging, und an der Verzweiflung schwer trugen. Da konnte Kamal sich nicht länger beherrschen. Er lief aus dem Zimmer, hinunter zu den Männern.

Langsam gingen sie die Straße entlang, durchquerten as-Sagha in Richtung der Ghurija. Nur selten fiel ein Wort. Als sie die Sanadikija-Gasse erreicht hatten, kam ihnen Scheich Mitwalli Abd as-Samad entgegen, der, gestützt auf seinen Stock, mit zittrigem Schritt und schlotternden Gliedern in die Ghurija einbog. Nun war er völlig erblindet. Er drehte sich suchend um und rief laut: »Wo geht's zum Paradies?«

»Die erste rechts!« grölte belustigt ein Passant.

»Können Sie glauben«, fragte Jasin Rijad, »daß dieser Mann fast hundertzehn Jahre alt ist?«

»Als Mann kann man ihn wohl kaum noch bezeichnen«, erwiderte Rijad lächelnd.

Kamal empfand Rührung. Der Scheich erinnerte ihn an den Vater und zählte für ihn ebenso zu den Denkmälern des Viertels wie der alte Brunnen, die Kalawun-Moschee und das Karmaz-Gewölbe. Viele Menschen brachten dem Alten Mitleid entgegen, aber es gab auch genügend Flegel, die ihn mit Pfiffen erschreckten und ihm nachäfften.

An der Haltestelle warteten sie, bis Rijads Bahn kam. Als er eingestiegen war, gingen die Brüder zurück zur

Ghurija. Plötzlich hielt Kamal inne und fragte Jasin: »Gehst du um diese Zeit nicht immer ins Café?«

»Heute nicht. Ich bleibe bei dir.«

Da Kamal ihn besser als sonstjemand kannte, erklärte er: »Nun geh schon! Es gibt keinen Grund, mich nach Hause zu begleiten.«

Aber Jasin stieß ihn vorwärts. »Sie ist ebenso meine Mutter wie deine.«

Kamal befiel neue Angst. Wie lange würde dieser Kerl, riesig wie ein Kamel, das gierige Leben noch durchhalten? Schwermut überkam ihn, und unwillkürlich trugen ihn seine Gedanken nach Sinai, ins Gefangenenlager. Ja, sagte er sich, ich glaube an das Leben und die Menschen, und solange ich von hohen Idealen überzeugt bin, bedeutet jegliches Zurückweichen Feigheit und Flucht. Sollten die Ideale nichtig und verlogen sein, werde ich mich dagegen auflehnen. Alles andere ist Verrat. Bleibt noch die Frage nach dem, was wahr, was falsch ist? Vielleicht ist das ewige Zweifeln eine Art Flucht, wie der Mystizismus, wie der Glaube an Wissenschaft. Aber traue ich mir es zu, ein vorbildlicher Lehrer, ein mustergültiger Ehemann, ein unentwegt kämpfender Revolutionär zu sein?

Vor asch-Scharkawis Geschäft zögerte Jasin. »Entschuldige, aber Karima hat mich gebeten, ein paar Dinge für das Baby zu kaufen.«

Sie gingen in den kleinen Laden, und Jasin suchte für den Neuankömmling Windeln, ein Mützchen und ein Nachthemdchen aus.

Plötzlich fiel Kamal ein, daß die schwarze Krawatte, die er ein Jahr lang nach dem Tod des Vaters getragen hatte, recht verschlissen aussah. Es galt, für neue Trauer gerüstet zu sein.

Als der Verkäufer Jasin zu Ende bedient hatte, sagte Kamal: »Einen schwarzen Schlips bitte.«

Sie nahmen ihre Päckchen, traten hinaus auf die Straße. Abenddämmerung senkte sich hernieder, hüllte die Luft in sanftes Braun. Seite an Seite schritten sie heimwärts.

Ich danke Herrn Ahmed Ezzeldin
für die hilfreiche Erläuterung schwieriger Textstellen.
Doris Kilias

Die Übersetzung aus dem Arabischen wurde unterstützt durch die
Gesellschaft zur Förderung der Literatur aus Afrika, Asien
und Lateinamerika e. V. in Zusammenarbeit mit der
Schweizer Kulturstiftung PRO HELVETIA.

Lizenzausgabe für die Büchergilde Gutenberg
Frankfurt am Main und Wien
mit freundlicher Genehmigung des Unionsverlages, Zürich

Die arabische Originalausgabe erschien 1957
unter dem Titel *as-Sukkariya* in Kairo
Die vorliegende Ausgabe erscheint mit Genehmigung der
American University in Cairo Press

Umschlaggestaltung Tiina Hurme, Hamburg
Druck und Bindung Franz Spiegel Buch, Ulm
Printed in Germany 1995 · ISBN 3 7632 4394 1